鄧子勉 注譯

新譯蘇軾詩選

三民書局

刊印古籍今注新譯叢書緣起

劉振強

人類歷史發展，每至偏執一端，往而不返的關頭，總有一股新興的反本運動繼起，要求回顧過往的源頭，從中汲取新生的創造力量。孔子所謂的述而不作，溫故知新，以及西方文藝復興所強調的再生精神，都體現了創造源頭這股日新不竭的力量。古典之所以重要，古籍之所以不可不讀，正在這層尋本與啟示的意義上。處於現代世界而倡言讀古書，並不是迷信傳統，更不是故步自封；而是當我們愈懂得聆聽來自根源的聲音，我們就愈懂得如何向歷史追問，也就愈能夠清醒正對當世的苦厄。要擴大心量，冥契古今心靈，會通宇宙精神，不能不由學會讀古書這一層根本的工夫做起。

基於這樣的想法，本局自草創以來，即懷著注譯傳統重要典籍的理想，由第一部的四書做起，希望藉由文字障礙的掃除，幫助有心的讀者，打開禁錮於古老話語中的豐沛寶藏。我們工作的原則是「兼取諸家，直注明解」。一方面熔鑄眾說，擇善而從；一方面也力求明白可喻，達到學術普及化的要求。叢書自陸續出刊以來，頗受各界的喜愛，使我們得到很大的鼓勵，也有信心繼續推廣這項工作。隨著海峽兩岸的交流，我們注譯的成員，也由臺灣各大學的教授，擴及大陸各有專長的學者。陣容的充實，使我們有更多的資源，整理更多樣化的古籍。兼採經、史、子、集四部的要典，重拾對通才器識的重視，將是我們進一步工作的目標。

古籍的注譯，固然是一件繁難的工作，但其實也只是整個工作的開端而已，最後的完成與意義的賦予，全賴讀者的閱讀與自得自證。我們期望這項工作能有助於為世界文化的未來匯流，注入一股源頭活水；也希望各界博雅君子不吝指正，讓我們的步伐能夠更堅穩地走下去。

序

蘇軾（西元一〇三六—一一〇一年），字子瞻，一字和仲，號東坡，眉州眉山（今屬四川）人。宋仁宗嘉祐二年（西元一〇五七年）進士，授福昌簿。歐陽修以直言薦之，制策入三等，除大理評事、簽書鳳翔府判官。神宗熙寧四年（西元一〇七一年）通判杭州，歷知密州、徐州。元豐二年（西元一〇七九年）改知湖州，到任才三個月的樣子，言者以其詩含怨謗，被捕至京入獄，罪成，責授黃州團練副使，本州安置。哲宗即位，任禮部郎中，遷中書舍人，再遷翰林學士、知制誥，權知禮部貢舉。元祐四年（西元一〇八九年）出知杭州，六年還朝，任翰林學士、知制誥兼侍讀。其間又出知潁州、揚州，不久召還，為兵部尚書，兼端明殿、翰林侍讀兩學士，擢禮部尚書。紹聖元年（西元一〇九四年）貶謫英州，改惠州，再貶儋州。徽宗登基，遇赦北還，致仕，居常州，不久卒，高宗朝追謚文忠。著有《東坡集》、《奏議》、《內制集》、《外制集》、《和陶詩》、《東坡樂府》等。

蘇軾詩的注本，宋以來就有四家注本、五家注本、八家注本、十家注本以及百家注本等，今存宋人注本有趙夔等《集註東坡先生詩前集》十八卷、題王十朋纂集《王狀元集百家註分類東坡先生詩》二十五卷和王十朋纂集《東坡先生詩集註》三十二卷，以及施元之、顧禧《註東坡先生詩》四十二卷，除王十朋集注本外，其他兩種宋刊本已殘缺。

今存宋人注本較完整、流傳較廣的是王十朋的《集註分類東坡先生詩》與施元之、顧禧《註東坡先生詩》兩種。前者一般省稱百家注本、分類注本、王注本等，今存宋刊本有數種，另有金刊本、元刊本、明刊本等。至於施元之、顧禧注本，有宋寧宗嘉泰年間淮東倉司刻本，已殘缺；又有宋理宗景定年間鄭羽補刻本，也是殘本。此書宋以後未見有全本流傳者，直到清康熙年間宋犖官江蘇巡撫，得嘉泰殘本三十卷，囑邵長蘅補其闕，又摭拾為施氏所未收之遺詩四百餘首，囑馮景注之，於清康熙三十八年（西元一六九九年）刊行，施注本才得以流行於世。只是邵氏等急於求成，增刪臆改，使得施注本面目已非。王十朋《集註分類東坡先生詩》一書為分類編排的，其書將蘇詩依類別分作七十八種，少則有二三首，如懷古詩、池沼詩等；多則近二百首，如酬答詩有一百九十三首，稍嫌重複瑣碎。與王十朋集注分類本不同，施注本在編排體例上是採用編年的方式，囿於文獻與聞見，其繫年也有訛誤處。

清以來集注補正蘇詩者有數人，較重要者有：

一、查慎行補注《東坡先生編年詩》五十卷，清乾隆二十六年（西元一七六一年）查開香雨齋刻本。查慎行（西元一六五〇—一七二八年），浙江海寧人。篤好蘇詩，晚取蘇軾「僧臥一菴初白頭」詩意，築「初白庵」以居，因號初白老人。查氏不滿王氏注本，又因宋犖刊本不令人愜意，遂傾三十年之力，成《蘇詩補註》五十卷、《蘇詩辨證》一卷。查氏依宋本加以補錄，凡邵長蘅等所竄亂者，勘驗原書，一一釐正，對施注本的編年也多有修訂補正。查氏補注本雖然不能盡善，然「考核地理，訂正年月，引據時事，原原本本，無不具有條理。非惟邵注新本所不及，即施注原本亦出其下，自有蘇詩以來注家以此本居最」。（《四庫全書總目》「提要」）

二、馮應榴輯注《蘇文忠詩合註》五十卷，清乾隆五十八年（西元一七九三年）刻本。馮應榴（西元一七四〇—一八〇〇年），字詒曾，一字星實，晚號踵息居士，浙江桐鄉人。清乾隆二十六年（西元一七六一年）進士。授內閣中書，累官鴻臚寺卿，以養親告歸。著有《學悟稿》、《踵息齋詩文集》等。喜藏書，辭官後致力於校勘典籍，沉酣於蘇詩有年，取王十朋、施元之、查慎行三家注本之長，擇精要，刪復出，援證群書，參稽辨補，朝夕不輟者凡七年而粗就，編成此書。

三、王文誥《蘇文忠公詩編註集成》四十六卷、《總案》四十五卷，清嘉慶二十年（西元一八一五年）刻本。王文誥（西元一七六四年—？），字見大，號二松居士，浙江仁和人。客粵三十年，做過幕僚。著有《韻山堂集》、《二松庵遊草》等。王氏《集成》本是在馮應榴本的基礎上略作刪改而成，其間對查慎行注本、馮應榴注本的一些篇目和次第都作了一些調整。

以上清代三家集注補正本今均已點校整理出版，有助於對蘇軾詩歌的研究與深入。

中國古代詩歌的創作，至唐代達到了高峰。北宋初唐詩的影響依然得勢，有效法白居易的白體詩，如李昉、徐鉉等人，多寫流連光景的閒適生活。又有模仿晚唐賈島、姚合詩的，以九僧為代表，多為描繪山林景色和隱逸生活的詩篇。學晚唐詩的還有潘閬、魏野、林逋等隱逸之士，他們一方面模仿賈島的字斟句酌，另一方面又有白體詩平易流暢的傾向，稍異於九僧。此外還有西崑體，聲勢較大，師法晚唐李商隱，代表者有楊億、劉筠、錢惟演等，講求整飾典麗，只是題材狹窄，內容空虛，缺乏真情實感。

到了北宋中期，風氣始有改變，這與歐陽修有關。歐陽修在變革文風的同時，也對詩歌進行了革新。歐氏與友人梅堯臣、蘇舜欽等的詩歌創作，意在扭轉西崑體等不良傾向，矯正晚唐五代詩風，使宋詩有了自己的特色。其創作發展了唐代韓愈詩歌的議論化、散文化等，而避免了韓詩造語的生僻險怪，語言平易委婉，風格清新，對當時及其後宋詩的創作產生了影響。

作為歐陽修的門生，蘇軾在詩文方面也受到其影響。蘇軾仕途坎坷，閱歷豐富，加以才高學博，富有創新意識，在詩歌的創作上，不論是在題材內容方面，還是在藝術技巧、表現手法、風格特色、修辭用語等方面，多能打破常規，翻新出奇，技巧高超純熟，個性鮮明突出，是較全面地體現出宋詩自己面目的第一人。

王文誥《集成》一書後出，為蘇詩注「集成」之書，今有中華書局整理本《蘇軾詩集》，本書稿據此選錄蘇詩近一百五十首，按年代先後編排，涉及到蘇軾平生的各個階段，略作評議，便於今人了解其人其事其詩之一班。

鄧子勉

二〇二三年

新譯蘇軾詩選　目次

導讀

蘇軾詩今存二千七百多首，題材廣泛，內容豐富，宋刊《王狀元集註分類東坡先生詩》一書依類編排，諸如紀行詩、述懷詩、詠史詩、宮殿詩、堂宇詩、城郭詩、宗族詩、婦女詩、仙道詩、釋老詩、節序詩、山岳詩、江河詩、舟楫詩、橋梁詩、園林詩、果實詩、燕飲詩、書畫詩、音樂詩、酬答詩、送別詩、慶賀詩、遊賞詩、射獵詩等等，凡七十八類，可謂繁富。品讀他的詩，不僅可以了解詩人的生平經歷，感知詩人的思想情感，更重要的是有助於知曉其為何種人。

一、是一個學識廣博的人

宋人詩有較濃的書卷氣，這與宋代文人好學博識有關，在這方面，蘇軾不失為一名佼佼者。表現在詩歌的創作中，用典廣博為主要表現之一，往往是信手拈來，花樣翻新，點化如神，為詩作增彩不少。如〈張子野年八十五尚聞買妾，述古令作詩〉云：

錦里先生自笑狂，莫欺九尺鬢眉蒼。詩人老去鶯鶯在，公子歸來燕燕忙。柱下相君猶有齒，江南刺史已無腸。平生謬作安昌客，略遣彭宣到後堂。

張先（西元九九〇－一〇七八年），字子野，烏程（今浙江湖州）人。仁宗天聖八年（西元一〇三〇年）進士，知吳江，仕至都官郎。善詩詞，尤工樂府。張氏年八十五，精力仍旺盛，購買美妾，供自己驅使。詩就此事生發議論，全用典故，而且用的全是張氏本家典故。除首句「錦里先生」不能確指外，其餘的均能認定為張氏何人，即「莫欺」句用唐張鎬事，「詩人」句用唐元稹《鶯鶯傳》中張生事，「公子」句用漢代趙飛燕與張放事，「柱下」句用漢張蒼事，「江南」句用唐孟棨《本事詩》所載張又新事。至於「錦里先生」或認為錦里指杭州，錦里先生指張先本人。雖句句用典，但流利不澀，用事貼切，對偶工整。

其詩又以用典精當新奇為世人所稱賞。神宗熙寧七年（西元一〇七四年），蘇軾自杭州通判移知密州（今山東諸城），曾作〈雪後書北臺壁二首〉，第二首頷聯「凍合玉樓寒起粟，光搖銀海眩生花」二句，以用典生僻新奇見稱，宋王十朋《東坡詩集註》引趙次公注云：「世傳王荊公嘗誦先生此詩，歎云：『蘇子瞻乃能使事至此！』時其婿蔡卞曰：『此句不過詠雪之狀，粧樓臺如玉樓、瀰漫萬象若銀海耳。』荊公哂焉，謂曰：『此出道書也。』目卞：『曾不理會於「玉樓」何以謂之「凍合」而下三字云「寒起粟」、於「銀海」何以謂之「光搖」而下三字云「眩生花」乎？』起粟字，蓋使趙飛燕雖寒體無軫粟也。」又宋趙德麟《侯鯖錄》

卷一云：「東坡在黃州日作雪詩云：『凍合玉樓寒起粟，光搖銀海眩生花。』人不知其使事也。後移汝海，過金陵，見王荊公，論詩及此，云：『道家以兩肩為玉樓，以目為銀海，是使此事否？』坡笑之，退謂葉致遠曰：『學荊公者，豈有此博學哉？』」可見蘇軾於書涉獵之廣，既博識強志，又能得心應手。又哲宗元祐三年（西元一〇八八年）正月蘇軾知貢舉，作為蘇氏門人的李廌也參加了這次考試，卻落選了。事後蘇軾寫了〈余與李廌方叔相知久矣，領貢舉事而李不得第，愧甚，作詩送之〉一詩，關於其事原委，宋人多有記述，李廌在文章方面是很得蘇軾賞識的，本以為中意的卷子是李廌的，結果卻大不然，李廌竟然名落孫山。詩中「平生謾說〈古戰場〉，過眼終迷〈日五色〉」二句，得到時人的激賞，就在於其用典貼切精工，兩句用的典故均屬李氏本家，而且又都與科舉有關聯，前句用唐代李華事，涉及李華中進士時所撰〈含元殿賦〉及〈弔古戰場文〉，以此說明蘇軾對李廌文章水平的肯定。後句用唐代李程參加進士考試，撰寫〈日五色賦〉一文，因初選未中而落選，後得楊於陵極力推讚而被主考官賞識，重新中舉，藉以表達了對李廌落選一事的迷惑與不安。

至於其他詩作中，也是多見用典。或隨意點染，化用無痕；或精心構撰，工緻貼切。顯示詩人深厚的知識積累，文化底蘊，以及高超的創作技巧。宋人張戒《歲寒堂詩話》卷上云：「詩以用事為博，始于顏光祿而極于杜子美；以押韻為工，始于韓退之而極于蘇、黃。……蘇、黃用事押韻之工，至矣盡矣，然究其實，乃詩人中一害，使後生只知用事押韻之為詩，而不知詠物之為工，言志之為本也，風雅自此掃地矣。」黃指蘇門弟子黃庭堅，所謂「用事」

即指文學作品中引用典故。蘇軾及其門弟子在創作中好用典使事，雖然有恃才逞強鬥勝之嫌，也是想在詩歌的創作中力圖新奇，有自己的面目，當然也由此可見宋代文人學識的廣博，這是難以掩藏的。

二、是一個充滿自信的人

學博識廣，也增重了詩人的自信感，這種自信是源自對自己才華與能力的肯定，往往會在有意或無意間流露出來。神宗熙寧六年（西元一〇七三年）二月，詩人巡行屬縣，行至新城縣，作〈新城道中二首〉，第一首云：

東風知我欲山行，吹斷簷間積雨聲。嶺上晴雲披絮帽，樹頭初日挂銅鉦。野桃含笑竹籬短，溪柳自搖沙水清。西崦人家應最樂，煮芹燒筍餉春耕。

首聯一開口就彰顯了詩人不時流露出的那種自信、自豪感，「知我」有事，就有反應，彷彿是天地自然都圍繞著自己在運轉。頷聯連用兩個比喻，表明所見一切都是那麼新奇，如「披絮帽」，似「挂銅鉦」，俗中見奇，拙中見巧。頸聯寫出了大自然的盎然生機，一「笑」一「搖」，姿態橫生，嫵媚多態，萬物復甦的活力，春日的迷人，自此鋪陳至極。前六句摹繪春季大自然的活力，彷彿就是為自己而降臨的。尾聯落實到人事上，詩人於春季巡視屬縣，其中一個重要任務，就是勸農，指古代政府官員在春夏農忙季節，巡行鄉間，勸課農桑。「最樂」二字，表達了對來日豐收的期待與展望。詩的字裡行間滿是歡快，洋溢著勃勃生機，是與詩人的自信相合拍的。又有〈登州海市〉詩，敘云：「予聞登州海市舊矣，父老云嘗出於春夏，今歲晚不復見矣。予到官五日而去，以不見為恨，禱於海神廣德王之廟，明日見焉，乃作此詩。」詩作於神宗元豐八年（西元一〇八五年）冬知登州時。登州海市多見於宋人記載，海市的出現與時令、雲氣、光線、風速等有關。詩的開篇四句敘寫所見海市景象，從虛處著筆，凸顯海市的玄幻之感。「心知所見皆幻影」以下以議論抒情為主，意在強調自己這次之所以能見到海市，是幸運，更是上天的眷顧。海市並不是隨時都可遇見的，對詩人而言，其命中率是極低的，這是因為：一是海市春夏多見，秋冬少見，作者是冬天到達登州的。二是詩人到登州任所才五日就離開了，偏偏卻在這短短的五天見到了這一奇觀。因此作者的自信自豪感油然而生，所謂「歲寒水冷天地閉，為我起蟄鞭魚龍」、「率然有請不我拒，信我人厄非天窮」，「為我」、「不我拒」、「信我」，滿滿的自信與自豪，很有君臨天下、鳥瞰人世的氣概，意在說明自己在人世間並非一個平凡者。又有〈祭常山回小獵〉一詩云：

青蓋前頭點皂旗，黃茅岡下出長圍。弄風驕馬跑空立，趁兔蒼鷹掠地飛。回望白雲生翠巘，
歸來紅葉滿征衣。聖明若用西涼簿，白羽猶能效一揮。

與前言〈新城道中〉詩一樣，此詩也與勸農有關。詩作於知密州時，蘇軾〈雩泉記〉云：「常山，在東武郡治之南二十里，不甚高大，……東武濱海多風，而溝瀆不留，故率常苦旱。禱於兹山，未嘗不應。」作為地方父母官，去廟中禱雨是常有的事，禱神靈驗，百姓高興，詩人更是高興。這次祭神返回，興奮之餘，順便進行了一次小規模的圍獵。前四句敘寫圍獵的盛況，充分展現了氣氛的緊張與刺激，以及圍獵者的亢奮。至於「回望白雲生翠巘」句，也是滿滿的自豪感，蔑視困難，勇於迎戰，充滿自信。正是因為如此，才有「聖明若用西涼簿，白羽猶能效一揮」的想法。詩人因與當權派政見不合，離開了京城，到地方為官，其間因對新法存有芥蒂，受到排擠，得不到重用。就詩意來說，流露出了殺雞焉用牛刀之感。

三、是一個關注民生的人

作為一名官員，關注國計民生是其職責之一。蘇軾就是這樣做的，尤其是在地方任職時。神宗朝，蘇軾通判杭州，又歷知密州、徐州、湖州等，哲宗朝又出知潁州、揚州等，在地方為官時，能體察民情，關心民瘼，為民所想，這在詩中也得到了反映。

在通判杭州時，蘇軾寫了不少涉及這方面思想內容的詩，如〈雨中遊天竺靈感觀音院〉云：

蠶欲老，麥半黃，前山後山雨浪浪。農夫輟耒女廢筐，白衣仙人在高堂。

雨中遊訪天竺靈感觀音院，觸發了詩人傷農憫農的情感。「蠶欲老，麥半黃」，前者涉及到衣著，後者關係到口糧，在即將收穫的時節，卻是雨水連綿下個不停，農夫無法耕種，婦女無事可做。面對這些問題，卻是「白衣仙人在高堂」，即面對百姓行將出現的生計窘迫，觀世音似乎無動於衷。宋潛說友《咸淳臨安志》卷八十云：「上天竺靈感觀音寺，……咸平初，郡守張去華以旱，迎大士至梵天寺致禱，即日雨，自是遇水旱必謁焉。」所謂「遇水旱必謁」，即遇有水潦乾旱，人們必來上供品祈禱，不過這次似乎失靈了，表達了詩人的憂慮。

神宗熙寧五年（西元一〇七二年）十二月，蘇軾至湖州觀察考量河堤利害，作〈吳中田婦歎〉云：

今年粳稻熟苦遲，庶見霜風來幾時。霜風來時雨如瀉，杷頭出菌鐮生衣。眼枯淚盡雨不盡，忍見黃穗臥青泥。茅苫一月隴上宿，天晴穫稻隨車歸。汗流肩赬載入市，價賤乞與如糠粞。賣牛納稅拆屋炊，慮淺不及明年飢。官今要錢不要米，西北萬里招羌兒。龔、黃滿朝人更苦，不如卻作河伯婦。

詩中主要是敘說青苗法的危害。青苗法，王安石新法之一，本意是以低息限制豪強盤剝，減輕百姓的負擔，不過在施行中卻弊端百出。蘇軾〈乞不給青苗錢斛狀〉略云：「臣伏見熙寧以來行青苗、免役二法，至今二十餘年。法日益弊，民日益貧，刑日益煩，盜日益熾，田日益賤，穀帛日益輕。細數其害，有不可勝言者。今廊廟大臣皆異時痛心疾首，流涕太息，欲已其法而不可得者，……二十年間，因欠青苗，至賣田宅、雇妻女、投水自縊者不可勝數，朝廷復忍行之歟？」比照詩中所述，「今年粳稻熟苦遲」，因雨水連月不停，稻穀成熟成了問題，這樣還貸壓力就會加重。「眼枯淚盡雨不盡」，形象地刻劃了農戶絕望的情態。其後雨停了，有了收成，可是官府為了應付邊關事務，需用大量的錢財，也就是官府只要現錢，不要穀物，其結果是「價賤乞與如糠粞」，穀物價格低廉，但稅錢不能降低，也不能拖，「賣牛納稅拆屋炊」，以至賣田宅，投水自縊，不只其一，民生危機，於此可見。

除農事外，還涉及有其他有關民生的，如〈湯村開運鹽河雨中督役〉一詩，論及鹽事，據《宋史》卷一百八十二〈食貨志〉等載：時杭、越、湖三州新法推行受阻，神宗熙寧五年二月以盧秉權發遣兩浙提點刑獄，負責鹽事。盧秉強化官府對鹽事管控，禁止私自買賣，又嚴捕盜販，鹽法更加細密，以至民不聊生。為了及時運出鹽，又動用大量民夫開挖運河。蘇軾以轉運司檄監視開運鹽河，至湖州相度捍提利害，即執行盧秉新法而來，詩中提及的鹽事就與此有關。時值天雨，民夫在開河的泥水中勞作狼狽不堪。不僅如此，時值農耕季節，大量男性勞動力被徵發開挖運河，致使農耕誤時，其危害不言而喻。「鹽事星火急」以下八句，敘寫開河一事妨害農耕，屠毒生靈，實景描繪，歷歷如在眼前，直刺主事官員新政的弊病。

又有〈荔支歎〉云：

十里一置飛塵灰，五里一堠兵火催。顛阬仆谷相枕藉，知是荔支龍眼來。飛車跨山鶻橫海，風枝露葉如新採。宮中美人一破顏，驚塵濺血流千載。永元荔支來交州，天寶歲貢取之涪。至今欲食林甫肉，無人舉觴酹伯游。我願天公憐赤子，莫生尤物為瘡痏。雨順風調百穀登，民不飢寒為上瑞。君不見武夷溪邊粟粒芽，前丁後蔡相籠加。爭新買寵各出意，今年鬬品充官茶。吾君所乏豈此物？致養口體何陋耶。洛陽相君忠孝家，可憐亦進姚黃花。

詩作於謫居惠州時。進獻荔支於宮中，漢代就有此事，最為後人熟知的，就是唐代與楊貴妃有關的故事。只是對這一事件，人們更多的是欣賞與豔羨，所謂「至今欲食林甫肉，無人舉觴酹伯游」，面對這種事情，沒有像唐伯游那樣敢於諷諫的人，相反埋怨的人倒不少，以為要不是李林甫專權，就不會有安史之亂，那麼唐玄宗與楊貴妃的豔事不知又有多少，至於二人給國家與民生造成的災難，少有在意的。藉古諷今，是作者的意圖所在。即這類事不僅唐代有，宋代也不少，詩中提及的有二，一是貢茶，一是貢牡丹，都是宋朝的事，前者涉及到丁謂與蔡襄，後者主使者為錢惟演。這些人都是高官，三人的所作所為，不過是為了討得君主的歡心，這在宋人著述中多有論及。又阮閱《詩話總龜・後集》卷三十引《高齋詩話》云：「鄭可簡以貢茶進用，累官職至觀文殿修撰，福建路轉運使。其姪千里於山谷間得朱草，可簡令其子待問進之，因此得官，好事者作詩云：『父貴因茶白，兒榮為草朱。』」龍團茶的出現，丁謂肇其端，蔡襄極其精致，深得仁宗皇帝的賞愛，其後神宗朝鄭可簡父子之流又有新變，也就是這些官員想著法子精益求精，以此欲博得君主的歡心，為自己的仕途陞遷加碼。除貢茶外，又有貢花之事。宋人黃徹《䂬溪詩話》卷五云：「錢惟演為洛帥留守，始置驛貢花，識者鄙之。」錢氏退居洛陽，眷注牡丹，品第高下，不僅如此，甚至置驛站，遞貢牡丹於宮中。不論是貢茶，還是貢花，也都是為了博得君主的歡心，甚至開啟君主獵奇嗜異的心理，所謂「爭新買寵各出意」，地方官員多抱有這種心理，置國計民生於不顧，這便是詩人憂慮的地方。所以高喊出「我願天公憐赤子，莫生尤物為瘡痏。雨順風調百穀登，民不飢寒為上瑞」，表達了強烈的民本思想。

四、是一個命運多舛的人

蘇洵有〈名二子說〉，其中云：「軾乎，吾懼汝之不外飾也。」蘇軾與蘇轍兄弟二人名字中都有「車」字旁，蘇洵據兩個兒子性格，用與車有關的詞語而取名，針對「軾」的作用，蘇洵強調的是希望他日後為人處世不要偏激，「吾懼汝之不外飾」，就是說蘇軾才華橫溢，難免會鋒鋩外露，恃才傲物，如此會招惹忌恨，帶來麻煩。寫這篇短文時，蘇軾十一歲，蘇轍八歲。倆人還屬於孩童，蘇軾、蘇轍日後仕途的波折，也印證了老父的擔憂。

以對朱壽昌尋母一事，可見一斑。蘇軾有詩〈朱壽昌郎中少不知母所在，刺血寫經，求之五十年，去歲得之蜀中，以詩賀之〉，據文與可〈送朱郎中詩序〉和李燾《續資治通鑑長編》等載，朱壽昌尋得生母是在宋神宗熙寧三年（西元一〇七〇年），題中有「去歲得之蜀中」云云，知詩作於熙寧四年。全詩分二大部分，前十二句是對朱氏尋得生母一事的讚美。據《宋史》載：朱壽昌，字康叔。父名朱巽，有妾劉氏，巽守京兆，劉氏方娠而出。壽昌生數歲，始歸父家。母子不相聞五十年，行四方求之。熙寧初朱壽昌與家人辭訣，棄官入秦，得之於同州，時劉氏年已七十餘，迎以歸。事聞，詔還就官，由是以孝聞天下。自王安石、蘇頌、蘇軾以下士大夫爭為詩美之。又文與可〈送朱郎中詩序〉云：「上嘉賞，特召見，復其官，又封賜其母長安縣太君。康叔請願，且倅河中，庶近母前所在慰之。詔許，於是好事者爭賦詩以贈行，凡若干篇。」可知這事轟動一時。此事有關教化，得到了帝王的嘉獎和禮遇，詩中「金花詔書錦作囊，白藤肩輿簾蹙繡」，講的就是這種情況。自「感君離合我酸辛，此事今無古或聞」二句，筆鋒一轉，全詩基調由熱情激烈變得凝重冷峻，詩中連舉古代六件事例，多以孝行孝心稱揚於世者，其中也有不孝者，意在說明世風日下，人心不古，而詩中所云今人不孝者即指李定其人。李定（西元一〇二七—一〇八七年），字資深，揚州（今屬江蘇）人。少受學於王安石，登進士第。歷官至戶部侍郎等。詩中譏諷李定，卻給作者帶來了麻煩，宋人邵伯溫《聞見錄》卷十三云：「朱壽昌者，少不知母所在，棄官走天下求之，刺血書佛經，志甚苦。熙寧初見於同州，迎以歸，朝士多以詩美之。蘇內翰子瞻詩云：『感君離合我酸心，此事今無古或聞。』王荊公薦李定為臺官，定嘗不持母服，臺諫給舍俱論其不孝，不可用，內翰因壽昌作詩貶定，故曰『此事今無古或聞』也。後定為御史中丞，言內翰多作詩貶上，自知湖州赴詔獄，小人必欲殺之。」其後李定等藉機發難，論蘇軾熙寧以來詩文攻擊時政，怨謗君父，逮軾赴御史臺獄窮治，必欲置之死地而後快，這便是有名的烏臺詩案。

作為烏臺詩案的主要罪證之一，是〈王復秀才所居雙檜二首〉，詩云：

吳王池館遍重城，閑草幽花不記名。青蓋一歸無覓處，只留雙檜待昇平。

凜然相對敢相欺？直幹凌空未要奇。根到九泉無曲處，世間惟有蟄龍知。

詩作於神宗熙寧間通判杭州時。第一首就雙檜的經歷而言，詠物兼詠史，通過吟詠吳越王朝的興亡，抒寫滄桑之感。第二首言雙檜的品性，孤傲冷落，不圖奇顯，但求有知音。二詩是詠物，微寓興亡之感，卻因此招來殺身之禍。宋人陳巖肖《庚溪詩話》卷上云：「東坡先生學術文章、忠言直節，不特士大夫所欽仰，而累朝聖主寵遇皆厚。……神宗朝以議變更科舉法，上得其議，喜之，遂欲進用，以與王安石論新法不合補外。王黨李定之徒媒蘖浸潤不止，遂坐詩文有譏諷，赴召獄，欲寘之死。賴上獨庇之得出，止責置齊安。方其坐獄，時宰相有譖於上曰：『軾有不臣意。』上改容曰：『軾雖有罪，不應至此。』時相舉軾檜詩云『根到九泉無曲處，世間唯有蟄龍知』，『陛下飛龍在天，軾以為不知，而求之地下之蟄龍，非不臣而何？』上曰：『詩人之詞安可如此論？彼自詠檜，何預朕事？』時相語塞。」政敵們對「根到九泉無曲處」二句的惡意解讀，就連宋神宗都覺得過分，此事多見於宋人著述中。不過禍從口出，卻是蘇軾難以迴避的，其〈初到黃州〉一詩云：

自笑平生為口忙，老來事業轉荒唐。長江繞郭知魚美，好竹連山覺筍香。逐客不妨員外置，詩人例作水曹郎。只慚無補絲毫事，尚費官家壓酒囊。

首聯就被貶謫黃州一事，含蓄地表達了這次招禍的原因。「為口忙」語意雙關，一是指為口腹之役而在宦海中浮沉，在仕途上奔波；一是因熱衷於口業的原因而招致物議紛紛，陷身囹圄。「忙」的結果竟然是如此的悲摧，恐怕也是詩人始料未及的。「老來事業轉荒唐」，先前的理想，先前的執著，先前的企盼，想來都要落空了，從肯定到否定，事業成了泡影，剩下的就是如何過日子了，這也是領聯所要表達的意思。頸聯「逐客」句則是知天安命之意，因黨派之爭，蘇軾遭人忌恨，加上對新法有看法，常形諸於詩文中，落口實於人，政敵們網羅罪名，不惜穿鑿附會，無所不用其極，必欲置之死地而後快。

蘇軾為人剛直忠正，言語少顧忌，得罪了當權者，以致政敵們無事生非，這種情況一直伴隨其仕途生涯的始終，面對著政敵們的深文周納，詩人是感到無能為力的，其命運多舛，也就在所難免。

五、是一個隨遇而安的人

自仁宗嘉祐六年（西元一〇六一年）中制舉，授大理評事簽書鳳翔府判官，至哲宗紹聖七年（西元一一〇〇年）離開海南島北還，在近四十年的仕途生涯中，蘇軾先後被貶謫至黃州、惠州、儋州等，在貶謫之地前後達十餘年之久，作為一個「有罪」的官員，貶謫生活的辛酸，可謂一言難盡。在貶謫之地，衣食住行均需要自行解決。就住而言，最初也只能是借居，或寺觀，或民居，或其他，隨後就是自己買地建房，以便定居下來，至於耕種之事等，也是少不了的。

面對諸般的不適，蘇軾卻能樂觀地對待。在黃州有〈次韻孔毅父久旱已而甚雨三首〉，其一云：

去年東坡拾瓦礫，自種黃桑三百尺。今年刈草蓋雪堂，日炙風吹面如墨。平生懶惰今始悔，老大勸農天所直。沛然例賜三尺雨，造化無心怳難測。四方上下同一雲，甘霔不為龍所隔。蓬蒿下濕迎曉耒，燈火新涼催夜織。老夫作罷得甘寢，臥聽牆東人響屐。奔流未已坑谷平，折葦枯荷恣漂溺。腐儒麤糲支百年，力耕不受眾目憐。破陂漏水不耐旱，人力未至求天全。

會當作塘徑千步，橫斷西北遮山泉。四鄰相率助舉杵，人人知我囊無錢。明年共看決渠雨，飢飽在我寧關天。誰能伴我田間飲，醉倒惟有支頭磚。

據《東坡先生年譜》：神宗元豐五年（西元一〇八二年），「先生年四十七，在黃州，寓居臨皋亭，就東坡築雪堂，自號東坡居士。」知詩作於元豐五年。貶謫黃州，詩人的角色變了，變成為一個自食其力的勞動者。詩中敘寫初到黃州所面臨的種種困難，首先要解決的是衣食與居住的問題，於是就有了雪堂等房屋的建造。蘇軾《東坡志林》卷六云：「蘇子得廢園於東坡之脅，築而垣之，作堂焉，其正曰雪堂，堂以大雪中為，因繪雪於四壁之間，無容隙也。」知房屋是於寒冬時建好的。有了棲身之所，解決了住的問題，其次就是衣食溫飽的問題，詩中所寫主要是關於這方面的事情。「自種黃桑」這是與衣著有關的。還要解決糧食問題，詩中敘寫了因久旱而降雨的歡欣，「沛然例賜三尺雨」四句，很有天道酬勤的味道，所謂「腐儒麤糲支百年，力耕不受眾目憐」，其結果還是差強人意的。至於因忙於耕種而「日炙風吹面如墨」，這些付出都是值得的，所謂「老夫作罷得甘寢」，即忙完農事，體力疲乏，可助安眠。不似仕宦時，雖無衣食之憂，但風波迭起，能讓人如此安眠嗎？蘇軾〈書韓魏公黃州詩後〉云：「軾亦公之門人，謫居於黃五年，治東坡，築雪堂，蓋將老焉，則亦黃人也。」很有樂天知命、委順自然之感。

初到惠州，同樣會面臨著諸種生計問題，如居住問題、衣食問題、安家問題等等，這都要自己解決。有詩〈雨後行菜圃〉云：

夢回聞雨聲，喜我菜甲長。平明江路濕，並岸飛雨槳。天公真富有，乳膏瀉黃壤。霜根一蕃滋，風葉漸俯仰。未任筐筥載，已作杯盤想。艱難生理窄，一味敢專饗？小摘飯山僧，清安寄真賞。芥藍如菌蕈，脆美牙頰響。白菘類羔豚，冒土出蹯掌。誰能視火候，小竈當自養。

不同於在黃州妻兒子女及僕人一大家人都隨同，到惠州，只有幼子蘇過與侍妾王朝雲陪同，面臨的壓力要輕得多。只是惠州遠在南部蠻荒之地，水土不服又是一大問題。好在蘇軾心態平和，隨遇而安，少了不少麻煩。安居下來，開墾田地，種植些穀物蔬菜，能自給自足，那也就算幸運的。一場及時雨，使得詩人看到的是滿滿的希望，所謂「霜根一蕃滋，風葉漸俯仰」，作物搖曳多姿，一派生機盎然。至於「艱難生理窄」，謂生計方面還存在著種種問題，仍難掩內心的歡喜。「小摘飯山僧」，表現了詩人的熱情好客。「芥藍如菌蕈」四句，是說即使最普通的蔬菜，自己吃著，猶如咀嚼著山珍海味，總覺得味道香美，這不僅僅是物質上的享受，更是精神上的滿足。詩中用樸素的語言，表達了真誠樸實的情感，情趣盎然。又有〈遷居〉一詩，序云：「吾紹聖元年十月二日至惠州，寓居合江樓，是月十八日遷於嘉祐寺。二年三月十九日復遷於合江樓，三年四月二十日復歸於嘉祐寺。時方卜築白鶴峰之上，新居成，庶幾其少安乎？」詩的前半幅敘寫初到惠州擇居的狀況，所謂「前年家水東」，指寓居合江樓；所謂「去年家水西」，指寓居嘉祐寺。蘇軾初至惠州，先寓居合江樓，十六天後移居嘉祐寺，五個月後又遷回至合江樓，一年多後再次回到了嘉祐寺。又云「已買白鶴峰，規作終老計」，知此詩作於白鶴新居建成前。蘇軾〈與毛澤民推官三首〉其二云：「某已買得數畝地，在白鶴峰上，古白鶴觀基也。已令斫木陶瓦，作屋三十許間，今冬成。」知白鶴新居是有一定規模的，有屋三十多間。又蘇軾〈白鶴新居上梁文〉云：「東坡先生南遷萬里，僑寓三年。不知歸與之心，更作終焉之計。」據宋人施宿《東坡先生年譜》：哲宗紹聖三年（西元一〇九六年）四月開始營建白鶴新居，次年二月建成，用時十個月。同年閏二月，責授瓊州別駕昌化軍安置，四月，從惠州動身出發，七月到達昌化軍（今屬海南）。可知新居剛建成不久，便再次被貶謫到海南島。那種想在白鶴新居頤養天年的想法又成了泡影。

到了海南島的儋州，衣食住行變得更加艱難，有〈新居〉云：

朝陽入北林，竹樹散疎影。短籬尋丈間，寄我無窮境。舊居無一席，逐客猶遭屏。結茅得茲地，翳翳村巷永。數朝風雨涼，畦菊發新穎。俯仰可卒歲，何必謀二頃。

詩作於哲宗元符元年（西元一〇九八年），謫居儋州，營造新居成。「朝陽入北林」四句極寫新居環境的清幽寂靜。蘇軾〈答程天侔三首〉其二云：「新居在軍城南，極湫隘，粗有竹樹，烟雨濛晦，真蜑塢獠洞也。」新居不大，地處荒僻孤陋，比土著人居住的洞穴也好不了多少。「舊居無一席」四句，點明新居建成的原委，蘇軾〈答程全父推官六首〉其一云：「初至，僦官屋數椽，近復遭迫逐，不免買地結茅，僅免露處，而囊為一空，困厄之中，何所不有，置之不足道。」知初至儋州，租用的是官府的房子，「復遭迫逐」，即詩云「逐客猶遭屏」，據施宿《東坡先生年譜》之元符元年載，知被驅趕的原因，仍是政敵在作祟。無奈，只能買塊地，於匆忙中建成新居，也僅能庇風雨。「數朝風雨涼」四句，是說新居雖然簡陋，「俯仰可卒歲」，至少可以在此卒其餘年，曠達之懷可知。蘇軾〈與鄭嘉二首〉其一云：「近買地起屋五間，……此中枯寂，殆非人世，然居之甚安，況諸史滿前，甚可與語者也。」新居雖簡陋，有諸種不便，「殆非人世，然居之甚安」，就在於可以「寄我無窮境」，此時此刻，住房的狹隘，環境的惡劣，也不會影響詩人心胸的開闊，精神的愉悅，就在於不會再有更多的煩擾盯住自己，使自己不得安生。

詩人既不能辭官歸隱，回歸故鄉又成了奢望，隨遇而安也就成了不二之選。宋吳幵《優古堂詩話》：「東坡作〈定風波〉，序云：王定國歌兒曰柔奴，姓宇文氏，定國南遷歸，余問柔：『廣南風土應是不好？』柔對曰：『此心安處，便是吾鄉？』因用其語綴詞云：『試問嶺南應不好，卻道，此心安處是吾鄉。』余嘗以此語本出於白樂天，東坡偶忘之耳，白〈吾土〉詩云：『身心安處為吾土，豈限長安與洛陽。』又〈出城留別〉詩云：『我生本無鄉，心安是歸處。』又〈重題〉詩云：『心泰身寧是歸處，故鄉可獨在長安。』又〈種桃杏〉詩云：『無論海角與天涯，大抵心安即是家。』隨遇而安，這種心態，或也是受白居易的影響。

六、是一個達觀開朗的人

蘇軾飽經憂患，但能隨遇而安，這也與其達觀開朗的天性相關聯，如詩〈十二月二十八日蒙恩責授檢校水部員外郎、黃州團練副使復用前韻二首〉云：

百日歸期恰及春，餘年樂事最關身。出門便旋風吹面，走馬聯翩鵲啅人。卻對酒杯疑是夢，試拈詩筆已如神。此災何必深追咎，竊祿從來豈有因？

平生文字為吾累，此去聲名不厭低。塞上縱歸他日馬，城東不鬬少年雞。休官彭澤貧無酒，隱几維摩病有妻。堪笑睢陽老從事，為余投檄向江西。子由聞子下獄，乞以官爵贖子罪，貶筠州監酒。

詩作於神宗元豐二年（西元一〇七九年）十二月底，在獄中一百多天被放出，可謂劫後餘生。至於說「餘年樂事最關身」，即日後能快樂地生活，這就是最大的幸福。而「出門便旋風吹面，走馬聯翩鵲啅人」，自由地奔馳，自在地迴旋，便是這種心態的寫照。「此災何必深追咎」，能逃得一命，如同驚弓之鳥，已屬不易，哪裡還有別的奢求。所謂「平生文字為吾累，此去聲名不厭低」，自知所作詩文欠考慮，不僅陷自己於危險之地，還連累了不少人。據《續資治通鑑長編》卷三百一載，知其間與蘇軾有文學交往而受牽連的人多達二十餘人，包括胞弟蘇轍，詩末云「堪笑睢陽老從事，為余投檄向江西」，所指即此。這場轟轟烈烈的文字獄，蘇軾撿回了一條命，是慶幸？還是不幸？「塞上縱歸他日馬」四句連用四個典故表達出獄後的感悟，蘇軾〈偃松屏贊〉序云：「士踐憂患，安知非福」，可作「塞上」一句注腳。往事不堪回首，能與親人在一起，即使過著清貧的日子，也是萬幸的。只是這場文字獄源自詩歌，親人或友朋也勸誡詩人不要寫詩，或少寫詩，詩中卻云「試拈詩筆已如神」，宋羅大經《鶴林玉露》卷十云：「東坡文章妙絕古今，而其病在於好譏刺。文與可戒以詩曰：『北客若來休問事，西湖雖好莫吟詩。』蓋深恐其賈禍也。烏臺之勘，赤壁之貶，卒於不免。觀其獄中詩云：『夢繞雲山心似鹿，魂飛湯火命如雞。』亦可哀矣。然纔出獄，便賦詩云：『卻對酒杯疑是夢，試拈詩筆已如神。』略無懲艾之意，何也？」似指其得意忘形，不過積習要改，又談何容易呢？

又〈獨覺〉詩云：

瘴霧三年恬不怪，反畏北風生體疥。朝來縮頸似寒鴉，焰火生薪聊一快。紅波翻屋春風起，先生默坐春風裏。浮空眼纈散雲霞，無數心花發桃李。翛然獨覺午窗明，欲覺猶聞醉鼾聲。

回首向來蕭瑟處，也無風雨也無晴。

謫居儋州三年，已適應了當地的地理環境、生活習俗等，初到時悲涼無助之感早已消亡，樂天知命，也就是唯一的選擇，想睡就睡，想醒就醒，心裡坦蕩蕩的。「先生默坐春風裏」，感受到大自然賜予的溫暖，以致於「浮空眼纈散雲霞，無數心花發桃李」，春天來了，就意味著所有會變得那麼燦爛美好。詩人在黃州作〈定風波〉（莫聽穿林打葉聲）一詞，下闋云：「料峭春風吹酒醒，微冷，山頭斜照卻相迎。回首向來蕭瑟處，歸去，也無風雨也無晴。」意境與旨意與此詩有相同處。風雨陰晴，這是自然現象，看似無規律，卻是合乎情理。人生的經歷也應作如是觀，由貶謫黃州，到再貶惠州，至三謫儋州，是經歷了無盡的大是大非、大悲大喜之後，再回過頭來看，所有的是是非非，此時已是不放在心裡，大徹大悟，除了認命，還能奢求什麼呢？心如死灰，波瀾不驚。用語平淡樸素，表意超脫達觀。

又〈六月二十日夜渡海〉詩云：

參橫斗轉欲三更，苦雨終風也解晴。雲散月明誰點綴，天容海色本澄清。空餘魯叟乘桴意，粗識軒轅奏樂聲。九死南荒吾不恨，茲游奇絕冠平生。

詩的前四句交待了離島渡海的時間，半夜三更，本是久雨狂風的天，此時卻忽然雲散月明，雨停風止，海天一色，澄澈清朗，很有天遂人願的意味。其間語意雙關，「苦雨終風」喻指政敵們長期對自己的打壓與迫害，「雲散月明」喻指自己得以離島北還，說明誣陷冤枉得以洗刷，還自己的清白。「天容海色本澄清」，則強調自己的品性原本潔淨。後四句重在抒情，寫自己的心境。原本久雨狂風的天突然雲散月出，上下澄明，體味著大自然的各種聲響，如同聽著天樂般，以至有「九死南荒吾不恨」的言論，所謂人逢喜事精神爽，能離開僻遠荒涼的海南島，回到內陸，用死裡逃生形容不為過。行文奇異超拔，從中也可見詩人曠達開朗，豪氣難掩，雄風依然。

七、是一個超脫思隱的人

自從走上了仕途，蘇軾懷思故鄉、超脫退隱的念頭一直閃現，時常冒出，見於詩中。如〈歐陽少師令賦所蓄石屏〉一詩云：「何人遺公石屏風，上有水墨希微踪。不畫長林與巨植，獨畫峨眉山西雪嶺上萬歲不老之孤松。」作於神宗熙寧四年（西元一〇七一年），石屏上呈現的是一幅水墨畫，煙霧迷濛，尤其是其中有一樹，在詩人看來，就似故鄉峨眉山西雪嶺上萬年孤松，凌雲挺拔，傲視蒼穹，濃濃的鄉愁也寄寓其中。類似的還有〈雙石〉詩云「但見玉峰橫太白，便從鳥道絕峨眉」，又〈雪浪石〉云：「離堆四面繞江水，坐無蜀士誰與論。老翁兒戲作飛雨，把酒坐看珠跳盆。此身自幻孰非夢？故國山水聊心存。」離堆，山名，在今四川南部縣東南。故鄉的山，故鄉的水，是難以拂去的記憶。在仕途不得志時，這種情感表現得更明顯。如〈遊金山寺〉云：

我家江水初發源，宦游直送江入海。聞道潮頭一丈高，天寒尚有沙痕在。中泠南畔石盤陀，古來出沒隨濤波。試登絕頂望鄉國，江南江北青山多。羈愁畏晚尋歸楫，山僧苦留看落日。微風萬頃靴文細，斷霞半空魚尾赤。是時江月初生魄，二更月落天深黑。江心似有炬火明，飛焰照山棲烏驚。悵然歸臥心莫識，非鬼非人竟何物。江山如此不歸山，江神見怪驚我頑。我謝江神豈得已？有田不歸如江水。

宋神宗熙寧年間，蘇軾赴任杭州通判，途經鎮江金山寺，詩作於此時。這次離開京城到外地做官，詩人的心情是不暢快的，主要是與執政者的意見不合。仕途上的失意，很容易引起思親思鄉的情感，詩中反映的就是這種情緒。所以見到長江就感到親切，因為江水是源自故鄉的岷山，由故鄉到中原，走水路，長江是不二的選擇。詩的主體部分是敘寫遊金山寺登臨時的所見所感，應寺僧邀請，詩人留下在妙高峰觀賞落日，還品玩了月夜之景，凸顯了月夜景象的神奇與奧妙。所見江心炬火一事，「非鬼非人」的神祕莫測之感，也加重了詩人對自然與人事的迷蒙與困惑，由此以自警，末四句或是源自這種暗示，從危機重重的政治漩渦中脫身歸隱，對詩人來說，未嘗不是件好事。詩人早有這種打算，卻已是身不由己，最終也未能遂願。

不僅如此，遇到故鄉的人，也是倍感親切。如詩〈秀州報本禪院鄉僧文長老方丈〉云：

萬里家山一夢中，吳音漸已變兒童。每逢蜀叟談終日，便覺峨眉翠掃空。師已忘言真有道，

我除搜句百無功。明年採藥天台去，更欲題詩滿浙東。

神宗熙寧六年（西元一〇七三年），蘇軾到潤州（今江蘇鎮江），途經秀州（今浙江嘉興），尋訪文長老，詩作於此時。抒寫思戀故鄉的情懷，是此詩的基調。開篇即寫出濃濃的鄉愁，首聯是從文長老的角度，次聯是從詩人的角度。文長老自幼出蜀，來到吳地，雖然語音已變，但思鄉的情感一直未能泯滅。「每逢蜀叟談終日，便覺峨眉翠掃空」二句，對故鄉的愛戀與夢想之情張揚凸顯，濃情密意，渾化無極。詩人十六年中曾三次造訪文長老，一方面是彼此談得來，另一方面還是有老鄉這層關係的。

思戀故鄉的情感往往又是與避世歸隱的想法相關聯，如〈送運判朱朝奉入蜀〉一詩云：

靄靄青城雲，娟娟峨嵋月。隨我西北來，照我光不滅。我在塵土中，白雲呼我歸。我游江湖上，明月濕我衣。岷峨天一方，雲月在我側。謂是山中人，相望了不隔。夢尋西南路，默數長短亭。似聞嘉陵江，跳波吹枕屏。送君無一物，清江飲君馬。路穿慈竹林，父老拜

馬下。不用驚走藏，使者我友生。聽訟如家人，細說為汝評。若逢山中友，問我歸何日。為話腰腳輕，猶堪踏泉石。

巴蜀之地，是作者的故鄉。自從離開故鄉，開始了仕宦生涯，詩人幾乎就沒有什麼機會回到故里。尤其是仕宦的後半生，仕途上的坎坷與失意，想從官場中抽身，退隱回歸，就成了奢望。不管怎麼說，對故鄉的思戀之情卻難以割斷，見到從故鄉而來的長江之水就感到親切，見到來自巴蜀之地的人就感到熱情，見到要到巴蜀之地任職的人就感到激動，這首詩便是如此。青城山的雲，峨眉山的月，早年的記憶，一直伴隨著自己。「隨我西北來，照我光不滅」，這是刻骨銘心的記憶。「我在塵土中，白雲呼我歸」，塵土即塵世，指紅塵名利場及仕途生涯，白雲喻指歸隱，人在江湖，身不由己，可在詩人身上得到切實的印證。「謂是山中人」，是說自己原本是適合歸隱的料，卻總是難以遂人願，仕途上不得志，歸隱又不能達成，進退兩難，對詩人而言，這未嘗不是一種悲哀。「夢尋西南路」四句是說回歸故鄉的願望只能在夢中實現了。詩的前半幅敘寫自己濃重的思鄉之情，後半幅則是敘寫送友人到巴蜀任職之意，「不用驚走藏」、「聽訟如家人」，意在囑咐朱氏治理百姓時要有寬厚仁慈之心，這是遊子對故鄉父老關懷之心的體現。至於末四句，意在說明自己尚強健，鄉親故友不必牽掛。此詩雖然是送友人，卻處處說自己，借他人酒杯，澆自己塊壘。語言清麗樸實，抒情委婉多態。

宋人李之儀〈跋東坡諸公追和淵明〈歸去來引〉後〉云：「東坡平日自謂淵明後身，且將盡和其詩乃已。自知杭州以後，時時如所約，然此語未嘗載之筆下。予在潁昌，一日從容黃門公，遂出東坡所和。」黃門公即蘇轍。又〈跋東坡與杜子師書〉云：「此東坡自海外歸時所與書，東坡尤喜淵明詩，在揚州因飲酒，遂和淵明〈飲酒二十首〉，序其和詩之因，則日將盡和其詩而後已。既留海外，卒踐其志，雖〈歸去來〉亦次韻，今別為一集，子由作字。」知蘇軾自通判杭州開始和陶詩，直至去世，盡和陶詩，凡一百多首，這些詩今均存。其中謫居儋州時，和陶詩最多，有近六十首。陶氏被稱作古今隱逸詩人之宗，蘇軾早有歸隱之意，卻一直不能遂願，藉和唱陶氏詩抒寫隱逸情懷，用意是明確的。蘇軾〈答程全父推官六首〉其二云：「僕焚毀筆硯已五年，尚寄味此學。隨行有陶淵明集，陶寫伊鬱，正賴此耳。」又其三云：「流轉海外，如逃深谷，既無與晤語者，又書籍舉無有，惟陶淵明一集、柳子厚詩文數冊，常置左右，目為二友。」陶詩與詩人有共鳴處，所謂「陶寫伊鬱」，謂讀陶詩可以怡悅情性，開釋憂憤鬱結的情懷。

八、是一個出入釋道的人

蘇軾思想受釋道二家影響頗深，詩中也多用釋道詞語或典故，其中道家中用《莊子》一書中的語典及語意為最常見，至於佛者，詩人與之交往更多，詩中多有涉及。如〈百步洪〉詩，凡二首，一是贈送給釋參寥的，一是寄給王定國的，作於神宗元豐元年（西元一〇七八年），在徐州。以下為贈參寥師者，詩云：

長洪斗落生跳波，輕舟南下如投梭。水師絕叫鳧雁起，亂石一線爭磋磨。有如兔走鷹隼落，駿馬下注千丈坡。斷絃離柱箭脫手，飛電過隙珠翻荷。四山眩轉風掠耳，但見流沫生千渦。嶮中得樂雖一快，何意水伯誇秋河。我生乘化日夜逝，坐覺一念逾新羅。紛紛爭奪醉夢裏，豈信荊棘埋銅駝。覺來俯仰失千劫，回視此水殊委蛇。君看岸邊蒼石上，古來篙眼如蜂窠。但應此心無所住，造物雖駛如吾何？回船上馬各歸去，多言譊譊師所呵。

詩的前半幅敘寫乘小船在百步洪中順流而下的感受，「有如兔走鷹隼落」以下六句，一連用了六個比喻，摹寫「疾馳」中的種種感受，用語奇異，形象逼真，富有生氣。詩的後半幅以議論為主，闡發禪機佛理，與所贈參寥師身分吻合。由急流中得到的一時快感，引發人生如幻的感覺。「紛紛爭奪醉夢裏，豈信荊棘埋銅駝」，世俗中人們總是忙碌著，不過就是那點功名利祿，爭個您死我活，爭來爭去，轉眼之間，已是遲暮之年，最終化為一掊泥土。所謂「但應此心無所住」，即但願此心不受任何拘束，尤其是不要被功名利祿所羈絆，自在放行，順從自然，頗有莊子的思想意味。

又如〈次韻秦太虛見戲耳聾〉一詩云：

君不見詩人借車無可載，留得一錢何足賴。晚年更似杜陵翁，右臂雖存耳先聵。人將蟻動作牛鬪，我覺風雷真一噫。聞塵掃盡根性空，不須更枕清流派。大朴初散失渾沌，六鑿相攘更勝敗。眼花亂墜酒生風，口業不停詩有債。君知五蘊皆是賊，人生一病今先差。但恐此心終未了，不見不聞還是礙。今君疑我特佯聾，故作嘲詩窮嶮怪。須防額癢出三耳，莫放筆端風雨快。

神宗元豐元年（西元一〇七八年），秦觀（字太虛）三十歲，舉進士不中，退居高郵。會蘇軾自徐州移知湖州，途經高郵，秦觀遂與同行，詩作於此時，秦觀詩今不存。開篇六句，敘寫耳聾帶來的窘迫之感。「聞塵掃盡根性空」以下十句，申明佛道之理，表達對人生的感悟。其中涉及到六塵、六根、六竅、五蘊等，多與「耳朵」及聽力相關聯。五官七竅為人身所必備，不論其中的哪一種器官出了問題，享受人生的快樂就會打折扣，而這又是不可避免的，尤其是步入衰老，五官七竅的功能自然會退化，所帶來的痛苦也是日見嚴重。「不見不聞還是礙」，不想看，不想聽，多少還是刻意的，未必能超脫。只有「聞塵掃盡根性空」，只有六根清靜，看空所有，也就無所謂喜樂悲哀諸般感受的騷擾。戲謔筆墨，寓莊於諧，機趣橫生。

神宗元豐七年（西元一〇八四年）五月蘇軾遊廬山，寫有〈贈東林總長老〉一詩云：

溪聲便是廣長舌，山色豈非清淨身。夜來八萬四千偈，他日如何舉似人？

宋釋普濟《五燈會元》卷十七〈東林總禪師法嗣〉云：「內翰東坡居士蘇軾，字子瞻，因宿東林，與照覺論無情話有省，黎明獻偈曰：『溪聲便是廣長舌，山色豈非清淨身。夜來八萬四千偈，他日如何舉似人。』」所謂無情，謂不留情。不留情，就不會有牽掛。詩中以溪聲喻廣長舌，謂照覺禪師能言善辯。以山色喻清淨身，謂照覺禪師法身清淨，遠離惡行與煩惱。「八萬四千偈」回應首句「廣長舌」，極言禪師的耐心善意。時詩人才從貶謫的處境中解脫出來，擺脫了「罪人」的身分，成了自由人。貶謫黃州是詩人仕途生涯中遭受到的第一次巨大挫折，劫後餘生的驚懼不是那麼容易消除的。究其原因，貪戀功名富貴，未必不是主導因素之一。只有無情於俗世的功利之念，方能得清淨身，這或許就是詩人與照覺禪師一夜長談省悟之所在。

九、是一個通曉書畫的人

宋代文人學問廣，見識高，也表現在他們的創作中。蘇軾就是如此，他通書畫，懂音樂，能弈棋，體現了較高的學識與文化修養水平，所謂宋人以學問為詩、以議論為詩的特點，在這類詩中可見一斑。

題詠書畫的詩篇，在蘇軾作品中不少見，如〈孫莘老求墨妙亭詩〉、〈書韓幹「牧馬圖」〉、〈韓幹馬十四匹〉、〈李思訓畫「長江絕島圖」〉、〈惠崇春江曉景二首〉、〈虢國夫人夜游圖〉、

〈書晁補之所藏與可畫竹三首〉、〈書鄢陵王主簿所畫折枝二首〉、〈次韻米黻二王書跋尾二首〉等，其中不少表達了詩人的藝術觀，如〈王維吳道子畫〉云：

> 何處訪吳畫，普門與開元。開元有東塔，摩詰留手痕。吾觀畫品中，莫如二子尊。道子實雄放，浩如海波翻。當其下手風雨快，筆所未到氣已吞。亭亭雙林間，彩暈扶桑暾。中有至人談寂滅，悟者悲涕迷者手自捫。蠻君鬼伯千萬萬，相排競進頭如黿。摩詰本詩老，佩芷襲芳蓀。今觀此壁畫，亦若其詩清且敦。祇園弟子盡鶴骨，心如死灰不復溫。門前兩叢竹，雪節貫霜根。交柯亂葉動無數，一一皆可尋其源。吳生雖妙絕，猶以畫工論。摩詰得之於象外，有如仙翮謝籠樊。吾觀二子皆神俊，又於維也斂衽無間言。

此為〈鳳翔八觀〉之一，是其早期作品，作於仁宗嘉祐年間供職鳳翔府時。詩論吳道子、王維之畫，首先談論的是吳氏畫，吳道子善於描繪佛道人物，多見於佛寺道觀壁間。詩中對吳氏繪畫時運筆迅捷酣暢的特點，給予了高度的評價，「當其下手風雨快，筆所未到氣已吞」，這是胸有成竹的體現。至於「吳生雖妙絕，猶以畫工論」，對吳氏追求形似，過於雕琢精工，或有腹議。其次是談論王維的作品，王氏是以山水詩著稱的，又善畫山水，王氏所繪真蹟後世罕見，所謂「得之於象外，有如仙翮謝籠樊」，即能擺脫拘束，追求神似，富有新意，蘇軾對此表達了讚賞。蘇軾〈書吳道子畫後〉云：「故詩至於杜子美，文至於韓退之，書至於顏魯公，畫至於吳道子，而古今之變、天下之能事畢矣。道子畫人物，如以燈取影，逆來順往，旁見側出，橫斜平直，各相乘除，得自然之數，不差毫末。出新意於法度之中，寄妙理於豪放之外。所謂遊刃餘地，運斤成風，蓋古今一人而已。余於他畫或不能必其主名，至於道子，望而知其真僞也。」作於神宗元豐八年（西元一〇八五年）十一月七日。又〈跋吳道子地獄變相〉云：「道子畫聖也，出新意於法度之內，寄妙理於豪放之外，蓋所謂遊刃餘地，運斤成風者耶？」作於元豐六年七月十日。所謂「出新意於法度之內，寄妙理於豪放之外」，即如何在遵守法規的前提下創造出新意，寄託精妙的道理於豪邁無拘束的筆端之外，提出了自己的文藝觀。任何一門藝術，經過一定時期的發展，就會逐漸完善，達到定型，如同到了杜子美、韓退之、顏魯公、吳道子，詩、文、書、畫創作的藝術技巧已經十分完善成熟了，這就面臨著一個話題，即突破創新的問題。要超越這些高峰，創新是不可迴避的。「法度」是指已經成熟定型的規則或範式，時間久了，就成了傳統，而傳統往往會成為創新發展的阻礙。「出新意於法度之中」，就是如何突破現有的體制，要想超越，就得勇於創新，也就是要突破傳統。「妙理」，是指精微的道理，也就是創新中形成的新理念，新思想。「寄妙理於豪放之外」，就意味著不受約束，突破傳統的框架，有新的進步。蘇軾本人就是這樣做的，有〈石蒼舒醉墨堂〉一詩，作於神宗熙寧二年（西元一〇六九年），時在京城。石蒼舒善法書，家中富藏圖書。石氏有堂，取名醉墨，求蘇氏兄弟題贈，蘇轍有〈石蒼舒醉墨堂〉一詩，兄弟二人詩中均提到了石氏草書學張旭。按，張旭，字伯高，一字季明，唐吳郡（今江蘇蘇州）人。善草書，好酒，每醉後號呼狂走，索筆揮灑，變化無窮，若有神助，時人號為張顛。有「草聖」之稱。蘇軾詩重在論草書，詩中主要論及如何做到自由抒寫，無復依傍，有個性。草書為漢字字體的表現形態之一，筆畫連屬，多有省簡，有章草、今草、狂草之別。草書演化至狂草，極盡變幻之能事。草書既有規範性，又有靈活性，蘇軾強調的是後者，詩云「何用草書誇神速，開卷惝怳令人愁」，自由揮灑，狂放不羈，就有可能突破規範性，石蒼舒有這方面的特點，蘇軾也有，其他人也是如此，文人揮毫，其癡迷顛狂時，是不會考慮結果是什麼的，只要能酣暢愜意、自由無礙就行了。宋釋惠洪《冷齋夜話》卷九云：「張丞相好草書而不工，當時流輩皆譏笑之，丞相自若也。一日得句，索筆疾書，滿紙龍蛇飛動，使姪錄之，當波險處，姪罔然而止，執所書問曰：『此何字也？』丞相熟視，久之，亦自不識，詬其姪曰：『胡不早問？致予忘之。』」張丞相，即張商英（西元一〇四三—一一二一年），字天覺，號無盡居士，新津（今屬四川）人。英宗治平二年（西元一〇六五年）進士。徽宗朝拜右僕射。惠洪大觀年間曾遊張商英之門。揮毫時肆意狂放，停筆後，連自己寫的字都辨認不出，這種人不是個別的，蘇氏本人也不例外，詩中云「我書意造本無法，點畫信手煩推求」，說明蘇軾本人也存在這種現象。

文學與藝術的創作，其理念往往是有相通之處，蘇軾〈跋唐王維藍田煙雨圖〉云：「味摩詰之詩，詩中有畫；觀摩詰之畫，畫中有詩。」詩畫一理觀，這也是蘇詩中常提及的。如〈書鄢陵王主簿所畫折枝二首〉其一云：

論畫以形似，見與兒童鄰。賦詩必此詩，定非知詩人。詩畫本一律，天工與清新。邊鸞雀寫生，趙昌花傳神。何如此兩幅，疎淡含精勻。誰言一點紅，解寄無邊春。

詩作於哲宗元祐二年（西元一〇八七年），在京城，凡二首，此為第一首。詩中以論說詩畫創作觀而著稱，多為後人所引述與評議。詩畫創作一理，是蘇軾詩中常談及的，除此詩外，又如〈韓幹馬〉云：「少陵翰墨無形畫，韓幹丹青不語詩。此畫此詩今已矣，人間駑驥漫爭馳。」又〈歐陽少師令賦所蓄石屏〉詩云：「古來畫師非俗士，摹寫物像略與詩人同。」又〈次韻吳傳正枯木歌〉詩云：「古來畫師非俗士，妙想實與詩同出。」其中主要涉及到的是形似與神似的問題。「論畫以形似」四句，指出詩畫創作，只追求形似是不可取的，認為這是十分幼稚的看法。宋以來，對蘇軾所云「形似」的理解就有歧義，就繪畫而言，做到「形似」，這是基本要求，否則就不知所畫為何物；就詩歌而言，用詞要準，否則就不知所云何意。這個道理蘇軾不會不明白，所以說詩人並不反對「形似」，而是反對拘泥於「形似」，反對為了「形似」而刻意地追求形似，所應追求的應是神似。就繪畫和詩歌而言，就是畫外之意、言外之旨，即在「形似」基礎上作品能引導觀者或讀者有更豐富、更深入的理解與思考，所謂「詩畫本一律，天工與清新」，即要求能體現出物象自然天成的品質與清爽新穎的精神，而不僅僅是物象本身形似的完美度。所謂「誰言一點紅，解寄無邊春」，也就是說從王主簿所繪折枝中一點紅花，就能令人感受到了無邊無際的盎然春意，而不僅僅看到的就是一朵紅花而已，否則，這就是一朵沒有生機的死花。形似只是基本要求，能求索到其形外之旨意或神韻，這才是藝術創作的較高境界。

綜上所述，知蘇軾是一位富有才華、個性鮮明、情感豐富、勇於擔當的人，在詩歌的創作方面，極富創新意識，極富藝術魅力，不僅為同時代的人所追隨，也為後來人所仰慕。

夜泊牛口❶

日落紅霧生，繫舟宿牛口。居民偶相聚，三四依古柳。負薪❷出深谷，見客喜且售。煮蔬❸為夜飧❹，安識肉與酒。朔風❺吹茅屋，破壁見星斗。兒女自咿嚘❻，亦足樂且久。人生本無事❼，苦為世味❽誘。富貴耀吾前，貧賤獨難守。誰知深山子❾，甘與麋鹿友。置身落蠻荒❿，生意⓫不自陋⓬。今予獨何者，汲汲⓭強奔走。

【注　釋】❶牛口　在敘州府（今四川宜賓）西北。❷負薪　背負柴草，謂從事樵採之事。指地位低微的人。❸蔬　米粒。❹飧　晚飯。❺朔風　北風；寒風。❻咿嚘　象聲詞，形容語音不清晰。❼無事　指無為，道家主張順乎自然，無為而治。又指無所事事。❽世味　人世滋味；社會人情。指功名宦情。❾深山子　謂隱者，此指負薪者，即房東。子，古代對男子的敬稱。❿蠻荒　泛指遠離京畿而文化經濟落後的僻遠地區。⓫生意　生機；生命力。⓬陋　比不上。⓭汲汲　心情急切的樣子，引申為急切追求。

【語　譯】太陽落時江面上生起了霧，船拴繫在岸邊，就在牛口住宿。居民們偶爾相聚，三三兩兩的依靠在古老的柳樹下。背負著柴草從深谷中走出來，看見有客人來，歡喜並招攬售賣著。煮著米飯為晚餐，又哪裡在意是否有肉與酒。北風吹進了茅草屋裡，破裂的牆壁可見到天上的星星。幼小的孩兒咿咿呀呀地自言自語，也足以令人長久地快樂。人生本來應是清閒自在，只是苦於常被功名利欲所誘惑。富裕而尊貴顯耀在我們眼前，貧苦而微賤獨自難以堅守。誰知居住在深山中的先生，甘心與麋鹿為友。存身隱居於僻遠落後的地方，生命力並不虛弱。如今的我偏偏又是怎樣的人，為追求富貴功名而竭力奔走。

【研　析】宋仁宗嘉祐四年（西元一〇五九年），蘇軾、蘇轍兄弟陪同父親蘇洵再次離蜀赴京求仕，這首詩是途經敘州牛口渚所作。詩前半幅是敘事，蘇氏父子至牛口，已是黃昏，時值初冬十月，江面寒霧生騰，只得暫作休息。投宿在一村落，雖偏僻荒涼，但給作者留下了深刻的印象，這就是村民的樸實熱情，準備的晚餐雖然簡單，但對於他們這些奔波中已是疲憊飢餓不堪的人來說，這已是非常心滿意足了。蘇轍同時也作了首詩，云：「行過石壁盡，夜泊牛口渚。野老三四家，寒燈照疎樹。見我各無言，倚石但箕踞。水寒雙脛長，壞袴不蔽股。日暮江上歸，潛魚遠難捕。稻飯不滿盂，飢臥冷徹曙。安知城市歡，守此田野趣。秖應長凍餒，寒暑不能苦。」可見當地村民生活的艱苦，所謂「水寒雙脛長，壞袴不蔽股」、「稻飯不滿盂，飢臥冷徹曙」，與蘇軾詩句「煮蔬為夜飧，安識肉與酒。朔風吹茅屋，破壁見星斗」兩相對照，知村民的溫飽還是有問題的。與蘇轍詩中偏重於感歎村民物質生活的匱乏不同，蘇軾的詩更偏重於精神面貌的描寫，「兒女自咿嚘，亦足樂且久」，以幼孩的天真自得，愉人心志，凸顯了天倫之樂。至於「居民偶相聚，三四依古柳。負薪出深谷，見客喜且售」，很有陶淵明桃花源的味道，雖然沒有詳述與村民的交談，但從詩後半幅作者的議論與感悟中，可體味一二。蘇軾《東坡志林》卷四云：「儋耳進士黎子雲言：城北十五里許，有唐村莊民之老曰允從者，年七十餘，……子雲過予言此。負薪能談王道，正謂允從輩耶？」王道，儒家提出的以仁義治天下的政治主張，與霸道相對。所謂「負薪能談王道」，也就是指村落中隱居之士一類的人，牛口村落中負薪者即此，高人隱士，往往是如此，不能僅以村民等閒視之。希望擺脫功名利祿的束縛，追求自由閒適，這種思想，詩人未走上仕途時就已有了，並且在以後的仕途生涯中常常流露出來。

巫山❶

瞿塘❷迤邐❸盡，巫峽❹崢嶸❺起。連峯稍可怪，石色變蒼翠。天工❻運神巧，漸欲作奇偉❼。坱軋❽勢方深，結構意未遂。旁觀不暇瞬，步步造幽邃❾。蒼崖忽相逼，絕壁凜❿可悸⓫。仰觀八九頂⓬，俊爽⓭淩顥氣⓮。晃蕩⓯天宇高，奔騰⓰江水沸。孤超⓱兀⓲不讓，直拔⓳勇無畏。攀緣⓴見神宇㉑，憩坐就石位。巉巉㉒隔江波，一一問廟吏。遙觀神女石㉓，綽約㉔誠有以㉕。俯首見斜鬟，拖霞弄修帔㉖。人心隨物變，遠覺含深意。野老笑我旁，少年嘗屢至。去隨猿猱㉗上，反㉘以繩索試。石筍倚孤峯，突兀㉙殊不類。世人喜神怪，論說驚幼稺。楚賦㉚亦虛傳，神仙安有是？次問掃壇竹㉛，云此今尚爾。翠葉紛下垂，婆娑㉜綠鳳尾㉝。風來自偃仰㉞，若為神物使。絕頂有三碑，詰曲㉟古篆字。老人那解讀，偶見不能記。窮探到峯背，採斫黃楊㊱子。黃楊生石上，堅瘦紋如綺。貪心去不顧，澗谷千尋㊲縋㊳。山高虎狼絕，深入坦無忌。溟濛㊴草樹密，蔥蒨㊵雲霞膩。石竇㊶有洪泉，甘滑如流髓。終朝自盥漱，冷冽清心胃。浣衣挂樹梢，磨斧就石鼻。徘徊雲日晚，歸意念城市。不到今卅年，衰老筋力憊。當時伐殘木，牙蘖㊷已如臂。忽聞老人說，終日為歎喟。神仙固有之，難在忘勢利。貧賤爾何愛，棄去如脫屣㊸。嗟爾若無還，絕糧㊹應不死。

【注　釋】❶巫山　在重慶、湖北邊境。北與大巴山相連，形如「巫」字，故名，長江穿流其中，形成三峽。❷瞿塘　即瞿塘峽，為長江三峽之首，又稱夔峽。西起重慶市奉節白帝城，東至巫山大溪，兩岸懸崖壁立，江流湍急，山勢險峻，號稱西蜀門戶。峽口有夔門和灩澦堆。❸迤邐　曲折連綿貌。❹巫峽　長江三峽之一，一稱大峽。西起重慶市巫山縣大溪，東至湖北巴東官渡口，因巫山得名。兩岸絕壁，船行極險。❺崢嶸　高峻貌。❻天工　天然形成的工巧，與「人工」相對。❼奇偉　奇特怪異；奇特壯美。❽坱軋　漫無邊際貌。又地勢高低不平貌。❾幽邃　幽深；深邃。指僻遠之地。❿凜　嚴肅；莊嚴。⓫悸　驚懼；心跳。⓬八九頂　陸游《入蜀記》：巫山十二峰，「不可悉見，所見八九峰」。⓭俊爽　英俊清朗。⓮顥氣　清新潔白盛大之氣。⓯晃蕩　形容空曠高遠，空蕩蕩。⓰奔騰　一作「崩騰」，即奔騰。⓱孤超　孤高超拔。⓲兀　高聳貌；獨立貌。⓳直拔　挺拔。⓴攀緣　援引他物而上，攀拉援引。㉑神宇　指廟宇。又指華美的屋宇。㉒巉巉　形容山勢峭拔險峻，指陡峭的山。又形容山石凸兀重疊。㉓神女石　即神女峰，按，巫山十二峰，分別名曰望霞、翠屏、朝雲、松巒、集仙、來鶴、淨壇、上昇、起雲、飛鳳、登龍、聖泉，其中無神女峰之名，陸游《入蜀記》云：十二峰「惟神女峰最為纖麗奇峭，宜為仙真所託」云云，或以為來鶴峰即神女峰之別名。神女，謂巫山神女。宋玉〈高唐賦〉云：「昔者先王嘗遊高唐，怠而晝寢，夢見一婦人曰：『妾，巫山之女也。』」李善注引《襄陽耆舊傳》：「赤帝女曰姚姬（一作瑤姬），未行而卒，葬於巫山之陽，故曰巫山之女。楚懷王遊於高唐，晝寢夢見與神遇，自稱是巫山之女。」㉔綽約　柔婉美好貌。㉕有以　猶有因，有什麼。㉖帔　古代婦女披在肩上的衣飾。㉗猿猱　泛指猿猴。㉘反　同「返」。㉙突兀　高聳貌。㉚楚賦　指宋玉所作〈高唐賦〉和〈神女賦〉，前者敘寫楚懷王遊高唐夢與神女遇合事，後者敘寫宋玉陪楚襄王遊雲夢，夜與神女相遇之事。㉛掃壇竹　《集仙錄》：「雲華夫人，王母第二十三女，太真王夫人之妹也，名瑤姬。嘗東海遊，還過江上，有巫山焉，峰巖挺拔，林壑幽麗，巨石如壇，留連久之。……其後楚大夫宋玉以其事言於襄王，築臺於高唐之館，作陽臺之宮以祀之。宋玉作〈神仙賦〉以寓情。……有祠在山下，世謂之大仙，隔岸有神女之石，即所化也。復有石天尊神女壇，側有竹，垂之若篲，有槁葉飛物著壇上者，竹則因風掃之，終瑩潔不為所汙。」㉜婆娑　舞貌。形容姿態優美。㉝鳳尾　即鳳尾竹，稈叢生，枝細而柔軟，葉子密生，搖搖如鳳尾，故名。㉞偃仰　俯仰。㉟詰曲　屈曲；屈折。㊱黃楊　常綠灌木或小喬木，葉子對生，披針形或卵形，花黃色而有臭味。㊲千尋　古以八尺為一尋。千尋，形容極高或極長。㊳縋　以繩拴人或物而下或上。㊴溟濛　昏暗；模糊不清。㊵葱蒨　草木青翠茂盛貌。㊶石竇　石穴。㊷牙蘖　草木新生的枝芽。㊸脫屣　比喻看得很輕，無所顧戀，猶如脫掉鞋子。㊹絕糧　一作「絕粒」，猶辟穀，道家以摒除火食、不進五穀求得延年益壽的修養術。

【語　譯】曲折蜿蜒的瞿塘峽盡頭，高峻的巫峽聳然而起。連綿的峰巒略顯怪異，石頭的顏色也變得蒼翠。天工運用了神奇巧妙，漸漸地像似造就出奇特壯美的景觀。群山起伏的趨勢正顯得深入，連結搆架的意向還未完成。廣泛觀覽，目不暇接，每一步都可進入幽深的地方。蒼崖忽然相逼近，陡峭的山壁令人肅然起敬，心存畏懼。仰觀八九座頂峰，英俊清朗，淩駕於廣袤而又清新潔白的山嵐水氣之上。天空高遠空曠，江水奔騰鼎沸。山峰孤高超拔，獨立不讓，挺拔勇武，無所畏懼。攀登援引，看到了神女廟，就坐在石頭上小憩。江流對岸的山勢峭拔險峻，就向廟中差役一一詢問著。遙望著神女峰，柔婉嬌好，之所以如此是有緣由的。低頭可見山勢如女子斜飄著的髮鬟，正拖曳舞動著長長的霞帔。人的心思隨著外物而改變，遠觀覺得含有深厚的意味。身旁的山野老翁笑著說：年少時經常來這裡，向上時隨著猿猴登攀，返回時嘗試著用繩索。如筍一般挺直的巨石倚靠著孤傲的山峰，高聳直刺，不似其他峰巒。世人喜歡神仙怪異，議論談說，小孩聽了很驚恐。楚人賦中敘述的也屬於虛構和傳說，神仙哪能會是這樣的？其次問到掃壇竹，回答如今說還是如此這般。翠綠的葉子紛紛下垂，飄舞著如同綠色的鳳尾。風吹來時自行或上或下，像似為神物所驅動。絕頂上有三塊石碑，字體詰曲似古老的篆字。老人我哪裡能讀懂，偶爾看到的卻不能牢記。來到山峰的背後深入探索，採摘並砍削著黃楊子。黃楊生長在石山上，堅硬瘦削，樹紋如華美的絲織品。貪看的心意驅使著徑去不顧，用繩子拴緊直下千尋的澗谷。山峰高峻，連虎狼都不敢來，深入山中坦然無所顧忌。陰沉昏濛，草樹密集，青翠茂盛，如雲霞油滑細膩。石洞中有大量的泉水湧出，甘甜潤滑如骨髓流出。從早到晚的洗滌沖刷，泉水寒冷，使人身心清爽。洗淨的衣物掛在樹梢上，在如同鼻子的石塊上磨著斧頭。雲霞天晚時在徘徊，因思念城市，就有了返歸的心意。至今不到三十年，因疾病而衰弱，體力疲乏。當時被砍伐而殘存的樹木，嫩芽已長大粗如手臂。忽然聽到老人的敘說，整日為之感歎。神仙的事本來就存在，難在能忘記追求勢利。對於貧賤，有什麼理由去愛呢，拋棄它就如同脫掉鞋子。我真為你們感歎呵，如果不能回來，你們辟穀應該不至於斷送了性命。

【研　析】巫山位於今重慶市、湖北交界處，連綿近二百里，長江穿流其中，形成三峽景觀。宋仁宗嘉祐四年（西元一〇五九年）蘇氏父子離蜀赴京，乘舟南行，途經巫山，詩作於此時。首先描繪觀覽巫山的自然風光，重在突出巫山群峰的高危險峻。其次，圍繞著神女峰作文章，「遙觀神女石，綽約誠有以。俯首見斜鬟，拖霞弄修帔」，描繪了神女峰的柔媚情態，神女峰得名於宋玉撰寫的〈高唐賦〉和〈神女賦〉，〈高唐賦〉云：「昔者楚襄王與宋玉遊於雲夢之臺，望高唐之觀，其上獨有雲氣，崪兮直上，忽兮改容，須臾之間，變化無窮。王問玉曰：『此何氣也？』玉對曰：『所謂朝雲者也。』王曰：『何謂朝雲？』玉曰：『昔者先王嘗遊高唐，怠而晝寢，夢見一婦人曰：「妾，巫山之女也。為高唐之客。聞君遊高唐，願薦枕席。」王因幸之。去而辭曰：「妾在巫山之陽，高丘之阻，旦為朝雲，暮為行雨。朝朝暮暮，陽臺之下。」旦朝視之，如言。故為立廟，號曰朝雲。』」知神女廟初名朝雲，建置已久。朝雲暮雨，是巫山自然氣候的寫照，也是戰國時代楚地楚人的宗教信仰、神靈崇拜、生殖崇拜、民間風俗等多方面的反映。〈神女賦〉：「楚襄王與宋玉遊於雲夢之浦，使玉賦高唐之事。其夜，王寢，夢與神女遇，其狀甚麗，王異之。」兩篇賦文被認為是姐妹篇。自此巫山神女的傳說成為文人墨客筆下不能不說的話題，其中更多涉及到的是男女情事。對此，詩人提出了自己的看法：「人心隨物變，遠覺含深意。」即人們的想法會隨著外部環境而改變的，此時此刻，在遠觀神女峰時，詩人覺得其中是含有深意的，是值得品味。然後藉野老之口，表達對巫山神女這一傳說的看法，「世人喜神怪，論說驚幼穉。楚賦亦虛傳，神仙安有是」，也就是野老對巫山神女一事是否曾經有過，提出質疑，認為是虛傳。對此，詩人有不同看法，云：「神仙固有之，難在忘勢利。貧賤爾何愛，棄去如脫屣。」神仙是有的，世人企盼成仙的大有人在，文人士大夫中更是不乏，只是既要想榮華富貴，又要想長生不老，想做個富貴神仙，可能性不大，因為神仙是不貪戀世俗人生活的，就如同道家辟穀以求得延年益壽，貪戀功名富貴的人怎能受得了這種枯寂的生活呢？詩的前半幅重在寫自然風光，後半幅重在論人事得失，自然風光中含有人事，是為後文議論作鋪墊的，層次是很清楚的。

許州❶西湖

西湖小雨晴，灩灩❷春渠長。來從古城角，夜半轉新響。使君❸欲春遊，浚沼役千掌❹。紛紜具畚鍤❺，鬧若蟻運壤。夭桃❻弄春色，生意❼寒猶怏❽。惟有落殘梅，標格❾若矜爽❿。游人坌⓫已集，挈榼⓬三且兩。醉客臥道傍，扶起尚偃仰。池臺⓭信⓮宏麗，貴與民同賞。但恐城市歡，不知田野愴。潁川七不登⓯，野氣⓰長蒼莽。誰知萬里客，湖上獨長想。

【注釋】❶許州　隋唐時改稱潁川郡，宋神宗元豐三年升許州為潁昌府，今河南許昌。❷灩灩　水浮動貌；水盈溢貌。❸使君　對州郡長官的尊稱。❹千掌　謂民夫之多。❺畚鍤　泛指挖運泥土的用具，亦借指土建之事。畚，盛土器。鍤，起土器。❻夭桃　豔麗的桃花。❼生意　生機；生命力。❽怏　鬱鬱不樂。❾標格　風範；風度。❿矜爽　孤高而挺秀。⓫坌　聚集；積聚。⓬榼　古代盛酒或貯水的器具。⓭池臺　池苑樓臺。⓮信　確實。⓯登　穀物成熟。⓰野氣　野外的氣象。

【語譯】西湖上小雨後又晴，長長的河渠中春水盈溢不斷地流動。來到古城的一角，夜半輾轉傳來了水流的聲響。太守想要春遊，招募千餘人疏通湖水。民夫們紛紛地準備好畚鍤，鬧哄哄的，似螞蟻般地運送著土壤。豔麗的桃花在春光中搖曳多姿，生機在春寒中仍然有些不暢。只有已落而殘存的梅花，倔強地保持著孤高而挺秀的風範。遊人們積聚在一起，攜帶著二三酒具。醉酒的遊客臥躺在道傍，被人扶起還前俯後仰的。池苑樓臺的確宏偉壯麗，可貴的是與民同樂。只是擔憂城市裡歡鬧，卻不知田野中百姓的悲愴。潁川七年穀物歉收，田野一直是荒蕪冷落。誰知萬里來的遊客我，在湖面上獨自長久地思量著。

【研　析】許州西湖是當地有名的遊覽勝地，宋仁宗嘉祐五年（西元一〇六〇年）詩人赴京途經許州，寫下此詩。這次經過許州，正值初春季節，萬物生機萌動，人們也紛紛走出家門，遊春不僅是常人的選擇，官員也不例外，作為一方父母官，太守為便於更好地賞玩，招募民夫，疏通湖水，藉此也想表達與民同樂。與民同樂，是儒家民本思想的體現。不過作者詩中的用意並不在此，「但恐城市歡，不知田野愴」，即太守為了營造春遊的熱鬧歡樂氣氛，徵集大量民夫，從事湖水疏通，試想，春季的到來，正是春耕農忙的時候，何況許州已是連續七年穀物歉收，田野滿目荒蕪蒼涼，農夫的生計都成了問題，這才是太守首要考慮的，「但恐城市歡，不知田野愴」，城中遊春的歡鬧，與田野農夫的冷落悲傷，形成強烈的反差，不也是對太守們所謂與民同樂的譏諷？就連老天也不認可，「夭桃弄春色，生意寒猶快」，即豔麗的桃花在春光中搖曳多姿，生機在春寒中仍然有些不暢。以桃花不能酣暢爭奇鬥豔，表達了作者的隱憂。用筆含蓄委婉，「誰知萬里客，湖上獨長想」，頗有眾人皆醉、唯我獨醒的意味，點明主旨，諷諫之意明顯。

辛丑❶十一月十九日，既與子由❷別於鄭州❸西門之外，馬上賦詩一篇寄之

不飲胡為❹醉兀兀❺，此心已逐歸鞍發。歸人❻猶自念庭闈❼，今我何以慰寂寞。登高回首坡壠❽隔，但見烏帽❾出復沒。苦寒念爾衣裘薄，獨騎瘦馬踏殘月。路人行歌居人樂，童僕怪我苦悽惻❿。亦知人生要有別，但恐歲月去飄忽⓫。寒燈相對記疇昔⓬，夜雨何時聽蕭瑟⓭。君知此意不可忘，慎⓮勿苦愛高官職。嘗有夜雨對牀⓯之言，故云爾。

【注釋】❶辛丑　宋仁宗嘉祐六年（西元一〇六一年）。❷子由　蘇轍，字子由，蘇軾弟。❸鄭州　今屬河南。❹胡為　為何。❺兀兀　昏沉貌。❻歸人　指蘇轍。❼庭闈　內舍。多指父母居住處。❽壠　通「壟」，高丘。❾烏帽　黑帽，古代貴者常服，隋唐後多為庶民、隱者之帽。❿悽惻　因情景淒涼而悲傷。⓫飄忽　指光陰迅速消逝或時間短暫。⓬疇昔　往日；從前。也指往事或以往的情懷。⓭蕭瑟　形容風吹樹木的聲音。⓮慎　千萬；無論如何，與「無」、「毋」、「勿」等連用，表示警戒。⓯夜雨對牀

唐韋應物〈示全真元常〉詩有「寧知風雨夜，復此對床眠」云云，後人借夜雨對床喻關係親密，本用於朋友會晤，後轉用於弟兄及親屬聚首。蘇轍〈再祭亡兄端明文〉：「昔始宦遊，誦韋氏詩『夜雨對牀』，後勿有違。」

【語　譯】沒有飲酒為什麼會昏沉沉的，此心已追逐回家的鞍馬出發了。歸家的人尚且掛念著父母，如今我用什麼安慰寂寞的心。登上高處回首望，視線被山丘阻隔，只看見烏帽或隱或現。嚴寒時掛念你衣裳單薄，獨自騎著瘦馬踏著殘月趕路。路人邊行走邊唱著歌，居家的人很歡樂，童僕們怪我如此地悲傷。也知道人生要有離別的，只擔憂時光快速地逝去。寒夜燈下，臥床相對，話及往昔的事，什麼時候再能相聚，於夜雨中聽著落葉的聲音。你理解我的這種心思，不要忘記，千萬不要貪戀高位官職。

【研　析】蘇軾〈感舊〉詩序云：「嘉祐中，予與子由同舉制策，寓居懷遠驛，時年二十六。而子由年二十三耳。一日秋風起，雨作，中夜翛然，始有感慨離合之意……」仁宗嘉祐五年（西元一〇六〇年），蘇軾授河南福昌主簿，未赴。後又因歐陽修的推薦召試祕閣，六年八月復應制科，入三等，十一月蘇軾除大理評事簽書鳳翔判官。蘇轍與兄一同應試中舉，除商州推官。時蘇洵受命修禮書留京師，為照顧蘇洵，蘇轍奏乞養親。蘇軾先行赴任，蘇轍送兄至鄭州而還京師，此詩因此有感而發。蘇軾與蘇轍感情很深，對蘇轍而言，蘇軾既是兄長又是老師。蘇轍〈逍遙堂會宿二首〉序云：「轍幼從子瞻讀書，未嘗一日相舍。既壯，將遊宦四方，讀韋蘇州詩，至『安知風雨夜，復此對床眠』，惻然感之，乃相約早退為閑居之樂，故子瞻始為鳳翔幕府，留詩為別曰『夜雨何時聽蕭瑟』……」「寒燈相對記疇昔，夜雨何時聽蕭瑟」二句就是謂此。詩中所寫，就是分別時的情景。首四句抒寫別離的孤獨與寂寞之情，「登高回首坡壠隔，但見烏帽出復沒」為傳神之筆，依依不捨之情洋溢在字裡行間，遠行者漸行漸遠的身影，送行者依依不捨的神態，景中寓情，情中有景，情景交融，於樸實的語言中，滿是親情。至於「君知此意不可忘，慎勿苦愛高官職」，強調親人間團聚的重要，彼此不要因獵取功名利祿而造成離多會少，當然以後的日子裡兄弟二人就是如此，或許不全是為名利，來自官場方面的政治鬥爭，已不是兄弟二人所能料想與左右的，人在江湖，身不由己，走上仕途，是幸還是不幸，只有當事人自己更解其中的滋味，那是後話。

和子由澠池❶懷舊

人生到處知何似？應似飛鴻踏雪泥。泥上偶然留指爪，鴻飛那復計東西❷。
老僧❸已死成新塔❹，壞壁無由見舊題。往日崎嶇❺還記否？路長人困蹇❻驢嘶。
往歲馬死於二陵❼，騎驢至澠池。

【注釋】❶澠池　故址在今河南澠池西。❷人生到處知何似四句　宋釋惠洪《林間錄》卷上云：「天衣懷禪師說法於淮山，三易法席，學者追崇，道顯著矣，然猶未敢通名字於雪竇，雪竇已奇之。僧有誦其語，至曰：『譬如鴈過長空，影沉寒水。鴈無遺蹤之意，水無留影之心。』竇拊髀嘆息，即遣人慰之，懷乃敢一通狀問。」蘇軾詩即用此典。❸老僧　名奉閑。參見研析。❹塔　「佛塔」的簡稱。佛塔起源於印度，梵語為「窣堵坡」(stūpa)，晉宋譯經時造為「塔」字，用以收藏舍利，即佛教徒火化後的遺骸。❺崎嶇　形容地勢或道路高低不平。喻困厄，歷經險阻。又指跋涉，奔波。❻蹇　跛行；行動遲緩。❼二陵　即二崤，《左傳・僖公三十二年》云：「晉人禦師必於崤，崤有二陵焉。其南陵，夏后皋之墓也；其北陵，文王之所辟風雨也。」二陵，謂東崤山與西崤山。

【語　譯】人這一生到處奔波，與什麼相似呢？應該似飛行的大雁腳踩在雪地上。泥土上偶然留有雁爪的痕跡，大雁遠飛哪裡還會計較是東還是西。當年相遇的老僧已死，新的墳塔才建立，曾住過的宿舍牆壁已殘破，無法見到昔日共同題寫的文字。往日的辛苦奔波還記得否？路途漫長，身體困乏，跛行駑弱的驢子在嘶鳴。

【研　析】宋仁宗嘉祐六年，蘇軾、蘇轍於鄭州分手後不久，蘇轍有〈懷澠池寄子瞻兄〉詩，云：「相攜話別鄭原上，共道長途怕雪泥。歸騎還尋大梁陌，行人已渡古崤西。曾為縣吏民知否，轍嘗為此縣簿，未赴而中第。舊宿僧房壁共題。轍昔與子瞻應舉過，宿縣中寺舍，題其老僧奉閑之壁。遙想獨遊佳味少，無言騅馬但鳴嘶。」蘇軾此詩即唱和之作。嘉祐元年，蘇氏兄弟隨老父離開蜀地，奔赴京城，目的就是獵取功名，兄弟二人不負所望，同舉進士第，其間因母親程氏去世，返回故鄉，居憂三年，於嘉祐四年父子三人再次離開蜀地，趕往京城，仍然是為了功名。其間的自負與執著，奔波與努力，兄弟二人是有著共同經歷的，只是仕宦後，分多聚少，加以仕途的坎坷與艱辛，感慨深沉。首四句便是這種情感的抒寫，暗用釋家典故，後世遂有「雪泥鴻爪」一詞，本指鴻雁在雪地上走過時留下的腳印，用以比喻事情過後遺留下的痕跡。「老僧已死成新塔，壞壁無由見舊題」，於濃重的懷舊情思中，滿是物是人非之感。

太白山❶下早行，至橫渠鎮❷，書崇壽院❸壁

馬上續殘夢❹，不知朝日昇。亂山橫翠幛❺，落月澹孤燈。奔走煩郵❻吏，安閑愧老僧。再遊應眷眷❼，聊亦記吾曾。

【注　釋】❶太白山　在今陝西寶雞郿縣東南。其山巔高寒，不生草木，常有積雪不消，盛夏視之猶爛然。故名。❷橫渠鎮　在郿縣東五十里，宋張載居此，世稱載為橫渠先生，故名。❸崇壽院　在郿縣橫渠鎮南。❹馬上續殘夢　唐劉駕〈早行〉詩：「馬上續殘夢，馬嘶時復驚。」❺幛　似幛之物。❻郵　驛站。古時設在沿途，供出巡的官員、傳送文書的小吏和旅客歇宿的館舍。馬傳曰置，步傳曰郵。❼眷眷　依戀反顧貌。

【語　譯】上馬趕路，還帶著殘夢，沒發覺朝晨的太陽已升起。亂山就像翠綠的幛子一樣橫亙，月已落下，孤燈光線顯得淺澹。因公務奔走，常騷擾著驛站的差吏，有愧於安逸閒適的老僧。再次來遊，應該有眷戀反顧之心，姑且牢記我昔日的經歷。

【研　析】詩作於任職鳳翔府時，清王文誥《蘇詩總案》卷三以為作於宋仁宗嘉祐七年（西元

一〇六二年）春三月，時久旱，七日微雨而止，蘇軾奔赴郿縣，至太白山上清宮祈禱，遂有此詩。人在江湖，身不由己，這是置身於官場的人們常有的感受。「馬上續殘夢」，化用唐人詩句，點明公務在身，不得不如此，作為低層官吏的辛苦可見一斑，「不知朝日昇」，更進一步強化了這種疲憊的情態。「奔走煩郵吏，安閑愧老僧」，一忙，一閒，兩相對比，折射出古代文人心中時常出沒的入世與出世的矛盾，入世是因追求功名富貴，出世則是摒棄這種執念，以求安閒自在，而詩人畢竟尚屬盛年，入世的需求要大於出世的念頭，儘管有感慨，更多的是發洩一下而已。

題寶雞❶縣斯飛閣❷

西南歸路遠蕭條，倚檻魂飛不可招❸。
野闊牛羊同雁鶩❹，天長草樹接雲霄。
昏昏水氣浮山麓❺，泛泛❻春風弄麥苗。
誰使愛官輕去國❼，此身無計老漁樵❽。

【注釋】❶寶雞　屬鳳翔府，今陝西寶雞。❷斯飛閣　在縣治西南，取《詩經・小雅・斯干》「如翬斯飛」之意而命名。❸魂飛不可招　古代有招死者之魂，也有招生者之魂。此指後者。❹鶩　野鴨。❺山麓　山腳。❻泛泛　廣大無邊際貌；充滿貌。❼去國　離開故鄉。❽漁樵　打魚砍柴，指隱居。

【語　譯】返回西南故鄉的路遼遠又冷落，倚靠著斯飛閣的欄杆，遠飛的魂魄不能招回。原野廣闊，牛羊如同大雁、野鴨一般飛奔，天空長遠，茂密的草樹與雲霄相接。陰沉的水氣自山腳浮起，廣大無邊的春風舞弄著麥苗。是誰使人因貪戀官職而輕易地離開故鄉，此身再無計策歸隱，老死故鄉。

【研　析】詩作於宋仁宗嘉祐年間任職鳳翔府時，仕與隱的矛盾，常常會糾結於古代文人心中，追求功名富貴，就得遠離故鄉，就得與親人分別，詩人的故鄉處於西南的巴蜀之地，遠離故鄉，仕宦中原，奔波四方，就有「魂飛不可招」的感受，《楚辭・招魂》云：「乃下招曰：魂兮歸來。」按，世間小兒病時或恐其失魂，每使人於室內或室外路旁呼之，謂之叫魂，即招魂施於生者之義。杜甫〈乾元中寓居同谷縣作歌〉之五云：「嗚呼五歌兮歌正長，魂招不來歸故鄉。」則指遊子不歸，親人思念之情。至於「野闊」四句寫登高極目眺望，春天滿是一片生機，引發詩人對故鄉的嚮往，「誰使愛官輕去國」，滿是埋怨，是誰使自己如此違背心意，思來想去，還是自己貪戀富貴所致。如今想返歸故鄉，過退隱閒適的生活，竟然有無從出手之感，身不由己啊！

病中聞子由得告不赴商州❶三首（選一首）

病中聞汝免來商，旅雁何時更著行❷。遠別不知官爵好，思歸苦覺歲年長。著書多暇真良計，從宦❸無功漫❹去鄉。惟有王城❺最堪隱，萬人如海一身藏。

【注釋】❶商州　今陝西商州。❷旅雁句　鳳翔與商州相近，蘇轍未能成行，兄弟二人如同大雁不能成行相從。❸從宦　猶言做官。❹漫　徒然。❺王城　都城；京城。

【語譯】病中聽說你不必到商州任職，你我二人何時能像旅行的大雁排行相從。遠行離別不明白官職爵位的好處，思親返歸總覺得歲月的漫長。你能居家著書，多有閒暇，這真是妙計；我卻遠離故鄉，仕宦在外，無所建樹。只有京城是最理想的隱居處，一人之身藏於如大海般的萬人之中。

【研析】詩作於宋仁宗嘉祐年間在鳳翔任上，凡三首，此為第一首。嘉祐六年八月，蘇軾與蘇轍同應制舉，轍極言時政得失，入第四等，除商州推官。知制誥王安石懷疑蘇轍右宰相而攻人主，不肯撰辭，故任命未即下。次年秋任命方下。因蘇洵受命修禮書，蘇軾於六年十一月赴任鳳翔府，無人照顧乃父，蘇轍就奏乞養親三年，詔從之，這就是蘇轍得到任命而不赴。仕與隱的矛盾，是古代文人揮之不去的陰霾，蘇軾初仕鳳翔，這種矛盾心裡時有閃現。西晉王康琚〈反招隱〉詩云：「小隱隱陵藪，大隱隱朝市。」大隱指身居朝市而志在玄遠的人，小隱謂隱居山林。至唐代白居易〈中隱〉詩云：「大隱住朝市，小隱入丘樊。丘樊太冷落，朝市太囂諠。不如作中隱，隱在留司官。」中隱指做閒官，這種做法，為後世文人所效仿。

蘇軾〈六月二十七日望湖樓醉書五絕〉其五就云：「未成小隱聊中隱，可得長閑勝暫閑。」聊勝於無。「遠別不知官爵好，思歸苦覺歲年長」，仕宦，就得遠離故鄉，遠離親人，退隱就不存在這一問題。既然不能大隱，又不能小隱，中隱或為不錯的選擇。蘇轍目前的做法，近似。中隱就是身處官場，不求有功，但求無過。宋人李之儀〈吳師道藏海齋記〉云：「東坡老人云：『惟有王城最堪隱，萬人如海一身藏。』信矣，其能知隱者。嘗試言之，隱無不可也，能定則能隱矣，苟或未定，則巖居穴處，侶猿鳥而遊麋鹿亦不得而隱，故知是之隱則知朝市之隱，知朝市之隱則無所不為隱。要之，固有漸焉。既能藏則能覺，既能覺則能定，能定則能隱，以都城之浩穰而寄一身之微渺，初固以是而藏，既藏矣，觸境可覺，既覺矣，則能定，久之，自然而隱矣。惟其處之久，而後知其然。則東坡之語，迺吾師也。」也就是說，隱與不隱，不僅僅是外在行為的表現，更在於心境，心能定，即心能專注於一境而不散亂，那麼隱於何處都不成問題。就蘇轍而言，既然有職不必履新，看是不幸，卻是有幸，一則可成全其孝心，不必有遠離帶來的牽掛與痛苦。另則沒有官場俗務的打擾，可以著書立說，如此比起大隱、小隱，也不見得有什麼不好，這也是蘇軾想要的。

守歲❶

欲知垂❷盡歲，有似赴壑蛇。修鱗半已沒，去意誰能遮。況欲繫其尾，雖勤知奈何？兒童強不睡，相守夜讙譁❸。晨雞且勿唱，更鼓❹畏添撾❺。坐久燈燼落，起看北斗❻斜。明年豈無年？心事恐蹉跎❼。努力盡今夕，少年猶可誇。

【注　釋】❶守歲　陰曆除夕終夜不睡，以迎候新年的到來，謂之守歲。❷垂　將近。❸讙譁　喧譁；大聲說笑或叫喊。❹更鼓　報更的鼓聲。❺撾　擊；敲打。❻北斗　指北斗星。在北天排列成斗形的七顆亮星，屬大熊星座。其名稱為：一天樞、二天璇（或謂「天璿」）、三天璣、四天權、五玉衡、六開陽、七搖光（或謂「瑤光」）。一至四為斗魁，又名「璿璣」；五至七為斗柄，又名「玉衡」。把天璿和天樞連接起來，延長約五倍距離，即可找到現在的北極星。❼蹉跎　失意，虛度光陰。

【語　譯】想要知道將要過去的一年，就像奔赴溝谷中的蛇。修長的鱗皮過半已隱沒，歸去的意願有誰能阻擋。何況想抓住其尾部，雖然勤苦，那又怎樣呢？兒童強打著精神不睡，互相守夜，歡鬧喧譁。清晨的雞姑且不要鳴叫，又懼怕報更的鼓聲擊打。長久地坐著，燈花在滅落，起身觀望著逐漸斜落的北斗星。明年難道就沒有新年嗎？心中想到的事就是恐怕虛度光陰。今晚就盡心努力，這樣的少年還是值得誇獎的。

【研　析】宋邵浩編《坡門酬唱集》卷一載此詩，題作〈別歲〉。除夕守歲，這種風俗至今仍然保留了下來。守歲是除舊迎新，人們更多的是迎新。蘇軾此詩則是寫由即將逝去的年歲而引發的感慨。詩意由三部分組成：「欲知垂盡歲」六句為第一部分，用比喻體，以一條長長的蛇比喻將要逝去的舊年，以蛇逐漸地隱沒於溝壑山谷中，比喻漸漸逝去的歲月，以獵捕的人們想抓住即將沒去的蛇尾，比喻想留住要逝去的時光，比喻新穎靈動，形象逼真，想出天外。「兒童強不睡」六句為第二部分，敘寫除夕夜，人們在守歲，兒童的歡鬧喧譁，則是生命活力的張揚。「晨雞且勿唱，更鼓畏添撾」，表達了對即將逝去年歲的依戀，希望時光不要流逝的太快，這是詩人的想法，與兒童的歡鬧不同，作者更多的是在沉思，「坐久燈燼落，起看北斗斜」，燈花落，北斗斜，夜不寐，表現了難以割捨的情懷。「明年豈無年」四句為第三部分，以抒情為主，一年又一年，看似周而復始，卻不是簡單地循環，歲月的存在，對人而言，就意味著事業、生活、家庭、人情等方面，有做不完的事。「努力盡今夕，少年猶可誇」，所謂少年不努力，老大徒悲傷，只爭朝夕，有所作為，這是詩的旨意所在。

和子由蠶市❶

蜀人衣食常苦艱，蜀人遊樂不知還。千人耕種萬人食❷，一年辛苦一春閑。閑時尚以蠶為市，共忘辛苦逐欣歡。去年霜降斫秋荻❸，今年箔❹積如連山。破瓢為輪土為釜❺，爭買不啻❻金與紈。憶昔與子皆童丱❼，年年廢書❽走市觀。市人爭誇鬬巧智，野人喑啞❾遭欺謾。詩來使我感舊事，不悲去國⑩悲流年⑪。

【注釋】❶蠶市　蜀地舊俗，每年春時，州城及屬縣循環一十五處有蠶市，買賣蠶具兼及花木、果品、藥材雜物，並供人遊樂。❷千人句　《漢書‧賈誼傳》云：「一人耕之，十人聚而食之，欲天下亡饑，不可得也。」❸荻　多年生草本植物，與蘆同類。生長在水邊。根莖都有節似竹，葉抱莖生，秋天生紫色或白色、草黃色花穗，莖可以編箔席。❹箔　養蠶用的竹篩子或竹席。❺破瓢為輪土為釜　瓢輪、土釜，均為繰絲之具。❻不啻　無異於；如同。❼童丱　指童子，童年。丱，丱角，兒童髮式。❽廢書　放下書，謂中止閱讀。❾喑啞　啞巴，口不能言，謂沉默不語。❿去國　離開故鄉。⓫流年　如水般流逝的光陰、年華。又舊時算命看相的人稱人一年的運氣。

【語譯】蜀地的人生計常常是艱苦的，蜀地的人遊玩嬉戲不知回家。千人耕耘種植，萬人賴以為生，一年的辛苦，一春之間的閒暇。閒暇時還因買賣蠶器而形成了集市，全都忘記了辛苦，追逐著欣喜與歡樂。去年霜降時就削砍秋荻，今年用秋荻莖編織的席子已堆積如連綿的山。剖開葫蘆製成輪，用土燒製成陶釜，人們爭相購買，如同是購買黃金與絲絹。追想昔日我與你都還是孩童，每年此時連書也不讀了就跑到集市去觀看。集市上人們爭相誇耀著器具，比拚著機謀和技巧，農夫們不善言辭遭受著欺詐。收到你的詩，使我感慨舊事，不是為了離開故鄉而感傷，只是為逝去的美好年華而悲傷。

【研析】宋人祝穆《方輿勝覽》卷五十一〈成都府路‧蠶市藥市〉云：「成都，古蠶叢之國，其民重蠶事，故一歲之中二月望日，鬻花木蠶器於某所者，號蠶市。」又卷五十三「眉州・蠶市」：「二月十五日村人鬻器於市，因作樂縱觀，以為蠶市。」飼養蠶是在春季開始的，蠶市的出現也是在農忙的春季，不過準備活動在往年的秋天就開始了，編織箔席，剖製瓢輪和陶釜，「今年箔積如連山」，說明此時對蠶器的需求是多麼的旺盛，也可見當地人對蠶市的重視。蘇轍〈蠶市〉詩云：「前年器用隨手敗，今冬衣著及春營。傾囷計口賣餘粟，買箔還家待種生。」知每年更新蠶器是必須的，是關係到一家人的生計，出現「爭買不啻金與紈」的場面，也就不難理解了。蠶市本是因蜀地農戶們買賣蠶器而形成的集市，隨著發展，由單純的蠶器買賣而內容變得更豐富，不僅有物品交易，還有多種娛樂性的活動。蘇轍〈蠶市〉詩云：「空巷無人鬬容冶，六親相見爭邀迎。酒肴勸屬坊市滿，鼓笛繁亂倡優獰。」知規模之大，人員之多，所謂萬人空巷，已不僅僅局限於蠶器的交易，有各種賣藝的，音樂歌舞，雜技戲弄，諸般藝人齊聚。「憶昔與子皆童丱，年年廢書走市觀」，這是蘇軾兄弟倆兒時的記憶，其間的快樂歷歷在目。按，詩作於仁宗嘉祐年間蘇軾供職於鳳翔府時，只是在描述故鄉蠶市的火熱及歡鬧之餘，蘇軾關注的還是民生，「市人爭誇鬬巧智，野人喑啞遭欺謾」，商賈爭相誇耀著器具精巧，由此而哄抬物價，農戶卻不善言辭，飽受欺詐，這就是今天的現實，表達了作者的隱憂。兒時的歡樂與如今的不快，撫今追昔，未免令人增添無限的感慨與惆悵。

石鼓❶歌

冬十二月歲辛丑❷，我初從政見魯叟❸。舊聞石鼓今見之，文字鬱律❹蛟蛇走。細觀初以指畫肚，欲讀嗟如箝在口。韓公好古生已遲❺，我今況又百年後。強尋偏傍推點畫，時得一二遺八九。我車既攻馬亦同❻，其魚維鱮貫之柳❼。其詞云：「我車既攻，我馬既同。」又云：「其魚維何，維鱮維鯉。何以貫之，維楊與柳。」惟此六句可讀，餘多不可通。古器縱橫猶識鼎，眾星錯落僅名斗❽。模糊半已隱瘢❾胝❿，詰曲猶能辨跟肘。娟娟缺月隱雲霧，濯濯嘉禾秀稂莠⓫。漂流百戰偶然存，獨立千載誰與友？上追軒、頡⓬相唯諾，下揖冰、斯⓭同鷇⓮㝅⓯。憶昔周宣歌〈鴻鴈〉⓰，當時籀史變蝌蚪⓱。厭亂⓲人方思聖賢⓳，中興⓴天為生耆耇㉑。東征徐虜闞虓虎㉒，北伏㉓犬戎㉔隨指嗾㉕。象胥㉖雜沓㉗貢狼鹿㉘，方、召聯翩賜圭卣㉙。遂因鼓鞾思將帥㉚，豈為考擊㉛煩矇瞍㉜？何人作頌㉝比嵩高㉞，萬古斯文齊岣嶁㉟。勳勞至大不矜伐㊱，文、武㊲未遠猶忠厚。欲尋年歲無甲乙㊳，豈有名字記誰某？自從周㊴衰更七國㊵，竟使秦㊶人有九有㊷。埽除詩書誦法律㊸，投棄俎豆陳鞭杻㊹。當年何人佐祖龍㊺，上蔡公子牽黃狗㊻。登山刻石頌功烈㊼，後者無繼前無偶。皆云皇帝巡四國，烹滅強暴救黔首㊽。六經既已委灰塵㊾，此鼓亦當遭擊剖㊿。傳聞九鼎淪泗上，欲使萬夫沉水取(51)。暴君縱欲窮人力，神物義不污秦垢。是時石鼓何處避，無乃天工令鬼守(52)。興亡百變物自閑，富貴一朝名不朽。細思物理(53)坐歎息，人生安得如汝壽？

【注釋】❶石鼓　東周初秦國刻石，形略像鼓，共有十個，用籀文分刻十首四言韻文，記述國君遊獵的情況，後世亦稱為「獵碣」。唐初在天興（今陝西寶雞）三時原出土。現在一石字已磨滅，其餘九石也有殘缺。藏北京故宮博物院。❷辛丑　宋仁宗嘉祐六年。❸見魯叟　此指謁孔廟。魯叟，指孔子。❹鬱律　屈曲夭矯貌。❺韓公句　唐韓愈有〈石鼓歌〉，其中云：「張生手持石鼓文，勸我試作石鼓歌。少陵無人謫仙死，才薄將奈石鼓何。」韓愈（西元七六八—八二四年），字退之，河南河陽（今河南孟縣）

人。自謂郡望昌黎郡（今河北昌黎），自稱昌黎先生。唐德宗貞元八年進士，任國子博士，歷任京兆尹及兵部、吏部侍郎。卒諡文。❻我車句　《詩經・小雅・車攻》云：「我車既攻，我馬既同。四牡龐龐，駕言徂東。」攻，堅固。同，齊一。❼其魚句　《詩經・小雅・采綠》云：「其釣維何，維魴及鱮。維魴及鱮，薄言觀者。」與詩中注文字頗異，或是蘇軾誤記。鱮，即鰱魚。❽斗　北斗星。詳〈守歲〉注❻。❾瘢　創口或瘡口癒合後留下的痕跡。❿胝　皮厚成繭，手腳掌上的繭巴。⓫濯濯句　濯濯，光明貌；明淨貌；清朗貌。嘉禾，生長奇異的禾，古人以之為吉祥的徵兆，亦泛指生長茁壯的禾稻。秀，禾類植物開花抽穗。稂莠，一作「莨莠」。稂莠，泛指對禾苗有害的雜草。莨莠，莨和莠，是兩種野草，或用以指雜草叢生的地方。⓬軒頡　謂黃帝與倉頡。黃帝，傳說是中原各族的共同祖先。少典之子，姓公孫，居軒轅之丘，故號軒轅氏。又居姬水，因改姓姬。國於有熊，亦稱有熊氏。以土德王，土色黃，故曰黃帝。佚名《龍魚河圖》云：「黃龜負圖，鱗甲成字，從河中出，付黃帝，令侍臣圖寫以示天下。」「黃龜」或作「黃龍」。倉頡，一作「蒼頡」，古代傳說中的漢字創造者。《史記》據《世本》以為是黃帝時的史官。漢許慎《說文解字》敘云：「黃帝之史倉頡，見鳥獸蹏迒之跡，知分理之可相別異也，初造書契。」⓭冰斯　指李陽冰與李斯。李陽冰，字少溫，譙郡（今安徽亳州）人。約生於唐玄宗開元年間。官至國子監丞、集賢院學士。工篆書。初師李斯〈嶧山碑〉，自詡：「斯翁之後，直至小生，曹喜、蔡邕不足也。」（《唐國史補》卷上）李斯（西元前二八四—前二〇八年），汝南上蔡（今屬河南）人。秦時官拜丞相。許慎《說文解字》敘云李斯等人在統一文字時：「皆取史籀大篆或頗省改，所謂小篆者也。」⓮鷇　由母哺食的幼鳥，又指雛雞。⓯㝅　哺乳。⓰憶昔句　《詩經・小雅》有〈鴻雁〉篇，《毛詩注疏》卷十八云：「序：〈鴻雁〉，美宣王也。萬民離散，不安其居，而能勞來還定安集之，至于矜寡無不得其所焉。」又：「箋：宣王承厲王衰亂之敝而起興，復先王之道，以安集眾民為始也。」宣王，即周宣王（？—西元前七八三年），姬姓，名靜，字靖，鎬京（今陝西西安）人。西周第十一代君主，在位四十五年，使西周的國力得到短暫恢復，史稱中興。卒謚宣王。⑰籀史變蝌蚪　籀史，即史籀，周宣王時人。唐張懷瓘《書斷》卷上：「案：籀文者，周太史史籀之所作也，與古文大篆小異，後人以名稱書，謂之籀文。《七略》曰：史籀者，周時史官教學童書也。與孔氏壁中古文異體，甄酆定六書，二曰奇字是也，其跡有石鼓文存焉，蓋諷宣王畋獵之所作，今在陳倉。李斯小篆兼采其意，史籀即籀文之祖也。」籀文是中國古代書體的一種，也叫「籀書」、「大篆」。因著錄於《史籀篇》而得名，春秋、戰國間通行於秦國，與篆文近似。今存石鼓文即這種字體的代表。蝌蚪，指蝌蚪書，古文字體的一種。筆畫多頭大尾小，形如蝌蚪，故稱。唐虞世南〈書旨述〉云：「史籀循科斗之書，采蒼頡古文，別署新意，號曰籀文。」⑱厭亂　厭惡戰亂，指周夷王、厲王之亂。⑲聖賢　聖人和賢人的合稱，又聖君和賢臣的合稱。此指周宣王及其朝臣。⑳中興　中途振興，轉衰為盛。㉑耆耇　年高望重者。㉒東征句　《詩經・大雅》有〈常武〉篇，《毛詩注疏》卷二十五云：「序：〈常武〉，召穆公美宣王也，有常德以立武事，因以為戒然。」詩云：「王謂尹氏，命程伯休父。左右陳行，戒我師旅。率彼淮浦，省此徐土。不留不處，三事就緒。」宋朱熹《詩經集傳》卷七注云：「言王詔尹氏策命陳伯休父為司馬，使之左右，陳其行列，循淮浦而省徐州之土。蓋伐淮北徐州之夷也。上章既命皇父，而此章又命程伯休父者，蓋王親命大師以三公治其軍事，而使內史命司馬以六卿副之耳。」又詩云：「王奮厥武，如震如怒。進厥虎臣，闞如虓虎。」闞，虎怒貌；虎叫聲。虓虎，咆哮怒吼的虎，多用來比喻勇士猛將。虓，虎怒吼。㉓伏　通「服」，制伏。㉔犬戎　古族名，戎人的一支，即畎戎，又稱畎夷、犬夷、昆夷、緄夷等。㉕嗾　指使狗時口中所發的聲音，泛指使喚，教唆，指使。㉖象胥　古代接待四方使者的官員，又用以指翻譯人員。《周禮・秋官・象胥》：「掌蠻、夷、閩、貉、戎、狄之國使，掌傳王之言而諭說焉，以和親之。」㉗雜沓　紛雜繁多貌。㉘貢狼鹿　《國語・周語上》：「穆王將征犬戎……王不聽，遂征之，得四白狼、四白鹿以歸。」吳韋昭注：「白狼、白鹿，犬戎所貢。」㉙方召句　方召指方叔、召虎，均周宣王之臣。

《詩・小雅・采芑》：「顯允方叔，征伐玁狁，蠻荊來威。」鄭玄箋：「方叔先與吉甫征伐玁狁，今特往伐蠻荊，皆使來服於宣王之威，美其功之多也。」又《詩經・大雅・江漢》：「釐爾圭瓚，秬鬯一卣。告于文人，錫山土田。于周受命，自召祖命。虎拜稽首，天子萬年。」〈毛詩序〉：「〈江漢〉，尹吉甫美宣王也。能興衰撥亂，命召公平淮夷。」鄭玄箋云：「召公，召穆公也，名虎。」按，方叔南征荊，召虎東征淮。聯翩，鳥飛貌，形容連續不斷。圭，古代帝王諸侯朝聘、祭祀、喪葬等舉行隆重儀式時所用的玉製禮器，長條形，上尖下方。其名稱、大小因爵位及用途不同而異。卣，古代一種中型酒樽，青銅製，一般為橢圓形，大腹，斂口，圈足，有蓋與提梁，多用作禮器，盛行於商和西周。㉚遂因句　《禮記・樂記》：「眾君子聽鼓鼙之聲，則思將帥之臣。」鼓鼙，大鼓和小鼓，古代軍所用，古代樂隊也用。鼙，古代軍中所用的一種小鼓，漢以後亦名騎鼓。㉛考擊　拷掠，敲打。㉜矇瞍　盲人。古代樂官以盲人充任，故亦以名之。《詩・大雅・靈臺》：「於論鼓鐘，於樂辟廱。鼉鼓逢逢，矇瞍奏公。」傳：「有眸子而無見曰矇，無眸子曰瞍。」㉝頌　《詩》六義之一，《詩》中的一類，包括〈周頌〉、〈魯頌〉、〈商頌〉，均為廟堂祭祀時用的舞曲歌辭。〈詩大序〉云：「故詩有六義焉：一曰風，二曰賦，三曰比，四曰興，五曰雅，六曰頌……頌者，美盛德之形容，以其成功，告於神明者也。」㉞嵩高　一作「崧高」，山大而高。《詩・大雅・崧高》：「崧高維嶽，駿極於天。」毛傳：「崧，高貌，山大而高曰崧。」㉟岣嶁　即岣嶁碑，又名禹碑。原在湖南衡山縣雲密峰，早佚。字似繆篆，又似符籙。相傳為夏禹所寫，實為後世偽託。唐韓愈〈岣嶁山〉詩：「岣嶁山尖神禹碑，字青石赤形模奇。」㊱矜伐　恃才誇功；誇耀。㊲文武　指周文王和周武王。周文王，姓姬名昌。商紂時為西伯侯，建國於岐山之下，積善行仁，因讒言而被囚於羑里，後得釋歸。其子武王有天下後，追尊為文王。周武王，周王朝的創建者，姬姓，名發，周文王的次子。諡號武王，廟號世祖。㊳甲乙　天干名，用以紀年。㊴周　朝代名。姬姓，西元前十一世紀武王滅商建周，都城鎬京（今陝西西安），史稱西周。西元前七七一年，犬戎攻破鎬京，周幽王被殺。次年周平王東遷洛邑（今河南洛陽），史稱東周，西元前二五六年為秦所滅。共歷三十四王，八百多年。㊵七國　指戰國時秦、楚、燕、齊、韓、趙、魏七國。㊶秦　周朝國名，嬴姓，周孝王封伯翳之後非子為附庸，與以秦邑。秦襄公始立國，至秦孝公，日益富強，為戰國七雄之一。西元前二二一年秦王政統一中原，自稱始皇帝，建都咸陽。是中國歷史上第一個專制主義中央集權的封建王朝。前二〇六年，為漢所滅。傳二世，共十五年。㊷九有　九州。《詩・商頌・玄鳥》：「方命厥後，奄有九有。」毛傳：「九有，九州也。」古代分中國為九州，說法不一。《書・禹貢》作冀、兗、青、徐、揚、荊、豫、梁、雍，《爾雅・釋地》有幽、營州而無青、梁州，《周禮・夏官・職方》有幽、并州而無徐、梁州。後以九州泛指天下，全中國。㊸埽除句　《史記・秦始皇本紀》：「臣請史官非秦紀皆燒之，非博士官所職，天下敢有藏詩書百家語者，悉詣守尉雜燒之。有敢偶語詩書棄市，以古非今者族。吏見知不舉者與同罪，令下三十日不燒，黥為城旦，所不去者，醫藥卜筮種樹之書，若欲有學法令，以吏為師。」㊹投棄句　謂廢棄禮治，而以刑法治國。俎豆，俎和豆，古代祭祀、宴饗時盛食物用的兩種禮器，又泛指各種禮器。杻，刑具，即手銬。㊺祖龍　指秦始皇。《史記・秦始皇本紀》：「〔三十六年〕秋，使者從關東夜過華陰平舒道，有人持璧遮使者曰：『為吾遺滈池君。』因言曰：『今年祖龍死。』」裴駰《集解》引蘇林曰：「祖，始也；龍，人君象。謂始皇也。」㊻上蔡句　李斯早年為郡小吏，師從荀子習帝王之術。入秦為郎官，勸秦王嬴政滅諸侯、成帝業，在秦滅六國事業中發揮重大作用。遷為廷尉。秦統一天下後，拜為丞相。參與制定法律，統一車軌、文字、度量具衡。秦二世二年，被腰斬於咸陽，夷滅三族。《史記・李斯列傳》：「二世二年七月，具斯五刑，論腰斬咸陽市。斯出獄，與其中子俱執，顧謂其中子曰：『吾欲與若復牽黃犬俱出上蔡東門逐狡兔，豈可得乎？』遂父子相哭，而夷三族。」黃犬即獵犬。㊼登山句　據《史記・秦始皇本紀》載：二十八年，始皇東行郡縣，上鄒嶧山，立石……刻石頌秦德。議封禪望祭山川事，乃遂上泰山，立石，封，祠祭，下……。禪梁父，刻所立石。……登之罘，立石頌秦德焉而去。二十九年，始皇東遊，……登之罘，刻石。三十二年，始皇之碣石，……刻碣石門。三十七年，上會稽，祭大禹，……刻石頌秦德。功烈，功勳業績。㊽皆云二句　《史記・秦始皇本紀》：「十日登之罘，刻石，其辭曰：維二十九年，時在中春，陽和方起。皇帝東游，巡登之罘，臨照于海。從臣嘉觀，原念休烈。追誦本始，大聖作治。建定法度，顯著綱紀。外教諸侯，光施文惠。明以義理，六國回辟。貪戾無厭，虐殺不已。皇帝哀眾，遂發討師。奮揚武德，義誅信行。威燀旁達，莫不賓服。烹滅彊暴，振救黔首。周定四極，普施明法。經緯天下，永為儀則。大矣哉，宇縣之中，承順聖意。羣臣誦功，請刻于石，表垂于常式。」烹滅，誅殺翦除。強暴，又作「彊暴」，強橫兇暴，指強暴的勢力或行為。此指六國。黔首，古代稱平民，老百姓。㊾六經句　指秦始皇時焚書事，參見注㊸。六經，六部儒家經典，即《詩》、《書》、《禮》、《樂》、《易》、《春秋》六經。㊿擊剖　一作「擊掊」，擊碎。(51)傳聞二句　《史記・封禪書》：「其後百二十歲而秦滅周，周之九鼎入于秦，或曰宋太丘社亡，而鼎沒于泗水彭城下，其後百一十五年而秦并天下。」又《史記・秦始皇本紀》：「始皇還，過彭城，齋戒禱祠，欲出周鼎泗水，使千人沒水求之，弗得。」九鼎，相傳夏禹鑄九鼎，象徵九州，夏商周三代奉為象徵國家政權的傳國之寶。戰國時，秦楚皆有興師到周求鼎之事。周顯王時，九鼎沒於泗水彭城下。淪，陷入；沉淪。泗，古水名。源於今山東泗水縣東，四源併發，故名。(52)無乃句　韓愈有〈石鼓歌〉：「雨淋日炙野火燎，鬼物守護煩撝呵。」無乃，相當於「莫非」、「恐怕是」，表示委婉測度的語氣。天工，天的職任，古以為王者法天而建官，代天行職事。(53)物理　事理；事物的道理、規律。

【語　譯】辛丑年冬十二月，我初次仕宦來拜謁孔廟。以往就聽說過的石鼓今天看見了，石鼓上面的文字屈曲夭矯如同蛟蛇遊走。仔細觀察時最初是以手指在肚皮上摹畫著，想讀懂卻感歎困難就如同口喉被卡住。韓公喜好古物覺得自己出生已晚，況且如今我又出生在韓公百年之後。勉力地尋找字的偏傍推測著一點一畫，時常猜得十之一二卻遺失十之八九。只辨認出我狩獵的車子已是堅固，我的馬兒也是齊備，所釣到的只是鱮魚，並用柳條把它們串在一起。如同在很多的古代器物中只能識別出鼎，在眾多錯雜的星辰中僅能認得北斗星。過半字跡模糊，就如同傷口癒合後留下疤痕或手腳掌上生的厚繭，雖然曲折多變，仍能辨別出腳跟和臂肘。又如雲霧中若隱若現的娟娟彎月，雜草叢生中明淨奇異的禾穗。經過多少戰亂，飄泊流浪，偶然保存了下來，超然獨立千百年，可與誰成為朋友呢？上可與黃帝時的圖文、倉頡造的字相追逐並論，下可令擅長篆書的李陽冰、李斯如同被哺乳的幼鳥順服。追想昔日周宣王時歌唱著〈鴻雁〉，當時的史籀變蝌蚪文字為大篆。厭惡戰亂的人們正盼望著聖人和賢人的出現，為周王朝的中興，上天使年高望重者降臨。宣王東征徐州，將士勇武如咆哮怒吼的猛虎，北征制伏犬戎，令他們隨時聽從指喚。四方派來的使者紛至沓來，獻上了貢品，方叔、召虎因戰功接連受到賞賜。於是又製作石鼓奏樂以表達崇尚武功，難道這僅僅是為了有勞樂師敲擊作樂？是誰作頌詩把宣王的功德比作山峰一般高，萬代以來，石鼓文與岣嶁碑齊名。勳勞至大卻不誇耀，文王、武王距此不遠，忠厚的品性仍然保存有。想尋找文字撰刻的年歲，卻沒有具體的甲乙紀年，怎麼又會記載是誰的名字呢？自從周王朝衰落又歷經七國稱雄時期，竟然使秦人擁有了九州大地。秦王朝清除詩書等著述而崇尚法律，廢棄俎豆等禮器而陳設鞭杻等刑具。當年是誰輔佐秦始皇，就是上蔡公子李斯。登山刻石頌揚功勳業績，其後無人能承繼，其前也沒有能匹敵。都說始皇帝東巡四國之地，誅殺翦除強橫兇暴的諸侯國，拯救百姓。六經既然已被焚燒成為灰燼，這些石鼓也應當遭到擊碎。傳說周王朝時九鼎沉沒於泗水中，秦王想派上萬民夫到沉沒的水中尋取。暴君縱然想窮盡人力，神物理應不會受秦朝垢汙而辱沒。這時石鼓何處能躲藏，莫非是老天令鬼物守護著。朝代興亡，世事百變，石鼓仍悠閒自存，顯貴一個朝代，盛名卻永傳不朽。仔細地思索事理，久坐而歎息，人的一生哪能如石鼓你這般長壽？

【研析】此為〈鳳翔八觀〉之一，序云：「〈鳳翔八觀〉詩，記可觀者八也。昔司馬子長登會稽，探禹穴，不遠千里，而李太白亦以七澤之觀至荊州，二子蓋悲世悼俗，自傷不見古人，而欲一觀其遺迹，故其勤如此。鳳翔當秦、蜀之交，士大夫之所朝夕往來，此八觀者又皆跬步可至，而好事者有不能遍觀焉，故作詩以告欲觀而不知者。」作於仁宗嘉祐年間供職鳳翔府時。關於石鼓的製作年代，歷來說法不一，有周宣王時、秦時、北周時等說法，今人多主秦時，而蘇詩主周宣王時。首四句交代見到石鼓文的時令、地點、原由等，緊接六句，敘寫見到石鼓文的興奮：「細觀初以指畫肚，欲讀嗟如箝在口」、「強尋偏傍推點畫，時得一二遺八九」，畢竟年代久遠，石鼓上的文字多已漫滅，作者仍想能更多地辨識，所謂「其詞云：『我車既攻，我馬既同。』又云：『其魚維何，維鱮維鯉。何以貫之，維楊與柳。』惟此六句可讀，餘多不可通」。可知能認出的還是極其有限的。按，前二句出自《詩經·小雅·車攻》，後四句出自《詩經·小雅·采綠》，今作：「其釣維何，維魴及鱮。維魴及鱮，薄言觀者。」與蘇氏識別的頗有出入。「古器縱橫猶識鼎」十句，抒寫感受，雖然僅能識別出六句，就如見到了雲霧中若隱若現的娟娟彎月，又如見到了雜草叢生中明淨奇異的禾穗。新穎稀奇之感油然而生，千百年來石鼓得以幸存已屬萬幸，石鼓上的文字能保存下來，更屬不幸之中之大幸，之所以說其重要，就在於其記載的那段歷史，一段是關於周宣王的，「憶昔周宣歌〈鴻雁〉」至「無乃天工令鬼守」就有關石鼓涉及到的兩段歷史生發議論：一是關於周宣王，即石鼓出現的時代，周宣王號稱為周室中興的時代，蘇氏就此生發議論，指出石鼓文不僅有史的價值，還有藝術方面的價值，石鼓文是大篆的代表，即籀文，是中國古代書體的一種。二是關於秦始皇的，秦始皇尋求周朝九鼎之事，意在企望秦王朝國運久長，結果反致短命。概歎朝代的興亡，民生的榮枯，使詩的主旨昇華。末四句又是議論，自石鼓問世以來，歷經朝代興亡，人世榮衰多變，一切彷彿均如在瞬息間，人生如夢似幻之感。詩中集敘事、抒情、議論為一爐，行文雄奇奔放，迤邐委婉，雖然是古體詩，多半卻用了對偶律句。

王維❶吳道子❷畫

何處訪吳畫，普門❸與開元❹。開元有東塔，摩詰留手痕。吾觀畫品❺中，莫如二子尊。道子實雄放❻，浩如海波翻。當其下手風雨快，筆所未到氣已吞❼。亭亭雙林間❽，彩暈扶桑暾❾。中有至人❿談寂滅⓫，悟者悲涕迷者手自捫。蠻君⑫鬼伯⑬千萬萬，相排競進頭如黿⑭。摩詰本詩老⑮，佩芷襲芳蓀⑯。今觀此壁畫，亦若其詩清且敦。祇園⑰弟子盡鶴骨⑱，心如死灰⑲不復溫。門前兩叢竹，雪節貫霜根。交柯亂葉動無數，一一皆可尋其源。吳生雖妙絕，猶以畫工⑳論。摩詰得之於象外㉑，有如仙翮㉒謝籠樊㉓。吾觀二子皆神俊㉔，又於維也斂衽㉕無間言㉖。

【注釋】❶王維　（西元七〇一？—七六一年）字摩詰，祖籍太原祁（今山西太原），居河東（今山東永濟）。唐玄宗開元初擢進士，歷監察御史，累遷尚書右丞。維工草隸，善畫，名盛開元、天寶間。❷吳道子　唐代陽翟（今河南禹州）人。唐代著名畫家，尊稱畫聖。少孤貧，曾任兗州瑕丘縣尉。後漫遊洛陽，玄宗開元年間以善畫被召入宮廷，歷任供奉、內教博士，改名道玄。❸普門　即普門寺，在鳳翔東一里，唐時建。❹開元　即開元寺，在鳳翔，唐開元元年建，故名。內有吳道子畫佛、王維畫竹。❺畫品　品評畫家及其作品的論著。又指畫的情調境界。❻雄放　奔放；豪放。❼當其二句　杜甫〈寄李十二白二十韻〉：「筆落驚風雨，詩成泣鬼神。」宋郭知達《九家集注杜詩》卷二十云：「今云驚風雨，言其如風雨之快疾為可驚也。」形容運筆迅捷酣暢。❽亭亭雙林間　亭亭，直立貌；獨立貌。雙林，又作雙樹，娑羅雙樹。為釋迦牟尼入滅之處。《大般涅槃經》卷一云佛在拘尸那城阿夷羅跋提河邊娑羅雙樹前入般涅槃。其地在今印度北方。又借指釋迦牟尼。又借指寺院。❾彩暈扶桑暾　謂釋迦牟尼頭上的五彩光環。宋王十朋《東坡詩集註》引《名畫斷》云：「大凡佛之圓光皆須尺寸先定，然後規圓而成，惟吳生終一筆。」又云：「畫成矣，最後方畫圓光，風落電轉，規成月圓。」彩暈，彩色的雲氣。扶桑，神話中的樹名，傳說日出於扶桑之下，拂其樹杪而升，因指日出處，亦代指太陽。暾，日初出貌，因指代太陽。❿至人　道家指超凡脫俗，達到無我境界的人。又指思想或道德修養最高超的人。⓫寂滅　佛教語，「涅槃」的意譯，指超脫生死的理想境界。⓬蠻君　對蠻人的戲稱，蠻人舊稱未開化的南方少數民族，此指佛徒。⓭鬼伯　猶鬼王，指閻王。⓮相排句　形容聽眾擁擠爭前，如同大鱉頭伸得長長的。黿，大鱉，俗稱癩頭黿。⓯摩詰句　王維〈偶然作六首〉之六：「老來懶賦詩，惟有老相隨。宿世謬詞客，前身應畫師。不能捨餘習，偶被世人知。名字本皆是，此心還不知。」⓰佩芷襲芳蓀　屈原〈離騷〉：「扈江離與辟芷兮，紉秋蘭以為佩。」謂王維如屈原一樣詩中用香草自喻清脫美好的品性。芷、蓀，皆香草名也。襲，薰染；侵襲。⓱祇園　「祇樹給孤獨園」的簡稱，印度佛教聖地之一，相傳釋迦牟尼成道後，憍薩羅國的給孤獨長者用大量黃金購置舍衛城南祇陀太子園地，建築精舍，請釋迦說法。祇陀太子也奉獻了園內的樹木，故以二人名字命名。後用為佛寺的代稱。⓲鶴骨　修道者的骨相。⓳心如死灰　形容不為外物所動的一種精神狀態。《莊子．知北遊》：「形若槁骸，心若死灰。」⓴畫工　從事繪畫的工匠，又謂雕琢刻劃工巧。㉑象外　猶物外，物象之外。又指塵世之外。又謂寫詩比物以意，而不指言某物，意境超乎常法之外。㉒仙翮　指仙鳥。㉓籠樊　鳥籠。㉔神俊　形容人才智卓越超群。又形容文章、書法筆力雄健。㉕斂衽　整飭衣襟，表示恭敬。㉖間言　非議；異議。

【語　譯】何處能尋訪並見到吳道子繪的畫，就在普門寺與開元寺。開元寺有東塔，還留有摩詰繪畫的手跡。我觀畫品中，沒有誰能比得上二人名聲高的。道子的畫確實豪放雄奇，浩瀚就如大海翻滾的波濤。當他要動手時就如狂風驟雨疾速，筆還未落到紙上，氣勢就已逼人。直立的娑羅雙樹間，佛祖頭上的光環如同圓滿明亮的太陽。畫圖中佛祖暢談著圓寂的話題，覺悟的人悲涕，迷惑的人以手自捫。千千萬萬的信徒及鬼王，如同大鱉頭伸得長長的，爭相擁向前聆聽著。摩詰原本擅長於詩，常用香草自喻品性的清高超脫。如今觀賞這些壁畫，就如同他的詩歌清邁篤實。祇園弟子都是仙風道骨，心如止水，波瀾不驚。門前兩堆叢生的竹子，在風雪嚴霜中竹節竹根堅挺。枝杆交織，亂葉無數飄動，但一筆一畫都可尋見其中的脈絡。吳生筆法雖然精妙絕倫，仍然是以雕琢刻劃工巧見長。摩詰得於神似而非形似，有如仙鳥辭謝牢籠。我看二人都屬卓越超群，又對王維表達崇敬，沒有異議。

【研　析】此為〈鳳翔八觀〉之一，詩論吳道子、王維之畫，首先談論的是吳氏畫，吳道子善畫佛道人物，多見於佛寺道觀壁間。就本文所見也屬佛像，詩中對吳氏運筆迅捷酣暢的特點，給予高度的評價，「當其下手風雨快，筆所未到氣已吞」，這是胸有成竹的體現。至於「吳生雖妙絕，猶以畫工論」，對吳氏追求形似，過於雕琢精工，或有腹議。其次是談論王維的作品，王氏以山水詩著稱，又善畫山水，其〈偶然作六首〉有「宿世謬詞客，前身應畫師」云云，可見其自信處。王氏所繪真跡後世罕見，蘇軾〈跋唐王維藍田煙雨圖〉云：「味摩詰之詩，詩中有畫；觀摩詰之畫，畫中有詩。詩曰：『藍谿白石出，玉川紅葉稀。山路元無雨，空翠濕人衣。』此摩詰之詩，或曰非也，好事者以補摩詰之遺。」王氏「得之於象外，有如仙翮謝籠樊」，即能擺脫拘束，追求神似，富有新意，蘇軾對此表達了讚賞。對王氏詩畫清逸又敦厚之風推崇，從中可見蘇氏的文藝觀。蘇軾〈書吳道子畫後〉云：「故詩至於杜子美，文至於韓退之，書至於顏魯公，畫至於吳道子，而古今之變、天下之能事畢矣。道子畫人物，如以燈取影，逆來順往，旁見側出，橫斜平直，各相乘除，得自然之數，不差毫末。出新意於法度之中，寄妙理於豪放之外。所謂遊刃餘地，運斤成風，蓋古今一人而已。余於他畫或不能必其主名，至於道子，望而知其真偽也。」作於神宗元豐八年十一月七日。又〈跋吳道子地獄變相〉云：「道子畫聖也，出新意於法度之內，寄妙理於豪放之外，蓋所謂遊刃餘地，運斤成風者耶？觀地獄變相，不見其造業之因，而見其受罪之狀，悲哉！悲哉！能於此間一念清淨，豈無脫理？但恐如路傍草，野火燒不盡，春風吹又生耳。元豐六年七月十日齊安臨皐亭借觀。」所謂「出新意於法度之內，寄妙理於豪放之外」，即在遵守法規的前提下創造出新意，寄託精妙的道理於豪邁無拘束的筆端之外，提出了自己的文藝觀。任何一門藝術，經過一定時期的發展，就會逐漸完善，達到定型，如同到了杜子美、韓退之、顏魯公、吳道子，詩、文、書、畫創作的藝術技巧已經十分完善成熟了，這就面臨著一個話題，即突破創新的問題。要超越這些高峰，創新是不可迴避的。「法度」就是已經成熟定型的規則或範式，時間久了，就成了傳統，而傳統往往會成為創新發展的阻礙。「出新意於法度之中」，就是如何突破現有的體制，要想超越，就得勇於創新，也就是要突破傳統。「妙理」，是指精微的道理，也就是創新中形成的新理念，新思想。「寄妙理於豪放之外」，就意味著不受約束，突破傳統的框架，有新的進步。蘇軾本人就是這樣做的，宋人曾季貍在《艇齋詩話》中說：「東坡之文妙天下，然皆非本色，與其他文人之文、詩人之詩不同。文非歐、曾之文，詩非山谷之詩，四六非荊公之四六，然皆自極其妙。」也就是說蘇軾的多種文體不僅具有強烈的反傳統性，而且都能給人以耳目一新的感覺，這固然是他才華橫溢的表現，也是勇於創新的結果。

是日至下馬磧❶，憩於北山僧舍，有閣曰懷賢❷，南直斜谷❸，西臨五丈原❹，諸葛孔明❺所從出師也

南望斜谷口，三山如犬牙❻。西觀五丈原，鬱屈❼如長蛇。有懷諸葛公，萬騎出漢巴❽。吏士寂如水❾，蕭蕭聞馬檛❿。公才與曹丕，豈止十倍加⓫。顧瞻⓬三輔⓭間，勢若風捲沙。一朝長星墜⓮，竟使蜀婦髽⓯。山僧豈知此，一室老煙霞⓰。往事逐雲散，故山依渭⓱斜。客來空弔古，清淚落悲笳⓲。

【注釋】❶下馬磧　《元豐九域志》卷三：在鳳翔岐山東四十里，有驛店、馬磧二鎮。❷懷賢　閣名，在郿縣西南南山蟠龍寺內，南直斜谷，西臨五丈原，有舊邸閣，諸葛武侯出師儲粟處，後人因其遺跡作閣，名曰懷賢。❸斜谷　在陝西終南山，谷有二口，南曰褒，北曰斜，故亦稱褒斜谷。全長四百七十里，兩旁山勢峻險。扼關陝而控川蜀，古來為兵家必爭之地。❹五丈原　在今陝西岐山縣南，斜谷口西側，渭水南岸。相傳蜀漢諸葛亮六出祁山曾在此駐軍。西元二三四年諸葛亮伐魏，出斜谷，駐軍屯田，相持百餘日後，病卒於此。❺諸葛孔明　諸葛亮（西元一八一—二三四年），字孔明，號臥龍，陽都（今山東

臨沂）人。三國時蜀漢丞相，病死五丈原，生前被封武鄉侯，卒後被追諡忠武侯。❻犬牙　像犬牙般交錯，多指地形、地勢。❼鬱屈　迂迴曲折。❽有懷二句　建興十二年（西元二三四年）二月，諸葛亮率大軍出斜谷道，據武功五丈原，屯田於渭濱。四月蜀軍到達郿縣，在渭水南岸的五丈原下紮營寨，與魏軍對峙。後諸葛亮因病情日益惡化，不久，就在軍營中去世。漢巴，即蜀地。巴，古國名，在今四川東部一帶，古為楚地。❾吏士句　謂士兵行軍如水靜寂無聲。❿蕭蕭句　《詩・小雅・車攻》：「蕭蕭馬鳴，悠悠旆旌。」蕭蕭，象聲詞。常形容馬叫聲、風雨聲、流水聲、草木搖落聲、樂器聲等。檛，馬鞭子。⓫公才二句　《三國志・蜀書・諸葛亮傳》載，劉備臨終時對諸葛亮說：「君才十倍曹丕，必能安國，終定大事。若嗣子可輔，輔之，如其不才，君可自取。」曹丕（西元一八七—二二六年），字子桓，曹操次子，建安年間任五官中郎將、副丞相，建安二十二年被曹操立為嗣。曹操死後，襲魏王、丞相。延康元年曹丕代漢稱帝，為魏文帝，都洛陽。⓬顧瞻　迴視；環視。又瞻前顧後，謂慎重、周密地考慮。⓭三輔　即京兆尹、左馮翊、右扶風，西漢治理京畿地區的三個職官的合稱，亦指其所轄地區。又泛稱京城附近地區為三輔。⓮一朝句　謂諸葛亮病逝。《三國志・蜀書・諸葛亮傳》引《晉陽秋》曰：「有星赤而芒角，自東北西南流投于亮營，三投再還，往大還小，俄而亮卒。」長星，巨星，光度大、體積大、密度小的恆星。比喻某些方面有傑出成就的偉人。⓯髽　古代婦女喪髻，以麻線束髮。《儀禮・喪服》：「布總、箭笄、髽，衰三年。」⓰煙霞　雲霞，泛指山水、山林。⓱渭　黃河最大支流，源出甘肅鳥鼠山，橫貫陝西中部，至潼關入黃河。⓲悲笳　悲涼的笳聲。笳，古代軍中號角，其聲悲壯。

【語　譯】懷賢閣上向南眺望斜谷口，三座山如同犬牙交錯。向西觀望五丈原，地勢迂迴婉折如同長蛇。有感於諸葛亮先生，當年率領數萬軍士離開巴蜀之地。士兵們銜枚行進如靜寂無聲的流水，又聽見鞭擊馬鳴蕭蕭聲。先生的才能與曹丕相比，豈止高過十倍多。環顧三輔間，蜀軍的威勢如同狂風捲起沙塵。一朝諸葛先生如巨星隕墜，竟然使得全蜀國的人哀傷。山中的僧人哪裡明白這些，只是居住在一室之中，終老於山水中。追憶往事，如同天空中四散而逝去的雲，當年的群山依然枕著渭水。作為遊客的我來到這徒自憑弔著往古之事，如同聽到軍中悲壯的號角，潸然落淚。

【研　析】詩作於供職鳳翔時。首四句敘寫山川形勝，登上懷賢閣，四顧眺望，山谷連綿，原野遼闊，南有斜谷口，西為五丈原，不得不由人發思古之幽情。「有懷」十句即是就諸葛亮率軍出蜀屯駐五丈原一事生發議論，當年諸葛亮親自率軍出蜀，意在收復中原，統一中國。「吏士寂如水」句，以士兵銜枚行進如靜寂無聲的流水，說明諸葛亮治軍嚴明。「公才與曹丕，豈止十倍加」，也就是說諸葛亮不僅軍事方面才能堪稱絕倫，更重要的是他能勝任一國之君的職位，在這方面，其能力遠超曹丕。《三國志・蜀書・諸葛亮傳》云：「（建興）十二年春，亮悉大眾由斜谷出，以流馬運據武功五丈原，與司馬宣王對於渭南。亮每患糧不繼，使己志不伸，是以分兵屯田，為久住之基，耕者雜於渭濱居民之間，而百姓安堵，軍無私焉。相持百餘日，其年八月，亮疾病，卒于軍，時年五十四。」想當年蜀、魏兩軍在五丈原對峙，面對來勢洶洶的蜀軍，魏軍就是不主動出兵迎戰。只是天不作美，「出師未捷身先死，長使英雄淚滿襟」，為歷代有志之士扼腕歎息不已。末六句抒發感慨，面對歷史上曾經發生過的重大事件，居住在此地的山僧們似乎無動於衷，不過，朝代的更迭與興亡，對出家人而言，本就是一回事，無所謂悲喜。作為一個世俗之人，作者卻是感慨萬千，「往事逐雲散，故山依渭斜」，往事如過眼雲煙，但留給詩人的，於弔古傷今之餘，有英雄失路的悲感。全詩緊扣「懷賢」二字行文作意，有敘事，有議論，有抒情，起落自然。

秀州❶僧本瑩❷靜照堂❸

鳥囚不忘飛，馬繫常念馳。靜中不自勝，不若聽所之。君看厭事人，無事乃更悲❹。貧賤苦形勞，富貴嗟神疲。作堂名靜照，此語子為誰。江湖隱淪❺士，豈無適時❻資。老死不自惜，扁舟❼自娛嬉❽。從之恐莫見，況肯從我為？

【注　釋】❶秀州　今浙江嘉興。❷僧本瑩　字慧空。❸靜照堂　宋祝穆《方輿勝覽》卷三〈嘉興府〉：「招提寺，在嘉興縣西，有靜照堂。王介甫、范景仁一時諸賢皆留題。」又元徐碩《至元嘉禾志》卷十：「招提院，在郡治西二里。考證：唐光啟四年曹刺史捨宅為院，賜名羅漢院，宋治平四年改今名，寺有靜照堂，今廢。」❹君看二句　謂厭倦世事的人，若真無事可做，則更覺悲傷。《史記》卷七十〈張儀列傳〉附陳軫傳云：「異日，犀首見之，陳軫曰：『公何好飲也？』犀首曰：『無事也。』曰：『吾請令公饜事，可乎？』」❺隱淪　隱居，又指隱者。❻適時　適合時宜。❼扁舟　小船。❽娛嬉　戲樂。

【語　譯】鳥被囚禁不會忘記遠飛，馬被拴繫也常常想念奔馳。寂靜的連自己都無法承受，不如聽順自然，任性而為。試看那些厭倦世事的人，無所事事才覺得更加悲哀。貧賤時苦於形體勞累，富貴時感歎精神疲憊。建了一間堂屋，命名靜照，用這詞語您是針對誰的。即使是隱居江湖的人士，難道就沒有適宜時世事務的資質。到老至死自己也不覺得可惜，泛舟江湖圖得個自在快樂。追隨他們恐怕不能遇見，更何況願意追從我們的人呢？

【研　析】蘇轍有〈秀州僧本瑩淨照堂〉一詩，其中云：「有僧訪我攜詩卷，自說初成淨照堂。求得篇章書壁素，不論塵土漬衣黃。」「淨照」當為「靜照」之訛，知僧本瑩至京城，拜訪蘇氏兄弟，蘇氏兄弟均有題詩，詩作於宋神宗熙寧二年（西元一〇六九年）。蘇軾一詩又見《至元嘉禾志》卷二十七，名〈題招提院靜照堂〉。又《至元嘉禾志》卷九云：「靜照堂，一名寂照堂，在招提寺。」知靜照意同寂照，寂，寂靜之意；照，照鑑之意，也就是明察之意。詩以議論為主，圍繞著「靜」字作文章，滿是佛理禪機。首句用比興手法，指出「動」是動物的本性，如同囚禁的鳥從未放棄飛離的時機，拴繫的馬常想念著馳騁。飛禽走獸如此，這是其本性所必然，更何況萬物之靈的人呢？「君看」四句，則專就人事而言，人是高等級動物，所以「動」也是其本性，這是不言而喻的。惟有「動」，才有活力，作為人類社會中一員，積極參與社會事務，就是富有活力的體現，至於「貧賤苦形勞，富貴嗟神疲」，則是人「動」起來的表現形態，貧賤的人為生存而勞累奔波，富貴的人又因精神疲憊而惆悵，只是物極必反，無論是貧賤的人，還是富貴的人，都因追求而勞形傷神，於是就有「靜」的需求，甚至厭棄人世，不以世事為務，以求得心靈上的寂靜，這也是佛道出世理念的反映。只是就儒家觀點而言，積極入世，是人生價值的體現。所謂無所事事，就等同於死亡。當然，除佛道之士外，還有隱者，他們或因不滿現實而歸隱，或因失意而歸隱，歸隱的理由五花八門，但這些隱者並非凡庸之輩，多屬有才能者，只是在現實中願望難以達成。雖然歸隱，但未必是心死，泛舟江湖，笑傲山水，也是「動」的表現。出世與入世，多存在於封建文人的心裡，彼消此長，互相作用。作者也是藉此抒寫自己的感觀，宋人或認為此詩是譏諷本瑩身在人世，最終難以達到「靜」。

石蒼舒醉墨堂❶

人生識字憂患始❷，姓名粗記可以休❸。何用草書誇神速❹，開卷惝怳❺令人愁。我嘗好之每自笑，君有此病何能瘳❻。自言其中有至樂❼，適意無異逍遙遊❽。近者作堂名醉墨，如飲美酒消百憂。乃知柳子語不妄，病嗜土炭如珍羞❾。君於此藝亦云至，堆牆敗筆如山丘❿。興來一揮百紙盡，駿馬倏忽踏九州⓫。我書意造⓬本無法，點畫信手煩推求⓭。胡為議論獨見假⓮，隻字片紙皆藏收。不減鍾、張⓯君自足，下方羅、趙⓰

我亦優。不須臨池更苦學，完取絹素充衾裯⑰。

【注釋】❶石蒼舒醉墨堂　石蒼舒，字才美，又字才叔、才翁，京兆人。蓄圖書甚富，善行草，人謂得草聖三昧，官為承事郎，通判保安庫，嘗為丞相呂大防所薦，不達而卒。醉墨，謂醉中所作的詩文書畫。❷人生句　《老子》云：「絕學無憂。」宋蘇轍《老子解》卷上云：「為學日益，為道日損，不知性命之正，而以學求益，增所未聞，積之未已，而無以一之，則以圜害方，以直害曲，其中紛然不勝其憂矣。患夫學者之至此，故曰絕學無憂。若夫聖人未嘗不學，而以道為主，不學而不少，多學而不亂，廓然無憂，安用絕學邪？」❸姓名句　《史記・項羽本紀》：「項籍（即項羽）少時學書不成，去學劍，又不成。項梁怒之，籍曰：『書足以記名姓而已，劍一人敵，不足學，學萬人敵。』於是項梁乃教籍兵法，籍大喜，略知其意，又不肯竟學。」❹何用句　杜甫〈醉歌行〉云：「陸機二十作〈文賦〉，汝更小年能綴文。總角草書又神速，世上兒子徒紛紛。」草書，為隸書通行後的草寫體，取其書寫便捷，故又名草隸。漢章帝好之，漢魏間的章草，殆由此得名。後漸脫隸書筆意，用筆日趨圓轉，筆畫連屬，並多省簡，遂成今草。晉王羲之、獻之父子又創諸字上下相連的草體，至唐張旭、懷素，宋米芾等又發展為筆勢恣縱、字字牽連、筆筆相通的狂草。❺惝怳　狂縱貌。❻瘳　病癒。❼至樂　最大的快樂。❽逍遙遊　《莊子》篇名，文中藉大鵬和小鳩、大椿和朝菌的比喻，說明任何事物都不能超越自己的本性和客觀的環境，主張各任其性，放棄一切大小、榮辱、死生、壽夭的差別觀念，便能逍遙自在，無往而不適。後用以指自由自在，無拘無束的遊玩。❾乃知二句　柳宗元〈報崔黯秀才論為文書〉：「凡人好辭工書者，皆病癖也，吾不幸早得二病，學道以來，日思砭鍼攻熨，卒不能去……子癖於伎也，吾嘗見病心腹人有思啗土炭、嗜酸鹹者不得則大戚，其親愛之者不忍其戚，因探而與之，觀吾子之意，亦已戚矣。吾雖未得親愛吾子，然亦重來意之勤，有不忍矣，誠欲分吾土炭、酸鹹，吾不敢愛，但遠言，其證不可也。」❿堆牆句　唐李肇《唐國史補》卷中：「長沙僧懷素好草書，自言得草聖三昧，棄筆堆積，埋於山下，號曰筆塚。」⓫駿馬句　謂書寫極其神速，如駿馬般一日行遍九州。倏忽，頃刻，指極短的時間。九州，古代分中國為九州，所指不一。⓬意造　憑想像力創作。⓭推求　尋求；探索。⓮假　寬容；寬饒。⓯鍾張　指鍾繇和張芝。鍾繇（西元一五一－二三〇年），字元常，潁川（今河南許昌）人。三國曹魏時人。在書法方面頗有造詣，是楷書（小楷）的創始人。張芝，生年不詳，約卒於漢獻帝初平三年（西元一九二年），字伯英，敦煌郡源泉（今屬甘肅酒泉）人。擅長章草，被譽為草書之祖。宋劉次莊《法帖釋文》卷五〈懷素〉：「右軍云：吾真書過鍾，而草故不減張；僕以為真不如鍾，草不及張。」⓰羅趙　指羅暉、趙襲。羅暉，字叔景，京兆杜陵人，官至羽林監，漢桓帝永壽年卒，善草著聞。趙襲，字元嗣，京兆長安人，為敦煌太守，與羅暉並以能草見重關西，與張芝素相親善，漢靈帝時卒。唐張懷瓘《書斷》引張芝〈與太僕朱賜書〉云：「上比崔、杜不足，下方羅、趙有餘。」⓱不須二句　《晉書・衛瓘傳》：「弘農張伯英者因而轉精甚巧，凡家之衣帛必書而後練之，臨池學書，池水盡黑，下筆必為楷，則號忩不暇，草書寸紙不見遺，至今世尤寶其書，韋仲將謂之草聖。」後世因以「臨池」指學習書法，或作為書法的代稱。絹素，未曾染色的白絹。衾裯，指被褥床帳等臥具。

【語　譯】人的一生從能識字的時候就開始有憂患了，還是能記住自己的姓名就可以了。何必用擅長草書誇耀自己的神速，展開書卷，狂放不羈，令人愁悶。我也曾經喜好草書，書寫時常得意地笑，您也有這種毛病，怎能治癒。自言其中有無上的快樂，稱心如意無異於莊子所云的逍遙遊境界。您近來建了堂屋，取名醉墨，如同飲了美酒可消除種種煩憂。才明白柳宗元所說的想揮毫時就如同視吃土炭、嗜好酸鹹似山珍海味的人不達目的就非常悲傷那樣，其說不假。您對草書這門技藝也可以說達到了極高的水平，用壞的毛筆堆積在牆邊如小山丘一般。興致來了，一揮毫間，百張紙已用盡，就如同騎著駿馬瞬間行遍了九州大地。我的草書全憑自己的意願而揮毫，本來就無技法可尋，一點一畫，信手寫來，有勞他人苦思冥索。為什麼您的評論偏偏對我寬容，隻字片紙都收藏。如同前人所云您的草書不比鍾繇和張芝差而自得，至於我的草書，向下比羅暉、趙襲還是稍勝一籌。不必面對著水池苦學書法，還是把絹素完整地取來滿足被褥床帳的使用。

【研　析】石蒼舒善法書，家中富藏圖書。蘇軾與之早有交往，在〈書所作字後〉云：「治平甲辰十月二十七日，自岐下罷，過謁石才翁，君強使書此數幅，僕豈曉書？而君最關中之名書者，幸勿出之，今人笑也。」作於英宗治平元年（西元一〇六四年），時在鳳翔，是年十二月蘇軾自鳳翔返京任職。此詩作於神宗熙寧二年（西元一〇六九年），時在京城。石氏有堂，取名醉墨，求蘇氏兄弟題贈。蘇轍有〈石蒼舒醉墨堂〉一詩，云：「石君得書法，弄筆歲月久。經營妙在心，舒卷功隨手。惟茲逸羣氣，扶駕須斗酒。作堂名醉墨，揮灑動牆牖。安得濁酒池，淋漓看濡首。但取繼張君，莫顧顛名醜。」按，張旭，字伯高，一字季明，唐吳郡（今江蘇蘇州）人。善草書，好酒，每醉後號呼狂走，索筆揮灑，變化無窮，若有神助，時人號為張顛。有「草聖」之稱。知石氏是長於草書的，蘇軾此詩也是重在論草書。詩中主要論及如何做到自由抒寫，無復依傍，有個性。開篇即云「人生識字憂患始，姓名粗記可以休」，意在說明有了學識，就懂得要守規矩，這對於自由發揮而言，可不是件好事，反而有可能妨礙了創新。就草書而言，可作如是觀。草書為漢字字體的表現形態之一，原本為隸書通行後的草寫體，取其書寫便捷，故又名草隸。後漸漸脫離了隸書筆意，筆畫連屬，多有省簡，有章草、今草、狂草之別。草書演化至狂草，極盡變幻之能事。草書既有規範性，又有靈活性，蘇軾強調的是後者，云「何用草書誇神速，開卷惝怳令人愁」，自由揮灑，狂放不羈，就有可能突破規範性，石蒼舒有這方面的特點，蘇軾也有，其他人也是如此，文人揮毫，其癡迷顛狂時，是不會考慮結果是什麼的，如同視吃土炭、嗜酸鹹似山珍海味，只要能酣暢愜意、自由無礙就行了。宋釋惠洪《冷齋夜話》卷九載云：「張丞相好草書而不工，當時流輩皆譏笑之，丞相自若也。一日得句，索筆疾書，滿紙龍蛇飛動，使姪錄之，當波險處，姪罔然而止，執所書問曰：『此何字也？』丞相熟視，久之，亦自不識，詬其姪曰：『胡不早問？致予忘之。』」張丞相，即張商英（西元一〇四三—一一二一年），字天覺，號無盡居士，新津（今屬四川）人。英宗治平二年進士。徽宗朝拜右僕射。惠洪大觀年間曾遊張商英之門。揮毫時肆意狂放，停筆後，連自己寫的字都辨認不出，這種人不是個別的，蘇氏本人也不例外，所謂「我書意造本無法，點畫信手煩推求」，講的就是這種現象。又由「君於此藝亦云至，堆牆敗筆如山丘」知石氏法書功底是刻苦自勵的結果，不是天生的。至於云「興來一揮百紙盡，駿馬倏忽踏九州」，就是對「草書誇神速」的回應，其揮毫時的狂放情態可想而知，這大概也是草書的魅力所在。行文恣意雄邁，有奇氣。

送曾子固❶倅越得燕字

醉翁❷門下士❸，雜遝❹難為賢。曾子獨超軼❺，孤芳❻陋羣妍❼。昔從南方來❽，與翁兩聯翩❾。翁今自憔悴❿，子去亦宜然。賈誼窮適楚⓫，樂生老思燕⓬。那因江鱠美，遽厭天庖羶⓭。但苦世論隘⓮，聒耳⓯如蜩蟬⓰。安得萬頃⓱池，養此橫海⓲鱣⓳。

【注釋】❶曾子固　曾鞏（西元一〇一九－一〇八三年），字子固，建昌軍南豐（今屬江西）人，後居臨川。宋仁宗嘉祐二年進士及第，通判越州，歷知齊州、福州、明州等，官至中書舍人。卒，追諡文定。著有《南豐先生元豐類藁》。❷醉翁　歐陽修（西元一〇〇七－一〇七二年），字永叔，號醉翁，晚號六一居士，吉州永豐（今屬江西）人。宋仁宗天聖八年進士。歷官翰林學士、樞密副使、參知政事，卒諡文忠。著有《歐陽文忠全集》、《新五代史》等。❸門下士　門客；門生；弟子。❹雜遝　紛雜繁多貌。❺超軼　高超不同凡俗。❻孤芳　獨秀的香花，比喻高潔絕俗的品格。又指與眾不同的獨特見解。❼妍　美麗；美好。❽昔從句　曾鞏為江西南豐人，江西位於長江之南。❾聯翩　鳥飛貌。形容前後相接，連續不斷。❿翁今句　歐陽修〈辭宣徽使判太原府劄子〉（熙寧三年四月）云：「伏念臣久苦老疾，自今春眼目疼痛，及渴淋舊疾作，腳膝細瘦，行步艱難，自二月已來交割卻本州公事，見今在假，將理所有，今來恩命優異，寄任非輕，以臣非才，固不敢當兼。以久嬰疾病，未得痊安，見別具奏章陳乞一小郡差遣。」⓫賈誼句　賈誼（西元前二〇〇－前一六八年），河南洛陽人。西漢初年文人。文帝時召為博士，時年二十餘，超遷至太中大夫，請改正朔興禮樂，遭大臣忌恨，出為長沙王太傅，撰〈弔屈原賦〉、〈鵩鳥賦〉等，抒寫懷才不遇的悲情。窮，不得志。楚，長沙屬楚地。⓬樂生句　樂毅，字永霸，戰國時中山靈壽人。魏將樂羊後裔，為魏昭王出使於燕，燕昭王以禮待之，遂委質為臣，後率兵大敗齊軍，封於昌國，號為昌國君。復以兵平齊，五年間下齊七十餘城。會燕昭王死，燕惠王立，齊將田單用反間計，燕惠王遂起疑心，召樂毅還，樂毅畏誅，遂西降趙。燕破軍亡將，齊復得失地，燕惠王後悔，復召樂毅。又以樂毅子樂閒為昌國君，樂毅往來復通燕，卒於趙。⓭那因二句　謂不是由於貪戀在郡縣為官之便而不想在朝廷供職。江鱠美，《晉書・張翰傳》云：張翰，字季鷹，吳郡人，供職京城：「因見秋風起，乃思吳中菰菜、蓴羹、鱸魚膾，曰：『人生貴得適志，何能羈宦數千里以要名爵乎？』遂命駕而歸。」後人常用此典喻對故鄉的懷思。遽，倉猝；匆忙。天庖，天帝的庖廚，此指天子御膳房。⓮隘　指人氣量褊狹，見識短淺。⓯聒耳　指聲音刺耳。⓰蜩蟬　即蟬。⓱萬頃　百萬畝。百畝為一頃。⓲橫海　橫行海上。⓳鱣　即鱘鰉魚。《爾雅・釋魚》郭璞注：「鱣，大魚，似鱏而短鼻，口在頷下，體內有邪行甲，無鱗，肉黃。大者長二、三丈。今江東呼為黃魚。」《史記・屈原賈生列傳》：「橫江湖之鱣鱏兮，固將制於蟻螻。」裴駰《集解》引如淳曰：「大魚也。」

【語　譯】醉翁的門客及弟子紛雜繁多，不少是難以成為賢明人士的。唯有曾子您超群脫俗，見解獨特，使所謂的群賢顯得孤陋識淺。昔日您從南方來到京城，與醉翁兩人比翼高飛。如今醉翁已是憔悴，您離去也是應該如此。如同賈誼仕途受挫遠謫楚地長沙，又似樂毅年老思戀燕國。哪裡是因為貪戀故鄉江水中的鱠魚美味，只因厭棄京城羊肉的羶氣而倉猝間決定離開。只是苦於世間輿論褊狹，聒噪刺耳就如蜩蟬不住地鳴叫。如何才能得到萬頃大水池，供養曾子這樣可以橫行海中的大鱣魚。

【研　析】歐陽修以文章名冠天下，又喜獎掖後進，布衣屏處，不被人知者，歐氏多能為其揚名，其中曾鞏、王安石、蘇洵及蘇軾、蘇轍父子等，也是出其門下，得以顯名當世。神宗熙寧二年（西元一〇六九年）二月王安石拜參知政事，始著手進行變法，朝廷政要中有與之政見不合者，多遭排擠，歐陽修就是其中之一，曾鞏、蘇軾等也是如此。《宋史・曾鞏傳》云：「少與王安石遊，安石聲譽未振，鞏導之於歐陽修，及安石得志，遂與之異。」曾鞏出京通判越州，與此有關。蘇軾此詩作於宋神宗熙寧三年（西元一〇七〇年），在汴京。「醉翁門下士，雜還難為賢」，意指歐氏門人雖多，人品卻良莠不一。「曾子獨超軼，孤芳陋羣妍」，這是對曾氏其人德行才華的肯定和讚賞。據《宋史・蘇軾傳》載：「歐陽修試禮部進士，得軾文，欲以冠多士，疑曾鞏所為，鞏，修門下士也，乃置第二，遂中乙科。」從這一事例中，也可見曾氏在歐陽修心中的地位。「與翁兩聯翩」，能與歐氏比翼高飛，當然不是一般的人物。曾鞏是位純儒，品性端潔。曾氏〈贈黎安二生序〉一文云：「夫世之迂闊，孰有甚於予乎？知信乎古，而不知合乎世；知志乎道，而不知同乎俗。此余所以困於今而不自知也。世之迂闊，孰有甚於予乎？」即在為人處事方面，曾氏常會被世人視為迂闊，不切合實際。王安石〈贈曾子固〉一詩云：「曾子文章眾無有，水之江漢星之斗。挾才乘氣不媚柔，羣兒謗傷均一口。」也可見曾氏富有才華卻不容於世人。蘇軾云「但苦世論隘，聒耳如蜩蟬」，也當有這方面的含義。如此也就不難理解曾氏之所以「孤芳陋羣妍」的原由。「翁今自憔悴」指因政見不合，歐陽修出京外放的事。「子去亦宜然」，說明曾氏離京外任，原因同歐氏。末云「安得萬頃池，養此橫海鱣」，希望似曾氏這種德行好而又才華非凡的人，應當有施展的機會。就詩而言，為曾氏抱屈的同時，也委婉地表達了對王安石實施新政而引發的人事任用等方面的不滿，所以此詩也成了日後「烏臺詩案」的罪證之一，宋人胡仔《苕溪漁隱叢話・前集》卷四十四〈東坡七〉云：「曾鞏通判越州，臨行，館閣同舍舊例餞送，眾人分韻，探得燕字韻，作詩送之云（略），此詩云『但苦世論隘，聒耳如蜩蟬』以譏近日朝廷進用多刻薄之人，議論褊隘，喧亂如蜩。又云『安得萬頃池，養此橫海鱣』者，以比曾鞏賢才也。……」認為此詩譏諷朝廷用人為非，賢德有才者被棄，宵小當道。詩中指斥世風不良，人情叵測，難掩憤激之意。

送安惇❶秀才❷失解❸西歸

舊書不厭百回讀，熟讀深思子自知❹。他年名宦❺恐不免，今日棲遲❻那可追。我昔家居斷還往❼，著書不暇窺園❽葵❾。揭來❿東游慕人爵⓫，棄去舊學從兒嬉。狂謀⓬謬算⓭百不遂，惟有霜鬢來如期。故山松柏皆手種，行且拱矣歸何時⓮？萬事早知皆有命，十年浪走寧非癡⓯？與君未可較得失，臨別惟有長嗟咨⓰。

【注　釋】❶安惇　（西元一〇四二—一一〇五年）字處厚，廣安軍（今屬四川）人。上舍及第，調成都府教授，擢監察御史。哲宗紹聖初召為國子司業，三遷諫議大夫。徽宗崇寧初同知樞密院，卒贈特進。❷秀才　唐宋間凡應舉者皆稱秀才。❸失解　唐制，舉進士者皆由地方發送入試，稱為解。解，解送；發送。故科舉時中鄉榜者稱發解，不中者稱落解或失解。❹舊書二句　《三國志・魏書・王朗傳》注引《魏略》云：「初（董）遇善治《老子》，為《老子》作訓註，又善《左氏傳》，更為作朱墨別異。人有從學者，遇不肯教，而云：『必當先讀百徧』，言『讀書百徧，而義自見。』」❺名宦　名聲與官職。又指居官而名聲地位顯赫者。❻棲遲　漂泊失意。❼還往　往來。又往來之人，指親朋。❽窺園　觀賞園景。《漢書・董仲舒傳》：「董仲舒，廣川人也。少治《春秋》，孝景時為博士。下帷講誦，弟子傳以久次相授業，或莫見其面。蓋三年不窺園，其精如此。」顏師古注：「雖有園圃，不窺視之，言專學也。」後世遂以「目不窺園」形容專心致志的苦學精神。❾葵　菊科草本植物，有蜀葵、秋葵、向日葵等。❿朅來　猶言爾來或爾時以來。⓫人爵　爵祿，指人所授予的爵位。《孟子・告子上》：「孟子曰：有天爵者，有人爵者。仁義忠信，樂善不倦，此天爵也。公卿大夫，此人爵也。」趙岐注：「天爵以德，人爵以祿。」⓬狂謀　狂妄不當的謀劃。⓭謬算　錯誤地計算。⓮故山二句　《左傳・僖公三十二年》：「爾何知？中壽，爾墓之木拱矣。」意思是說：「你知道什麼？你已到了中壽，等到軍隊回來，你墳上的樹木已經有兩手合抱那麼粗了。」按，中壽，古人所指不一，或九十，或八十，或七十，或六十等。此謂已過中年，離死期不遠。行且，將要。拱，指兩手或兩臂合圍的徑圍。⓯萬事二句　沈約《宋書・沈攸之傳》：「攸之晚好讀書，手不釋卷，史漢事多所諳憶。常歎曰：早知窮達有命，恨不十年讀書。」浪走，四處奔走；胡亂奔走。⑯嗟咨　慨歎。

【語　譯】舊書不要厭惡讀百回，仔細地閱讀，深入地思考，您自然會明白其中的意思。將來的名聲與官職恐怕是免不了的，今天的漂泊失意到那時哪裡還會想起。昔日我居家苦讀，斷絕與別人往來，為撰寫著作沒有空閒窺探園中的葵花。近來遊歷東部思慕起了官爵，拋棄了昔日所學就如視同兒戲。狂妄的謀劃，錯誤地計算，事事不成功，只有鬢髮如期而至變成霜白。故鄉山上的松柏都是親手種植的，就要長得需兩臂合圍那般粗大，可回歸故鄉又會在什麼時候呢？早知事事都由命運主宰，十年來四處奔波，這難道不是太愚笨嗎？和您一起，不可比較成功與失敗，即將別離之際，只有長久地感慨和歎息。

【研　析】詩中有「十年浪走」云云，蘇軾是仁宗嘉祐二年（西元一〇五七年）進士及第，十年之後為英宗治平三年（西元一〇六六年），又治平二年有進士科考試，知詩當作於治平二年，安氏時二十四歲，蘇軾二十九歲，在京城，時自鳳翔代還回京任職。安惇與蘇軾一樣，同為西蜀人，千里入京赴考，未能登第，心情可想而知。詩意重在寬慰勸勉，指出唯有繼續苦讀，再接再厲，就會有希望的。「舊書不厭百回讀，熟讀深思子自知」，化用前人「讀書百徧，而義自見」之意，強調熟能生巧的重要性。並以自己攻讀的苦辣酸甜來說明，「我昔家居斷還往，著書不暇窺園葵」，閉門苦讀，足不出戶，自己才能登第仕宦。只是就作者本人而言，事與願違，「狂謀謬算百不遂」，走上了仕途，除了增添疲憊感外，似乎所得並不多。相反歲月不饒人，「惟有霜鬢來如期」，老大無成之感不言而喻。「故山松柏皆手種，行且拱矣歸何時」，倦於仕途，退隱故鄉，成了較理想的選擇。只是人在江湖，往往是身不由己，早知仕途多坎坷波折，又何必當初呢？這便是「萬事早知皆有命，十年浪走寧非癡」二句的意思所在，說不清，道不明，一切只好歸於命運的安排。就詩意來看，作者是借自己的功名仕宦經歷，告訴安氏人的一生，其間不確定的因素太多了，「與君未可較得失，臨別惟有長嗟咨」，是與非，好與壞，曲與直，得與失，都不是一時一事就能看得清楚的，我的經歷是如此，您的經歷未必不是如此。據宋人李燾《續資治通鑑長編》卷二百六十九載：神宗熙寧八年十月「甲辰，詔國子監上舍生顧襄、安惇、丁執古、虞蕡、葉唐稷，如不得解，與免解，已得解，免禮部試。襄，開封；惇，廣安；執古，泗州；蕡，常州；唐稷，南劍州人也」又元人馬端臨《文獻通考》卷四十二云：「(神宗熙寧八年)太學安惇等已升上舍，皆特免解，其自發解者，即免禮部試。時三舍未有推恩定法，故特降命也。」免解，指舉人獲准不經解試，直接參加禮部試。知安惇上舍及第是在神宗熙寧八年(西元一〇七五年)，距蘇氏此詩所寫已是十年之後了，時安氏三十四歲，較蘇軾二十二歲中進士第要晚得多，不過仕途上較蘇軾通達得多，官至宰輔(即宰相)，這恐怕也不是蘇、安兩人當初所能料想得到的，真是人各有命，只是《宋史》把安惇列入姦臣傳，不知蘇、安兩人又各有何感想。

朱壽昌❶郎中少不知母所在，刺血❷寫經❸，求之五十年，去歲得之蜀中，以詩賀之

嗟君七歲知念母，憐君壯大心愈苦。羨君臨老得相逢，喜極無言淚如雨。不羨白衣❹作三公❺，不愛白日昇青天❻。愛君五十著綵服，兒啼卻得償當年❼。烹龍為炙玉為酒，鶴髮❽初生千萬壽。金花詔書❾錦作囊，白藤肩輿簾蹙繡❿。感君離合我酸辛，此事今無古或聞。長陵揭來見大姊⓫，仲孺豈意逢將軍⓬。開皇苦桃空記面⓭，建中天子終不見⓮。西河郡守誰復譏⓯，潁谷封人羞自薦⓰。

【注釋】❶朱壽昌　字康叔，揚州天長（今屬安徽）人。以父蔭守將作監主簿，累調州縣，通判陝州荊南，權知岳州，又知鄂州，提舉崇禧觀，累官司農少卿，易朝議大夫，遷中散大夫，卒年七十。❷刺血　刺手指出血，表示虔敬的一種苦行。❸寫經　抄寫佛教經典，又指抄寫的佛經。❹白衣　古代平民服，因即指平民。也指無功名或無官職的士人。❺三公　古代中央三種最高官銜的合稱。不同的朝代所指不一，唐宋沿東漢之制，以太尉、司徒、司空為三公。❻白日昇青天　謂成仙。❼愛君二句　《藝文

類聚》卷二十引《列女傳》：相傳春秋時楚國老萊子事親至孝，年七十，常著五色斑斕衣，作嬰兒戲。上堂，故意仆地，以博父母一笑。後遂用為孝養父母之典。綵服，猶彩衣。❽鶴髮　白髮。❾金花詔書　宋敏求《春明退朝錄》卷中載官告之制云：「郡夫人常使金花羅紙七張，法錦褾袋；郡君、縣太君、遙郡刺史正郎以上妻，並銷金，常使羅紙七張。餘命婦並素羅紙七張。」洪遵《翰苑群書》卷五：「舊例，宰相及使相官告並使五色背綾金花紙，節度使並使白綾金花紙，命婦即金花羅紙。」據文與可〈送朱郎中詩序〉云朱壽昌尋母歸，皇帝召見，封賜其母長安縣太君。知詔書所用為金花紙。❿白藤句　謂朱壽昌母朝見皇帝乘坐的是華貴的轎子。《宋史・輿服志》：「內外命婦之車，……宋制：銀裝白藤輿檐，內命婦皇親所乘；白藤輿檐、金銅犢車、漆犢車，或覆以氈，或覆以椶，內外命婦通乘。」白藤，藤本植物，莖細長堅韌，可編製器物。肩輿，轎子。蹙，一種刺繡方法。刺繡時緊拈其線，使之緊密勻貼。⓫長陵句　《漢書・外戚傳》：「孝景王皇后，武帝母也。……初皇太后微時，所為金王孫生女，俗在民間，蓋諱之也。武帝始立，韓嫣白之，帝曰：『何為不蚤言？』乃車駕自往迎之。其家在長陵小市，直至其門，使左右入求之，家人驚恐，女逃匿，扶將出拜，帝下車，立曰：『大姊何臧之深也？』載至長樂宮，與俱謁太后，太后垂涕，女亦悲泣。帝奉酒前為壽，錢千萬，奴婢三百人，公田百頃，甲第以賜姊，太后謝曰：『為帝費。』因賜湯沐邑，號脩成君。」長陵，漢高祖墓，在陝西咸陽東。朅來，猶言去。⓬仲孺句　《漢書・霍光傳》：「霍光，字子孟，票騎將軍，去病弟也。父中孺，河東平陽人也。（顏師古注曰：中，讀曰仲）以縣吏給事平陽侯家，與侍者衛少兒私通，而生去病。中孺吏畢歸家，娶婦生光，因絕不相聞。久之，少兒女弟子夫得幸於武帝，立為皇后，去病以皇后姊子貴幸。既壯大，迺自知父為霍中孺，未及求問，會為票騎將軍擊匈奴，道出河東。河東太守郊迎，負弩矢先驅，至平陽傳舍，遣吏迎霍中孺，中孺趨入拜謁，將軍迎拜，因跪曰：『去病不早自知為大人遺體也。』中孺扶服叩頭曰：『老臣得託命將軍，此天力也。』」去病大為中孺買田宅奴婢而去。」霍中孺即霍仲孺。⓭開皇句　《隋書・

外戚列傳》云：「高祖外家呂氏，其族蓋微，平齊之後求訪，不知所在。至開皇初，濟南郡上言有男子呂永吉，自稱有姑字苦桃，為楊諱（指楊堅之父楊忠）妻，勘驗，知是舅子，始追贈外祖雙周為上柱國、太尉、八州諸軍事、青州刺史，封齊郡公，諡曰敬。外祖母姚氏，為齊敬公夫人，詔竝改葬於齊州，立廟，置守冢十家，以永吉襲爵，留在京師。」開皇，隋文帝楊堅年號（西元五八一—六〇四年）。⓮建中句《舊唐書・后妃列傳》：「代宗睿真皇后沈氏，吳興人，世為冠族。父易，直祕書監。開元末以良家子選入東宮，賜太子男廣平王。天寶元年，生德宗皇帝。祿山之亂，玄宗幸蜀，諸王妃主從幸不及者多陷於賊，后被拘於東都掖庭。及代宗破賊收東都，見之，留於宮中。方經略北征，未暇迎歸長安，俄而史思明再陷河洛。及朝義敗復收東都，失后所在，莫測存亡。代宗遣使求訪十餘年，寂無所聞。德宗即位，下詔曰……建中元年十一月遙尊聖母沈氏為皇太后，陳禮於含元殿庭，……於是分命使臣周行天下，明年二月吉問至，羣臣稱賀，既而詐妄，自是詐稱太后者數四，皆不之罪，終貞元之世無聞焉。」建中（西元七八〇—七八三年）、貞元（西元七八五—八〇五年），均唐德宗年號。⓯西河句《史記・孫子吳起列傳》：「吳起者，衛人也。好用兵，嘗學於曾子，事魯君。齊人攻魯，魯欲將吳起，吳起取齊女為妻，而魯疑之，吳起於是欲就名，遂殺其妻，以明不與齊也，魯卒以為將。將而攻齊，大破之，魯人或惡吳起曰：『起之為人，猜忍人也。其少時，家累千金，遊仕不遂，遂破其家，鄉黨笑之。』吳起殺其謗己者三十餘人，而東出衛郭門，與其母訣，齧臂而盟曰：『起不為卿相，不復入衛。』遂事曾子，居頃之，其母死，起終不歸，曾子薄之，而與起絕。」又云：「（魏）文侯以吳起善用兵，廉平，盡能得士心，乃以為西河守，以拒秦。」此藉吳起事譏諷臺官李定不能為母持孝，參見「研析」。西河，戰國時魏國屬地。或說在今山西、陝西間黃河左右，又說在今河南安陽，其時黃河流經安陽之東，西河意即河西。⓰潁谷句　仍是譏諷李定不孝事。《左傳・隱公元年》載云鄭莊公出生時因難產，不得母親姜氏的歡心，而喜歡莊公弟公叔段，莊公即位後，姜氏助公叔段反叛，事平，莊公「遂寘姜氏于城潁，而誓之曰：『不及黃泉，無相見也。』既而悔之。潁考叔，為潁谷封人，聞之，有獻於公。公賜之食，食舍肉，公問之，對曰：『小人有母，皆嘗小人之食矣，未嘗君之羹，請以遺之。』公曰：『爾有母遺，繄我獨無？』潁考叔曰：『敢問何謂也？』公語之故，且告之悔」。潁谷，今河南登封。封人，古官名，掌守帝王社壇及京畿的疆界。

【語　譯】感歎您七歲就知道思念母親，憐憫您壯年時心中更加痛苦。羨慕您將老時與母相逢，極其歡喜，不知說什麼是好，只是淚流如雨。不羨慕由平民變成三公，不喜歡白日升天成仙人。喜愛您五十歲身穿綵服，似嬰兒般啼哭，卻得以償還當年娛親的心願。烹煮炙烤如龍一般的山珍海味，取出如玉般醇美的酒，祝老母鶴髮初生萬年長壽。錦囊盛著金花羅紙的詔書，坐著白藤轎子，簾幕錦繡華貴。您們母子的分離與相聚，我感到辛酸，這種事情如今沒有，古代或者聽說過。比如漢武帝去長陵迎見流落民間的大姐，霍仲孺哪料到會與自己的私生子霍去病將軍相逢。隋文帝開皇年間尋找到繼母苦桃，僅僅是記得面容，唐德宗建中年間尋找生母，最終還是未能相見。有誰又會譏諷西河郡守吳起不為母送終，對比潁谷封人諷勸鄭莊公以見母親的孝心也會覺得羞愧。

【研　析】據文與可〈送朱郎中詩序〉和李燾《續資治通鑑長編》等載，朱壽昌尋得生母是在宋神宗熙寧三年（西元一〇七〇年），題中有「去歲得之蜀中」云云，知詩作於熙寧四年。全詩分二大部分，前十二句是對朱氏尋得生母一事的讚美，《宋史》云朱壽昌父名朱巽，「壽昌母劉氏，巽妾也。巽守京兆，劉氏方娠而出，壽昌生數歲，始歸父家。母子不相聞五十年，行四方求之，不置飲食，罕御酒肉，言輒流涕，用浮屠法，灼背燒頂，刺血書佛經，力所可致，無不為者。熙寧初，與家人辭訣，棄官入秦，曰：『不見母，吾不反矣。』遂得之於同州，劉時年七十餘矣，嫁党氏，有數子，悉迎以歸。京兆錢明逸以其事聞，詔還就官，由是以孝聞天下。自王安石、蘇頌、蘇軾以下士大夫爭為詩美之。」可見此事當時轟動一時，文與可〈送朱郎中詩序〉云：「上嘉賞，特召見，復其官，又封賜其母長安縣太君。康叔請願，且倅河中，庶近母前所在慰之。詔許，於是好事者爭賦詩以贈行，凡若干篇。」此事有關教化，得到了帝王的嘉獎和禮遇，「金花詔書錦作囊，白藤肩輿簾蹙繡」，就是這種情況的反映。「嗟君」、「憐君」、「羨君」、「愛君」，也可以見作者是情不自禁，推崇備至。「感君離合我酸辛，此事今無古或聞」二句，筆鋒一轉，全詩基調由熱情激烈變得凝重冷峻，詩中連舉古代六件事例，多以孝行孝心稱揚於世者，其中也有不孝者如吳起，意在說明世風日下，人心不古，而詩中所指為李定其人，據李燾《續資治通鑑長編》卷二百十二載：「(神宗熙寧三年六月）癸亥，詔（朱）壽昌赴闕朝見。先是言者共攻李定不服母喪，王安石力主定，因忌壽昌，及壽昌至，但付審官院，壽昌前已再典郡，於是折資通判河中府，迎其同母弟妹以歸。居數歲，母卒，泣涕幾喪明。」李定（西元一〇二七—一〇八七年），字資深，揚州（今屬江蘇）人。少受學於王安石，登進士第。神宗熙寧中知明州，元豐初權御史中丞，歷至戶部侍郎，出知青州，謫居滁州。詩中譏諷李定，也給作者帶來麻煩，宋人邵伯溫《聞見錄》卷十三云：「朱壽昌者，少不知母所在，棄官走天下求之，刺血書佛經，志甚苦。熙寧初見於同州，迎以歸，朝士多以詩美之。蘇內翰子瞻詩云：『感君離合我酸心，此事今無古或聞。』王荊公薦李定為臺官，定嘗不持母服，臺諫給舍俱論其不孝，不可用，內翰因壽昌作詩貶定，故曰『此事今無古或聞』也。後定為御史中丞，言內翰多作詩貶上，自知湖州赴詔獄，小人必欲殺之。張文定、范文忠二公上疏救不報，天下知其不免矣。內翰獄中作詩寄黃門公子由云：『與君世世為兄弟，更結來生未斷因。』或上聞，上覽之悽然，卒赦之，止以團練副使安置黃州。」李定等藉機發難，論蘇軾熙寧以來詩文攻擊時政，怨謗君父，逮軾赴御史臺獄窮治，必欲置之死地而後快，這便是有名的烏臺詩案。

歐陽少師❶令賦所蓄石屏

何人遺❷公石屏風❸，上有水墨希微❹踪。不畫長林與巨植，獨畫峨嵋山❺西雪嶺上萬歲不老之孤松。崖崩澗絕可望不可到，孤烟落日相溟濛❻。含風偃蹇❼得真態，刻畫始信天有工。我恐畢宏❽、韋偃❾死葬虢山❿下，骨可朽爛心難窮。神機⓫巧思無所發，化為烟霏⓬淪石中。古來畫師非俗士，摹寫物像畧與詩人同。願公作詩慰不遇，無使二子含憤泣幽宮⓭。

【注　釋】❶歐陽少師　即歐陽修，詳〈送曾子固倅越得燕字〉注❷。❷遺　給予；饋贈。❸屏風　室內陳設物，用以擋風或遮蔽的器具，上面常有字畫。❹希微　微明；隱約不明。❺峨嵋山　在四川峨眉縣西南，因山勢逶迤，有山峰相對如蛾眉，故名。其脈自岷山綿延而來，突起為大峨、中峨、小峨三峰。❻溟濛　昏暗；模糊不清。❼偃蹇　高聳貌；高舉貌。❽畢宏　唐朝京兆（今陝西西安）人，天寶中官御史，左庶子。善畫古松，後見張璪，於是閣筆。大曆二年為給事中。❾韋偃　唐朝長安（今陝西西安）人，僑居成都（今屬四川），官至少監。善畫山水、竹樹、人物等。尤其是畫高僧松石、鞍馬人物，可居上品。❿虢山　在河南陝縣，臨黃河。⓫神機　靈巧機變的謀略。⓬烟霏　雲煙彌漫。又指煙霧雲團。⓭幽宮　謂墳墓。

【語　譯】是誰贈送給您石屏風，上面有隱隱約約似水墨畫的圖形。不是畫的長長的樹林和巨大的植物，偏偏像似畫的峨嵋山西雪嶺上萬年不變的孤松。山崖崩裂，澗流斷絕，孤松可遠望卻不可走近，遠處煙霧獨起，落日餘輝，模糊朦朧。在風吹中孤松高舉，形態逼真，摹繪精細，才信真是天然形成的工巧。恐怕是畢宏、韋偃死後葬在虢山下，他們的骨肉可以朽爛，但他們的心思難以窮究。神奇的謀略和巧妙的構思無從展現，化為煙霧雲團滲入到石巖中。自古以來畫家都不是見識淺陋的人，描繪景物形象大體與詩人相同。但願您作詩安慰不得志的人，不要使二位畫家在墳墓中還心懷悲憤而哭泣。

【研　析】宋神宗熙寧四年（西元一〇七一年）歐陽修以太子少師致仕，次年在潁州去世。詩即作於熙寧四年，這年六月，蘇軾乞外補，擬通判潁州，旋改通判杭州，九月離開京城，蘇轍送至潁州，兄弟二人一同拜謁了歐陽修。歐陽修有〈吳學士石屏歌〉一詩，其中云：「下有怪石橫樹間，烟埋草沒苔蘚斑。借問此景誰圖寫，乃是吳家石屏者。虢公剗山取山骨，朝鑱暮斲非一日，萬象皆從石中出。吾嗟人愚不見天地造化之初難，乃云萬物生自然。豈知鐫鑱刻畫醜與妍，千狀萬態不可殫。神愁鬼泣晝夜不得閑，不然安得巧工妙手憊心竭思不可到，若無若有縹緲生雲烟。鬼神功成天地惜，藏在虢山深處石。惟人有心無不獲，天地雖神藏不得。又疑鬼神好勝憎吾儕，欲極奇怪窮吾才。」敘寫了石屏圖像的神異奇妙。按，虢，古國名，西周文王弟虢仲封地，故城在今陝西寶雞東，是為西虢。平王東遷，西虢徙上陽，地在今河南陝縣東南，稱南虢。吳學士石屏即產自陝縣虢山之地的，也就是蘇軾詩中所吟詠者，詩的前半幅敘寫觀賞石屏，石屏上呈現的是一幅水墨畫，煙霧迷濛，尤其是其中有一樹，在詩人看來，就似故鄉峨嵋山西雪嶺上萬年孤松，凌雲挺拔，傲視蒼穹。整幅圖畫如鬼斧神工，令人稱絕。詩的後半幅則是抒寫情志，指出石屏圖畫，形象逼真，杜甫〈戲為韋偃雙松圖歌〉一詩：「天下幾人畫古松，畢宏已老韋偃少。絕筆長風起纖末，滿堂動色嗟神妙。」就如同出自唐代善於畫松石的畢宏、韋偃二位畫師之手，「神機巧思無所發，化為烟霏淪石中」，而且是二位畫師的精魄幻化而成。託意奇幻，寄慨深厚。

泗州❶僧伽❷塔

我昔南行舟繫汴❸，逆風三日沙吹面。舟人共勸禱靈塔❹，香火未收旋腳轉。回頭頃刻失長橋，卻到龜山未朝飯❺。至人❻無心何厚薄，我自懷私❼欣所便。耕田欲雨刈欲晴，去得順風來者怨❽。若使人人禱輒遂，造物應須日千變。今我身世兩悠悠，去無所逐來無戀。得行❾固願留不惡，每到有求神亦倦。退之舊云三百尺，澄觀所營今已換❿。不嫌俗士⓫污丹梯⓬，一看雲山⓭繞淮甸⓮。

【注釋】❶泗州　古代地名，轄地大概在今安徽和江蘇的天泗、明光、天長、泗洪、盱眙一帶。❷僧伽　為西域名僧，俗姓何，唐高宗龍朔初入唐，於泗州建寺，後居薦福寺。世稱其為觀音大士化身。《太平廣記》卷九十六云：「僧伽大師，西域人也，俗姓何氏。唐龍朔初來遊北土，隸名於楚州龍興寺，後於泗州臨淮縣信義坊乞地施標，將建伽藍於其標下，掘得古香積寺銘記，并金像一軀，上有普照王佛字，遂建寺焉。唐景龍二年中宗皇帝遣使迎師入內道場，尊為國師。尋出居薦福寺，常獨處一室。……中宗大喜，詔賜所修寺額以臨淮寺為名，師請以普照王字為名，蓋欲依金像上字也，中宗以照字是天后廟諱，乃改為普光王寺，仍御筆親書其額以賜焉。至景龍四年三月二日於長安薦福寺端坐而終，中宗即令於薦福寺起塔漆身供養。俄而大風欻起，臭氣徧滿於長安，中宗問曰：『是何祥也？』近臣奏曰：『僧伽大師化緣在臨淮，恐是欲歸彼處，故現此變也。』中宗默然心許，其臭頓息，頃刻之間奇香郁烈，即以其年五月送至臨淮，起塔供養，即今塔是也。後中宗問萬迴師曰：『僧伽大師何人耶？』萬迴曰：『是觀音化身也。』」❸我昔句　英宗治平三年（西元一〇六六年）蘇軾兄弟護父喪還蜀，舟行由汴水入淮，所云即此事。❹禱靈塔　謂於僧伽塔禱告，多有靈應。宋釋贊寧《宋高僧傳》卷十八〈唐泗州普光王寺僧伽傳〉云：「由此多于塔頂現小僧狀，傾州瞻望，然有吉凶，表兆于時，乞風者分風，求子者得子。今聞有躬禮者，往往有全不見伽形相者，或見笑容者吉，不然則凶，其不可爰度者如此。」❺香火三句　宋梅堯臣〈龍女祠祈順風〉詩：「龍母龍相依，風雲隨所變。舟人請予往，出廟旗腳轉。旗指西南歸，飛帆疾流電。長蘆江口發平明，白鷺洲前已朝膳。竹根杯珓不欺人，世間然諾空當面。」此謂禱告後，原本是逆風變成順風，旗幟面向也隨之轉變，船行也順暢快捷。香火，香和燈火。引申指供奉神佛之事。旂腳，即旗腳，旗幟的尾端。龜山，宋祝穆《方輿勝覽》卷四十七〈招信軍〉：「龜山，在盱眙縣北三十里，其西南上有絕壁，下有重淵。禹治水以鐵鎖淮渦水神無支祁於龜山之足。」在今江蘇盱眙，相傳禹治淮，獲水神無支祁，鎮之龜山之下，即此。❻至人　道家指超凡脫俗，達到無我境界的人。又指思想或道德修養最高超的人。《莊子・齊物論》：「至人神矣，大澤焚而不能熱，河漢沍而不能寒，疾雷破山風振海而不能驚，而遊乎四海之外，死生無變於己，而況利害之端乎？」❼懷私　心存私念。❽耕田二句　劉禹錫〈何卜賦〉云：「同涉于川，其時在風。沿者之吉，泝者之凶。同蓺于野，其時在澤。伊穜之利，乃穋之厄。」詩句化用其意。❾得行　謂德行流播。得，通「德」。《莊子・山木》：「道流而不明居，得行而不名處。」郭慶藩《集釋》引郭嵩燾曰：「得，猶德也。《集韻》：『德，行之得也。』言其道周流乎天下，而不顯然以居之，其德之行，亦不藉之為名而以自處。」❿退之二句　唐韓愈〈送僧澄觀一首〉：「浮屠西來何施為，擾擾四海爭奔馳。構樓架閣切星漢，誇雄鬬麗止者誰。僧伽後出淮泗上，勢到眾佛尤恢奇。越商胡賈脫身罪，珪璧滿船寧計資。清淮無波平如席，欄柱傾扶半天赤。火燒水轉掃地空，突兀便高三百尺。影沉潭底龍驚遁，當晝無雲跨虛碧。借問經營本何人，道人澄觀名籍籍。……」葛立方《韻語陽秋》云：「唐中葉浮屠中有四澄觀，架支提以舍僧伽者，洛陽之澄觀也。退之元和五年為洛陽令，與之詩者也。」韓愈，字退之，詳〈石鼓歌〉注❺。⓫俗士　庸俗不高尚的人，又指見識淺陋的人。⑫丹梯 紅色的臺階，指高入雲霄的山峰，又指尋仙訪道之路。⑬雲山 高聳入雲的山。又指遠離塵世的地方，隱者或出家人的居處。⑭淮甸 淮河流域。

【語 譯】我曾經乘船南行時停靠在汴河邊，三天逆風而行，塵沙吹在臉上。船夫都勸說應該向靈驗的佛塔禱告，香火未燒完船上的旗幟就隨著風向而轉變。回過頭頃刻間長橋已看不見，還未到吃朝飯的時間，船卻已到了龜山。作為超凡脫俗而忘懷自己的至人對事物應該不存在厚此薄彼的態度，我自己是心存私念很高興如此順便。就如同耕種的人希望下雨，收割的人卻希望天晴，歸去的喜得順風而行，返回的卻怨恨逆風。假若能使得人人禱告就能遂心所願，那麼造物主一天內就得千變萬化。如今我是去外地仕宦、還是回京城供職，兩相飄忽不定，去外地仕宦不是為了追逐功利，回京城供職也不是有所眷戀。德行本來就希望不能留下汙點的，每到有求必應，神仙也會感到疲倦。韓退之詩中曾說佛塔高三百尺，澄觀所營造的如今已變換。不會嫌棄俗士玷汙了紅色階梯，登高眺望，一眼所見，是雲山環繞的淮河流域。

【研 析】宋神宗熙寧四年（西元一〇七一年），蘇軾自京赴杭州通判途中，寫下此詩。分三層，首六句為第一層，敘寫乘船由汴河入淮河，途中遇到逆風，聽船夫建議，到佛寺向僧伽塔禱告，果真靈驗，逆風變成順風，船順風而行，轉眼間就到了淮河流域。「至人無心何厚薄」以下六句為第二層，就禱告佛塔一事生發議論，以向神靈禱告而言，乘船的人希望能順風而行，如願則高興，反之則怨恨。問題是同一時間段向同一神靈禱告，都希望順風而行，但行駛的方向卻有相反的，那麼神靈又如何能滿足每位祈禱者的心願呢？同樣的道理，耕種田地的人希望下雨，收割的人希望天晴，這是無法解決的矛盾現象。每個人都會從自己的角度思考得失，總是希望自己事事能一帆風順，而實際上這更多的只是一種幻想，人生不如意事有十之八九，這畢竟是現實。末八句為第三層，「今我身世兩悠悠，去無所逐來無戀」，是全詩的主旨所在。在新政變法方面，蘇軾因與王安石政見不合，多次上奏乞外補，即離開京城到地方仕宦，只是到地方為官，還是迴避不了要執行變法的諸項措施，所謂「身世兩悠悠」，就有這方面的含義，所謂進也不是，退也不是，陷入兩難的境地。要解決這種困境，只能如至人那樣，做到超脫，忘記自己，「去無所逐來無戀」，不為物欲所左右。祈求神靈，未必有驗，與其祈禱，不如忘卻。至於如今的僧伽塔雖然已不是唐代的模樣，甚至遭到所謂俗士們的玷汙，但這並不妨礙遠眺雲山，超塵脫俗，向至人看齊。

龜山❶

我生飄蕩❷去何求，再過龜山歲五周❸。身行萬里半天下，僧臥一菴初白頭。地隔中原勞北望❹，潮連滄海欲東游❺。元嘉舊事無人記，故壘摧頹今在不❻？

【注釋】❶龜山　詳〈泗州僧伽塔〉注❺。❷飄蕩　飄泊無定；流浪。❸再過句　英宗治平三年（西元一〇六六年）蘇軾兄弟護父喪還蜀過此，至熙寧四年（西元一〇七一年）作此詩，凡五年。❹地隔句　李白〈登金陵鳳凰臺〉：「總為浮雲能蔽日，長安不見使人愁。」元蕭士贇《李太白集分類補註》曰：「此詩因懷古而動懷君之思乎？抑亦自傷讒廢，望帝鄉而不見，乃觸境而生愁乎？太白之志，亦可哀也。」此句暗用李白詩意。❺潮連句　《論語・公冶長》：「子曰：『道不行，乘桴浮於海，從我者，其由與？』」《論語注疏》正義曰：「此章仲尼患中國不能行己之道也，道不行，乘桴浮於海者。桴，竹木所編小栰也。言我之善道，中國既不能行，即欲乘其桴栰浮渡于海而居九夷，庶幾能行己道也。『從我者，其由與』者，由，子路名，以子路果敢有勇，故孔子欲令從己，意未決定，故云。」詩句暗用孔子語意。❻元嘉二句　蘇軾自注云：「宋文帝遣將拒魏太武，築城此山。」據《宋書・臧質傳》載：宋文帝元嘉二十七年（西元四五〇年），北魏太武帝拓跋燾率大眾數十萬南侵，逼近彭城（今江蘇徐州），宋以臧質為輔國將軍假節置佐，率萬人北救，至盱眙，於盱眙城周圍築堡壘以拒之，二十八年正月初，拓跋燾悉力圍攻盱眙，二月二日乃解圍，北魏軍遁走。故壘，古代的堡壘；舊堡壘。摧頹，毀壞廢棄。

【語　譯】我一生飄泊無定地在追求什麼，再次路過龜山已經滿五年了。行走了萬里路，足跡踏遍了半個中國，當年靜臥一草廬中的僧人，如今頭髮剛變白。在龜山上北望京城長安，因隔著中原大地，而變得徒勞，潮水連著大海，真想乘船向著東部的大海航行。元嘉時在龜山這裡曾經發生的戰事被人忘記，軍營堡壘已毀壞廢棄，如今遺跡還存在否？

【研　析】此詩作於宋神宗熙寧年間自京赴杭州通判途中，這次離開京到地方為官，是因與王安石變法存在有政見上的不合，仕途不順，感慨良多。宋仁宗嘉祐二年（西元一〇五七年）春蘇軾登進士第，三月，御試中乙科。四月，奔母喪還蜀。四年七月免喪，九月，與父親蘇洵和弟蘇轍重返京城，歲除，到長安。六年試祕閣，入三等，授大理評事簽書鳳翔府節度判官廳事，十一月至鳳翔。英宗治平元年（西元一〇六四年）十二月，自鳳翔代還，次年二月至京城，召試館職，除直史館。三年四月，蘇洵卒，與弟護喪返蜀。神宗熙寧元年（西元一〇六八年）七月除喪，冬，出蜀。二年春至京城，除判官告院兼判尚書祠部，三年，差充殿試編排官。時王安石主政，蘇軾與之多不合，就有乞補外之舉。四年六月，除通判杭州。自任鳳翔通判起，至此補外，凡十一年，再除去居父喪二年多，實際上仕宦時間不滿十年，其中在鳳翔三年，在京城供職四、五年的樣子，就仕途生涯來說，並不算長久，但詩人的感慨卻是如此的深。開篇「我生飄蕩去何求」，一派迷茫之感油然而生，「身行萬里半天下，僧臥一菴初白頭」，五年之間，由京城返回四川，再由故鄉回到京城，行走了萬里路，足跡踏遍了半個中國。如今又至盱眙，故地重遊，當年靜臥草廬中的僧人，如今卻是頭髮已斑白，滄桑之感，尤其濃重。作為一個紅塵中的俗人，詩人萬里奔波，追逐的是功名，結果是如此不如意；作為一位超脫紅塵的僧人，心如止水，卻也是黑髮變白，難避歲月的折損。入世與出世，都有不令人稱意之處。「地隔中原勞北望」，用世之心難捨；「潮連滄海欲東游」，退隱之意又生。兩難的選擇，矛盾的人生。范仲淹〈岳陽樓記〉所謂「居廟堂之高則憂其民，處江湖之遠則憂其君。是進亦憂，退亦憂。然則何時而樂耶？」大概可為詩句注腳。至於末二句，以龜山曾為南朝宋與北魏交戰的地方，昔日的熱鬧與輝煌與如今的冷落與蒼涼相比照，人生無常，世事虛幻之感又生，濃重而又悲涼。詩中用語生新，「身行萬里半天下，僧臥一菴初白頭」二句，一動一靜，互為表裡，為人激賞。張耒《明道雜志》云：「蘇長公有詩云：『身行萬里半天下，僧臥一庵初白頭。』黃九云『初日頭』，問其義，但云：『若此僧負暄於初日耳。』余不然，黃甚不平，曰：『豈有用白對天乎？』余異日問蘇公，公曰：『若是黃九要改作日頭，也不奈他何？』」黃九即黃庭堅，行第九，與張耒同屬蘇門弟子，可見蘇氏是不以常理出牌的。張耒〈感春三首〉之一有「傷心千里寄雙淚，催老此身初白頭」直用蘇詩句意。

遊金山寺❶

我家江水初發源❷，宦游❸直送江入海。聞道潮頭一丈高，天寒尚有沙痕在。中泠❹南畔石盤陀❺，古來出沒隨濤波。試登絕頂望鄉國❻，江南江北青山多。羈愁❼畏晚尋歸楫❽，山僧苦留看落日。微風萬頃靴文❾細，斷霞❿半空魚尾赤⓫。是時江月初生魄⓬，二更⓭月落天深黑。江心似有炬火明⓮，飛焰照山棲鳥驚。悵然歸臥心莫識，非鬼非人竟何物。是夜所見如此。江山如此不歸山，江神見怪驚我頑。我謝江神豈得已？有田不歸如江水⓯。

【注　釋】❶金山寺　在江蘇鎮江西北金山上，東晉時創建，為中國佛教禪宗名寺。❷我家句　古人多以為長江發源於岷山，《尚書・夏書・禹貢》：「岷山導江，東別為沱。」《荀子・子道篇》：「昔者江出於岷山，其始出也，其源可以濫觴，及其至江之津也，不放舟，不避風，則不可涉也。」《孔子家語・三恕》：「子路盛服，見於孔子，子曰：『由是倨倨者，何也？夫江始出於岷山，其源可以濫觴，及其至于江津，不舫舟，不避風，則不可以涉，非唯下流水多邪。今爾衣服既盛，顏色充盈，天下且孰肯以非告汝乎？』」按，古用江專稱長江，實發源於青海唐古喇山脈主峰格拉丹東雪山西南側的沱沱河，流經青海、西藏、四川、雲南、湖北、湖南、江西、安徽、江蘇等省區，在上海市入東海，為中國第一大河。❸宦游　舊謂外出求官或做官。❹中泠　泉名，在今江蘇鎮江西北金山下的長江中，相傳其水烹茶最佳，有「天下第一泉」之稱。今江岸沙漲，泉已沒沙中。❺盤陀　石不平貌。❻鄉國　家鄉。❼羈愁　旅人的愁思。❽歸楫　指歸舟。❾靴文　靴皮的花紋，形容細波微浪。❿斷霞　片段的雲霞。⓫魚尾赤　即魚尾紅，像鯉魚尾的顏色，紅中略透金黃色，多指晚霞的顏色。⓬初生魄　謂哉生魄，指農曆每月十六日，此日月始缺，即始生月魄。哉，開始。月魄，月黑無光的部分。生魄，指月未盛明時所發的光。⓭二更　古代一夜分為五更，每更約兩小時。二更相當於晚上的二十一點至二十三點。⓮江心句　王十朋《東坡詩集註》引汪革語云：「山林藪澤，晦明之夜，則野火生焉，散布如人秉燭，其色青，異乎人火。」宋李昉等編《太平廣記》卷四百六十六〈陰火〉引《嶺南異物志》云：「海中所生魚蜃，置陰處有光，初見之以為怪異。土人常推其義，蓋鹹水所生，海中水遇陰物，波如然火滿海，以物擊之，迸散如星火，有月即不復見。」⓯我謝二句　《左傳・魯僖公二十四年》載云：「公子（重耳）曰：『所不與舅氏（子犯）同心者，有如白水。』」孔穎達疏云：「《正義》曰：諸言有如，皆是誓辭，有如日，有如河，有如皦日，有如白水，皆取明白之義。言心之明白如日、如水也。」黃徹《䂬溪詩話》卷八云：「東坡〈遊金山〉詩云：『江山如此不歸山，江神見怪驚我頑。我謝江神豈得已，有田不歸如江水。』蓋與江神指水為盟耳。句中不言盟誓者，乃用子犯事，指水則事在其中，不必詛神血口然後謂之盟也。〈送程六表弟〉云：『浮江泝蜀有成言，江水在此吾不食。』」注云：「江水在此，吾不食言，光武語也。東坡去『言』字，殆歇後也。」暗用指江水而發誓之意，意即遵守歸隱的諾言。

【語　譯】長江之水是發源於我的家鄉，外出求仕，江水可把我從西部的蜀地一直送往東部的大海。聽說潮水的浪峰有一丈高，即使寒冷的冬天，沙灘上還留有潮水過後的痕跡。中泠泉南邊的石塊高低不平，自古以來隨著波濤的漲落或隱沒或顯露。嘗試著登上山的最高峰眺望故鄉，江南江北滿目所見多是青山。客居他鄉的愁情最怕是年歲老大尋思著返回故鄉，山寺中的僧人竭力地勸留我看落日。微風吹拂，萬頃的江面興起如靴皮花紋般細小的波紋，半空中成片的雲霞泛著似魚尾赤般金紅色的光芒。此時江面上的月亮剛生成，二更時月亮落下，天色變得深黑。江中水面中央像似有火炬一樣的光亮，飛揚的火焰照亮了山中，就連歇息的鳥兒也被驚醒。情懷鬱鬱，返回屋中，臥床思索著，還是不能辨識所見到底是什麼，不是鬼物，不是人為，究竟是什麼東西。江水山峰如此的神妙，不能歸隱故山，江水之神也會責怪驚訝我的固執。我向江水之神謝罪，這樣做難道是出於自己的心願？我發誓，故鄉有田產，如不辭官歸隱，就如同長江之水離開蜀地不能復返。

【研　析】宋神宗熙寧年間，蘇軾赴任杭州通判，途經鎮江金山寺，詩作於此時。這次離開京城到外地做官，詩人的心情是不暢快的，而且這種心情有可能會陪伴詩人相當長的一段時間。這是來自黨派鬥爭的結果，因政見相佐，來自敵對方的打壓也會持續，甚至很久，很殘酷。

就詩人而言，出仕的時間還不算長，就有了較濃的退隱意願，多少也是與此有關聯的。仕途上的失意，很容易引起思親思鄉的情感，詩中就反映了這種情緒。所以見到長江就感到親切，因為江水是源自故鄉的岷山，而且由故鄉到中原，若是走水路，長江是不二的選擇。詩的主體部分，是敘寫遊金山寺登臨時的所見所感，宋人祝穆《方輿勝覽》卷三〈鎮江府・金山〉引金華楊氏《洞天記》曰：「中國洞天不載於名籍者尚多有之，金山，其一也。蓋其前臨滄海，周回大江，獨立無倚，與天為際，風濤朝夕赴，其呑吐日月，晦冥環其左右，攬數州之秀於俛仰之間，而下盤魚龍之宮，神靈之府，蓋宇宙區奧，古今勝處也。」又引周洪道《雜記》云：「山在京口江心上，有龍游寺，登妙高峯，望焦山、海門，皆歷歷，此山大江環繞，每風四起，勢欲飛動，故南朝謂之浮玉山。別有山島，相傳為郭璞墓，大水不能沒，下元水府亦在此，諺云：『金山山裏寺，焦山寺裏山。』」可為詩中摹寫的情景作注腳，所登的「絕頂」當指妙高峰。應寺僧邀請，詩人留下於妙高峰觀賞落日，由「二更」知，不僅觀賞了落日，還品玩了月夜之景，直至夜深人靜時，凸顯了月夜景象的神奇與奧妙。所見江心炬火一事，「非鬼非人」的神祕莫測之感，也加重了詩人對自然與人事的迷蒙與困惑，由此以自警，末四句或是源自這種暗示，從危機重重的政治漩渦中脫身，對詩人來說，未嘗不是件好事。詩人早有這種打算，卻已是身不由己，最終也未能走上歸隱之路。

臘日❶遊孤山❷，訪惠勤、惠思二僧❸

天欲雪，雲滿湖，樓臺明滅❹山有無。水清石出魚可數，林深無人鳥相呼。臘日不歸對妻孥❺，名尋道人❻實自娛。道人之居在何許？寶雲山❼前路盤紆❽。孤山孤絕❾誰肯廬？道人有道山不孤。紙窗竹屋深自暖，擁褐❿坐睡依團蒲⓫。天寒路遠愁僕夫⓬，整駕⓭催歸及未晡⓮。出山迴望雲木⓯合，但見野鶻⓰盤浮圖⓱。茲遊淡薄⓲歡有餘，到家恍⓳如夢蘧蘧⓴。作詩火急㉑追亡逋㉒，清景一失後難摹。

【注釋】❶臘日　古時臘祭之日，指農曆十二月初八。又泛指農曆十二月的時候。❷孤山　在浙江杭州西湖中，孤峰獨聳，秀麗清幽。❸惠勤惠思二僧　惠勤，餘杭（今浙江杭州）人，從歐陽修遊三十餘年，為人聰明才智，有學問，尤長於詩。蘇軾有〈錢塘勤上人詩集敘〉，其中云：「予到官三日，訪勤於孤山之下，抵掌而論人物……明年公（指歐陽修）薨，予哭於勤舍，又十八年，予為錢塘守，則勤亦化去久矣。訪其舊居，則弟子二仲在焉。畫公與勤之像，事之如生。」惠思，行跡俟考。蘇軾有〈哭歐公，孤山僧惠思示小詩次韻〉和〈五月十日與呂仲甫、周邠、僧惠勤、惠思、清順、可久、惟肅、義詮同泛湖遊北山〉等詩。按，蘇轍有〈張惕山人，即昔所謂惠思師也，余舊識之於京師，忽來相訪，茫然不復省。徐自言其故，戲作二小詩贈之〉云：「昔日高僧今白衣，人生變化定難知。故人相見不相識，空怪解吟無本詩。」「聽誦長江近章句，喜逢澄觀已冠巾。醉吟揮弄清潮水，誰信從前戒律人。」知惠思後又還俗，稱張惕山人。❹明滅　謂忽明忽暗。又忽隱忽現。❺妻孥　妻子和兒女。❻道人　佛教徒；和尚。又指佛寺中打雜的人。❼寶雲山　清查慎行《蘇詩補註》引《西湖遊覽志》云：「寶雲山，在西湖之北，大佛寺之西，寶雲之支渡西泠橋以入孤山。」❽盤紆　迴繞曲折。❾孤絕　清幽僻靜。❿擁褐　穿著粗布衣服。⓫團蒲　即蒲團，用蒲草編織成的圓墊，多為僧人坐禪及跪拜時所用。⓬僕夫　駕馭車馬之人。⓭整駕　備好車馬，準備出發。⓮晡　申時，即十五時至十七時。又指傍晚，夜。⓯雲木　高聳入雲的樹木。⓰鶻　也叫隼，翅膀窄而尖，嘴短而寬，上嘴彎曲並有齒狀突起。飛得很快，善於襲擊其他鳥類。⓱浮圖　一作「浮屠」，佛教語，梵語 Buddha 的音譯，指佛塔。⓲淡薄　冷落；蕭條。⓳恍　迷離恍惚；模糊不清。⓴夢蘧蘧　《莊子・齊物論》：「昔者莊周夢為蝴蝶，栩栩然蝴蝶也。自喻適志與，不知周也。俄然覺，則蘧蘧然周也。」蘧蘧，悠然自得貌。㉑火急　形容極其緊急。㉒亡逋　逃遁；逃亡。又指逃亡的人。

【語　譯】天要下雪，湖面上滿是雲影，樓臺或顯現或隱沒，山峰或有或無。水流清澈，奇石露出，魚兒一一可數，樹林深處不見有人，只聽見群鳥鳴叫，彼此相呼應。已到年終臘日，不回家與妻子與子女們團聚，名義上是尋訪高僧，實際上自尋樂趣。高僧居住的地方在哪裡？就在寶雲山前，只是道路曲折。孤山清幽僻靜，誰肯在這居住？高僧有道行，孤山也就不孤寂。竹子搭成的房，糊了紙的窗戶，屋內深廣，自然溫暖，僧人穿著粗布衣服，坐在團蒲上，打著瞌睡。天氣寒冷，路途遙遠，令僕夫發愁，備好車馬，催促著天黑前返歸。出了山迴望，滿眼是高聳入雲的樹木，只見郊野外鷹隼在佛塔上盤旋。這次遊玩景象蕭條但非常快樂，回到家中迷離恍惚，如同在夢中悠然自得。作詩如同追捕逃亡的人，情形十分緊急，清麗的景象一旦消失，事後就難以描述。

【研　析】詩作於宋神宗熙寧年間通判杭州時，記述一次出遊賞玩的活動。臘日是古代一個比較重要的日子，十二月初八俗稱臘八節，習慣上稱作臘八，又稱佛成道日。原本是古代歡慶豐收、感謝祖先和神靈的祭祀儀式，除祭祖敬神的活動外，人們還要逐疫。臘月已是年歲之終，古代農閒的人們無事可幹，便出去打獵。一是多弄些食物，以彌補糧食的不足，二是用打來的野獸祭祖敬神，祈福求壽，避災迎祥。「臘日不歸對妻孥，名尋道人實自娛」，臘日不在家與妻子與兒女們團聚，卻以尋訪高僧的名義外出，實際上想自尋些樂趣。或是心情不悅，想藉此放鬆下自己。開篇「天欲雪」五句即寫景，濃雲密布，高層建築以及山峰若隱若現，或有或無，把濃厚的雪意寫了出來，「雲滿湖，樓臺明滅山有無」，是遠景的摹繪；「水清石出魚可數，林深無人鳥相呼」，則是近景的描寫。重在渲染時令氣氛。「道人之居在何許」以下六句點題，敘寫走訪僧人之事，所住雖僻靜孤寂，然「道人有道山不孤」，有得道高僧在此修行，就不會有孤寂之感，因為出家人本來就是遠離紅塵鬧市的，唯有如此，方能更好地體悟，提升修行的水平。如果說前半幅是寫尋訪僧人一路上的所見所聞所感，後半幅則是寫返回一路上的所見所感，「出山迴望雲木合，但見野鶻盤浮圖」，圖景如此蒼涼孤傲，景象雖然蕭條冷落，但感到快樂，就在於精神上愉悅超脫。至於末兩句「作詩火急追亡逋，清景一失後難摹」，則是創作心得的總括，有所感悟，就得立刻形諸筆端，否則會稍縱即逝。蘇軾〈文與可畫篔簹谷偃竹記〉云：「故畫竹必先得成竹於胸中，執筆熟視，乃見其所欲畫者。急起從之，振筆直遂，以追其所見，如兔起鶻落，少縱則逝矣。」詩畫一理，藝術創作本該作如是觀。詩中寫景、敘事、議論、抒情相結合，信筆揮灑，不乏理趣。

戲子由❶

宛丘先生❷長如丘❸，宛丘學舍小如舟。常時低頭誦經史❹，忽然欠伸❺屋打頭。斜風吹帷雨注面，先生不愧旁人羞。任從飽死笑方朔❻，肯為雨立求秦優❼。眼前勃蹊何足道，處置六鑿須天游❽。讀書萬卷不讀律，致君堯舜知無術❾。勸農冠蓋鬧如雲❿，送老虀鹽甘似蜜⓫。門前萬事不挂眼⓬，頭雖長低氣不屈。餘杭別駕⓭無功勞，畫堂五丈容旂旄⓮。重樓⓯跨空雨聲遠，屋多人少風騷騷⓰。平生所慚今不恥，坐對疲氓⓱更鞭箠⓲。道逢陽虎呼與言，心知其非口諾唯⓳。居高志下真何益？氣節消縮今無幾。文章小技安足程⑳？先生別駕舊齊名。如今衰老俱無用，付與時人分重輕㉑。

【注　釋】❶子由　蘇轍（西元一〇三九—一一一二年），字子由，自號潁濱遺老，蘇洵次子。神宗朝為制置三司條例司屬官，哲宗時召為祕書省校書郎，歷官御史中丞、尚書右丞、門下侍郎等。卒諡文定。著有《欒城集》。❷宛丘先生　指蘇轍，時蘇轍為陳州州學教授，陳州州治在宛丘，為春秋時陳都，秦置陳縣，隋開皇初改稱宛丘縣，今河南淮陽。傳縣東南有宛丘，高二丈，已平沒。❸長如丘　指如孔子（名丘）一樣高。《史記・孔子世家》：「孔子長九尺有六寸，人皆謂之長人而異之。」蘇軾〈次韻和子由聞予善射〉有「觀汝長身最堪學」云云。❹常時句　唐馮贄《雲仙雜記》卷十云張彖「登第為華陰尉，歎曰：『丈夫有凌雲蓋世之志，拘於下位，若立身於矮屋中，使人擡頭不得。』遂拂衣長往」。❺欠伸　打呵欠，伸懶腰。疲倦的表示。《儀禮・士相見禮》：「凡侍坐君子，君子欠伸，問日之早晏，以食具告。」鄭玄注：「志倦則欠，體倦則伸。」❻任從句　《漢書・東方朔傳》：「居有頃，聞上過，朱儒皆號泣頓首。上問何為，對曰：『東方朔言上欲盡誅臣等。』上知朔多端，召問朔何恐朱儒為？對曰：『臣朔生亦言，死亦言，朱儒長三尺餘，奉一囊粟，錢二百四十；臣朔長九尺餘，亦奉一囊粟，錢二百四十。朱儒飽欲死，臣朔飢欲死，臣言可用，幸異其禮；不可用，罷之，無令但索長安米。』上大笑，因使待詔金馬門，稍得親近上。」東方朔，字曼倩，西漢平原郡厭次縣人。漢武帝即位，上書自薦，拜為郎，任常侍郎中、太中大夫等職。言辭敏捷，滑稽多智，常在漢武帝前談笑取樂。❼肯為句　《史記・滑稽列傳》：「優旃者，秦倡侏儒也。善為笑言，然合於大道。秦始皇時置酒而天雨，陛楯者皆沾寒，優旃見而哀之，謂之曰：『汝欲休乎？』陛楯者皆曰：『幸甚。』優旃曰：『我即呼汝，汝疾應曰諾。』

居有頃，殿上上壽，呼萬歲，優旃臨檻大呼曰：『陛楯郎。』郎曰：『諾。』優旃曰：『汝雖長，何益？幸雨立。我雖短也，幸休居。』於是始皇使陛楯者得半相代。」❽眼前二句　謂不計較眼前的紛爭，並能超脫自在。《莊子・外物》：「室無空虛，則婦姑勃谿。心無天遊，則六鑿相攘。」勃谿，吵架；爭鬥。六鑿，指耳、目、鼻、嘴六孔。一說猶六情：喜、怒、哀、樂、愛、惡。天游，謂放任自然。❾讀書二句　謂雖富有才識，卻不合於時，不能得志。杜甫〈奉贈韋左丞丈二十二韻〉：「紈袴不餓死，儒冠多誤身。丈人試靜聽，賤子請具陳。甫昔少年日，早充觀國賓。讀書破萬卷，下筆如有神……自謂頗挺出，立登要路津。致君堯舜上，再使風俗淳。此意竟蕭條，行歌非隱淪。騎驢三十載，旅食京華春。朝扣富兒門，暮隨肥馬塵。殘杯與冷炙，到處潛悲辛。」律，指法規律令。《宋史・選舉一・科目上》載蘇軾、王安石對神宗問，論考試科目之策論、詩賦等事，王安石主張摒棄詩賦，專意經術，又立新科明法。蘇軾對廢詩賦、試法律是持有不同看法的，參見研析。致君，謂輔佐國君，使其成為聖明之主。堯舜，唐堯和虞舜的並稱，遠古部落聯盟的首領，古史傳說中的聖明君主。❿勸農句　謂新法執行過程中出現的官吏不斷擾民的現象。勸農，古代政府官員在春夏農忙季節巡行鄉間，勸課農桑，稱勸農。又指古代負責鼓勵督促農業生產的官吏。冠蓋，泛指官員的冠服和車乘。冠，禮帽。蓋，車蓋。⓫送老句　謂蘇轍生活清苦的樣子。送老，養老；怡老。虀鹽，醃菜和鹽，借指素食。⓬挂眼　猶留意，重視。唐韓愈〈贈張籍〉詩：「吾老著讀書，餘事不掛眼。」⓭餘杭別駕　詩人自謂。餘杭即杭州。別駕，一般指別駕從事史，漢置，為州刺史的佐官。宋代各州的通判，職任似別駕，後世因以別駕為通判之習稱。⓮畫堂句　《史記・秦始皇本紀》：「乃營作朝宮渭南上林苑中，先作前殿阿房，東西五百步，南北五十丈，上可以坐萬人，下可以建五丈旗。」畫堂，漢代宮中有畫堂，謂有彩繪的殿堂，又泛指華麗的堂舍。旂旐，泛指旗幟。旂，古代畫有兩龍並在竿頭懸鈴的旗。又通「旗」字。旐，古代用犛牛尾做竿飾的旗子。此句形容杭州通判的廳堂廣大華美。⓯重樓　層樓。⓰騷騷　象聲詞，風聲。⓱疲氓　疲困之民。⓲鞭箠　鞭子，又鞭打。⓳道逢二句　《論語・陽貨》：「陽貨欲見孔子，孔子不見。歸孔子豚，孔子時其亡也而往拜之，遇諸塗，謂孔子曰：『來，予與爾言曰：懷其寶而迷其邦，可謂仁乎？』曰：『不可。』『好從事而亟失時，可謂知乎？』曰：『不可。』『日月逝矣，歲不我與。』孔子曰：『諾，吾將仕矣。』」陽貨，名虎，字貨，春秋時魯國人。魯國大夫季平子的家臣，季氏是魯國權臣，掌管魯國朝政，而陽貨又掌握著季氏的家政。季平子死後，陽貨專權，管理魯國的政事。後又與公山弗擾共謀殺害季桓子，失敗後逃往晉國。孔子認為陽貨是亂臣賊子，不願意與之交往，又屈於禮制，不得不在接到陽貨送來的禮物之後回拜，表面應付，內心實不願。此以陽貨喻指張靚、俞希旦等人，參見研析。諾唯，應諾。⓴文章句　杜甫〈貽華陽柳少府〉：「文章一小技，於道未為尊。」程，效法。㉑重輕　指重與輕、高與下。謂品題、評論。

【語　譯】宛丘先生身長如孔丘，宛丘州學的宿舍狹小如扁舟。平常時要低著頭誦讀經史，忽然打個呵欠、伸下懶腰，頭就會碰撞在屋頂。斜風吹動帷幕，雨水就隨著落在臉面上，先生不覺得慚愧，旁人卻感到羞恥。任憑如當年身高卻因飢餓將要死去的東方朔譏笑矮小而撐飽欲死的侏儒，又有誰肯如當年秦代身矮的優人為立在雨中高長的侍衛向皇帝求情。因眼前屋內狹窄而爭吵是不值一提的，處置六竅，自由無礙，必須順應自然。讀書萬卷，卻不肯閱讀律令，輔佐君王達到如堯舜一樣，自知是沒有辦法。執行新法，督促農業生產的官吏如雲浪滾滾而來般的熱鬧，終老安於素餐，卻覺得如蜂蜜般甘甜。眼前所有的事情都不放在心上，頭雖長久低下，志氣卻不屈從。作為餘杭別駕的我沒有什麼功勞，裝飾華美的公堂寬廣，可以容納儀仗隊。層樓橫跨在空中，只能聽到遙遠的雨聲，房屋眾多而人員稀少，只聽到風聲響。平生覺得慚愧的今日不感到羞恥，坐對已經疲困的百姓，又要鞭打他們。如同路途上遇到陽虎招呼孔子說話，心裡知道是不對的，口頭卻允諾答應。居住的房子高大而志向低下，果真有什麼好的？節操消減如今沒有多少了。擅長文章，這不過是小的技巧，哪裡值得效法？先生你與別駕我曾經在這方面有同等的名望。如今衰老，都顯得沒有用了，還是任由當今的人們品評罷。

【研　析】詩作於神宗熙寧年間通判杭州時，前半幅寫蘇轍在陳州做學官的窘境：其一、居住條件的不好，「宛丘學舍小如舟」、「斜風吹帷雨注面」，學舍低矮狹小，不蔽風雨。其二、衣食待遇不高。「送老虀鹽甘似蜜」、「任從飽死笑方朔」，俸祿低，不求飽暖，能填飽肚子就行了。其三、應變能力不夠，如今新黨主政，實行多方面改革，學校教育便是其中之一，而蘇轍不知迎合新政，「讀書萬卷不讀律」，不能緊跟形勢，以致「致君堯舜知無術」，被淘汰，不被重用，可想而知。儘管存在著多方面不遂人意，但蘇轍仍不忘精神方面的追求與滿足。「常時低頭誦經史」，不習法律之書，專讀經史，來充實和涵養自己。「門前萬事不挂眼，頭雖長低氣不屈」，不為世俗所動，不隨波逐流，保持節操，外柔內剛，不過在仕途上如此，難免要捉襟見肘的。後半幅寫詩人自己，與蘇轍相比，蘇軾似順風順水，如云「畫堂五丈容旂旄。重樓跨空雨聲遠」，不僅居住的公堂寬廣高大，華美氣派，遠離風雨的侵害。而且「屋多人少」，舒適度是蘇轍難以媲美的。另一方面，在為人處事方面，較蘇轍似乎也圓通些，如云「平生所慚今不恥，坐對疲氓更鞭箠」，為了執行新法，難免有違心之舉，欺陵百姓，全無惻隱之心。甚至是「道逢陽虎呼與言，心知其非口諾唯」，口是心非，與蘇轍相比，氣節似乎在一點一點地喪失。至於末四句收束全詩，兄弟二人在仕途上都不得志，但在文章方面曾齊名當世，只不過這畢竟是雕蟲小技，無補於世，不足掛齒，也就任由他人評說了。詩中正話反說，語帶譏刺，所指當然是變法新政，所以在烏臺詩案中，此詩為罪證之一，據《詩案》：「任從飽死笑方朔」二句，以蘇轍比東方朔，以進用之人比侏儒、優旃。又「讀書萬卷不讀律」二句，以為法律中無致君堯舜之術，不值一讀。又「勸農冠蓋鬧如雲」二句，以譏諷朝廷新差提舉官，所至苛細生事。又「平生所慚今不恥」二句，以譏朝廷鹽法太急，至百姓飢貧犯法。又「道逢陽虎呼與言」二句，時張靚、俞希旦作監司，蘇軾不喜其人，然又不敢與爭議，故毀詆之為陽虎。由《詩案》所載可知，涉及到科舉、教育、鹽法、吏治等多項，表達了詩人對新政的不滿，全詩喜笑怒罵，筆涉機趣，說蘇轍的不幸，也就是說自己；說自己的不滿，未嘗又不是說蘇轍。蘇轍有〈次韻子瞻見寄〉一詩，其中云「三年學舍百不與，麋費廩粟常慚羞」、「自從四方多法律，深山更深逃無術」、「煩刑弊法非公恥，怒馬奔車忌鞭箠」、「掃除百憂唯有酒，未退聊取身心輕。」你中有我，我中有你，憂患與共，誰教是親兄弟呢？

吉祥寺❶賞牡丹

人老簪花❷不自羞，花應羞上老人頭。醉歸扶路❸人應笑，十里珠簾半上鉤❹。

【注釋】❶吉祥寺　宋潛說友《咸淳臨安志》卷八十五：「吉祥寺，在縣西北四十八里，舊名齊明，建隆二年重修，改名迎祥，治平二年改今額。」清查慎行《蘇詩補註》卷七引《冷齋夜話》云：「牡丹，唐時杭州無此種。長慶中開元寺僧惠澄自都下乍得一本，謂之洛花。至宋漸多，而獨盛于吉祥寺。」❷簪花　謂插花於冠。又指戴花。❸扶路　沿途。《晉書・謝安傳》：「羊曇者，太山人，知名士也。為安所愛重，安薨，後輟樂彌年，行不由西州路。嘗因石頭大醉，扶路唱樂，不覺至州門。左右白曰：『此西州門。』曇悲感不已，以馬策扣扉，誦曹子建詩曰：『生存華屋處，零落歸山丘。』慟哭而去。」❹十里句　謂引起街道兩邊人家都捲起珠簾觀看。唐杜牧〈贈別二首〉其一云：「娉娉裊裊十三餘，荳蔻梢頭二月初。春風十里揚州路，卷上珠簾總不如。」

【語譯】人老還插花於帽上，自己不覺得害羞，花朵卻覺得戴在老人頭上應該是難以為情的。醉酒返回，沿途的人見了理應覺得可笑，十里街道兩邊的住戶人家都把珠簾捲上鉤，爭相觀看。

【研析】蘇軾〈牡丹記敘〉云：「熙寧五年三月二十三日，余從太守沈公觀花於吉祥寺僧守璘之圃，圃中花千本，其品以百數。酒酣樂作，州人大集金槃綵籃以獻於坐者五十有三人。飲酒樂甚，素不飲者皆醉，自輿臺皂隸皆插花以從，觀者數萬人。……」知詩作於神宗熙寧五年（西元一〇七二年）三月，在杭州通判任上。沈公名沈遘，時為杭州太守。《宋史・禮志十五》云：「禮畢，從駕官、應奉官、禁衛等並簪花從駕還內。」知官員們簪花於頭，以示喜慶。詩中敘寫群僚於春末飲酒賞玩牡丹，歡飲之餘，插花於官帽上，「人老簪花不自羞」，表達了對自然美好的眷戀情懷，而「花應羞上老人頭」句意思反轉，趣味橫生，因為盛開的花朵，是青春年華的象徵，而作為所謂老人的詩人，卻是行將走向暮年的說明，此時戴花頭上，招搖顯擺，未免滑稽可笑，難免會引發沿途市民百姓的圍觀和謔笑。按，作此詩時，詩人三十七歲，檢〈江城子・密州出獵〉一詞中云：「老夫聊發少年狂。左牽黃，右擎蒼。」又：「酒酣胸膽尚開張。鬢微霜，又何妨？」詞作於知密州，時詩人四十左右。知未老先衰，因糾纏於新舊黨爭，難以施展抱負，心已疲倦，難有活力，醉酒簪花，聊以自嘲罷了。宋人葉寘《愛日齋叢抄》卷三云：「東坡初在杭，賦吉祥寺，謂『人老簪花不自羞，花應休上老人頭』，後在膠西〈答陳述古〉絕句，乃『城西亦有紅千葉，人老簪花卻自羞』，距在杭時五六年，意態遽不同，遂反前詩，言之未必不感吉祥舊游也。」按詩句見〈答陳述古二首〉，其一云：「漫說山東第二州，棗林桑泊負春游。城西亦有紅千葉，人老簪花卻自羞。」山東第二州，所指即密州。

雨中遊天竺❶靈感觀音院

蠶欲老，麥半黃，前山後山雨浪浪❷。農夫輟❸耒❹女廢筐❺，白衣仙人❻在高堂❼。

【注釋】❶天竺　山峰名，在浙江杭州靈隱山飛來峰之南。山上有上、中、下三天竺寺。上天竺寺，五代後晉天福間建，吳越錢俶改建號天竺觀音看經院；中天竺寺，宋太平興國元年吳越王建，號崇壽院；下天竺寺，隋開皇中就晉慧理翻經院改建。❷浪浪　流貌。又象聲詞，形容雨、水等流動的聲音。❸輟　中斷。❹耒　古代一種可以腳踏的木製翻土農具。❺筐　方形的盛物竹器，後亦用柳條或荊條等編成。❻白衣仙人　謂觀音菩薩。❼高堂　高大的廳堂；大堂。也借指朝廷。

【語譯】蠶將要變老吐絲，麥多半已變黃結穗，前山後山雨水卻不停地流淌。農夫們停止了翻土，婦女們也不背筐拾取，白衣仙人依然坐在高大的廳堂上。

【研析】雨中出遊，到訪天竺靈感觀音院，卻觸發了詩人傷農憫農的情感。詩作於通判杭州時，「蠶欲老，麥半黃」，蠶將要變老吐絲，麥多半已變黃結穗，前者涉及到衣著，後者關係到口糧，在即將收穫的時節，卻是雨水連綿下個不停，以致農夫無法耕種，婦女無事可做，問題是其後的生活會出現困難，至於末句「白衣仙人在高堂」，即面對百姓行將出現的生計問題，觀世音似乎無動於衷。宋潛說友《咸淳臨安志》卷八十云：「上天竺靈感觀音寺，後晉天福四年僧道翊結廬山中，夜有光，就視，得奇木，命孔仁謙刻觀音像，會僧勳從洛陽持古佛舍利來，因納之頂間，妙相具足。錢忠懿王夢白衣人求治其居，王感悟，乃即其地創佛廬，號天竺看經院。咸平初，郡守張去華以旱迎大士至梵天寺致禱，即日雨，自是遇水旱必謁焉。……熙寧中詔歲度僧一，朝廷每遣中使謁者致香幣，歲給大農錢作佛事，而公卿貴人致幣祈禱者旁午於道。」所謂「遇水旱必謁」，即遇有水澇乾旱，人們必來上供品祈禱，不過這次似乎失靈。或認為蘇詩藉此譏諷時政，如清汪師韓《蘇詩選評箋釋》卷一云「刺當事不恤民也」，又清紀昀《紀評蘇詩》卷七云「刺當事之不恤民也，妙在不盡其詞」，所指當然是主政的官員們，「白衣仙人在高堂」就是謂此。也有持不同見解的，如清趙克宜《角山樓蘇詩評注彙鈔》卷三云：「此是苦雨對神陳訴之詞，紀以為刺時，非也。」即以為此詩是至寺中訴求祈禱之意。詩似民歌，頗有古意。

六月二十七日望湖樓[1]醉書五絕（選三首）

其一

黑雲翻墨未遮山，白雨跳珠亂入船。卷地風來忽吹散，望湖樓下水如天。

其二

放生❷魚鼈逐人來，無主荷花到處開。水枕能令山俯仰，風船解與月徘徊。

其五

未成小隱聊中隱❸，可得長閑勝暫閑❹。我本無家更安往？故鄉無此好湖山。

【注釋】❶望湖樓　宋周淙《乾道臨安志》卷二云：「望湖樓，一名看經樓。乾德五年忠懿王錢氏建，去錢塘門一里，蘇軾有〈望湖樓〉詩。」❷放生　宋潛說友《咸淳臨安志》卷三十二云：「天禧中，故相王欽若始奏以西湖為放生池，禁捕魚鳥，為人主祈福，自是以來，每歲四月八日，郡人數萬會於湖上，所活羽毛鱗介以百萬數，皆西北向稽首，仰祝千萬歲壽。若一旦湮塞，使蛟龍魚鼈同為涸轍之鮒，臣子坐觀，亦何心哉！」❸小隱聊中隱　小隱、中隱，參見〈病中聞子由得告不赴商州三首〉之「研析」。❹可得句　白居易〈和裴相公傍水閑行絕句〉：「行尋春水坐看山，早出中書晚未還。為報野僧巖客道，偷閑氣味勝長閑。」

【語　譯】其一

黑色的雲朵如同打翻的墨汁卻未有遮蔽住山峰，白色的雨滴如同跳動的珍珠混亂地落入船中。風自地面席捲而來，忽地將雨珠吹散，在望湖樓上俯視，湖面水光與天色渾然一體，遼闊無邊。

其二

被放生於湖中的魚鱉追逐著人們而來，沒人管理的荷花到處盛開。頭枕水面船中，覺得湖水上下波動使得山峰也高低俯仰，風中行駛的船兒懂得與月亮往返迴旋。

其五

不能退隱山林，姑且做個閒官，如何能得以長久的閒適，勝過短暫的閒逸。我本來就沒有固定的住家，又能往哪裡去呢？故鄉是沒有如此美好的湖水與山巒。

【研　析】詩作於神宗熙寧年間通判杭州時。於湖上遊玩之後，來到望湖樓上，飲食之餘，為西湖水光山色所傾倒，醉草詩一組。第一首詩極寫大自然的變幻莫測，「黑雲翻墨」，「白雨跳珠」，來的是那麼突然，宛如一幅水墨畫，黑的，白的，色彩對比強烈，「卷地風來忽吹散，望湖樓下水如天」，雲散雨停，去的又是那麼神速，水天一色，波瀾不興，又呈現出另一幅畫面。一動一靜，著墨不多，卻寫得生機盎然，大自然的鬼斧神工，令人稱絕。用語雄傑新奇，意境闊大高遠。如果說第一首詩是用如椽巨筆揮毫潑墨，第二首詩則是細筆勾勒，被放生的魚鱉追逐遊人，尋覓著投放的食物，無人打理的荷花到處盛開。一切都是自主自在的，充滿生機。頭枕在船中，隨水波蕩漾，山峰也隨之起伏，仰望天空，月亮也似解風情，徘徊不忍離去。不說人戀月，卻說月黏人，動中有靜，靜中有動。這組詩前四首詩是以寫景敘事為主，第五首詩則重在抒寫情志，有二點：其一是身在江湖，身不由己，退隱是不可能的，儘管詩人早有此心，尤其糾纏於無休止的黨派之爭中，既不想執行變法新政，隨波逐流，又不能退隱，因此不理政事，置身事外，得過且過，不失為最佳的選擇。白居易〈中隱〉詩云：「似出復似處，非忙亦非閑。不勞心與力，又免饑與寒。終歲無公事，隨月有俸錢。君若好登臨，城南有秋山。君若愛遊蕩，城東有春園。君若欲一醉，時出赴賓筵。」又云：「人生處一世，其道難兩全。賤即苦凍餒，貴則多憂患。唯此中隱士，致身吉且安。窮通與豐約，正在四者閑。」「似出復似處」即似出仕又似退隱，在仕與隱兩難的選擇下，似與不似則是一種較理想的選擇。身居官職，俸錢按月到位，衣食不愁。更重要的是，妙在能「非忙亦非閑」，此時的蘇軾未嘗不是如此心態。「未成小隱聊中隱，可得長閑勝暫閑」，聊勝於無，生活還是要繼續的。其二是「我本無家更安往？故鄉無此好湖山」，詩人不是無家（指故鄉），只是不能辭官歸隱，回歸故鄉就成了奢望，以後的事實也說明了這一點。宋吳幵《優古堂詩話》：「東坡作〈定風波〉，序云：王定國歌兒曰柔奴，姓宇文氏，定國南遷歸，余問柔：『廣南風土應是不好？』柔對曰：『此心安處，便是吾鄉？』因用其語綴詞云：『試問嶺南應不好，卻道，此心安處是吾鄉。』余嘗以此語本出於白樂天，東坡偶忘之耳，白〈吾土〉詩云：『身心安處為吾土，豈限長安與洛陽。』又〈出城留別〉詩云：『我生本無鄉，心安是歸處。』又〈重題〉詩云：『心泰身寧是歸處，故鄉可獨在長安。』又〈種桃杏〉詩云：『無論海角與天涯，大抵心安即是家。』隨遇而安，這種心態，也是受白居易的影響，更何況有西湖如此美妙的地方。

遊徑山❶

眾峰來自天目山❷，勢若駿馬奔平川。中途勒破❸千里足，金鞭玉鐙❹相迴旋。人言山住水亦住，下有萬古蛟龍淵❺。道人天眼識王氣❻，結茅❼宴坐❽荒山巔。精誠貫山石為裂❾，天女下試顏如蓮❿。寒窗⓫暖足來朴朔⓬，夜鉢呪水降蜿蜒⓭。雪眉老人朝叩門，願為弟子長參禪⓮。爾來廢興三百載⓯，奔走吳會輸金錢⓰。飛樓湧殿壓山破，朝鐘暮鼓驚龍眠。晴空仰見浮海蜃⓱，落日下數投林鳶⓲。有生⓳共處覆載⓴內，擾擾膏火同烹煎㉑。近來愈覺世路㉒隘，每到寬處差安便㉓。嗟余老矣百事廢，卻尋舊學㉔心茫然。問龍乞水歸洗眼，龍井水洗病眼有效。欲看細字銷殘年。

【注釋】❶徑山　宋潛說友《咸淳臨安志》卷二十五「山川四・臨安縣」：「徑山，在縣北，去縣五十里。《徑山事狀》云：山乃天目之東北峯，有徑路通天目，故謂之徑山。奇勝特異，五峰周抱，中有平地，人跡不到。」❷天目山　在浙江臨安境內。分東西兩支：東支名東天目山，西支名西天目山。多奇峰、竹林，為浙西名勝地。最高峰為龍王山，在西天目山。宋祝穆《方輿勝覽》卷一〈臨安府〉：「天目山，在臨安縣西五十里，有兩峯，峯頂各一池，左右相對，名曰天目山。有洞府三十六所，嘗有徐五仙、張道陵飛昇。」❸勒破　勒住。❹蹬　同「鐙」，掛在鞍子兩旁的腳踏。❺蛟龍淵　清沈炳巽《水經注集釋訂訛》卷四十：「於潛縣（今屬杭州府）：北天目山，山極高峻，崕嶺竦疊，西臨後澗山，上有霜木，皆是數百年樹，謂之翔鳳林。東面有瀑布下注數畝深沼，名曰蛟龍池，池水南逕流縣西，為縣之西溪（在武林山西），溪水又東南，與紫溪合水，出縣西百丈山，即潛出。」❻道人句　謂國一法師法欽結菴於天目山之事。據釋贊寧《宋高僧傳》卷九〈唐杭州徑山法欽傳〉載云：「釋法欽，俗姓朱氏，吳郡崑山人也。早年勤經史，從鄉舉，年二十八，赴京師，路由丹徒，因遇鶴林素禪師，欽悟識本心，素乃躬為剃髮。辭素南征，素曰：『汝乘流而行，逢徑即止。』後到臨安，視東北之高巒，乃天目之分徑，偶問樵子，言是徑山，遂謀挂錫於此。代宗大曆三年二月賜號國一，德宗貞元八年十二月示疾說法而長逝，享年七十九，賜謚大覺。」道人，謂佛教徒，和尚。天眼，佛教所說五眼之一，又稱天趣眼，能透視六道、遠近、上下、前後、內外及未來等。王氣，舊指象徵帝王運數的祥瑞之氣。此指龍王之氣，參見「研析」。❼結茅　編茅為屋，謂建造簡陋的屋舍。❽宴坐　安坐，佛教指坐禪。❾精誠句　《御選唐宋詩醇》卷三十三此詩附引《徑山山門事狀》曰：「徑山，乃天目東北峰也，中有徑路，以通天目，故謂之徑山。有大師諱法欽，吳郡崑山人，初隱此山。……永泰中，師坐石屏下，見白衣儒士拜於前，自言是天目巾子山人也，長安佛法有難，聞師道行高邈，願度為沙彌往救，師曰：『汝有何術？』曰：『我誦〈俱胝觀音咒〉，功力無比。』師欲驗之，乃曰：『吾坐後石屏，汝能咒之令破否？』曰：『可。』遂叱之，石屏裂為三片，今謂之喝石巖。師知神異，為薙髮給衣，賜名惠崇。至京師，與術士競，惠崇告勝云。」❿天女句　《佛說四十二章經》：「天神獻玉女於佛，欲以試佛。……佛言：『革囊眾穢，爾來何為？去，吾不用汝。』」又唐釋道世《法苑珠林》卷八：「晉長安釋慧嵬，不知何處人，止長安大寺。戒行澄潔，多棲處山谷，修禪定之業。……有一女子來求寄宿，形貌端正，衣服鮮明，姿媚柔雅。自稱天女，以上人有德，天遣我來，以相慰喻廣談，欲言勸動其意。嵬執志貞確，一心無擾，乃謂女曰：『吾心若死灰，無以革囊見試。』女遂淩雲而逝。顧謂歎曰：『海水可竭，須彌可傾，彼上人者秉志堅貞。』」天女，天上的神女。⓫寒窗　指冬日寒冷的窗前，比喻環境艱苦。⓬朴朔　或作「撲渥」、「撲握」，指雄兔腳毛蓬鬆，又代指兔子。釋贊寧《宋高僧傳》卷九〈唐杭州徑山法欽傳〉云：「初欽在山，猛獸鷙鳥馴狎，有白兔二，跪於杖屨之間。」⓭夜鉢句　唐釋道世《法苑珠林》卷七十九：「晉長安有涉公者，西域人也。虛靖服氣，不食五穀。日能行五百里，言未然之事，驗若指掌。以苻堅建元十一年至長安縣，以秘祝祝下神龍，每旱，堅常請之祝龍，俄而龍下鉢中，天輒大雨。堅及羣臣親就鉢觀之，咸歎其異，堅奉為國神，士庶皆投身接足，自是無復炎旱之憂。」蜿蜒，龍蛇等曲折爬行貌，此代指龍。⓮雪眉二句　宋王十朋《東坡詩集註》卷三引趙次公注云：「《宣室志》載任頊居深山中，嘗一日閉關書坐，一翁扣門來謁，曰：『我非人也，乃龍也。』」或謂白衣儒士拜師事，參見注❿。參禪，佛教禪宗的修持方法，有遊訪問禪、參究禪理、打坐禪思等形式。⓯爾來句　宋潛說友《咸淳臨安志》卷八十三：「徑山能仁禪院，在縣北三十里，乃天目之東北山也。開山曰國一禪師法欽，唐代宗時詔杭州即其庵所建徑山寺，乾符六年改為乾符鎮國院，大中祥符改賜承天禪院，政和七年（縣志云開禧元年）改今額。」按，自唐代宗大曆三年（西元七六八年）賜號國一、建寺廟至宋神宗熙寧六年（西元一〇七三年）作此詩，凡三百餘年。爾來，從那時以來。⓰奔走句　謂江浙一帶的百姓紛紛奔走相告，出資出力。吳會，秦漢會稽郡治在吳縣（今江蘇蘇州），郡縣連稱為吳會。又東漢分會稽郡為吳、會稽二郡，並稱吳會，後亦泛稱此兩郡故地為吳會。⓱海蜃　即海市蜃樓，光線經過不同密度的空氣層，發生顯著折射或全反射時，把遠處景物顯示在空中或地面而形成的各種奇異景象，常發生在海上或沙漠地區。古人誤認為蜃吐氣而成，故稱。⓲鳶　鷙鳥，俗稱鷂鷹、老鷹。⓳有生　有生命者，多指人。《列子・楊朱》：「有生之最靈者，人也。」⓴覆載　覆蓋與承載。謂覆育包容。《禮記・中庸》：「天之所覆，地之所載，日月所照，霜露所隊，凡有血氣者，莫不尊親。」又指天地。㉑擾擾句　《莊子・人間世》：「山木自寇也，膏火自煎也。」擾擾，紛亂貌；煩亂貌。膏火，照明用的油火。㉒世路　人世間的道路，指人一生處世行事的歷程。又指宦途。㉓安便　安適。㉔舊學　昔從之學；昔時所學。

【語　譯】眾峰來源自天目山脈，其形態就如同駿馬奔馳在廣闊的平原上。中途突然停止了奔騰千里的四足，又像似金鞭揮動、雙鐙猛踩，急速迴轉。人們都說山勢停止了前行，水也停止了流動，山谷下有了千萬年就形成的蛟龍池。佛徒法欽有雙天眼，能識見此地有帝王之氣，在荒蕪的山頂用茅草建了房屋，靜坐息慮，參禪悟道。他的真誠貫注山中，山石都能為之破裂，即使天女下來試著色誘，他也不為所動，容顏如蓮花一般純潔。天寒時，坐在窗前，有兔子前來為他暖足，遇有大旱，夜晚對著鉢盂禱告，有龍從鉢盂中飛騰而出，就降下了雨水。又有眉毛雪白的老翁清朝來敲門，願意作為弟子，長久伴隨著參禪。從那時以來，寺廟不停地廢棄或重建，至今已有三百年，是吳會一帶的百姓奔走相告，捐納著錢財。高聳飛動的樓宇，湧出的殿堂，覆蓋在山坡上，朝晨撞鐘，傍晚擊鼓，聲音驚動了睡眠中的龍。晴朗的天空偶爾會看見浮動的海市蜃樓，黃昏落日，可多次見到鷂鷹投落到村子中。凡是有生命的，大家共處在天地間，紛雜混亂，就如同膏油火一同燃燒煎煮。近年來更加覺得仕途的狹隘，每當來到寬閒的地方稍微感到安心適意。感歎自己年已老，事事難有成就，還是想尋找昔日的所學，心思又覺得迷茫。向龍王問安，乞求些水，帶回去清洗下雙眼，想看清書中細小的字，以此消磨晚年的時光。

【研　析】因黨爭與政見不合，蘇軾心情不悅，乞求外任，為杭州通判。到了杭州，這種不悅的心情並未因此而有多大的改善。此詩作於宋神宗熙寧六年，因公幹外出，途經徑山，遊歷寺廟，有所感發。開篇四句用比喻，形容徑山的形態，天目山如同一群奔騰萬里的駿馬，氣勢磅礡雄奇，其中的一座山峰，此時又如駿馬迴轉，突然止步不前，昂首長嘯。四句以動寫靜，把山峰寫得靈動活躍。中間主體部分圍繞著國一法師法欽於徑山掛錫（指遊方僧投宿寺院）的事跡展開，《咸淳臨安志》卷二十五載法欽，至徑山下，「遂自東北而登，適見苫草，以履置罘，乃即其下默坐。值大雪，經旬不食，獵師見而幕之，析弓歸，敬為結草菴，欽曰：『吾將深隱是山。』獵者言此神龍所據，願毋往，欽意愈確，乃陟重岡之西，至高峯之北，臨巖穴中，據石牀而坐，俄有素衣老人拜於前曰：『吾龍也，自師至此，吾屬五百皆不安息，當挈歸天目山，願以此地為立錫之所。』乃導欽南行，至五峯之間，指大湫曰：『吾去後，湫當涸矣，其中一穴勿湮塞。』言訖，不見，頃之雲霧晦冥，風雨終夕，及平旦，視之，已為平陸，僅存水一穴，今龍井是也。北峯之陽有草菴，云神龍所造，今菴基草木不生。」詩云「道人天眼識王氣，結茅宴坐荒山巔」，是說法欽慧眼能識寶地，所結茅菴修行之地本為龍王藏身之所，而龍王竟然避讓而去，說明法欽道行的不凡，其間又敘說諸般靈異之事，如精誠能令石屏破裂，不為天女美色所誘惑，寒天雙兔來暖腳，遇旱能化龍降雨等，正是有這些靈異之事，才能使得人們信服，所以三百多年，幾經朝代更迭，而此處香火不息，所謂「飛樓湧殿壓山破」、「奔走吳會輸金錢」，如今不僅寺廟建築規模愈見壯觀龐大，而且前來捐納朝拜的勢頭也更加旺盛。比起法欽當初入住此地，不知熱鬧了幾多，只是「朝鐘暮鼓驚龍眠」，這般熱鬧，是否有違當年龍王的初心？詩的末幅，則是抒寫情懷，「有生共處覆載內，擾擾膏火同烹煎」，天地間生靈萬物，雜處紛擾，如膏火烹煎，難得寧靜，作為萬物之靈的人，更是如此，「近來愈覺世路隘，每到寬處差安便」，《烏臺詩案》云：「熙寧六年遊徑山留題云『近來愈覺世議隘』，以譏近日進用之人多，是刻薄議論偏隘，不少容人過失，故見山中寬閑之處為樂也。」「世路」此作「世議」，意思略異。知有明顯的針對性，有感於因黨爭而在政見等方面形成的狹隘性，黨派觀點的主導已凌駕於國家利益之上，非彼即此，令人窒息。所以今日遊徑山，遠離都市，稍覺得閒適之感。至於「卻尋舊學心茫然」，也是如此，新政變法日見出新出奇，昔日所學，很難發揮作用，也很難適應這時代的變化，歎老嗟卑、無所適從之感難以抹去。

夜泛西湖❶五絕

其一

新月生魄❷迹未安，纔破❸五六漸盤桓❹。今夜吐艷❺如半璧❻，游人得向三更❼看。

其二

三更向闌❽月漸垂，欲落未落景特奇。明朝人事誰料得，看到蒼龍❾西沒時。

其三

蒼龍已沒牛斗❿横，東方芒角⓫昇長庚⓬。漁人收筒⓭及未曉，船過惟有菰蒲⓮聲。湖上禁漁，皆盜釣者也。

湖光⓯。

其四

菰蒲無邊水茫茫，荷花夜開風露香。漸見燈明出遠寺，更待月黑看湖光⓯。

其五

湖光非鬼亦非仙，風恬浪靜光滿川。須臾⓰兩兩入寺去，就視不見空茫然。

【注釋】❶西湖　在今浙江杭州城西，漢時稱明聖湖，唐後始稱西湖，為著名遊覽勝地。有蘇堤春曉、曲院風荷、平湖秋月、斷橋殘雪、柳浪聞鶯、花港觀魚、雷峰夕照、雙峰插雲、南屏晚鐘、三潭印月等十處勝景。❷生魄　見〈遊金山寺〉注⓬。❸破　始；初。❹盤桓　徘徊；逗留。李白〈月下獨酌〉詩：「我歌月徘徊。」❺吐豔　發出豔麗的色彩，又謂放射光輝。韋莊〈擣練篇〉：「月華吐豔明燭燭，青樓婦唱擣衣曲。」❻半璧　即璜。半圓形的玉器。北周庾信〈望月〉詩：「蓂新半璧上，桂滿獨輪斜。」❼三更　指半夜十一時至次日晨一時。❽闌　晚；遲。❾蒼龍　古代二十八宿中東方七宿的總稱。❿牛斗　指牛宿和斗宿。⓫芒角　星辰的光芒，又謂放射光芒。⓬長庚　古代指傍晚出現在西方天空的金星，亦名太白星、明星。⓭筒　指釣筒，一種捕魚用具。唐許渾〈泛五雲溪〉詩：「急瀨鳴車軸，微波漾釣筒。」⓮菰蒲　菰和蒲，借指湖澤，南唐張泌〈洞庭阻風〉詩：「空江浩蕩景蕭然，盡日菰蒲泊釣船。」⓯更待句　宋周密《癸辛雜識・續集》卷下〈四聖水燈〉云：「西湖四聖觀前，每至昏後，有一燈浮水上，其色青紅，自施食亭南至西陵橋復回。風雨中光愈盛，月明則稍淡，雷電之時，則與電爭光閃爍。余一之所居在積慶山巔，每夕觀之，無少差，凡看二十餘年矣。」又明田汝成《西湖遊覽志餘》卷二十三引錄周密云云及蘇軾詩，末云：「其日湖光，豈即水燈之類歟？」⓰須臾　片刻；短時間。

【語譯】其一

新月初形成時，尚未圓滿，所以行跡不能平穩，才過了初五、初六，逐漸逗留徘徊。今夜放出豔麗的色彩，就如同半圓形的玉璧，遊人理應期待著夜晚三更時觀賞。

其二

三更走向深夜時月亮漸漸下垂，月兒欲落而未落時景象更奇特。明天人世間的事情如何誰又能料想得，一直看到蒼龍星宿向西天消失時。

其三

蒼龍星宿已經消失，牛、斗二星宿橫亙天空，長庚星在東方升起，放射光芒。天還未亮，打魚的人們收起了釣筒，只聽見船經過時的湖水聲。

其四

湖水無邊，水面廣大遼闊，夜裡荷花盛開，風兒吹拂，露水降落，其中均含有香味。漸漸看見燈火明亮，外出遠離寺廟，等待著夜黑無月時觀看湖面的火光。

其五

湖面的火光，不是鬼物，也不是神仙，沒有風兒，沒有波浪，川流滿是光芒。不久三三兩兩火光沒入寺廟中，靠近觀察，什麼也不見，滿眼是空蕩迷濛。

【研析】蘇軾兩次到杭州為官，一次是任通判，一次是任太守，在任期間，寫了不少吟詠西湖的詩作，這組詩是作於神宗熙寧間任通判時。詩人是採用蟬聯體形式進行創作的，蟬聯，亦作蟬連，連續相承。蟬聯體就是後一首詩首句之意是承接前一首詩末句之意，綿延不斷。其一寫新月初生時的情態，雖然豔麗，但不完滿。古人常把圓月比作車輪，因是初月，尚未圓滿，所以有行跡「未安」，即不能平穩運行的感覺，唐杜甫〈初月〉詩云：「光細弦初上，影斜輪未安。」蘇軾的詩便是化用杜詩之意。其二寫月亮漸漸要落的情態，以「明朝人事誰料得」生發議論，感歎世事變幻，就如同月夜景致的奇特多變一般，高深莫測。其三寫天要亮未亮時的情景，此詩末自注云：「湖上禁漁，皆盜釣者也。」知「漁人」二句是寫偷捕者在天亮前結束，以免惹官司。其四、其五是敘寫夜黑無月尋看湖水面上燈光的事情，「漸見燈明出遠寺」，遠離寺廟，是為了避免寺廟燈火的干擾，風平浪靜，看到了湖面上出現有光亮，問題是這光亮既不是來自寺廟燭光的反射，也不是來自船上，神祕詭異。這種現象，詩人不止一次看到過，在〈遊金山寺〉詩中就曾提及。明楊慎《丹鉛總錄》卷二〈陰火〉云：「《易》：澤中有火。《素問》云：澤中有陽燄，如火煙騰騰而起於水面者是也。蓋澤有陽燄，乃山氣通澤，山有陰靄，乃澤氣通山。《文選・海賦》：『陰火潛然。』唐顧況〈使新羅〉詩：『陰火暝潛燒』是也。東坡〈遊金山寺〉詩云：『是時江月初生魄，二更月落天深黑。

江心似有炬火明，飛燄照山栖烏驚。悵然歸臥心莫識，非鬼非仙竟何物。』注引《物類相感志》：山林藪澤，晦明之夜，則野火生焉，散步如人秉燭，其色青，異乎人火。劉須溪批云：『龍也。』非是。坡公〈西湖〉詩又有『湖光非鬼亦非仙』之句，與此可互證。」可知水中有火自燃，早有記載，以今人來看，所謂陰火，一是指海中生物所發之光；二是指燐火，俗稱鬼火；三是指地火，地熱。

這組詩，前三首敘寫月夜下西湖的美妙，後二首寫月黑時西湖的神祕，而以「湖光」串聯在一起，雖分作五首，卻不能分開，否則意思不完整，因此五首當視作一首看。作為蟬聯格，在七絕中，蘇軾此組屬首創。

聽賢師琴❶

大絃春溫和且平，小絃廉折亮以清❷。平生未識宮與角❸，但聞牛鳴盎中雉登木❹。門前剝啄❺誰叩門？山僧❻未閑君勿嗔。歸家且覓千斛❼水，淨洗從前箏笛耳❽。

【注釋】❶琴　指古琴，傳為神農創製。琴身為狹長形，木質音箱，面板外側有十三徽，底板穿「龍池」、「鳳沼」二孔，供出音之用。上古作五絃，至周增為七絃。❷大絃二句　《史記・田敬仲完世家》

云：「騶忌子以鼓琴見威王，威王說而舍之右室。須臾王鼓琴，騶忌子推戶入曰：『善哉！鼓琴。』王勃然不說，去琴按劍，曰：『夫子見容未察，何以知其善也？』騶忌子曰：『夫大絃濁以春溫者，君也；小絃廉折以清者，相也。』」裴駰《集解》引《琴操》曰：「大絃者，君也，寬和而溫；小絃者，臣也，清廉而不亂。」司馬貞《索隱》：「蔡邕曰：凡絃以緩急為清濁，琴緊其絃則清，緩其絃則濁，清濁者，言琴之聲也。」大絃，絃樂器的粗絃，也叫「老絃」。春溫，春天的溫暖。小絃，指彈撥樂器的細絃。廉折，指樂聲高亢，節奏明快。❸宮與角　宮、角，中國古代有五音，謂五聲音階中的五個音級，即宮、商、角、徵、羽。唐以後又名合、四、乙、尺、工。相當於簡譜中的1、2、3、5、6。五音加上變徵、變宮，為七音，變徵、變宮相當於簡譜中的4和7。《禮記・樂記》：「宮為君，商為臣，角為民，徵為事，羽為物。五者不亂，則無怗懘之音矣。」❹但聞句　《管子・地員》：「凡聽徵，如負豬豕，覺而駭；凡聽羽，如鳴馬在野；凡聽宮，如牛鳴窌中；凡聽商，如離羣羊；凡聽角，如雉登木以鳴，音疾以清。」盎，盆類盛器。❺剝啄　象聲詞，敲門或下棋聲。也指叩擊，敲打。❻山僧　住在山寺的僧人。也用作僧人自稱的謙詞。❼斛　量器。又量詞，古代一斛為十斗。❽淨洗句　白居易〈廢琴〉詩云：「絲桐合為琴，中有太古聲。古聲淡無味，不稱今人情。玉徽光彩滅，朱絃塵土生。廢棄來已久，遺音尚泠泠。不辭為君彈，縱彈人不聽。何物使之然，羌笛與秦箏。」箏，撥絃樂器，形似瑟，傳為秦時蒙恬所作。其絃數歷代由五絃增至十二絃、十三絃、十六絃，現增至十八絃、二十一絃、二十五絃等。

【語　譯】大絃的聲音如春天般溫暖，令人覺得和順而且平正；小絃的聲音高亢，令人覺得響亮並且清脆。自己平生不能識別宮音與角音，聽到的只覺得像似牛在盎盆中吃食時發出的聲音，又像似雞落在樹木上的啼鳴。門前咚咚聲，是誰在敲門？山僧未有空閒，請君不要生氣。歸到家中，姑且尋找千斛的水，洗淨從前聽箏笛樂聲的雙耳。

【研　析】明郁逢慶編《續書畫題跋記》卷六〈坡翁行書四詩〉於此詩題作〈聽賢師定慧琴〉，知賢師法名定慧。後附諸題跋，其中徐龍友跋云：「熙寧五年壬子，先生在杭，八月監試進士，試院煎茶。七年甲寅，先生同於潛毛令、方尉遊西菩提，聽賢師琴。」知作於神宗熙寧七年，是年九月，蘇軾差知山東密州，可知是至密州前尚在杭州時。蘇軾有〈與毛令、方尉游西菩提寺二首〉詩，西菩提寺又作西菩寺，宋潛說友《咸淳臨安志》卷八十四〈寺觀十・寺院・於潛縣〉：「明智寺（西菩山）：在縣西十八里波亭鄉，初山之西有光亘天，現菩薩像，僧道志立茅廬其下。天祐間因建佛殿，遂名西菩寺。治平二年改今額，熙寧七年八月蘇文忠公同毛君寶、方君武訪參寥、辯才，遂留西菩山，留題，建炎間重修。」知唐天祐間始建西菩寺，宋治平年間改名明智寺。蘇軾與於潛縣令毛寶、縣尉方武同遊西菩寺，聽賢師定慧撫琴。以詩歌的形式吟詠賞聽音樂的效果，多見於唐人，如韓愈〈聽穎師彈琴〉、李賀〈李憑箜篌引〉，以及白居易的〈琵琶行〉等，音樂是無形的，以詩歌的形式摹寫聽音樂的效果，其中多是用博喻的形式來表現的，唐人是如此，蘇軾也是如此。琴有五絃、七絃之別，絃與絃之間是有粗細之分的。前半幅是摹寫聆聽琴樂的效果，大絃的樂聲如同春天般的溫暖，令人感到和順平正；小絃的樂聲高亢，令人感到響亮清脆。或覺得像似牛在盎盆中吃食時發出的聲音，或像似雛落在樹木上的啼鳴。或粗重平和，或清亮高揚。後半幅則是抒寫感慨，白居易〈廢琴〉詩云：「廢棄來已久，遺音尚泠泠。不辭為君彈，縱彈人不聽。何物使之然，羌笛與秦箏。」蘇詩末兩句即化用白氏詩句之意，以水徹底清洗雙耳殘存的曾經聽過的箏笛俗樂之音，以讚美定慧所彈琴樂的美妙。按，古人把琴視作雅樂，雅樂是指古代帝王祭祀天地、祖先及朝賀、宴享時所用的舞樂，儒家認為其音樂中正和平，歌詞典雅純正。為文人雅士所鍾愛，列文人四友（即琴棋書畫）之首，為文人雅士修身養性所必需。蘇軾有〈雜書琴事〉，其中載「歐陽公論琴詩」一則云：「『昵昵兒女語，恩怨相爾汝。劃然變軒昂，勇士赴敵場。』此退之聽穎師琴詩也。歐陽文忠公嘗問僕琴詩何者最佳，余以此答之，公言此詩固奇麗，然自是聽琵琶詩。余退而作聽杭僧惟賢琴詩云……詩成，欲寄公而公薨，至今以為恨。」又宋人吳曾《能改齋漫錄》卷五〈僧義海評韓文公、蘇東坡琴詩〉云：「蔡絛《西清詩話》謂三吳僧義海以琴名世，謂歐陽文忠公問東坡琴詩孰優，坡答以退之聽穎公琴，曰：『此祇是聽琵琶爾。』或以問海，海曰：『歐陽公一代英偉，何斯人而斯誤也？……』聞者以海為知言。西清又謂嘗考今昔琴譜，謂宮者非宮，角者非角，又五音迭起，宮聲為多，與五音之正者異，此又坡所未知也。已上皆西清語，余考《史記》騶忌子聞齊威王鼓琴而為說曰：『大絃濁以春溫者，君也；小絃廉折以清者，相也。』又《管子》：『凡聽宮，如牛鳴窖中；凡聽角，如雉登木以鳴，音疾以清。』故《晉書》亦云：『牛鳴盎中宮，雉登木中角。』以此知義海、西清寡陋而妄為之說，可付之一笑。」所爭論的，即韓愈、蘇軾琴詩，其中摹寫聽音樂的效果，到底是否符合琴的特點，以此來斷定二位詩人是否為行家，時人或說是，或說非，各執一己之見。宋人彭乘《墨客揮犀》卷四云：「子瞻常自言平生有三不如人，謂著棋、喫酒、唱曲也，然三者亦何用如人？子瞻之詞雖工而多不入腔，正以不能唱曲耳。」意在強調蘇軾不精通音樂，不過不如人不等於不懂，蘇軾詩不似韓愈詩描繪的那麼細密詳盡，而只是寥寥二三句，且全是用典，卻也形象傳神，意境開闊，起落突兀，酣暢淋漓。

孫莘老❶求墨妙亭❷詩

〈蘭亭〉繭紙入昭陵❸，世間遺迹猶龍騰❹。顏公變法出新意❺，細筋入骨如秋鷹❻。徐家父子❼亦秀絕❽，字外出力中藏稜。嶧山傳刻典刑在❾，千載筆法留陽冰❿。杜陵評書貴瘦硬，此論未公吾不憑⓫。短長肥瘦各有態，玉環飛燕誰敢憎⓬？吳興太守⓭真好古，購買斷缺揮縑繒⓮。龜趺⓯入座螭隱壁，空齋晝靜聞登登⓰。奇蹤散出走吳越⓱，勝事⓲傳說誇友朋。書來乞詩要自寫，為把栗尾⓳書溪藤⓴。後來視今猶視昔㉑，過眼百世如風燈㉒。他年劉郎憶賀監，還道同時須服膺㉓。

【注釋】❶孫莘老　孫覺（西元一〇二八－一〇九〇年），字莘老，高郵（今屬江蘇）人。皇祐元年登進士第。神宗時直集賢院，擢右正言，忤王安石，黜知廣德軍，踰年徙湖州，累遷吏部侍郎，除龍圖閣直學士。❷墨妙亭　蘇軾〈墨妙亭記〉云：「熙寧四年十一月高郵孫莘老自廣德移守吳興，其明年二月作墨妙亭於府第之北、逍遙堂之東，取凡境內自漢以來古文遺刻以實之。」墨妙，精妙的書法。❸蘭亭句　宋桑世昌《蘭亭考》卷三〈紀原〉略云：〈蘭亭〉者，晉右軍將軍會稽內使瑯琊王羲之逸少所書之詩序也，以穆帝永和九年暮春三月三日宦遊山陰，與謝安石、釋支道林等四十一人修祓褉之禮，揮毫製序，興樂而書，用蠶繭紙，鼠鬚筆，遒媚勁健，絕代所無，凡二十八行三百二十四字。右軍亦自愛重，留付子孫，傳掌至七代孫智永，俗號永禪師，禪師年近百歲，付弟子辯才。至貞觀中，太宗銳意學二王書，訪摹真跡備盡，惟〈蘭亭〉未獲，尋知在辯才處，凡三召之，辯才以經喪亂墜失不知所在答之，竟靳固不出。後太宗設計得之，命供奉搨書人趙模、韓道政、馮承素、諸葛貞等四人各搨數本以賜皇太子、諸王近臣，貞觀二十三年帝不豫，臨終囑高宗將所得〈蘭亭〉陪葬。繭紙，用蠶繭製作的紙。昭陵，唐太宗墓，在陝西禮泉九嵕山，利用山峰鑿成，有著名的昭陵六駿石刻。❹世間句　唐韋續《墨藪》卷一〈梁武帝書評第五〉云：「王羲之書若壯士拔劍，擁水絕流。頭上安點如高峯墜石，作一橫畫若千里陣雲，捺一偃波若風雷震駭，作一豎畫如萬歲枯藤，立一倚竿若虎臥鳳闕，自上揭竿如龍躍天門。」龍騰，喻筆勢遒勁。❺顏公句　宋陳思《書苑菁華》卷二引唐釋亞棲云：「凡書通則變者，則王變白雲體，歐變右軍體，柳變歐陽體，至于永禪師、褚遂良、顏真卿、李邕、虞世南等並是書中得仙手，皆得法後自變其體，以傳後世，故俱得其名也。若執法不變，縱能入木三分，亦被號為奴書，終非自立之體。」顏真卿（西元七〇九－七八四年），字清臣，唐京兆萬年（今陝西西安）人。祖籍瑯琊臨沂（今屬山東）。唐玄宗開元二十二年進士，天寶末拜平原太守。代宗時官吏部尚書、太子太師，封魯郡公，人稱顏魯公。卒諡文忠。❻細筋句　唐張彥遠《法書要錄》卷一〈晉衛夫人筆陣圖〉云：「善筆力者多骨，不善筆力者多肉。多骨微肉者謂之筋，書多肉微骨者謂之墨豬，多力豐筋者聖，無力無筋者病。」唐韋續纂《墨藪》卷二顏真卿〈張長史十二意筆法第十二〉：（張長史）曰：「力為骨體，子知之乎？」（顏真卿）曰：「豈不謂趯筆則點畫皆有筋骨，字體自然雄媚之謂乎？」又同卷〈虞世南筆髓論第十三・釋行〉云：「行書之體略同於真，至於頓挫盤礴若猛獸之搏噬，進退斂距若秋鷹之迅擊。」按，筋骨，書法中指字體的骨架和格局。宋陳思《書苑菁華》卷十八引唐陸羽云：「徐吏部不授右軍筆法而體裁似右軍，顏太保授右軍筆法而點畫不似，何也？有博識君子曰：蓋以徐得右軍皮膚眼鼻也，所以似之；顏得右軍筋骨心肺也，所以不似也。」❼徐家父子　徐嶠之與徐浩。徐嶠之，字惟岳，會稽（今浙江紹興）人也。擢歷趙、湖、洛州刺史，官至廣平太守，卒於官。徐浩（西元七〇三—七八二年），字季海，嶠之之子。擢明經，肅宗朝為中書舍人，代宗時封會稽縣公，節度嶺南，為吏部侍郎，坐事出明州別駕。德宗初召授彭王傅，進郡公。卒贈太子太師，諡曰定。按，宋朱長文《墨池編》卷四唐武平一〈徐氏法書記〉云：「豫州刺史東海徐公嶠之，懷才蘊藝，依仁踐禮，自許筆精，人稱草聖。……季子浩，並有獻之之妙，待詔金門，家多法書，見託斯文，題其篇目行字，列之如後。」又卷三云徐嶠之：「正書入妙，行書入能，遒媚有楷法。」又云徐浩：「授書法於父。少而清勁，隨肩褚、薛，晚益老重，潛精羲、獻。其正書可謂妙之又妙也，八分、真、行皆入能。」《宣和書譜》卷十八云徐嶠之：「作字名播于時，正書遒媚有楷法，今傳於世者草字而已，評其字，謂如回鸞顧鵲之勢，識者不以為過。」陳思《書小史》卷十云徐浩：「善正行草書，四方詔令多出浩手，遣辭贍速，而書法至精，帝喜之，嘗書二十四幅屏，八體皆備，草隸尤工，世狀其法曰怒猊抉石，渴驥奔泉。」❽秀絕　特出超群。❾嶧山句　指秦始皇東巡登嶧山刻石事，傳說為李斯篆書。詳見〈石鼓歌〉注⓭和注㊼。典刑，一作「典型」，常規；典範。❿陽冰　指李陽冰，詳見〈石鼓歌〉注⓭。⓫杜陵二句　謂字體瘦細而勁健。唐杜甫〈李潮八分小篆歌〉：「蒼頡鳥跡既茫昧，字體變化如浮雲。陳倉石鼓又已訛，大小二篆生八分。秦有李斯漢蔡邕，中間作者寂不聞。嶧山之碑野火焚，棗木傳刻肥失真。苦縣光和尚骨立，書貴瘦硬方通神。……」按，杜甫祖籍杜陵（今陝西西安東南），也曾在杜陵附近居住，故自稱杜陵野老、杜陵野客、杜陵布衣等。又胡仔《苕溪漁隱叢話・後集》卷六云：「東坡賦〈墨妙亭〉詩云：『杜陵評書貴瘦硬，此論未公吾不憑。』蓋東坡學徐浩書，浩書多肉，用筆圓熟，故不取此語。殊不知唐初歐、虞、褚、薛字皆瘦勁，故子美有書貴瘦硬之語，此非獨言篆字，蓋真字亦皆然也。」又《集千家註杜工部詩集》卷十六云：「子美詩貴瘦硬，謂八分篆耳，坡詩殆誤評也。」⓬短長二句　以女子形態不同、各有可看處來比喻藝術作品風格不同，各有所長。肥瘦，特指字體筆畫的肥壯與瘦勁。玉環，指唐玄宗的妃子楊玉環，以豐腴美豔見稱。飛燕，指漢成帝后趙飛燕，以纖細體輕著稱。《楊太真外傳》卷上：「上在百花院便殿，因覽《漢成帝內傳》，時妃子後至，以手整上衣領，曰：『看何文書？』上笑曰：『莫問。』知則殢人覓去，乃是漢成帝獲飛燕，身輕，欲不勝風，恐其飄翥。帝為造水晶盤，令宮人掌之而歌舞，又製七寶避風臺，間以諸香安於上，恐其四肢不禁也。上又曰：『爾則任吹多少？』蓋妃微有肌也，故上有此語戲妃，妃曰：『〈霓裳羽衣〉一曲，可掩前古。』上曰：『我纔弄爾，便欲嗔乎？』」按，楊玉環號太真。⓭吳興太守　指孫莘老，熙寧四年守吳興。吳興，古郡名，三國吳置，唐置湖州郡，改吳興郡，後又改湖州郡，宋沿唐置，今屬浙江湖州。⓮購買句　檢明徐獻忠輯《吳興掌故集》卷五〈金石刻類〉，錄藏於墨妙亭中諸石刻，共計三十六種，並列其名目，可參見。斷缺，指斷裂或有缺損的碑刻等。縑繒，意同縑帛，有兩種含義：其一、絹類的絲織物，古代多用作賞賜酬謝之物，也可用作貨幣。其二、作書寫用。《後漢書・宦者傳・蔡倫》：「自古書契多編以竹簡，其用縑帛者謂之紙。」此處二者均通。縑，雙絲織的淺黃色細絹。繒，古代絲織品的總稱，又指帛（絲織物的通稱）之厚者。⓯龜趺　碑下的龜形石座。趺，腳；腳背。唐劉禹錫〈吏部侍郎奚公神道碑〉：「螭首龜趺，德輝是紀。」螭，古代傳說中無角的龍。古代彝器、碑額、庭柱、殿階及印章等上面常雕刻有螭龍頭像，稱作螭首。⓰登登　象聲詞，指敲擊聲。《詩・大雅・緜》：「度之薨薨，築之登登。」⓱吳越　春秋吳國與越國的並稱，指春秋吳越故地，即今江浙一帶。⓲勝事　美好的事情。⓳栗尾　毛筆名，以鼬鼠毛製成。⓴溪藤　指剡溪紙，浙江剡溪所產的藤製紙最為有名。㉑後來句　王羲之〈蘭亭敘〉：「後之視今，亦猶今之視昔。」㉒風燈　有罩能防風的燈，比喻生命短促，人事無常。㉓他年二句　唐劉禹錫〈洛中寺北樓見賀監草書題詩〉云：「高樓賀監昔曾登，壁上筆蹤龍虎騰。中國書流讓皇象，北朝文士重徐陵。偶因獨見空驚目，恨不同時便伏膺。唯恐塵埃轉磨滅，再三珍重囑山僧。」劉郎，即劉禹錫（西元七七二—八四二年），字夢得，彭城人。貞元九年擢進士第，又登宏詞科。歷官監察御史、檢校禮部尚書、太子賓客分司，卒贈戶部尚書。賀監，即賀知章，字季真，會稽永興人。舉進士，初授國子四門博士，又遷太常博士，玄宗開元中轉太常少卿，遷禮部侍郎加集賢院學士，遷太子賓客、銀青光祿大夫，兼正授祕書監。天寶三載因病上疏請度為道士，求還鄉里，許之。卒年八十六。《舊唐書》本傳云：「知章晚年尤加縱誕，無復規檢，自號四明狂客，又稱祕書外監。遨遊里巷，醉後屬詞，動成卷軸，文不加點，咸有可觀。又善草隸書，好事者供其牋翰，每紙不過數十字，共傳寶之。時有吳郡張旭，亦與知章相善，旭善草書而好酒，每醉後號呼狂走，索筆揮灑，變化無窮，若有神助，時人號為張顛。」此借指孫莘老。服膺，銘記在心；衷心信奉。

【語　譯】書寫在蠶繭紙上的〈蘭亭敘〉被埋入昭陵陪葬，人世間流傳的遺墨仍然是筆勢遒勁。顏魯公改變筆法顯現出創新的意識，細微的筋絡深入骨頭中如同秋日的鷹隼蒼勁有力。徐家父子的法書也是出類超群，字體外在顯出力度而內在隱含棱角有氣勢。嶧山石刻流傳至今成為典範，千百年來其書寫的技法存留在李陽冰的作品中。杜甫評論歷代法書作品，是以字體瘦細而勁健為貴，這種論點不公正，我是不會當作憑據的。字體的短長與肥瘦，有各自的情狀，就如同楊玉環與趙飛燕，肥瘦不一，誰敢憎惡呢？吳興太守真是喜好古物，購買斷裂缺損的石刻，揮毫書寫。以龜形為基座、上部雕有螭龍頭的石碑鑲嵌在牆壁中，白天空闊的房屋寂靜，只聽到登登的雕琢聲。奇特的蹤跡流散而出跑到了吳越之地，美好的事情與傳說在友朋間誇讚。寄來書信乞求我要親自寫首詩，為此拿起了栗尾筆在溪藤紙上書寫。後來的人看待今日的事情就如同今天的人看待昔日的事情，轉眼之間已經過了百代，就如同帶有防風罩的燈，其燃燒是短促無常的。就像往昔劉禹錫因看見法書而追憶賀知章，並且還叮囑同時的人一定用心地看護。

【研析】蘇軾〈墨妙亭記〉云：「〈莘老〉又以其餘暇，網羅遺逸，得前人賦詠數百篇，為吳興新集。其刻畫尚存，而僵仆斷缺於荒陂野草之間者，又皆集於此亭。」知墨妙亭所集，其中有斷裂缺損者，而未言其具體名目。明徐獻忠輯《吳興掌故集》卷五〈金石刻類〉，錄藏於墨妙亭中諸石刻凡三十六種，其中有古人的，也有今人的，如蘇軾的〈六客詞〉和〈墨妙亭記〉。比照詩中所提及的，知所錄不全，知至明代已有殘缺。詩的前八句就墨妙亭中所集石刻，選數家評議各自的特點。意在為中間「短長肥瘦各有態，玉環飛燕誰敢憎」藝術觀提供依據，這也是詩中的主旨所在，指出書家是有個性的，其作品情狀及風格也是千姿百態的，允許各種風格的作品並存。作為觀者，也是蘿蔔白菜，各有所愛。因此，不能以一種風格、一人的好惡定是非。除此外，就是創新求變，所謂「顏公變法出新意」。至於末四句感慨世事多變，永恆只是一種奢望，即使如堅硬的石刻也是如此，能得到殘破缺損的，也屬不幸中的萬幸。〈墨妙亭記〉云：「或以謂余，凡有物必歸於盡，而恃形以為固者尤不可長，雖金石之堅，俄而變壞。至於功名文章，其傳世垂後，猶為差久。今乃以此託於彼，是久存者，反求助於速壞。此既昔人之惑，而莘老又將深簷大屋以錮留之，推是意也，其無乃幾於不知命也。夫余以為知命者，必盡人事，然後理足而無憾。物之有成，必有壞，譬如人之有生必有死、而國之有興必有亡也。雖知其然，而君子之養身也，凡可以久生而緩死者，無不用其治國也；

凡可以存，存而救亡者，無不為至於不可，奈何而後已，此之謂知命。是亭之作否，無足爭者，而其理則不可以不辨，故具載其說而列其名物於左云。」這段文字，就是對後半幅詩句很好的注腳。孫莘老花費大量的人力物力收藏古今法書碑刻，其間不乏殘損，以其珍貴，也在網羅之列，並把它們重新安放在牆壁中，遮蔽以亭子加以保護，「龜趺入座螭隱壁」，連同原有基座的也一同嵌於牆壁中，可知用心之深，用功之勤。只是「物之有成，必有壞」，如同孫氏今日所收有殘損者，未來墨妙亭所藏能保存多久呢？一百年？或是二百年？總有損毀的那一天，所謂「後來視今猶視昔」，那時人們見到並感慨的，就如同現在的我們這般，表達了濃重的憂患意識。

湯村❶開運鹽河雨中督役

居官不任事❷，蕭散羨長卿❸。胡不歸去來，滯留愧淵明❹。鹽事星火❺急，誰能卹農耕？薨薨❻曉鼓動，萬指❼羅溝坑。天雨助官政❽，泫然❾淋衣纓❿。人如鴨與豬，投泥相濺驚⓫。下馬荒堤上，四顧但湖泓⓬。線路不容足，又與牛羊爭。歸田⓭雖賤辱⓮，豈失泥中行？寄語故山友，慎毋厭藜羹⓯。

【注釋】❶湯村　宋周淙《乾道臨安志》卷二〈歷代沿革〉：「湯村鎮，右本仁和鎮，端拱元年改，隸仁和縣。」宋潛說友《咸淳臨安志》卷十九〈疆域四・仁和縣〉：「湯村鎮市，在安仁東鄉，去縣四十一里。」❷任事　任職理事，承擔事務或擔負責任。❸蕭散句　《西京雜記》卷二：「司馬相如為〈上林〉〈子虛〉賦，意思蕭散，不復與外事相關。」按，司馬相如（西元前一七九？—前一一八年），字長卿，四川成都人。景帝時為武騎常侍，以病免。武帝時拜中郎，尋以病免，居茂陵。《史記・司馬相如列傳》云：「居歲餘，復召為郎，相如口吃，而善著書，常有消渴疾。與卓氏婚，饒於財，其進仕宦，未嘗有與公卿國家之事，稱病閒居，不慕官爵。」蕭散，形容舉止、神情、風格等自然，不拘束，閒散舒適。❹胡不二句　《晉書・隱逸・陶潛傳》：「上官郡遣督郵至縣，吏白應束帶見之，潛歎曰：『吾不能為五斗米折腰拳拳事鄉里小人邪？』義熙二年解印去縣，乃賦〈歸去來〉，其辭曰：『歸去來兮，田園將蕪胡不歸？既自以心為形役，奚惆悵而獨悲？悟已往之不諫，知來者之可追。實迷途其未遠，覺今是而昨非。……』」按，陶淵明（西元三七六？—四二七年），又名潛，字元亮，號五柳先生，潯陽（今江西九江）人。閒靜少言，不慕榮利，以親老家貧，起為州祭酒，不堪吏職，少日自解歸。州召主簿，不就，躬耕自資，遂抱羸疾。復為鎮軍建威參軍，義熙二年解印而去。滯留，謂有才德的人長久不得官職或不得升遷。❺星火　流星，形容急速。❻薨薨　象聲詞，用來摹擬其他各種聲音，如填土聲、雷聲、鼓聲、水聲等。❼萬指　謂千人，指役夫多。❽官政　國家的政事。❾泫然　流淚貌；水流動貌。❿衣纓　衣冠簪纓，古代仕宦的服裝。也借指官宦世家。⓫人如二句　歐陽修〈答梅聖俞大雨見寄〉詩：「豈知下土人，水潦沒襟裾。擾擾泥淖中，無異鴨與豬。」⓬泓　水深廣貌。⓭歸田　謂辭官回鄉務農。⓮賤辱　低賤。又指輕視羞辱。⓯藜羹　用藜菜作的羹，泛指粗劣的食物。

【語　譯】擔任官職卻不處理事務，閒散自在仰慕司馬長卿。為什麼不退隱回到故鄉，滯留不走有愧於陶淵明。食鹽買賣的事務如流星降落般緊急，誰又能憂念耕種土地呢？天一亮鼕鼕的鼓聲響動，千名役夫分布在壕溝坑窪處。天下著雨，助推著官府的政事，雨水在官員的衣帽上流淌。役夫們如同鴨與豬，跳入泥水中因濺起的泥水相驚慌。我下了馬走在荒涼的河堤上，四面只是湖水廣闊。道路細小狹窄，連腳都放不下，還要與牛羊爭道。辭官回鄉務農雖然會遭到輕視羞辱，怎會有行走在泥水中的迷失之感？請轉告家鄉的朋友，千萬不要厭棄藜菜湯羹。

【研　析】蘇軾在仕途中，得意時不多，其中一主要原因，在於與主政者的理念相佐，這首詩反映的就是這種情況。據《宋史》卷一百八十二〈食貨志〉等載：時杭、越、湖三州新法推行受阻，神宗熙寧五年二月以盧秉權發遣兩浙提點刑獄，負責鹽事，盧秉強化官府對鹽事管控，禁止私自買賣，凡煮鹽地均什伍其民（古代戶籍編制，五家為伍，十戶為什，相聯相保），又嚴捕盜販，鹽法更加細密，以至有民不聊生。為了及時運出鹽，又動用大量民夫開挖運河。熙寧五年十二月，蘇軾以轉運司檄監視開運鹽河，至湖州相度捍堤利害，即執行盧秉新法而來，目睹民情如此。詩中提及的鹽事，與此有關。時值天下著雨，民夫在泥水中勞苦，如同畜生般，狼狽不堪。不僅如此，正值農耕季節，大量男性勞動力被徵發，使農耕誤時，其危害不言而喻。「鹽事星火急」以下八句，敘寫開河一事妨害農耕，屠毒生靈，實景描繪，歷歷如在眼前，直刺主事官員新政的弊病，使得此詩成為烏臺詩案的罪證之一，宋人胡仔《苕溪漁隱叢話・前集》卷四十三〈東坡六〉引《烏臺詩案》云：「〈開運鹽河〉詩云（略），是時盧秉提舉鹽事，擘畫開運鹽河，差夫千餘人。某（蘇軾自謂）於大雨中部役其河，只為般鹽，既非農事，而役農民，秋田未了，有妨農事。又其河中間有湧沙數里，意言開得不便，自歎泥雨勞苦，羨司馬長卿居官而不任事，又愧陶淵明不早棄官歸去也。農事未休，而役千餘人，故云：『鹽事星火急，誰能卹農耕。』又言百姓已勞苦不易，天雨又助官政之勞民，轉致百姓疲弊，役人在泥水中辛苦，無異鴨與豬。又言某亦在泥中，與牛羊爭路而行，若歸田，豈至此哉？故云：『寄語故山友，慎不可厭藜羹。』而思仕宦以譏開運鹽河不當又妨農事也。」面對新政傷民，面對民生的艱危，詩人是愛莫能助的，既不能同流合汙，又不能熟視無睹，怎麼辦？開篇四句就表明了自己的態度，其一是像司馬相如那樣，做一天和尚撞一天鐘，只是不用心罷了。其二是如陶淵明那樣棄官回家，「寄語故山友，慎毋厭藜羹」，意思是說已退隱的千萬不要身在福中不知福，仕官不如意，還不如退隱。這是詩人久有的情懷，可就詩人而言，是難以達成的。其下策，也只有像司馬相如那樣，不用心，就會少煩惱。宋趙汝愚編《宋名臣奏議》卷一百十七〈財賦門・新法九〉載司馬光〈上神宗應詔言朝政闕失〉略云：「陛下但見文書粲然可觀，以謂法之至善，詢謀僉同，豈知其在外之所為哉？或者更增為條目，務求新巧，互陳利病，各事改張，使畫一之法日殊月異，久而不定，吏民莫知所從。蓋由襲故則無功，出奇則有賞，彼皆進身之私計，非有益國便民之志也。」此文作於熙寧七年四月，可知朝廷頒布的新法，在地方執行時已是花樣翻新，「各事改張」，就在於執行者是出於「進身私計」的目的，很少會考慮到「益國便民」，百姓飽嘗其苦、受其罪，也就不難理解了。

吳中❶田婦歎 和賈收❷韻

今年粳稻❸熟苦遲，庶見霜風來幾時。霜風來時雨如瀉，杷❹頭出菌鐮❺生衣❻。眼枯淚盡雨不盡，忍見黃穗臥青泥。茅苫❼一月隴❽上宿，天晴穫稻隨車歸。汗流肩頳❾載入市，價賤乞與如糠粞❿。賣牛納稅拆屋炊，慮淺不及明年飢。官今要錢不要米⓫，西北萬里招羌兒⓬。龔、黃⓭滿朝人更苦，不如卻作河伯婦⓮。

【注釋】❶吳中　今江蘇吳縣一帶。亦泛指吳地，即春秋時吳國所轄之地域，包括今江蘇、上海大部和安徽、浙江、江西的一部分。❷賈收　字耘老，烏程（今浙江湖州）人。素貧，隱居苕溪。蘇軾過訪，贈詩而去，收作懷蘇亭。有詩名，詩集號《懷蘇集》。❸粳稻　水稻的一種，分蘖力弱，稈硬不易倒伏，較耐肥，米質黏性較秈稻強，脹性小。❹杷　農具名，一端有柄，一端有齒，用以聚攏、耙梳穀物或整地等，齒用竹、木或鐵等製成。❺鐮　即鐮刀，收割穀物和割草的農具。由弧形的刀片和木柄構成，有的刀片上帶小鋸齒。❻生衣　指物體表面寄生的菌藻類植物。❼茅苫　謂用茅草覆蓋，亦指茅舍、草屋。❽隴　通「壟」，畦；田塊。❾肩頳　肩頭因負擔重物而發紅。頳，紅，又指顏色變紅。❿糠粞　穀皮碎米，指粗劣的糧食。⓫官今句　宋王十朋《東坡詩集註》卷七注云：「司馬溫公曰：百姓有米而官不要米，百姓無錢而官必要錢。」⓬西北句　指宋朝招撫西北諸羌等少數民族部落，以孤立西夏。明馮琦原編、陳邦瞻增輯《宋史紀事本末》卷九〈熙河之役〉略云：神宗熙寧三年十月，建昌軍司理王韶詣闕上平戎三策，以為西夏可取，欲取西夏，當先復河湟，欲復河湟，當先以恩信招撫沿邊諸種，幸今諸羌瓜分，莫相統一，此正可併合而兼撫之時也。帝異其言，王安石以為奇，以韶管幹秦鳳經略司機宜文字，進太子中允。四年八月，命王韶主洮河安撫司事，五年八月，秦鳳路沿邊安撫王韶引兵擊吐番，初諸羌各保險，韶躬擐甲冑，麾帳下兵逆擊之，羌大潰，焚其廬帳而還，洮西大震。又據《宋史》卷一百九十一〈兵志・蕃兵〉載：「熙寧元年，議者謂熟羌，乃唐設，三使所統之，党項也，自西夏不臣，種落叛散，分寓南北。……五年，王韶招納沿邊蕃部，自洮河武勝軍以西至蘭州馬銜山、洮岷、宕疊等州，凡補蕃官首領九百三十二人，首領給飧錢，蕃官給奉者四百七十二人，月計費錢四百八十餘緡，得正兵三萬，族長數千。」羌，中國古代民族，主要分布地相當於今甘肅、青海、四川一帶。⓭龔黃　漢代循吏（守法循理的官吏）龔遂與黃霸的並稱，事跡見《史記・循吏列傳》，亦泛指循吏。此藉喻主政變法的官吏，含譏諷意。龔遂，字少卿，山陽南平陽（今山東鄒城）人。漢宣帝時渤海太守，時歲饑多盜，以諸盜皆良民，飭屬縣捕盜吏無得查問，令下，群盜即時解散，因開倉以賑恤，民有賣刀買牛、賣劍買犢之謠，數年吏民富實，獄訟衰止，上聞，徵為水衡都尉。黃霸（西元前二三〇—前五一年），字次公，陽夏（今河南太康）人。漢武帝時以入錢賞官，遷河南太守丞。宣帝召為廷尉正，數決疑獄，廷中稱平。累遷潁州太守。主政外寬內明，得吏民心，戶口歲增，治為天下第一，天子下詔稱揚，賜爵關內侯，徵拜京兆尹。後為丞相，封建成侯。⓮不如句　《史記・滑稽列傳》：「魏文侯時，西門豹為鄴令，豹往到鄴，會長老，問之民所疾苦，長老曰：『苦為河伯娶婦，以故貧。』豹問其故，對曰：『鄴三老、廷掾常歲賦斂百姓，收取其錢，得數百萬，用其二三十萬為河伯娶婦，與祝巫共分，其餘錢持歸。當其時，巫行，視人家女好者，云是當為河伯婦，即娉取洗沐之，為治新繒綺縠衣，閒居齋戒，為治齋宮。河上張緹絳帷，女居其中，為具牛酒飯食，行十餘日，共粉飾之，如嫁女。床席令女居其上，浮之河中，始浮行數十里乃沒，其人家有好女者恐大巫祝為河伯取之，以故多持女遠逃亡，以故城中益空無人。又困貧所從來久遠矣，民人俗語曰：即不為河伯娶婦，水來漂沒溺其人民云。』西門豹曰：『至為河伯娶婦時，願三老、巫祝父老送女河上，幸來告語之，吾亦往送女。』皆曰諾。至其時，西門豹往會之河上，三老、官屬、豪長者、里父老皆會，以人民往觀之者三二千人，其巫老女子也，已年七十，從弟子女十人所，皆衣繒單衣立大巫後。西門豹曰：『呼河伯婦來，視其好醜。』即將女出帷中，來至前豹，視之，顧謂三老、巫祝、父老曰：『是女子不好，煩大巫嫗為入報河伯，得更求好女，後日送之。』即使吏卒共抱大巫嫗投之河中，有頃，曰：『巫嫗何久也，弟子趣之。』復以弟子一人投河中，有頃，曰：『弟子何久也，復使一人趣之。』復投一弟子河中，凡投三弟子，西門豹曰：『巫嫗弟子是女子也，不能白事，煩三老為入白之。』復投三老河中，西門豹簪筆磬折，嚮河立待良久，長老吏傍觀者皆驚恐，西門豹顧曰：『巫嫗、三老不來還，奈之何？』欲復使廷掾與豪長者一人入趣之，皆叩頭，叩頭且破額血流地，色如死灰，西門豹曰諾，且留待之須臾，須臾，豹曰：『廷掾起矣，狀河伯留客之久，若皆罷去歸矣。』鄴吏民大驚恐，從是以後不敢復言為河伯娶婦。」河伯，傳說中的河神。

【語 譯】今年粳稻成熟的時間擔憂會推遲，不久差不多就能看見霜風的來到。霜風來到的時候雨如盆中水傾瀉而下，杷柄的頭部長出黴菌，鐮刀上也滋生有菌藻。雙眼枯乾，淚水流盡，雨水卻下個不停，怎忍心看見黃熟的稻穗躺在灰黑的泥土中。在田壟的茅草屋中住了一個月，天晴時跟隨裝載著收穫稻穀的車子返回家。拉著車子到集市上，汗水流淌，肩膀泛紅，價格低賤，乞求他人購買，如同賣穀殼和碎米。賣牛繳納稅款，錢不夠，拆除房屋和廚房的木料出售，只能考慮眼前，不會顧及明年的飢寒。官府今年只要錢不要糧米，萬里遠的西北招撫羌族要籌款。龔遂、黃霸之類的人充滿朝廷，百姓生存卻更痛苦，還不如被投入水成為河神的媳婦。

【研　析】神宗熙寧五年十二月，蘇軾以轉運司檄監視開鑿運鹽河流，又至湖州觀察考量河堤利害，詩當作於在湖州時。蘇軾〈司馬溫公神道碑〉：「及王安石為相，始行青苗、助役、農田、水利，謂之新法。」詩中主要敘寫青苗法的危害。青苗法，又稱常平給斂法、常平斂散法，王安石新法之一。其法以諸路常平、廣惠倉所積錢糧為本，在春夏兩季青黃不接時出貸給民戶，正月放而夏斂，五月放而秋斂，納息二分。本名常平錢，民間又稱青苗錢。本意在以低息限制豪強盤剝，減輕百姓負擔，但因在施行中弊端層出，後興廢無常。蘇軾〈乞不給青苗錢斛狀〉略云：「臣伏見熙寧以來行青苗、免役二法，至今二十餘年。法日益弊，民日益貧，刑日益煩，盜日益熾，田日益賤，穀帛日益輕。細數其害，有不可勝言者。今廊廟大臣皆異時痛心疾首，流涕太息，欲已其法而不可得者，……但每散青苗，即酒課暴增，此臣所親見而為流涕者也。二十年間，因欠青苗，至賣田宅、雇妻女、投水自縊者不可勝數，朝廷復忍行之歟？」比照詩中所述，「今年粳稻熟苦遲」，因雨水連月不停，稻穀成熟成了問題，還貸壓力會加重。「眼枯淚盡雨不盡」，形象地刻劃了農戶絕望的情態，這是其一。其二、雨停了，還好有了收成，可是官府為了應付邊關事務，安撫邊關少數民族部落，需用大量錢財，也就是還貸者上繳的只要稅錢，不要穀物，結果是「價賤乞與如糠粞」，價格低廉，農戶入不敷出，但稅錢不能少，不能拖，「賣牛納稅拆屋炊」，以至賣田宅，投水自縊，不止其一。

宋趙汝愚編《宋名臣奏議》卷一百十七〈財賦門・新法九〉司馬光〈上神宗應詔言朝政闕失〉略云：「方今朝之闕政，其大者有六而已，一曰廣散青苗錢，使民負債日重，而縣官實無所得。二曰免上戶之役，斂下戶之錢，以養浮浪之人。……此六者之中，青苗、免役錢為害尤大。……自未行新法之時，民間之錢固已少矣，富商大賈藏鏹者或有之，彼農民之富者不過占田稍廣，積穀稍多，室屋修備耕牛不假而已，未嘗有積錢巨萬於家者也。其貧者藍縷不蔽形，糟糠不充腹，秋指夏熟，夏望秋成，或為人耕種資采拾以為生，亦有未嘗識錢者矣。……今有司為法則不然，無問市井田野之民，由中及外，自朝至暮，唯錢是求，農民值豐歲賤糶其所收之穀以輸官，比常歲之價或三分減二，於斗斛之數或十分加二，以求售於人，若值凶年，無穀可糴，吏責其錢不已，欲賣田則家家賣田，欲賣屋則家家賣屋，欲賣牛則家家賣牛，無由可售，不免伐桑棗，撤屋材，賣其薪，或殺牛賣其肉，得錢以輸官，一年如此，明年將何以為生乎？故自行新法以來，農民尤被其患，農者，天下之本，農既失業，餘民安所取食哉。……當此之際，而州縣之吏督迫青苗、助役錢不敢少緩，鞭笞縲紲，唯恐不迨，婦子遑遑如在湯火之中，號泣哭天，無復生望。臣恐鳥窮則啄，獸窮則攫，民困窮已極而無人救恤，羸者不轉死溝壑、壯者不聚為盜賊，將何之矣。」司馬光此文作於熙寧七年四月，可知青苗等新法帶給民生更多的是災難與危害。

贈孫莘老❶七絕（選二首）

其一

嗟予與子❷久離羣，耳冷❸心灰❹百不聞。若對青山❺談世事，當須舉白便浮君❻。

其二

天目山❼前綠❽浸裾❾，碧瀾堂❿上看銜艫⓫。作隄捍水非吾事，閑送苕溪⓬入太湖⓭。

【注釋】❶孫莘老　詳〈孫莘老求墨妙亭詩〉注❶。❷子　古代對男子的尊稱或美稱。❸耳冷　聽覺不靈敏。❹心灰　謂心如死灰，極言消沉。❺青山　青葱的山嶺，指歸隱之處。唐賈島〈答王建祕書〉詩：「白髮無心鑷，青山去意多。」宋范仲淹〈寄石學士〉詩：「與君嘗大言，定作青山鄰。」❻當須句　須，必須。舉白，舉杯告盡，猶乾杯。泛指飲酒或進酒，又指罰酒。漢劉向《說苑・善說》：「魏文侯與大夫飲酒，使公乘不仁為觴政，曰：『飲不嚼者，浮以大白。』文侯飲而不盡嚼，公乘不仁舉白浮君，君視而不應。」白，指罰酒的杯，後亦泛指酒或酒杯。浮，指罰人飲酒。《淮南子・道應》：「蹇重舉白而進之曰：『請浮君。』」高誘注：「浮，罰也，以酒罰君。」又指滿飲。❼天目山　詳〈遊徑山〉注❷。❽綠　一作「淥」，淥水：清澈的水。❾裾　衣服的前後襟，又泛指衣服的前後部分。❿碧瀾堂　明李賢等撰《明一統志》卷四十〈湖州府・宮室〉：碧瀾堂，在府子城東南，霅溪之西，唐刺史杜牧建，有杜隸書扁三大字，吳越王錢鏐嘗題詩於壁，宋陳堯佐詩：「苕溪清淺霅溪斜，碧玉寒光照萬家。誰向月明終夜聽，洞庭漁笛隔蘆花。」⓫銜艫　船連著船。⓬苕溪　有二源：出浙江天目山之南者為東苕，出天目山之北者為西苕。兩溪合流，由小梅、大淺兩湖口注入太湖。夾岸多苕，秋後花飄水上如飛雪，故名。⓭太湖　古稱震澤、具區，又稱五湖、笠澤。地跨江蘇、浙江二省。它承受大運河和苕溪來水，主要由黃浦江洩入長江。湖中有洞庭東山、洞庭西山、馬跡山、黿頭渚等島嶼。

【語譯】其一

感歎我和您疏遠群僚太久了，不關心時政，心如死灰，什麼都不想聽聞。如果對著青山談論時事，必須舉杯罰您喝酒。

其二

天目山前清澈的水浸濕了衣襟，碧瀾堂上看著船連著船。開築河隄護衛水流不關我的事，空閒時能運送苕溪的水流入太湖。

【研析】神宗熙寧五年，蘇軾因公務至湖州，孫莘老為湖州太守，二人相會，作詩七首，此為其中第一、二首。蘇軾因政見與王安石不同，離開了京城，通判杭州。到地方為官，仍迴避不了一個問題，就是要執行新法，有意見也得執行。這次到湖州執行監督開鑿運河的公幹，也是迫不得已的。心情不暢，不是一時一刻的，只要在職位上，這種不暢就會伴隨，而且還會不時流露出來，這兩首詩便是如此。所謂「離羣」，即不能與主政者同流合汙，「耳冷心灰百不聞」，不想談「世事」，表達了對時事即新法等施行不滿，卻又無奈。如果說第一首表達的還算委婉含蓄，第二首就直白多了，「作隄捍水非吾事，閑送苕溪入太湖」，詩人至湖州，就是監督「作隄捍水」的執行情況，如今說「非吾事」，這讓主政者如何想？宋人胡仔《苕溪漁隱叢話・前集》卷四十四〈東坡七〉：「任杭州通判日，轉運司差往湖州相度堤岸利害，因與知湖州孫覺相見，作詩與孫覺云：『嗟余與子久離羣，耳冷心灰百不聞。若對青山談世事，當須舉白便浮君。』某（蘇軾自謂）是時約孫覺并坐客，如有言及時事者，罰一大盞，雖不指言時事是非，意言時事多不便，不得說也。又云：『天目山前淥浸裾，碧瀾堂下看銜艫。作堤捍水非吾事，閑送苕溪入太湖。』某為先曾言水利不便，卻被轉運司差相度堤岸。又云『作堤捍水非吾事』意言本非興水利之人，以譏諷水利之不便也。」胡氏是據《烏臺詩案》引錄的。可見詩含腹議，也是作者不善混世的反映。

秀州❶報本禪院❷鄉僧文長老方丈

萬里家山一夢中，吳音漸已變兒童❸。每逢蜀叟談終日，便覺峨眉❹
翠掃❺空。師已忘言❻真有道，我除搜句❼百無功。明年採藥天台去❽，更欲題詩滿浙東。

【注　釋】❶秀州　今浙江嘉興。❷報本禪院　元徐碩《至元嘉禾志》卷十一〈寺院・嘉興縣〉：「本覺禪院，在縣西二十七里。考證：舊名報本，宋宣和年改神霄玉清萬壽宮，建炎元年復舊額。此正檇李之地，今有檇李亭，東坡與文長老往還，嘗遊於此，有東坡館。按《東坡集》有〈秀州報本禪院鄉僧文長老方丈〉詩曰：『每逢蜀叟談終日，便覺峨眉翠掃空。』洎再過之，則文長老以老病而退院，復有詩云：『愁聞巴叟臥荒村，來打三更月下門。』三過之，則文長老已卒，詩曰：『三過門中老病死，一彈指頃去來今。』故寺有三過堂。」按，清查慎行《蘇詩補註》於文長老注云：「〈碑記〉又云：宋時蜀僧文及主之，請易為寺，改本覺寺。」或文長老名及。❸吳音句　謂文長老自幼由蜀地來吳地，說話中也帶有吳地的口音。吳音，吳地的語音；吳語。唐顧況〈南歸〉詩：「鄉關殊可望，漸漸入吳音。」❹峨眉　詳〈歐陽少師令賦所蓄石屏〉注❺。❺掃　盡；全部。❻忘言　謂心中領會其意，不需用言語來說明。❼搜句　尋求佳句。❽明年句　宋陳耆卿《赤城志》卷二十一〈山水門三・山・天台〉引《續齊諧記》云：劉阮洞，在縣西北二十里。先是漢永平中，有劉晨、阮肇入山採藥，失道，見桃實，食之，覺身輕，行數里，至溪滸，有二女，方笄，笑迎以歸，留半載，謝去，至家，子孫已七世矣。天台，山名，在浙江天台縣北，山勢從東北向西南延伸，由赤城、瀑布、佛隴、香爐、華頂、桐柏諸山組成。主峰華頂，多懸崖、峭壁、飛瀑等名勝。佛教天台宗發源於此。

【語　譯】萬里之遙的故鄉只能在夢中一見，自幼來浙，話語中已帶有吳地的口音。每當遇見蜀地來的老人必談笑終日，總感覺到全天空橫亙的是翠綠的峨眉山峰。長老已經是心有感悟，從不多言，真是有道行的人，我卻是除了尋求佳句，總是一無所成。明年希望如同當年的劉晨、阮肇去天台山採藥，更想遊歷浙東，處處題寫詩篇。

【研　析】神宗熙寧六年，蘇軾到潤州（今江蘇鎮江），途經秀州，尋訪文長老，詩作於此時。抒寫思戀故鄉的情懷，是此詩的基調。首聯從文長老角度，次聯從詩人角度。開篇即寫出濃濃的鄉愁，文長老自幼出蜀，來到吳地，雖然語音已變，但思鄉的情感一直未能泯滅。「每逢蜀叟談終日，便覺峨眉翠掃空」二句，對故鄉愛戀與夢想之情，張揚凸顯，濃情密意，渾化無極，用語奇警峭拔，力透紙背。宋釋居簡《北磵集》卷二〈三過堂記〉：「或謂東坡因鄉里道舊故，若逃虛，喜跫然，為文公游本覺，是豈知公也哉？公以熙寧五年攝開封府推官，乞外，通守杭州，之明年，有事於潤，道過檇李，尋訪焉，而峨眉翠掃，形於聲詩，抑見文固有以致公者。後六年，自徐移湖，再過焉，文病且老。又十年，自翰林學士累章請郡，除龍圖閣學士知杭州，又過焉，文死矣。所謂『三過門間老病死』，於以見其致意於文也深。……」所謂逃虛，語見《莊子．徐無鬼》，云：「夫逃虛空者，藜藋柱乎鼪鼬之逕，踉位其空，聞人足音跫然而喜矣。」意思是說逃往空曠原野的人，野草叢生，堵塞了黃鼠狼出入的路徑，卻能在草叢的空隙間跌跌撞撞地生活著，聽到有人的腳步聲，就高興得不得了。後遂有「空谷足音」一詞，比喻極難得的音信或言論。此用逃虛指逃避世俗，尋求清靜無欲的境界。詩人退隱故鄉，或是為了逃避現實，而文長老出家，卻不是完全如此。十六年中三次造訪文長老，不僅僅是老鄉這層關係，更重要的是其談得來，「師已忘言真有道，我除搜句百無功」，文長老已是得道高僧，於禪機佛理，多有參透，於世事人情，也多有妙悟。就作者而言，挖空心思，搜羅所謂的妙言佳句，以表達難以忘懷的鄉愁，似乎千言萬語，總覺不能釋懷，與文長老能於「忘言」之中散發出濃重情懷，不能相提並論。《至元嘉禾志》卷二十二徐聞詩〈本覺禪院記〉云：「本覺創自李唐，逮今數百載。中更兵火，巋然如魯靈光之獨存，剎以古故尊。我朝熙寧間命蜀僧文長老來此主禪席，蘇文忠公三過門而三賦詩，地以人故勝，寺距城西南不一舍，平疇迴野，一水環抱，層樓傑閣，渺立於蒼烟白葦之中，閴然有山林氣象，亦樵李之奇觀也。……」知本覺禪院，雖然距鬧市不遠，然平曠幽靜，但有山林氣象，令人有超脫之感，「明年採藥天台去」，化用劉晨、阮肇去天台山採藥遇仙典故，感慨世事滄桑，人生如幻。

王復❶秀才所居雙檜❷二首

其一

吳王❸池館遍重城，閒草幽花不記名。青蓋一歸無覓處❹，只留雙檜待❺昇平❻。

其二

凜然❼相對敢相欺？直幹凌空未要奇。根到九泉❽無曲處，世間惟有蟄龍❾知。

【注　釋】❶王復　蘇軾〈種德亭〉詩敘云：「處士王復，家於錢塘，為人多技能，而醫尤精。期於活人而已，不志於利。築室候潮門外，治園圃，作亭榭，以與賢士大夫游，惟恐不及，然終無所求。人徒知其接花藝果之勤，而不知其所種者，德也，乃以名其亭而作詩以遺之。」❷檜　木名，柏科，常綠喬木。莖直立，幼樹的葉子像針，大樹的葉子像鱗片，雌雄異株，春天開花。木材桃紅色，有香味，細緻堅實，壽命可長達數百年。❸吳王　指吳越王錢鏐（西元八五二—九三二年），字具美，又作巨美，臨安（今浙江杭州）人。據《吳越備史》載：錢鏐於唐昭宗天祐元年封吳王。吳越為五代十國之一，始祖即錢鏐，定都杭州。據有今江蘇西南部、浙江全部和福建東北部，後降於北宋。重城，古代城市在外城中又建內城，故稱。此指宮城、都城。❹青蓋句　《晉書・陳訓傳》：「陳訓，字道元，歷陽人。少好祕學，天文算歷、陰陽占候無不畢綜，尤善風角。孫皓以為奉禁都尉，使其占候。皓政嚴酷，訓知其必敗而不敢言，時錢塘湖開，或言天下當太平，青蓋入洛陽。皓以問訓，訓曰：『臣止能望氣，不能達湖之開塞。』退而告其友曰：『青蓋入洛，將有輿櫬銜璧之事，非吉祥也。』尋而吳亡。訓隨例內徙拜諫議大夫，俄而去職還鄉。」輿櫬，載棺以隨，表示有罪當死。銜璧，謂國君投降。此指吳越王錢鏐降宋。青蓋，青色的車蓋。漢制用於皇太子、皇子所乘之車，借指帝王。一歸，謂逝去。❺待　止；留住。❻昇平　太平。❼凜然　嚴肅；令人敬畏的樣子。❽九泉　猶黃泉，指人死後的葬處。又指地下極深處。❾蟄龍　蟄伏的龍，比喻隱匿的志士。

【語　譯】其一

吳越王時建造的池苑樓舍遍布當日的都城杭州，閒淡幽靜的花花草草，不記得它們的名稱。自從吳越王去世後，昔日的景象無從尋覓，只留下雙檜依然可見太平氣象。

其二

雙檜凜然相對，誰敢欺侮？直立的樹幹高聳空中並不求取奇異。樹根延伸到地下極深的地方，以致無處再能彎曲，世間只有蟄伏的龍知道這種情況。

【研　析】這是二首詠物詩，作於神宗熙寧間通判杭州時。第一首就雙檜的經歷而言，詠物兼詠史，通過吟詠吳越王朝的興亡，抒寫滄桑之感。詩云「青蓋一歸無覓處」，謂吳越王錢鏐降宋事，用典寓意，慨歎遙深。至於「只留雙檜待昇平」，意思是說，只有雙檜見證了吳越國的興亡，撫今追昔，物是人非，夢幻味極濃。第二首就雙檜的品性而言，孤傲冷落，不圖奇顯，但求有知音。二詩是詠物，卻微寓興亡之感，也因此招來殺身之禍。宋王定國《聞見近錄》云：「王和父嘗言蘇子瞻在黃州，上數欲用之。王禹玉輒曰：『軾嘗有「此心惟有蟄龍知」之句，陛下龍飛在天而不敬，乃反求知蟄龍乎？』章子厚曰：『龍者，非獨人君，人臣亦皆可以言龍也。』上曰：『自古稱龍者多矣，如荀氏八龍、孔明臥龍，豈人君也？』及退，子厚詰之曰：『相公乃欲覆人家族邪？』禹玉曰：『此舒亶言爾。』子厚曰：『亶之唾，其亦可食乎？』」王珪字禹玉，舒亶為蘇軾烏臺詩案的主導成員之一。又宋陳巖肖《庚溪詩話》卷上：「東坡先生學術文章、忠言直節，不特士大夫所欽仰，而累朝聖主寵遇皆厚。……神宗朝以議變更科舉法，上得其議，喜之，遂欲進用，以與王安石論新法不合補外。王黨李定之徒媒櫱浸潤不止，遂坐詩文有譏諷，赴召獄，欲寘之死。賴上獨庇之得出，止責置齊安。方其坐獄，時宰相有譖於上曰：『軾有不臣意。』上改容曰：『軾雖有罪，不應至此。』時相舉軾檜詩云『根到九泉無曲處，世間唯有蟄龍知』，『陛下飛龍在天，軾以為不知，而求之地下之蟄龍，非不臣而何？』上曰：『詩人之詞安可如此論？彼自詠檜，何預朕事？』時相語塞。」媒櫱，又作「媒孽」，酒母，比喻藉端誣罔構陷，釀成其罪。浸潤謂逐漸滲透，引申為積久而發生作用，又指讒言。政敵們對「根到九泉無曲處」二句的惡意解讀，連宋神宗都覺得過分。此事多見於宋人著述中，除上述外，還見於葉夢得《石林詩話》、葛立方《韻語陽秋》卷五、胡仔《苕溪漁隱叢話．前集》卷四十六、蔡正孫《詩林廣記．後集》卷四、趙葵《行營雜錄》以及李燾《續資治通鑑長編》卷三百四十二、陳均《九朝編年備要》卷二十、彭百川《太平治迹統類》卷二十五等，可知因黨派之爭，蘇軾遭人忌恨，以致網羅罪名，不惜穿鑿附會，無所不用其極，必欲置之死地而後快。胡仔《苕溪漁隱叢話．後集》卷三十云：「東坡在御史獄，獄吏問云：雙檜詩『根到九泉無曲處，世間惟有蟄龍知』，有無譏諷？答曰：王安石詩『天下蒼生待霖雨，不知龍向此中蟠』，此龍是也。吏亦為之一笑。」蘇軾為人剛直，言語少顧忌，得罪當權者，以致政敵們無事生非，對仕宦處境的窘迫艱危，蘇軾本人是很清楚的。

法惠寺❶橫翠閣❷

朝見吳山❸橫，暮見吳山縱。吳山故多態，轉折❹為君容。幽人❺起朱閣，空洞❻更無物。惟有千步岡，東西作簾額❼。春來故國❽歸無期，人言秋悲❾春更悲。已泛平湖思濯錦❿，更看橫翠憶峨眉。雕欄⓫能得幾時好？不獨憑欄⓬人易老。百年興廢更堪哀，懸知草莽化池臺⓭。遊人尋我舊遊處，但覓吳山橫處來。

【注釋】❶法惠寺　宋潛說友《咸淳臨安志》卷七十七〈寺觀三・寺院〉：「西林法惠院，乾德元年吳越忠懿王建，舊名興慶，大中祥符中改今額。」❷橫翠閣　清梁詩正等輯《西湖志纂》卷六〈南山勝蹟下〉：「橫翠閣，在法惠院內。」❸吳山　又名胥山，俗稱城隍山，在今浙江杭州西湖東南。又指吳地的山。❹轉折　迴旋曲折。❺幽人　幽隱之人；隱士；幽居之士。此指僧人。❻空洞　空無所有；空虛。❼簾額　簾子的上端。❽故國　故鄉。❾人言秋悲　宋玉〈九辯〉：「悲哉！秋之為氣也。蕭瑟兮，草木搖落而變衰；憭慄兮，若在遠行。登山臨水兮，送將歸。」❿濯錦　即濯錦江，即錦江，岷江流經成都附近的一段。一說是成都市內之浣花溪。按，成都一帶所產的織錦以華美著稱，故稱濯錦。⓫雕欄　雕花彩飾的欄杆；華美的欄杆。⓬憑欄　身倚欄杆。⓭懸知句　即懸知池臺化草莽之意。懸知，料想；

預知。草莽，草叢，又指草木叢生的荒原。

【語　譯】朝晨看吳山是橫向的，傍晚看吳山是縱向的。吳山畢竟是多姿多態的，迴旋曲折是為了取容於您。寺僧從紅色的樓閣中起床，空無所有更沒有多餘的東西。只有千步山岡，東西橫亙的山巒如同樓閣的簾額。春天已來，返回故鄉不知何時，人們都說秋季令人悲傷，誰知春天更令人傷悲。在平展的西湖上泛舟就會思戀起濯錦江，看到橫亙翠綠的吳山又會想起峨眉山。倚在雕飾的欄杆觀覽，這種美好的景色能持續多久呢？不僅僅是憑欄觀覽的人如我容易變老。人的一生興亡榮衰更令人感到悲哀，早就知道池苑樓閣會變成荒地草叢。日後來遊玩的人尋找我昔日曾遊覽的地方，發現只有吳山還是橫向撲面而來。

【研　析】秦觀〈雪齋記〉云：「雪齋者，杭州法會院言師所居室之東軒也，始言師開此軒，汲水以為池，累石以為小山，又灑粉於峯巒草木之上，以象飛雪之集。州倅太史蘇公過而愛之，以為事雖類兒嬉，而意趣甚妙，有可以發人佳興者，為名曰雪齋而去。」知詩作於宋神宗熙寧年間通判杭州時，登法惠寺橫翠閣，觀覽吳山時所見所感。前八句寫景，以吳山為聚焦點，重在寫吳山的形態，這形態是從變動的角度來鋪開的，而非靜止地描繪，所以就有了不確性，蘇軾有「橫看成嶺側成峰，遠近高低總不同」詩句，表達的思想與理念是相通的。明田汝成《西湖遊覽志》卷十二：「吳山，春秋時為吳南界，以別于越，故曰吳山。或曰以伍子胥，故訛伍為吳，故郡志亦稱胥山。在鎮海樓之右，蓋天目為杭州諸山之宗，翔舞而東，結局於鳳凰山。其支山左折，遂為吳山。派分西北，為寶月，為蛾眉，為竹園；稍南為石佛，為七寶，為金地，為瑞石，為寶蓮，為清平，總曰吳山。奇萼危峰，澄湖靚壑，江介海門，回環拱固，扶輿淑麗之氣鍾焉。是以邑居叢集，華艷工巧，殆十萬餘家，聲甲寰宇，恢然一大都會也。……升其巔，則縹緲凌虛，碧天四匝，山川包界，脈絡縷分。或昂而為首，或穹而為脊，或掉而為尾，若亂若聯，運掌可數。」知吳山之廣大，有寶月、蛾眉、竹園、石佛、七寶、金地、瑞石、寶蓮、清平等山峰，所謂「吳山故多態，轉折為君容」，那種知音感，親切感，自豪感，超脫感，油然而生。詩人是從動態的角度來觀照山水自然，賦予其以靈動的秉性，意在張揚大自然的活力，因此筆觸靈動自然，奇異飄灑。寫景之後則是抒情，「已泛平湖思濯錦，更看橫翠憶峨眉」，濯錦、峨眉分別指故鄉的水與山，又知吳山諸峰中有峨眉，一種親切感自然而然地湧出，濃重的鄉愁難以抹去。「百年興廢更堪哀，懸知草莽化池臺」則是抒寫人生有限、世事變幻莫測的傷感。詩作於春光明媚的日子裡，遊覽吳山風光，本應是件令人賞心悅目的事，而宦途中行事的諸多不暢，思鄉的情懷就會不時的盤旋，不得志又不能退隱，難以主宰自己的命運，也令多少志士扼腕。「遊人尋我舊遊處，但覓吳山橫處來」化用王羲之〈蘭亭敘〉「後之視今，亦猶今之視昔」之意，蘇軾〈孫莘老求墨妙亭詩〉一詩有句云「後來視今猶視昔」，也是此意，時代不同，經歷不同，但感慨卻是相同的，這便是歷史。

飲湖上初晴後雨二首（選一首）

水光瀲灩❶晴方好，山色空濛❷雨亦奇。若把西湖比西子❸，淡粧濃抹總相宜。

【注釋】❶瀲灩　水波蕩漾貌；光耀貌。❷空濛　迷茫貌；縹緲貌。❸西子　即西施，春秋越美女，或稱先施，別名夷光。春秋末年越國苧羅（今浙江諸暨）人。越王勾踐敗於會稽，范蠡取西施獻吳王夫差，使其迷惑忘政。越遂亡吳。後西施歸范蠡，同泛五湖。事見《吳越春秋・勾踐陰謀外傳》。一說，吳亡後，越沉西施於江。

【語譯】水面波光蕩漾閃耀，在晴天才美好；山巒景色迷濛縹緲，在雨天也奇特。想把西湖比作美女西施，不論是淡素的妝飾，還是厚施脂粉，總是覺得相匹配的。

【研析】詩作於宋神宗熙寧年間通判杭州時，凡二首，此為第二首。其一有云「朝曦迎客宴重岡，晚雨留人入醉鄉」，知是晴日泛舟西湖上歡飲，至天晚忽又下起了雨。此詩所寫，是描繪天氣的變化，給西湖景色帶來的變幻，由此而引發詩人的感受。意在強調說明西湖的山光水色本身就是美妙的，因此不論陰晴雨雪，都不會影響西湖的美感。相反，陰晴風雨，不同的氣候，會在不同的時間，從不同的角度，為西湖美的呈現，顯示出不同的情態。就如同美女西施，天生麗質，不論是素妝，還是濃妝，都不影響其本身美的顯現。詩人心醉西湖美景，吟詠西湖的詩歌不少，此詩雖然短小，但此喻新穎，富含哲理，行文奇秀，視角獨到，使之成為千古名篇。

新城❶道中二首（選一首）

東風知我欲山行，吹斷簷間積雨❷聲。嶺上晴雲披絮帽，樹頭初日挂銅鉦❸。野桃含笑竹籬短，溪柳自搖沙水清。西崦❹人家應最樂，煮芹燒筍餉❺春耕。

【注　釋】❶新城　宋潛說友《咸淳臨安志》卷十七：「新城縣，在府治西南一百三十三里，東西九十五里，南北九十里。」❷積雨　猶久雨。❸鉦　古代樂器，形圓如銅鑼，懸而擊之。❹崦　山；山曲。❺餉　饋食於人。

【語　譯】東風知道我要在山中行走，吹停了屋簷間長久的滴雨聲。晴天中山峰上的雲朵像似披戴著綿絮般的帽子，樹梢上頭初生的太陽如同掛在枝上的銅鉦。山野人家竹編的籬笆短小，桃花含著笑意；溪水清澈，水邊沙灘上的柳枝自在地搖動著。西山居民應該是最快樂的，燒煮著芹菜竹筍，準備送給春耕的人吃。

【研析】宋神宗熙寧六年(西元一〇七三年)二月,詩人巡行屬縣,此詩為行至新城縣所作,凡二首,此為第一首。全詩的基調是歡快的,洋溢著勃勃生機。一開篇就把基調定了下來,「東風知我欲山行,吹斷簷間積雨聲」二句,點明了好心情,也彰顯了詩人不時流露出的那種自信、自豪感,彷彿天地自然都圍繞著自己運轉。「嶺上晴雲披絮帽,樹頭初日挂銅鉦」,連用兩個比喻,看到什麼都覺得新奇,雲氣環繞在山峰上,如同綿絮製成的帽子,是那般飄逸柔軟;初生的太陽,如同掛在枝梢上的銅鉦,又是那般的圓滿鋼硬。一是陰柔之美,一是陽剛之美。前人對這二句或有腹議,以為用「絮帽」、「銅鉦」作喻,未免笨拙俗態,如同小兒語,不知詩人興起語到,全憑自然,信手拈來,奇趣橫生。俗中見奇,拙中見巧。「野桃含笑竹籬短,溪柳自搖沙水清」二句,寫出了大自然的盎然生機,映照春風吹拂,萬物復甦的活力,一「笑」一「搖」,姿態橫生,嫵媚多態,春日的迷人,自此鋪寫至極。前六句摹寫春季大自然的活力,末二句則是落實到人事上,詩人於春季巡視屬縣,其中一重要任務,自是勸農,即古代政府官員在春夏農忙季節,巡行鄉間,勸課農桑。農戶家飄出燒煮著芹菜與竹筍的味道,為忙著春耕的人們準備著午飯,一「最樂」二字,表達對來日豐收的期待與展望。同詩的基調一樣,詩的字裡行間,始終洋溢著歡快與熱情,活潑燦爛。

於潛❶僧綠筠軒❷

可使食無肉，不可使居無竹❸。無肉令人瘦，無竹令人俗。人瘦尚可肥，俗士不可醫。旁人笑此言，似高還似癡。若對此君仍大嚼❹，世間那有揚州鶴❺？

【注釋】❶於潛　宋潛說友《咸淳臨安志》卷十七：「於潛縣，在府治西二百三里四十三步，東西六十七里，南北一百一十里。」❷綠筠軒　宋潛說友《咸淳臨安志》卷八十四〈寺觀十・寺院・於潛縣〉：「寂照寺，在縣南二里豐國鄉，舊名吳興。大中五年改今名，隆興初邑令葉衡重建，中書舍人張孝祥書額。寺舊有綠筠軒，後徙縣齋，寶慶初建，御名改為此君軒。」宋人張鎡《南湖集》卷八有詩〈綠筠軒，舊在於潛寂照寺，今移立縣治之東，竹間鑿小池，植蓮，為賦兩絕〉。❸不可句　劉義慶《世說新語》：「王子猷嘗暫寄人空宅住，便令種竹，或問暫住何煩爾？王嘯詠良久，直指竹曰：『何可一日無此君？』」又見《晉書・王徽之傳》，云：「時吳中一士大夫家有好竹，欲觀之，便出，坐輿造竹下，諷嘯良久。主人灑埽請坐，徽之不顧，將出，主人乃閉門，徽之便以此賞之，盡歡而去。嘗寄居空宅中，便令種竹，或問其故，徽之但嘯詠，指竹曰：『何可一日無此君邪？』」❹大嚼　大口咬嚼。唐李善《文選》注引桓譚《新論》云：「人聞長安樂，則出門向西而笑，知肉味美，對屠門而大嚼。」❺揚州鶴　殷芸《小說》：「有客相從，各言所志，或願為揚州刺史，或願多貲財，或願騎鶴上昇。其一人曰：『腰纏十萬貫，騎鶴上揚州，欲兼三者。』」後以「揚州鶴」形容如意之事。騎鶴謂仙家、道士乘鶴雲遊。

【語譯】可以使吃飯時無肉，不可以使居住的地方沒有竹子。沒有肉吃使人身體瘦弱，沒有竹子會使人庸俗。身體瘦弱還是可以變得肥胖，變成俗人卻不可醫治。旁人嗤笑這種說法，像似清高還似癡愚。如果面對著竹子，依然有似大口咀嚼肉的快感，人世間哪裡還會有「腰纏十萬貫，騎鶴上揚州」的想法呢？

【研析】宋神宗熙寧六年（西元一〇七三年）二月，詩人巡行屬縣，此詩為行至於潛縣所作。宋釋道潛《參寥子詩集》卷九〈慧覺孜師綠筠軒〉，知綠筠軒主人名孜，法號慧覺。詩云：「綠筠蕭蕭含爽籟，幽姿冷落人難愛。壁間但有謫仙詞，聲名自到江湖外。當年剏軒非壯觀，局促簾櫳日虧蔽。一朝經畫有底難，推倒墻頭了無礙。坐挹西南十里山，彩翠浮空屹相對。開池鑿圃增氣象，佳致真為一方最。」知綠筠軒不大，但視野開闊，環境清幽。筠指竹的青皮，竹皮。又指竹子。唐劉禹錫〈許給事見示哭工部劉尚書詩因命同作〉詩：「特達圭無玷，堅貞竹有筠。」竹子自古以來就有正直堅貞、孤傲質樸的秉性，為文人雅士所仰慕。與梅蘭菊有四君子之譽，又與梅松有歲寒三友之美稱。這首詩純是議論，以綠筠軒之「筠」字作文章，藉詠竹子的品性，讚美慧覺的清高與超逸，表達了仰慕之意。就句子形式而言，不似詩句有韻味，似脫口而言，用語淺顯，以意取勝，頗有禪機妙理，故為人所稱道。宋人韓淲《澗泉集》卷八〈綠筠軒觀坡翁詩刻〉云：「野寺餘詩石，誰移榜縣齋。閑來得尋句，小立為興懷。人俗真難療，言高不可埋。窻前有疏竹，大嚼對吾儕。」表達了同樣的情懷，即精神上的追求。

唐道人❶言天目山上俯視雷雨，每大雷電，但聞雲中如嬰兒聲，殊不聞雷震也

已外浮名❷更外身❸，區區❹雷電若為❺神。山頭只作嬰兒看，無限人間失箸❻人。

【注釋】❶唐道人　宋潛說友《咸淳臨安志》卷二十六〈山川五・於潛縣〉：「雷神宅，在西尖半山間。東坡記唐道人言，俯視雷雨，每大雷電，但聞雲中作嬰兒聲，殊不聞雷震也。」西尖即西尖峰，同卷〈天目山〉云：「近世道士唐子霞謂：《圖經》：天目山一名浮玉山，上有兩池，謂之左右目。一峯在東，號東天目，在臨安縣界。今西尖峰在縣北四十五里，連亙四州杭、宣、湖、徽，周回二千里。上有養生之藥蓍草、元華，皆名著仙經。」宋王十朋《東坡詩集註》卷三此詩注云：「按：唐道士，字子霞，嘗作《天目山真境錄》。」天目山，詳〈遊徑山〉注❷。❷浮名　虛名。❸外身　謂置身於世外。❹區區　小；少。形容微不足道。❺若為　怎堪；怎能。❻失箸　《三國志・蜀書・先主傳》：「是時曹公從容謂先主曰：『今天下英雄，惟使君與操耳。本初之徒，不足數也。』先主方食，失匕箸。」謂因受驚而失落手中的餐具，後稱受驚失措為失箸，或失匕。

【語譯】已把虛名置之度外，更把自身置之俗世之外，小小的打雷與閃電怎能稱作神靈。站在山頭觀賞，就如同嬰兒所看的那般新奇，不似人世間無限因受驚而不知所措的人們。

【研析】小詩作於宋神宗熙寧年間通判杭州時。就某一自然現象，發表自己獨特的見解，使之富含哲理，是蘇詩中常有的。善於作態，詩中是就唐道人講述天目山上每當有大的打雷閃電時只聽到雲中有如嬰兒啼叫聲而聽不到雷聲這一事談自己的感受，就一般人而言，聽到大的打雷閃電，往往會油然而生恐懼之感，甚至不知所措。那是因為他們擔心打雷閃電會降落在自己身上，招致無妄之災。「已外浮名更外身」是說既然自己已把功名富貴都置之度外，沒有了牽掛，內心坦蕩蕩，因此站在天目山頂，即使遇到狂暴的打雷閃電，也不會遭到雷劈電擊，也就不會有生命之虞，相反，你會以平常心態欣賞大自然的奇異，就如同嬰兒那般無絲毫功利心態，純真地看待世事與自然，除了歡欣外，是不存在悲傷與恐懼的。對自然現象如此，對人事也應作如是觀。所謂能達觀，方能得自在。

病中遊祖塔院❶

紫李黃瓜村路香，烏紗❷白葛❸道衣❹涼。閉門野寺松陰❺轉，攲枕
風軒❻客夢❼長。因病得閑殊不惡，安心是藥更無方。道人不惜階前水，

借與匏樽❽自在嘗。

【注　釋】❶祖塔院　宋潛說友《咸淳臨安志》卷七十七：「祖塔法雲院，開成二年欽山法師建，舊名資慶。開運二年改仁壽，太平興國六年改今額。」又清梁詩正等輯《西湖志纂》卷五〈南山勝蹟中〉：「大慈定慧禪寺，在大慈山，俗呼虎跑寺。《西湖遊覽志》：唐元和間寰中禪師建，憲宗賜額曰大慈院，塔曰定慧。大中八年改大慈禪寺，僖宗乾符間加定慧二字，又稱祖塔院。宋末燬。」兩書後均附蘇軾此詩。❷烏紗　指古代官員所戴的烏紗帽，泛指官帽。按，烏紗帽，東晉成帝時宮官著烏紗帢，南朝宋始有烏紗帽，直至隋代均為官服，唐初曾貴賤均用，以後各代仍多為官服。❸白葛　白夏布。按，夏布，用苧麻纖維織成的布，宜於製夏裝，故名。唐譚用之〈貽費道人〉詩：「誰如南浦傲煙霞，白葛衣輕稱帽紗。」❹道衣　僧道所穿的衣服。❺松陰　又作「松蔭」，松樹之陰。多指幽靜之地。❻風軒　有窗檻的長廊或小室。❼客夢　異鄉遊子的夢。❽匏樽　匏製的酒樽，又泛指飲具。按，匏，葫蘆的一種，即瓠。

【語　譯】紫色的李子黃色的瓜，鄉村滿路香氣飄動，烏紗帽，白葛衣，身著道服涼爽。荒野中寺廟的門緊閉，松樹的陰影在轉動，長廊中斜倚在枕上小憩，作為異鄉遊子，竟做著長長的夢。因生病得到閒暇，感覺很好，能安定心情就是好藥，別無其他良方。山僧不要吝惜寺廟階前的水，借給我匏樽，安閒自得地品嘗。

【研　析】詩作於宋神宗熙寧年間通判杭州時，這次到杭州為官，詩人的心情總的來說是不好的，其原由就在於執政的理念與當權者相左，退隱歸鄉不許，而又不得不去執行新政，心情不暢，在詩人作品中多有反映。而如何排解這些不良情緒，就是作者時常要做的。好在「因病得閑」，不需面對那些令人厭煩的事務。「紫李黃瓜村路香」，避開塵世，來到鄉村，一路果香撲鼻而來，放歸自己於山水自然中，感悟到生活的樂趣，萬物的生機。「敧枕風軒客夢長」，於遊玩之中小憩的片刻，又夢到了回到故鄉，溫馨甜美，不言而喻。當然這是夢，而現實卻非如此，不久還是要回到工作中去，面對那煩神的種種不是。「安心是藥更無方」一句即是針對這而感發的，宋釋普濟《五燈會元》卷一〈東土祖師〉載云：「(神) 光聞祖 (指菩提達摩) 誨勵，潛取利刀，自斷左臂，置于祖前，祖知是法器，乃曰：『諸佛最初求道，為法忘形，汝今斷臂吾前，求亦可在。』祖遂因與易名曰慧可。可曰：『諸佛法印可得聞乎？』祖曰：『諸佛法印匪從人得。』可曰：『我心未寧，乞師與安。』祖曰：『將心來，與汝安。』可良久曰：『覓心了不可得。』祖曰：『我與汝安心竟。』」慧可，原名神光，大約四十歲時，前往嵩山少林，參見侍候菩提達摩，達摩傳衣鉢於他，為禪宗的第二祖。詩中暗用此典，藉出遊至佛寺，感悟「安心」的必要性，說明此次得病，或與未能「安心」有關。詩人〈次韻韶守狄大夫見贈二首〉其一也有「無錢種菜為家業，有病安心是藥方」云云，所謂「安心」，使心情安定。處理人事時，順其自然，不必逆行，否則會招致麻煩，不得安心；心不得安，身體就不得安，就會惹出病來。全詩前半寫景敘事，風光宜人，後半議論，揭示詩意主旨。文筆自然清新，灑脫活潑。

有美堂❶暴雨

遊人腳底一聲雷，滿座頑雲❷撥不開。天外黑風❸吹海立❹，浙東飛雨過江來❺。十分瀲灩金樽凸❻，千杖❼敲鏗❽羯鼓❾催。喚起謫仙泉灑面❿，倒傾鮫室⓫瀉瓊瑰⓬。

【注釋】❶有美堂　宋周淙《乾道臨安志》卷二：「有美堂，在郡城吳山。嘉祐二年龍圖閣直學士梅摯出守杭州，仁宗賜詩寵行，摯乃取詩之首章，以名有美堂。」宋潛說友《咸淳臨安志》卷五十二：「有美堂，嘉祐二年梅龍學摯出守，仁宗皇帝賜詩，摯乃作堂，取賜詩首句名之曰有美，歐陽公修為記，蔡端明襄書。」❷頑雲　密布不散的烏雲。唐陸龜蒙〈奉酬襲美苦雨見寄〉：「頑雲猛雨更相欺，聲似虓號色如墨。」❸黑風　暴風；狂風。唐杜牧〈大雨行〉：「東垠黑風駕海水，海水卷上天中央。」❹吹海立　指巨浪湧起、翻騰排空的情態。杜甫〈朝獻太清宮賦〉：「九天之雲下垂，四海之水皆立。」❺浙東句　唐殷堯藩〈喜雨〉：「山上亂雲隨手變，浙東飛雨過江來。」江，指錢塘江，浙江的下游，稱錢塘江。江口呈喇叭狀，海潮倒灌，成著名的錢塘潮。❻十分句　唐杜牧〈羊欄浦夜陪宴會〉：「毬來香袖依稀暖，酒凸觥心泛灩光。」瀲灩，水滿貌。❼杖　泛指棍棒或棒狀物，此指鼓槌。❽敲鏗　敲擊。鏗，撞擊。❾羯鼓　古代打擊樂器的一種。起源於印度，從西域傳入，盛行於唐開元、天寶年間。《通典・樂四》：「羯鼓，正如漆桶，兩頭俱擊。以出羯中，故號羯鼓，亦謂之兩杖鼓。」《新唐書・禮樂志十一》：「羯鼓，八音之領袖，諸樂不可方也。」按，羯，中國古代少數民族，曾附屬匈奴。魏晉時散居上黨郡（今山西潞城附近各縣）。⑩喚起句 《舊唐書・李白傳》：「天寶初，客遊會稽，與道士吳筠隱於剡中，既嗜酒，日與飲徒醉於酒肆。玄宗度曲，欲造樂府新詞，亟召白，白已臥於酒肆矣。召入，以水灑面，即令秉筆，頃之成十餘章，帝頗嘉之。嘗沉醉殿上，引足令高力士脫靴，由是斥去。乃浪迹江湖，終日沉飲。時侍御史崔宗之謫官金陵，與白詩酒唱和，嘗月夜乘舟，自采石達金陵。白衣宮錦袍，於舟中顧瞻笑傲，傍若無人。初，賀知章見白賞之，曰此天上謫仙人也。」謫仙，謫居世間的仙人，常用以稱譽才學優異的人。又專指唐代大詩人李白。唐孟棨《本事詩・高逸》：「李太白初自蜀至京師，舍於逆旅。賀監知章聞其名，首訪之。既奇其姿，復請所為文。出〈蜀道難〉以示之。讀未竟，稱歎者數四，號為謫仙。」⑪鮫室 謂鮫人水中居室。按，鮫人，神話傳說中的人魚。晉張華《博物志》卷九：「南海外有鮫人，水居如魚，不廢織績……從水出，寓人家，積日賣絹。將去，從主人索一器，泣而成珠滿盤，以與主人。」這裡綃喻指紙張。⑫瓊瑰 次於玉的美石，泛指珠玉。比喻美好的詩文。

【語　譯】遊人腳底一聲雷響，滿座烏黑的濃雲密集而不散。極遠的天邊狂暴的風吹得海浪淩空而起，飛奔的雨水從浙江東部越過錢塘江而落下來。江湖如同盛滿酒水的金樽就要溢出來一樣，雨聲又像似千根鼓槌敲擊在羯鼓上那樣緊急地催促。就像用泉水灑面喚起當年醉酒的謫仙李太白一樣，用盡鮫人編織好的如綃美紙，傾瀉如珠玉般華美的文辭於紙上。

【研　析】詩作於宋神宗熙寧年間通判杭州時，敘寫在有美堂觀賞暴雨的情形，首聯摹寫雨前的天象，濃雲密布，雷電大作，先聲奪人。有美堂在郡城吳山上，明田汝成《西湖遊覽志》卷十二云：「(吳山) 在鎮海樓之右，蓋天目為杭州諸山之宗，翔舞而東，結局於鳳凰山，其支山左折，遂為吳山。派分西北，為寶月，為蛾眉，為竹園；稍南為石佛，為七寶，為金地，為瑞石，為寶蓮，為清平，總曰吳山。奇萼危峰，澄湖靚壑，江介海門，回環拱固，扶輿淑麗之氣鍾焉。」扶輿猶扶搖，盤旋升騰貌。淑麗猶淑美，指景物美麗。所謂「腳底一聲雷」，說明有美堂地勢之高，在「危峰」之際，因身處其間，才有「滿座頑雲撥不開」之感，如置身於雲海之中。又因「江介海門」，江介即江岸，沿江一帶。此謂吳山所面對的正是錢塘江入海口，就有「天外黑風吹海立，浙東飛雨過江來」視覺效果，狂風肆虐，巨浪排空，暴雨自海上隨風迅速撲面而來，轉瞬之間，錢塘江與西湖就如同盛滿酒水的杯子也暴漲起來，而雨聲更似千根鼓棰敲擊在鼓上，震天動地。頷聯用比喻，分別從視覺、聽覺兩方面，摹繪出暴雨突襲而來帶來的震撼與衝擊。詩以摹寫自然景象為主，突出一個「奇」字，是蘇詩善於作態的表現，把暴雨寫得有聲有色，氣勢非凡，動人心魄。行文也似奮筆疾書，一氣呵成。蘇軾〈答謝民師書〉云：「求物之妙，如系風捕景，能使是物了然於心者，蓋千萬人而不一遇也，而況能使了然於口與手乎?是之謂詞達。詞至於能達，則文不可勝用矣。」又曾云：「某平生無快意事，惟作文章，意之所到，則筆力曲折無不盡意，自謂世間樂事無踰此者。」（見宋何薳《春渚紀聞》卷六〈東坡事實〉）做到一個「快」字，惟有眼快耳快，方能心快手快。落筆成風，詞彩飛揚，眩人眼目。

和錢安道❶寄惠建茶❷

我官於南今幾時，嘗盡溪茶與山茗❸。胸中似記故人面，口不能言心自省。為君細說我未暇，試評其略差可聽。建溪所產雖不同❹，一一天與君子性。森然❺可愛不可慢，骨清肉膩和且正。雪花雨腳❻何足道，啜❼過始知真味永。縱復苦硬終可錄，汲黯少戇❽寬饒猛❾。草茶❿無賴⓫空有名，高者妖邪⓬次頑懭⓭。體輕雖復強浮沉⓮，性滯⓯偏工嘔酸冷⓰。其間絕品豈不佳，張禹⓱縱賢非骨鯁⓲。葵花玉銙⓳不易致，道路幽險隔雲嶺。誰知使者⓴來自西，開緘磊落收百餅㉑。嗅香嚼味本非別㉒，透紙自覺光炯炯㉓。粃糠㉔團鳳㉕友小龍㉖，奴隸日注㉗臣雙井㉘。收藏愛惜待佳客，不敢包裹鑽㉙權倖㉚。此詩有味君勿傳，空使時人怒生癭㉛。

【注釋】❶錢安道　錢顗，字安道，常州無錫人。初為寧海軍節度推官，治平末以金部員外郎為殿中侍御史裏行，二年而貶，即拂衣上馬去。後自衢徙秀州。蘇軾遺以詩，有「烏府先生鐵作肝」之句，世因目為鐵肝御史。卒年五十三。《宋史》有傳。❷建茶　福建建溪一帶所產的名茶。❸山茗　山中產的茶葉。❹建溪句　宋沈括《夢溪筆談・雜誌二》：「古人論茶，唯言陽羨、顧渚、天柱、蒙頂之類，都未言建溪……建茶皆喬木，吳、蜀、淮南唯叢茇而已，品自居下。建茶勝處曰郝源、曾坑，其間又岔根、山頂二品尤勝。」按，建溪在福建，為閩江北源，其地產名茶，號建茶，因亦借指建茶。❺森然　味純正濃郁。宋陶穀《清異錄》卷下云：「森伯，湯悅有〈森伯頌〉蓋茶也，方飲而森然嚴乎齒牙，既久四肢森然，二義一名，非熟夫湯甌境界，誰能目之？」❻雪花雨腳　王十朋《東坡詩集註》引林敏功曰：「雪花、雨腳，謂茶也，見《駢珠集》。」雪花謂泡後茶水表面有一層白色泡沫，宋徐鉉〈和門下殷侍郎新茶二十韻〉：「才教鷹觜拆，未放雪花妍。」❼啜　食；飲。❽汲黯少戇　《史記・汲黯傳》云：「汲黯，字長孺，濮陽人也。……天子方招文學儒者，上曰吾欲云云。（《集解》：張晏曰：所言欲施仁義也。）黯對曰：『陛下內多欲而外施仁義，奈何欲效唐虞之治乎？』上默然怒，變色而罷朝，公卿皆為黯懼。上退，謂左右曰：『甚矣，汲黯之戇也。』（《索隱》：戇，愚也。）」❾寬饒猛　《漢書・蓋寬饒傳》略云：蓋寬饒，字次公，魏郡人也。宣帝時為太中大夫，擢司隸校尉，刺舉無所迴避，小大輒舉，所劾奏眾多，公卿貴戚及郡國吏繇使至長安皆恐懼，莫敢犯禁，京師為清。寬饒為人剛直高節，志在奉公，好言事，刺譏奸，犯上意，上以其儒者優容之，然亦不得遷。是時上方用刑法，信任中尚書宦官，寬饒奏封事曰：「方今儒術不行，以刑餘為周召，以法律為詩書……」書奏，上以寬饒怨謗，遂下寬饒吏，寬饒引佩刀自剄北闕下，眾莫不憐之。❿草茶　烘烤而成的茶葉，相對於加工方法不同的團茶而言。宋葛立方《韻語陽秋》卷五：「自建茶入貢，陽羨不復研膏，祇謂之草茶而已。」按，研膏，謂研磨茶葉成團，又指團茶。所謂團茶，宋代用圓模製成的茶餅。太平興國初，用龍鳳模特製，專供宮廷飲用。慶曆間蔡襄又製小團茶，以為貢品。又宋葉夢得《避暑錄話》卷下云：「草茶極品，惟雙井、顧渚，亦不過各有數耶。」又宋黃儒《品茶要錄・後論》云：「蓋草茶味短而淡，故常恐去膏；建茶力厚而甘，故惟欲去膏。」⑪無賴　沒有才幹；不中用。⑫妖邪　妖異怪誕。⑬頑懭　頑劣強悍。⑭浮沉　一作「浮汎」，在水上或空中飄浮。⑮滯　滯澀；不流暢。⑯嘔酸冷　謂性寒傷脾胃而致嘔吐。⑰張禹　（？—西元前五年）字子文，河內軹（今河南濟源）人。河平四年代王商為丞相，封安昌侯。鴻嘉元年以老病乞骸骨，建平二年薨，謚曰節侯。《漢書》有傳，班固贊曰：「自孝武興學，公孫弘以儒相其後。張禹等咸以儒宗居宰相位，服儒衣冠，傳先王語，其醞藉可也。然皆持祿保位，被阿諛之譏，彼以古人之迹見繩，烏能勝其任乎？」⑱縱賢非骨鯁　指張禹為持祿保位而阿諛權貴之舉。骨鯁，魚、肉等的小骨，又專指魚骨、魚刺。比喻剛直。⑲葵花玉⿰革夸　均指建茶名目。宋熊蕃《宣和北苑貢茶錄》：「然其制，方寸新銙，有小龍蜿蜒其上，號龍園勝雪。又廢白、的、石三乳，鼎造花銙二十餘色。」又列諸茶名目及圖示，其中有「貢新銙」、「試新銙」、「興國巖銙」、「香口焙銙」，均方形。又有「蜀葵」，為花圓形。按，⿰革夸，同「銙」，古代附於腰帶上的扣版，作方、橢圓等形，原用來受環懸物，後純用作裝飾。又指銙茶，形似帶銙，故名。⑳使者　使喚之人；僕從；傭工。又指奉命出使的人。㉑開緘句　唐盧仝〈走筆謝孟諫議寄新茶〉詩云：「日高丈五睡正濃，軍將打門驚周公。口云諫議送書信，白絹斜封三道印。開緘宛見諫議面，手閱月團三百片。」開緘，開拆（函件等）。磊落，眾多委積貌。㉒嗅香句　唐陸羽《茶經》卷下〈六、茶之飲〉云：「茶有九難：一曰造，二曰別，三曰器，四曰火，五曰水，六曰炙，七曰末，八曰煮，九曰飲。陰採夜焙，非造也；嚼味嗅香，非別也；羶鼎腥甌，非器也；膏薪庖炭，非火也；飛湍壅潦，非水也；外熟內生，非炙也；碧粉縹塵，非末也；操艱攪遽，非煮也；夏興冬廢，非飲也。」嚼味，咀嚼品味。㉓炯炯　明亮或光亮貌。㉔粃糠　癟穀和米糠，喻瑣碎、無用之物。此指輕視，視為粃糠。㉕團鳳　又稱鳳團，團茶的一種。宋代貢茶名，用上等茶末製成團狀，印有鳳紋。宋張舜民《畫墁錄》：「丁晉公為福建轉運使，始制為鳳團，後又為龍團。」按，團茶，宋代用圓模製成的茶餅。太平興國初，用龍鳳模特製，專供宮廷飲用。慶曆間蔡襄又製小團茶，以為貢品。宋歐陽修《歸田錄》卷二：「茶之品，莫貴於龍鳳，謂之團茶，凡八餅重一斤。」㉖小龍　即小龍團，宋代茶葉精品，以模壓成龍形，故名。宋葉夢得《石林燕語》卷八：「故事，建州歲貢大龍鳳團茶各二斤，以八餅為斤。仁宗時蔡君謨知建州，始別擇茶之精者為小龍團十斤以獻，斤為十餅。仁宗以非故事，命劾之，大臣為請，因留而免劾，然自是遂為歲額。熙寧中賈青為福建轉運使，又取小團之精者為密雲龍，以二十餅為斤而雙袋，謂之雙角團茶，大小團袋皆用緋，通以為賜也。」㉗日注　即日鑄，茶名。宋歐陽修《歸田錄》卷一：「草茶盛於兩浙，兩浙之品，日注為第一。」按，日鑄，山名，在浙江紹興，以產茶著稱，所產之茶即以「日鑄」為名。㉘雙井　古地名。在今江西修水縣西。又指茶葉名，雙井鄉所產。宋歐陽修《歸田錄》卷一：「臘茶出於劍建，草茶盛於兩浙，兩浙之品，日注為第一。自景祐已後，洪州雙井白芽漸盛，近歲製作尤精。」㉙鑽　鑽營，找門路，託人情，以謀求名利。㉚權倖　指有權勢而得到帝王寵愛的奸佞之人。㉛怒生癭　《三國志‧賈逵傳》引《魏略》云：「逵前在弘農，與典農校尉爭公事，不得理，乃發憤生癭。後所病稍大，自啟願欲令醫割之，太祖惜逵忠，恐其不活，教謝主簿：吾聞十人割癭九人死。逵猶行其意，而癭愈大。」癭，囊狀腫瘤，多生於頸部，包括甲狀腺腫大等。

【語　譯】我到南方做官至今有一段的時間了，品嘗遍了各種建溪茶與山中出產的茶。就好似心中記得故人的面貌，口不能說清而自己心裡卻明白。為您細致地講述我沒有閒暇時間，嘗試大概評說一下勉強可以聽聽。建溪所產的茶葉雖然有不同的類別，每一種上天都賦予它們君子般的品性。味道純正濃郁，令人喜愛，不可怠慢，骨骼清逸，肉質細膩，溫和而且純正。雪花、雨腳這類茶葉不值一提，飲過後才知味道純正雋永。即使味苦生硬，終究還是值得採錄的，就如同汲黯言行稍嫌愚笨而蓋寬饒做事過激一般，還是有可取之處的。草茶沒有什麼長處卻徒有其名，品質高級的似妖媚怪誕，次等的又似頑劣粗野。體質輕靈的雖然又強行飄浮起來，品性滯澀偏偏長於使人腸胃寒酸以致作嘔。其中的極品怎能說不好，就如同張禹這人雖然賢能但不是剛正之人。葵花、玉銙不容易獲得，道路幽遠艱險，隔著高聳入雲的山峰。哪料到派來的人自西而來，拆開包裹的紙收到多達百塊的茶餅。聞到香氣，咀嚼品味，並不是為了辨別，透過包裹的紙張，自然就感覺到茶葉明亮的光澤。小看團鳳，友愛小龍團，視日注為奴隸，視雙井為臣僕。收藏起來，愛護珍惜，等著招待貴賓，不敢把它們包裹好，以討好奸佞的權貴。我這詩中有意味您不要外傳，平白地使當世的人們發怒而生出腫瘤。

【研　析】宋神宗熙寧六年（西元一〇七三年）十一月蘇軾因去潤州（今江蘇鎮江）公幹，途經秀州，錢顗派人送茶，遂賦此詩。詩為詠物，卻藉此譏諷時事。宋人胡仔《苕溪漁隱叢話·前集》卷四十五據《子瞻詩案》與《烏臺詩案》云：「錢顗在秀州監稅，舊曾作臺官，始於秀州與之相見。後錢顗作詩送茶來，某（蘇軾自謂）作詩謝之云（略），此詩云『草茶無賴空有名，高者夭邪次頑獷』，以譏世之小人若不諂媚夭邪，須頑獷狠劣也；又云『體輕雖復強浮泛，性滯偏工嘔酸冷』，亦以譏世之小人體輕浮而性滯泥也；又云『其間絕品豈不佳，張禹縱賢非骨骾』，亦以譏世之小人如張禹，雖有學問，細行謹飭，終非骨骾之人也；又云『收藏愛惜待佳客，不敢包裹鑽權倖。此詩有味君勿傳，空使時人怒生癭』，以譏世之小人有以好茶鑽求富貴權要者，見此詩，當大怒也。」知詩中多是譏刺革新派、當權者。《宋史·錢顗傳》云錢顗：「貶將出臺，於眾中責同列孫昌齡曰：『平日士大夫未嘗知君名，徒以昔官金陵媚事王安石，宛轉薦君得為御史，亦當少思報國，奈何專欲附會以求美官，顛今當遠竄，君自謂得策邪？我視君犬彘之不如也。』即拂衣上馬去。後自衢徙秀州，家貧母老，至丐貸親舊以給朝晡，而怡然無謫官之色。蘇軾遺以詩，有『烏府先生鐵作肝』之句，世因目為鐵肝御史。」又《宋史・呂誨傳》有「御史劉述、劉琦、錢顗皆以言安石被黜」，蘇軾也是因與王安石政見不同，乞外補，通判杭州。至杭州後，仍難以釋懷，對主政者的改革措施多有腹議，不時散見於詩文中。這首詩也是藉題發揮，「收藏愛惜待佳客，不敢包裹鑽權倖」，直言不會諂媚權貴，與錢顗氣味相同。至於末句「此詩有味君勿傳，空使時人怒生癭」，明知自己是譏刺當權者，卻也無所顧忌，烏臺詩案中，此詩中選，不知詩人是否有早知如此，何必當初之感。詩句用比喻，多是以物來喻人，而此詩是以人喻物，不多見。詩中以汲黯、蓋寬饒比喻建溪產的茶有著不同的品性，又以張禹比喻草茶品性的美中不足。又以建溪茶比喻君子，草茶比喻小人。用筆新奇峭拔，富含生機。

書焦山[1]綸長老壁

法師住焦山，而實未嘗住[2]。我來輒問法，法師了無語。法師非無語，不知所答故[3]。君看頭與足，本自安冠屨[4]。譬如長鬣[5]人，不以長為苦。一日或人問，每睡安所措？歸來被上下，一夜無著處。展轉❻遂達晨，意欲盡鑷❼去。此言雖鄙淺❽，故自有深趣。持此問法師，法師一笑許。

【注釋】❶焦山　在江蘇鎮江東北長江中，與金山對峙。相傳東漢處士焦先隱此，故名。❷法師二句　《金剛經・第十四品》：「不應住色生心，不應住聲、香、味、觸、法生心，應生無所住心。若心有住，則為非住。是故佛說：菩薩心不應住色布施。」❸我來四句　《維摩詰經・入不二法門品》：「爾時，維摩詰謂眾菩薩言：『諸仁者，云何菩薩入不二法門？各隨所樂說之。』……如是諸菩薩各各說已。問文殊師利：『何等是菩薩入不二法門？』文殊師利曰：『如我意者，於一切法，無言無說，無示無識，離諸問答，是為入不二法門。』於是文殊師利問維摩詰：『我等各自說已，仁者當說，何等是菩薩入不二法門？』時維摩默然無言。文殊師利嘆曰：『善哉！善哉！乃至無有言語文字，是真入不二法門。』」按，不二法門，謂平等而無差異之至道，後用以指獨一無二的門徑、方法。法，佛教語。梵語dharma的意譯，指事物及其現象。亦特指佛法。❹君看二句　《史記・儒林列傳》：「清河王太傅轅固生者，齊人也，以治詩，孝景時為博士，與黃生爭論景帝前，……黃生曰：『冠雖敝，必加於首；履雖新，必關於足。何者上下之分也？今桀紂雖失道，然君上也；湯武雖聖，臣下也。夫主有失行，臣下不能，正言匡過，以尊天子，反因過而誅之，代立踐南面，非弒而何也？』」又《漢書・賈誼傳》：「臣聞之：履雖鮮，不加于枕；冠雖敝，不以苴履，夫嘗已在貴寵之位。」按，苴，鞋中草墊，亦泛指襯墊。又指填塞。❺長鬣　長鬚，古代男子以長鬚為美。又指多鬚或多鬚的人。❻展轉　翻身貌，多形容憂思不寐、臥不安席。❼鑷　用鑷子拔除毛髮或夾取東西。❽鄙淺　鄙陋淺薄。

【語　譯】法師居住在焦山，但實際上不曾有住留的意識。我一來就詢問一些佛家教義，法師完全沒有話說。法師不是沒有話說，不知道為什麼要回答。請看頭與足，本來就是帽子與鞋子安居的地方。又譬如有長鬍鬚的人，不會因為鬍鬚長而覺得痛苦。有朝一日或許有人問道，每當睡覺時鬍鬚放在哪裡呢？回到家裡或上或下地披散，一晚上也沒處安放好它們。翻來覆去睡不著一直到清晨，就想要用鑷子把它們都拔除。這個故事雖然鄙陋淺薄，還是有著深厚的趣味。拿著這件事去問法師，法師一笑而認可。

【研　析】這是一首題壁詩，是題寫於僧房之中。清查慎行《蘇詩補註》卷十一云：「綸長老，失考，先生前遊焦山詩云：『老僧下山驚客至，迎笑喜作巴人談。』當即其人也。」檢蘇軾〈自金山放船至焦山〉一詩，其中云：「我來金山更留宿，而此不到心懷慚。同遊盡返決獨往，賦命窮薄輕江潭。清晨無風浪自湧，中流歌嘯倚半酣。老僧下山驚客至，迎笑喜作巴人談。自言久客忘鄉井，只有彌勒為同龕。」末注云：「焦山長老，中江人也。」又宋王十朋《東坡詩集註》於此詩題下注云：「《潤州圖經》云：焦山普濟院，在金山之東。」焦山綸長老，或即詩中老僧，中江（今四川德陽）人，為焦山普濟院僧。詩作於神宗熙寧七年（西元一〇七四年）二月。人生處世，隨緣為是，不必牽於心機，如同法師目前是居住在焦山，不會因焦山美好而生留戀，也不會因焦山不好而生厭棄，大千世界，住在哪裡都是同樣的，重在心態的表現。唐釋惠海《頓悟入道要門論》卷上云：「問：『心住何處即住？』答：『住是不住一切處?』答:『不住一切處者,不住善惡、有無、內外、中間;不住空,亦不住不空;不住定,亦不住不定;即是不住一切處,只個不住一切處,即是住處也。得如是者,即名無住心也,無住心者是佛心。』」「而實未嘗住」之「住」就是指「無住心」,《金剛經》所謂「不應住色生心」,色,佛教指一切可以感知的形質。行跡不重要,重要的是不能有貪戀和執著之心。「我來」四句,藉維摩詰回應文殊師利所問的表現,說明如何要自在體悟,就如同「頭與足」,生來就是分別與帽子與鞋子相配的,反之,就不會合諧,就沒存在的價值與必要。要順其自然,要隨緣。「譬如長鬣人」以下八句則是舉例說明這個道理,宋人蔡絛《鐵圍山叢談》卷四云:「伯父君謨號美鬚髯,仁宗一日屬清閑之燕,偶顧問曰:『卿髯甚美,長夜覆之於衾下乎?將寘之於外乎?』君謨無以對。歸舍,暮就寢,思聖語,以髯寘之外,悉不安,遂一夕不能寢。蓋無心與有意,相去適有間,凡事如此。」按,蔡襄(西元一〇一二—一〇六七年),字君謨,北宋興化仙遊人。宋蔡正孫編《詩林廣記・後集》卷三此詩後附趙彥材詩注云:「此篇譬喻,乃先生用小說一段事裁以為詩,而意最高妙。」云用小說一段事作喻,當指蔡襄事。鬍鬚的有無與長短,多與個人習性有關,蔡襄喜蓄留長鬍鬚也是如此,並不妨礙他的起居生活,只是當有人詢問睡覺時是如何安置這些長鬍鬚,蔡氏卻把這當回事了,於是折騰了一晚上,不僅沒有想到適宜的方法,而且徹夜未能安眠。前此每晚能睡個安穩的覺,並未在意長鬍鬚何去何從,如今著意安放長鬍鬚,卻左也不是,右也不是,折騰了一夜,也不能心願達成,覺也睡不成,之所以不能安眠,就在於心有牽掛,即不能「無住心」,有了牽掛，就有了執念，就不能超脫，就會引發心煩意亂。世間諸事，多是如此，小到睡覺，大到治家理國，很多事，自己是解決不了的，偏偏又想干預，不自量力也罷，自討沒趣也罷，其結果多是適得其反。世上諸事表現形態不一，但道理是相通的，月印萬川。詩似禪偈，即以詩句形式，表達佛理禪機，意在說明當摒除雜念，心不散亂，專注一境，遊戲筆墨，味道十足。

無錫❶道中賦水車❷

翻翻❸聯聯❹銜尾鴉❺，犖犖确确❻蛻骨蛇❼。分疇翠浪走雲陣❽，刺
水綠鍼❾抽稻芽❿。洞庭⓫五月欲飛沙，鼉鳴⓬窟中如打衙⓭。天公不見老
翁泣，喚取阿香推雷車⓮。

【注　釋】❶無錫　宋置常州無錫縣，今屬江蘇無錫。❷水車　舊式灌溉機械。用人或畜力作為動力，通過管、筒、水槽等機件將水上提。《宋史・河渠志五》：「地高則用水車汲引，灌溉甚便。」❸翻翻　翻飛；翻騰貌。❹聯聯　接連不斷貌。❺銜尾鴉　喻水斗急速運轉，前後相接，如銜尾飛旋的烏鴉。銜尾，謂前後相接。❻犖犖确确　犖确指怪石嶙峋貌，堅硬貌。此處犖犖确确，用以形容骨節突露瘦硬。❼蛻骨蛇　宋王十朋《東坡詩集註》注云：「江浙間人目水車為龍骨車。」按，俗稱蛇為小龍。蛻骨，

脫皮剩骨之意。❽分疇句　謂水車揚出的水把田中禾苗分開。疇，已耕作的田地。翠浪，指禾苗因水沖擊而起伏形成的波浪。走，奔跑。雲陣，軍陣中一種蜿蜒曲折的橫隊。❾綠鍼　指秧苗尖細如針。鍼，同「針」。❿稻芽　稻穀種子發出的芽。⓫洞庭　太湖中有洞庭東山、洞庭西山，又太湖的別名稱洞庭，參見〈贈孫莘老七絕〉注⓭。⓬鼉鳴　即鼉吟，鼉鳴叫，古人聽鼉叫以占雨。宋王十朋《東坡詩集註》注云：「江淮間謂鼉鳴如鼓，亦謂之鼉更。」鼉更，指更鼓聲，因鼉夜鳴與更鼓相應，故名。鼉，揚子鱷，又稱鼉龍、豬婆龍。爬行動物，背部與尾部有角質鱗甲，穴居於江河岸邊和湖沼底部。其皮可以製鼓。⓭打衙　擊鼓。蘇轍〈次韻毛君山房即事十首〉其五云：「請看早朝霜入屨，何如臥聽打衙聲。」⓮喚取句　晉陶潛《搜神後記》卷五：「永和中，義興人姓周，出都，乘馬從兩人行。未至村，日暮，道邊有一新草小屋，一女子出門，年可十六七，姿容端正，衣服鮮潔。望見周，過謂曰：『日已向暮，前村尚遠，臨賀詎得至？』周便求寄宿，此女為燃火作食。向一更中，聞外有小兒喚阿香聲，女應諾。尋云：『官喚汝推雷車。』女乃辭行，云：『今有事，當去。』夜遂大雷雨。向曉，女還，周既上馬，看昨所宿處，止見一新冢，冢口有馬尿及餘草，周甚驚惋，後五年果作臨賀太守。」雷車，雷神的車子。

【語　譯】翻飛時連綿不斷像似銜尾飛旋的烏鴉，水車如同骨節突露而瘦硬的龍蛇。分開了田中如同波浪般起伏的翠綠秧苗，水流奔走似一蜿蜒曲折的軍隊，如針尖一樣的秧苗刺出水面，稻穀的種子已經發芽。太湖中的洞庭山五月將要飛起塵沙，揚子鱷在洞穴中鳴叫如報更的擊鼓聲。老天看不到老農在哭泣，請呼喚阿香推出雷神車子。

【研　析】此為詠物詩，宋神宗熙寧間蘇軾通判杭州，因公務至常州、無錫，因久旱不雨，農戶們正忙著用水車為農田灌溉，目睹此情此景，詩人寫下了此詩。首聯摹寫水車運轉的形態，頸聯敘寫水流沖到稻田裡的情形，「刺水綠鍼抽稻芽」，一「刺」字，一「抽」字，寫出了秧苗得水澆灌後生機勃發的樣子。「洞庭五月欲飛沙」是說明旱情目前難以緩解，末二句則是企盼老天能體恤民情，早些落雨，以緩解旱情。宋葛立方《韻語陽秋》卷二十云：「舒王作〈前元豐行〉云『倒持龍骨掛屋敖』，〈後元豐行〉云『龍骨長乾掛梁梠』，龍骨，水車也，是歲豐稔，故龍骨掛而不用。又有〈寄楊德逢〉詩云：『遙聞青秧底，復作龜兆拆。倏倏兩龍骨，豈得長掛壁。』是歲亢旱，故反前詠爾。東坡亦有水車詩云：『翻翻聯聯銜尾鴉，犖犖确确蛻骨蛇。分畦翠浪走雲陣，刺水綠鍼抽稻芽。』『天公不念老農泣，喚取阿香推雷車。』言水車之利，不及雷車所霑者廣也。」舒王即王安石，意思是說水車只能解決一時之需，民以食為天，天下大旱的地方尚多，而河中、湖中的水有限，再多的水車又有什麼用，還是指望老天落下及時雨，方能解決眼前的危機。前四句全用比喻，摹繪聲情，奇情異彩，形象淋漓。

張子野❶年八十五尚聞買妾，述古❷令作詩

錦里先生自笑狂❸，莫欺九尺鬢眉蒼❹。
詩人老去鶯鶯❺在，公子歸來燕燕忙❻。
柱下相君猶有齒❼，江南刺史已無腸❽。
平生謬作安昌客，略遣彭宣到後堂❾。

【注釋】❶張子野　張先（西元九九〇—一〇七八年），字子野，烏程（今浙江湖州）人。天聖八年（西元一〇三〇年）進士，知吳江，仕至都官郎。善詩詞，尤工樂府。❷述古　陳襄（西元一〇一七—一〇八〇年），字述古，號古靈，福州侯官人。中進士，為浦城簿，用薦為祕閣校理，判尚書祠部。出知常州，為開封府推官，知明州。明年同修起居注知諫院。忤王安石，出知陳、杭二州，遷樞密直學士兼侍讀，卒年六十四。著有《古靈集》。❸錦里句　唐杜甫〈南鄰〉詩：「錦里先生烏角巾，園收芋栗不全貧。慣看賓客兒童喜，得食階除鳥雀馴。秋水纔深四五尺，野航恰受兩三人。白沙翠竹江村暮，相對柴門月色新。」錦里，即錦官城，故址在今四川成都南。成都舊有大城、少城，少城古為掌織錦官員之官署，因稱錦官城，後用作成都的別稱。❹莫欺句　唐杜甫〈洗兵馬〉詩：「張公一生江海客，身長九尺鬚眉蒼。徵起適遇風雲會，扶顛始知籌策良。」張公，指張鎬（？—西元七六四年），此借指張先。《新唐書》載：張鎬，字從周，博州人。儀狀瓌偉，有大志，視經史猶漁獵，好王霸大略。遊京師，未知名，率嗜酒鼓琴自娛。人或邀之，杖策往醉即返，不及世務。天寶末，楊國忠執政，求天下士為己重，聞鎬才，薦之，拜左拾遺，歷侍御史。肅宗時擢諫議大夫，尋拜中書侍郎，同中書門下平章事。代宗朝封平原郡公。❺鶯鶯　此喻嬌妻美妾。唐元稹《鶯鶯傳》云：唐貞元中有張生者，性溫茂，美風容，年二十三，未嘗近女色。後遊於蒲，寓居普救寺，遇崔氏女鶯鶯，時年十七，張生驚其顏色豔異，光輝動人，遂託其婢紅娘，以情詩挑之，通達情愫，終成歡好。不久張生以文調及期，又當西去，遂有始亂終棄之事。❻公子句　《漢書・外戚傳》云：「孝成趙皇后，本長安宮人。初生時，父母不舉，三日不死，迺收養之。及壯，屬陽阿主家，學歌舞，號曰飛燕。成帝嘗微行，出過陽阿主，作樂，上見飛燕而說之，召入宮，大幸。有女弟，復召入，俱為倢伃，貴傾後宮。」又云：「先是有童謠曰：『燕燕尾涎涎，張公子，時相見。木門倉琅根，燕飛來，啄皇孫。皇孫死，燕啄矢。』成帝每微行出，常與張放俱，而稱富平侯家，故曰張公子。倉琅根，宮門銅鍰也。」公子，尊稱有權勢地位的人。燕燕，喻嬌妻美妾。❼柱

下句　《史記・張丞相列傳》：「張丞相蒼者，陽武人也，好書律曆。秦時為御史，主柱下方書。」又：「是時蕭何為相國，而張蒼乃自秦時為柱下史，明習天下圖書計籍，蒼又善用算律曆，故令蒼以列侯居相府。」又：「蒼之免相後，老，口中無齒，食乳，女子為乳母，妻妾以百數，嘗孕者不復幸。蒼年百有餘歲而卒。」柱下，即柱下史，周、秦官名，即漢以後的御史，因其常侍立殿柱之下，故名。❽江南句　唐孟棨《本事詩》載：「李相紳鎮淮南，張郎中又新罷江南郡，……張嘗為廣陵從事，有酒妓，嘗好致情，而終不果納。至是二十年猶在席，目張悒然，如將涕下。李起更衣，張以指染酒題詞盤上，妓深曉之。李既至，張持杯不樂，李覺之，即命妓歌以送酒。遂唱是詞曰：『雲雨分飛二十年，當時求夢不曾眠。今來頭白重相見，還上襄王玳瑁筵。』張醉歸，李令妓夕就張郎中。張與楊虔州齊名友善，楊妻李氏，即鄘相之女，有德無容，楊未嘗意，敬待特甚。張嘗語楊曰：『我少年成美名，不憂仕矣，唯得美室，平生之望斯足。』楊曰：『必求是，但與我同好，必諧君心。』張深信之。既婚，殊不愜心，楊以笏觸之曰：『君何大癡。』言之數四，張不勝其忿，迴應之曰：『與君無間，以情告君，君誤我如是，何謂癡？』楊歷數求名從宦之由，曰：『豈不與君皆同邪？』曰：『然，然則我得醜婦，君詎不聞我邪？』張色解，問君室何如，曰：『特甚。』張大笑，遂如初。張既成家，乃詩曰：『牡丹一朵直千金，將謂從來色最深。今日滿欄開似雪，一生辜負看花心。』」又載：「劉尚書禹錫罷和州，為主客郎中，集賢學士李司空罷鎮在京，慕劉名，嘗邀至第中，厚設飲饌，酒酣，命妙妓歌以送之，劉於席上賦詩曰：『䰀鬌梳頭宮樣粧，春風一曲杜韋娘。司空見慣渾閑事，斷盡江南刺史腸。』」李因以妓贈之。」以上張又新與劉禹錫本為兩件事，因二者排列屬前後兩條，或蘇軾誤為一條而合用。刺史，原為朝廷所派督察地方之官，後沿為地方官職名稱。唐玄宗兩度改州為郡，改稱刺史為太守。後又改郡為州，稱刺史，此後太守與刺史互名。無腸，猶言沒有心腸或心思。❾平生二句　《漢書・張禹傳》：「張禹，字子文，河內軹人也……河平四年代王商為丞相，封安昌侯。」又：「禹性習知音，聲內奢淫。身居大第後堂，理絲竹筦弦。禹成就弟子，尤著者，淮陽彭宣，至大司空。沛郡戴崇，至少府九卿。宣為人恭儉有法度，而崇愷弟多智。與弟子相娛，禹將崇人後堂飲食，婦女相對，優人筦弦鏗鏘極樂，昏夜乃罷。而宣之來也，禹見之於便坐，講論經義，日宴賜食，不過一肉，卮酒相對。宣未嘗得至後堂。及兩人皆聞，知各自得也。」謬，用為謙詞。

【語　譯】錦里先生笑自己太狂妄，你們不要欺負身高九尺雙鬢和眉毛都灰白的老人。作為能詩的我雖然年紀已老而仍有嬌妻鶯鶯相陪伴，作為有權勢有地位的我回到家，美妾燕燕就會忙碌起來。可與當年的柱下史丞相張蒼相比，但我的牙齒還在，又似昔日仕宦江南的張又新一時迷戀歌妓，卻未必是真心。如同漢代的彭宣，平生白作了安昌侯張禹的門客，或者能被派遣到女眷居住的後面堂屋。

【研　析】詩作於宋神宗熙寧年間通判杭州時，張先於治平元年（西元一〇六四年）以尚書都官郎中致仕。此後常往來於杭州、吳興之間，以垂釣和創作詩詞自娛，元豐元年病逝，年八十八。張氏年已八十五，精力仍旺盛，還購買美妾，供自己驅使。詩就此事的發論，遊戲筆墨，戲謔調侃。此詩全用典故，而且全是用的張氏本家典故，宋人多論及，如趙德麟《侯鯖錄》卷七：「張子野年八十五尚聞買妾，陳述古作杭守，東坡作倅，述古令東坡作詩云（略），詩人謂張籍，公子謂張祜，柱下張蒼，安昌張禹，皆使姓張事。」又葉夢得《石林詩話》：「張先郎中字子野，能為詩及樂府，至老不衰。居錢塘，蘇子瞻作倅，時先年已八十餘，視聽尚精詳，家猶畜聲妓。子瞻嘗贈以詩云：『詩人老去鶯鶯在，公子歸來燕燕忙。』

蓋全用張氏故事戲之。」又王楙《野客叢書》卷二十九：「張子野晚年多愛姬，東坡有詩曰：『詩人老去鶯鶯在，公子歸來燕燕忙。』正均用張家故事也。案：唐有張君瑞遇崔氏女於蒲，崔小名鶯鶯，元稹與李紳語其事，作〈鶯鶯歌〉。漢童謠曰：『燕燕尾涎涎，張公子，時相見。』又曰張祜妾名燕燕。其事蹟與夫對偶精切如此。」除首句「錦里先生」不能確指，其餘均能認定為張氏何人。「錦里先生」出自杜詩〈南鄰〉，所指為杜甫寓居成都時的鄰居。或以為蘇軾是蜀人，錦里先生為自喻，詩中用典，均為張氏，自喻是說不通的。宋王十朋《東坡詩集註》引趙次公注云：「成都謂之錦官，故亦謂之錦里。杭州臨安縣，昔日錢王時賜名衣錦坡，而先生〈臨安三絕〉又有題名錦溪，今句特取『錦里先生』四字，以言子野，時陳述古守杭，令作此詩，可以推見。」認為錦里指杭州，錦里先生指張先本人，可備一說。詩雖句句用典，但流利不澀。用事貼切，對偶工整，精當絕妙。驅使古書，信手拈來，可謂對典故是爛熟於心的。

雪後書北臺壁[1]二首

其一

黃昏猶作雨纖纖，夜靜無風勢轉嚴[2]。但覺衾裯[3]如潑水，不知庭院

已堆鹽❹。五更曉色來書幌❺，半夜寒聲落畫簷❻。試掃北臺看馬耳❼，
未隨埋沒有雙尖。

其二

城頭初日始翻鴉，陌上晴泥已沒車。凍合玉樓寒起粟，光搖銀海眩生花❽。遺蝗入地應千尺，宿麥連雲有幾家❾？老病自嗟詩力退，空吟〈冰柱〉憶劉叉❿。

【注釋】❶雪後書北臺壁　宋張淏《雲谷雜紀》卷三：「東坡〈雪後書北堂壁〉云：『試掃北臺看馬耳，未隨埋沒有雙尖。』按，北臺在密州之北，因城為臺，馬耳與常山在其南。東坡為守日，葺而新之，子由因請名之曰超然臺，偶閱注東坡詩，見注者不得其詳，因記之。」《山東通志》卷九：「超然臺，在縣北城上之西偏，縣之北城上東西各有一臺，元魏建城時所築。宋熙寧八年蘇軾來守密州，因於西城臺上創為棟宇，以為登眺遊息之所，其弟為濟南司理，寄題為超然臺云。」❷嚴　凜冽，形容極寒。❸衾裯　指被褥床帳等臥具。❹鹽　比喻雪。❺五更句　宋費衮《梁谿漫志》卷七云：「東坡雪詩『五更曉色來書幌，半夜寒聲落畫檐』，或疑五更自應有曉色，亦何必雪。蓋誤認五更字，此所謂五更者，甲夜至戊夜爾，自昏達旦皆若曉色，非雪而何？此語初若平易而實新奇，前人未嘗道也。」謂因落雪，天色整夜如同破曉時那般明亮。五更，舊時自黃昏至拂曉一夜間，分為甲、乙、丙、丁、戊五段，謂之五更，

又稱五鼓、五夜。也特指第五更的時候，即天將亮時。書幌，書帷，又指書房。❻畫簷　有繪飾的屋簷。❼馬耳　元于欽《齊乘》卷一：「馬耳山，密州西南六十里。東坡詩：『試掃北臺看馬耳，未隨埋沒有雙尖。』北臺，謂超然臺也。」《山東通志》卷六：「馬耳山，在縣西南五十里。《水經注》云：山高百丈，上有兩石竝舉，望齊馬耳，故世取名焉。東北為東垛山、夾山、鐵牛山，南為孝順山、鞍山、瓦籠山，西南為花山、橫山、瓮山、斗山、固子山。」❽凍合二句　宋趙德麟《侯鯖錄》卷一：「東坡在黃州日作雪詩云：『凍合玉樓寒起粟，光搖銀海眩生花。』人不知其使事也。後移汝海，過金陵，見王荊公，論詩及此，云：『道家以兩肩為玉樓，以目為銀海，是使此事否？』坡笑之，退謂葉致遠曰：『學荊公者，豈有此博學哉？』」按云詩在黃州作，當誤。知是道家用語，玉樓指肩，銀海指眼。凍合，猶言冰封。起粟，謂皮膚起雞皮疙瘩。生花，謂眼昏花。❾遺蝗二句　宋羅大經《鶴林玉露》卷三：「蝗纔飛下，即交合，數日產子，如麥門冬之狀，日以長大，又數日，其中出，如小黑蟻者八十一枚，即鑽入地中。《詩》註謂螽斯一產八十一子者，即蝗之類也。其子入地，至來年禾秀時乃出，旋生翅羽，若臘雪凝凍，則入地愈深，或不能出。俗傳雪深一尺，則蝗入地一丈。東坡雪詩云『遺蝗入地應千尺』是也。蝗災每見於大兵之後，或言乃戰死之士冤魂所化，雖未必然。但余曩在湖北，見捕蝗者，雖羣呼聚噉，蝗不為動。至鳴擊金鼓，則聳然而聽，若成行列，則謂為殺傷沴氣之所化，理或然也。」又元方回編《瀛奎律髓》卷二十一〈雪類〉云：「雪宜麥而辟蝗，蝗生子入地，雪深一尺，蝗子入地一丈。玉樓為肩，銀海為眼，用道家語，然竟不知出道家何書，蓋《黃庭》一種書相傳有此說。」遺蝗，指蝗蟲所產之卵。宿麥，隔年成熟的麥。即冬麥。❿空吟句　《新唐書・劉叉傳》：「劉叉者，亦一節士。少放肆，為俠行，因酒殺人亡命，會赦出，更折節讀書。能為歌詩，然恃故時所負，不能俛仰貴人，常穿屐破衣。聞愈接天下士，步歸之，作〈冰柱〉、〈雪車〉二詩，出盧仝、孟郊右，樊宗師見為獨拜。能面道人短長，其服義則又彌縫若親屬，然後以爭語不能下賓客，因持愈金數斤去，曰：『此諛墓中人得耳，不若與劉君為壽。』愈不能止，歸齊魯，不知所終。」按，劉叉為韓愈弟子。其〈冰柱〉詩云：「師干久不息，農為兵兮民重嗟。騷然縣宇，土崩水潰。畹中無熟穀，壠上無桑麻。王春判序，百卉茁甲含葩。有客避兵奔遊僻，跛履險厄至三巴。貂裘蒙茸已敝縷，鬢髮蓬舥，雀驚鼠伏，寧遑安處。獨臥旅舍無好夢，更堪走風沙。天人一夜剪瑛瑑，詰旦都成六出花。南畝未盈尺，纖片亂舞空紛拏。旋落旋逐朝暾化，簷間冰柱若削出交加。或低或昂，小大瑩潔，隨勢無等差。始疑玉龍下界來人世，齊向茅簷布爪牙。又疑漢高帝，西方未斬蛇。人不識，誰為當風杖莫邪。鏗鏜冰有韻，的皪玉無瑕。不為四時雨，徒於道路成泥柤。不為九江浪，徒能汨沒天之涯。不為雙井水，滿甌泛泛烹春茶。不為中山漿，清新馥鼻盈百車。不為池與沼，養魚種芰成霪霔。不為醴泉與甘露，使名異瑞世俗誇。特稟朝澈氣，潔然自許靡間其邇遐。森然氣結一千里，滴瀝聲沈十萬家。明也雖小暗之大，不可遮。勿被曲瓦，直下不能抑群邪。奈何時逼，不得時在我目中，倏然漂去無餘些。自是成毀任天理，天於此物豈宜有忒賒。反令井蛙壁蟲變容易，背人縮首競呀呀。我願天子迴造化，藏之韞櫝玩之生光華。」

【語　譯】其一

黃昏時仍然下著細微的雨，夜晚安靜無風，情勢轉向極其陰冷。只覺得被褥床墊如同潑了水般冰涼，不知道庭院中已堆積了如鹽般的雪。一夜五更，天色如同破曉時明亮，來到了書房，寒冬半夜，雨雪聲落在雕繪的房簷上。嘗試清掃著北臺上的雪，以便觀賞馬耳山，並未因落雪而被埋沒，仍然可見到兩座尖尖似耳的山峰。

其二

城牆上太陽升起，烏鴉開始翻飛，晴天中路上的泥水已淹沒了車輪。天地冰封，在寒冷中雙肩皮膚起雞皮疙瘩，雪光晃動，兩眼暈眩發昏。蝗蟲把卵產在應該是千尺之深的地下，冬麥如連片的雲那般多會有幾家？我年老多病，自歎作詩的工力已減退，徒然吟詠著〈冰柱〉詩，就會想起了劉叉。

【研析】宋神宗熙寧七年，蘇軾自杭州通判移知密州（今山東諸城），這年十一月抵達任所。詩作於知密州時，凡二首。其一敘寫一夜飄雪的情形。黃昏開始落雨，夜晚天氣變得極其寒冷，然後暴雪突降，夜晚被雪映照的如同天明。因寒冷而難以入眠，詩人就來到了室外，在北臺上觀賞雪景，雪雖然厚，但馬耳山的雙耳還未被大雪封蓋。其二敘寫雪後的情景。次日一早，便是雪後天晴，重在抒寫這次雨雪對民生的影響。「遺蝗」二句是有感而發，筆鋒所指，則與時事有關。蘇軾〈論河北京東盜賊狀〉云：「熙寧七年月蘇軾奏……臣所領密州，自今歲秋旱，種麥不得直，至十月十三日方得數寸，雨雪而地冷難種，雖種無生，比常年十分中只種得二三。」又蘇轍〈超然臺賦〉敘云：「子瞻既通守餘杭，三年不得代，以轍之在濟南也，求為東州守。既得請高密，其地介於淮海之間，風俗朴陋，四方賓客不至。受命之歲，承大旱之餘孽，驅除螟蝗，逐捕盜賊，廩卹饑饉，日不遑給，幾年而後少安。」知這次雨雪的降落，是繼大旱之後，雖然可令蝗蟲不能瘋狂地橫行，但田地冷凍，也不利於作物的生長。末句「空吟〈冰柱〉憶劉叉」，劉叉詩今存不多，其中〈冰柱〉、〈雪車〉二詩，敘寫雨雪給民生帶來的不幸。宋葛立方《韻語陽秋》卷三：「劉叉詩酷似玉川子，而傳於世者二十七篇而已，〈冰柱〉、〈雪車〉二詩雖作語奇怪，然議論亦皆出於正也。〈冰柱〉詩云：『不為四時雨，徒於道路成泥柤。不為九江浪，徒能汩沒天之涯。』〈雪車〉詩謂『官家不知民餒寒，盡驅牛車盈道載屑玉。載載欲何之，祕藏深宮以禦炎酷』，如此等句，亦有補於時。」蘇軾詩中所流露出的為民生而憂慮的情感，是與劉氏詩相吻合的。此詩在創作技巧方面，以生新奇險著稱，為時人所激賞。主要有三點：其一、用典方面。「凍合玉樓寒起粟，光搖銀海眩生花」，用典生僻新奇，宋王十朋《東坡詩集註》引趙次公注云：「世傳王荊公嘗誦先生此詩，歎云：『蘇子瞻乃能使事至此！』時其壻蔡卞曰：『此句不過詠雪之狀，粧樓臺如玉樓、瀰漫萬象若銀海耳。』荊公哂焉，謂曰：『此出道書也。』目下：『曾不理會於「玉樓」何以謂之「凍合」而下三字云「寒起粟」，於「銀海」何以謂之「光搖」而下三字云「眩生花」乎？』起粟字，蓋使趙飛燕雖寒體無軫粟也。」可見蘇軾讀書之多，既博識強志，又能得心應手。其二、用韻方面。使用險韻或窄韻，險韻指險僻難押的詩韻。又窄韻，謂詩韻中字數較少的韻部，與「寬韻」相對。陸游〈跋呂成叔和東坡尖叉韻雪詩〉：「古詩有倡有和，有雜擬追和之類，而無和韻者，唐始有之而不盡同。有用韻者，謂同用此韻耳。後乃有依韻者，謂如首倡之韻，然不以次也。最後始有次韻，則一皆如其韻之次。自元、白至皮、陸，此體乃成，天下靡然從之。今蘇文忠集中有雪詩，用尖、叉二字，王文公集中又有次蘇韻詩，議者謂非二公莫能為也。通判澧州呂文之成叔乃頓和百篇，字字工妙，無牽強湊泊之病。」王文公即王安石，蘇軾此二詩，當時蘇轍有次韻二首，王安石有次韻六首，至南宋呂文之有和唱百首，頗有爭奇鬥巧、因難取勝的意思。宋人費袞《梁谿漫志》卷七：「作詩押韻是一奇，荊公、東坡、魯直押韻最工，而東坡尤精於次韻，往返數四，愈出愈奇。如作梅詩、雪詩，押曒字、叉字。在徐州與喬太博唱和押粲字，數詩特工。荊公和叉字數首，魯直和粲字數首，亦皆傑出。蓋其胸中有數萬卷書，左抽右取，皆出自然，初不著意要尋好韻，而韻與意會，語皆渾成，此所以為好。若拘於用韻，必有牽強處，則害一篇之意，亦何足稱。」又元方回編《瀛奎律髓》卷二十一〈雪類〉云：「馬耳，山名，與臺相對，坡知密州時作，年三十九歲。偶然用韻甚險，而再和尤佳。或謂坡詩律不及古人，然才高氣雄，下筆前無古人也。觀此雪詩，亦冠絕古今矣。雖王荊公亦心服，屢和不已，終不能壓倒。」也就是說蘇詩用韻，即使是險韻，或窄韻，也是信手拈來，自然渾成，不似他人刻意為之，反覺拘緊生硬。其三、用字方面。宋人胡仔《苕溪漁隱叢話・前集》卷二十九云：「『遺蝗入地應千尺，宿麥連雲有幾家』，蓋蝗遺子於地，若雪深一尺，則入地一丈，麥得雪則資茂而成稔歲，此老農之語也，故東坡皆收拾入詩句，殆無餘蘊矣。」又《瀛奎律髓》卷二十一〈雪類〉於黃庭堅〈詠雪奉呈廣平公〉和〈春雪呈張仲謀〉詩附錄云：「蘇、黃名出同時，山谷此二詩適亦用花字、簷字韻，此乃山谷少作耳，視坡詩高下如何？細味之，『夢閒』、『睡起』、『疏密』、『整斜』二聯與坡『潑水』、『堆鹽』之句，亦只是一意，但有淺深工拙。而『庭院已堆鹽』之句，卻有頓挫。坡詩天才高妙，谷詩學力精嚴，坡律寬而活，谷律刻而切云。」即蘇軾詩中能用老農語，又用「潑水」、「堆鹽」等俗語，拙中見巧，俗中見雅，往往會產生令人意想不到的新鮮感。

送春

夢裏青春❶可得追，欲將詩句絆❷餘暉。酒闌❸病客❹惟思睡，蜜熟黃蜂亦懶飛。芍藥櫻桃俱掃地❺，鬢絲禪榻兩忘機❻。憑君借取法界觀❼，一洗人間萬事非❽。來書云：近看此書，余未嘗見也。

【注釋】❶青春　指春天，春季草木茂盛，其色青綠，故稱。又指青年時期。❷絆　纏束；牽制。❸酒闌　謂酒筵將盡。❹病客　疲病的旅居在外之人。❺掃地　打掃地面，比喻除盡，丟光。此指凋零。❻鬢絲句　唐杜牧〈題禪院〉詩：「今日鬢絲禪榻畔，茶煙輕颺落花風。」鬢絲，鬢髮，此指鬢角已有白髮。唐李商隱〈贈司勳杜十三員外〉詩云「鬢絲休歎雪霜垂」。禪榻，禪床。忘機，消除機巧之心，常用以指甘於淡泊，與世無爭。❼法界觀　佛教語。《華嚴經》所說證入「法界」的觀法，中國佛教華嚴宗據以立「四法界」觀，即為事法界、理法界、理事無礙法界、事事無礙法界。這四種法界，代表了對世界的不同層次的認識，第一種是凡夫的認識，後三種屬於佛智。華嚴宗認為，只有事事無礙法界，才是佛智的最高境界。法界，佛教語，梵語意譯。通常泛稱各種事物的現象及其本質。法泛指宇宙萬有一切事物，包括世間法、出世間法，即一切不同的萬事萬物都能保持各自的特性，互不相紊，並按自身的軌則，能讓人們理解是什麼事物。界，含有種族、分齊的意思，即分門別類的不同事物各守其不同的界限。不同的經論和宗派，對法界的開合分類有所不同，有一法界、三法界、四法界、五法界、十法界等說法。❽一

洗句　唐杜甫〈送韓十四江東省覲〉詩：「兵戈不見老萊衣，歎息人間萬事非。」

【語　譯】夢裡追尋著春天，很想用詩句牽制住傍晚的斜陽。酒筵將盡，旅居在外，身心疲憊，只想睡覺，蜂蜜已成熟，黃蜂也懶得飛動。芍藥和櫻桃都已凋零落地，鬢髮已白，臥病禪床，兩者早已置之度外。有勞您取用法界觀來看，徹底清除人世間所有的是是非非。

【研　析】此詩或題作〈送春示友人〉，蘇轍有〈次韻劉敏殿丞送春〉，末有注云：「四月十一日，立夏。」宋人邵浩編《坡門酬唱集》卷十七載蘇轍此詩，後又有蘇軾詩，題「東坡次韻」，知蘇軾詩也是次韻劉氏之作，寫於初夏季節。詩中抒寫春去夏來，季節的變換，由春天的生機盎然，轉眼間卻見殘落凋零。首聯抒寫對美好春光的留戀，次聯敘寫客居在外，因身體疲病而情緒不佳，「蜜熟黃蜂亦懶飛」則是進一步強調生機的委靡。第三聯則進一步強化這種消沉感。按理說，春天已過去，夏天是成熟的季節，雖然有凋落的，也不似秋冬萬物凋零那般具有普遍性的，萬物生機依然。此時詩人所見黃蜂懶飛、芍藥和櫻桃零落、鬢髮星星等等，都因此時身體疲病，心情不佳，有些傷感。精神為不良情緒所主導，就會過於關注自然人事不好的一面，如何排解這種逐漸增強的不良情緒，末聯給出了答覆，佛家的法界觀不妨一用，表現在對自然及人世中各種事物的現象及其本質的觀照，泯滅其間的是是非非，以期能自在無礙。詩由傷病而傷春、傷景、傷物、傷情，情景交融，感慨良多。

次韻劉貢父❶、李公擇❷見寄二首（選一首）

白髮相望❸兩故人，眼看時事幾番新。曲無和者應思郢❹，論少卑之且借秦❺。歲惡詩人無好語，公擇來詩，皆道吳中❻饑苦之狀。夜長鰥❼守向誰親？貢父近喪偶。少思多睡無如我，鼻息❽雷鳴撼四鄰。

【注釋】❶劉貢父　劉攽（西元一〇二三—一〇八九年），字貢父，號公非，江西樟樹人。慶曆進士，調江陰簿，為國子監直講。熙寧初知太常禮院，為集賢校理、判登聞鼓院三司。元豐初出為京東轉運使，罷知兗州，徙亳州。元祐初召為祕書少監，以疾求補外，召拜中書舍人。卒年六十七。著有《公非先生集》、《詩話錄》等。❷李公擇　李常（西元一〇二七—一〇九〇年），字公擇，江西南康建昌人。登皇祐進士，調江州判官。熙寧初為祕閣校理，改右正言，知諫院，徙淮南西路提點刑獄。元豐六年召為太常少卿，遷禮部侍郎。哲宗立，改吏部，進戶部尚書。拜御史中丞兼侍讀，加龍圖閣直學士。徙兵部尚書，辭不拜，出知鄧州，徙成都，行次陝暴卒，年六十四。❸相望　相去；相距。❹曲無句　宋玉〈對楚王問〉：「楚襄王問於宋玉曰：『先生其有遺行與？何士民眾庶不譽之甚也。』宋玉對曰：『唯，然有之，願大王寬其罪，使得畢其辭。客有歌於郢中者，其始曰〈下里〉、〈巴人〉，國中屬而和者數千人；其為〈陽阿〉、〈薤露〉，國中屬而和者數百人；其為〈陽春〉、〈白雪〉，國中屬而和者不過數十人。引商刻羽，雜以流徵，國中屬而和者不過數人而已。是其曲彌高，其和彌寡。』」後世遂有「曲高和寡」一詞，謂曲調高雅，能跟著唱的人就少，比喻知音難得。也比喻言論或作品不通俗，能理解的人很少。後世也有「郢人」、「郢客」之稱，指善歌者。❺論少句　《漢書・張釋之傳》：「張釋之，字季，南陽堵陽人也。與兄仲同居，以貲為騎郎，事文帝十年不得調，亡所知名。……中郎將爰盎知其賢，惜其去，乃請徙釋之補謁者。釋之既朝畢，因前言便宜事，文帝曰：『卑之，毋甚高論，令今可行也。』於是釋之言秦漢之間事，秦所以失、漢所以興者，文帝稱善，拜釋之為謁者僕射從行。」少，一作「稍」。❻吳中　詳〈吳中田婦歎〉注❶。❼鰥　即鰥魚，明李時珍《本草綱目・鱗四・鰥魚》：「其性獨行，故曰鰥。」指成年無妻或喪妻的人。❽鼻息　特指熟睡時的鼾聲。

【語　譯】相距遠方的兩位老朋友都已是白髮，親眼目睹了現時政事的幾番更新。如同曲調高雅沒有追隨和唱的人，讓人思戀起昔日的知己郢客，言論稍覺淺陋，姑且如漢代的張釋之借助評議秦之所以失去天下被賞識。年歲收成不好，作為詩人的公擇您沒法用美好的言詞；長夜漫漫，喪妻獨守，貢父您又與誰親熱呢？少有煩心，多是安睡，沒有誰能比得上我，鼾聲如雷鳴般，都驚動了周圍的鄰居。

【研　析】宋王十朋《東坡詩集註》卷十二注云：「時公擇知湖州，貢父亦在江浙，東坡守密。」宋朋九萬《烏臺詩案》云：「熙寧九年，劉攽寄秦字韻詩與某（蘇軾自謂），尋和之，此詩云『眼看時事幾番新』，以譏近日更立新法事多也。」又見宋胡仔《苕溪漁隱叢話・前集》卷四十三〈東坡六〉。清查慎行《蘇詩補註》卷十三云：「慎按：此詩公自注有公擇來詩，皆道吳中饑苦之語，公擇以熙寧七年自鄂州移知湖州，在任兩年，改齊州。作此詩時公擇尚在湖，貢父時知曹州，二詩唱和既係同時作，其為熙寧八年無疑。《詩案》以為六年，

《苕溪叢話》以為九年，當是傳刻之訛，今依施氏原本，與後一首俱編密州卷中。」按，朋九萬《烏臺詩案》也作九年，非六年。熙寧七年九月，蘇軾由通判杭州改知密州，十一月到任。九年九月移知河中府，十一月離開密州。詩作於密州任內，凡二首，此為第一首。首聯感慨歲月不饒人。按，此時蘇軾四十不到，劉氏五十三歲，李氏五十不到，劉、李二人已是白髮，蘇軾也有「鬢微霜」之歎，三人都是不得志者，「眼看時事幾番新」，很有冷眼旁觀之意，「譏近日更立新法事多」云云，與主政者不合之意甚明。「曲無和者應思郢，論少卑之且借秦」二句是蘇軾本人處境的真實寫照，也是對劉、李二人處境的說明。《宋史・李常傳》云：「熙寧初，為祕閣校理，王安石與之善，以為三司條例檢詳官，改右正言知諫院。安石立新法，常預議，不欲青苗收息，至是疏言條例司始建已致中外之議，至於均輸青苗，斂散取息，傅會經義，人且大駭，何異王莽猥析周官片言以流毒天下？安石見之，遣所親密諭意常，不為止。又言州縣散常平錢，實不出本，勒民出息。神宗詰安石，安石請令常具官吏主名，常以非諫官體，落校理，通判滑州，歲餘復職，知鄂州，徙湖、齊二州。」知李常最初是與王安石友善的，後因在變法諸新政方面，與王安石有異見，被貶謫，出知鄂州、湖州等，所謂「公擇來詩，皆道吳中饑苦之狀」，即李常知湖州時事，所以「歲惡詩人無好語」，即是針對青苗等苛政而言的。至於末二句出以打趣之言，實際上是言不由衷的。此詩雖是遊戲筆墨，然對仗工巧，如「曲無和者應思郢，論少卑之且借秦」，用事新奇。

祭常山❶回小獵

青蓋前頭點皂旗❷，黃茅岡❸下出長圍❹。弄風驕馬❺跑❻空立，趁❼兔蒼鷹掠地❽飛。回望白雲生翠巘❾，歸來紅葉滿征衣❿。聖明若用西涼簿⓫，白羽⓬猶能效一揮。

【注釋】❶常山　宋樂史《太平寰宇記》卷二十四〈河南道二十四・密州〉：「常山，晏氏《齊記》云：祈雨常應，故曰常山。」又元于欽《齊乘》卷一：「常山，密州南二十里。東坡〈雩泉記〉曰：禱雨未嘗不應，蓋有常德者，故謂之常山。廟西南十餘步有泉古者，謂吁嗟，而求雨曰雩，名之曰雩泉。宣和間封山神靈濟昭應王。」❷青蓋句　謂太守出獵時的儀衛。青蓋，青色的車蓋。皂旗，黑旗。❸黃茅岡　《山東通志》卷六〈山川志〉：「黃山，在常山南十里，俗呼黃茅岡，又曰黃坂。」❹長圍　長堤。又指環繞一城一地的較長工事，用於圍攻或防守。❺驕馬　壯健的馬。❻跑　走獸用腳刨地。❼趁　追逐；追趕。❽掠地　擦過或拂過地面。❾翠巘　青翠的山峰。❿征衣　旅人之衣；出征將士之衣，又泛指軍服。此指獵服。⓫聖明句　宋人胡仔《苕溪漁隱叢話・前集》卷四十五〈東坡八〉引《詩案》云：「知密州日，因祭常山回，與同官習射放鷹，作詩云（略），意取西涼州主簿謝艾，本是書生，卻善用兵。意以自比言聖朝若用軾為將，不減謝艾也。」又見宋蔡正孫《詩林廣記・後集》卷四〈蘇東坡・烏臺詩案〉。按，謝艾事詳《晉書・張重華傳》。聖明，英明聖哲，無所不知，封建時代稱頌帝、后之詞。

又皇帝的代稱。西涼，國名，東晉十六國時期建立在今甘肅省一帶的政權，國號皆稱「涼」，有前涼、後涼、北涼、南涼、西涼等。按，涼州，西漢置，轄境相當今甘肅、寧夏和青海湟水流域。簿，指主簿一類官職，因負責文書簿籍，故多稱簿，歷朝皆有。⓬白羽　古代軍中主帥所執的指揮旗，又稱白旄，亦泛指軍旗。又指羽扇，即用長羽毛製成的扇子。蘇軾〈念奴嬌・赤壁懷古〉詞：「羽扇綸巾，談笑間、檣艣灰飛煙滅。」羽扇綸巾用諸葛亮典，清昭槤《嘯亭雜錄・廓爾喀之降》：「福康安以為勢如破竹，旦夕可奏功，甚驕滿，擁肩輿揮羽扇以戰，自比武侯也。」武侯即諸葛亮。

【語　譯】青色車蓋的前頭點綴有黑色的旗子，從黃茅岡下出來，離開了長長堤圍。雄健的馬在風中舞弄，前腳在空中刨著而站立，蒼鷹追趕著兔子掠地飛掠著。回頭遠望，白色的雲氣已出現在青翠的山峰中，歸來時，身著打獵的服裝上已落滿了紅色的樹葉。皇上若能像張重華重用西涼簿謝艾那樣用我，似當年的諸葛亮揮動白羽扇，我仍能效一下綿薄之力。

【研　析】蘇軾〈雩泉記〉云：「常山，在東武郡治之南二十里，不甚高大，而下臨城中如在山下，雉堞樓觀髣髴可數。自城中望之如在城上，起居寢食無往而不見山者。其神食於斯民，固宜也。東武濱海多風，而溝瀆不留，故率常苦旱。禱於茲山，未嘗不應。民以其可信而恃，蓋有常德者，故謂之常山。熙寧八年春夏旱，軾再禱焉，皆應如響，乃新其廟。廟門之西南十五步有泉，汪洋折旋如車輪，清涼滑甘，冬夏若一。餘流溢去，達于山下，茲山之所以能常其德，出雲為雨，以信於斯民者，意其在此。」民以食為天，古代中國是農業大國，作為地方官，勸農是件重要的任務，也是民本思想的體現。春夏連旱，這就意味全年收成所要面臨的危機，作為地方父母官，去神廟中禱雨是常有的事，蘇軾在密州是如此，在其他州也是如此，又如知徐州時，結果都是禱神靈驗，百姓高興，詩人更是高興。這次祭神返回，興奮之餘，順便進行了一次小規模的圍獵，詩即寫於此時。前四句敘寫圍獵的盛況，隊旗飄揚，健馬奔騰，鷹隼飛掠，「點」字，「下」字，「弄」與「跑」字，「趁」與「掠」字，充分展現了氣氛的緊張與刺激，以及圍獵者的亢奮。至於「回望白雲生翠巘」，滿滿的自豪感油然而生，唐代詩人王維〈觀獵〉詩末句有「回看射鵰處，千里暮雲平」，蘇詩暗用此意，即蔑視困難，勇於迎戰，充滿自信。正是因為如此，才有「聖明若用西涼簿，白羽猶能效一揮」的想法。詩人因與當權派政見不合，乞補外，離開京城，通判杭州，之後又知密州，因對主政者的新法一直存在芥蒂，受到排擠，得不到重用。就詩意來說，流露出殺雞焉用牛刀之感。詩人又有詞〈江城子・密州出獵〉云，「老夫聊發少年狂。左牽黃，右擎蒼。錦帽貂裘，千騎卷平崗。為報傾城隨太守，親射虎，看孫郎。　酒酣胸膽尚開張。鬢微霜，又何妨？持節雲中，何日遣馮唐？會挽彫弓如滿月，西北望，射天狼。」當與此詩作於同時，可參看。馮唐是西漢文帝時人，曾奉詔持節至雲中（在今內蒙古托克托），復原雲中太守魏尚之職，晚年雖老，尚欲立功邊關。天狼，星名，在東井南，喻貪殘。此指西夏王朝，常出兵騷擾，成為北宋的邊患。詞中藉此表達希望能得到朝廷的重用，建功立業，報效國家。遺憾的是這種願望的達成是如此艱難，《烏臺詩案》載：「熙寧八年五月，軾知密州，於本州常山泉水處祈雨有應，遂名為雩泉。九年四月，立石常山之上。去年祭常山回，與同官習射放鷹，作詩一首，題在本州小廳上，除無譏諷外，云『聖朝若用西涼簿，白羽猶能效一揮』，意取西涼州主簿謝艾事。艾本書生也，善能用兵，故以此自比。若用軾為將，亦不減謝艾也。」詩人在一些作品中表達了對主政者的譏刺，此詩也被牽連其中，〈雩泉記〉中有所謂「今民吁嗟其所不獲而呻吟其所疾痛亦多矣」，或因此被關聯，儘管作者強調「無譏諷」，又怎能讓政敵們輕易放手呢？

望雲樓❶

陰晴朝暮幾回新，已向虛空❷付此身。出本無心歸亦好❸，白雲還似望雲❹人。

【注　釋】❶望雲樓　明李賢等《明一統志》卷三十四〈漢中府〉：「在舊洋州郡圃，唐德宗幸梁洋，嘗登是樓，御題一字于梁上。及還京，鑿取以歸。」❷虛空　天空；空中。又佛教語，虛與空者，無之別稱也，虛無形質，空無障礙，故名虛空。❸出本句　陶淵明〈歸去來〉：「雲無心以出岫，鳥倦飛而知還。」無心，猶無意，沒有打算。又佛教語，指解脫邪念的真心。❹望雲　仰望白雲，謂思念家鄉，思念父母。典出《新唐書·狄仁傑傳》：「親在河陽，仁傑在太行山，反顧，見白雲孤飛，謂左右曰：『吾親舍其下。』瞻悵久之，雲移乃得去。」

【語　譯】不論是陰天還是晴天，是朝晨還是傍晚，多次的變幻更新，我已經把自己交給了虛空。雲兒的出現本來是無心的，雲兒的歸去也不必感傷，望見了白雲，自己就思戀起故鄉的人。

【研　析】此詩是〈和文與可洋州園池三十首〉之一，文同（西元一〇一八—一〇七九年），字與可，號笑笑居士，人稱石室先生。梓州永泰（今屬四川鹽亭）人。宋仁宗皇祐元年（西元一〇四九年）進士，遷太常博士、集賢校理。神宗元豐初年，知洋州，又知湖州，世人稱文湖州。與蘇軾是表兄弟，擅詩文書畫。文氏有〈守居園池雜題〉，詩凡三十首，其中〈望雲樓〉云：「巴山樓之東，秦嶺樓之北。樓上捲簾時，滿樓雲一色。」知詩為文氏守洋州時所作。據宋人祝穆《方輿勝覽》卷六十八〈洋州・建置沿革〉云：「〈禹貢〉：梁州之域，益州分野，參實臨之。周隸雍州，春秋、戰國為楚地，……皇朝平蜀地，歸版圖，復為洋州，隸利州東路，改武康軍節度，領縣三，治興道。」知洋州曾屬蜀域，又歸陝地，屬今陝西西鄉縣。洋州地處川陝之域，故於望雲樓東可望見蜀之巴山，於望雲樓北可望見陝之秦嶺，蘇軾宦遊在外，思戀故鄉親人的情感常於詩文中流露出來，這首詩也是藉文氏詩意發揮，賦予其更為濃厚的鄉愁。「出本無心歸亦好」句化用陶淵明「雲無心以出岫，鳥倦飛而知還」句意，有歸隱之意。而「白雲」一詞又喻歸隱，南朝梁陶弘景〈詔問山中何所有賦詩以答〉：「山中何所有？嶺上多白雲。只可自怡悅，不堪持寄君。」又唐錢起〈藍田溪與漁者宿〉詩：「一論白雲心，千里滄州趣。」另外望雲又有企求自由之意，如陶潛〈始作鎮軍參軍經曲阿作〉詩：「望雲慚高鳥，臨水愧遊魚。」李善注：「言魚鳥咸得其所，而己獨違其性也。」知詩中除了鄉愁，還有歸隱之意，況且思鄉與歸隱常是關聯在一起的。

篔簹谷❶

漢川❷修竹賤如蓬❸，斤斧❹何曾赦籜龍❺。料得清貧饞太守，渭濱千畝❻在胸中。

【注釋】❶篔簹谷　在洋州（今陝西洋縣）北十里。篔簹，一種皮薄節長而竿高的竹子。❷漢川　即漢水，又稱漢江，發源於陝西省漢中市。❸蓬　草名，葉形似柳葉，邊緣有鋸齒，花周邊白色，中心黃色，秋枯根拔，遇風飛旋，故又名飛蓬。❹斤斧　斧頭。❺籜龍　竹筍的異名。❻渭濱千畝　一作「渭川千畝」。《史記・貨殖列傳》：「水居千石魚陂，山居千章之林，安邑千樹棗，燕秦千樹栗，蜀漢江陵千樹橘，淮北常山已南河濟之間千樹萩，陳夏千畝漆，齊魯千畝桑麻，渭川千畝竹，……」渭濱，渭水邊。渭水，黃河最大的支流，源出甘肅省鳥鼠山，橫貫陝西省中部，至潼關入黃河。

【語譯】漢水流域長長的竹子被視作如同蓬草低賤，可斤斧又何曾放過竹筍。料想清寒貧苦而又口饞的太守，渭川千畝的竹子都裝在太守的胸中。

【研析】此詩是〈和文與可洋州園池三十首〉之一，文與可其人詳前詩研析。蘇軾有〈文與可畫篔簹谷偃竹記〉，略云：「與可畫竹，初不自貴重，四方之人持縑素而請者，足相躡於其門，與可厭之，投諸地而罵曰：『吾將以為襪。』士大夫傳之，以為口實。及與可自洋州還，而余為徐州，與可以書遺余曰：『近語士大夫，吾墨竹一派近在彭城，可往求之，韈材當萃於子矣。』書尾復寫一詩，其略曰：『擬將一段鵝溪絹，掃取寒梢萬尺長。』予謂與可竹長萬尺，當用絹二百五十匹，知公倦於筆硯，願得此絹而已。與可無以答，則曰：『吾言妄矣，世豈有萬尺竹哉？』余因而實之，答其詩曰：『世間亦有千尋竹，月落庭空影許長。』與可笑曰：『蘇子辯則辯矣，然二百五十匹，吾將買田而歸老焉。』因以所畫篔簹谷偃竹遺予曰：『此竹數尺耳，而有萬尺之勢。』篔簹谷在洋州，與可嘗令予作〈洋州三十詠〉，篔簹谷，其一也。予詩云：『漢川修竹賤如蓬，斤斧何曾赦籜龍。料得清貧饞太守，渭濱千畝在胸中。』與可是日與其妻游谷中，燒筍晚食，發函得詩，失笑噴飯滿案。」彭城即徐州，蘇軾於神宗熙寧十年四月知徐州（今屬江蘇），文中記文氏畫竹逸事等，可與此詩相發明。《文選》左思〈吳都賦〉注引《異物志》云：「篔簹生水邊，長數丈，圍一尺五六寸，一節相去六七尺，或相去一丈。」渭水流域生長的篔簹竹子，因繁多而不被人們所看重，視如茅草，但其間生有的竹筍卻不被人們放過，是喜？還是悲？「料得清貧饞太守，渭濱千畝在胸中」，語意雙關，一方面是指竹筍成為香嫩美味的食材，令清寒貧苦而又口饞的太守，也把持不住。另一方面是指文氏善畫竹，渭川千畝的竹子成為其繪畫的素材，竹子的一枝一葉，形態風姿，已牢牢地刻印在其胸懷中，後世「胸中成竹」的成語，即源自此文。遊戲打趣，值得玩味。

登常山❶絕頂廣麗亭❷

西望穆陵關❸，東望琅邪臺❹。南望九仙山❺，北望空飛埃。相將叫虞舜❻，遂欲歸蓬萊❼。嗟我二三子❽，狂飲亦荒❾哉。紅裙欲仙去，長笛❿有餘哀。清歌入雲霄⓫，妙舞纖腰回。自從有此山⓬，白石封蒼苔。何嘗有此樂，將去復徘徊。人生如朝露⓭，白髮日夜催。棄置當何言，萬劫終飛灰⓮。

【注釋】❶常山　詳〈祭常山回小獵〉注❶。❷廣麗亭　《山東通志》卷九〈古蹟志〉云：「廣麗亭，在諸城縣常山頂，蘇軾嘗登此有詩。」❸穆陵關　元于欽《齊乘》卷一：「大峴山，即穆陵關也。沂山東南曰大弁山，大弁今人訛作大屏，字相類而誤。唐沈亞之〈沂水雜記〉又訛作太平山，因頂平八九十里故云。當從《水經》作大弁者，是大弁東南即大峴也。其山峻狹，僅容一軌，故為齊南天險。」又《山東通志》卷九〈古蹟志〉云：「穆陵關，在大峴山上，齊之賜履，所謂南至于穆陵是也。」❹琅邪臺　元于欽《齊乘》卷一：「琅邪山，密州東南百五十里，齊景公放於琅邪，即此。《吳越春秋》：越王句踐徙琅邪，立觀臺以望東海。秦始皇廿八年南登琅邪，大樂之，留三月，徙黔首三萬戶于臺下，立石頌德。《御覽》云：碑有六百字可讀，臺側有四時祠，臺上有神泉，人或污之，即竭漢於此置琅邪縣，武帝亦嘗登焉。」明李賢等《明一統志》卷二十四〈青州府〉：「琅邪臺，在琅邪山。《越絕書》：句踐徙琅琊，起觀臺，臺周七里，以望東海。又秦始皇登斯臺，大樂之，留三月。晉郭璞曰：琅琊，臨海邊，有山嶕嶢，特起狀如高臺，此即琅琊臺。」❺九仙山　元于欽《齊乘》卷一：「九仙山，密州東南百二十里。坡云：九仙在東武，奇秀不減雁蕩，所謂九仙，今已壓京東是也。」❻相將句　杜甫〈同諸公登慈恩寺塔〉：「迴首叫虞舜，蒼梧雲正愁。」相將，相偕；相共；行將。虞舜，上古五帝之一，姓姚，名重華，因其先國於虞，故稱虞舜，為古代傳說中的聖君。《史記・五帝本紀》「虞舜者，名曰重華。」張守節《正義》：「瞽叟姓媯，妻曰握登，見大虹意感而生舜於姚墟，故姓姚。目重瞳子，故曰重華。」❼蓬萊　即蓬萊山，古代傳說中的神山名。又泛指仙境。《史記・封禪書》：「自威、宣、燕昭使人入海求蓬萊、方丈、瀛洲，此三神山者，其傳在勃海中。」❽嗟我句　唐韓愈〈山石〉詩：「嗟哉吾黨二三子，安得至老不更歸。」二三子，猶言諸君，幾個人。《論語・八佾》：「二三子何患於喪乎？天下之無道也久矣，天將以夫子為鐸。」❾荒　縱欲迷亂，逸樂過度。❿長笛　古管樂器名，長一尺四寸。漢馬融〈長笛賦〉李善注引《說文》：「笛七孔，長一尺四寸，今人長笛是也。」又元馬端臨《文獻通考》卷一百三十八云：「長笛（六孔如尺八而長）、短笛（尺餘）……魏明帝時令和永受笛聲以作律，歌聲濁者用長笛長律，歌聲清者用短笛短律，古歌詞曰『長笛續短笛』。」⓫清歌句　《列子・湯問》：「薛譚學謳於秦青，未窮青之技，自謂盡之，遂辭歸，秦青弗止，餞於郊衢，撫節悲歌，聲振林木，響遏行雲。薛譚乃謝求反，終身不敢言歸。」後世遂以響遏行雲形容聲音高昂激越。唐趙嘏〈聞笛〉詩：「誰家吹笛畫樓中，斷續聲隨斷續風。響遏行雲橫碧落，清和冷月到簾櫳。」清歌，清亮的歌聲。唐王勃〈三月上巳祓禊序〉：「清歌繞梁，白雲將紅塵並落。」⓬自從句　《晉書・羊祜傳》云：「祜樂山水，每風景必造峴山，置酒言詠，終日不倦。嘗慨然歎息，顧謂從事中郎鄒湛等曰：『自有宇宙，便有此山，由來賢達勝士登此遠望，如我與卿者多矣，皆湮滅無聞，使人悲傷，如百歲後有知，魂魄猶應登此也。』」

按，湖北、浙江等地多有名峴山者，羊祜所登的屬湖北襄陽的，名峴首山。詩中借指密州的大峴山。⓭人生句　《漢書・蘇武傳》載李陵對蘇武云：「人生如朝露，何久自苦如此？」顏師古注云：「朝露見日則晞，人命短促亦如之。」⓮萬劫句　南朝梁慧皎《高僧傳・竺法蘭》：「昔漢武穿昆明池底，得黑灰，問東方朔，朔云：『不知，可問西域胡人。』後法蘭既至，眾人追以問之，蘭云：『世界終盡，劫火洞燒，此灰是也。』」後有劫灰一詞，謂劫火的餘灰，指戰亂或大火毀壞後的殘跡或灰燼。萬劫，佛經稱世界從生成到毀滅的過程為一劫，萬劫猶萬世，形容時間極長。

【語　譯】向西可望見穆陵關，向東可望見琅邪臺。向南可望見九仙山，向北只看到空中飄飛的塵埃。將要喚起聖君虞舜，就是想返回到蓬萊山。感慨我們這些人，狂飲也是縱欲迷惑，逸樂過度。紅裙美女伴飲，令人想成仙而去，長笛吹奏，樂音中含有不盡的悲哀。清亮的歌聲飄入雲霄中，美妙的舞姿，纖細的腰肢迴旋。天地間自從有了這座山，白色的石頭上長滿了青色的苔蘚。何曾有過如此的快樂，將要離去，又徘徊不定。猶如早上的露水，人生是如此短暫，頭髮日日夜夜地在急速變白。拋棄所有牽掛，還有什麼可說的，即使是能活到萬萬代，終究還是要化為飛揚的塵灰。

【研　析】詩作於神宗熙寧年間知密州時。登高遠眺，往往會引發許多感慨，詩一開篇，敘寫所見，西、東、南所見分別為穆陵關（即大峴山）、琅邪山和九仙山，以見密州地理名勝，及其所蘊含的歷史文化內含。「相將叫虞舜」句自杜甫〈同諸公登慈恩寺塔〉詩「迴首叫虞舜，蒼梧雲正愁」變化而出。舜為三皇五帝之一，得唐堯禪讓繼位，建立有虞國。晚年禪位於大禹，乘車巡行天下，卒於蒼梧郡，葬於九嶷山（今屬湖南）。按，關於舜的出生地姚墟的屬地，說法不一，其中之一認為是山東的諸誠。《山東通志》卷八：「帝舜，有虞氏，姚姓，虞君幕之後。本《路史》。父瞍，母握登，生舜於諸馮之姚墟。」舜即位之後，懲罰奸佞，流放四凶（共工、貛兜、三苗、鯀），任賢使能。所以詩中云喚起虞舜，或有所指，詩人此時在地方為官，因政見與主政者不合，不得志，在密州諸作中多有流露這方面的情緒，想有所作為，盼望得重用，因此對日日夜夜的「狂飲」及流連歌舞的生活表達了不滿。所謂「人生如朝露，白髮日夜催」，有感於歲月流逝，未老先衰，歎老嗟卑，成為常態，反映了現世中詩人內心的痛苦。其中夾雜有追慕成仙的意思，也不過是因對現實的失望轉而超脫的表現。詩人有〈超然臺記〉一文，作於密州，其中云：「余自錢塘移守膠西，釋舟楫之安而服車馬之勞，去雕牆之美而蔽采椽之居，背湖山之觀而行桑麻之野。始至之日，歲比不登，盜賊滿野，獄訟充斥，而齋廚索然，日食杞菊，人固疑余之不樂也。處之期年，而貌加豐，髮之白者日以反黑。余既樂其風俗之淳，而其吏民亦安予之拙也。於是治其園圃，絜其庭宇，伐安丘、高密之木以修補破敗，為苟完之計。而園之北因城以為臺者舊矣，稍葺而新之，時相與登覽，放意肆志焉。南望馬耳、常山，出沒隱見，若近若遠，庶幾有隱君子乎？而其東則盧山，秦人盧敖之所從遁也。西望穆陵，隱然如城郭。師尚父、齊桓公之遺烈，猶有存者。北俯濰水，慨然太息，思淮陰之功，而吊其不終。臺高而安，深而明，夏涼而冬溫，雨雪之朝，風月之夕，余未嘗不在，客未嘗不從。擷園蔬，取池魚，釀秫酒，瀹脫粟而食之，曰：樂哉！遊乎？方是時，余弟子由適在濟南，聞而賦之，且名其臺曰超然，以見余之無所往而不樂者，蓋游於物之外也。」從通判杭州到移知密州，物質條件由好變差，還能在精神方面求得補償。只是想在有生之年，能為國為民做些有益的事，實現理想抱負，不至於有老大無成之悲，這些想法，對詩人來說，似乎是難以達成的。至於追慕成仙，追求永生，那不過是幻想，明知是不可能的。至多也就是「游於物之外」，即超脫物外，求得自娛自樂罷了。詩以議論為主，行文奇崛突兀。

薄❶薄酒二首并引

膠西❷先生趙明叔❸家貧，好飲，不擇酒而醉。常云：「薄薄酒，勝茶湯❹；醜醜婦，勝空房。」其言雖俚而近乎達，故推而廣之，以補東州❺之樂府❻，既又以為未也。復自和一篇，聊以發覽者之一噱❼云爾。

其一

薄薄酒，勝茶湯；麤麤❽麤布，勝無裳；醜妻惡妾勝空房。五更❾待漏❿靴滿霜，不如三伏⓫日高睡足北窗涼⓬。珠襦玉柙⓭萬人祖送歸北邙⓮，不如懸鶉百結獨坐負朝陽⓯。生前富貴，死後文章。百年瞬息萬世忙，夷齊⑯盜跖⑰俱亡羊⑱，不如眼前一醉是非憂樂兩都忘。

其二

薄薄酒，飲兩鍾；麤麤布，著兩重；美惡雖異醉暖同，醜妻惡妾壽乃公⑲。隱居求志義之從⑳，本不計較東華㉑塵土北窗風。百年雖長要有終，富死未必輸生窮。但恐珠玉留君容㉒，千載不朽遭樊崇㉓。文章自足欺盲聾㉔，誰使一朝富貴面發紅㉕。達人㉖自達酒何功？世間是非憂樂本來空。

【注釋】❶薄　味淡。《莊子．胠篋》：「魯酒薄而邯鄲圍。」唐杜甫〈羌村〉詩之三：「莫辭酒味薄，黍地無人耕。」❷膠西　宋歐陽忞《輿地廣記》卷六：「高密縣，縣有密水，故以為名。漢文帝置膠西國，宣帝本始元年更名高密國。」又：「膠西縣，春秋介葛盧國，二漢為黔陬縣，屬琅邪郡。……皇朝元祐三年復置膠西縣。」❸趙明叔　蘇軾〈書劉庭式事〉云：「乃書以寄密人趙杲卿，杲卿與庭式善，且皆嘗聞余言者。庭式，字得之，今為朝請郎。杲卿，字明叔，鄉貢進士，亦有行義。」❹茶湯　猶茶水。❺東州　指密州，又稱東武。❻樂府　初指樂府官署所採製的詩歌，後將魏晉至唐可以入樂的詩歌，以及仿樂府古題的作品統稱樂府。❼噱　大笑，亦用為象聲詞，指笑聲。❽麤　通「粗」，粗布。

❾五更　詳見〈雪後書北臺壁二首〉注❺。❿待漏　百官清晨入朝，等待朝拜天子，謂之待漏。漏，古代計時器，即漏壺，古代利用滴水多寡來計量時間的一種儀器。也稱漏刻，漏壺中插入一根標竿，稱為箭，箭下用一隻箭舟托著，浮在水面上。水流出或流入壺中時，箭下沉或上升，藉以指示時刻。前者叫沉箭漏，後者叫浮箭漏。統稱箭漏。此外還有一種以沙代水的沙漏。⓫三伏　即初伏、中伏、末伏，農曆夏至後第三庚日起為初伏，第四庚日起為中伏，立秋後第一庚日起為末伏，是一年中最熱的時候。⓬北窗涼　《晉書・陶潛傳》云：「嘗言夏月虛閑，高臥北窗之下，清風颯至，自謂羲皇上人。」⓭珠襦玉柙　古代帝、后及貴族的殮服。《漢書・佞幸傳・董賢》：「及至東園祕器，珠襦玉柙，預以賜賢，無不備具。」顏師古注：「珠襦，以珠為襦，如鎧狀，連縫之，以黃金為縷。要以下，玉為柙，至足，亦縫以黃金為縷。」又作珠襦玉匣。柙，匣子；櫃。⓮北邙　即邙山，因在洛陽之北，故名。東漢、魏、晉的王侯公卿多葬於此。後人借指墓地或墳墓。⓯不如句　《列子・楊朱》：「昔者宋國有田夫，常衣緼黂，僅以過冬。暨春東作，自曝於日，不知天下之有廣廈隩室，綿纊狐貉。顧謂其妻曰：『負日之暄，人莫知者，以獻吾君，將有重賞。』」按，緼黂，用亂麻作絮的冬衣。又後世以負日謂曬太陽。懸鶉百結，形容衣服破爛不堪。懸鶉，鶴鶉毛斑尾禿，似披敝衣，因以懸鶉比喻衣服破爛。鶉，指羽毛有斑的鶴鶉，後亦混稱鶴鶉。⓰夷齊　指伯夷和叔齊，據《史記・伯夷列傳》等載：伯夷，為商末孤竹國（今河北盧龍西一帶）人，有弟亞憑、叔齊。孤竹國君為商王室的後裔，孤竹君想讓叔齊繼承王位，等到孤竹君去世，叔齊讓位於長兄，伯夷認為這有違父命，就逃離躲避，叔齊不肯繼位，也流亡逃避。聽說周文王善待老人，倆人就由北部的海濱奔往西部，誰知剛到，文王已去世，正遇到周武王率兵討伐商紂王，伯夷和叔齊以為武王在父親死後不葬就發動戰爭，這是不孝；又以從屬國的身位討伐君主，這是不仁。於是力諫不止，武王不聽，滅掉了商朝。伯夷、叔齊認為作周王朝的臣子是恥辱，就不吃周王朝的糧食，隱居在首陽山，採集野菜，以至被餓死。按，伯夷，姓墨，名允，字公信。伯，長也；夷，諡。叔齊名

智，字公達，伯夷之弟，齊亦諡。⓱盜跖　傳說為春秋末大盜，又泛指強盜。⓲亡羊　《莊子・駢拇》：「臧與穀二人相與牧羊，而俱亡其羊。問臧奚事，則挾筴讀書；問穀奚事，則博塞以遊。二人者，事業不同，其於亡羊，均也。」謂棄其本職而溺於所好，莊子用以比喻追逐外物而殘生傷性。⓳醜妻句　東漢應瑒〈三叟〉詩：「古有行道人，陌上見三叟。年各百餘歲，相與鋤禾莠。住車問三叟，何以得此壽？上叟前致辭：室中婦麤醜。中叟前致辭：量腹節所受。下叟前致辭：夜臥不覆首。要哉三叟言，所以能長久。」宋人胡仔《苕溪漁隱叢話・後集》卷二十八：「古樂府云：『昔有行道人，陌上見三叟。年各百餘歲，相與鋤禾莠。中叟前致辭：室內嫗粗醜。』故〈薄薄酒〉云『醜妻惡妾壽乃公』，用此意也。」乃公，傲慢的自稱語，猶言你老子。⓴隱居句　《論語・季氏》：「隱居以求其志，行義以達其道。」隱居求志，謂隱居不仕，以實現自己的志願。㉑東華　指東華門，為北宋都城汴京的宮城門。宋沈括《夢溪筆談・故事一》：「今學士初拜，自東華門入，至左承天門下馬。」宋孟元老《東京夢華錄》卷一〈大內〉云：「殿前東西大街，東出東華門，西出西華門，……東華門外市井最盛，蓋禁中買賣在此，凡飲食、時新花果、魚鰕鱉蟹、鶉兔脯腊、金玉珍玩、衣著，無非天下之奇。」宋曾慥編《類說》卷五十七引《王直方詩話》云：「前輩有『西湖風月，不如東華軟紅香塵』之語，故東坡詩云：『半白不羞垂領髮，軟紅猶戀屬車塵。』」㉒但恐句　古代死者口中含珠玉，謂可使骨肉不朽。《春秋公羊傳注疏》卷十三〈文公〉於「五年春王正月，王使榮叔歸，含且賵」句注云：「孝子所以實親口也，緣生以事死，不忍虛其口，天子以珠，諸侯以玉，大夫以碧，士以貝，春秋之制也。」宋張端義《貴耳集》卷上：「章聖講《周禮》，至〈典瑞〉有『琀玉』，問之何義，講官答曰：『人臣卒，給之琀玉，欲使骨不朽耳。』章聖曰：『人臣但要名不朽，何用骨為？』」琀玉，指古代死者口中所含的玉。㉓千載句　樊崇（？－西元二七年），字細君，琅邪（今山東諸城）人。西漢末年赤眉軍首領，富有謀略，在推翻新莽王朝中貢獻卓著。擁戴劉盆子即位，拜為御史大夫。建武三年，聯合赤眉軍首領逄安等再度起義，兵敗被劉秀部將所殺。據《後漢書·劉盆子傳》載樊崇「從數百騎，乃自南山轉掠城邑，與更始將軍嚴春戰於郿，破春殺之，遂入安定北地。至陽城番須，中逢大雪，坑谷皆滿士，多凍死。乃復還，發掘諸陵，取其寶貨，遂汙辱呂后屍，凡賊所發，有玉匣殮者，率皆如生，故赤眉得多行婬穢」。㉔文章句 《莊子·逍遙遊》：「連叔曰：然瞽者無以與乎文章之觀，聾者無以與乎鍾鼓之聲，豈唯形骸有聾盲哉？夫知亦有之。」瞽者，即盲人。㉕誰使句 宋釋惠洪《冷齋夜話》卷二云：「予嘗館州南客邸，見所謂賣者破篋中有詩編寫本，字多漫滅，皆晉簡文帝時名公卿，而詩語工甚，有古意。樂府曰：『繡幕圍香風，耳節朱絲桐。不知理何事，淺立經營中。護惜加窮袴，隄防託守宮。今日牛羊上丘壠，當時近前面發紅』云云，前輩多全用其句。」又宋許顗《許彥周詩話》謂此詩為齊梁間樂府，丘壠指墳墓，蘇軾詩當自「今日牛羊上丘壠，當時近前面發紅」兩句化出。㉖達人 通達事理的人；豁達豪放的人。

【語 譯】其一

味道淡薄的不能再淡薄的酒，卻勝過茶水；質地粗劣的不能再粗劣的布，總勝過沒有衣裳；相貌醜惡的妻妾也勝過獨守空房。與其為官時五更天未亮就等待著朝見皇上，靴子上落滿了霜，還不如無官時三伏暑天太陽高掛，睡足了醒來，在北窗下乘涼。與其死後身穿綴滿珠寶的衣服和安放玉匣，萬人相送，葬入墳墓中，還不如身著破舊的衣服，獨自閒坐，曬著朝晨的太陽。生前享受富貴，死後文章流傳。人生百年，瞬息間就過去了，但世世代代人們都在忙碌著，賢者如伯夷、叔齊，惡人如盜跖，都因追逐外物而殘生傷性，還不如眼前一醉方休，是和非、憂與樂，兩者都忘懷。

其二

味道淡薄的不能再淡薄的酒，飲了兩鍾；質地粗劣的不能再粗劣的布，身著兩層。美好與惡劣雖然有差異，但能使人醉、能溫暖人卻是相同的，相貌醜惡的妻和妾可讓老子我長壽。隱居不仕以實現自己的志願，行仁義之事以通達天道，本來就不會計較仕宦的得意與退隱的閒適。人生百年雖然是長壽，但終究還是要死的，富貴而死亡未必比貧窮而活著差。只是擔憂死後口中含著珠玉以求得容顏如生，千年之後遇到如樊崇那樣的人，追求不朽的屍體仍然會受到汙辱。以文章流芳名世而自足的，這只能欺騙盲人與聾子，有朝一日，是誰使得富貴而容光紅潤的人成為墳頭一土丘。通達豪放的人胸懷自是曠達，酒水又有什麼功勞？人世間的是與非、憂與樂本來就是空無的。

【研　析】據《東坡先生年譜》，此詩作於神宗熙寧九年知密州時，藉趙明叔云「薄薄酒，勝茶湯；醜醜婦，勝空房」諺語而發揮，抒寫人生的感慨。二詩開篇四句，均提到了生存的最基本條件，即衣食，說明飲食能填飽肚子，粗茶淡飯即可；衣著能溫暖身體，即使破舊縫補也行。前四句奠定了基調，詩的後部分就是延伸發揮，不論是仕宦者，還是退隱者；不論是榮華富貴者，還是低賤貧寒者；不論是妻妾美豔的，還是妻妾醜惡的。能平平安安地過完一生，這是關鍵所在。刻意地追求長壽永生，這是不現實的。忘記人世間的是是非非與憂愁喜樂，達觀自在，安貧樂道，知足常樂，這便是兩詩所要表明的人生觀。黃庭堅也有〈薄薄酒〉二章，序云：「蘇密州為趙明叔作〈薄薄酒〉二章，憤世疾邪，其言甚高。以予觀趙君之言，近乎知足不辱，有馬少游之餘風，故代作二章以終其意。」云蘇軾詩為憤世疾邪之作，恐未必如此。其詩用語俚俗通暢，說理明白。

同年❶王中甫❷挽詞❸

先帝親收十五人❹，仁宗朝賢良十五人，今惟富鄭公❺、張宣徽❻、錢純老❼及余與舍弟❽在耳。四方爭看擊鵬鶚❾。如君事業真堪用，顧我衰遲❿不足論。出處⓫升沉⓬十年後，死生契闊⓭幾人存。他時京口尋遺跡⓮，宿草猶應有淚痕⓯。

【注　釋】❶同年　古代科舉考試同科中式者之互稱。又唐代同榜進士稱同年。❷王中甫　名介（西元一〇一五—一〇八七年），三衢（今屬浙江）人。慶曆進士，嘉祐六年直言極諫科四等，為祕書丞，知靜海縣，除祕閣校勘。王安石主政，不合，出知湖州休致，卒於家。❸挽詞　哀悼死者的詞章。❹先帝句　據李燾《續資治通鑑長編》載仁宗朝策試賢良方正能直言極諫人選者有：天聖八年七月有何詠、富弼，景祐元年五月有蘇紳、吳育，寶元元年七月有田況、張方平、邵亢，慶曆六年七月有錢彥遠，皇祐元年八月有吳奎，皇祐五年八月有趙彥若，嘉祐二年八月有王彰、夏噩，嘉祐六年八月有王介、蘇軾、蘇轍，凡十五人。按，《續資治通鑑長編》卷一百九十四載仁宗嘉祐六年八月：「乙亥，御崇政殿，策試賢良方正、能直言極諫，著作佐郎王介、福昌縣主簿蘇軾、澠池縣主簿蘇轍，軾所對第三等，介第四等，轍第四等。次以軾為大理評事、簽書鳳翔府判官事，介為祕書丞、知靜海縣，轍為商州軍事推官。」❺富鄭公　富弼（西元一〇〇四—一〇八三年），字彥國，河南人。仁宗時舉茂才，初授河陽判官，遷史官修撰。以功授資政殿學士，出知鄆州，移青州，至和二年與文彥博並拜同中書門下平章事。英宗立，召為樞密使，封鄭國公。神宗熙寧王安石用事，行新法，稱疾求退養，卒謚文忠。❻張宣徽　張方平（西元一〇〇七—一〇九一年），字安道，南京（今河南商丘）人。舉茂才異等，又中賢良方正，選著作佐郎，直集賢院。知制誥，拜三司使。神宗時累官參知政事，出判應天府。王安石行新法，方平極論其害，疑然不少屈。哲宗立，加太子太保，卒謚文定。❼錢純老　錢藻（西元一〇二二—一〇八二年），字淳老，又作純老、醇老，臨安（今浙江杭州）人。舉進士，又舉賢良方正，為祕書校理。神宗時累擢知制誥，直學士院，除樞密直學士，知開封府，遷翰林侍讀學士。❽舍弟　指蘇轍。❾四方句　《莊子．逍遙遊》：「北冥有魚，其名為鯤，鯤之大不知其幾千里也。化而為鳥，其名為鵬，鵬之背不知其幾千里也。怒而飛，其翼若垂天之雲。是鳥也，海運則將徙於南冥，南冥者，天池也。《齊諧》者，志怪者也，《諧》之言曰：鵬之徙於南冥也，水擊三千里，摶扶搖而上者九萬里，去以六月息者也。」鵬鶚，又作鵬鯤，後世用以比喻具有雄才大略的人。❿衰遲　衰年遲暮，謂年老。⓫出處　謂出仕和隱退。⓬升沉　指仕宦的升降進退。⓭契闊　久別。⓮他時句　王安石〈王中甫學士挽辭〉：「同學金陵最少年，奏書曾用牘三千。盛名非復居人後，壯歲如何棄我先。種橘園林無舊業，採蘋洲渚有新篇。蒜山東路春風綠，埋沒誰知太守阡。」按《嘉定鎮江志》卷十一云王中甫墓在蒜山東。又宋祝穆《方輿勝覽》卷三〈鎮江府〉：「蒜山，在城西三里，山上多蒜，故名。」京口，在今江蘇鎮江。⓯宿草句　《禮記．檀弓上》：「朋友之墓，有宿草而不哭焉。」孔穎達疏：「宿草，陳根也，草經一年則根陳也，朋友相為哭一期，草根陳乃不哭也。」宿草，隔年的草。後多用為悼亡之辭。又借指墳墓。

【語 譯】先帝親自錄用了十五人，四方各地爭相觀賞這些具有雄才大略的人。如您這樣富有治理政治事務才能的人真是可以任用，再看我已年老遲暮是不足一提的。十年之後，或仕宦，或隱退，或升官，或降職，或生或死，或是久別離，如今還有幾人存活。日後到京口尋找您的遺跡，墓地上的宿草應該還會有淚痕。

【研 析】蘇軾〈王中父哀詞〉敘云：「仁宗朝以制策登科者十五人，軾忝冒時，尚有富彥國、張安道、錢子飛、吳長文、夏公西、陳令舉、錢醇老、王中父并軾與家弟轍九人存焉。其後十有五年，哭中父於密州，作詩弔之。則子飛、長文、令舉沒矣。又八年，軾自黃州量移汝海，與中父之子沇之相遇於京口，相持而泣，則十五人者獨三人存耳，蓋安道及軾與家弟而已。嗚呼！悲夫！」按，王中父即王中甫，知此詩作於知密州時。首聯強調仁宗朝先後策試賢良方正、能直言極諫而錄用的十五人均屬才識非凡的人，為世人所矚目，王介與自己為其中之一。如果說首聯是揚，頷聯則為抑，抒寫彼此的不得志。「如君事業真堪用」，感慨王介能力之強，遺憾的是不能施展，這是言外之意。「顧我衰遲不足論」，表面是歎老嗟卑，實際上是寫自己英雄失路，之所以如此，是因與主政者王安石政見不合，離京外任，不得重用。蘇軾是這樣，王介也是如此。宋葉夢得《石林詩話》云：「王介，字中甫，衢州人。博學，善譏謔。嘗舉制科不中。與王荊公遊，甚欵曲，然未嘗降意少相下。熙寧初，荊公以翰林學士被召，前此屢召不起，至是始受命。介以詩寄云：『草廬三顧動幽蟄，蕙帳一空生曉寒。』用蕙帳事蓋有所諷，荊公得之大笑，他日作詩有『丈夫出處非無意，猿鶴從來自不知』

之句，蓋為介發也。」又《施註蘇詩》卷十一解題云：「熙寧初介甫被召，不復辭，中甫寄詩曰：『草廬三顧動幽蟄，蕙帳一空生曉寒。』蓋有所諷。介甫後賦詩云：『丈夫出處非無意，猿鶴從來自不知。』為中甫發也。介甫既得政，神宗轉對羣臣，中甫進疏云：『願陛下師心勿師人。』帝納之，以喻介甫，且以奏疏示之，介甫不樂，深鬫其言。會考開封試，與劉貢父言語往復，御史劾之，罷判鼓院歸館，知湖州，去郡卒，官止祠部郎中。」《浙江通志》卷一百九十一云：「初介與王安石遊，甚欵，及見其新法乖謬，遂與之絕。」知王介與王安石原本交遊甚好，後來也因政見不合，離京外任而卒。頸聯敘寫十餘年間，政治風雲變幻莫測，當年被選錄的十五人，或仕宦，或隱退，或升官，或降職，或生或死，或是別離久遠，如今存活的又有幾人？感慨仕宦坎坷，生死離別。尾聯表達了對逝者的哀悼與懷思，藉題發揮，寓無限感慨於詩句之外。

七月五日二首（選一首）

避謗詩尋醫，畏病酒入務❶。蕭條❷北窗下❸，長日❹誰與度。今年苦炎熱，草木困薰❺煮。況我早衰人，幽居❻氣如縷。秋來有佳興❼，秫稻❽已含露。還復此微吟，往和糟牀注❾。

【注　釋】❶避謗二句　宋王十朋《東坡詩集註》卷二十二注云：「詩尋醫，謂不作詩也；酒入務，謂止酒不飲也。」詩尋醫，謂不作詩。尋醫，古代官吏託病卸職休養，不任政務，謂尋醫。宋李燾《續資治通鑑長編》卷一百三十七仁宗慶曆二年七月乙丑：「詔京師朝官以病乞尋醫者須一年方聽朝參。」入務，宋代掌酒稅之官名酒務，亦借稱酒店。因以「入務」謂止酒不飲。❷蕭條　猶逍遙，閒逸貌。❸北窗下　詳〈薄薄酒二首〉注⑫。❹長日　指夏至，夏至白晝最長，故稱。又指漫長的白天。❺薰　薰蒸；燒灼。❻幽居　深居，僻靜的居處。❼佳興　饒有興味的情趣，指雅興。❽秫稻　即糯稻，米粒富於黏性的稻。❾往和句　杜甫〈羌村三首〉之二：「賴知禾黍收，已覺糟牀注。如今足斟酌，且用慰遲暮。」糟牀，榨酒的器具。

【語　譯】為避免被人誹謗就停止了寫詩，擔憂生病就停止了飲酒。逍遙閒散北窗下，漫長的白天與誰相伴度過。今年苦於炎熱，草木因薰蒸而困苦。況且我是個早衰的人，深居簡出，身體衰弱，氣息如縷。入秋以來有了雅興，田野中的秫稻已帶有露水。又可以再次低聲地吟詠著詩句，回去後往糟床中注入穀物製造酒水。

【研　析】詩凡二首，此為第一首，其中第二首首二句云「何處覓新秋，蕭然北臺上」，北臺即超然臺，知二詩作於知密州時。在密州，是詩人不得志時，對新政存有不滿，作為地方最高長官，又不能不執行，其中的不快，往往會在詩文中不自主地流露出來，難免要招致政敵們的注意，所謂「避謗詩尋醫」，應該與此有關，從日後的烏臺詩案，其中涉及到的通判杭州、知密州等所寫的詩歌可知。不過，停止詩歌的創作，又會引發精神方面的失落。而「畏病酒入務」，身體的多病，又會加重這種感覺。「況我早衰人，幽居氣如縷」，氣息如絲，極寫身體虛弱。未老先衰，是詩人在密州時於作品中多次提到的，詩不能寫，酒不能飲，加上暑氣如蒸，時間更是難捱，身心交瘁，度日如年。「蕭條北窗下，長日誰與度」，無所適從之感逐漸濃厚。儘管如此，秋天來臨的信息已漸露，所謂「秫稻已含露」，「已含露」，說明秋涼的來臨是指日可待的，這便是「秋來有佳興」的體現，怎不令人感到快意？「還復此微吟，往和糟牀注」二句回應首二句，若是進入秋涼，自己的不適也會減弱，詩還可照常吟，酒又可照樣飲，生活又可恢復常態。宋人趙與虤《娛書堂詩話》：「詩有以法家語為對，如東坡云：『避謗詩尋醫，畏病酒入務。』」又宋人楊萬里《誠齋詩話》：「有用法家吏文語為詩句者，所謂以俗為雅，坡云：『避謗詩尋醫，畏病酒入務。』」又宋人胡仔《苕溪漁隱叢話．前集》卷二十六引《緗素雜記》云：「《西清詩話》言王君玉謂人曰詩家不妨間用俗語，尤見工夫。雪止未消者，俗謂之待伴。嘗有〈雪〉詩：『待伴不禁鴛瓦冷，羞明常怯玉鉤斜。』待伴、羞明皆俗語而採拾入句，了無痕纇，此點瓦礫為黃金手也。余謂非特此為然，東坡亦有之：『避謗詩尋醫，畏病酒入務。』又云：『風來震澤帆初飽，雨入松江水漸肥。』尋醫、入務、風飽、水肥，皆俗語也。又南人以飲酒為軟飽，北人以晝寢為黑甜，故東坡云：『三盃軟飽後，一枕黑甜餘。』此亦用俗語也。」諸家所云有二：一是「以法家語為對」，或「用法家吏文語」，這是就技巧而言，法家指包攬訴訟或專寫狀詞之人，吏文指官府文牘。「法家語」或「法家吏文語」，即觀點要準確鮮明，行文要嚴正整飭。二是採用俗語入詩，在這方面，蘇軾詩中不止其一，這是詩人豪放不羈性格的體現，何況以俗為雅，能增添詩的活力與趣味。遊戲筆墨，寓莊於諧。

和晁同年❶九日❷見寄

仰看鸞鵠❸刺天❹飛，富貴功名老不思。病馬已無千里志❺，騷人長負一秋悲❻。古來重九皆如此，別後西湖付與誰❼？遣子窮愁天有意，吳中山水要清詩❽。

【注釋】❶晁同年　蘇軾有〈懷西湖寄晁美叔同年〉一詩，晁端彥（西元一〇三五—一〇九五年），字美叔，濟州鉅野（今山東菏澤）人。宋仁宗嘉祐四年（西元一〇五九年）登進士第，提點兩浙路刑獄。紹聖初黜為陝守，歷祕書少監開府儀同三司。❷九日　據詩知為九月九日，重陽節。❸鸞鵠　鸞與鵠，比喻賢臣。唐鮑君徽〈奉和麟德殿宴百僚應制〉：「玉筵鸞鵠集，仙管鳳皇調。」❹刺天　直入雲天，謂極高。又謂衝入天空，多喻名位遽升。唐韓愈〈祭柳子厚文〉：「子之視人，自以無前；一斥不復，羣飛刺天。」❺病馬句　曹操〈步出東西門行〉：「老驥伏櫪，志在千里。烈士暮年，壯心不已。」❻騷人句　宋玉〈九辯〉：「悲哉！秋之為氣也，蕭瑟兮草木搖落而變衰，憭慄兮若在遠行，登山臨水兮送將歸。」騷人，屈原作〈離騷〉，因稱屈原或《楚辭》作者為騷人。又指詩人、文人。❼古來二句　唐杜牧〈九日齊山登高〉：「古往今來只如此，牛山何必獨沾衣。」蘇詩自此化出，謂自晁氏離去，不能再遊賞吟詠西湖了。重九，指農曆九月初九日，古以九為陽數之極，故又稱重陽。西湖，指浙江杭州西湖。詳〈夜泛西湖五絕〉注❶。❽遣子二句　《史記・平原君虞卿列傳論》：「然虞卿非窮愁，亦不能著書以自見於後世云。」窮，謂仕途不通達。吳中，詳〈吳中田婦歎〉注❶。

【語　譯】仰頭觀看，那些賢能的人士如同衝天而飛的鸞鵠名聲或職位遽陞，富貴功名因年老而不再考慮了。生病的馬已經沒有奔跑千里的志向，詩人們常常是肩負著對整個秋天的悲吟。自古以來每逢重九都是如此，您我別離後吟詠西湖景致的又交給誰呢？使您仕途坎坷而憂愁是上天的旨意，吳中的山山水水需要清新的詩篇。

【研　析】宋李燾《續資治通鑑長編》卷二百七十五載：神宗熙寧九年五月癸酉「兩浙路提點刑獄晁端彥、潘良器並衝替，待鞫於潤州」。衝替，宋代公文慣用語，謂貶降官職。待鞫，等待審問查究。以詩句「遣子窮愁天有意」對勘，知此詩作於熙寧九年知密州時。首聯敘寫眼看他人多如衝天而飛的鸞鵠，名聲和職位或顯揚，或高升，而晁端彥與自己卻是失意者。唐白居易〈醉贈劉二十八使君〉云：「舉眼風光長寂寞，滿朝官職獨蹉跎。」首聯詩意自此變化而出。至於說因年老不再追求「富貴功名」，這不過是個藉口，晁氏與蘇軾年紀相當，此時均四十冒頭，如此云云，只是歎老嗟卑而已。中間兩聯圍繞著重九作文章，自宋玉「悲哉！秋之為氣也」的一聲感慨，「悲秋」成了中國古代詩文創作中的一個母題，秋天萬物凋零，生機不再，預示著生命活力轉入低谷，而晁氏與自己目前的狀態與處境，恰與秋衰的季節相吻合。蘇軾〈懷西湖寄晁美叔同年〉云：「西湖天下景，遊者無愚賢。深淺隨所得，誰能識其全。嗟我本狂直，早為世所捐。獨專山水樂，付與寧非天。三百六十寺，幽尋遂窮年。所至得其妙，心知口難傳。至今清夜夢，耳目餘芳鮮。君持使者節，風采爍雲煙。清流與碧巘，安肯為君妍。胡不屏騎從，暫借僧榻眠。讀我壁間詩，清涼洗煩煎。策杖無道路，直造意所便。應逢古漁父，葦間自延緣。問道若有得，買魚勿論錢。」此詩作於通判杭州時，時晁端彥為兩浙路提點刑獄，「別後西湖付與誰」句，即是追憶二人暢遊西湖、酬唱聯吟的情景，於湖水山巒間，「策杖無道路，直造意所便」、「所至得其妙，心知口難傳」，那種自在飄逸的感受，不知如今還能再來否。尾聯則是慰勉的話，白居易〈讀李杜詩集因題卷後〉云：「翰林江左日，員外劍南時。不得高官職，仍逢苦亂離。暮年逋客恨，浮世謫仙悲。吟詠流千古，聲名動四夷。文場供秀句，樂府待新詞。天意君須會，人間要好詩。」詩意自此變化而出。又歐陽修〈梅聖俞詩集序〉云：「予聞世謂詩人少達而多窮，夫豈然哉？蓋世所傳詩者，多出於古窮人之辭也。凡士之蘊其所有而不得施於世者，多喜自放於山巔水涯外，見蟲魚草木、風雲鳥獸之狀類，往往探其奇怪，內有憂思感憤之鬱積，其興於怨刺，以道羈臣寡婦之所歎，而寫人情之難言，蓋愈窮則愈工。然則非詩之能窮人，殆窮者而後工也。」窮，即仕途不通達。仕途的坎坷多艱，往往能使作品顯得更真切，更感人，此意當與晁氏共勉。行文老辣，思想深沉。

留別釋迦院❶牡丹呈趙倅❷

春風小院卻來時，壁間惟見使君❸詩。應問使君何處去，憑花說與春風知。年年歲歲何窮已，花似今年人老矣❹。去年崔護若重來❺，前度劉郎在千里❻。

【注釋】❶釋迦院　明田汝成《西湖遊覽志》卷十二：「寶成寺，晉天福中建，名釋迦院。宋大中祥符間改額寶成寺，有石觀音、羅漢像，壁間有蘇子瞻寶成院賞牡丹詩（略），詩鐫石壁，筆法甚遒。」❷趙倅　指通判趙成伯，為眉之丹稜令，移守膠西，時以尚書郎倅密州。❸使君　尊稱州郡長官。又對人的尊稱。❹年年二句　唐劉希夷〈代悲白頭翁〉：「年年歲歲花相似，歲歲年年人不同。」❺去年句　唐孟棨《本事詩》：「博陵崔護姿質甚美，而孤潔寡合。舉進士下第，清明日獨遊都城南，得居人莊，一畝之宮，而花木叢萃，寂若無人。扣門久之，有女子自門隙窺之，問曰：『誰耶？』以姓字對，曰：『尋春獨行，酒渴求飲。』女人以杯水至，開門設牀，命坐，獨倚小桃斜柯佇立，而意屬殊厚。妖姿媚態，綽有餘妍，崔以言挑之，不對，目注者久之，崔辭去，送至門，如不勝情而入。崔亦睠盼而歸，自後絕不復至。及來歲清明日，忽思之，情不可抑，逕往尋之，門牆如故而已，鎖扃之。因題詩於左扉曰：『去年今日此門中，人面桃花相映紅。人面秖今何處去，桃花依舊笑春風。』後數日，偶至都城南，復往尋之，聞其中有哭聲，扣門問之，有老父出，曰：『君非崔護邪？』曰：『是也。』又哭曰：『君殺吾女。』護驚起，莫知所答。老父曰：『吾女甫笄，知書，未適人。自去年以來常恍惚，若有所失。比日與之出入歸，見左扉有字，讀之，入門而病，遂絕食數日而死。吾老矣，一女所以不嫁者，將求君子以託吾身，今不幸而殞，得非君殺之耶？』又特大哭，崔亦感慟，請入哭之，尚儼然在牀。崔舉其首，枕其股，哭而祝曰：『某在斯，某在斯。』須臾開目，半日復活矣。父大喜，遂以女歸之。」❻前度句　唐孟棨《本事詩》：「劉尚書自屯田員外左遷朗州司馬，凡十年始徵還。方春，作〈贈看花諸君子〉詩曰：『紫陌紅塵拂面來，無人不道看花回。玄都觀裏桃千樹，盡是劉郎去後栽。』其詩一出，傳於都下，有素嫉其名者白於執政，又誣其有怨憤。他日見時宰與坐，慰問甚厚，既辭，即曰：『近者新詩未免為累，奈何？』不數日出為連州刺史，其自敘云：『貞元二十一年春，余為屯田員外時，此觀未有花。是歲出牧連州，至荊南，又貶朗州司馬。居十年，詔至京師，人人皆言有道士手植仙桃滿觀，盛如紅霞，遂有前篇，以記一時之事。旋又出牧，於今十四年，始為主客郎中，重遊玄都，蕩然無復一樹，唯兔葵燕麥動搖春風耳，因再題二十八字，以俟後再遊，時太和二年三月也。』詩曰：『百畝庭中半是苔，桃花靜盡菜花開。種桃道士今何在，前度劉郎今獨來。』」劉尚書即劉禹錫。

【語　譯】春風吹拂，來到佛寺小院，牆壁間只看見使君的題詩。應該會有人詢問使君去了哪裡，有勞花兒說與春風傳達一下。年年歲歲，花開花落，這是沒有終止的，今年花兒的容貌仍像似往年，而人卻在變老啊。如同去年來訪的崔護再次到來，也如前次曾來訪而遠謫千里的劉禹錫又到訪。

【研　析】此詩或認為作於知密州時。據明田汝成《西湖遊覽志》卷十二載（詳注❶），此詩當作於通判杭州時。又明吳之鯨《武林梵志》卷一：「寶成寺，晉天福中建，名釋迦院，宋大中祥符間改今額。歲久，廢為黎氏園。萬曆壬子方伯吳公清復捐資建大觀樓，開砌石徑，煥然一新。壁間有唐宋時石觀音、羅漢像，甚古，有蘇子瞻寶成院賞牡丹詩（略），詩鐫石壁，筆法甚遒。」也認可此詩作於通判杭州時。清查慎行《蘇詩補註》云：「東坡此詩當是杭州作，訛入密州卷中者，但題中有『呈趙倅』三字，趙倅即成伯也，姑依施氏原本，俟考。」也認可作於通判杭州時，「施氏原本」即宋施元之注本，如此，趙倅就不是密州通判趙成伯。詩中敘寫至釋迦院賞玩牡丹的情景，「應問使君何處去，憑花說與春風知」，使君大人的題詩依然存留，而使君大人早已離去，物是人非之感油然而生。詩的後半幅連用三個典故：其一化用劉希夷〈代悲白頭翁〉「年年歲歲花相似，歲歲年年人不同」詩句，感慨人生的短促，歲月催人，對此又無能為力。其二化用崔護「去年今日此門中，人面桃花相映紅。人面秪今何處去，桃花依舊笑春風」詩意，物是人非，徒增無限的惆悵，抹上了濃重的懷舊色彩。其三化用劉禹錫〈贈看花諸君子〉詩「紫陌紅塵拂面來，無人不道看花回。玄都觀裏桃千樹，盡是劉郎去後栽」和〈再遊玄都觀〉絕句「百畝庭中半是苔，桃花靜盡菜花開。種桃道士今何在，前度劉郎今獨來」二詩，藉以表達世事變幻莫測的感觸。其中有企盼，有失落。世事難料，浮生若夢，情思惘然，人生難以自我掌控的地方太多了，尤其是置身於宦海生涯中的人們。

除夜大雪，留濰州❶，元日❷早晴，遂行，中途雪復作

除夜雪相留，元日晴相送。東風吹宿酒❸，瘦馬兀殘夢❹。葱曨❺曉光開，旋轉餘花弄。下馬成野酌，佳哉誰與共？須臾晚雲合，亂灑無缺空。鵝毛垂馬騣❻，自怪騎白鳳❼。三年東方旱，逃戶❽連敧棟❾。老農

釋耒⑩歎，淚入飢腸痛。春雪雖云晚，春麥猶可種。敢怨行役⑪勞，助爾歌飯甕⑫。

【注釋】❶濰州　今山東濰坊。❷元日　正月初一。❸宿酒　猶宿醉，謂經宿尚未全醒的餘醉。❹瘦馬句　唐劉駕〈早行〉：「馬上續殘夢，馬嘶時復驚。」兀，昏沉貌。晉劉伶〈酒德頌〉：「兀然而醉，豁爾而醒。」唐武元衡〈秋日對酒〉詩：「百憂紛在慮，一醉兀無思。」❺葱曨　明麗貌。❻騣　馬鬃。❼白鳳　傳說中的神鳥。宋王安石〈次張唐公韻〉：「公乘白鳳今何處？我適新年值白雞。」❽逃戶　古代為逃避賦役，流亡外地而無戶籍的人。❾攲棟　謂房屋歪斜。攲，傾斜。❿釋耒　放下農具，謂停止耕作。⓫行役　泛稱行旅，出行。⓬飯甕　一作「飯罋」，一種盛飯的陶器，腹部較大。按，宋王十朋《東坡詩集註》注云：「山東人埋肉於飯下而食之，謂之飯罋。」又《施註蘇詩》注云：「農諺：『霜淞打霧淞，窮漢備飯罋。』」

【語　譯】除夕的夜晚落雪相挽留，元旦的晴天又相送行。東風吹拂，宿醉仍在，騎在瘦馬上昏沉沉的還似有著殘夢。清晨的陽光明麗，天色開朗，馬兒旋轉，賞玩著殘餘的雪花。翻身下馬，在原野上小酌，感覺太好了，有誰能與我一同賞玩呢？不久天就黑了，天上布滿了濃雲，雪花又胡亂地飄灑，到處都是。鵝毛般的雪花垂掛在馬的鬃毛上，自己也感到奇怪，好像騎在仙鳥白鳳上。三年來東部地區正是乾旱，處處都是逃難離去的人，無人居住而歪斜的房屋一棟連著一棟。老農放下了農具，停止耕作而歎息，淚水往肚子裡吞，飢餓的腸胃更加痛楚。春天落雪雖然說是遲了些，春麥仍然可以耕種。怎敢抱怨這次出行的勞苦，只是希望能為農戶們呼喚豐年的到來助一臂之力。

【研　析】神宗熙寧九年九月蘇軾移知河中府，十一月離開密州，除夕留濰州，詩作於此時。前半幅敘寫雪後天晴，賞玩雪景的愉悅心情。俗云「下雨天，留客天，天留我不留」，首句「除夜雪相留」即是此意，在寫法上是以退為進。「元日晴相送」，寫天氣變化莫測，用筆突兀，畢竟是雪後天晴，自然別有一番景象。「東風吹宿酒」以下六句，敘寫一清早動身，睡意尚在，「瘦馬兀殘夢」，一「瘦」字，一「殘」字，凸顯了奔波的勞苦與艱辛，即將奔赴新的職位，不得遲緩。好在雪後天晴，旅行的緊張與艱辛，得到了一定程度的緩和，在晴空下騎馬盤旋，賞玩雪花，興致勃然。翻身下馬，小酌於原野，既可溫暖身體，又可引發新的激情。後半幅敘寫雪再次的降落，表達對民生的擔憂。所謂天有不測之風雲，「須臾晚雲合，亂灑無缺空。鵝毛垂馬騣，自怪騎白鳳」，到了夜晚，大雪又在飄飛，天地間頓成一片雪域，使人如覺置身於仙境中。詩人畢竟是位有良心的父母官，知密州的三年，是以乾旱天為主的，對靠天吃飯的百姓來說，就是天災。「三年東方旱，逃戶連敧棟。老農釋耒歎，淚入飢腸痛」，這種悲慘的景象仍歷歷在目，從如仙境般的幻境中回到現實，一種責任感就油然而生。宋人曾鞏〈冬夜即事〉詩末有注云：「齊寒甚，夜氣如霧，凝於木上。旦起視之如雪，日出飄滿堦庭，尤為可愛，齊人謂之霜淞。諺曰：『霜淞重霜淞，窮漢置飯甕。』以為豐年之兆。」就蘇軾而言，這次雖然是春雪，詩人仍然抱有良好的願望，所謂瑞雪兆豐年，年成好了，百姓就會安居樂業。「敢怨行役勞，助爾歌飯甕」，強調作此詩並不是抱怨冒雪趕路的艱辛，而是意在關注民生，以民為本，這是為官的基本職責。詩前半寫景，後半抒情。前半由苦寫樂，後半由樂寫苦。摹寫雪景奇幻，藉景抒情言志，沉著真摯。

書韓幹❶〈牧馬圖〉

南山❷之下，汧❸渭❹之間，想見開元天寶❺年。八坊❻分屯❼隘秦川❽，四十萬匹如雲烟❾。騅駓駰駱驪騮騵❿，白魚赤兔騂皇䮨⓫。龍顱鳳頸⓬獰⓭且妍，奇姿逸德⓮隱駑頑⓯。碧眼⓰胡兒⓱手足鮮⓲，歲時剪刷供帝閑⓳。柘袍⓴臨池侍三千，紅粧㉑照日光流淵。樓下玉螭㉒吐清寒，往來蹙踏㉓生飛湍㉔。眾工舐筆㉕和朱鉛㉖，先生曹霸㉗弟子韓。廄馬多肉尻脽圓，肉中畫骨誇尤難㉘。金羈玉勒繡羅鞍，鞭箠㉙刻烙傷天全㉚，不如此圖近自然。平沙細草荒芊綿㉛，驚鴻㉜脫兔㉝爭後先。王良㉞挾策㉟飛上天，何必俯首服短轅㊱？

【注釋】❶韓幹（西元七〇六？—七八三年）大梁人。王右丞維見其畫，遂推獎之，官至太府寺丞。

善寫貌人物，尤工鞍馬。❷南山　指終南山，屬秦嶺山脈，在今陝西西安南。❸汧　水名，渭水支流，今名千河。源出甘肅六盤山南麓，上游東南流經陝西隴縣千陽注入渭河。❹渭　水名，黃河最大支流，源出甘肅鳥鼠山，橫貫陝西中部，至潼關入黃河。❺開元天寶　均唐玄宗年號，開元（西元七一三—七四一年），天寶（西元七四二—七五六年）。❻八坊　唐代監牧所屬八處養馬之所。《新唐書・兵志》：「自貞觀至麟德四十年間，馬七十萬六千，置八坊岐、豳、涇、寧間，地廣千里，一曰保樂，二曰甘露，三曰南普閏，四曰北普閏，五曰岐陽，六曰太平，七曰宜祿，八曰安定。八坊之田，千二百三十頃，募民耕之，以給芻秣。」按唐長孺《唐書兵志箋正》云：「岐、涇、邠、寧四州八坊馬牧，蓋開元間置，〈兵志〉以為貞觀初置即在其地者，誤也。」❼分屯　猶分駐。❽秦川　泛指今陝西、甘肅的秦嶺以北平原地帶，因春秋、戰國時地屬秦國而得名。❾四十旬　唐張彥遠《歷代名畫記》卷九韓幹傳云：「至於毛色，多騧、騮、騅、駁，無他奇異。玄宗好大馬，御廄至四十萬，遂有沛艾大馬，命王毛仲為監牧使。」據《新唐書・兵志》載：開元初，國馬益耗。游擊將軍命王毛仲領內外閑廄。九年又詔天下之有馬者，州縣皆先以郵遞軍旅之役。王毛仲既領閑廄馬，稍稍復始二十四萬。至十三年，乃四十三萬。天寶十一載詔二京旁五百里勿置私牧，十三載隴右群牧都使奏馬牛駝羊總六十萬五千六百，而馬三十二萬五千七百。❿騅駓駰駱驪騮騵　均馬名。《詩・魯頌・駉》毛傳云：蒼白雜毛曰騅，黃白雜毛曰駓，白馬黑鬣曰駱，赤身黑鬣曰駵（按，駵同騮），純黑曰驪。《詩・小雅・皇皇者華》毛傳云：陰白雜毛曰駰。《詩・大雅・大明》毛傳云：騮馬白腹曰騵。⓫白魚赤兔騂皇䮝　均馬名。《詩・魯頌・駉》云：「有驈有皇，有驪有黃。」又：「有駰有騢，有驔有魚。」毛傳云：「馬白跨曰驈，黃白曰皇，純黑曰驪，黃騂曰黃。」又云：「豪骭曰驔，二目白曰魚。」又云：赤黃曰騂。赤兔，又作赤菟，駿馬名。《後漢書・呂布傳》：「布常御良馬，號曰赤菟，能馳城飛塹。」䮝，宋司馬光《類篇》卷二十八：「䮝，河干切。駮䮝，馬名。」⓬龍顱鳳頸　謂駿馬頭顱似龍，頸項似鳳。唐李筌《太白陰經》卷三〈相馬篇第三十二〉

云：「經曰：相馬之法，先相頭目耳，……頭欲高，如剝兔龍顱，突目平脊大腹，脛肉多者行千里。」又宋李昉等編《太平廣記》卷三百四十九〈韋鮑生妓〉云：「鮑謂韋曰：『出城得良馬乎？』對曰：『予春初塞遊，自鄜坊歷烏延，抵平夏，止靈武，而迴部落，駔駿獲數疋，龍形鳳頸，鹿脛鳧膺，眼大足輕，脊平肋密者皆有之。』」又宋楊齊賢集註、元蕭士贇補註《李太白集分類補註》卷三〈天馬歌〉云：「天馬來出月氏窟，背為虎文龍翼骨。」注引《九域志》云：「西域大宛馬虎脊魚目，龍文鳳頸，尾如蒲稍。」⑬獰　兇猛；兇惡。⑭逸德　謂馬具有善於奔跑的品質。⑮駑頑　駑下頑劣。⑯碧眼　綠色的眼睛，舊指胡人，中國古代對北方邊地及西域各民族人民的稱呼，隋唐時亦特指中亞粟特人。⑰胡兒　指胡人，多用為蔑稱。⑱鮮　善；美好。⑲帝閑　皇帝的馬廄。《新唐書・百官志》載：「尚乘局奉御二人，直長十人，掌內外閑廄之馬，左右六閑：一曰飛黃，二曰吉良，三曰龍媒，四曰騊駼，五曰駃騠，六曰天苑。」⑳柘袍　柘黃袍，隋文帝始服，後泛指皇袍。此代指皇帝。㉑紅粧　指女子的盛妝，因婦女妝飾多用紅色，故稱。又指美女。㉒玉螭　玉雕的龍。此指駿馬的美稱。㉓蹙踏　踩踏。㉔飛湍　急流。㉕舐筆　以舌舔毛筆尖。《莊子・田子方》：「宋元君將畫圖，眾史皆至，受揖而立，舐筆和墨。」㉖朱鉛　繪畫的紅白顏料。㉗曹霸　唐譙縣人，三國魏曹髦之後，霸在開元中已得名，天寶末每詔寫御馬及功臣，官至左武衛將軍。㉘廐馬二句　杜甫〈丹青引贈曹將軍霸〉云：「弟子韓幹早入室，亦能畫馬窮殊相。幹唯畫肉不畫骨，忍使驊騮氣凋喪。」尻脽，臀部。㉙鞭箠　鞭子；鞭打。㉚天全　謂保全天性。又謂天然渾成，無斧鑿雕飾之跡。㉛芊綿　草木茂盛貌。㉜驚鴻　驚飛的鴻雁，形容輕盈優美的舞姿。㉝脫兔　脫逃之兔，比喻行動迅疾。㉞王良　春秋時之善馭馬者。漢王充《論衡・率性》：「王良登車，馬不罷駑。」㉟挾策　持鞭；揚鞭。㊱短轅　指代牛車或粗陋小車。又指折斷的車轅木。

【語　譯】終南山的下邊，汧水和渭水之間，可想見開元、天寶年間的情景。作為供養御馬的八坊分別駐紮，使秦川之地變得狹隘，四十萬馬匹如雲煙般品種繁多。如騅、駓、駰、駱、驪、騮、騵，又如白魚、赤兔、騂、皇、鵻。像龍一樣的頭顱，似鳳一樣頸項，兇猛而且美妍，奇異的形狀，善於奔跑的品德，也隱含有資質駑鈍與頑劣的。碧綠眼睛的胡兒手足靈巧，每年按時給馬匹剪毛刷洗，提供給御用的馬廄。皇帝親臨池苑，陪侍的人員有三千人，美女如太陽般耀眼，光彩流動在水面上。樓下如玉螭般的駿馬在寒冷中吐著氣，在急流中往來踩踏激起飛沫。眾多畫工舔舐著筆尖和顏料，有作為先生的曹霸和作為弟子的韓幹。廐中馬匹肉多而臀部圓滿，在豐滿的肌體中以能畫出骨骼相誇耀，這還是有困難的。金製或玉製的馬絡頭，綵繡的絲製馬鞍，鞭打、雕刻與烙印有傷於馬匹的天性，不如這幅圖畫的貼近自然。平展的沙土，荒野上細密的草生長茂盛，馬匹或翩如驚鴻，或如疾奔的兔子，彼此爭先恐後。就像當年善於馭馬的王良揮動著鞭子，馬兒就急速地奔馳如同飛上了天，不必低頭順服地拉著車兒前行。

【研析】清查慎行《蘇詩補註》引《烏臺詩案》云：「熙寧十年二月到京，三月初一日，王詵送到簡帖，約來日出城外四照亭中相見。……次日，王詵送韓幹畫馬十二匹共六軸，求軾題跋，不合作詩云『王良挾策飛上天，何必俛首服短轅』，意以騏驥自比，譏諷執政大臣無能盡我之才，如王良之能御者，何必折節干求進取也。」知此詩作於神宗熙寧十年三月初二日，在京城，王詵為駙馬，與蘇軾往來密切，王詵送韓幹所畫馬十二匹，即詩中所云「騅、駓、駰、駱、驪、騮、騵，白魚、赤兔、騂、皇、鵻」十二匹馬，凡六軸，每軸上所畫馬數目不一。詩前五句敘寫十二匹駿馬出現的時代背景，是在唐玄宗開元、天寶年間。「騅駓」四句，描寫十二匹駿馬的種類、品相與神態。「碧眼」六句追憶玄宗時御馬供養及皇帝賞玩駿馬的情景，突出了作為御馬，其地位的不凡。「眾工」九句，就韓幹所畫〈牧馬圖〉發表議論，唐張彥遠《歷代名畫記》卷九云：「杜甫曹霸畫馬歌曰：『弟子韓幹早入室，亦能畫馬窮殊相。幹惟畫肉不畫骨，忍使驊騮氣凋喪。』彥遠以杜甫豈知畫者，徒以幹馬肥大，遂有畫肉之誚。」即杜甫認為韓幹畫馬只見肉，不見筋骨，不能彰顯馬的精神。蘇軾卻認為，在「廄馬多肉尻脽圓」這種條件下，要求韓幹能於肌體圓潤豐滿的御馬中凸顯出馬的骨骼，這是難以做到的。韓幹摹繪的馬匹肥胖豐滿，是因為御馬供養的條件太好了，韓幹之所以這樣畫，也是尊重事實，「不如此圖近自然」句說的就是此意。又《歷代名畫記》卷九云：「玄宗好大馬，御廄至四十萬，遂有沛艾大馬，命王毛仲為監牧使，燕公張說作〈駉牧頌〉。天下一統，西域大宛歲有來獻，詔於北地置羣牧，筋骨行步，久而方全，調習之，能逸異，並至骨力追風，毛彩照地，不可名狀，號木槽馬聖人。舒身安神，如據牀榻，是知異於古馬也。時主好藝，韓君間生，遂命悉圖其駿，則有玉花驄、照夜白等。時岐、薛、寧、申王廄中皆有善馬，幹並圖之，遂為古今獨步。」知經調教，其間不乏「骨力追風，毛彩照地」者，「時主好藝，韓君間生，遂命悉圖其駿」，即韓幹對御廄中的駿馬，均留有繪影，只是王詵所藏六軸十二馬匹，可謂「毛彩照地」，於「骨力追風」有欠，也就是說這十二匹馬只屬韓氏所畫的一部分，一個類別，不足以全面說明問題。末二句藉題發揮，希望自己能像這些駿馬施展才華。因與執政者理念不合，蘇軾乞外補，自此一直在地方為官，懷才不遇之感常縈繞於心，時常見露於詩文中，就此詩而言，所謂「意以騏驥自比，譏諷執政大臣無能盡我之才」，難免會招惹是非的。其詩用筆奇崛古拙，「騅駓」句多為後人稱賞。《御選唐宋詩醇》云：「馬詩有杜甫諸作，後人無從著筆矣。千載獨有軾詩數篇，能別出一奇於浣花之外，骨幹氣象，實相等埒。篇中『騅駓駰駱驪騮騵』，蓋本昌黎〈陸渾山火〉詩『鴉鴟雕鷹雉鵠鵾』之句，王士禎謂並是學《急就篇》句法，由其氣大，故不見其累重之迹。即如此詩，本是則傚少陵，而此二句乃全似昌黎，亦不覺也。」浣花，即浣花溪，在今四川成都西郊，為錦江支流，溪旁有唐杜甫的故居浣花草堂，此指杜甫。昌黎指韓愈。〈陸渾山火〉即韓愈〈和皇甫湜陸渾山火用其韻〉一詩，其中有「虎熊麋豬逮猴猿，水龍鼉龜魚與黿。鴉鴟鵰雁鷹鵠鵾，燖炰煨爊熟飛奔」，其詩以險僻怪奇見稱，蘇詩「騅駓」二句，即受韓愈詩句行文的影響，但無堆砌累贅的毛病。

宿州❶次韻劉涇❷

我欲歸休瑟漸希，舞雩何日著春衣❸。多情白髮三千丈❹，無用蒼皮四十圍❺。晚覺文章真小技❻，早知富貴有危機❼。為君垂涕君知否？千古華亭鶴自飛❽。涇之兄汴，亦有文，亦死矣。

【注釋】❶宿州　今安徽宿縣。❷劉涇　字巨濟，號前溪，簡州陽安（今屬四川）人。宋神宗熙寧六年進士。王安石薦其才，召見，除經義所檢討，為太學博士。除國子監丞，知處、虢、真、坊四州。元符末上書召對，除職方郎中，卒年五十八。❸我欲二句　《論語・先進》載子路、曾皙、冉有、公西華侍坐，各言其志，當問及曾皙：「鼓瑟希，鏗爾，舍瑟而作，對曰：『異乎三子者之撰。』子曰：『何傷乎？亦各言其志也。』曰：『莫春者，春服既成。冠者五六人，童子六七人，浴乎沂，風乎舞雩，詠而歸。』夫子喟然歎曰：『吾與點也！』」意思即當問到曾皙，曾皙彈瑟正近尾聲，就放下瑟，站起來，回答說：「我不同於他們三人的看法。」孔子說：「又有何妨？也是各言其志向吧。」曾皙回答說：「到了暮春，春天的衣服已製成。和五六位成年人，六七位兒童，在沂水中洗浴，然後登上舞雩臺，迎著風，歌詠而返回。」孔子長歎一聲說：「我贊同曾點的想法啊！」詩句化用此典，表達退隱之意。舞雩，壇名，高三丈，在沂水邊，為祭天求雨之處。❹多情句　唐李白〈秋浦歌十七首〉：「白髮三千丈，緣愁似箇長。不知明鏡裏，何處得秋霜。」❺無用句　唐杜甫〈古柏行〉：「霜皮溜雨四十圍，黛色參天二千尺。」宋郭知達編《九家集注杜詩》此詩題下注云：「傷有其才而不得其用也。」按，古代一尺的長度歷代不一，唐宋時期一尺相當於今天的三十公分左右。❻晚覺句　唐杜甫〈貽華陽柳少府〉：「文章一小伎，於道未為尊。」按，古人常用雕蟲小技指詩文辭賦的寫作，也比喻從事不足道的小技藝。❼早知句　《晉書・諸葛長民傳》：「長民猶豫未發，既而歎曰：『貧賤常思富貴，富貴必履危機。今日欲為丹徒布衣，豈可得也？』」❽為君二句　宋劉義慶《世說新語・尤悔》云：「陸平原河橋敗，為盧志所讒，被臨刑歎曰：『欲聞華亭鶴唳，可復得乎？』」梁劉孝標注云：「《八王故事》曰：華亭，吳由拳縣郊外墅也，有清泉茂林。吳平後，陸機兄弟共遊於此十餘年。《語林》曰：機為河北都督，聞警角之聲，謂孫丞曰：『聞此，不如華亭鶴唳。』故臨刑而有此歎。」陸平原即陸機，陸機兄弟即陸機與陸雲，此喻指劉汴與劉涇兄弟。劉汴，事跡不詳。按，華亭在今上海市松江縣西，陸機於吳亡入洛以前，常與弟雲遊於華亭墅中。後以華亭鶴唳，為感慨生平，悔入仕途之典。

【語　譯】我想辭官退休，不知哪天能像曾皙那樣中止了彈瑟，然後換上春裝，登上舞雩臺，沐浴歌詠而返。一生自作多情，只是白髮不斷見長，如同四十圍的粗大樹木，因皮質蒼老而成無用之材。晚年覺得文章真屬渺小的技藝，早年就明白了追求功名富貴是潛伏有危險的。為您傷感而落淚，您知道否？千百年來華亭的鶴仍是自在地飛著。

【研　析】宋神宗熙寧十年二月蘇軾改知徐州（今屬江蘇），此為奔赴徐州途經宿州時作。首聯表達歸隱之意。頷聯感歎老大無成，自傷有其才而不得其用。頸聯抒寫為追求功名富貴，走上了仕途，雖然以文章名滿天下，但畢竟是雕蟲小技。宦海風波不斷，陞沉進退，品味了人生無盡的酸甜苦辣。於建立功業方面，多是不能稱心如意。尾聯為劉氏兄弟的遭際而感傷。蘇軾有〈答劉巨濟書〉，其中云：「然君在侍下，加以少年美才，當深計遠慮，不應戚戚，徇無已之悲。賢兄文格奇拔，誠如所云，不幸早世，其不朽當以累足下。見其手書舊文，不覺出涕。詩及新文，愛玩不已。……僕老拙，百無堪，向在科場時，不得已作應用文，不幸為人傳寫，深可羞愧，以此得虛名天下。」可以與此詩參照。

司馬君實❶獨樂園❷

青山在屋上，流水在屋下。中有五畝園，花竹秀而野。花香襲杖屨❸，竹色侵杯斝❹。樽酒樂餘春，棋局消長夏。洛陽古多士❺，風俗猶爾雅❻。先生臥不出，冠蓋❼傾洛社❽。雖云與眾樂，中有獨樂者❾。才全德不形❿，所貴知我寡⓫。先生獨何事？四海望陶冶⓬。兒童誦君實，走卒知司馬⓭。持此欲安歸⓮？造物不我捨⓯。名聲逐吾輩⓰，此病天所赭⓱。撫掌⓲笑先生，年來效瘖啞⓳。

【注釋】❶司馬君實　司馬光（西元一〇一九－一〇八六年），字君實，號迂叟，夏縣（今屬山西）人。宋仁宗寶元元年第進士，以集賢校理通判并州，仕至左僕射，卒贈太師，謚文正。❷獨樂園　宋李格非《洛陽名園記》「獨樂園」：「司馬溫公在洛陽，自號迂叟，謂其園曰獨樂園。卑小不可與他園班。其曰讀書堂者，數十椽屋；澆花亭者，益小；弄水種竹軒者，尤小；曰見山臺者，高不過尋丈；曰釣魚菴、曰采藥圃者，又特結竹杪落蕃蔓草為之爾。溫公自為之序，諸亭臺詩頗行於世，所以為人欣慕者，不在於園耳。」宋馬永卿《元城先生語錄》云：「老先生（即司馬光）既居洛，某從之蓋十年，老先生於國子監之側得營地，創獨樂園。」❸杖屨　手杖與鞋子，古禮，五十歲老人可扶杖，又古人入室鞋必脫於戶外，為尊敬長輩，長者可先入室，後脫鞋。又指拄杖漫步。❹斝　古代青銅製貯酒器，有鋬（把手）、兩柱、三足、圓口，上有紋飾，供盛酒與溫酒用。盛行於商朝和西周初期。後借指酒杯、茶杯。❺士　古代諸侯設上士、中士、下士，「士」的地位次於大夫。泛稱諸侯臣僚、各級官吏。又謂智者、賢者，泛指讀書人，知識階層。❻爾雅　雅正；文雅。❼冠蓋　泛指官員的冠服和車乘。代指仕宦，貴官，或官宦之家。冠，禮帽。蓋，車蓋。❽洛社　指洛陽耆英會，《宋史·文彥博傳》云文彥博「與富弼、司馬光等十三人，用白居易九老會故事，置酒賦詩相樂，序齒不序官。為堂，繪像其中，謂之洛陽耆英會，好事者莫不慕之」。又司馬光有〈洛陽耆英會序〉（元豐五年正月作）一文。❾雖云二句　《孟子・梁惠王下》：「莊暴見孟子曰：『暴見於王，王語暴以好樂，暴未有以對也。』曰：『好樂何如？』孟子曰：『王之好樂甚，則齊國其庶幾乎？』他日見於王曰：『王嘗語莊子以好樂，有諸？』王變乎色曰：『寡人非能好先王之樂也，直好世俗之樂耳。』曰：『王之好樂甚，則齊其庶幾乎？今之樂由古之樂也。』曰：『可得聞與？』曰：『獨樂樂，與人樂樂，孰樂？』曰：『不若與人。』曰：『與少樂樂，與眾樂樂，孰樂？』曰：『不若與眾。』」❿才全句　《莊子・德充符》：「（仲尼曰：）『今哀駘它未言而信，無功而親，使人授己國，唯恐其不受也，是必才全而德不形者也。』哀公曰：『何謂才全？』仲尼曰：『死生存亡，窮達貧富，賢與不肖，毀譽，饑渴，寒暑，是事之變，命之行也。日夜相代乎前，而知不能規乎其始者也，故不足以滑和，不可入於靈府。使之和豫通而不失於兌，使日夜無郤而與物為春，是接而生時於心者也，是之謂才全。』『何謂德不形？』曰：『平者，水停之盛也，其可以為法也，內保之而外不蕩也。德者，成和之修也；德不形者，物不能離也。』」⓫所貴句　老子《道德經》卷下：「吾言甚易知，甚易行，天下莫能知，莫能行。言有宗，事有君。夫惟無知，是以不我知，知我者希，則我貴矣。是以聖人被褐懷玉。」⓬陶冶　陶工和鑄工，謂燒製陶器和冶煉金屬。又喻教化培育。宋王安石〈上皇帝萬言書〉：「所謂陶冶而成之者何也？亦教之、養之、取之、任之有其道而已。」⓭兒童二句　蘇軾〈司馬溫公行狀〉云：「凡居洛十五年，再任留司御史臺，四任提舉崇福宮。官制行，改太中大夫，加資政殿學士。神宗崩，公赴闕臨，衛士見公入，皆以手加額曰：『此司馬相公也。』民遮道呼曰：『公無歸洛，留相天子活百姓。』所在數千人聚觀之。公懼，會放辭謝，遂徑歸洛。」走卒，供使喚奔走的隸卒、差役。⓮持此句　《三國志・魏書・鍾會傳》：「會得書，驚呼所親，語之曰：『但取鄧艾，相國知我能獨辦之。今來大重，必覺我異矣。便當速發，事成，可得天下；不成，退保蜀漢。不失作劉備也。我自淮南以來，畫無遺策，四海所共知也，我欲持此安歸乎？』」⓯造物句　《莊子・大宗師》：

「偉哉！夫造物者將以予為此拘拘也。」造物，特指創造萬物的神。⓰名聲句 《後漢書・逸民傳・法真》：「法真名可得而聞，身難得而見，逃名而名我隨，避名而名我追。」⓱赭 施加罪罰。⓲撫掌拍手，多表示高興、得意。⓳瘖啞 不能言。蘇軾〈司馬溫公行狀〉云：「遂乞判西京留司御史臺以歸，自是絕口不論事。」

【語 譯】青山位於房屋的上方，流水處於房屋的下方。中部有個五畝園，花與竹茂盛而樸實。花的香氣侵襲在拄杖上和鞋子裡，竹子的光色映入酒杯裡。飲著酒，享受著暮春的快樂，下著棋，消磨著漫長的夏日。洛陽自古以來多名流，風俗仍然是典雅純正。先生隱居其中，少有露面，名流往來，勝過洛中的詩文酒社。雖然說是與眾人一起歡樂，其中也有獨自享受快樂的。才智完備，而德行不外露，所推崇的就是少有人知道自己。先生獨自享樂是為什麼呢？全國各地期待著先生教化治理。兒童們口念著君實，隸卒差役都知道有司馬相公。憑藉這些名聲，想歸隱到哪裡呢？老天爺不會捨棄你的。名聲追逐著我們這些人，這種不利是老天所施加的罪罰。人們拍手指笑著先生，近年以來仿效啞巴，沉默寡言。

【研 析】《烏臺詩案》：「熙寧十年，司馬光任端明殿學士，提舉西京崇福宮，在西洛葺園號獨樂，軾於是年五月六日作詩寄題。」知詩作於神宗熙寧十年，在徐州。司馬光為北宋名臣，在政治上與王安石一派是對立的。神宗時王安石為相，開始施行新法，司馬光首言其害，以言不行，力乞歸，為西京留司御史臺，提舉崇福宮，閒居十五年，自號迂叟。哲宗即位，尚幼，宣仁太皇太后垂簾聽政，起用司馬光，為門下侍郎拜左僕射，為政一年，元祐元年卒於位，贈太師溫國公。北宋都城為汴京（今河南開封），又稱東京，西京即河南洛陽，為著名古都，距離汴京不遠，所以北宋時期官員退職後有不少是選擇居住在洛陽的。李格非撰有《洛陽名園記》，載莊園凡十九處，其中不少是高官名宦，司馬光獨樂園為其中之一。司馬光有《獨樂園記》，為熙寧六年作，其中云：「熙寧四年迂叟始家洛，六年買田二十畝於尊賢坊北，闢以為園。」其中有讀書堂、弄水軒、釣魚庵、種竹齋、采藥圃、澆花亭、見山臺等景點。又有《獨樂園七詠》，分別吟詠七處景致。蘇軾此詩前四句敘寫獨樂園所處的地理形態，《獨樂園記》云：「洛城距山不遠，而林薄茂密，常苦不得見，乃於園中築臺，構屋其上，以望萬安、轘轅至於太室，命之曰見山臺。」萬安、轘轅、太室，均山名。又云：「（讀書）堂南有屋一區，引水北流貫宇下，中央為沼，方深各三尺，疏水為五派，注沼中，狀若虎爪，自沼北伏流出北階，懸注庭下，狀若象鼻，自是分為二渠，繞庭四隅，會於西北而出，命之曰弄水軒。」所謂「青山在屋上，流水在屋下」，當是對見山臺和弄水軒二處景點所見的描述。至於花香、竹色等，又與種竹齋、采藥圃、澆花亭景點有關。詩的中間部敘寫司馬光退居洛陽的生活狀態，「樽酒樂餘春，棋局消長夏」，弈棋飲酒，閒適自在。「先生臥不出，冠蓋傾洛社」，雖然深居簡出，慕名造訪者依然不斷。《元城語錄》卷中云：「獨樂園在洛中諸園最為簡素，人以公之故，春時必遊洛中，例看園子。」「雖云與眾樂」以下就取名「獨樂」作引子，說明司馬光想引退「獨樂」，但天下百姓難以答應，宋人陳均《九朝編年備要》卷二十一載：「（司馬）光居洛十五年，天下以為真宰相，田夫野老皆號為司馬相公，婦人孺子亦知其為君實也。神宗崩，赴闕入臨，衛士望見，皆以手加額，曰：『此司馬相公也。』爭擁馬首呼曰：『公無歸洛，留相天子，活百姓。』所在數千人聚觀之，光懼歸洛。」又宋李燾《續資治通鑑長編》卷三百五十三、宋彭百川《太平治迹統類》卷十八、宋朱熹《宋名臣言行錄．後集》卷七等均有類似記載，可與「兒童誦君實，走卒知司馬」句相印證，正是由於得到天下人的擁戴，所以神宗一去世，司馬光就重返京城，執政天下。「持此欲安歸？造物不我捨」，說明司馬氏想退居獨樂園，從天意民心來說，可能是行不通的。天下百姓不能安居樂業，有違於孟子「與眾樂樂」的民本思想，「獨樂」一詞即是取自《孟子》一書，司馬氏不明白這個道理嗎？所謂「年來效瘖啞」，裝聾作啞，也是權宜之計罷了。以退為進，等待時機，或是其意圖所在。宋人胡仔《苕溪漁隱叢話．前集》卷四十四據《烏臺詩案》云：「司馬君實在西京，葺一園，名獨樂園，作詩寄之云（略）。此詩言四海望光執政、陶冶天下，以譏見任執政不得其人。又言兒童走卒皆知其姓字，終當進用，緣光曾言新法不便，某亦曾言新法不便，既言終當進用光，意亦是譏朝廷新法不便，終用光改變此法也。又言光卻瘖默不言，意望光依前上言攻擊新法也。」從大方面而言，蘇軾是與司馬光一派的，都是反對王安石新法的，因此在這首詩中，也委婉地表達出了自己的態度與用意所在。

韓幹❶馬十四匹

二馬並驅攢❷八蹄，二馬宛❸頸騣❹尾齊。一馬任前雙舉後❺，一馬卻避長鳴嘶。老髯奚官❻騎且顧，前身作馬通馬語。後有八匹飲且行，微流赴吻若有聲。前者既濟出林鶴，後者欲涉鶴俯啄❼。最後一匹馬中龍❽，不嘶不動尾搖風❾。韓生畫馬真是馬，蘇子作詩如見畫❿。世無伯樂⓫亦無韓，此詩此畫誰當看？

【注　釋】❶韓幹　詳〈書韓幹「牧馬圖」〉注❶。❷攢　簇聚；聚集。❸宛　彎曲。❹騣　馬鬃；馬頸上的長毛。❺一馬句　《韓非子・說林下》：「伯樂教二人相踶馬，相與之簡子廄觀馬，……夫踶馬也者，舉後而任前，腫膝不可任也，故後不舉。」踶即踢。「任前雙舉後」謂馬前兩腿支撐，後兩腿舉起踢。❻奚官　官名，職司養馬。❼鶴俯啄　《漢書・東方朔傳》：「尻益高者，鶴俛啄也。」俛，同「俯」。形容馬首低下臀部高蹺貌。❽馬中龍　宋朱震《漢上易傳》卷九：「乾為馬，健也；乾變震為龍，純乾為馬。故馬或龍種，而馬八尺以上為龍。」唐杜甫〈丹青引〉：「斯須九重真龍出，一洗萬古凡馬空。」❾不嘶句　唐杜甫〈天育驃騎歌〉：「吾聞天子之馬走千里，今之畫圖無乃是。是何意態雄且傑，駿尾蕭梢朔風起。」❿蘇子句　蘇軾〈韓幹馬〉詩：「少陵翰墨無形畫，韓幹丹青不語詩。」⓫伯樂　春秋秦穆公時人，姓孫，名陽，以善相馬著稱。喻指有眼力，善於發現、選拔、使用出色人才者。

【語　譯】兩匹馬並肩齊驅，八隻蹄子聚攏；兩匹馬脖頸彎折，頭上的鬃毛與馬尾平齊。一匹馬前腿支撐，後兩腿舉起踢著；一匹馬退避，長久地嘶鳴。年老而多鬍鬚的養馬官騎在上邊並且回看著，他的前生一定是匹馬，所以他能聽懂馬的嘶鳴聲。後邊另有八匹馬，邊飲著水邊行走，細微的水流奔赴向馬嘴裡，好像能聽到飲水聲。靠前的馬匹已經渡過水流，就像飛出樹林的白鶴，在後的馬匹正想渡過水流，就像俯首啄食的白鶴臀部高高蹺起。最後一匹如同是馬中的龍，不嘶鳴，也不動，尾巴搖動，隨之而風起。韓生畫的馬就像是真的馬匹，蘇某所作的詩就如同看到了那幅畫。世間沒有伯樂那樣的人，也沒有像韓幹那樣的畫家，這首詩、這幅畫，又給誰觀看呢？

【研　析】詩作於知徐州時。蘇軾吟詠韓幹畫馬的詩歌有數首，涉及到的韓幹畫馬圖也不止一幅，如前文選的〈書韓幹「牧馬圖」〉一詩，包含圖六軸，所畫馬十二匹，是多幅圖畫。而此詩所詠當是一幅圖畫，其中繪有十四匹馬。詩中詳細地描述了十四匹馬的神情與姿態：或騰躍，或迴旋；或靜默，或嘶鳴；或飲水，或行走。除馬匹外，還有養馬官：「老髯奚官騎且顧，前身作馬通馬語」，由老髯奚官知這些馬匹當屬御廄供養的，所以十四匹都是駿馬，其中還有屬馬中之龍者。在表現手法方面：有點有面，面是指對眾馬的摹繪，點是指對龍馬的刻劃。有分寫，如前四句對六匹馬的刻劃；有合寫，如後文對另八匹馬的描述。唐韓愈有〈畫記〉一文，其中云：「馬大者九匹，于馬之中又有上者，下者，行者，牽者，奔者，涉者，陸者，翹者，顧者，鳴者，寢者，訛者，立者，齕者，飲者，溲者，陟者，降者，痒磨樹者，噓者，嗅者，喜而相戲者，怒相踶齧者，秣者，騎者，驟者，走者，載服物者，載狐兔者，凡馬之事二十有七焉，馬大小八十有三而莫有同者焉。」一為詩，一為文，體裁不同，表現手法有相似處，可見蘇詩對韓文的借鑑。關於詩中涉及到的馬匹數，後人讀之有歧出。宋人樓鑰〈題趙尊道「渥洼圖」〉云：「趙尊道制幹以龍眠〈渥洼圖〉示余，余曰誤矣。本韓幹馬，東坡曾為賦詩者，此龍眠所臨，而以後為前，俾易之，為書坡詩於後而次其韻，馬實十六，坡集詩云十四匹，豈誤耶？」蓋將奚官所騎與「最後一匹馬中龍」另各算一匹，實誤。奚官所騎當屬前六匹中之一，「最後一匹馬中龍」為八匹中之一。清人又有十五匹之說，仍是對奚官所騎或「最後一匹馬中龍」的錯誤計入有關。詩以鋪敘見長，末四句出之以議論，表達了兩方面的思想：其一、「韓生畫馬真是馬，蘇子作詩如見畫」二句，是作者詩畫一體觀的反映，宋人胡仔《苕溪漁隱叢話・前集》卷十五〈王摩詰〉云：「東坡云：味摩詰之詩，詩中有畫；觀摩詰之畫，畫中有詩。」又《前集》卷三十引《西清詩話》云：「丹青吟詠，妙處相資，昔人謂『詩中有畫，畫中有詩』者，蓋畫手能狀而詩人能言之。」王摩詰為唐代詩人王維，王氏善畫，又以田園山水詩著稱，因此王氏詩中飽含畫味，畫中富有詩意，從藝術角度來看，二者有共同點，才能你中有我，我中有你。其二、「世無伯樂亦無韓，此詩此畫誰當看」二句，則是歎知音難遇，悲英雄失路，藉題發揮，用心別有。

送李公恕❶赴闕

君才有如切玉刀❷，見之凜凜❸寒生毛。願隨壯士斬蛟蜃❹，不願腰間纏錦絛❺。用違其才志不展❻，坐❼與胥吏❽同疲勞。忽然眉上有黃氣⑨，吾君漸欲收英髦⑩。立談左右皆動色⑪，一語徑破千言牢⑫。我頃分符⑬在東武⑭，脫畧⑮萬事惟嬉遨⑯。盡壞屏障通內外⑰，仍呼騎曹為馬曹⑱。君為使者見不問，反更對飲持雙螯⑲。酒酣箕坐語驚眾⑳，雜以嘲諷窮詩騷㉑。世上小兒㉒多忌諱㉓，獨能容我真賢豪。為我買田臨汶水㉔，逝㉕將歸去誅蓬蒿。安能終老塵土下，俯仰隨人如桔槔㉖。

【注釋】❶李公恕　李察，字公恕，神宗朝歷官京東轉運副使、陝西轉運使、大理寺丞、太子中舍權發遣秦鳳等路轉運判官等。❷切玉刀　即昆吾刀，用昆吾石冶煉成鐵製作的刀。《列子・湯問》：「周穆王大征西戎，西戎獻錕鋙之劍，火浣之布。其劍長尺有咫，練鋼赤刃，用之切玉如切泥焉。」又《海內十洲記・鳳麟洲》：「昔周穆王時，西胡獻昆吾割玉刀及夜光常滿杯，刀長一尺，杯受三升。刀切玉如切泥。」昆吾即錕鋙，此喻指利器，又泛指寶劍。❸凜凜　寒冷。❹蛟蜃　蛟與蜃，泛指水族。蛟，古代傳說中的一種龍，常居深淵，能發洪水。蜃，傳說中的蛟屬，能吐氣成海市蜃樓。按，古代多有斬殺蛟龍的記載，如：春秋時楚人次非斬繞船兩蛟，見《呂氏春秋・知分》；又魯人澹臺子羽齎璧渡河斬蛟，見北魏酈道元《水經注・河水五》；又晉周處在長橋下斬蛟，見《晉書・周處傳》；又襄陽太守鄧遐入沔水斬蛟，見《初學記》卷七引南朝宋盛弘之《荊州記》。後世多用指勇士為民除害。❺不願句　謂不願只做一個儒生。錦絛，一作「錦條」，謂錦帶，錦製的帶子。《禮記・玉藻》：「居士錦帶，弟子縞帶。」孔穎達疏：「居士錦帶者，用錦為帶，尚文也。」按，絛，絲繩；絲帶，也指用於衣服飾物等的繩、帶。

❻用違句　宋劉義慶《世說新語・賞譽》：「桓公語嘉賓：阿源有德有言，向使作令僕，足以儀刑百揆，朝廷用違其才耳。」梁劉孝標注：「嘉賓，郗超小字也。阿源，殷浩也。」❼坐　以致；姑且。❽胥吏　官府中的小吏。❾黃氣　古代迷信，以為黃色雲氣是祥瑞之氣。此指喜氣。❿英髦　俊秀傑出的人。⓫立談句　漢揚雄〈解嘲〉：「或七十說而不遇，或立談而封侯。」唐盧照鄰〈對蜀父老問〉：「或立談以邀鼎食，或白首而甘布衣。」立談，站著談話，又比喻時間短暫。⓬一語句　唐韓愈〈平淮西碑〉：「大官臆決唱聲，萬口和附，并為一談，牢不可破。」⓭分符　猶剖符，謂帝王封官授爵，分與符節的一半作為信物。⓮東武　指密州。⓯脫畧　輕慢不拘。又脫去，省略。畧，同「略」。⓰嬉遨　猶嬉遊。⓱盡壞句　《晉書・阮籍傳》云：「及文帝輔政，籍嘗從容言於帝曰：『籍平生曾游東平，樂其風土。』帝大悅，即拜東平相。籍乘驢到郡，壞府舍屏障，使內外相望，法令清簡，旬日而還。」⓲仍呼句　《晉書・王徽之傳》：「徽之，字子猷，性卓犖不羈。為大司馬桓溫參軍，蓬首散帶，不綜府事。又為車騎桓沖騎兵參軍，沖問卿署何曹，對曰：『似是馬曹。』又問管幾馬，曰：『不知馬，何由知數？』又問馬比死多少，曰：『未知生，焉知死？』」騎曹，指騎曹參軍一類的小官。馬曹，管馬的官署，多用以指閒散的官職或卑微的小官。⓳反更句　宋劉義慶《世說新語・任誕》：「畢茂世云：一手持蟹螯，一手持酒杯，拍浮酒池中，便足了一生。」梁劉孝標注：「《晉中興書》曰：畢卓，字茂世，新蔡人。少傲達，為胡母輔之所知。太興末為吏部郎，嘗飲酒廢職，比舍郎釀酒熟，卓因醉，夜至其甕間，取飲之。主者謂是盜，執而縛之，知為吏部也，釋之，卓遂引主人燕甕側，取醉而去。」⓴酒酣句　《漢書・張耳陳餘傳》：「子敖，嗣立為王，尚高祖長女魯元公主，為王后。七年，高祖從平城過趙，趙王旦暮自上食，體甚卑，有子婿禮。高祖箕踞罵詈，甚慢之。」箕坐，猶箕踞，兩腿張開坐著，形如簸箕。一種輕慢、不拘禮節的坐姿。㉑窮詩騷　柳宗元〈寄韋珩〉：「君今矻矻又竄逐，辭賦已復窮詩騷。」詩騷，《詩經》、〈離騷〉的並稱，泛指詩歌。㉒小兒　對人的蔑稱，即小人。杜甫〈憶昔〉：「鄴城反覆不足

怪，關中小兒壞紀綱。」㉓忌諱 避忌；顧忌。因風俗習慣或迷信，禁忌某些認為不吉利的話和事。㉔汶水 西流經東平南，至梁山東南人濟水。㉕逝 通「誓」，表決心之詞。㉖俯仰句 《莊子・天運》：「且子獨不見夫桔槔者乎？引之則俯，舍之則仰。」俯仰隨人，一舉一動都隨人擺布。桔槔，井上汲水的工具。在井旁架上設一槓桿，一端繫汲器，一端懸、綁石塊等重物，用不大的力量即可將灌滿水的汲器提起。

【語　譯】您的才智猶如切玉刀那般鋒利，看見了冷氣逼人，皮膚生寒。願意隨同壯士斬殺蛟龍，也不願做腰間纏著錦帶的文官。雖然被選用為官，卻有違其才智而志向不能施展，以致於與小吏們一樣地疲勞困苦。忽然眉梢上顯示出有喜氣，我們的皇上要逐漸地招攬英俊人才。您侃侃而談，左右大臣們的面容都為之改變，一句話就直接破除了千言萬語的禁錮。我不久前受命被分派到密州，擺脫了各種事務，只知道遊樂。如同阮籍一樣，一上任就徹底地清除屏障，把官府的內外視線打通；又如王徽之放蕩不羈，不理事務，依舊呼騎曹為馬曹。您作為奉命出使的人看見了不理不問，反而更是手持雙螯，與我對飲。盡興地飲酒，箕踞而坐，話語驚動了眾人，其中夾雜著嘲諷，窮盡著詩騷。世上官場中的小人們多有禁忌，偏偏您能對我寬容，真是賢明豪邁。為我在臨近汶水的地方買塊田，發誓將要退職歸去，鏟除田地中的雜草。怎能老死在塵世中，一舉一動任人擺布，就如同桔槔汲水一上一下，由人操控。

【研　析】清查慎行《蘇詩補註》引施氏原註云：「公恕時為京西轉運判官，召赴闕。」檢宋人李燾《續資治通鑑長編》卷三百一載：神宗元豐二年十一月「丁卯，罷京西路轉運副使周約，以權發遣度支判官太子中舍李察代之，候山陵畢歸本司」，又據卷三百一載，元豐三年六月，有「權發遣京東路轉運副使李察」云云，知作於神宗元豐二年冬至三年夏之間，在徐州。詩的前半幅寫李氏其人其才。「君才有如切玉刀」六句，敘寫李公恕富有才智，心懷利器，寧願投筆從戎，建功立業，也不願做一個碌碌無為的文官書生。只是「用違其才志不展」，雖然有了職位，但不能盡其所能，反倒有不能施展抱負的悲哀。「忽然眉上有黃氣」四句敘寫李公恕被召回京赴闕，相信他定能得志遂願。「立談左右皆動色，一語徑破千言牢」二句，設想李氏面對皇帝的垂詢，侃侃而談，打動人心而得志的情態。詩的後半幅談與李氏的交情，「我頃分符在東武」四句追憶自己在知密州時，因懷才不遇，行為狂放不羈。「君為使者見不問」以下，敘寫自己言行招人忌恨，獨李氏能了解自己內心的痛苦，並知道自己久有歸隱之心，「為我買田臨汶水」，即是此意。至於末二句抒寫自己不能隨波逐流，俯仰隨人，歸隱也只能是最好的選擇。蘇軾因在政治上，與王安石新黨一派不合，屈志地方，抱負難以施展。此詩藉送李氏回京赴闕一事，抒寫自己的不遇與苦悶。以李氏由不遇到得志，反襯自己的抑鬱，行文奇峭生硬。

讀孟郊[1]詩二首

其一

夜讀孟郊詩，細字如牛毛。寒燈照昏花，佳處時一遭。孤芳[2]擢荒穢[3]，苦語[4]餘詩騷。水清石鑿鑿[5]，湍激[6]不受篙。初如食小魚，所得不償勞。又似煮彭蜞[7]，竟日持空螯[8]。要當鬬僧清[9]，未足當韓[10]豪。人生如朝露[11]，日夜火消膏[12]。何苦將兩耳，聽此寒蟲號。不如且置之，飲我玉色醪[13]。

其二

我憎孟郊詩，復作孟郊語。飢腸自鳴喚，空壁轉飢鼠。詩從肺腑[14]出，出輒愁肺腑。有如黃河魚，出膏以自煮。尚愛銅斗歌[15]，鄙俚頗近古。桃弓射鴨罷，獨速短蓑舞⑯。不憂踏船翻，踏浪不踏土⑰。吳姬霜雪白，赤腳浣白紵⑱。嫁與踏浪兒，不識離別苦。歌君江湖曲⑲，感我長羇旅。

【注釋】❶孟郊　（西元七五一－八一五年）字東野，武康（今浙江德清）人。少隱嵩山，年五十得進士第，調溧陽尉，鄭餘慶鎮興元軍，奏署為參謀，卒於途。張籍諡曰貞曜先生。❷孤芳　獨秀的香花，常比喻高潔絕俗的品格。也指與眾不同的獨特見解。❸荒穢　猶荒蕪，謂田宅不治，草穢叢生。又形容學識淺陋拙劣。❹苦語　淒切的言詞。❺鑿鑿　高峻貌。❻湍激　水流猛急。❼彭蜞　一作「蟛蜞」，似蟹而小。❽竟日句　參見〈送李公恕赴闕〉注⑲。❾要當句　孟郊與賈島均耽於作詩，以苦吟著稱，人稱詩囚，如同為詩所拘囚，蘇軾有「郊寒島瘦」（〈祭柳子玉文〉）。詩中的「僧」即指賈島（西元七七九－八四三年），字閬仙，范陽（今屬河北）人。初為浮屠，名無本。韓愈教之為文章，令還俗，舉進士不第。文宗時坐誹謗貶長江主簿，武宗改普州司戶參軍，未任而病逝。❿韓　指韓愈（西元七六八－八二四年），字退之，河南河陽（今河南孟縣）人。自謂郡望昌黎郡（今河北昌黎），自稱昌黎先生。唐德宗貞元八年進士，任國子博士、刑部侍郎，歷任京兆尹及兵部、吏部侍郎。卒諡文。⓫人生句　詳〈登常山絕頂廣麗亭〉注⓭。⓬日夜句　唐杜甫〈述古三首〉：「市人日中集，於利競錐刀。置膏烈火上，哀哀自煎熬。」膏，燈油。⓭醪　汁渣混合的酒，又稱濁酒，也稱醪糟。又酒的總稱。⓮肺腑　肺部，泛指人體的內臟，猶言心頭、胸口、肚子裡。又比喻內心。⓯銅斗歌　唐孟郊〈送淡公十二首〉之三：「銅斗飲江酒，手拍銅斗歌。儂是拍浪兒，飲則拜浪婆。腳踏小船頭，獨速舞短蓑。笑伊漁陽操，空恃文章多。閑倚青竹竿，白日奈我何。」銅斗，銅製的方形有柄的器具，用以盛酒食。宋王觀國《學林・銅斗》：「孟東野當時適有銅器，其狀方如斗，而東野特以貯酒而飲，又擊之以和歌聲，故自形於詩句。」⓰桃弓二句　〈送淡公十二首〉之四：「短蓑不怕雨，白鷺相爭飛。短楫畫菰蒲，鬭作豪橫歸。笑伊水健兒，浪戰求光輝。不如竹枝弓，射鴨無是非。」又「獨速短蓑舞」句見〈送淡公十二首〉之三，詳注⓯。又參見注⓱。⓱不憂二句　〈送淡公十二首〉之五：「射鴨復射鴨，鴨驚菰蒲頭。鴛鴦亦零落，彩色難相求。儂是清浪兒，每踏清浪遊。笑伊鄉貢郎，踏土稱風流。如何丱角翁，至死不裹頭。」踏船，指腳踏船。以腳蹬槳為動力，划水前進的船。踏浪，踩踏波浪，浮躍水面。多形容游水技術高超。⓲吳姬二句　唐李白〈浣紗石上女〉詩：「玉面耶溪女，青娥紅粉粧。一雙金齒屐，兩足白如霜。」吳姬，吳地的美女。按，吳地，參見〈吳中田婦歎〉注❶。白紵，白色的苧麻，指白紵所織的夏布。⓳歌君句　當指〈送淡公十二首〉，其六云：「師得天文章，所以相知懷。數年伊雒同，一旦江湖乖。江湖有故莊，小女啼喈喈。我憂未相識，乳養難和諧。幸以片佛衣，誘之令看齋。齋中百福言，催促西歸來。」

【語　譯】其一

夜晚閱讀孟郊的詩，字體如同牛毛那般細小。寒夜裡的燈光照射下視力更加模糊，其詩令人稱賞的地方有時會遇到。如同荒蕪的草叢中獨自盛開的一花朵，淒苦的詞語中有著《詩經》和〈離騷〉的餘韻。又如水質清澈，石塊高峻，急流奔騰，連撐船的竹竿也不能穩住。又像剛開始食用小魚，費了很多功夫，吃到的卻不多。又似蒸煮好的蟛蜞，整日手持著空洞無肉的蟹螯。理應與僧人賈島爭比清苦，在豪邁方面不足以與韓愈抗衡。人的一生如同朝晨的露水般短暫，辛勞奔波如同日夜燃燒著的燈油。何必把兩隻耳朵，聽著這如同寒冬中的蟲子啼號。還不如姑且把他的詩放下，置之不理，飲著我那如玉般的美酒佳釀。

其二

我憎惡孟郊的詩，卻又學作孟郊的詩語。如同飢餓的腸胃自主地鳴叫，又似空無一物、徒有四壁的房屋中只有飢餓的老鼠在旋轉跑動。詩作是從內心中想出來的，寫成一首詩動不動就會使內心愁苦。猶如黃河中的魚，人們取出魚油用來煮魚自己。喜歡所作的銅斗詩篇，語意俚俗大抵近於古詩。詩中之句如：用桃木製作的弓射殺野鴨後，身穿短蓑衣獨自快速地跳舞。不擔憂以腳用力蹬槳招致船翻，只要能踩踏波浪，浮躍水面，不被甩在岸上就行了。吳地的女子皮膚如霜雪潔白，光著雙腳，在水中浣洗著白紵衣物。嫁與戲弄潮水的少年郎，不知道遠離久別的痛苦。歌誦著您所寫的江湖曲，感慨我自己長久地客居異地他鄉。

【研析】孟郊是中唐時著名詩人，平生潦倒落拓，窮極貧寒，這在唐代名詩人中是不多見。宋人計敏夫《唐詩紀事》卷三十五：「郊窮餓，不得安養其親，周天下無所遇，作詩曰『食薺腸亦苦，強歌聲無歡。出門即有礙，誰謂天地寬』，其窮也甚矣。……」元辛文房《唐才子傳》卷三：「郊拙於生事，一貧徹骨，裘褐懸結，未嘗俛眉為可憐之色，然好義者更遺之。工詩，大有理致，韓吏部極稱之。多傷不遇，年邁家空，思苦奇澀，讀之，每令人不懽。如『借車載家具，家具少於車』，如謝炭云『吹霞弄日光不定，暖得曲身成直身』，如『愁人獨有夜燭見，一紙鄉書淚滴穿』，如〈下第〉云『棄置復棄置，情如刀劍傷』之類，皆哀怨清切，窮入冥搜。」韓吏部即韓愈。其詩以啼飢號寒而著稱，雖然如此，對詩歌的創作卻達到了癡迷的程度。韓愈對他評價頗高，多見於詩文中，有〈送孟東野序〉，其中云：「從吾遊者，李翱、張籍，其尤也，三子者之鳴，信善矣。抑不知天將和其聲而使鳴國家之盛邪？抑將窮餓其身、思愁其心腸而使自鳴其不幸邪？」「其尤也」謂孟郊是三人中最優秀的，只是平生的「窮餓」，並不能遏制他對詩歌創作出奇的渴求。又韓氏〈貞曜先生墓誌銘〉云：「及其為詩，劌目鉥心（猶言嘔心瀝血），刃迎縷解（即迎刃而解之意），鉤章棘句（謂作詩的艱苦），掐擢（即掏出）胃腎，神施鬼設（謂是神鬼所設計，形容安排極為巧妙），間見層出（先後一再出現）。」韓氏用了一系列詞語極力形容孟氏創作詩歌刁鑽與艱辛，這些詞語後世多變為成語。韓愈與孟郊交往甚密，在詩歌創作方面有共同的追求，兩人同屬韓孟詩派中的代表作家。孟氏以苦吟而著稱，就蘇軾此詩而言，寫夜中讀孟郊詩的感受，連用四組比喻，指出孟氏詩的特點：孤苦（孤芳擢荒穢，苦語餘詩騷），艱澀（水清石鑿鑿，湍激不受篙），費勁（初如食小魚，所得不償勞），乏味（又似煮彭蠘，竟日持空螯）。即孟氏在詩的創作過程中費盡心思，避俗出奇，挖空心思，如前文引韓愈〈貞曜先生墓誌銘〉云云，頗有吃力不討好的味道在其中，正如蘇軾第二首所云「詩從肺腑出，出輒愁肺腑。有如黃河魚，出膏以自煮」，一味往死裡地折磨自己，非常人所忍受。也如孟郊〈夜感自遣〉云：「夜學曉未休，苦吟神鬼愁。如何不自閑，心與身為讐。」詩題一作〈苦學吟〉。把寫詩出新出奇看作勝過一切，甚至勝過自己的性命。這種作詩的態度及其所寫的內容，在蘇軾看來，雖然「佳處時一遭」，但終究會令人有恐怖生厭之感，甚至會產生憎惡之感。詩中陳述了自己在讀孟郊詩後由感覺新奇到驚懼，以至厭棄，而又難以割捨的心情，第二首的後半幅，凡十二句，多是化用孟氏詩句而成，這正是對「我憎孟郊詩，復作孟郊語」二句詩意的印證，也是對作者這一矛盾而又複雜心理的強調。

李思訓❶畫〈長江絕島❷圖〉

山蒼蒼，水茫茫，大孤小孤❸江中央。崖崩路絕猿鳥去，惟有喬木❹
攙天❺長。客舟何處來，棹歌❻中流聲抑揚。沙平風軟望不到，孤山久與
船低昂。峨峨❼兩烟鬟❽，曉鏡開新粧。舟中賈客❾莫漫狂❿，小姑前年
嫁彭郎⓫。

【注　釋】❶李思訓　（西元六五一－七一六年）字建睍，隴西狄道（今甘肅臨洮）人。唐宗室，早以藝稱於當時，一家五人並善丹青，官至左武衛大將軍，封彭城公。時人稱大李將軍。❷絕島　孤島。❸大孤小孤　即大孤山、小孤山。宋祝穆《方輿勝覽》卷二十二〈江州．山川〉：「大孤山，在德化縣東，與都昌分界。小孤山，在彭澤縣北九十里，今屬舒州宿松界。」又《江西通志》卷十二〈山川六．南康府〉：「大孤山，在府城東南彭蠡湖中，屹然獨峙，又名鞵山。《潯陽記》云：山形如鞵，高數十丈，大禹嘗刻石紀功。」又：「小孤山，在彭澤縣北，壁立大江中，一名髻山，取其形似髻也。江側有彭浪磯，與山對峙，俗譌云彭郎為小姑壻，廟像遂婦飾，而勅額為聖母。」按，大孤山在今江西鄱陽湖出口處。

小孤山，在江西彭澤縣北長江中，與大孤山遙遙相對。❹喬木　高大的樹木。❺攙天　參天；高聳入天。❻棹歌　行船時所唱之歌。❼峨峨　高貌。❽烟鬟　指婦女的鬢髮，又形容鬢髮美麗。此指小孤山。❾賈客　商人。❿漫狂　縱情放蕩。⓫小姑句　宋孫光憲《北夢瑣言》卷十二：「西江中有兩山孤拔，號大者為大孤，小者為小孤……後人語訛，作姑姊之姑，創祠山上，塑像豔麗。」又宋歐陽修《歸田錄》卷二：「江南有大小孤山，在江水中，嶷然獨立。而世俗轉孤為姑，江側有一石磯，謂之澎浪磯，遂轉為彭郎磯。云彭郎者，小姑壻也。余嘗過小孤山，廟像乃一婦人，而勑額為聖母廟，豈止俚俗之繆哉？」

【語　譯】山峰青翠，水面迷茫，大孤山、小孤山位於長江水流的中央。山崖崩塌，道路斷絕，猿猴與禽鳥也遠離而去，只有高大的樹木高聳入天地長著。運送旅客的船不知來自何處，船夫的歌聲在江水中忽高忽低地傳來。微風吹拂，沙灘平展，一眼望不到邊，伴隨著船兒忽上忽下，孤山也似長久地忽高忽低。大孤山、小孤山如同兩對向上高舉的美女髮髻，清晨映照在鏡子般的江面上，似新裝扮的美女容顏。船中的商旅們不要縱情放蕩，小姑山前年就嫁給了彭郎磯。

【研　析】這是首詠畫詩，所題為唐李思訓畫〈長江絕島圖〉，所繪為長江孤島，也就是以孤山為核心，摹繪長江山水的特有風光。首三句總寫，點明孤島的位置，二山均位於江水中央。「崖崩」二句具體描繪孤山的形態，斷崖峭壁，路徑滅絕，不見飛禽走獸，只有參天大樹聳然而立，突出了孤山的靜謐與孤傲。「客舟何處來」六句圍繞水中的商船展開，船夫的歌聲，商人的縱情狂放，似乎都是為孤山如美女般的倩影而迷戀，寫得有聲有色，這幅畫的立體感也凸顯了出來。《宣和畫譜》卷十云李思訓：「尤工山石林泉，筆格遒勁，得湍瀨潺湲、煙霞縹渺難寫之狀。天寶中明皇召思訓畫大同殿，壁兼掩障，夜聞有水聲，而明皇謂思訓通神之佳手，詎非技進乎道？」可知李氏所畫山水，活靈活現，有聲有色，有使人如身處其境的效果。元人湯垕《畫鑑》云：「李思訓畫著色山水，用金碧暉映，自為一家法。」按，金碧山水是中國山水畫之一種，以泥金、石青和石綠三種顏料作為主色，比「青綠山水」多泥金一色。泥金一般用以鉤染山廓、石紋、坡腳、沙嘴、彩霞，以及宮室樓閣等建築物，〈長江絕島圖〉或屬金碧山水。至於末二句，意在強調李氏所畫形象生動，可引起人們的遐想，出以戲謔口吻，化實為虛。

百步洪❶二首并敘（選一首）

王定國❷訪余於彭城❸，一日，棹❹小舟，與顏長道❺攜盼、英、卿三子游泗水❻，北上聖女山❼，南下百步洪，吹笛飲酒，乘月而歸。余時以事不得往，夜著羽衣❽，佇立❾於黃樓❿上，相視而笑，以為李太白⓫死，世間無此樂三百餘年矣。定國既去逾月，復與參寥⓬師放舟洪下，追懷曩⓭游，已為陳迹，喟然⓮而歎，故作二詩，一以遺參寥，一以寄定國，且示顏長道、舒堯文⓯，邀同賦云：

長洪斗⑯落生跳波⑰，輕舟南下如投梭⑱。水師⑲絕叫⑳鳧雁㉑起，亂石一線爭磋磨㉒。有如兔走鷹隼落，駿馬下注㉓千丈坡。斷絃㉔離柱箭脫手，飛電過隙珠翻荷。四山眩轉㉕風掠耳，但見流沫㉖生千渦。嶮㉗中得樂雖一快，何意水伯誇秋河㉘。我生乘化㉙日夜逝，坐覺一念逾新羅㉚。紛紛爭奪醉夢裏，豈信荊棘埋銅駝㉛。覺來俯仰㉜失千劫㉝，回視此水殊委蛇㉞。君看岸邊蒼石上，古來篙眼㉟如蜂窠㊱。但應此心無所住㊲，造物㊳雖駛如吾何？回船上馬各歸去，多言譊譊㊴師㊵所呵。

【注　釋】❶百步洪　《大清一統志》卷六十九〈徐州府〉云：「百步洪，在銅山縣東南二里，亦名徐州洪，泗水所經也。《明會典》：徐州洪，亂石峭立，凡百餘步，故又名曰百步洪。舊志：水中若有限石，懸流汛急，亂石激濤，凡數里始靜，形如川字，中分三道，中曰中洪，西曰外洪，東曰月洪，亦曰裏洪。」又《江南通志》卷十四〈輿地志・山川・徐州府〉：「百步洪，在府東南二里，一名徐州洪，泗水所經也。水中亂石巉巖，與驚湍相激，舟行病之，凡數里始靜，洪形如川字，中曰中洪，西曰外洪，東曰裏洪，亦曰月河，相傳唐尉遲敬德所鑿。」洪，指河道陡窄流急之處。宋黃徹《碧溪詩話》卷五：「江漢有湝，以扞制泛濫，大漲則溢于平陸，水退湝見，舟人謂之水落槽。又灘石激湍，其中深僅可容舟者，謂之洪，若大水則不復問洪矣。」又清吳景旭《歷代詩話》卷五十七：「吳旦生曰：『《漫叟詩話》：灘石湍激，其中深僅容舟，司舟者謂之洪，若大水，則不復問洪矣。』余按，方言石阻河流為洪，銅陵縣有水洪口，江湖間謂分流處為洪。又石梁絕水曰洪，射洪呂梁洪是也。蘇東坡〈百步洪〉詩：『長洪斗落生跳波，輕舟南下如投梭。』」步，古長度單位，歷代所指實際長度不一，周代以八尺為步，秦代以六尺為步，舊制以營造尺五尺為步。❷王定國　王鞏，字定國，莘縣（今屬山東）人。從東坡遊，嘗坐軾黨貶監賓州酒稅。❸彭城　徐州古稱彭城。❹棹　船槳。此謂划船。❺顏長道　顏復（西元一〇三四—一〇九〇年），字長道，魯人，顏子四十八世孫。嘉祐六年進士，為校書郎，知永寧縣。為起居舍人兼侍講，轉起居郎。拜中書舍人，兼國子監祭酒，以疾改天章閣待制，未拜而卒。❻泗水　源於今山東泗水縣東，四源併發，故名。❼聖女山　明李賢等《明一統志》卷十八〈徐州・山川〉：「聖女山，在州城東北，有石室如墓。蘇軾、王鞏、顏長道嘗遊焉。」❽羽衣　以羽毛織成的衣服，常稱道士或神仙所著衣。❾佇立　久立，泛指站立。❿黃樓　故址在今江蘇徐州，在州城東北隅。蘇軾知徐州時，於神宗熙寧十年，率民增築徐城，以捍黃河決口之水，及水退，在城東門築大樓，堊以黃土，曰：「土實勝水。」嘗與客遊其上，蘇轍為作〈黃樓賦〉。⓫李太白　李白（西元七〇一—七六二年），字太白，號青蓮居士，出生於劍南道之綿州，一說生於西域碎葉城。天寶初至長安，供奉翰林，不久遭讒去職，唐代著名詩人，人稱「詩仙」。⓬參寥　即宋僧道潛（西元一〇四三—一一〇六年），號潛山道人，於潛（今浙江杭州）人。本姓何，原名曇潛，蘇軾為改曰道潛。因作詩語涉譏刺，令還俗。建中靖國初詔復祝髮為僧，崇寧末歸老江湖，賜號妙總大師。⓭曩　先時；以前。⓮喟然　感歎、歎息貌。⓯舒堯文　舒煥，字堯文，時為徐州教授。⓰斗　通「陡」，陡峭。又陡然，突然。⓱跳波　翻騰的波浪。⓲投梭　織布時來回投射梭子。此喻疾速。⓳水師　船夫；漁夫。⓴絕叫　大聲呼叫。㉑鳧雁　野鴨與大雁，有時單指大雁或野鴨。又指鴨與鵝。㉒磋磨　擠軋磨擦。㉓下注　向下流瀉。㉔斷絃　斷絕的弓弦。絃，通「弦」。㉕眩轉　眩暈；暈旋。又旋轉不定。㉖流沫　謂水勢激湍騰沫。㉗嶮　險要；險阻；危險。㉘何

意句　《莊子・秋水》云：「秋水時至，百川灌河，涇流之大，兩涘渚崖之間不辨牛馬，於是焉河伯欣然自喜，以天下之美為盡在己。順流而東行，至於北海，東面而視，不見水端，於是焉河伯始旋其面目，望洋向若而歎曰：『野語有之曰：聞道百以為莫己若者，我之謂也。且夫我嘗聞少仲尼之聞而輕伯夷之義者，始吾弗信，今我睹子之難窮也，吾非至於子之門，則殆矣，吾長見笑於大方之家。』北海若曰：『井鼃不可以語於海者，拘於虛也；夏蟲不可以語於冰者，篤於時也；曲士不可以語於道者，束於教也。今爾出於崖涘，觀於大海，乃知爾醜，爾將可與語大理矣。天下之水莫大於海，萬川歸之，不知何時止而不盈；尾閭泄之，不知何時已而不虛。春秋不變，水旱不知，此其過江河之流不可為量數，而吾未嘗以此自多者，自以比形於天地而受氣於陰陽。吾在於天地之間，猶小石小木之在大山也，方存乎見少，又奚以自多？』」水伯，水神。㉙乘化　順隨自然。化，造化。㉚坐覺句　宋釋普濟《五燈會元》卷八〈長慶稜禪師法嗣〉：「問：『如何是金剛一隻箭？』師曰：『道甚麼？』僧再問，師曰：『過新羅國去也。』」新羅，為朝鮮半島上的古代國家。此句謂一念之間就越過了新羅，形容疾速。㉛豈信句　《晉書・索靖傳》：「靖有先識遠量，知天下將亂，指洛陽宮門銅駞歎曰：『會見汝在荊棘中耳。』」荊棘，泛指山野叢生多刺的灌木。銅駝，亦作銅駞，銅鑄的駱駝。多置於宮門寢殿之前。晉陸翽《鄴中記》：「二銅駞如馬形，長一丈，高一丈，足如牛，尾長三尺，脊如馬鞍，在中陽門外，夾道相向。」㉜俯仰　比喻時間短暫。㉝千劫　佛教語。指曠遠的時間與無數的生滅成壞。㉞委蛇　綿延屈曲貌；曲折行進貌。㉟篙眼　猶篙痕，以篙撐船，篙在岸上留下的孔穴。㊱蜂窠　即蜂巢。㊲但應句　《金剛經・妙行無住分》：「菩薩於法應無所住。」又《金剛經・莊嚴淨土分》：「應無所住，而生其心。」按，無所住，佛教語，謂不被任何意念、事物所拘執。㊳造物　即造物者，特指創造萬物的神。㊴譊譊　爭辯；論辯。引申為喧鬧嘈雜。㊵師　指參寥。

【語　譯】長長的洪流突然落下，生成翻騰的波浪，輕快的小船由南順流而下，就如同織布時來回投射的梭子那樣快速。船夫大聲地叫喊著，野鴨和大雁飛起，雜亂的石頭猶如一條白線爭相擠軋磨擦。洪水有如兔子疾奔、鷹隼俯衝，又如駿馬向著千丈長的山坡奔騰而下。又如弓拉得太緊以至弦斷，箭已脫手而出，又如閃電穿過雲隙，雨水降落在荷葉上水珠跳翻。又如四周的山峰旋轉不定，狂風掠過雙耳，但見水勢激湍騰沫，生成千百漩渦。在危險的境地中得到歡樂雖然是一件快意的事，沒能料到就似當年的黃河水神向北海水神誇耀秋天的水勢。我們生在這世上順隨自然就如同白天與黑夜流逝一樣，居留之間覺得一念之差已到了新羅國。世人紛紛爭名奪利如同在醉夢裡，哪裡會相信宮殿門前銅鑄的駱駝總有一天也會被野草荒木所埋葬。一覺醒來，轉瞬之間，好似人世已經過了千年百劫，回頭再審視，這條河水還是那般極其蜿蜒曲折的流著。請看岸邊灰白的石塊上，自古而來篙杆留下的孔穴猶如蜂巢。只願此心不受任何拘束，造物神雖然疾速前行又能拿我怎麼辦？回到船中，下船上馬，各自歸去，嘮嘮叨叨，爭辯不休，是參寥師的訓責。

【研　析】詩凡二首，一是贈送給參寥的，一是寄給王定國的，作於神宗元豐元年（西元一〇七八年），在徐州。此首為贈佛門參寥師者。「步」作為長度單位，所指不一，所謂百步洪，至少可知這河道的陡窄流急是有相當的長度。明陸容《菽園雜記》卷十：「徐州百步洪、呂梁上下二洪，皆石角巉巖，水勢湍急，最為險惡。」詩的前半幅敘寫乘小船在百步洪中順流而下的感受，「長洪斗落生跳波」四句描寫小船隨急流飄落的情態，以「水師絕叫」，即就連船夫都大聲地呼叫，說明行船的驚險，由此給詩人等帶來的刺激。「有如兔走鷹隼落」以下六句，一連用了六個比喻，摹寫「疾馳」中的種種感受，用語奇異，形象逼真，富有生機，這種寫法在詩歌中不多見。詩的後半幅以議論為主，闡發禪機佛理，與所贈參寥師身分吻合，由急流中得到的一時快感，滿足感，自傲感，引發人生如幻的感覺。「紛紛爭奪醉夢裏，豈信荊棘埋銅駝」，世俗中人們總是忙碌著，不過就是那點功名利祿，爭個你死我活，爭來爭去，轉眼之間，已是遲暮之年，歲月的流逝，不會因為你而停止不前，短暫的一生就此了結，終究化為一掊泥土。所謂「但應此心無所住」，即但願此心不受任何拘束，尤其是不被功名利祿所羈絆，自在放行，就如同流水那般，隨物賦行，「常行於所當行，常止於不可不止」（蘇軾〈論文〉），順從自然，隨遇而安，頗有莊子的思想意味。

舟中夜起

微風蕭蕭❶吹菰蒲❷，開門看雨月滿湖。舟人水鳥兩同夢，大魚驚竄如奔狐。夜深人物不相管，我獨形影相嬉娛。暗潮❸生渚弔❹寒蚓❺，落月挂柳看懸蛛。此生忽忽❻憂患裏，清境過眼能須臾❼。雞鳴鐘動❽百鳥散，船頭擊鼓還相呼❾。

【注　釋】❶蕭蕭　象聲詞，常形容馬叫聲、風雨聲、流水聲、草木搖落聲、樂器聲等。❷菰蒲　菰和蒲。菰，多年生草本植物，生長在池沼裡，果實狹圓柱形，名菰米，一稱雕胡米，可以作飯。蒲，植物名。❸暗潮　小潮。❹弔　傷痛；憑弔。❺寒蚓　即蚯蚓，晉崔豹《古今注》卷中：「蚯蚓，一名蜿蟺，一名曲蟺，善長吟於地中，江東謂之歌女，或謂之鳴砌。」❻忽忽　倏忽，急速貌。❼須臾　片刻；短時間。❽鐘動　即晨鐘暮鼓意，語本唐李咸用〈山中〉詩：「朝鐘暮鼓不到耳，明月孤雲長掛情。」佛寺中晨撞鐘、暮擊鼓以報時。❾船頭句　謂要開船了，杜甫〈十二月一日三首〉之二云：「負鹽出井此溪女，打鼓發船何郡郎。」

【語　譯】蕭蕭的聲音，微風興起，吹拂在菰蒲上，聽到蕭蕭聲，本以為是落雨，開門一看，卻是月光灑滿湖面。船夫與水鳥兩者還做著同樣的夢，大魚受驚而潛伏如同奔逃的狐狸。夜深了，人們與自然萬物彼此都不相干擾，我獨自是身形與身影彼此相嬉戲而取樂。江邊潮水微起，土中蚯蚓的鳴叫聲令人感傷，落月掛在柳梢，可看見懸掛的蜘蛛。這輩子在困苦患難中匆匆地過去了，清朗的景象經過眼前也只是片刻之間。清晨雞在鳴叫，鐘在撞響，百鳥飛散，船頭響起了擊鼓聲，人們相互招呼著上了船。

【研　析】據宋人施宿《東坡先生年譜》：宋神宗元豐二年二月蘇軾移知湖州：「經從淮浙間，所至作詩，多追感舊遊。」詩作於赴知湖州途中，敘寫羈旅情懷。「微風」二句點題，寫夜已深，卻難以入寐，聽到室外蕭蕭聲，以為是落雨聲，於是有到室外「看雨」的舉動，從這一舉動，可見詩人有心事，至於走出室外，所見卻是月色滿天，知不是雨聲，才明白那是風聲。此時詩人是失落？還是驚喜？或是其他，則不得而知。至少「舟人水鳥兩同夢」、「夜深人物不相管」二句，極寫萬籟俱靜，凸顯了惟我獨醒的姿態，這種獨醒的姿態往往意味著不得志，是苦悶的心情難以排遣所致。以致「我獨形影相嬉娛」，李白〈月下獨酌〉云：「花間一壺酒，獨酌無相親。舉杯邀明月，對影成三人。月既不解飲，影徒隨我身。暫伴月將影，行樂須及春。我歌月徘徊，我舞影凌亂。醒時同交歡，醉後各分散。永結無情遊，相期邈雲漢。」李白詩意，或可用以解讀蘇軾詩句，只是沒有藉酒助興的味道，但孤寂迷茫之感是同樣的。「暗潮生渚弔寒蚓，落月挂柳看懸蛛」，摹寫月夜景致，意象清冷，「此生忽忽憂患裏，清境過眼能須臾」，由寒蚓、懸蛛的生存狀況，感慨人生的短促，美好的易逝，末二句以天明船行，說明生活依舊。一夜未眠，感悟人生，人在旅途，不是自己能完全掌控的，抒寫了人生的幾多無奈。詩中敘事、寫景、議論夾雜在一起，意境奇幻，詩味苦澀。

大風留金山❶兩日

塔上一鈴獨自語❷，明日顛風❸當斷渡❹。朝來白浪打蒼崖，倒射軒窗作飛雨。龍驤❺萬斛❻不敢過，漁舟一葉從掀舞。細思城市有底❼忙，卻笑蛟龍❽為誰怒。無事久留童僕怪，此風聊得妻孥❾許。灊山道人❿獨何事，夜半不眠聽粥鼓⓫。

【注　釋】❶金山　在江蘇鎮江市西北，古有氏父、獲苻、伏牛、浮玉等名，唐時裴頭陀獲金於江邊，因改名。❷塔上句　《晉書・佛圖澄傳》云：「佛圖澄，天竺人也。本姓帛氏，少學道妙，通玄術。……（石）勒死之年，天靜無風，而塔上一鈴獨鳴。澄謂眾曰：『鈴音云：國有大喪不出，今年矣。』既而勒果死。」❸顛風　暴風；狂風。❹斷渡　停渡；禁渡。❺龍驤　晉龍驤將軍王濬為伐吳曾造大船，此代指大船。❻萬斛　極言容量之多，古代以十斗為一斛，南宋末年改為五斗，此形容船大。❼有底　猶言有如許或有甚。❽蛟龍　古代傳說的兩種動物，居深水中，相傳蛟能發洪水，龍能興雲雨。❾妻孥　妻子和兒女。❿灊山道人　即參寥，詳〈百步洪〉注⓬。灊山，即天柱山，在安徽潛山縣西北。⓫粥鼓　謂僧寺集眾食粥時擊鼓。

【語　譯】佛寺塔上的一聲鈴鐺響，好像獨自在說：明天有狂風，應該停止擺渡。清早一到，白浪拍打在灰白色的山崖上，浪花向船中的窗戶反射而來，如同飄飛的雨。龐大的航船不敢通行，一艘打魚的小船隨著巨浪上下翻騰。細細地思量，城市的人們有什麼忙的，反倒嘲笑水裡的蛟龍為誰發怒而引起波濤洶湧。無所事事，久留不走，童僕也覺得怪異，遭遇這陣狂風，得以如此，妻子和兒女姑且認可。灊山道人此時唯獨能做什麼事，到了半夜還睡不著，只是等待著聽早餐吃粥的擊鼓聲響起。

【研　析】清查慎行《蘇詩補註》云：「按：先生自徐移湖過高郵，與少游、參寥同行遊金山，時兩公皆在焉。故前篇少游有和詩，此篇結句所云灊山道人，即參寥也。」知詩作於神宗元豐二年移知湖州途經高郵時。宋人祝穆《方輿勝覽》卷三〈鎮江府・金山〉引周洪道《雜記》云：「山在京口江心上，有龍游寺，登妙高峯，望焦山、海門，皆歷歷，此山大江環繞，每風四起，勢欲飛動，故南朝謂之浮玉山。」首二句「塔上一鈴獨自語，明日顛風當斷渡」，化用《晉書‧佛圖澄傳》中佛圖澄藉鈴音回答石勒事，意指現今佛塔鈴響，預示明日將有狂風暴雨，逗留金山二日，行程就此暫停，這是天意，所謂天留我不留，由此點題。前人謂「發端斗峭，死事活用，落想奇絕」（趙克宜《角山樓蘇詩評注彙鈔》卷九），斗峭即陡峭，發端突兀，一則說明詩人對古書爛熟於心，信手拈來，點化無痕；二則說明詩人奇思妙想，「死事活用」，化腐朽為神奇。「朝來」四句，敘寫次日天象突變，狂風果然到來，巨浪排空，其中以大船停止航行，而一葉扁舟反倒能隨波浪上下，自在舞動，「倒射軒窗作飛雨」、「漁舟一葉從掀舞」，船夫高超精熟的技巧，令人歎為觀止。宋人胡仔《苕溪漁隱叢話‧前集》卷四十云：「《冷齋夜話》云：對句法，詩人窮盡其變，不過以事、以意、以出處具備謂之妙。如荊公曰：『平日離愁寬帶眼，迄今歸思滿琴心。』又曰：『欲寄荒寒無善畫，賴傳悲壯有能琴。』乃不若東坡微意特奇，如曰：『見說騎鯨遊汗漫，也曾捫虱話酸辛。』又曰：『龍驤萬斛不敢過，漁舟一葉從掀舞。』以鯨為虱對，以龍驤為漁舟對，大小氣焰之不等，其意若玩世，謂之秀傑之氣終不沒者，此類是也。」所謂藝高人膽大，兩相對比，鮮明新奇，摹繪靈動逼真，使人如置身其中，心神為之凝結。「細思」四句意在說明逗留金山兩日，難得偷閒，天公作美，至於都市，則是紅塵鬧市的象徵，詩人所奔向的湖州也是如此，所謂「天下熙熙，皆為利來；天下壤壤，皆為利往」（《史記‧貨殖列傳》），壤，通「攘」，後世用熙熙攘攘形容人來人往，喧鬧紛雜。這便是城市生活狀態的寫照。如今逗留金山，目睹狂風巨浪及其對人事的影響，有超脫感。首二句用佛圖澄典事，末以參寥師作結，出以戲謔之筆，以示曠放瀟脫。

次韻秦太虛❶見戲耳聾

君不見詩人借車無可載❷，留得一錢何足賴❸。晚年更似杜陵翁，右臂雖存耳先聵❹。人將蟻動作牛鬪❺，我覺風雷真一噫❻。聞塵❼掃盡根性❽空，不須更枕清流派❾。大朴初散失渾沌❿，六鑿相攘更勝敗⓫。眼花亂墜酒生風，口業不停詩有債⓬。君知五蘊⓭皆是賊，人生一病今先差⓮。但恐此心終未了，不見不聞還是礙。今君疑我特佯聾，故作嘲詩窮嶮怪⓯。須防額癢出三耳⓰，莫放筆端風雨快⓱。

【注釋】❶秦太虛　秦觀（西元一〇四九－一一〇〇年），字少游，一字太虛，高郵（今屬江蘇）人。宋神宗元豐八年登進士第，調臨海主簿，以賢良方正除太學博士，歷國史院編修官，坐黨籍出通判杭州，貶監處州酒稅，又徙雷州。徽宗立復宣德郎，放還至藤州卒。著有《淮海文集》。❷君不見句　唐孟郊〈借車〉詩：「借車載家具，家具少於車。借者莫彈指，貧窮何足嗟。百年徒校走，萬事盡隨花。」❸留得句　唐杜甫〈空囊〉詩：「翠柏苦猶食，明霞高可餐。世人共鹵莽，吾道屬艱難。不爨井晨凍，無衣牀夜寒。囊空恐羞澀，留得一錢看。」❹晚年二句　唐杜甫〈清明〉詩：「此身飄泊苦西東，右臂偏枯半耳聾。寂寂繫舟雙下淚，悠悠伏枕左書空。十年蹴踘將雛遠，萬里鞦韆習俗同。旅雁上雲歸紫塞，家人鑽火用青楓。秦城樓閣煙花裏，漢主山河錦繡中。風水春來洞庭闊，白蘋愁殺白頭翁。」杜陵翁，即杜甫（西元七一二—七七〇年），字子美，自號少陵野老，唐代河南鞏縣人。歷官左拾遺、華州司功參軍、工部侍郎。人稱「詩聖」。按，杜陵，在今陝西西安東南。杜甫祖籍杜陵，也曾在杜陵附近居住，故常自稱杜陵野老、杜陵野客、杜陵布衣。杜甫晚年患有風痹症，即因風寒濕氣侵襲而引起的肢節疼痛或麻木的病症，右臂偏枯謂此。聵，生而耳聾者，又泛指耳聾。❺人將句　《晉書・殷仲堪傳》：「仲堪父常患耳聰，聞牀下蟻動，謂之牛鬬。」❻我覺句　《莊子・齊物論》：「夫大塊噫氣，其名為風。」成玄英疏：「大塊之中，噫而出氣，仍名此氣而為風也。」噫，即噫氣，呼氣，吹氣，氣壅塞而得通。又指風。❼塵　佛教有「六塵」語，即色、聲、香、味、觸、法。又有「六根」語，謂眼、耳、鼻、舌、身、意。根為能生之意，眼為視根，耳為聽根，鼻為嗅根，舌為味根，身為觸根，意為念慮之根。佛家以為六塵與六根相接，便能染汙淨心，導致煩惱。《圓覺經》：「覺圓明故顯心清淨，心清淨故見塵清淨，見清淨故眼根清淨，根清淨故眼識清淨，識清淨故聞塵清淨，聞清淨故耳根清淨，根清淨故耳識清淨，識清淨故覺塵清淨，如是乃至鼻舌身意，亦復如是。」又：「根清淨故色塵清淨，色清淨故聲塵清淨，香味觸法，亦復如是。」❽根性　佛教語，佛家認為氣力之本曰根，善惡之習曰性。人性有生善惡作業之力，故稱根性。宋蘇軾〈勝相院經藏記〉：「凡見聞者，隨其根性，各有所得。」❾不須句　《世說新語・排調》：「孫子荊年少時欲隱，語王武子當枕石漱流，誤曰漱石枕流，王曰：『流可枕，石可漱乎？』孫曰：『所以枕流，欲洗其耳。所以漱石，欲礪其齒。』」後世以枕流漱石喻隱居山林。派，江河的支流，泛指江河的流水。❿大朴句　《莊子・應帝王》：「南海之帝為儵，北海之帝為忽，中央之帝為渾沌。儵與忽時相與遇於渾沌之地，渾沌待之甚善，儵與忽謀報渾沌之德，曰：『人皆有七竅，以視聽食息，此獨無有。』嘗試鑿之，日鑿一竅，七日而渾沌死。」陸德明《釋文》引崔譔曰：「言不順自然，強開耳目也。」大朴，謂原始質樸之大道。朴，通「樸」。渾沌，古代傳說中指世界開闢前元氣未分、模糊一團的狀態。又寓言中指中央之帝，其天然無耳目，開之則死，後亦用以比喻自然淳樸的狀態。⓫六鑿句　《莊子・外物》：「心無天遊，則六鑿相攘。」成玄英疏：「鑿，孔也。」六鑿，指耳、目等六孔。攘，排斥；抵禦。⓬眼花二句　唐白居易〈寄題廬山舊草堂兼呈二林寺道侶〉：「漸伏酒魔休放醉，猶殘口業未拋詩。」生風，比喻產生使人敬畏的聲勢或氣派。口業，指妄言、惡口、兩舌和綺語。唐宋人以詩文類綺語，故用以指詩文的創作。詩有債，謂他人索詩或要求和作，未及酬答，如同負債。白居易〈晚春欲攜酒尋沈四著作先以六韻寄之〉：「顧我酒狂久，負君詩債多。」自注：「沈前後惠詩十餘首，春來多醉，竟未酬答，今故云爾。」⓭五蘊　佛教指色、受、想、行、識五者假合而成的身心，色為物質現象，其餘四者為心理現象。佛教不承認靈魂實體，以為身心雖由五蘊假合而不無煩惱、輪迴。又名五陰、五眾。⓮差　通「瘥」，病除。⓯嶮怪　通「險怪」，出人意表；奇怪。⓰須防句　唐牛僧孺《幽怪錄》「三耳秀才」：「董慎為太山府君，呼為錄事，令決疑獄，慎舉秀才張審通決之，甚當。府君喜其聰敏，為于額上更一耳，既還，額極癢，踴出一耳，尤聰。時人曰：『天有九頭鳥，地有三耳秀才。』亦呼為雞冠秀才。」⓱莫放句　杜甫〈寄李十二白二十韻〉詩：「昔年有狂客，號爾謫仙人。筆落驚風雨，詩成泣鬼神。」

【語譯】您沒看見詩人窮苦的有如孟郊借車運載家具卻沒多少東西可裝載，只剩下一文錢，哪裡還值得依賴。晚年更像似杜陵翁，右耳已聾，右臂雖在卻偏癱。有人能將螞蟻行動聲聽作似牛打鬥聲那樣宏大，我卻覺得風雷聲真如同呼吸吐氣聲那樣弱小。聽說六根完全清靜，根性空無，就不必頭枕清澈的流水清洗雙耳。原始質樸的大道完全離散，已失去了自然淳樸如渾沌般的狀態，如同人的六竅相互排斥，彼此間勝敗不斷地變換，令人煩亂。雙眼金星散亂飄墜，酒醉後形成了令人敬畏的氣勢，詩文創作不停，是因為這方面如同有債要還。您知道五蘊都是害人的東西，平生得一病如今已是痊癒。只是擔憂這顆心最終不得安寧，即使眼不見、耳不聞，還是有牽掛。如今您懷疑我特地假裝耳聾，所以寫詩嘲諷，窮極怪異。您一定要防備如同昔日的張審通額頭癢而長出第三隻耳朵那樣變得極其聰明，不要肆意揮毫，落筆作詩如疾風驟雨那般快速。

【研　析】清卞永譽《式古堂書畫彙考》卷十載〈蘇長公耳聾詩帖〉，云：「行書，紙本。」所指即此詩。神宗元豐元年（西元一〇七八年），秦觀三十歲，舉進士不中，退居高郵。又謁蘇軾於徐州，以為有屈宋才。次年春，秦觀將前往會稽看望祖父及叔父，會蘇軾自徐州移知湖州，途經高郵，秦觀遂與同行，詩作於此時，秦觀詩今不存。開篇六句，敘寫耳聾給自己帶來的窘迫之感，「人將蟻動作牛鬬，我覺風雷真一噫」，以他人聽覺的極其靈敏，反襯自己聽力的遲鈍。蘇軾此時四十三歲，生活的艱苦，鬢髮斑白，耳朵已聾，未老先衰，詩人在之前知密州時的詩詞中已有表露出。「聞塵掃盡根性空」以下十句，申明佛道之理，表達對人生的感悟。其中涉及到六塵、六根、六竅、五蘊等，多與「耳朵」及聽力相關聯。五官七竅為人身所必備，不論其中的哪一種器官出了問題，享受人生的快樂就會打折扣，而這又是不可避免的，是隨時隨地都有可能發生的，尤其是身體步入衰老，五官七竅的功能自然會退化，所帶來的痛苦也是日見嚴重。由「人生一病今先差」句，或耳聾已好，只是暫時出了問題。

只是「但恐此心終未了」，心有餘悸，患得患失，也不可能有安心的時刻。「不見不聞還是礙」，不想看，不想聽，多少還是刻意的，未必能超脫，只有「聞塵掃盡根性空」，即只有六根清靜，看空所有，也就無所謂喜樂悲哀諸般感受的騷擾。末四句就秦氏詩點評，秦氏於詩中嘲諷蘇軾自云耳聾是騙人的，而蘇軾以張審通額頭生一耳典故，嘲謔秦氏聰明過頭，「莫放筆端風雨快」句看似讚賞秦氏富有文筆，實是出語太快而欠考慮。詩為戲謔之作，文辭奇麗，寓莊於諧，機趣橫生。

端午❶遍遊諸寺得禪字

肩輿❷任所適，遇勝❸輒流連。焚香引幽步❹，酌茗開淨筵❺。微雨止還作，小窗幽更妍。盆山❻不見日，草木自蒼然。忽登最高塔，眼界窮大千❼。卞峰❽照城郭❾，震澤❿浮雲天。深沉既可喜，曠蕩⓫亦所便。幽尋⓬未云畢，墟落⓭生晚煙。歸來記所歷，耿耿清不眠⓮。道人⓯亦未寢，孤燈同夜禪⓰。

【注釋】❶端午　農曆五月初五日，中國傳統的民間節日。也用以紀念相傳於是日自沉汨羅江的古代詩人屈原，有裹粽子及賽龍舟等風俗。又泛指農曆每月初五日。❷肩輿　轎子。❸勝　特指優美的山水或古跡。❹幽步　閒步。❺淨筵　素席。❻盆山　指四圍連成盆形的山巒。❼大千　佛教名詞，「三千大千世界」的省稱，又簡稱「大千世界」，以須彌山為中心，七山八海交繞之，更以鐵圍山為外郭，是謂一小世界，合一千個小世界為小千世界，合一千個小千世界為中千世界，合一千個中千世界為大千世界，總稱為三千大千世界。後亦以指廣闊無邊的世界。❽卞峰　即卞山。宋樂史撰《太平寰宇記》卷九十四〈江南東道六・湖州〉：「卞山，《郡國志》云卞和採玉處，非也。周處《風土記》云卞山當作冠弁之弁。徐陵〈孝義寺碑〉云：『高弁蒼蒼，遙聞天語。』山東足有一石簣高數尺。晉太康中人開之，風雨晦冥遂止。歷代莫知所封。」宋祝穆《方輿勝覽》卷四：「卞山，亦曰弁山。上有龍池。」❾城郭　城牆。城指內城的牆，郭指外城的牆，泛指城市。❿震澤　即今江蘇太湖。唐李吉甫《元和郡縣志》卷二十六〈江南道・吳縣〉：「太湖，在縣西南五十里。〈禹貢〉謂之震澤，《周禮》謂之具區。」⓫曠蕩　遼闊浩蕩。⓬幽尋　即尋幽，尋求幽勝。⓭墟落　村落。陶淵明〈歸園田居〉：「曖曖遠人村，依依墟里煙。」⓮耿耿句　《詩・邶風・柏舟》：「耿耿不寐，如有隱憂。」《楚辭・遠遊》：「夜耿耿而不寐兮，魂煢煢而至曙。」洪興祖補注：「耿耿，不安也。」耿耿，煩躁不安，心事重重。⓯道人　佛教徒，和尚。此指參寥，詳見〈百步洪〉注⓬。⓰夜禪　夜間打坐參禪。

【語　譯】坐著轎子，隨心所欲，遇到山水名勝處就逗留不想離去。點燃香料，悠然閒步，品著茶水，吃著素食。細微的雨停止後又下了起來，房間不大，幽靜又美好。四周環繞如覆蓋的盆形山巒，看不到陽光，草木青青，自然而然地生長著。無意間登上了最高的佛塔，視野開闊，窮盡大千世界。卞山的峰巒映襯著城市，震澤波浪浮動，與高空相連。幽深沉靜，已令人高興，寬廣浩蕩，也可謂便利。探尋幽勝還沒有結束，村落中人家做晚飯的炊煙已升起。

歸來後記下所經歷的，心事重重，不能安眠。參寥師也是未睡，對著孤燈打坐參禪。

【研　析】蘇軾《東坡志林》卷九云：「僕寓吳興，有游飛英詩云：『微雨止還作，小窻幽更妍。盆中不見日，草木自蒼然。』非至吳越不見此景也。」又見《東坡詩話》作「游飛英寺詩」，明李賢等撰《明一統志》卷四十〈湖州府・寺觀〉：「飛英寺，在府治東北二里，唐咸通中建，寺西有舍利石塔。」吳興即湖州，知作於神宗元豐二年知湖州時。「肩輿任所適」二句總寫出遊，「遇勝輒流連」句點題「遍遊諸寺」。「焚香引幽步」十二句敘寫與眾人遊飛英寺的活動，重新燃好香，品嘗著茶水和素食，閒適觀賞。「微雨止還作」四句，摹寫眼前景，室內清幽美好，室外微雨若有若無，四周擁抱群山，草木葱茂，極寫環境的清幽可人。「忽登最高塔」六句寫登佛塔所見所感，《大清一統志》卷二百二十二〈湖州府・寺觀〉：「飛英寺，在府治東北，唐咸通中建，寺西有舍利石塔，登之，則川原城郭瞭如指掌。」知詩中最高塔即指舍利石塔，登上最高塔，如覺眼界闊大，下山群峰聳拔，與城市相映襯，更顯得超脫。至於太湖波水蕩漾，水天相連，傲視情懷油然而生。這與未登塔時所見「盆山不見日」形成強烈的反差，一清幽壓抑，一雄闊昂揚，大千世界變幻多端，轉眼之間，窮盡變化，自然是如此，人生也是如此。「深沉既可喜，曠蕩亦所便」，不論何種情態，隨遇而安，這就是生活。「幽尋未云畢」六句寫天色將晚，雖然遊興未盡，但也不得不返回。追想遊歷中的所見所聞，依然亢奮，未免思潮翻湧，難以入眠。再看參寥師也是如此，「孤燈同夜禪」，所謂打坐參禪，就是斷絕妄念，使內心歸於平淡。當然詩人意在強調，就連出家人遊歷後，都難以平心靜氣，何況我這俗人呢？說明遊歷給詩人思想情緒的刺激與震撼。

予以事繫御史臺❶獄，獄吏稍見侵❷，自度❸不能堪死獄中，不得一別子由，故作二詩授獄卒梁成以遺❹子由二首

其一

聖主❺如天萬物春，小臣❻愚暗❼自亡身。百年❽未滿先償債，十口無歸更累人❾。是處❿青山可埋骨，他時夜雨⓫獨傷神。與君今世為兄弟，又結來生⓬未了因⓭。

其二

柏臺⓮霜氣⓯夜凄凄⓰，風動琅璫⓱月向低。夢繞雲山⓲心似鹿⓳，魂驚⓴湯火㉑命如雞。眼中犀角真吾子㉒，身後牛衣㉓愧老妻。百歲神游定何處，桐鄉知葬浙江西㉔。獄中聞杭、湖間民為余作解厄㉕道場㉖累月，故有此句。

【注　釋】❶御史臺　官署名，專司彈劾之職。❷侵　欺陵。❸自度　自己衡量；自忖。❹遺　送交；交付。❺聖主　對當代皇帝的尊稱，又泛稱英明的天子。❻小臣　卑微的小吏。❼愚暗　愚鈍而不明事理。❽百年　人壽百歲，指一生，終身。❾十口句　蘇軾〈王子立墓誌銘〉云：「子立諱適，趙郡臨城人也。……與其弟遹子敏皆從余於吳興，學道日進，東南之士稱之。余得罪於吳興，親戚故人皆驚散，獨兩王子不去，送余出郊，曰：『死生禍福，天也，公其如天何？』返取余家，致之南都。」所謂「更累人」或謂此。❿是處　到處；處處。⓫夜雨　即夜雨對床，喻關係親密，本用於朋友會晤，後轉用於弟兄及親屬聚首。⓬來生　來世；下一世。⓭未了因　佛教謂此生沒有了卻的因緣。⓮柏臺　御史臺的別稱，漢御史府中列植柏樹，常有野鳥數千棲其上。後因以柏臺稱御史臺。⓯霜氣　刺骨的寒氣。⓰淒淒　寒涼。⓱琅璫　指鈴鐸，金屬響器，大者為鈴，小者為鐸，作為警戒、教化、齋醮、奏樂之用。又指鈴鐺。⓲雲山　指遠離塵世的地方，或指隱者或出家人的居處。⓳心似鹿　成語有心如鹿撞，或心頭撞鹿等，形容驚慌或激動時心跳劇烈的樣子。⓴魂驚　一作「魂飛」，即魂飛魄散意，形容驚恐萬狀。㉑湯火　滾水與烈火。㉒眼中句　宋錢易《南部新書》卷六：「杜琮目為禿角犀，琮凡莅藩鎮，不省刑獄。在西川，日以推囚，案牘不斷。」犀角，指額上髮際隆起之骨，相士以為貴相。《戰國策・中山策》：「若乃其眉目準頞權衡，犀角偃月，彼乃帝王之後，非諸侯之姬也。」頞即額。吾子，指長子蘇邁。㉓牛衣　供牛禦寒用的披蓋物，如蓑衣之類。喻貧寒，亦指貧寒之士。㉔百歲二句　按，《漢書・朱邑傳》：「朱邑，字仲卿，廬江舒人也。少時為舒桐鄉嗇夫，廉平不苛，以愛利為行，未嘗笞辱人。存問耆老孤寡，遇之有恩，所部吏民愛敬焉。……初邑病且死，屬其子曰：『我故為桐鄉吏，其民愛我，必葬我桐鄉，後世子孫奉嘗我，不如桐鄉民。』及死，其子葬之桐鄉西郭外，民果然共為邑起冢立祠，歲時祠祭，至今不絕。」百歲，指去世。神游，謂形體不動而心神嚮往，如親遊其境。又人死的諱稱。㉕解厄　解救危難。㉖道場　指和尚或道士做法事的場所，亦指所做的法事。

【語　譯】其一

聖主英明，如同老天滋潤萬物生長似春日，小臣我卑微，天性愚鈍而不明事理，招致自身的滅亡。一生尚未過滿就離開人世，就如同提前要償還所欠的債，一家十口不能返歸團聚，又連累了別人。處處青山都可以埋葬骸骨，以後不能再與您夜雨對床，促膝交談，您只能獨自傷心。與您今世為兄弟，又續接來世沒有了卻的緣分。

其二

御史臺獄中的夜晚刺骨寒涼，風吹動著鈴鐸響，月兒漸漸地落下。夢中回到故鄉，激動的心似鹿撞在跳動著，這條命此時就如同丟進滾水與烈火中的一隻雞，魂飛魄散，驚恐萬分。眼中額頭骨骼似犀角隆起的真是我的兒子，死後最對不住的是生活貧寒而年老的妻子。我死了魂魄遊蕩，必然是要到什麼地方去，就如同昔日的朱邑知道自己死後要葬在浙江西部的桐鄉。

【研　析】據宋人李燾《續資治通鑑長編》卷二百九十九載云：（神宗元豐二年七月己巳）「御史中丞李定言知湖州蘇軾初無學術，濫得時名，偶中異科，遂叨儒館，有可廢之罪四……御史舒亶言軾近上謝表，頗有譏切時事之言，流俗翕然，爭相傳誦，志義之士無不憤惋，……其他觸物即事，應口所言，無一不以詆謗為主。小則鏤板，大則刻石，傳播中外，自以為能。并上軾印行詩三卷。御史何正臣亦言軾愚弄朝廷，妄自尊大。詔知諫院張璪、御史中丞李定推治以聞。時定乞選官參治，及罷軾湖州，差職員追攝。」李定、舒亶等因指摘蘇軾詩中譏刺朝政，甚至是詆毀皇帝，必欲置之於死地。時蘇軾到湖州任上不足三月，即被自湖州帶走，繫御史臺獄，這便是烏臺詩案。詩作於御史臺獄中，宋葉夢得《避暑錄話》卷下云：「蘇子瞻元豐間赴詔獄，與其長子邁俱行，與之期送食，惟菜與肉。有不測，則徹二物，而送以魚，使伺外間以為候。邁謹守踰月，忽糧盡，出謀於陳留，委其一親戚代送，而忘語其約，親戚偶得魚鮓送之，不兼他物。子瞻大駭，知不免，將以祈哀於上而無以自達，乃作二詩寄子由，祝獄吏致之，蓋意獄吏不敢隱，則必以聞，已而果然。神宗初固無殺意，見詩益動心，自是遂益欲從寬釋，凡為深文者皆拒之。二詩不載集中，今附於此（略）。」所錄二詩文字略有差異，如「百年」二句作「百年未了須還債，十口無家更累人」等。據《避暑錄話》的記載，當時蘇軾誤認自己可能面臨不測，寫下二首詩，作為臨終遺言，這是一方面。另一方面則是希望能得到神宗皇帝的原諒，躲得過這一難，結果是天遂人願。又宋張端義《貴耳集》卷上云：「慈聖一日見神考不悅，問其所以，神考答曰：『廷臣有謗訕朝政者，欲議行。』慈聖曰：『莫非軾、轍也？老身嘗見仁祖時策士，大悅，得二文士，問是誰，曰軾、轍也，朕留與子孫用。』神考色漸和，東坡始有黃州之謫。在臺獄有二詩別子由，詩奏神考，慈聖亦閱之，曰（略）。」慈聖即太皇太后曹氏，神考即宋神宗。蘇軾得罪為逞才所致，能逃過一劫，也是因為才華的非凡。「魂驚湯火命如雞」，橫禍飛來，魂飛魄散，驚恐萬分，很有不知所措之感。二詩最感人當是親情的難以割捨，其中是與蘇轍的兄弟之情，蘇轍〈為兄軾下獄上書〉：「臣早失怙恃，惟兄軾一人，相須為命。今者竊聞其得罪逮捕赴獄，舉家驚號，憂在不測。」兄弟二人隨父離開故鄉，來到京城，自此置身於宦海，出入陞降，離合悲歡，往往有之。蘇軾有〈辛丑十一月十九日，既與子由別於鄭州西門之外，馬上賦詩一篇寄之〉一詩（詳前文），敘寫了兄弟二人的深厚情意，自注云：「嘗有夜雨對牀之言，故云爾。」又蘇轍〈再祭亡兄端明文〉云：「昔始宦遊，誦韋氏詩『夜雨對牀』，後勿有違。」可為「是處青山可埋骨」二句的注腳。仕途的坎坷，人在江湖，身不由己，悲酸之感傷人。此外還有妻與子之情，「眼中犀角真吾子，身後牛衣愧老妻」，一則是對兒子的期望，說明不負所望，後繼有人；一則表達了對妻子歸宿的牽掛，以及愧疚之感。至於「百歲神游定何處，桐鄉知葬浙江西」二句，藉漢代朱邑事，暗示自己在地方為官，其所作所為，均是從百姓的利益出發，施惠於民，因此深得民心，公道自在人心，表達了自信。清查慎行《蘇詩補註》云：「按：先生獄中詩向不入正集，南宋人詩話中往往載之，多有不同者。石林《避暑錄》：『未滿先償債』作『未了須還債』，『無歸』作『無家』，『埋骨』作『藏骨』，『他年』作『他時』，『眼中』作『額中』，『百歲』作『他日』，『何處』作『何所』，『知葬』作『應在』。《韻語陽秋》：『埋骨』亦作『藏骨』。《捫蝨新語》：『世世』作『今世』，『吾子』作『無子』，『知葬』作『知在』。」可知異文頗多，由於此詩是獄吏傳出，傳播中或致歧出。

十二月二十八日蒙恩責授檢校水部員外郎、黃州❶團練副使復用前韻❷二首

其一

百日❸歸期恰及春❹，餘年樂事最關身。出門便旋❺風吹面，走馬❻聯翩❼鵲啅❽人。卻對酒杯疑是夢，試拈詩筆已如神。此災何必深追咎❾，竊祿❿從來豈有因？

其二

平生文字為吾累，此去聲名不厭低。塞上縱歸他日馬⓫，城東不鬪少年雞⓬。休官彭澤貧無酒⓭，隱几⓮維摩⓯病有妻。堪笑睢陽老從事⓰，為余投檄向江西⓱。子由聞予下獄，乞以官爵贖予罪，貶筠州監酒。

【注　釋】❶黃州　今湖北黃岡。❷復用前韻　指前詩。❸百日　蘇軾以神宗元豐二年八月十八日赴御史臺獄，十二月二十八日結案出獄，計一百三十餘天。❹恰及春　一年四季，每季三個月，農曆正月稱孟春，二月稱仲春，三月稱季春。❺便旋　徘徊；迴旋。❻走馬　騎馬疾走；馳逐。❼聯翩　鳥飛貌，形容連續不斷。❽啅　鳥啄食。❾追咎　追究責怪。❿竊祿　猶言無功受祿，多用於自謙。⓫塞上句　《淮南子・人間》：「夫禍福之轉而相生，其變難見也。近塞上之人有善術者，馬無故亡而入胡，人皆弔之，其父曰：『此何遽不為福乎？』居數月，其馬將胡駿馬而歸，人皆賀之，其父曰：『此何遽不能為禍乎？』家富良馬，其子好騎，墮而折其髀，人皆弔之，其父曰：『此何不遽為福乎？』居一年，胡人大入塞，丁壯者引絃而戰，近塞之人死者十九，此獨以跛之故父子相保，故福之為禍、禍之為福，化不可極、深不可測也。」⓬城東句　唐陳鴻祖《東城老父傳》云：賈昌，長安宣陽里人，開元元年癸丑生，生七歲，趫捷過人，善應對，解鳥語音。玄宗在藩邸時，樂民間清明節鬬雞戲，及即位，治雞坊于兩宮間，選六軍小兒五百人使馴擾教飼，上之好之，民風尤甚。玄宗出遊，見昌弄木雞於雲龍門道旁，召入為雞坊小兒。馴養甚中玄宗意，命為五百小兒長，天子甚愛幸之，金帛之賜日至其家，當時天下號為神雞童。時人語曰：「生兒不用識文字，鬬雞走馬勝讀書。賈家小兒年十三，富貴榮華代不如。能令金距期勝負，白羅繡衫隨軟輿。父死長安千里外，差夫特道挽喪車。」元和庚寅賈昌年九十八，視聽不衰，語陳鴻祖云：「老人少年以鬬雞求媚於上，上倡優蓄之，家於外宮……」。⓭休官句　《晉書・陶潛傳》云：陶潛，字元亮，少懷高尚，博學善屬文，穎脫不羈，任真自得，嘗著〈五柳先生傳〉以自況，曰：「不慕榮利，好讀書，不求甚解。每有會意，欣然忘食。性嗜酒，而家貧不能恆得。親舊知其如此，或置酒招之，造飲必盡，期在必醉。既醉而退，曾不吝情去留。環堵蕭然，不蔽風日，短褐穿結，簞瓢屢空，晏如也。常著文章自娛，頗示己志，忘懷得失，以此自終。」其自序如此，時人謂之實錄。以親老家貧，起為州祭酒，不堪吏職，少日自解歸。州召主簿，不就。躬耕自資，遂抱羸疾。復為鎮軍建威參軍，謂親朋曰：「聊欲絃歌，以為三徑之資，可乎？」執事者聞之，以為彭澤令，在縣公田悉令種秫穀，曰：「令吾常醉於酒，足矣。」素簡貴，不私事上官。郡遣督郵至縣，吏白應束帶見之，潛歎曰：「吾不能為五斗米折腰，拳拳事鄉里小人邪？」義熙二年解印去縣，乃賦〈歸去來辭〉曰……。按，陶潛又名陶淵明。彭澤，縣名，在今江西省北部，因陶潛曾為彭澤令，又以「彭澤」借指陶潛。又彭澤，澤名，今鄱陽湖，在江西北部，又名彭湖、彭蠡。⓮隱几　靠著几案；伏在几案上。⓯維摩　即維摩詰，梵語 Vimalakīrti，意譯為「淨名」或「無垢稱」，佛經中人名。《維摩詰經》中云他和釋迦牟尼同時，是毘耶離城中的一位大乘居士。嘗以稱病為由，向釋迦遣來問訊的舍利弗和文殊師利等宣揚教義，為佛典中現身說法、辯才無礙的代表人物。後常用以泛指修大乘佛法的居士。此蘇軾自謂。⓰睢陽老從事　指蘇轍，時為應天府簽判。按，應天府唐時為睢陽郡，睢陽今屬河南商丘。從事，官名，漢以後三公及州郡長官皆自辟僚屬，多以從事為稱。⓱投檄向江西　烏臺詩案發生後，蘇轍有〈為兄軾下獄上書〉，其中有「臣欲乞納在身官以贖兄軾，非敢望末減其罪，但得免下獄死為幸」云云，事後蘇轍被貶往筠州監酒稅。按，筠州，宋樂史《太平寰宇記》卷一百六：「筠州，理高安縣，今州城即漢之建，城縣屬豫章郡。唐武德五年安撫使李大亮宣慰江南，乃於此置靖州，復析建城縣，置望蔡、宜豐等縣以隸焉，仍改建城縣為高安縣，至七年改靖州為米州，又改為筠州，以地產筠篁為名。」投檄，投棄徵召的文書，借指棄官。

【語　譯】其一

百餘天的羈押結束，回來時恰好趕到春天的來臨，一生中剩餘的時光裡能使自己快樂的事才是最密切相關的。出了家門，騎著馬，或奔馳，又迴旋，連續不斷，風兒吹拂在臉面上，鵲兒朝人啄來。面對著酒杯飲著，感覺一切彷彿還是在夢幻中，嘗試著拈起詩筆，揮灑落紙，如有神相助。這次災難又何必要深深地追究責怪，無功受祿，歷來難道都是有緣由的嗎？

其二

平生寫詩作文成為我的連累，自此而後不再嫌棄聲名低微。就如同放縱跑到邊塞的馬匹、日後還帶著駿馬一同回歸那樣，這未必不是件好事，又如同唐代城東老父年歲已高，自云不再似少年時以鬥雞奢求榮寵。如今又像似辭官歸隱的陶淵明，因家貧而無酒飲，與維摩居士抱病伏靠著几案相比，自家中還有相伴的妻子。可笑久任睢陽從事的老弟您，因為我的原故棄官而貶職去了江西。

【研　析】據宋人李燾《續資治通鑑長編》卷三百一載：神宗元豐二年十二月庚申「祠部員外郎直史館蘇軾責授檢校水部員外郎、黃州團練副使，本州安置，不得簽書公事，令御史臺差人轉押前去」。知詩作於神宗元豐二年十二月底，在獄中一百多天被放出，可謂劫後餘生。至於說「餘年樂事最關身」，即日後能快樂地生活，這就是最大的幸福。而「出門便旋風吹面，走馬聯翩鵲啅人」，自由地奔馳，自在地迴旋，便是這種心態的寫照。「此災何必深追咎」，能逃得一命，如同驚弓之鳥，已屬不易，哪裡還有別的奢求。所謂「平生文字為吾累，此去聲名不厭低」，自知所作詩文欠考慮，不僅陷自己於危險之地，還連累了不少人。《續資治通鑑長編》卷三百一云：「御史舒亶又言駙馬都尉王詵收受軾譏諷朝政文字，及遺軾錢物，并與王鞏往還，漏泄禁中語。……又言收受軾譏諷朝政文字人，除王詵、王鞏、李清臣外，張方平而下凡二十二人，如盛僑、周邠輩，固無足論。乃若方平與司馬光、范鎮、錢藻、陳襄、曾鞏、孫覺、李常、劉攽、劉摯等，蓋皆畧能誦說先王之言，辱在公卿士大夫之列，而陛下所當以君臣之義望之者，所懷如此，顧可置而不誅乎？疏奏，軾等皆特責獄。事起，詵嘗屬轍密報軾，而轍不以告官，亦降黜焉。」知其間與蘇軾有文字交往者受牽連的人達二十餘人，包括胞弟蘇轍，王詵為附馬，與蘇軾交往頗密，烏臺詩案事起，王詵先得消息，密報蘇轍，「諭使毀匿所謗訕文書」（《續資治通鑑長編》注），即告訴蘇轍毀滅或藏匿所謂誹謗訕詆文字，因而也受到牽連，詩末云「堪笑睢陽老從事，為余投檄向江西」，所指即此。這場轟轟烈烈的文字獄，蘇軾撿回了一條命，是慶幸？還是不幸？「塞上縱歸他日馬」四句連用四個典故表達出獄後的感悟，蘇軾〈偃松屏贊〉序云：「士踐憂患，安知非福」，可作「塞上」一句注腳。往事不堪回首，能與親人在一起，即使過著清貧的日子，也是萬幸的。只是這場文字獄源自詩歌，親人或友朋也勸誡詩人不要寫詩，或少寫詩，詩中卻云「試拈詩筆已如神」，宋羅大經《鶴林玉露》卷十云：「東坡文章妙絕古今，而其病在於好譏刺。文與可戒以詩曰：『北客若來休問事，西湖雖好莫吟詩。』蓋深恐其賈禍也。烏臺之勘，赤壁之貶，卒於不免。觀其獄中詩云：『夢繞雲山心似鹿，魂飛湯火命如雞。』亦可哀矣。然纔出獄，便賦詩云：『卻對酒杯疑是夢，試拈詩筆已如神。』略無懲艾之意，何也？」似指得意忘形，不過積習要改，又談何容易？

初到黃州❶

自笑平生為口忙❷，老來事業轉❸荒唐❹。長江繞郭❺知魚美，好竹連山覺筍香。逐客不妨員外置❻，詩人例作水曹❼郎。只慚無補絲毫事，尚費官家壓酒囊。檢校官例折支，多得退酒袋❽。

【注　釋】❶黃州　今湖北黃岡。❷為口忙　語意雙關，一則為口腹之役（謂謀生）而奔波四方。一則因口業（指詩文的創作）而忙碌。❸轉　反而；反倒。❹荒唐　落空；無著落。❺郭　外城；古代在城的周邊加築的一道城牆。❻逐客句　唐趙謙光〈答賀遂涉〉詩：「唯愁員外置，不應列星文。」逐客，指被貶謫遠地的人。員外，本謂正員以外的官員，後世因此類官職可以捐買，故富豪皆稱員外。❼水曹　官名，水部的別稱，魏置水部郎，晉設水部曹郎，隋唐至宋均以水部為工部四司之一。唐杜甫〈北鄰〉詩：「愛酒晉山簡，能詩何水曹。」按，南朝梁何遜官至尚書水部郎，故稱。❽尚費三句　宋高承《事物紀原》卷四〈折俸〉：「《宋朝會要》曰：唐貞元四年定百官月俸，僖、昭之亂，國用窘缺，天祐中止給其半。後唐同光初，孔謙以軍儲不充，百官俸錢數多而折之，非實，請減半數而支實錢，是後所支半實俸，復從虛折。宋朝約後唐所定，其非兼職者，皆一分實錢，二分折支。景德罷兵之後，始詔俸當給他物者，京師每一千，給實錢六百，在外四百，則今折俸之始也。祥符五年十一月詔又定加文武官月俸。」官家，舊時對皇帝的稱呼。又指公家，官府。壓酒，米酒釀製將熟時，壓榨取酒。折支，謂折價支付，宋代官俸，其中一部分可用實物充抵。《宋史・職官志十一・奉祿制上》：「凡文武官料錢，並支一分見錢，二分折支。」按，料錢，唐宋舊制，官吏除俸祿外，有時另給食料，或折錢發給，稱料錢。見錢，即現錢。

【語　譯】自笑平生就是為了這張嘴而忙碌著，到老來事業反而落空。長江環繞著黃州的城牆，已知道其中的魚兒味道挺美，優良的竹子生長在連綿的山上，就覺得那裡的竹筍味道很香。貶謫來此的我，也就不妨被視作員外來安置，又按例，詩人也有被命作水曹郎的。只是慚愧我絲毫無補於事，仍然耗費著官家供給的壓酒錢。

【研　析】蘇軾於宋神宗元豐三年二月到達黃州，詩作於其後不久。首聯就這次被貶謫黃州一事，含蓄地表達了這次招禍的原因。「為口忙」語意雙關，為口腹之役而在宦海中浮沉，在仕途上奔波；因熱衷於口業的原因而招致物議紛紛，陷身囹圄。「忙」的結果竟然是如此的悲摧，恐怕也是詩人始料未及的。「老來事業轉荒唐」，先前的理想，先前的執著，先前的企盼，想來都要落空了，從肯定到否定，事業成了泡影，剩下的就是如何過日子了，這也是頷聯所要表達的意思。長江水中的魚味美，連綿山中的竹筍香，樸實的生活，就目前的處境而言，能如此，已屬難能，畢竟詩人此時是「罪人」，死罪雖免，活罪難逃。頸聯「逐客」句則是知天安命之意，「詩人」句意思是說積習難改，雖然因詩歌的創作而招致牢獄之災，但對寫詩還是不忍割愛的。蘇軾〈與程正輔七十一首〉云：「前後患詩皆未和，非敢懶也。蓋子由近有書，深戒作詩，其言切至，云當焚硯棄筆，不但作而不出也，不忍違其憂愛之意，故遂不作一字。」其得罪源於詩，給家人、給友朋帶來了諸多的不幸，這是一種壓力，也是一種歉疚，更是一種痛楚，正如〈黃州與人〉中所云：「但困躓之甚，出口落筆，為見憎者所箋注。兒子自京師歸，言之詳矣，意謂不如牢閉口，莫把筆，庶幾免矣。雖託云向前所作，好事者豈論前後？即異日稍出災厄，不甚為人所憎，當為公作耳。」其他人不及蘇軾這麼招人眼目，但也有同感，如黃庭堅〈與宋子茂書六〉之一云：「閑居亦絕不作文字，有樂府長短句數篇，後信寫寄，未緣會集，千萬勤官自壽。」所謂絕不作文字，主要是指詩，又陳師道〈與魯直書〉：「師道再啟，紹元夏末以例罷官……邇來絕不為詩文，然不廢書，時作小詞以自娛，用以卒歲。毋以為念也。」黃、陳均為蘇門弟子，蘇軾等人迴避作詩的原因不只其一，但有點是相同的，因政治因素導致的深文周納卻是他們顧忌的重要因素。迴避作詩，迴避不了情志的抒寫，迴避不了社交的需要，詞就成了替代品，因此，蘇、黃等在這期間詞的創作較以前大大增加，且優秀之作不乏。也就是原先以詩歌來抒寫的內容，移入了詞體的創作中，情志得以抒寫，得以掩飾。尾聯則是自責，「不得僉書公事」，也就無所事事，卻仍然能得到些俸祿，至少能免於餓死。出以詼諧幽默的口吻，自嘲自娛，也是蘇詩風格的體現。

寓居定惠院❶之東，雜花滿山，有海棠❷一株，土人不知貴也

江城❸地瘴❹蕃❺草木，只有名花苦幽獨❻。嫣然一笑❼竹籬間，桃李漫山總麤俗❽。也知造物❾有深意，故遣佳人在空谷❿。自然富貴出天姿⓫，不待金盤⓬薦華屋。朱唇得酒暈生臉，翠袖⓭卷紗紅映肉。林深霧暗曉光遲，日暖風輕春睡足⓮。雨中有淚亦悽愴⓯，月下無人更清淑⓰。先生食飽無一事，散步逍遙自捫腹⓱。不問人家與僧舍，拄杖敲門看修竹⓲。忽逢絕艷照衰朽，歎息無言揩病目。陋邦⓳何處得此花，無乃⓴好事移西蜀㉑。寸根千里不易致，銜子飛來定鴻鵠㉒。天涯流落俱可念㉓，為飲一樽歌此曲。明朝酒醒還獨來，雪落紛紛那忍觸㉔？

【注釋】❶定惠院　明李賢等《明一統志》卷六十一〈黃州府・寺觀〉：「定惠院，在府治東南。蘇軾云：予寓居定惠院之東有海棠一株，土人不知其貴也，因作海棠詩以自述，即此。」❷海棠　落葉喬

木，葉子卵形或橢圓形，春季開花，白色或淡紅色，品種頗多。❸江城　指黃州，在長江邊。❹瘴　即瘴氣，指南部、西南部地區山林間濕熱蒸發能致病之氣。❺蕃　生息；繁殖。又茂盛，興旺。❻幽獨　靜寂孤獨，又獨處。❼嫣然一笑　形容嬌媚的微笑。❽麤俗　粗野庸俗。❾造物　造物者，特指創造萬物的神。❿故遣句　唐杜甫〈佳人〉詩：「絕代有佳人，幽居在空谷。」空谷，空曠幽深的山谷，多指賢者隱居的地方。⓫天姿　天然風姿。⓬金盤　金屬製成的盤，所指不一，如承露盤等。⓭翠袖　青綠色衣袖，泛指女子的裝束。⓮日暖句　宋釋惠洪《冷齋夜話》卷一：「東坡作海棠詩曰：『只恐夜深花睡去，高燒銀燭照紅粧。』事見《太真外傳》，曰：上皇登沉香亭，詔太真妃子，妃子時卯醉未醒，命力士從侍兒扶掖而至。妃子醉顏殘粧，鬢亂釵橫，不能再拜。上皇笑曰：『豈是妃子醉，真海棠睡未足耳。』」⓯悽愴　悲傷；悲涼。⓰清淑　清美；秀美。⓱先生二句　唐孫思邈〈枕上記〉：「食飽行百步，常以手摩腹。」逍遙，徜徉，緩步行走貌。又優遊自得，安閒自在。捫，撫摸。⓲不問二句　《南史・袁粲傳》：「粲負才尚氣，愛好虛遠，雖位任隆重，不以事務經懷。獨步園林，詩酒自適。家居負郭，每杖策逍遙，當其意得，悠然忘反。郡南一家頗有竹石，粲率爾步往，亦不通主人，直造竹所，嘯詠自得。」又參見〈於潛僧綠筠軒〉注❸。拄杖，支撐著拐杖。⓳陋邦　指邊遠閉塞之地。⓴無乃　相當於「莫非」、「恐怕是」，表示委婉測度的語氣。㉑西蜀　今四川，古為蜀地，因在西方，故稱。㉒鴻鵠　即鵠，俗稱天鵝。又指鴻雁與天鵝。㉓天涯句　白居易〈琵琶行〉：「同是天涯淪落人，相逢何必曾相識。」可念，可憐；可愛。㉔觸　觸犯；冒犯。

【語　譯】長江邊的黃州城處於瘴氣之地，草木繁雜茂盛，只有名花海棠飽嘗靜寂孤獨之苦。如同美人嫣然一笑的海棠花在竹編的籬笆間綻放，就覺得漫山遍野盛開的桃花李花總是那般粗俗。也知道造物神別有深微的用意，因此派遣如美女般的海棠生長在空曠幽深的山谷中。

自然富貴的氣質是秉承了天然的風姿，不樂意被金盤盛著進奉到華麗的堂屋中。如同美女，朱唇飲酒後臉頰生出紅暈，翠袖捲起，輕紗映照出紅潤的皮膚。林木深廣，霧氣陰沉，清早的陽光遲緩地照進來，日照溫暖，風兒輕柔，似美人那般還在酣然春睡。雨天中就如同落淚又似在悲傷，月光下無人時更覺得清秀。先生我吃飽了沒有任何事可做，優閒自在地一邊散著步，一邊揉摸著腹部。也不詢問是人家還是僧舍，拄著拐杖，敲開門，觀賞著修長的竹子。忽然遇見了極其美豔的海棠花，比照我這衰朽的身形，只是歎息無言，拭抹著患病的雙目。僻遠的黃州從何處得到這種花，莫非是好事者從西蜀移植到這裡。根長僅一寸，相隔千里之外，是不容易招致來的，一定是鴻鵠口銜種子飛到了這裡。這海棠就與我一樣流落天涯，都是屬於可憐的，為此而飲酒一樽，歌唱著這支曲詞。明日朝晨，酒醒了，還是獨自來造訪，海棠花瓣卻如雪花紛紛而落，怎忍心冒犯？

【研　析】宋人胡仔《苕溪漁隱叢話・前集》卷二十八云：「元豐間東坡謫黃州，寓居定惠院。院之東小山上有海棠一株，特繁茂，每歲盛開時，必為攜客置酒，已五醉其下矣，故作此長篇。平生喜為人寫，蓋人間刊石者自有五六本，云軾平生得意詩也。」知詩作於神宗元豐年間謫居黃州時。海棠在古代屬名花，開篇四句敘寫在黃州遇見了一棵盛開的海棠，甚覺意外，「嫣然一笑」，凸顯了海棠的嫵媚多情。與漫山遍野盛開的桃花李花相比，海棠花不僅珍貴，而且超凡脫俗。這棵海棠正是目前詩人處境的寫照，淪落不偶，卻難掩天生麗姿，只是懷才不遇，這是天意，無限悲涼之感，不言而喻。「自然富貴出天姿」八句，以美人作喻，從姿色容貌、衣著裝扮、情感思緒、言行舉止，摹寫其悲喜憂樂，寄託人生的坎坷不順。「先生食飽無一事」六句則是用倒敘的手法，補敘得遇海棠的過程及原由。詩人戴罪黃州，「不得僉書公事」，自然是無所事事，飯後散步，遇有適意處，當然是開心的。蘇軾詩〈於潛僧綠筠軒〉云：「可使食無肉，不可使居無竹。無肉令人瘦，無竹令人俗。」竹子為君子品性的寫照，詩人見到竹子，流連駐足，是交心的表現。只是這次出來尋竹，竟意外地發現了海棠這種名貴的植物，由此而感慨萬千。「陋邦何處得此花」四句就海棠這種珍稀物種流落到黃州這僻遠的地方，產生了質疑。西蜀是詩人的故鄉，宋代四川是盛產海棠的，宋人祝穆《方輿勝覽》卷六十七〈閬州〉云：「海棠溪，在州城，對江多海棠。」如今在黃州見到一株海棠，自然就有「同是天涯淪落人，相逢何必曾相識」的感慨，美人遲暮，英雄失路，這是人生的悲哀，末句「雪落紛紛那忍觸」更是強調了這一情感。宋洪邁《容齋隨筆．五筆》卷七云：「白樂天〈琵琶行〉一篇，讀者但羨其風致，敬其詞章，至形於樂府，詠歌之不足，遂以謂真為長安故倡所作。予竊疑之，唐世法網雖於此為寬，然樂天嘗居禁密，且謫官未久，必不肯乘夜入獨處婦人船中，相從飲酒，至於極彈絲之樂，中夕方去，豈不虞商人者他日議其後乎？樂天之意，直欲攄寫天涯淪落之恨爾。東坡謫黃州，賦〈定惠院海棠〉詩，有『陋邦何處得此花，無乃好事移西蜀。天涯流落俱可念，為飲一尊歌此曲』之句，其意亦爾也。或謂殊無一話一言與之相似，是不然，此真能用樂天之意者，何必效常人章摹句寫而後已哉？」這是首詠物詩，明寫海棠的淪落不偶，暗寓自己的不得志。

遷居臨皐亭❶

我生天地間，一蟻寄大磨。區區欲右行，不救風輪左❷。雖云走❸仁義，未免違寒餓。劍米有危炊❹，針氈無穩坐❺。豈無佳山水？借眼風雨過。歸田❻不待老，勇決❼凡幾箇。幸茲廢棄❽餘，疲馬解鞍馱❾。全家占江驛，絕境❿天為破。飢貧相乘除⓫，未見可弔賀⓬。澹然⓭無憂樂，苦語不成些⓮。

【注釋】❶臨皐亭　宋祝穆《方輿勝覽》卷五十〈黃州〉：「臨皐館，在朝宗門外，舊曰臨皐亭，東坡嘗寓居焉。」❷我生四句　唐歐陽詢《藝文類聚》卷九十七引《抱朴子》云：「《周髀》家云：天圓如張蓋，地方如棊局，天旁轉如推磨而左行，日月右行，隨天右轉，故日月實東行而天牽之以西沒，譬之於蟻行磨之上，磨左旋而蟻右去，磨疾而蟻遲，故不得隨磨左迴焉。」大磨，即磨石，研碎糧食的石製工具，通常由兩個圓石盤組成。區區，猶方寸，此謂一心一意。「捄」，捄正，捄偏，糾正偏向或偏差。風輪，佛教有金輪、水輪、風輪、空輪之說，謂眾生居住的世界，剛開始形成的時候，先有風輪，而後依次有水輪和金輪，最後出現大地。風輪為世界之最下底，風輪下，虛空也，準於後三輪，名之為空輪，合為四輪。此指天體。❸走　趨向；歸附。❹劍米句　宋劉義慶《世說新語・排調》：「桓南郡與殷荊州語次，因共作了語，次復作危語，桓曰：『矛頭淅米劍頭炊。』殷曰：『百歲老翁攀枯枝。』顧曰：『井上轆轤臥嬰兒。』殷有一參軍在坐，云：『盲人騎瞎馬，夜半臨深池。』殷曰：『咄咄逼人。』仲堪眇目故也。」「矛頭淅米劍頭炊」即用長矛的尖頭部淘米，用劍的尖頭部撥火煮飯，比喻情形緊急，處境艱危。按，桓南郡即桓玄，殷荊州即殷仲堪。了語指盡頭話，屬於一種機智的戲言。危語指使人害怕的話。❺針氈句　《晉書・杜錫傳》：「性亮直忠烈，屢諫愍懷太子，言辭懇切，太子患之，後置針著錫常所坐處氈中，刺之流血。」即置針於其中的氈，坐於其上，令人片刻難安。❻歸田　謂辭官回鄉務農。❼勇決　勇敢而果斷。❽廢棄　棄置不用；拋棄。❾鞍馱　指負載的馬和所負物。❿絕境　與外界隔絕之地，又風景絕佳之處。⓫乘除　抵消。唐韓愈〈三星行〉：「名聲相乘除，得少失有餘。」⓬未見句　漢劉向〈誡子歆書〉：「告歆思之，無忽。若未有異德，蒙恩甚厚，將何以報？董生有云：『弔者在門，賀者在閭。』言有憂則恐懼敬事，敬事則必有善功，而福至也。又云：『賀者在門，弔者在閭。』言受福則驕奢，驕奢則禍至，故弔隨而來。齊頃公之始藉霸者之餘威，輕侮諸侯，虧蹇跂之容，故被鞍之禍，遁服而亡，所謂賀者在門、弔者在閭也。兵敗師破，人皆弔之，恐懼自新，百姓愛之，諸侯皆歸其所奪邑，所謂弔者在門、賀者在閭也。」⓭澹然　恬淡貌；安定貌。⓮些　語氣詞，楚辭多用之，又為辭賦的代稱，此指後者。

【語　譯】我生活在天地之間，就如同一隻螞蟻寄居在大的磨盤上。一心想向右方前行，卻無力糾正風輪偏向左方運行。雖然說是實踐著仁愛和正義，難免會有違於寒冷和飢餓的需求。如同情形危險中用劍的尖頭部撥火煮飯，又似把針置於氈席下令人無法安穩地坐著。難道就沒有美好的山水？只如同借助他人的雙眼觀賞一陣飄過的風雨。辭官歸耕不必等待年老，勇敢而果斷地下定決心又有幾人。僥幸我這被棄置而多餘無用的人，就如同疲憊的馬解除了負載的物體。全家人暫時寄居於江邊的驛站裡，老天為我而綻放絕美的風光。飢餓貧困相互抵消，未見可哀弔，也不值得祝賀。恬淡安定，無憂無樂，言詞太淒切是寫不出文章的。

【研　析】元人陳世隆《北軒筆記》云：「東坡守膠西，時熙寧乙卯，仕宦十九年，家日益貧。元豐己未於吳興被逮赴獄，黃州安置，寓居定惠寺，遷臨皐亭，在南堂。」知詩作於謫居黃州時。首四句以比興起，說明自己的渺小，如同一隻螞蟻，想有所作為，卻有力不從心之感。「區區欲右行，不救風輪左」，意思是說只想實踐自己的理想，並不是為了拯救世界，言下之意是說自知能力有限，螞蟻撼大樹，那是不自量力。「雖云走仁義」，仁義之道是儒家重要的倫理範疇，為儒者所堅守，民本思想是仁愛的體現，蘇軾前此在杭州、密州等地方為官時著力踐行著，行事公道正直是正義的說明，當然這是就反對變法新政而言。因此而招致烏臺詩案的興起，「劍米有危炊，針氈無穩坐」，使自己身陷危機，坐立不安，所謂「未免違寒餓」，也就在所難免了。詩的後半幅則是說明被貶謫黃州，雖然是不幸，但未必是壞事，所謂有得必有失，有失未必無所得，福禍相依。「幸茲廢棄餘，疲馬解鞍馱」，至少無官一身輕，如今就似疲憊的馬匹解除了負載，身心得以釋放而輕快，雖然生活艱苦些，但身心得以解放，「飢貧相乘除，未見可弔賀」，沒有喜，沒有悲，又何況黃州雖然地處偏僻，較之不能退隱故鄉，謫居黃州，無公事煩擾，也是求其次了。蘇軾《東坡志林》卷十云：「臨皐亭下八十餘步便是大江，其半是峨眉雪水，吾飲食沐浴皆取焉，何必歸鄉哉？江山風月，本無常主，閑者便是主人。問范子豐新第園池與此孰勝，所以不如君者，上無兩稅及助役錢爾。」長江之水自西蜀出三峽即至湖北，流至黃州，如今暫時居住在江邊驛站裡，飲食沐浴等，都離不開長江，其中仍可時時刻刻地感覺到來自故鄉的味道，更何況黃州的山水風光，「絕境天為破」，清查慎行《蘇詩補註》於臨皋亭注云：「《名勝志》：臨皋館在黃州朝宗門外，其上有快哉亭，縣令張夢得建。子由記畧云：『亭之所見，南北百里，東西一舍。晝則舟楫出入于其前，夜則魚龍悲嘯于其下。西望武昌諸山岡陵起伏，草木行列，烟消日出，漁父樵夫之舍皆可指數。』」則臨皋亭或即快哉亭。有蘇轍〈黃州快哉亭記〉，其中云：「江出西陵，始得平地，其流奔放肆大，南合沅湘，北合漢沔，其勢益張。至於赤壁之下，波流浸灌，與海相若。清河張君夢得謫居齊安，即其廬之西南為亭，以覽觀江流之勝，而余兄子瞻名之曰快哉。」知寄居之地臨皋亭，風光絕美，這是老天自然的綻放，詩人有為我所有的自豪，這也是令人快慰的。

鐵拄杖 并敘

柳真齡❶，字安期，閩人也。家寶一鐵拄杖，如楖栗❷木，牙節❸宛轉❹天成，中空有簧❺，行輒微響。柳云得之浙中，相傳王審知❻以遺錢鏐❼，鏐以賜一僧，柳偶得之，以遺余，作此詩謝之。

柳公手中黑蛇滑，千年老根生乳節❽。忽聞鏗然爪甲聲❾，四坐驚顧❿知是鐵。含簧腹中細泉語，迸火石上飛星裂。公言此物老有神，自昔閩王餉⓫吳越。不知流落幾人手，坐看變滅⓬如春雪。忽然贈我意安在？兩腳未許甘衰歇。便尋轍迹⓭訪崆峒⓮，徑渡洞庭⓯探禹穴⓰。披榛⓱覓藥採芝菌⓲，刺虎鏦⓳蛟擉⓴蛇蝎。會教化作兩錢錐㉑，歸來見公未華髮。問我鐵君無恙否，取出摩挲向公說㉒。

【注釋】❶柳真齡　行跡不甚詳。明何喬遠《閩書》卷九十七〈英舊志．建寧府．崇安縣．宋科第〉載：柳宏，字巨卿，咸平初進士。有子真齡，比部員外郎，與柳永為堂兄弟。又黃庭堅〈答陳季常書二〉云：「惠嘉句，假借踰分，只增愧耳。不作詩已五年，試索胸中，不復能一句矣，無以報嘉，愧恐，愧恐。聞安期丈年七十七，耳目聰明，白首一節，欽歎。柳七從來謹約，知柳四洗腳上船，亦為克家之子，乃老人晚福也。」據黃罃《山谷年譜》「元祐四年己巳」有「又與俞清老、曹荀龍書皆云庭堅自去年三月已不作詩」云云，知黃庭堅不作詩自元祐三年（西元一〇八八年）始，所謂「不作詩已五年」，則是元祐八年，是年柳真齡七十七歲，知其生年為真宗天禧元年（西元一〇一七年）。又王安石《臨川文集》卷八十八〈司農卿分司南京陳公神道碑〉云陳執禮：「女四人，長適大理評事柳安期。」❷楖栗　木名，可為杖，後借為手杖、禪杖的代稱。❸牙節　丫叉和木節。❹宛轉　盤曲；蜿蜒曲折。❺簧　樂器裡有彈性的薄片，用竹箬或銅片製成，作為發聲的振動體。又指簧片振動發出的聲音。❻王審知（西元八六二—九二五年）字信通，號詳卿，光州固始（今屬河南）人。五代十國時期閩國開國國君，後梁開平三年任中書令，冊封閩王，卒諡忠懿。❼錢鏐　詳〈王復秀才所居雙檜二首〉注❸。❽乳節　樹木的瘤節。❾忽聞句　唐杜甫〈桃竹杖引贈章留後〉：「憐我老病贈兩莖，出入爪甲鏗有聲。」鏗然，聲音響亮貌。爪甲，手指或腳趾前端的角質硬殼。❿驚顧　驚慌地回頭張望。⓫餉　饋食於人，此指贈送。⓬變滅　變化幻滅。⓭轍迹　車子行駛的痕跡，又痕跡。⓮崆峒　山名，在今甘肅平涼西，相傳是黃帝問道於廣成子之所，又稱空同、空桐。⓯洞庭　即洞庭湖，在湖南北部、長江南岸，湘、資、沅、澧四水匯流於此，在岳陽縣城陵磯入長江。又指江浙的太湖。⓰禹穴　相傳為夏禹的葬地，在今浙江紹興之會稽山。又指會稽宛委山，相傳禹於此得黃帝之書而復藏之。⓱榛　落葉灌木或小喬木，葉子互生，圓卵形或倒卵形，春日開花，雌雄同株，雄花黃褐色，雌花紅紫色。又指叢木。⓲芝菌　即靈芝。⓳鏦　小矛，又用矛戟擊刺。⓴擉　戳；刺。㉑會教句　漢劉向《說苑・雜言》：「干將、鏌鋣，拂鍾不錚，試物不知，揚刃離金，斬羽契鐵斧，此至利也，然以之補履，曾不如兩錢之錐。今子持楫，乘扁舟，處廣水之中，當陽侯之波而臨淵流，適子所能耳。」兩錢錐，謂用兩錢所買的錐針。㉒問我二句　馮翊《桂苑叢談》「方竹柱杖」云：「太尉朱崖公兩出鎮于浙右，前任罷日，遊甘露寺，因訪別于老僧院公曰：『弟子奉詔西行祇別。』和尚老僧者熟于祇接，至於談話多空教所長，不甚對以他事，由是公憐而敬之。煮茗既終，將欲辭去。公曰：『昔有客遺筇竹杖一條，聊與師贈別。』亟令取之，須臾而至，其杖雖竹而方，所持向上節眼鬚牙四面對出，天生可愛。且朱崖所寶之物，即可知也。別後不數歲，再領朱方，居三日，復因到院，問前時柱杖何在，曰：『至今寶之。』公請出觀之，則老僧規圓而漆之矣，公嗟歎再彌日，自此不復目其僧矣。」朱崖公即唐代李德裕。無恙，沒有疾病；沒有憂患。摩挲，揉搓；撫摸。

【語　譯】柳公手中的拐杖像條黑蛇那樣滑溜，又似千年的老樹根並生有瘤節。用指爪扣擊忽然就聽到鏗然響亮的聲音，四周座位上的人都驚慌地回頭看，才知拐杖是由鐵鑄成的。拐杖的腹中含有簧片，似細小的泉流發出著聲響，敲擊在石塊上，迸出的火花如同星星一樣四處飛濺。柳公說這根拐杖很有神，昔日是由閻王贈送給了吳越王。不知流失在外，經過了多少人的收藏，轉瞬之間變化幻滅就如同春雪消融那般神速。忽然把它贈送給我，這有什麼用意？我的兩隻腳還不甘心停止活動。方便時我還要去崆峒尋訪前人的痕跡，或是直接渡過洞庭湖，探訪禹穴。或是撥開草叢，尋覓仙藥，採摘靈芝，又或是刺殺老虎，擊殺蛟龍，戳刺蛇蝎。應當使它化作僅需兩錢就能買到的錐子，歸來後再見到柳公時頭髮還未變白。那時柳公問我鐵拄杖是否還好，我會取出它，小心地撫摸，向柳公述說著。

【研　析】這是首詠物詩，「柳公手中黑蛇滑」六句分別從顏色、形態、品性等方面摹寫鐵拄杖的非凡之處，「四坐驚顧」四字，以眾人的反應突顯鐵拄杖為珍稀罕見之物，而「迸火石上飛星裂」句以敲擊在石塊上，迸出的火花如同星光一樣四處飛濺，進一步說明它的品質，即不是木製的。行文奇峭，繪聲繪色，為下文作鋪墊。「公言此物老有神」四句強調鐵拄杖歷史悠久，據元盛如梓《庶齋老學叢談》卷下引耶律鑄《雙溪文集》云：「東坡響簧鐵杖長七尺，重三十兩，四十五節，嵇康造。」古制二十四銖為一兩，十六兩為一斤，依此鐵拄杖重不到二斤。按，嵇康（西元二二三—二六三年），字叔夜，譙國銍（今安徽宿縣西）人。三國曹魏時曾為中散大夫，人稱嵇中散。若此，鐵拄杖已有八百年的歷史了。「不知流落幾人手，坐看變滅如春雪」，滿是滄海桑田之感，八百餘年，不可謂不長，尤其是就一根拐杖而言，正是由於它是鐵製的，形態特異，為人珍愛，才得以流傳後世而不易毀壞。當然就人生而言，又未免有彈指一揮間的感覺，朝代的幾經興亡與更迭，鐵拄杖這一不起眼的實用物，竟能毫髮無損地保存至今，怎能不讓人感懷？「忽然贈我意安在」六句，是說自己目前雙腳還很靈活，似乎還不需要用到拐杖，只是盛情難卻，何況贈送的是如此不凡的一根拐杖，於是就設想出種種如何有效地發揮其作用，諸如可以借助其跋山涉水，尋訪古跡；或採集仙藥時，可用來披荊斬棘，可用以防身自救。末四句寫攜帶鐵拄杖遠遊歸來後的感觸。此詩作於神宗元豐三年（西元一〇八〇年）謫居黃州，時柳真齡六十四歲。「歸來見公未華髮」，恐怕未必如此，或僅僅是良好的祝願。末二句用典事，唐李德裕贈送方竹柱杖於僧人，再次見到僧人，原來方形的拐杖不僅改成為圓形，而且還上了漆，李德裕見此大覺失望而去。詩中藉此典事，意在說明自己是不會暴殄天物的。

正月二十日與潘、郭二生出郊尋春，忽記去年是日同至女王城作詩，乃和前韻❶

東風未肯入東門，走馬❷還尋去歲村。人似秋鴻❸來有信，事如春

夢❹了無痕。江城❺白酒三杯釅❻，野老蒼顏❼一笑溫。已約年年為此會，
故人不用賦❽招魂❾。

【注　釋】❶正月二十日三句　蘇軾有〈正月二十日往岐亭，郡人潘、古、郭三人送余於女王城東禪莊院〉詩，作於神宗元豐四年（西元一〇八一年），在黃州。此詩為次韻之作，潘、郭二生指潘丙和郭遘，潘氏字彥明，黃州人，進士。郭氏字興宗，汾陽人。女王城，宋蘇軾《東坡志林》卷五：「昨日讀《隋書・地里志》，黃州乃永安郡，今黃州東十五里許有永安城，而俗謂之女王城，其說甚鄙野。而《圖經》以為春申君故城，亦非，是春申君所都，乃故吳國，今無錫惠山上有春申君廟，庶幾是乎？」❷走馬　騎馬疾走；馳逐。❸秋鴻　秋日的鴻雁，古人常用以象徵離別。按，大雁是候鳥，秋季往南飛，春天往北飛。又《漢書・蘇武傳》載有大雁傳書之事，後因以代指書信。❹春夢　春天的夢，比喻易逝的榮華和無常的世事。❺江城　指黃州，在長江邊，故云。❻釅　指茶、酒等飲料味厚。❼蒼顏　蒼老的容顏。❽賦　吟誦或創作詩歌。又文體名，是韻文和散文的綜合體，講究詞藻、對偶、用韻。❾招魂　招死者之魂，又指招生者之魂。《楚辭》有〈招魂〉篇，漢王逸《題解》：「〈招魂〉者，宋玉之所作也……宋玉憐哀屈原忠而斥棄，愁懣山澤，魂魄放佚，厥命將落。故作〈招魂〉，欲以復其精神，延其年壽。」按，世間小兒病時或恐其失魂，每使人於室內或室外路旁呼之，謂之叫魂，即招魂施於生者之義。

【語　譯】春風不肯從東門吹入城中，就騎著馬奔馳，還是往去年到過的鄉村尋找春天的蹤跡。這次造訪恰似秋日的大雁南飛還是有憑信的，上次來遊的事情卻如春天的夢全然沒有留下痕跡。在長江邊的城中飲下了三杯白酒，酒味變得深厚，鄉村老人蒼老的容顏一笑，覺得

令人溫暖。已經約定每年來到這裡聚會，老朋友就不必賦寫招魂的篇章。

【研析】蘇軾詩〈正月二十日往岐亭，郡人潘、古、郭三人送余於女王城東禪莊院〉云：「十日春寒不出門，不知江柳已搖村。稍聞決決流冰谷，盡放青青沒燒痕。數畝荒園留我住，半瓶濁酒待君溫。去年今日關山路，細雨梅花正斷魂。」詩作於神宗元豐四年（西元一〇八一年），冬去春來，時令變了，草樹披上了綠裝，已見生機盎然，詩中難掩歡快之意。古氏名耕道，新平人。此詩為次韻之作，作於神宗元豐五年。首聯謂春天已至，而居住在城中，尚未感受到春意，於是決意出城踏春，來到了前年曾經到過的郊野鄉村。頷聯抒寫物是人非之感。自己似秋天的大雁履約而至，而去年來遊的那般事情竟然如過眼雲煙，沒有留下多少印象，濃濃的懷舊之感湧出，以此說明自然及人事的變化，不是自己能掌控的，除了悵悵與遺憾，還能說明什麼呢？從而抹上了淡淡的憂傷。頸聯敘寫與鄉村老人對飲暢談的情形。作為「有罪」之人，詩人在黃州，人多避而遠之，人情冷暖，世態炎涼，這是迴避不了的。而鄉村老人的熱情與樸實，令詩人感到無比的溫暖，因此才有「已約年年為此會」的說法，表明態度，即自己雖然身處逆境，但會好好地生活下去，不會因爽約而引發鄉村老人的掛念與揪心，末句「招魂」意即指此。

寒食❶雨二首

其一

自我來黃州，已過三寒食。年年欲惜春，春去不容惜。今年又苦雨❷，兩月秋蕭瑟❸。臥聞海棠花，泥污燕脂❹雪。暗中偷負去，夜半真有力❺。何殊病少年，病起頭已白。

其二

春江欲入戶，雨勢來不已。小屋如漁舟，濛濛❻水雲裏。空庖煮寒菜❼，破竈燒溼葦。那知是寒食，但見烏銜紙❽。君門深九重❾，墳墓在萬里。也擬哭途窮❿，死灰吹不起⓫。

【注釋】❶寒食　在清明前一日或二日。有的地區也稱清明為寒食。❷苦雨　久下成災的雨。❸蕭瑟　凋零；冷落。《楚辭·九辯》：「悲哉！秋之為氣也。蕭瑟兮，草木搖落而變衰。」❹燕脂　又作臙脂、燕支，即胭脂，一種紅色的顏料，又泛指紅色。唐杜甫〈曲江對雨〉詩：「林花著雨燕脂落，水荇牽風翠帶長。」❺暗中二句　《莊子・大宗師》：「夫藏舟於壑，藏山於澤，謂之固矣。然而夜半有力者負之而走，昧者不知也。」又：「夫無力之力，莫大於變化者也，故乃揭天地以趍新，負山岳以舍故，故不暫停，忽已涉新，則天地萬物無時而不移也。世皆新矣，而日以為故，舟日易矣而視之若舊，山日更矣而視之若前，今交一臂而失之，皆在冥中去矣。故向者之我，非復今我也，我與今俱往，豈常守故哉？而世莫之覺，遂謂今之所遇可係而在，豈不昧哉？」詩意謂世事變幻，歲月消逝，不是人所能掌控的，是在不知不覺中就會發生的事，就如同夜晚沉睡，醒來後才發覺事情有了變化。❻濛濛　迷茫貌。❼寒菜　越冬的菜蔬，又泛指蔬菜。❽那知二句　唐張籍〈北邙行〉：「洛陽北門北邙道，喪車轔轔入秋草。車前齊唱〈薤露歌〉，高墳新起日峨峨。……寒食家家送紙錢，烏鳶作窠銜上樹。人居朝市未解愁，請君暫向北邙遊。」❾君門句　三國魏曹植〈當牆欲高行〉：「願欲披心自說陳，君門以九重，道遠河無津。」君門，猶宮門，亦指京城。九重，九層；九道。又指宮禁，朝廷，帝王。❿也擬句　《晉書・阮籍傳》：「時率意獨駕，不由徑路，車跡所窮，輒慟哭而反。」唐杜甫〈陪章留後侍御宴南樓〉詩：「此身醒復醉，不擬哭途窮。」途窮，喻走投無路或處境困窘。⓫死灰句　《莊子・齊物論》：「形固可使如槁木，而心固可使如死灰乎？」又《莊子・知北遊》：「形若槁骸，心若死灰。」又《莊子・庚桑楚》：「動不知所為，行不知所之，身若槁木之枝，而心若死灰。若是者，禍亦不至，福亦不來，禍福無有，惡有人災也？」死灰，火滅後的冷灰，形容消沉、失望的心情。

【語　譯】其一

自從我來到黃州，已經過了三次寒食。年年想到珍惜春光，春天還是離去，不允許惋惜。今年又久雨成災，兩個月如同秋天那樣冷落。退居在家，聽說海棠花落，泥水汙染著如雪般紅色的花瓣。歲月流逝，就如同夜半酣睡，有強力者在人不知鬼不覺中偷偷地把珍藏的東西背負而去。這與病重的少年有什麼差別，病癒了，頭髮卻已經變白了。

其二

春天的江水就要流進屋裡，雨水來到的勢頭還沒有停止。小小的房屋如同一條漁船，被籠罩在濛濛的雨水和濃雲裡。空無所有的廚房中煮著蔬菜，破損的爐竈中燃燒著潮濕的蘆葦。哪知道是寒食日，只見烏鴉嘴中銜著紙。回到京城，供職朝廷，卻有九層門阻隔那般深厚，退居故鄉，守護祖墳，卻遠在萬里之外難以遂願。也想仿照當年的阮籍那樣，面對著路途窮盡，慟哭而返回，這時的心情如同燃燒後的冷灰一堆，再吹也重燃不起來。

【研　析】清查慎行《蘇詩補註》云：「壬戌三月以至蘄，徐德占見訪，遊清泉作此。清泉寺在蘄水，此從《蘄水志》抄出。」壬戌即宋神宗元豐五年（西元一〇八二年），據《湖廣通志》卷七十八〈古蹟志（寺觀）‧黃州府‧蘄水縣〉：「清泉寺，在縣東北二里，唐貞元中建，明弘治中重修。」蘇軾〈弔徐德占〉序云：「余初不識德占，但聞其初為呂惠卿所薦，以處士用。元豐五年三月，偶以事至蘄水，德占聞余在傳舍，惠然見訪，與之語，有過人者。是歲十月聞其遇禍，作詩弔之。」徐德占名徐禧，洪州分寧（今江西南昌）人。黃庭堅外兄。熙寧初以進士充檢討，除御史裏行，歷中丞等。第一首詩中，藉惜春表達了美好不長，歲月苦短的情懷。貶謫黃州三年，每至春天，即有踏青的舉動，意在觀賞與感受隨春天而來的萬物復甦、生機盎然的景象。只是接連兩個月的雨水，使得這種期待變得灰暗。「臥聞海棠花，泥污燕脂雪」，海棠在風雨中飽受肆虐，花瓣散落如雪，又被泥水汙損，美好的總是那麼脆弱，無限的傷感，難以抹去。春天漸去漸遠，「年年欲惜春，春去不容惜」，美好的令人牽掛，但美好的總是如曇花一現，同理人生也是如此。末四句首先是用《莊子》一書中的典故，強調美好的時光總是在不知不覺中流逝而去，然後又以少年得病、病癒後卻已是白髮點染作喻，說明在事業的追求中，年少氣盛時的追求與張狂，多年的拚搏，雖然有所得，但也惹得傷痕累累，詩人被貶前仕途上的所作所為，烏臺詩案的興起，以及劫後餘生的反思，就可說明這個問題。第二首詩前半幅，敘寫連續兩個月的雨水所引起的民生窘迫，「小屋如漁舟，濛濛水雲裏」，風雨中飄搖欲墜的民宅，摹繪形象逼真，沉痛悲涼。「空庖煮寒菜，破竈燒溼葦」，一「空」字，一「破」字，寫出水澇不僅對住宅造成了破壞，而且還給民生帶來了危機。後半幅則抒寫仕宦坎坷的悲情。國曆四月四、五或六日是清明節，清明有踏青、掃墓的習俗。又有寒食節，是在清明前一日或二日。所以清明、寒食是彼此相關連的，清明時節人們祭掃墳墓，焚燒紙錢，張籍〈北邙行〉詩云：「寒食家家送紙錢，烏鳶作窠銜上樹。」「但見烏銜紙」句自此化用。按，北邙，即邙山，因在洛陽之北，故名，東漢、魏、晉的王侯公卿多葬於此。在這季節裡，人們往往會去郊野踏春，又名踏青，見此未免引發詩人憂生歎死之感。作為有罪之人，回到朝廷為君為國做事，看來是不現實的；至於辭官返鄉，得不到允許，這也是遙不可及的。如同昔日的阮籍，車跡所窮，輒慟哭而返，進退兩難，身不由己。詩前半寫雨中村落極其荒涼的情景，後半寫居官失意，極寫窮途末路之感。前後映襯，互相生發，景情交融。

次韻孔毅父❶久旱已而甚雨三首（選一首）

去年東坡❷拾瓦礫❸，自種黃桑❹三百尺。今年刈❺草蓋雪堂❻，日炙風吹面如墨。平生懶惰今始悔，老大勸農天所直❼。沛然❽例賜三尺雨，造化無心恍❾難測。四方上下同一雲❿，甘霔⓫不為龍所隔。俗有分龍⓬日。蓬蒿⓭下濕迎曉耒，燈火新涼催夜織。老夫作罷得甘寢⓮，臥聽牆東人響屐⓯。奔流未已坑谷平，折葦枯荷恣漂溺⓰。腐儒麤糲支百年⓱，力耕不受眾目憐。破陂⓲漏水不耐⓳旱，人力未至求天全。會當作塘徑千步，橫斷西北遮山泉。四鄰相率助舉杵⓴，人人知我囊無錢。明年共看決渠雨，飢飽在我寧關天。誰能伴我田間飲，醉倒惟有支頭磚。

【注釋】❶孔毅父　孔平仲（西元一〇四四－一一一一年），字毅父，一作毅甫，治平二年舉進士，臨江新淦（今江西新幹）人。元祐中入館選，出為京西路提點刑獄。坐黨籍謫知韶州，又責惠州別駕，英州安置，徙單州團練副使，饒州居住。徽宗即位，召還為戶部員外郎，遷金部郎中，出使陝西，帥鄜延、環慶，奉祠而卒。❷東坡　東邊的坡地，在今湖北黃州東。明李賢等《明一統志》卷六十一〈黃州府・古蹟〉：「東坡故居，在府治東，宋元豐三年蘇軾謫黃州，寓居臨皋亭，後得此地，立雪堂居之，自號東坡居士。」❸瓦礫　破碎的磚頭瓦片，又用以形容荒廢頹敗的景象。❹黃桑　葉子發黃的桑樹。❺刈　割取。❻雪堂　宋蘇軾在黃州，寓居臨皋亭，就東坡築雪堂。蘇軾〈雪堂記〉：「蘇子得廢圃於東坡之脅，築而垣之，作堂焉，號其正曰雪堂。堂以大雪中為之，因繪雪於四壁之間，無容隙也。起居偃仰，環顧睥睨，無非雪者。」❼直　謂以……為有理，以……為正義。❽沛然　充盛貌；盛大貌。《孟子・梁惠王上》：「天油然作雲，沛然下雨，則苗浡然興之矣。」❾怳　心神不定貌；失意貌。❿四方句　唐杜甫〈秋雨歎三首〉其二：「闌風伏雨秋紛紛，四海八荒同一雲。」⓫甘霔　甘雨。霔，時雨。⓬分龍　分龍雨，即隔轍雨，夏季所降對流雨，有時一轍之隔，晴雨各異，古人以為由於龍分管不同區域的降雨使然，故云。此種情況始出之時日，宋時吳越之俗謂在夏曆五月二十日。宋陸佃《埤雅・釋天》：「今俗五月謂之分龍雨，曰隔轍，言夏雨多暴至，龍各有分域，雨暘往往隔一轍而異也。」宋葉夢得《避暑錄話》卷下：「吳越之俗，以五月二十日為分龍日。」宋莊季裕《雞肋編》卷中：「[二浙]以五月二十日為分龍，自此雨不周徧，猶北人呼隔轍也。」⓭蓬蒿　蓬草和蒿草，泛指草叢，草莽。又借指荒野偏僻之處。⓮甘寢　靜臥；安睡。⓯屐　木製的鞋，底大多有二齒，以行泥地。⓰漂溺　沖沒；淹沒。⓱腐儒句　唐杜甫〈有客〉：「幽棲地僻經過少，老病人扶再拜難。豈有文章驚海內，漫勞車馬駐江干。竟日淹留佳客坐，百年麤糲腐儒餐。不嫌野外無供給，乘興還來看藥欄。」腐儒，迂腐的儒者。麤糲，粗糲；糙米，泛指粗劣的食物。⓲陂　堤防；堤岸。⓳不耐　不能忍受；不願意。⓴杵　築土用的棒槌。

【語　譯】去年的這個時節在東邊的坡地拾取破碎的磚頭和瓦片，自己在坡地上種植的黃桑長達三百尺。今年的這個時節我割除了坡地上的叢草，在那裡建築了房屋，取名雪堂，陽光炙烤，風沙吹拂，面容黑如墨色。往日的懶惰，如今才覺得後悔，年紀大了還要忙於農事，大概老天也認為這是對的。照例賜給我豐盛的雨水，有三尺深，大自然出於無心，卻又令人迷惑，難以推測。四方上下布滿了濃雲，適時而降落的好雨，是不會受龍的管轄所限的。草叢下的泥土已潮濕，迎接著天一亮就趕來忙農活的人們，天氣轉涼，燈火通明，夜晚紡織女正加速地忙著。我勞作結束後得以安睡，臥睡在床上聽到了牆東邊傳來似有人拖著木屐走過的響聲。奔騰不止的急流已使土坑山谷平滿，折斷的蘆葦，乾枯的荷葉，任憑急流沖走淹沒。作為一名迂腐的儒生，粗劣的食物可以支撐著我的百年人生，努力耕種，不想忍受眾人眼中的憐憫。破損的堤岸滲漏著水，承受不了乾旱的天，人的力量不能達到的，只能企求老天能保全。應該建築個水塘，直徑長達千步，自西北橫向截斷，阻攔山泉。四周的鄰居相繼前來幫助，舉起槌杵，夯實著塘堤，而眾人都知道我是囊中無錢的。明年就一同觀看可沖決溝渠的雨水，或飢餓，或飽腹，這種情況是由我自己決定，與老天無關。有誰願意陪伴我在田間飲酒，醉倒後只有支撐著我頭部的磚塊。

【研　析】詩作於謫居黃州時，凡三首，此詩為其二。據《東坡先生年譜》：神宗元豐五年（西元一〇八二年），「先生年四十七，在黃州，寓居臨皋亭，就東坡築雪堂，自號東坡居士。以〈東坡圖〉考之，自黃州門南至雪堂四百三十步。」知詩作於元豐五年。貶謫黃州，詩人的角色變了，變成為一個自食其力的勞動者。蘇軾詩〈東坡八首〉敘云：「余至黃州二年，日以困匱，故人馬正卿哀余乏食，為於郡中請故營地數十畝，使得躬耕其中。地既久荒，為茨棘瓦礫之場，而歲又大旱，墾闢之勞，筋力殆盡，釋耒而歎，乃作是詩，自愍其勤，庶幾來歲之入以忘其勞焉。」可作此詩的注腳。詩中敘寫了初到黃州，所面臨的種種困難，當然首先要解決是衣食與居住的問題，於是就有了雪堂等房屋的建造。蘇軾《東坡志林》卷六云：「蘇子得廢園於東坡之脅，築而垣之，作堂焉，其正曰雪堂。堂以大雪中為，因繪雪於四壁之間，無容隙也。起居偃仰，環顧睥睨，無非雪者。蘇子居之，真得其所居者也。」知房屋是於寒冬時建好的。有了棲身之所，解決了住的問題，其次就是衣食溫飽的問題，詩中所寫主要是關於這方面的事情。「自種黃桑」這是與穿有關的，所謂延綿「三百尺」，可見種植是有一定規模的。除種植桑麻外，還要解決糧食問題，這是靠天吃飯的時代，詩中敘寫了因久旱而降雨的歡欣，「沛然例賜三尺雨，造化無心怳難測。四方上下同一雲，甘霔不為龍所隔」，很有天道酬勤的味道，蘇軾《仇池筆記》卷上〈二紅飯〉云：「今年東坡收大麥二十餘石，賣之，價甚賤。而粳米適盡，故日夜課奴婢以為飯，嚼之，嘖嘖有聲，小兒女相調云是嚼虱子。然日中腹飢，用漿水淘，食之，自然甘酸浮滑，有西北村落氣味。今日復令庖人雜小豆作飯，尤有味，老妻大笑曰：『此新樣二紅飯也。』」可知種植的粳米大麥，收穫還是尚可的，至少可以做到糊口果腹，所謂「腐儒麤糲支百年，力耕不受衆目憐」，還是差強人意的。有詩〈用舊韻送魯元翰知洛州〉云：「我在東坡下，躬耕三畝園。」如此，一則可以維持一家人生活的基本所需，另一方面也可維護好自己的尊嚴，不至於向人乞求憐憫。為了避免因旱天而可能造成對農作物生長的危害，就有了興建池塘的舉動，「四鄰相率助舉杵，人人知我囊無錢」，在鄰居們的相繼幫助下，得以功成，也反映了鄉鄰們的樸實與熱心。至於因忙於耕種而「日炙風吹面如墨」，這些付出都是值得的，至少「老夫作罷得甘寢」，即忙完農事，體力疲乏，可助安眠。不似仕宦時，雖無衣食之憂，但身在官場，風波迭起，能讓人如此安眠嗎？蘇軾〈書韓魏公黃州詩後〉云：「軾亦公之門人，謫居於黃五年，治東坡，築雪堂，蓋將老焉，則亦黃人也。」很有樂天知命、委順自然之感。詩中表達了自食其力而帶來的歡樂之心，愉悅之情，其中的自信自傲，洋溢於字裡行間。運筆靈動，行文灑脫。

洗兒❶戲作

人皆養子望聰明，我被聰明誤一生。惟願孩兒愚且魯❷，無災無難到公卿❸。

【注釋】❶洗兒　舊俗，嬰兒出生後三日或滿月時替其洗身，稱洗兒。❷魯　遲鈍；笨拙。❸公卿　三公九卿的簡稱，泛指高官。

【語譯】人們生養兒子是指望他聰明，我卻被聰明耽誤了一生。只希望我家的孩兒愚昧又笨拙，沒有災禍，沒有磨難，一直做官到公卿。

【研析】宋孟元老《東京夢華錄》卷五〈育子〉云：「至滿月，則生色及繃繡錢，貴富家金銀犀玉為之，并菓子，大展洗兒會。親賓盛集，煎香湯於盆中，下菓子、綵錢、蔥蒜等，用數丈綵繞之，名曰圍盆。以釵子攪水，謂之攪盆。觀者各撒錢於水中，謂之添盆。盆中棗子直立者，婦人爭取食之，以為生男之徵。浴兒畢，落胎髮，遍謝坐客，抱牙兒入他人房，謂之移窠。」可知宋時滿月洗兒會情形之一斑。詩題一「戲」字，道出了詩人得子的歡欣。清查慎行《蘇詩補註》云：「詩中有玩世疾俗之意，當是生幹兒時所作，故附于此。」檢蘇氏集，有詩〈去歲九月二十七日，黃州生子遯，小名幹兒，頎然穎異。至今年七月二十八日病亡於金陵，作二詩哭之〉，如此，則詩當作於貶謫黃州時，所指為幼子名遯，小名幹兒。蘇軾〈朝雲墓誌銘〉云：「東坡先生侍妾曰朝雲，字子霞，姓王氏，錢塘人。……生子遯，未期而夭。」知幹兒為朝雲所生，不滿一歲而夭折。〈作二詩哭之〉其一云：「未期觀所好，蹁躚逐書史。搖頭卻梨栗，似識非分恥。」知幹兒天性好書，而不好吃，這就意味著聰慧。只是詩人此時是負罪之人，一句「我被聰明誤一生」，道盡平生仕宦的波折與酸楚，難免會引發憂患之心，目睹幹兒的非凡，高興之餘，又油然而生不祥之感。「惟願孩兒愚且魯，無災無難到公卿」，一則表達了美好的祝願，另一方面則是對官場的腹議。宋人龔昱編《樂菴語錄》卷三云：「聰明智慧不是博極羣書，亦不是議論過人，亦不是事事剖判，得此性，湛然如明鏡止水，物雖千變萬態，來則見之，此真聰明、真智慧也。……東坡言『我被聰明誤一生』，此雖戲言，然亦有理。」即真正聰明智慧的人，不是表現在鋒鋩畢露處，這樣會給自己招來災禍的，詩人目前的處境便是如此。所以對幹兒的期待，就是不要重蹈自己的覆轍，只是天不佑人，幹兒早夭。〈作二詩哭之〉其二云：「吾老常鮮歡，賴此一笑喜。忽然遭奪去，惡業我累爾。」幹兒的降生，給詩人帶來的是歡悅與撫慰，時詩人已四十九歲。至於以為幹兒的早夭，與自己造業脫不了干係。所謂惡業，佛教謂出於身、口、意三者的壞事、壞話、壞心等，詩人被貶謫至黃州，主要是因在詩中表達了對新政不滿而招致的，是管不住自己的口，管不住自己的心，得罪了政敵而如此，是自己自作聰明的結果，當然這是憤激之言。詩用字不多，但有悲傷，有無奈，有戲謔，有自嘲。

東坡❶

雨洗東坡月色清，市人行盡野人❷行。莫嫌犖确❸坡頭路，自愛鏗然❹曳杖聲。

【注釋】❶東坡　詳〈次韻孔毅父久旱已而甚雨三首〉注❷及研析。❷野人　上古謂居國城之郊野的人，泛指村野之人，又士人自謙之稱。❸犖确　怪石嶙峋貌。❹鏗然　聲音響亮貌。

【語譯】雨水刷洗後的東坡在月光下更加清亮，市井遊人都離開了，我才出行。不會抱怨東坡路頭的怪石嶙峋，自己還是喜歡拖著的拐杖發出的鏗然聲響。

【研析】詩作於神宗元豐年間謫居黃州時。首句摹繪東坡景色的清幽，一「洗」字，寫出一番雨水，將天地之間滿是塵土的東坡之地刷洗一清。雨停之後，月亮出來，使得東坡又顯得更加清亮。雨停了，天黑了，遊客也都離開了。所謂「市人」是指市井俗人，市井俗人都走了，作為「野人」的詩人開始出行了。東坡是詩人生活的地方，是熟悉的不能再熟悉的了，只是今夜東坡的景色感覺非同一般，一「清」字，既是東坡之地清亮的寫照，也是詩人清高品性的說明，此時的詩人是負罪之人，官場的人是不想與之來往的，是極力想迴避的，因此詩人是孤獨的。能避免與世俗之人的交往，也是詩人此時的心願。被世俗之人所拋棄，詩人並不在意，「莫嫌犖确坡頭路，自愛鏗然曳杖聲」二句，正是詩人孤傲清高的體現，雖然出遊的道路怪石嶙峋，但表現了詩人不畏艱難的氣概，征服的姿態，自信的情懷，凸顯無遺。

和秦太虛❶梅花

西湖處士❷骨應槁，只有此詩君壓倒。東坡先生心已灰❸，為愛君詩被花惱。多情立馬待黃昏，殘雪消遲月出早❹。江頭千樹春欲闇❺，竹外一枝斜更好❻。孤山❼山下醉眠處，點綴裙腰❽紛不掃。萬里春隨逐客來，十年花送佳人老❾。去年花開我已病，今年對花還草草❿。不知風雨捲春歸，收拾餘香還畀昊⓫。

【注釋】❶秦太虛　詳〈次韻秦太虛見戲耳聾〉注❶。秦氏〈和黃法曹憶建溪梅花〉詩云：「海陵參軍不枯槁，醉憶梅花愁絕倒。為憐一樹傍寒溪，花水多情自相惱。清淚斑斑知有恨，恨春相逢苦不早。甘心結子待君來，洗雨梳風為誰好。誰云廣平心似鐵，不惜珠璣與揮掃。月沒參橫畫角哀，暗香銷盡令人老。天分四時不相貸，孤芳轉盼同衰草。要須健步遠移歸，亂插繁華向晴昊。」❷西湖處士　指林逋（西元九六七－一〇二八年），字君復，杭州人。少孤嗜學。景德中遊江淮歸，結廬杭州之孤山，居西湖二十年，不入城市。不娶無子，仁宗賜諡曰和靖先生。按，宋歐陽修《歸田錄》卷二：「處士林逋居於杭州西湖之孤山，逋工筆畫，善為詩。如『草泥行郭索，雲木叫鉤輈。』頗為士大夫所稱。又梅花詩云：『疏影橫斜水清淺，暗香浮動月黃昏。』評詩者謂前世詠梅者多矣，未有此句也。」處士，本指有才德而隱居不仕的人，後亦泛指未做過官的士人。❸心已灰　即心若死灰，形容不為外物所動的一種精神狀態。現多用以形容灰心失意。❹多情二句　林逋〈山園小梅〉詩云：「疏影橫斜水清淺，暗香浮動月黃昏。」立馬，駐馬。❺闇　晦暗；不亮。❻竹外句　林逋〈梅花三首〉之三：「湖水倒窺疏影動，屋簷斜入一枝低。」❼孤山　詳〈臘日遊孤山，訪惠勤、惠思二僧〉注❷。❽裙腰　裙的上端緊束於腰部之處，比喻狹長的小路。唐白居易〈杭州春望〉詩：「誰開湖寺西南路，草綠裙腰一道斜。」❾萬里二句　作者於神宗熙寧四年通判杭州，至元豐年間貶謫黃州，凡十餘年，其間歷知山東密州、江蘇徐州、浙江湖州，輾轉萬里。逐客，指被貶謫遠地的人。佳人，美女，又美好的人，指君子賢人。❿草草　匆忙倉促的樣子。⓫畀昊　《詩‧小雅‧巷伯》：「取彼譖人，投畀豺虎。豺虎不食，投畀有北。有北不受，投畀有昊。」畀，給予；付與。昊，昊天；蒼天。

【語　譯】西湖處士的骨骼應該乾枯了吧，只有這首詩您可以勝過他。東坡先生的心已如死灰，只因為喜愛您的詩被梅花所煩惱。多情的我駐馬等待著黃昏，殘雪融化得有些遲，月亮卻出來得早。江邊千棵梅樹在春日裡就要變得暗淡，竹林中向外斜的冒出一枝梅花顯得更加美好。在孤山山下酒醉困眠的地方，如女子裙腰般狹長的小路上點綴著紛亂的花瓣，無人清掃。相距萬里之遙的春日伴隨著作為逐客的我來到這裡，十年間花開花落就這樣送別著，昔日的美人如今已變老。去年梅花盛開時我已經在生病，今年面對著梅花仍然覺得匆忙倉促。不知風雨席捲著與春日一同歸去，把收集到的梅花餘香交還給了蒼天。

【研　析】詩作於神宗元豐年間謫居黃州時，林逋有詠梅詩多首，其中有〈山園小梅二首〉，其二云：「眾芳搖落獨暄妍，占盡風情向小園。疏影橫斜水清淺，暗香浮動月黃昏。霜禽欲下先偷眼，粉蝶如知合斷魂。幸有微吟可相狎，不須檀板共金尊。」其中「疏影橫斜水清淺，暗香浮動月黃昏」以曲盡梅花體態與神韻膾炙天下。「只有此詩君壓倒」就是針對林氏這首詩而言的，推譽秦觀的〈梅花〉詩勝過林逋，對此宋人質疑不斷，諸如阮閱《詩話總龜》卷九云：「秦少游嘗和黃法曹憶梅花詩，東坡稱之，故次其韻，有『西湖處士骨應槁，只有此詩君壓倒』之句，此詩初無妙處，不知坡所愛者何語，和者數四，余獨愛坡兩句云：『江頭千樹春欲暗，竹外一枝斜更好。』後必有能辯之者。」又許顗《彥周詩話》云：「林和靖梅詩云：『疏影橫斜水清淺，暗香浮動月黃昏。』大為歐陽文忠公稱賞。大凡和靖集中梅詩最好，梅花詩中此兩句尤奇麗。東坡和少游梅詩云：『西湖處士骨應槁，只有此詩君壓倒。』僕意東坡亦有微意也。」又胡仔《苕溪漁隱叢話・後集》卷二十一云：「秦太虛和黃法曹憶梅花詩，但只平穩，亦無驚人語。子瞻繼之以唱，首第二韻是倒字，故有『西湖處士骨應槁，只有此詩君壓倒』，亦是稱韵而已，非謂太虛此詩真能壓倒林逋也。林逋『疏影橫斜水清淺，暗香浮動月黃昏』之句，古今詩人尚不曾道得到，第恐未易壓倒耳，後人不細味太虛詩，遂謂誠然，過矣。」蘇軾句意，或是客氣話，首聯二句不過是作為全詩的引子而出現的。「東坡先生心已灰」八句敘寫因秦氏詩而招致作者觀賞梅花的興趣，作為負罪之人，蘇軾至黃州，劫後驚魂，之前的用世之心已經不在，消極失意，用萬念俱滅來形容不為過。只是因秦氏詩而有「被花惱」的感覺，激發起了賞梅的興趣，已死之心又被激活，表達了詩人對生活的熱愛之情，一「待」字，便是這情感的體現，重新燃燒的活力，說明了詩人積極樂觀的人生態度是難以掩飾的。儘管梅花已是殘落，而「竹外一枝斜更好」，於已是處於凋零的梅花中仍看到了一枝上的花朵是那樣鮮亮，這與狹長小路上遍地落下散亂的花瓣形成鮮明的對比，這是一種依戀，這枝梅花或是詩人的象徵，是剛毅不屈品性的寫照。「萬里春隨逐客來」六句，抒寫時不我待、英雄失路的感傷，這是一種無奈。唐劉希夷〈代悲白頭翁〉詩云：「古人無復洛城東，今人還對落花風。年年歲歲花相似，歲歲年年人不同。」也是蘇軾詩意所在，人生短促，功業難成，滿是傷感。

海棠

東風嫋嫋泛崇光❶，香霧❷空濛❸月轉廊。只恐夜深花睡去，故燒高燭❹照紅妝❺。

【注釋】❶東風句 《楚辭・招魂》：「光風轉蕙，氾崇蘭些。」氾同汎。嫋嫋，吹拂貌。泛，同「汎」，漂浮；浮游。❷香霧 香氣，又指霧氣。❸空濛 迷茫貌；縹緲貌。❹高燭 特長的蠟燭。❺紅妝 指女子的盛妝，指美女，此比喻豔麗的花卉。

【語譯】東風吹拂，海棠上浮蕩著高亮的光彩，香霧縹緲，月光在迴廊移動。只是擔心夜深後海棠花如美女沉睡去，就燃燒起特長的蠟燭，照亮著如美女般的海棠。

【研析】海棠為落葉喬木，葉子卵形或橢圓形，春季開花，花色白色或淡紅色，品種頗多，可供觀賞。此詩為詠物詩，前二句敘寫月夜下，詩人為海棠所吸引。「泛崇光」，是從視覺角度摹寫海棠的美豔姿態；「香霧空濛」，是從嗅覺角度摹寫海棠的清幽品性。後二句則是極寫對海棠的鍾情與喜愛。宋釋惠洪《冷齋夜話》卷一云：「東坡作海棠詩曰：『只恐夜深花睡去，高燒銀燭照紅粧。』事見《太真外傳》，曰：上皇登沉香亭，詔太真妃子，妃子時卯醉未醒，命力士從侍兒扶掖而至。妃子醉顏殘粧，鬢亂釵橫，不能再拜。上皇笑曰：『豈是妃子醉，真海棠睡未足耳。』」知蘇詩是用楊貴妃醉美人來形容海棠此時此刻的風情，嬌姿嫵媚，奪人心魄。唐李商隱〈花下醉〉云：「尋芳不覺醉流霞，倚樹沉眠日已斜。客散酒醒深夜後，更持紅燭賞殘花。」蘇詩或是化用李詩之意，由惜花而惜春，進而表達了對美好難以持久的感歎。唐人鄭谷〈蜀中賞海棠〉詩云：「浣花溪上空惆悵，子美無情為發揚。」注云：「杜工部旅西蜀，詩集中無海棠之題。」四川盛產海棠，杜甫曾客居成都十餘年，寫詩無數，卻未有吟詠海棠者，鄭谷的看法，為宋人所認同。如陳思《海棠譜》自敘（開慶元年）云：「梅花占於春前，牡丹殿於春後，騷人墨客特注意焉。獨海棠一種，風姿豔質固不在二花下，自杜陵入蜀，絕吟於是花，世因以此薄之。」《海棠譜》凡三卷，卷中、卷下載詩若干，除唐人薛能、鄭谷二人詩作外，其餘均為兩宋人所作，蘇軾詩也見載於其中。蘇軾是來自四川的，此詩作於謫居黃州時，詩中流露了對海棠的偏愛之情，或又寄寓著濃濃的鄉愁，這種情感一直就伴隨著仕宦在外的詩人。

開先❶漱玉亭❷

高巖下赤日❸，深谷來悲風❹。擘開青玉峽，飛出兩白龍❺。亂沫散霜雪，古潭搖清空❻。餘流❼滑無聲，快瀉雙石谼❽。我來不忍去，月出飛橋❾東。蕩蕩❿白銀闕⓫，沉沉⓬水精宮⓭。願隨琴高⓮生，腳踏赤鯶公⓯。手持白芙蕖⓰，跳下清泠⓱中。

【注釋】❶開先　即開先寺，宋祝穆《方輿勝覽》卷十七〈南康軍・寺院〉：「開先寺，在城西十五里，三國時李中主嘗建此寺。舊傳梁昭明太子棲隱之地，寺後有瀑布，山南瀑布無慮數十，皆積雨方見。惟此不竭，水源在山頂，人未有窮者，或曰西入康王谷為水簾，東為開先瀑布。」❷漱玉亭　《方輿勝覽》卷十七〈南康軍・亭榭〉載有漱玉亭。❸赤日　紅日；烈日。❹悲風　淒厲的寒風。❺擘開二句明桑喬《廬山紀事》卷四〈瀑布泉〉：「山疏云：漢陽之頂多瀆泉，趵突播流，西為康王谷之谷簾泉，而東為開先二瀑，二瀑同源異流。其在東北者瀉出鶴鳴、龜背之間，曰馬尾水，水勢奔注，而崖口窄隘迫束，噴散數十百縷，如馬尾，然其實亦一瀑也。其在西南者，則自坡頂下注雙劍峯背邃壑中，匯為大龍潭，繞出雙劍之東，下注大壑，懸掛數十百丈，曰瀑布水。水循壑東北逝，與馬尾水合流，出兩山山硤中，下注石潭，石碧而削，水練而飛，潭紺而淵，為開先佳境，後因名其硤曰青玉硤，潭曰龍池，云二瀑俱奇觀，而西瀑尤勝。」青玉硤即青玉峽。❻清空　明朗的天空。❼餘流　猶末流。❽谼　大壑。❾飛橋　此詩為〈廬山二勝〉之一，另一詩名〈栖賢三峽橋〉，其中云：「彎彎飛橋出，瀲瀲半月彀。」飛橋即指三峽橋。蘇轍〈廬山棲賢寺新修僧堂記〉云：「元豐三年，余得罪遷高安，夏六月過廬山，知其勝而不敢留，留二日，涉其山之陽，入棲賢谷，谷中多大石，岌嶪相倚，水行石間，其聲如雷霆，如千乘車行者，震掉不能自持，雖三峽之嶮不過也，故其橋曰三峽。」又《廬山紀事》卷五〈棲賢谷〉云：「玉淵之南有棲賢橋。」又：「山疏：棲賢橋者，即三峽橋也，作於宋祥符間，其長幾百尺，橫絕大壑，締構偉壯，神施鬼設，非人力所能為。從橋上俯視澗底，大較可百餘尺。」❿蕩蕩　光亮明淨貌。⓫銀闕　道家謂天上有白玉京，為仙人或天帝所居。闕，宮門、城門兩側的高臺，中間有道路，臺上起樓觀。借指宮廷，帝王所居之處。⓬沉沉　宮室深邃貌。⓭水精宮　亦作水晶宮，以水晶裝飾的宮殿。又指傳說中的月宮，或水神或龍王宮殿。⓮琴高　傳說周末趙人，能鼓琴，後於涿水乘鯉歸仙。漢劉向《列仙傳・琴高》：「琴高，周末趙人，能鼓琴，為宋康王舍人，浮游冀州涿郡間。後與諸弟子期，入涿水取龍子，某日當返。至期，弟子候於水旁，琴高果乘鯉而出。留一月，復入水去。」又借指魚。⓯赤鯶公　唐代帝室姓李，諱言「鯉」字，稱鯉魚為赤鯶公。唐段成式《酉陽雜俎・鱗介篇》：「國朝律：取得鯉魚即宜放，仍不得吃，號赤鯶公。賣者杖六十，言鯉為李也。」又省稱赤鯶。⓰芙蕖　荷花的別名。⓱清泠　《莊子・讓王》云北人無擇「因自投清泠之淵」，《山海經・中山經》：「神耕父處之，常遊清泠之淵，出入有光。」郭璞注：「清泠水，在西鄂縣山上，神來時，水赤有光耀。」本水流名，又指清涼寒泠意。

【語　譯】高峻岩石下的太陽紅彤彤的，幽深的山谷吹來淒厲的寒風。瀑布劈開了青玉峽，似飛出兩條白龍。亂射的水沫如散播的霜雪，古老石潭的水面搖蕩著，如同明朗的天空。下游的水流無聲地滑動著，急速地向雙石間的坑地傾瀉。我來到這裡不忍心離去，月亮從橫空飛跨的三峽橋東現出。月光明淨，彷彿置身於仙境，又如在深邃的水晶宮殿中。只願隨從當年的琴高生，雙腳踩踏在鯉魚身上。手持著白芙蕖，跳進似清泠河的水流中。

【研　析】此為〈廬山二勝〉之一，自敘云：「余遊廬山南北，得十五六奇勝，殆不可勝紀，而懶不作詩，獨擇其尤者作二首。」其一為〈棲賢三峽橋〉，其一為此詩。元豐七年正月，宋神宗以蘇軾人材難得，不忍終棄，命移汝州團練副使本州安置。四月蘇軾離開黃州，自江西九江抵興國，至高安，訪蘇轍，因遊廬山，詩即作於遊廬山時。詩的前半幅摹寫白天在開先寺漱玉亭賞觀瀑布的情形。明李賢等撰《明一統志》卷五十二〈南康府・宮室〉云：「漱玉亭，在府西一十里，宋僧若愚建。瀑布泉落龍湫，流經於此，縈亭而出，有如漱玉。開先寺僧支石規凡數十接引，從寺前流入於湖。蘇軾詩：『高巖下赤日，深谷來悲風。擘開青玉峽，飛出雙白龍。亂沫散霜雪，古潭搖青空。餘流滑無聲，快寫雙石硔。』」紅色的太陽，青色的岩石，白色的瀑布，色彩豔麗奪目；「擘開」、「飛出」、「搖」、「滑」、「快寫」，一系列動詞的使用，既寫出了大自然的鬼斧神工，也展現了大自然的盎然生機，曲盡瀑布形神。明章潢撰

《圖書編》卷六十五〈廬山・開先瀑布〉：「廬山南北瀑布以十數，獨開先寺最勝。開先瀑布有二：其一曰馬尾泉，其一在馬尾泉東，出自雙劍、香爐兩峰間為尤勝。或曰瀑水之源昔人未有窮之者，或曰水出山絕頂，衝激入深洞，西入康王谷為水簾，東出香爐峰則為瀑布也。行十數里至開先，僧作丈室未成，邀坐茅屋，乃訪漱玉亭，卻至龍潭石峽口。由寺至亭可二百步，由亭至峽口僅數十步，蓋自遠觀之，瀑布出自兩峰間，如瀉自天半；由近而觀，則二瀑下注，匯為重潭，潭水出石峽，乃為溪，循山足東流，以入於彭蠡。當峽口仰望，但見從潭中出，巖谷回互，二瀑所從來不可復見矣。峽石上刻青玉峽及第一山，字大二尺，米芾書也。」詩的後半幅則是抒寫月夜在開先寺漱玉亭賞觀的感受，置身於月夜中的漱玉亭，彷彿在仙境般，於是就有出世超脫之感，也流露出厭棄俗世紅塵的情緒，這種情感在謫居黃州時的詩文中表現得很濃烈，如前後〈赤壁賦〉等。

贈東林❶總長老❷

溪聲便是廣長舌❸，山色豈非清淨身❹。夜來八萬四千❺偈❻，他日如何舉似❼人？

【注釋】❶東林　即東林寺，在今江西廬山，晉太元中，慧遠法師在江州刺史桓伊資助下建成。唐會昌三年寺廢，大中三年復修，宋改名太平興國寺。明李賢等撰《明一統志》卷五十二〈南康府・寺觀〉：「東林寺，在廬山。晉僧慧遠與同門慧永居西林，學徒日眾，別居林之東，謝靈運為鑿池種蓮，號蓮社。」❷總長老　釋常總（西元一〇二六－一〇九二年），劍州尤溪人，俗姓施氏。年十一出家，後得法於黃龍南禪師。宋神宗三年住泐潭，元豐間賜號廣惠大師。哲宗元祐三年詔住東林，五年賜號照覺大師。❸廣長舌　指佛的舌頭，據說佛舌廣而長，覆面至髮際，故名。《大智度論》卷八：「是時佛出廣長舌，覆面上至髮際，語婆羅門言：『汝見經書，頗有如此舌人而作妄語不？』」後用以喻能言善辯。❹清淨身　指清淨的佛身。佛有三身的說法，通常指法身、報身和化身（或應身）。其中法身謂證得清淨自性，成就一切功德之身。「法身」不生不滅，無形而隨處現形，也稱為佛身。清淨，佛教語，指遠離惡行與煩惱。❺八萬四千　本為佛教表示事物眾多的數字，後用以形容極多。❻偈　又作偈頌，梵語偈佗的簡稱，即佛經中的唱頌詞。每句三字、四字、五字、六字、七字以至多字不等，通常以四句為一偈。亦多指釋家雋永的詩作。❼舉似　奉告。

【語　譯】溪流的水聲就像似佛家寬廣而又長長的舌頭喋喋不休，山峰的景色難道不就似佛家清淨的身形。夜來就有了多似八萬四千條的偈頌，日後如何傳播給別人呢？

【研　析】詩作於神宗元豐七年五月遊廬山時。宋釋普濟《五燈會元》卷十七〈東林總禪師法嗣〉云：「內翰東坡居士蘇軾，字子瞻，因宿東林，與照覺論無情話有省，黎明獻偈曰：『溪聲便是廣長舌，山色豈非清淨身。夜來八萬四千偈，他日如何舉似人。』」所謂無情，謂不留情。不留情，就不會有牽掛，佛寺多處於山水清幽之地，遠離紅塵鬧市，是佛家修行的好地方。東林寺也是如此，以溪聲喻廣長舌，謂照覺禪師能言善辯。以山色喻清淨身，謂照覺禪師法身清淨，遠離惡行與煩惱。與照覺禪師一夜長談，禪師的言行舉止，使自己反躬自問，省心開悟。「八萬四千偈」回應首句「廣長舌」，極言禪師的耐心善意，時詩人才從貶謫的處境中解脫出來，擺脫了「罪人」的身分，成了自由人，儘管這是短暫的。貶謫黃州的日子，是詩人仕途中遭受到第一次巨大挫折，劫後餘生的驚懼不是那麼容易消除的。究其原因，貪戀功名富貴，未必不是主導因素之一。宋人孫奕《示兒編》卷十云：「東坡贈東林總長老云：『溪聲便是廣長舌，山色豈非清淨身。』以溪山見僧之體，以廣長舌、清淨身見僧之用，誠古今絕唱。」只有無情於俗世的功利之念，方能得清淨身，這或許就是詩人與照覺禪師一夜長談省悟之所在。前引《五燈會元》末又云：「未幾抵荊南，聞玉泉皓禪師機鋒不可觸，公擬抑之，即微服求見，泉問尊官高姓，公曰：『姓秤，乃秤天下長老底秤。』泉喝，曰：『且道這一喝重多少？』公無對，於是尊禮之。後過金山，有寫公照容者，公戲題曰：『心似已灰之木，身如不繫之舟。問汝平生功業，黃州惠州瓊州。』」雖然「心似已灰之木」，即無情於世事，但「身如不繫之舟」，即無法主宰自己的命運，才有謫居黃州之後的惠州、瓊州之貶，想無情，談何容易？人在宦海，身不由己。

題西林[1]壁

橫看成嶺側成峰，遠近高低總不同。不識廬山[2]真面目，只緣身在此山中。

【注　釋】❶西林　指西林寺，在江西星子廬山麓，與東林寺相對，晉太原中僧慧永建。宋祝穆《方輿勝覽》卷二十二〈江州・佛寺〉：「西林寺，晉太和中建，水石之美，亞於東林。」明彭大翼《山堂肆考》卷一百七十四〈宮室・僧寺〉：「東林，《廬山疏》：東林寺者，晉沙門慧遠之道場也。初慧遠自樓煩至廬山結庵以居，曰龍泉精舍。其後刺史桓伊為之請立寺，曰東林，而名其殿曰神運。又有西林寺，在東林之西，故沙門竺曇之禪室也。竺死，其徒慧永自太行至潯陽，因就居之。太府卿潯陽陶範為之立寺曰西林，而永又別立庵於寺後山上，名伏虎庵，而庵又常香，故名谷曰香谷，泉曰香谷泉，事見歐陽詢〈西林寺碑〉。」❷廬山　在江西九江南，聳立於鄱陽湖、長江之濱。又名匡山、匡廬。相傳周有匡姓七兄弟結廬隱居於此，故名。有漢陽、香爐、五老諸峰聳峙，三面臨水，江湖水氣鬱結。山多巉巖、峭壁、清泉、飛瀑之勝。著名勝跡有白鹿洞、仙人洞、三疊泉等。

【語　譯】橫向觀看成為山嶺，側向觀看成為山峰，遠近高低總覺得沒有一座是相同的。不能識別廬山的真面目，只是由於自己身處在這座山裡。

【研　析】宋人阮閱《詩話總龜》卷二引《冷齋夜話》云：「東坡遊廬山，至東林，作二偈曰：『溪聲便是廣長舌，山色豈非清淨身。夜來八萬四千偈，他日如何舉似人。』『橫看成嶺側成峰，遠近看山了不同。不識廬山真面目，祇緣身在此山中。』山谷曰：『此老於般若橫說豎說，了無剩語，非筆端有口，安能吐此不傳之妙？』」知此詩與前〈贈東林總長老〉一詩作於同時，即神宗元豐七年五月遊廬山時。所謂偈，即頌詩，多富含佛理禪味。又般若，梵語的譯音，又譯為「波若」，意譯「智慧」。佛教用以指如實理解一切事物的智慧，為表示有別於一般所指的智慧，故用音譯。詩的首聯繪景觀物，摹寫廬山諸峰形態，因視角的不同而呈現出不同的姿勢。宋人姚寬《西溪叢語》卷下云：「南山宣律師《感通錄》云：廬山七嶺，共會於東，合而成峯，因知東坡『橫看成嶺側成峯』之句有自來矣。」又蘇軾《東坡志林》云：「僕初入廬山，山谷奇秀，平生所未見，殆應接不暇，遂發意不欲作詩，……往來山南十餘日，以為勝絕，不可勝談，擇其尤者莫如漱玉亭、三峽橋，故作此二詩。最後與總老同遊西林，又作一絕云：『橫看成嶺側成峰，到處看山了不同。不識廬山真面目，只緣身在此山中。』僕廬山詩盡於此矣。」與前引《冷齋夜話》一樣。第二句與通行本大不同，除此詩作「遠近高低總不同」外，還有作「遠近高低無一同」、「遠近高低各不同」等，《東坡志林》與《冷齋夜話》所載或為原稿，字詞雖不同，意思卻是相通的。詩中的「嶺」是指相連的山，「峰」是指高而陡的山，兩者所指是有差異的。宋人樂史《太平寰宇記》卷一百十一云：「廬山，在縣南。高二千三百六十丈，周迴二百五十里。其山九疊，川亦九派。《郡國志》云廬山疊障九層，崇巖萬仞。」又云：「香爐峰，在山西北，其峰尖圓，雲烟聚散，如博山香爐之狀。……蓮花峰，在山北州南，直望如芙蓉，今州城有蓮花門。五老峰，在山東，懸崖突出，如五人相逐羅列之狀。」香爐、蓮花、五老諸峰均屬廬山群峰之一，姿態各異，除此外，還有其他諸峰。末聯則是議論說理，意在說明受自身所處環境的局限，人的視野也因此被左右，從而影響到人的眼光，如此，對自然、社會、人生的認知也會受到限制，這是無法避免的。明人楊慎《丹鉛總錄》卷一〈宋儒論天外〉云：「予嘗言東坡詩『不識廬山真面目，只緣身在此山中』，蓋處於物之外，方見物之真也，吾人固不出天地之外，何以知天地之真面目歟？」也就是只有跳出被觀照對象的區域之外，與之不存在利害關係，無干擾，沒局限，方能洞徹其真實面目。雖為短章，富含理趣，耐人咀嚼，回味無窮。

贈眼醫王彥若[1]

鍼頭如麥芒，氣出如車軸[2]。間關[3]脈絡中，性命寄毛粟[4]。而況清淨眼[5]，內景[6]含天燭[7]。琉璃[8]貯沆瀣[9]，輕脆不任[10]觸。而子於其間，來往施鋒鏃[11]。笑談紛自若[12]，觀者頸為縮。運鍼如運斤[13]，去翳[14]如拆屋。常疑子善幻[15]，他技雜符祝[16]。子言吾有道，此理君未矚。形骸[17]一塵垢，貴賤兩草木。世人方重外，妄見瓦與玉[18]。而我初不知，刺眼如刺肉。君看目與翳，是翳要非目。目翳苟二物，易分如麥菽。寧聞老農夫，去草更傷穀？鼻端有餘地[19]，肝膽分楚蜀[20]。吾於五輪[21]間，蕩蕩[22]見空曲[23]。如行九軌[24]道，並驅無擊轂[25]。空花[26]誰開落，明月自朏朒[27]。

請問樂全㉘堂，忘言㉙老尊宿㉚。彥若，樂全先生門下醫也。

【注釋】❶王彥若　生平不詳。❷鍼頭二句　《黃帝素問》曰：「針頭如芒，氣出如筐。」晉皇甫謐《鍼灸甲乙經》卷五：「凡刺之要，官鍼最妙。九鍼之宜，各有所為。長短大小，各有所施。不得其用，病不能移。疾淺鍼深，內傷良肉，皮膚為癰；疾深鍼淺，病氣不寫（即瀉，下同），反為大膿。病小鍼大，氣寫大甚，病後必為害；病大鍼小，大氣不寫，泄亦為後敗。夫鍼之宜，大者大寫，小者不移。」鍼，同「針」。氣，中醫學術語，指脈氣和營衛，又指脈氣和營衛方面的病象。按，脈氣，指運行於經脈中之精氣，是整體生命功能的表現。營衛，中醫指血氣的作用。❸間關　形容轉動自如，又猶輾轉。❹毛粟　比喻極細微的事物。❺清淨眼　佛教有五眼之說，指肉眼、天眼、慧眼、法眼、佛眼。其中有清淨法眼，謂菩薩為度脫眾生而照見一切法門之眼。❻內景　即內神，道教語，指主司人體五臟六腑七竅之神，因其在人體之內，故謂之內神。❼天燭　天然的光明。❽琉璃　一種有色半透明的玉石。此喻眼珠。❾沆瀣　夜間的水氣；露水，舊謂仙人所飲。此喻眼液。❿不任　不能忍受；不能勝任。⓫鋒鏃　猶鋒鏑，刀刃和箭鏃，借指兵器，此指針。⓬自若　鎮靜自如，毫不拘束；一如既往，依然如故。⓭運斤　揮動斧頭砍削。《莊子．徐無鬼》：「莊子送葬，過惠子之墓，顧謂從者曰：郢人堊慢其鼻端若蠅翼，使匠石斲之，匠石運斤成風，聽而斲之，盡堊而鼻不傷，郢人立不失容。」後用以比喻技藝高超。⓮翳　目疾引起的障膜。按，眼翳，指眼生白翳，障蔽視線。⓯幻　指幻術，方士、術士用來眩惑人的法術，亦指魔術。⓰符祝　即符咒，符籙和咒語的合稱，僧道以為可以役使鬼神。⓱形骸　人的軀體，又指外貌，容貌。⓲世人二句　《莊子．達生》：「以瓦注者巧，以鉤注者憚，以黃金注者殙，其巧一也，而有所矜，則重外也，凡外重者內拙。」注指賭注。謂世人易為外物貴賤所迷惑，而忽視事物的本質。妄見，佛教認為一切皆非實有，肯定存在都是妄見，和「真如」相對。⑲鼻端句　參見注⑬。⑳肝膽句《莊子・德充符》：「仲尼曰：自其異者視之，肝膽楚越也。自其同者視之，萬物皆一也。」肝膽楚越用以比喻雖近猶遠，雖親猶疏。肝膽同體，互為表裡，比喻親近；楚越為敵國，比喻對立或疏遠。此改越為蜀，是押韻所需。㉑五輪　佛教謂眼有血、風、氣、水、肉五輪，因用以指眼睛。㉒蕩蕩　廣大貌；博大貌。㉓空曲　指高峻險要的山峰。㉔九軌　可容九輛車並列行駛的路面寬度。㉕轂　車輪的中心部位，周圍與車輻的一端相接，中有圓孔，用以插軸。代指車輪，又借指車。㉖空花　又作空華，佛教語，隱現於病眼者視覺中的繁花狀虛影，比喻紛繁的妄想和假相。㉗朏朒　農曆月初時的月相，指月的盈虧。朏，新月初現貌，泛指星月出現或升起。朒，農曆月朔月見於東方，泛指舊曆月初的月光。㉘樂全　張方平（西元一〇〇七—一〇九一年），字安道，自號樂全居士，宋南都（今河南商丘）人。舉茂材異等，為校書郎，歷官參知政事，卒贈司空，謚文定。㉙忘言　謂心中領會其意，不須用言語來說明。《莊子・外物》：「言者所以在意，得意而忘言。」又指忘其所言，不須言說。㉚尊宿　指年老而有名望的高僧。又對前輩有重望者的敬稱。

【語　譯】針頭如同麥子實外殼上的細刺，刺入眼睛，脈氣洩出的口如同車軸那般粗。脈氣在脈絡中運轉自如，人的性命就寄託在這似毛粟般極細的針上。何況清潔純淨的眼睛，是人體內神富含天然光明的體現。如同琉璃般的眼睛貯滿了似露水的溶液，輕薄又易碎，受不了碰撞。您卻運行針於眼睛間，來來往往施展如刀刃和箭鏃那樣的針。談笑自如，總是那般鎮靜，旁觀的人因擔心而縮起了脖頸。運行針的技術高超就如同石匠揮斧砍掉鼻尖上的粉末，除去眼睛上的白翳如同拆除房屋。時常懷疑您善於施法術，在別的技巧中雜有符咒。您說自己是有技巧的，這個原理您是沒有看到過。人的軀體就如一粒灰塵或汙垢，貴如眼睛，賤如毛髮，也不過似兩種草木。世人只看重事物的外表，妄見瓦片與玉石為不同。而我當初也不明白，以為刺人眼睛如同刺入肉身一樣。您看眼睛與白翳，肯定了白翳的存在，卻總認為那不屬於眼睛。眼睛與白翳如果是二種東西，容易分辨就如同區分麥子與豆類。難道誰聽老農夫說過，刈除雜草反而會傷害穀物？鼻尖有粉塵，用斧頭去砍，仍然覺得有多餘的空間，比如肝與膽相連，卻猶如楚國與蜀地那樣相距遼遠。我於不大的雙眼間，可看到廣大而高峻險要的山峰。就如同在可奔馳九輛車子的大道上並駕齊驅，彼此間輪轂卻不會碰撞。因眼生白翳而看到虛幻的花朵，是誰在主宰它們的盛開或凋落，就似明亮的圓月是自新生的彎月演化而來那樣自然。請教樂全先生，他心領神會，不言不語，似年高而望重的僧人。

【研　析】宋蘇籀《欒城遺言》云：「箴眼醫王彥若，在張文定公門下，坡公於文定坐上贈之詩，引喻證據，博辯詳切高深，後學讀之茫然，坡公敏於著述如此，先祖屢云。」箴眼醫即針眼醫，張文定即張方平，南都（今河南商丘）人。宋神宗元豐八年三月蘇軾至南都，詩作於拜訪張方平時，是為張氏家眼醫王彥若而創作的。「鍼頭如麥芒」八句強調眼睛的重要性，「內景含天燭」，指出眼睛是主宰人體五臟六腑七竅之神而富含生機的體現，所謂雙眼有神，是人體生命活力旺盛的反映。若是眼睛有了疾病，這種活力就會受損，因此治療好眼疾也就顯得很重要。只是眼睛「輕脆不任觸」，意思是說眼睛輕薄易碎，承受不了碰撞，更何況是用利器如針灸刺入呢？但針灸卻是治療眼疾的有效方法之一。針灸刺入眼中有關穴位，受損的脈氣就會得到排洩，得以疏通，人體內的精氣神脈又會運轉自如。所謂「性命寄毛粟」，即性命就寄託在這極細的針灸上。「而子於其間」八句讚美王彥若醫術的高超，於談笑間，運行針灸，能成功地為病人除去眼中的白翳。詩中以「觀者頸為縮」反襯王氏的自信，以「運鍼如運斤，去翳如折屋」說明王氏醫術的高妙純熟。「子言吾有道」以下則是基於眼睛這一器官，論道析理，出入佛老。「吾於五輪間，蕩蕩見空曲。如行九軌道，並驅無擊轂」，指出眼睛雖小，卻可使人們看到廣袤的宇宙，並由此認知世間自然中的萬事萬物而不會混淆。至於「世人方重外，妄見瓦與玉」，是說只不過眼睛所見，是事物的表像，還是事物的本質，則需要用心辨識，更何況還有「空花誰開落」的可能呢？一時的不真會誤導人的。按，《孟子・離婁上》：「孟子曰：存乎人者，莫良於眸子，眸子不能掩其惡。胸中正，則眸子瞭焉；胸中不正，則眸子眊焉。聽其言也，觀其眸子，人焉廋哉？」意思是說觀察一個人，沒有比觀察他的眼睛更好的了，眼睛是不能掩飾人的醜惡。心胸純正的人，眼睛就明亮；反之，眼睛就失神昏暗。所以聽一個人說話的時候，注意觀察他的眼睛，其善惡邪正能往哪裡隱藏呢？孟子所云，也就是世人常說的眼睛是心靈的窗戶，如果眼睛所見出了問題，就會引發判斷的失誤，造成的危害程度是不言而喻的。詩基於眼睛的重要性，一意翻騰，出入釋道，橫說豎說，辯難解析，奇文異彩，恣肆汪洋。

寄吳德仁❶兼簡陳季常❷

東坡先生無一錢，十年家火❸燒凡鉛❹。黃金可成河可塞❺，只有霜鬢無由玄❻。龍丘居士亦可憐，談空說有❼夜不眠。忽聞河東獅子吼❽，拄杖❾落手心茫然❿。誰似濮陽公子⓫賢，飲酒食肉自得仙。平生寓物不留物⓬，在家學得忘家禪⓭。門前罷亞十頃田，清溪繞屋花連天。溪堂醉臥呼不醒，落花如雪春風顛⓮。我遊蘭溪⓯訪清泉⓰，已辦布襪青行纏⓱。稽山不是無賀老⓲，我自興盡回酒船⓳。恨君不識顏平原⓴，恨我不識元魯山㉑。銅駝㉒陌上會相見，握手一笑三千年㉓。

【注釋】❶吳德仁　吳瑛（西元一〇二一—一一〇四年），字德仁，蘄州（今湖北浠水縣）人。以父蔭補太廟齋郎，簽書淮南判官，通判池州、黃州，知郴州，至虞部員外郎。年四十六即上書請致仕。❷陳季常　陳慥，字季常，號龍丘居士，眉州青神（今屬四川）人。寓居黃岡（今湖北麻城），號方山子。庵居蔬食，不與世相往來。蘇軾謫居於黃州，曾過訪相見，為作〈方山子傳〉。❸家火　家內日常生活所用的火。❹凡鉛　宋張伯端撰、宋翁葆光註、元戴起宗疏《悟真篇註疏》卷中：「用鉛不得用凡鉛，用了真鉛也。」註曰：「凡鉛，是後天地生滓質之物也。真鉛，是先天地生真一之氣也。」又卷下註曰：「世人求道，不知正路，酷愛外爐，尋奇草木，煉凡鉛汞，冀點化陽丹換骨為寶。仙翁有詩云：『休煉三黃及四神，若尋眾草更非真。』此戒世人不可以外爐見寶為心，若丹熟，自然黃金滿屋，何用耗火而亡貨財乎？」❺黃金句 《史記・孝武本紀》載武帝即位，欒大云：「臣之師曰：黃金可成，而河決可塞，不死之藥可得，僊人可致也。」又參見注❹。❻玄 赤黑色，後多用以指黑色。❼談空說有 佛教有「空宗」「有宗」二宗。空宗，以空理為旨之宗，謂以性空之理破斥妄相的宗派，與相宗或者性宗相對而言。有宗為空宗的對稱。按，佛教謂一切法既非實有，亦非虛無，空有兩忘即是真。❽忽聞句 獅子吼，佛教語，比喻佛菩薩說法時震懾一切外道邪說的神威。泛指傳經說法。此比喻悍妻怒罵之聲。按，河東是柳姓的郡望，暗指陳氏妻柳氏，師（獅）子吼，佛家以喻威嚴，陳慥好談佛，故東坡藉佛家語以戲之。後用以比喻妒悍的妻子發怒，並藉以嘲笑懼內的人。❾拄杖 手杖；拐杖。❿茫然 猶惘然，疑惑不解貌，又不知所措貌。⓫濮陽公子 謂吳德仁，唐林寶《元和姓纂》卷三於「吳」姓名云：「濮陽鄄城：漢有長沙吳王芮，後漢有廣平侯吳漢，南陽宛人也。桓帝時吳遵，遵孫質，質六代孫隱之，晉廣州刺史，其先祖自濮陽過江，居丹陽，歷仕江左。……」⓬平生句 蘇軾〈寶繪堂記〉：「君子可以寓意於物，而不可以留意於物。寓意於物，雖微物足以為樂，雖尤物不足以為病。留意於物，雖微物足以為病，雖尤物不足以為樂。」寓物，託物；寄於物。⓭在家句 謂飽參佛理，雖居家而似真出家。⓮門前四句 張耒〈吳大夫墓誌銘〉：「公（吳德仁）既謝仕，歸蘄春，有薄田，僅給伏臘。公臨溪築室，種花釀酒，家事付子弟，一不問。賓客有至者，不問賢愚貴賤，與之飲酒，必盡醉。公或醉臥花間，客去亦不問也。客有臧否人物，公不酬一語，促左右行酒，客不得卒語。人皆愛其樂易而敬其高，凡見公者皆欣然忘其鄙吝也。嘗有貴客過公而飲，公酒酣而歌，以樂器扣其頭為節，客亦不以為忤，其放誕乃如是。平生視財物如糞土，未皆與人較多寡。」罷亞，又作「䆉稏」，稻名，又稻多貌。溪堂，《大清一統志》卷二百六十三〈黃州府・古蹟〉：「溪堂，在蘄州治南。《名勝志》：宋至和中，吳英致仕時隱居也。」吳英當作吳瑛。⓯蘭溪　宋樂史《太平寰宇記》卷一百二十七〈淮南道五・蘄州〉：「蘭溪水，源出箬竹山，其側多蘭，唐武德初縣指此為名。」⓰清泉　即清泉寺，《大清一統志》卷二百六十四〈黃州府・寺觀〉：「清泉寺，在蘄水縣東北二里。《東坡志林》：清泉寺有王逸少洗筆泉，水極甘下，臨蘭溪水西流。」⓱行纏　裹足布；綁腿布。古時男女都用，後惟兵士或遠行者用。⓲稽山句　唐李白〈重憶一首〉：「欲向江東去，定將誰舉杯。稽山無賀老，卻棹酒船回。」按，此詩前為〈對酒憶賀監二首〉，賀知章嘗官祕書監，晚年自號祕書外監，故人稱賀監。稽山，即會稽山，在浙江紹興東南，相傳夏禹大會諸侯於此計功，故名。一名防山，又名茅山。賀老，即唐代賀知章，字季真，越州永興人。擢進士，累官禮部侍郎，兼集賢學士。晚節誕放，號四明狂客、祕書外監。天寶初病夢遊帝居，請為道士，還鄉里，詔賜鏡湖、剡川一曲。卒年八十六。⓳我自句　宋劉義慶《世說新語・任誕》：「王子猷居山陰，夜大雪，眠覺，開室命酌酒，四望皎然。因起彷徨，詠左思〈招隱〉詩，忽憶戴安道。時戴在剡，即便夜乘小船就之，經宿方至，造門不前而返，人問其故，王曰：『吾本乘興而行，興盡而返，何必見戴？』」此藉以指遊蘭溪，訪清泉寺，未及與吳德仁相見。⓴不識顏平原　《新唐書・顏真卿傳》云：「(顏真卿)乃出為平原太守，安祿山逆狀牙孽，真卿度必反。陽託霖雨，增陴濬隍，料才壯，儲廥廩，日與賓客泛舟飲酒，以紓祿山之疑。果以為書生，不虞也。祿山反，河朔盡陷，獨平原城守具備，使司兵參軍李平馳奏。玄宗始聞亂，歎曰：『河北二十四郡，無一忠臣邪？』及平至，帝大喜，謂左右曰：『朕不識真卿何如人，所為乃若此？』」顏真卿(西元七〇九—七八四年)，字清臣，京兆萬年人。少孤，開元中舉進士，又擢制科，調醴泉尉，遷監察御史，為平原太守，累遷尚書右丞。李希烈陷汝州，朝廷遣真卿往諭之，不屈被害。此顏平原當指陳慥，或云蘇軾自謂。按，平原，今山東德州。㉑不識元魯山　元德秀，字紫芝，河南(今河南洛陽)人。少孤，事母孝。開元二十一年登進士第，調南和尉。母亡廬墓，天寶中為魯山令，天下高其行，稱曰元魯山。歲滿去職，結廬山阿，彈琴讀書，怡然自得。卒謚文行先生。《新唐書・元德秀傳》：「蘇源明常語人曰：『吾不幸生衰俗，所不耻者，識元紫芝也。』」此元魯山指吳德仁。按，魯山，今屬河南。㉒銅駝　銅鑄的駱駝，多置於宮門寢殿之前。晉陸翽《鄴中記》：「二銅駝如馬形，長一丈，高一丈，足如牛，尾長三尺，脊如馬鞍，在中陽門外，夾道相向。」又指銅駝街，在今河南洛陽故洛陽城中，以道旁曾有漢鑄銅駝兩枚相對而得名，為古代著名的繁華區域。《太平御覽》卷一百五十八引晉陸機《洛陽記》：「洛陽有銅駝街，漢鑄銅駝二枚，在宮南四會道相對。俗語曰：『金馬門外集眾賢，銅駝陌上集少年。』」後世借指京城，宮廷。㉓握手句　梁蕭統編《文選》卷三十載謝惠連〈七月七日夜詠牛女〉一詩，唐李善注引《齊諧記》云：「桂陽城武丁有仙道，常在人間，忽謂其弟曰：『七月七日織女渡河，諸仙悉還宮。吾向已被召，不得停，與爾別矣。』弟問：『織女何事渡河，兄何當還？』答曰：『織女暫請牽牛，吾去後三千年當還耳。』明日，失武丁所在，世人至今猶云七月七日織女嫁牽牛。」古人云洞中方七日，世上已千年，此謂人世滄桑帶給人恍如隔世之感。

【語　譯】東坡先生沒有一文錢，十年間只能以家裡常用的火，燒煉出的是凡鉛。昔人云黃金是可以煉成的，黃河決堤也是可堵塞的，只有我這鬢髮變白而無法變黑。龍丘居士也是真可憐，談說起禪機佛理，興致盎然，可以一夜不睡。只是忽然聽到妻子如河東獅子般的一聲怒吼，以致手中的拐杖脫落，神情茫然，不知如何是好。有誰能像您那樣賢明，飲著酒，吃著肉，怡然自得如同神仙。平生寄託思想情感於外物卻不被外物所左右，雖然居住在家，卻飽參佛理，像似真的出家人。門前種植著十頃罷亞稻田，清澈的溪流環繞著房屋，花草廣袤，與天相連。醉臥在溪邊堂屋中，呼喚也不醒，落花如雪片在春風中顛簸。我曾到蘭溪遊玩，造訪清泉寺，已經準備好了布襪與裹足布。如同會稽山不是沒有似賀老的您，我自己只是興趣已無，就坐著酒船返回。就如同當初唐玄宗遺憾不識知顏真卿其人一樣，同樣會遺憾的是吳君您不認識陳季常；又如同昔日蘇源明感慨以不識見元魯山其人為遺憾，同樣遺憾的是我不能與吳君您相識面。相信您我會在京城相見，那時握手一笑，如同相距已有三千年。

【研　析】神宗元豐八年正月蘇軾至南都（今河南商丘），不久得旨許常州居住，四月間自南都返常州，詩作於返行途中，寄呈吳瑛並兼呈陳慥二人。詩的主旨是談說佛道修行的話題。「東坡先生無一錢」四句是說自己十餘年間努力學仙，欲求長生不老而難成，原因是「無一錢」，即修煉的資本不夠，底子不厚，只能煉出「凡鉛」，而非「真鉛」，所謂凡鉛，是後天地而生的為雜質汙濁之物。所謂真鉛，是先天地而生的真一之氣，即能保持本性、自然無為的元氣。宋人王道《古文龍虎經註疏》卷下〈陽氣發坤章第二十一〉云：「臣道疏曰：世之學道者多矣，然得妙理者萬無一二，……至有失其職業，散其貨財，失其父母之養，割妻子之愛，漂流凍餒，世世有之，殊不知金母大藥，非凡鉛凡汞所作，乃天地之精神、日月之魂魄，何患不造其閫域耳？」努力求長生，卻「只有霜鬢無由玄」，還是迴避不了衰老。「龍丘居士亦可憐」四句是說陳慥晚年飽參佛學，「談空說有夜不眠」，即談說禪機佛理，興致盎然，以至不吃不睡。只是面對醋性十足的妻子柳氏的怒罵，卻失魂落魄，不能自持。關於柳氏的妒悍，多見於宋人記載，如曾慥編《類說》卷五十七引《王直方詩話》云：「東坡謫黃州，與陳慥季常遊，季常自以飽禪學，而妻柳氏頗悍，季常畏之。客至，或詬罵未已，聲達於外。

東坡因詩戲云（略）。」又洪邁《容齋隨筆・三筆》卷三云：「陳慥，字季常，公弼之子。居於黃州之岐亭，自稱龍丘先生，又曰方山子。好賓客，喜畜聲妓，然其妻柳氏絕兇妬，故東坡有詩云（略）。河東獅子，指柳氏也。坡又嘗醉中與季常書云一絕乞秀英君，想是其妾小字。黃魯直元祐中有與季常簡曰：『審柳夫人時須醫藥，今已安平否？公暮年來，想漸求清淨之樂，姬媵無新進矣。柳夫人比何所念，以致疾邪？』又一帖云：『承諭老境情味，法當如此，所苦既不妨，遊觀山川，自可損藥石調護、起居飲食而已。河東夫人亦能哀憐老大，一任放，不解事邪？』則柳氏之妬名固彰著于外，是以二公皆言之云。」按，秦觀〈寄陳季常〉詩云：「暮年更折節，學佛得心要。鬻馬放阿樊，幅巾對沈燎。」知陳氏晚年斷絕聲色，參禪習佛，其間多少或與柳氏有關。詩的前半敘說自己學仙、陳慥習佛，都很努力，似乎也達到一定的境界，但結果證明均是不成功的，就在於自己與陳慥都是刻意而為，有違自然天成。在這一點上吳瑛所做是不同的，「誰似濮陽公子賢」八句，就是論說吳氏不刻意學仙卻得仙道，所謂「飲酒食肉自得仙」；不刻意習佛卻得禪味，所謂「在家學得忘家禪」。「門前罷亞十頃田」四句是敘寫吳氏辭官退隱生活的自在，參見注⑭引張耒〈吳大夫墓誌銘〉云云。又司馬光〈和吳仲庶寄吳瑛比部，安道之子，壯年致政歸隱蘄春〉一詩云吳氏遭母憂服除，遂致仕，其中云：「齒髮未衰非藥物，山林不返為雲霞。」知吳氏及時自官場抽身，不問世事，超脫怡然，所以得以自在。這也正是蘇軾走向仕途後一直努力想要做到的，卻最終也不能達成。「我遊蘭溪訪清泉」以下數句，則表達了對吳氏的豔羨，自己很想與吳氏相識，只是錯過了時機。「銅駝陌上會相見」，是希望日後能有機會在京城與吳氏相見，但這種可能性又有多大呢?吳氏已是退隱，不問世事，也就是不可能再回到紅塵鬧市的京都。如果能相見，「握手一笑三千年」，那就會有隔世之感，也就暗示著兩人見面相識的可能性不高。詩中行文飄灑奇瓌，寓莊於諧，其中對陳慥河東獅吼的描述，成為千古名句。

登州❶海市❷并敘

予聞登州海市舊矣，父老云嘗出於春夏，今歲晚不復見矣。予到官五日而去❸，以不見為恨，禱於海神廣德王❹之廟，明日見焉，乃作此詩。

東方雲海空復空，羣仙出沒空明❺中。蕩搖浮世❻生萬象❼，豈有貝
闕藏珠宮❽。心知所見皆幻影，敢以耳目煩神工❾。歲寒水冷天地閉❿，
為我起蟄鞭魚龍⓫。重樓⓬翠阜⓭出霜曉，異事⓮驚倒百歲翁。人間所得
容力取，世外無物誰為雄?率然⓯有請不我拒，信我人厄⓰非天窮⓱。潮
陽太守南遷歸，喜見石廩堆祝融。自言正直動山鬼，豈知造物哀龍鍾⓲。
伸眉⓳一笑豈易得?神之報汝亦已豐。斜陽萬里孤鳥沒，但見碧海磨青

銅⑳。新詩綺語㉑亦安用？相與變滅㉒隨東風。

【注釋】❶登州　今山東蓬萊。❷海市　大氣因光折射而形成的反映地面物體的形象。又指海市蜃樓，光線經過不同密度的空氣層，發生顯著折射或全反射時，把遠處景物顯示在空中或地面而形成的各種奇異景象，常發生在海上或沙漠地區。古人誤認為蜃吐氣而成，故稱。❸予到官句　神宗元豐八年十一月，蘇軾至登州，任太守，未旬日而召赴闕。❹廣德王　宋高承《事物紀原》卷二〈四海號〉：「《唐會要》曰：天寶十載正月二十三日封東海為廣德公，南海廣利公，西海廣潤公，北海廣澤公。《宋朝會要》曰：康定二年十一月詔封東海為淵聖廣德王，南海洪聖廣利王，西海通聖廣潤王，北海沖聖廣澤王。」❺空明　空曠澄澈，此指空曠澄淨的天空。❻浮世　人間；人世。舊時認為人世間是浮沉聚散不定的，故稱。❼萬象　宇宙間的一切事物或景象。❽貝闕藏珠宮　《楚辭・九歌・河伯》：「魚鱗屋兮龍堂，紫貝闕兮朱宮。」朱宮即珠宮。貝闕珠宮指用紫貝明珠裝飾的龍宮水府，亦喻指瑤臺仙境或帝王宮闕。貝闕，以紫貝為飾的宮闕，本指河伯所居的龍宮水府，後用以形容壯麗的宮室。珠宮，龍宮。❾神工　神奇的造詣；非凡的才能。此指能工巧匠。❿天地閉　《周易・坤》：「天地變化草木蕃，天地閉，賢人隱。」蘇軾《東坡易傳》卷一云：「方其變化，雖草木猶蕃。及其閉也，雖賢人亦隱。」閉，收藏；隱藏。《管子・禁藏》：「故春仁、夏忠、秋急、冬閉，順天之時，約地之宜，忠人之和。」此指秋冬之季萬物生機藏斂。⓫起蟄鞭魚龍　《周易・繫辭下》：「尺蠖之屈以求信也，龍蛇之蟄以存身也，精義入神以致用也。」起蟄，驚起蟄伏的蟲、獸，比喻使隱逸的賢才出為世用。魚龍，魚和龍，泛指鱗介水族。按，人稱十二生肖中的蛇為小龍。⓬重樓　層樓。⓭阜　山。⓮異事　奇怪的事；難以理解的事。⓯率然　急遽貌。⓰人厄　人為的困苦、災難。⓱窮　困窘；窘急。特指不得志，與「達」相對。⓲潮陽四句唐韓愈〈謁衡嶽廟遂宿嶽寺題門樓〉詩：「我來正逢秋雨節，陰氣晦昧無清風。潛心默禱若有應，豈非正直能感通。須臾靜掃眾峰出，仰見突兀撐青空。紫蓋連延接天柱，石廩騰擲堆祝融。」按，韓愈（西元七六八—八二四年）曾兩度貶謫廣東，一是唐德宗貞元十九年（西元八〇三年）因論事被貶，為陽山（今屬廣東清遠）縣令，一是唐憲宗元和十四年（西元八一九年）因〈諫迎佛骨表〉被貶為廣東潮州刺史，潮州瀕臨南海，地處南海之北，故又稱潮陽（水之北為陽）。韓氏自潮州貶謫之地返回，途經湖南衡山，拜謁衡嶽廟，寫下此詩。遷，流放；放逐。貶謫；降職。石廩、祝融，均衡嶽山峰名，《淵鑑類函》卷二十七〈地部五・衡山二〉：「《九域志》云：名山三百六十有八柱，此為第六柱也。衡山七十二峰，祝融、紫蓋、雲密、石廩、天柱五峰為最大云。」其中祝融為衡山最高峰。龍鍾，身體衰老，行動不靈便者。又指年邁。⑲伸眉　揚眉自得貌。又形容屈抑得伸，快意舒暢貌。⑳碧海磨青銅　謂海面如磨光的青銅鏡平靜明亮。清黃叔璥《臺海使槎錄》卷一：「東坡云：登州蓬萊閣上望海如鏡面，與天相際。」碧海，傳說中的海名。《海內十洲記》：「扶桑在東海之東岸，岸直，陸行登岸一萬里，東復有碧海，海廣狹浩汗，與東海等。水既不鹹苦，正作碧色，甘香味美。」此指藍色的海洋。青銅，銅錫合金，呈青灰色或灰黃色，硬度大，耐磨，抗蝕性好。此指青銅鏡。㉑綺語　佛教語，涉及閨門、愛欲等華豔辭藻及一切雜穢語。指纖婉言情之辭，或華美的語句。㉒變滅　變化幻滅。

【語　譯】東方無邊的雲海空曠又空闊，群仙出現或隱沒在空曠澄淨的天空中。晃蕩搖擺的海市如同浮沉聚散不定的人世，呈現出各種事物或景象，難道大海中真的藏有紫貝明珠裝飾的龍宮王府。心裡明白眼前見到的都是虛幻的景象，怎敢僅憑耳朵聽見的、眼睛看到的就煩勞能工巧匠們。歲末嚴寒，水流冰冷，天地間萬物的生機收斂藏匿，此時卻為我驚起蟄伏的生物，驅動著海中的魚龍。高高的樓房，青翠的山峰，在清曉的霜天中顯現，奇異的事情讓百歲的老翁震驚傾倒。人世間得到的東西是容許憑藉實力獲取的，塵世之外沒有什麼東西，誰又能成為強有力者？急忙有請而不排斥我，相信自己遭遇的是人為的困苦和災難，而不是老天困窘了自己。昔日潮陽太守韓愈自南方的貶謫之地返歸，高興地看見了衡嶽的石廩群峰堆擁著祝融峰。自言是因品性正直感動了山神，哪裡知道這是造物之神哀憫年邁衰老的人。眉頭舒展，開口一笑，哪裡就容易遇到呢？神靈回報您的也已經夠豐厚的。斜陽下的萬里長空，孤獨的鳥兒已消失，只看見藍色的大海似磨光的青銅鏡平靜明亮。新寫的詩哪裡用得著華美的語句？會伴隨著將要到來的東風一起交相變化幻滅。

【研析】詩作於神宗元豐八年冬知登州時。登州海市多見於宋人記載，如龐元英《文昌雜錄》卷二：「登州每晴霽，烟霧中有城闕樓閣、人物車馬雞犬往來之狀，彼人謂之海市。」又沈括《夢溪筆談》卷二十一：「登州海中時有雲氣，如宮室臺觀，城堞人物、車馬冠蓋，歷歷可見，謂之海市。或曰蛟蜃之氣所為，疑不然也。」又范正敏《遯齋閑覽》：「登州海中遇晴霽，忽見臺觀城市人物往還者，謂之海市，東坡嘗一見之。」按，明徐應秋《玉芝堂談薈》卷二十三載吳興慎蒙〈觀海市記〉云：「丁亥孟夏二十二日余至蓬萊，越二日登蓬萊閣，召守閣者問之，曰：海市春夏見，秋冬少見。大霧之後天晴見，天陰不見。微風見，無風不見，大風不見。風微急，其見也速而巧，風微緩，其見也遲而拙。」知海市的出現與雲氣、光線、風速、時令等有關。「東方雲海空復空」四句敘寫所見海市景象，從虛處著筆，凸顯海市仙境的玄幻之感。「心知所見皆幻影」以下則以議論抒情為主，意在強調自己這次能見到海市，是幸運，更是上天的眷顧。海市這種景象並不是隨時可遇到的，對詩人而言，其命中率更是低的不能再低了，原因有二：其一、海市春夏多見，秋冬少見，作者是冬天到達登州的。其二、作者到登州任所才五日就離開了，偏偏卻在這短短的五天遇到了這一奇觀。因此作者的自豪感油然而生，「歲寒水冷天地閉，為我起蟄鞭魚龍」、「率然有請不我拒，信我人厄非天窮」，「為我」、「不我拒」、「非天窮」，滿滿的自信，說明自己在人世間並非一個平凡者，雖然在生存中、在仕途上波折不斷，但絕境逢生的局面總會出現，之所以如此，就在於詩人用心的出發點是在於國計民生，而非一己私利，就如同唐代的韓愈因正直感動山神，得以遂心所願地看到衡嶽諸峰的形態，而自己這次至登州，自然希望能看到海市奇觀，只是時令不巧，本來就不是抱太大希望的，明曹安《讕言長語》云：「蘇長公以元豐八年八月自陽羨起知登州，二十日召為禮部員外郎，念奇觀之非時，而茲遊之莫再，致禱於海神，明日見所謂海市如春夏焉，因作七言古體詩一章，如文公之謁衡岳，異體同符。」即蘇軾向海神祈禱，結果天遂人願，就作者而言，這不是上天的垂青，又如何解釋呢？之所以如此，自然也是自己品性正直感動了天地所致，就猶如韓愈一樣。「伸眉一笑豈易得？神之報汝亦已豐」，表達了知足為樂，看似曠達，實是寓有牢騷，這不平或是針對世事而言。此詩題曰「海市」，除「重樓翠阜出霜曉」一句記實外，全詩是以議論抒情為主，至於其間城闕樓閣、宮室臺觀，以及車馬冠蓋、人物雞犬往來等，不再一一詳細涉筆，重在藉海市一事，抒寫對世事變幻莫測的感慨。

惠崇❶春江晚景二首（選一首）

竹外桃花三兩枝，春江水暖鴨先知。蔞蒿❷滿地蘆芽短，正是河豚❸欲上時。

【注釋】❶惠崇　（西元九六五—一〇一七年）福建建陽人，北宋僧人，擅詩畫。❷蔞蒿　多年生草本植物，生水中，嫩芽葉可食。❸河豚　體圓筒形，口小，背部黑綠色，腹部白色，鰭紫紅色。肝臟、生殖腺及血液有劇毒，經處理後可食用，肉味鮮美。

【語譯】竹林外伸出了三兩枝桃花，春天江水變暖，鴨子首先感知到了。滿地的蔞蒿生長著，蘆葦的嫩芽短短的，正是河豚要上市的時候。

【研析】蘇軾於宋神宗元豐八年十一月至登州，到任未旬日，召赴闕，十二月除起居舍人。此詩作於次年（哲宗元祐元年）春，在京城，或題作〈春江曉景〉，凡二首，此為第一首。惠崇生活於北宋初年，擅長摹繪小景，宋郭若虛《圖畫見聞誌》卷四云：「建陽僧慧崇，工畫鵝雁鷺鷥，尤工小景，善為寒汀遠渚蕭灑虛曠之象，人所難到也。」又宋葛立方《韻語陽秋》卷十四云：「僧惠崇善為寒汀煙渚蕭灑虛曠之狀，世謂惠崇小景，畫家多喜之。故魯直詩云：『惠崇筆下開江面，萬里晴波向落暉。梅影橫斜人不見，鴛鴦相對浴紅衣。』東坡詩云：『竹外桃花三兩枝，春江水暖鴨先知。蔞蒿滿地蘆芽短，正是河豚欲到時。』舒王詩云：『畫史紛紛何足數，惠崇晚出吾最許。沙平水澹西江浦，鳧雁靜立將儔侶。』皆謂其工小景也。」魯直即黃庭堅，舒王即王安石。知蘇軾此詩所題也屬惠崇所繪江南小景圖卷。詩中所言，涉及到民俗話題，多見於宋人的記載，如歐陽修《六一詩話》云：「梅聖俞嘗於范希文席上賦河豚魚詩云：『春洲生荻芽，春岸飛楊花。河豚當是時，貴不數魚鰕。』河豚常出於春暮，羣遊水上，食絮而肥，南人多與荻芽為羹，云最美。」又陳巖肖《庚溪詩話》卷下云：「《六一居士詩話》載梅聖俞賦河豚魚詩云……然余嘗寓居江陰及毘陵，見江陰每臘盡春初已食之，毘陵則二月初方食。其後官于秣陵，則三月間方有之。蓋此魚由海而上，近海處先得之。魚至江左，則春已暮矣。江陰、毘陵無荻芽，秣陵等處則以荻芽芼之。然則聖俞所詠乃江左河豚魚也。」又胡仔《苕溪漁隱叢話‧後集》卷二十四引《倦游雜錄》云：「河豚魚有大毒，肝與卵，人食之必死，暮春柳花飛，此魚大肥，江淮人以為時珍，更相贈遺。臠其肉，雜蔞蒿、荻芽，瀹而為羹，或不甚熟，亦能害人。歲有被毒而死者，然南人嗜之不已。」按，荻與蘆為同類，常連用。知食用河豚，雜用蔞蒿、荻芽等，可去河豚之毒。又張耒《明道雜志》云：「河豚魚，水族之奇味也。而世傳以為有毒，能殺人，中毒則覺脹，亟取不潔食乃可解，不爾必死。余時守丹陽及宣城，見土人戶食之，其烹煮亦無法，但用蔞蒿、荻笋、菘菜三物，云最相宜。用菘以滲其膏耳，而未嘗見死者。或云土人習之，故不傷，是大不然。蘇子瞻是蜀人，守揚州，晁無咎，濟州人，作倅。河豚出時，每日食之，二人了無所覺，但愛其珍美而已。」蘇軾曾多次在吳地為官，如杭州、湖州、揚州，食用河豚，也是常有的，張耒云蘇軾「每日食之」，可見嗜好不淺。

虢國夫人夜游圖❶

佳人自鞚❷玉花驄❸，翩❹如驚燕蹋飛龍❺。金鞭爭道寶釵落❻，何人先入明光宮❼。宮中羯鼓催花柳❽，玉奴絃索❾花奴❿手。坐中八姨⓫真貴人，走馬來看不動塵⓬。明眸皓齒誰復見，只有丹青餘淚痕⓭。人間俯仰成今古，吳公臺下雷塘路。當時亦笑張麗華，不知門外韓擒虎⓮。

【注釋】❶虢國夫人夜游圖　《宣和畫譜》卷五載御府藏張萱畫四十七幅，其中有〈虢國夫人夜游圖〉一。其中云：「張萱，京兆人也，善畫人物，而於貴公子與閨房之秀最工。」虢國夫人，楊氏（?－西元七五六年），蒲州永樂（今山西芮城）人。唐玄宗李隆基寵妃楊玉環的三姐，嫁裴氏，楊玉環得寵後，天寶初年被封虢國夫人，安史之亂中，於出逃途中被迫自殺而亡。❷鞚　馬籠頭，謂控制、駕馭馬匹。❸玉花驄　唐玄宗所乘駿馬名。唐杜甫〈丹青引〉：「先帝天馬玉花驄，畫工如山貌不同。」宋胡仔《苕溪漁隱叢話・後集》：「《異人錄》言：玉花驄者，以其面白，故又謂之玉面花驄。」❹翩　疾飛貌。❺飛龍　指駿馬，又特指唐代御廄中右膊印飛字、左項印龍形的馬。❻金鞭句　《舊唐書・玄宗楊貴妃傳》：「（天寶）十載正月望夜，楊家五宅夜遊，與廣平公主騎從爭西市門，楊氏奴揮鞭及公主衣，公主墮馬。」寶釵，用金銀珠寶製作的雙股簪子。❼明光宮　漢宮殿名，《三輔黃圖．甘泉宮》：「武帝求仙起明光宮，發燕趙美女二千人充之。」泛指宮殿。❽宮中句　唐南卓《羯鼓錄》：「上（唐玄宗）洞曉音律，由乎天縱，凡是絲管，必造其妙。……嘗遇二月初詰旦，巾櫛方畢。時當宿雨初晴，景物明麗，小殿內庭柳杏將吐，覩而歎曰：『對此景物，豈得不與他判斷之乎？』左右相目，將命備酒，獨高力士遣取羯鼓，上旋命之臨軒縱擊一曲，曲名〈春光好〉（自製者也），神思自得，及顧，柳杏皆已發拆，上指而笑謂嬪御曰：『此一事不喚我作天公，可乎？』嬪御侍官皆呼萬歲。」羯鼓，古代打擊樂器的一種，起源於印度，從西域傳入，盛行於唐開元、天寶年間。《通典．樂四》：「羯鼓，正如漆桶，兩頭俱擊。以出羯中，故號羯鼓，亦謂之兩杖鼓。」❾玉奴絃索　《楊太真外傳》：「諸王郡主妃之姊妹皆師妃為琵琶弟子，每一曲徹，廣有獻遺。」又唐鄭嵎〈津陽門詩〉：「玉奴琵琶龍香撥，倚歌促酒聲嬌悲。」自注：「玉奴乃太真小字。」玉奴，唐玄宗妃楊玉環（西元七一九－七五六年）小名，號太真。絃索，樂器上的絃，多用作絃樂器的總稱。唐元稹〈連昌宮詞〉：「夜半月高絃索鳴，賀老琵琶定場屋。」此指彈奏絃樂。❿花奴　唐玄宗時汝南王李璡的小名，璡善擊羯鼓。南卓《羯鼓錄》：「上（玄宗）性俊邁，酷不好琴。曾聽彈琴，正弄未及畢，叱琴者出，曰：『待詔出去！』謂內官曰：『速召花奴將羯鼓來，為我解穢。』」⓫八姨　指楊貴妃姐秦國夫人。《舊唐書．玄宗楊貴妃傳》：「（貴妃）有姊三人，皆有才貌，玄宗並封國夫人之號：長曰大姨，封韓國；三姨，封虢國；八姨，封秦國。並承恩澤，出入宮掖，勢傾天下。」⓬走馬句　唐杜甫〈麗人行〉云「黃門飛鞚不動塵」。走馬，騎馬疾走；馳逐。⓭明眸二句　唐杜甫〈哀江頭〉：「明眸皓齒今何在，血污遊魂歸不得。」明眸，明亮的眼珠；美目。皓齒，潔白的牙齒。丹青，丹砂和青雘，可作顏料。指畫像，圖畫。⓮人間四句　宋祝穆撰《古今事文類聚．前集》卷五十「喪事部．詩話」：「隋煬帝初葬吳公臺下，後大唐平江南，改葬雷塘。吳公臺，在揚州，以陳將吳明徹得名，在江都縣西北四里。雷塘，在縣東北十里。按《大業拾遺》載：帝昏酒滋深，嘗行吳公臺下，恍惚與陳後主遇。後主云：『每憶張麗華，方憑臨春閣作璧月詞，未終，見韓擒虎躍領萬騎直來衝人，便至今日。始謂殿下致治在堯舜之上，今日還此逸遊，曩時何見罪之深也？』帝叱之，不復有睹。故東坡〈虢國夜游圖〉詩云：『人間俛仰成今古，吳公臺下雷塘路。當時亦笑張麗華，不知門外韓擒虎。』」按，唐杜牧〈臺城曲〉詩云：「門外韓擒虎，樓頭張麗華」，末二句自此化出。俯仰，低頭和抬頭，比喻時間短暫。今古，現時與往昔。此指過去、往昔，亦借指消逝的人事、時間。吳公臺，宋樂史《太平寰宇記》卷一百二十三〈淮南道一・揚州〉：「吳宮臺，在縣西北四里，將軍沈慶之攻竟陵王誕所築弩臺也。後陳將吳明徹圍北齊，東廣州刺史敬子猷增築之，以射城內，號吳公臺。」雷塘，宋樂史《太平寰宇記》卷一百二十三〈淮南道一・揚州〉：「雷塘，在縣東北十里，煬帝葬于其地。貞觀十八年李襲為揚州刺史，引雷塘水，又築句城塘，以溉田八百餘頃，百姓賴之，徵拜大府卿。」張麗華（西元五五九－五八九年），南朝陳後主（陳叔寶）妃子，本兵家女，以織蓆為業。後得陳後主寵愛，隋軍攻克臺城，張麗華與後主藏身井中，隋軍出之，晉王楊廣欲納張麗華，長史高熲諫止，乃命斬之。韓擒虎（西元五三八－五九二年），字子通，河南東垣（今河南新安）人。以軍功拜都督，新安太守。隋文帝欲併江南，以為廬州總管，用為先鋒，平金陵，執陳主叔寶，陳平，進位上柱國。

【語譯】佳人自己駕馭著玉花驄馬，疾速地奔馳就如同受驚的燕子，又如同跨在飛行的龍上。揮舞著金鞭，與人爭占道路，以至寶釵掉落，是誰率先進入了明光宮。宮中敲擊的羯鼓聲，催促著花兒開放、柳枝發芽，玉奴彈奏著絃樂，花奴雙手拍擊著羯鼓。坐中的八姨真是位顯貴的人，過來觀看，騎馬疾馳，連灰塵都沒揚起。明亮的眼珠，潔白的牙齒，誰還能見到這美人，只能觀賞著圖畫，令人感慨落淚。人世間發生的事轉眼就成為古昔，就似昔日最初埋葬在吳公臺下、又改葬雷塘的隋煬帝。譏諷陳後主寵愛著張麗華，不料隋朝先鋒韓擒虎已兵臨城牆之下。

【研　析】宋李之儀《姑溪居士後集》卷三云：「內侍劉有方畜名畫，乃內《虢國夫人夜游圖》最為絕筆。東坡館北，客都亭駅，有方敢跋其後。既作詩以相示，時欲和而偶未暇，今閱集得詩，遂次其韻以申前志（略）。」知作於京城，時宋哲宗元祐元年（西元一〇八六年）十二月。又宋人袁文《甕牖閑評》卷五云：「余嘗見《虢國夫人夜游圖》，乃晏元獻公家物，後歸于內府，徽宗親題其上，云張萱所作。蘇東坡諸公有詩，皆在其後，而黃太史跋東坡此詩乃云周昉所作《虢國夫人夜游圖》，疑太史未嘗見此圖，以意而言之耳。」知原圖歷經晏殊（元獻）、劉敢（有方）等家庋藏，宋徽宗時藏於內府。詩的前八句為詠圖卷畫意，突出強調了楊氏一門的得寵與強橫跋扈。《夜游圖》今不存，不過見於宋以後的著錄，明人張丑《真蹟日錄》卷二云：「韓氏藏《明皇夜游圖》卷一，凡為人四十有四，馬十有一，通用絹三幅，其長一丈有咫。面相雖屬平平，而衣紋、馬匹、器具古雅，有非唐人不能為者。按《雲烟過眼錄》云：蘭陂趙與懃所藏有張萱《虢國夫人夜游圖》，即此卷也。其前與明皇並馬者，楊太真也；其後二婦女同乘者，中間虢國夫人也。存良太史題為吳道子畫，恐非。」《雲烟過眼錄》一書為南宋周密編著。知《夜游圖》中有唐玄宗、楊貴妃及其姐虢國夫人、秦國夫人。唐代杜甫有《麗人行》一詩，其中云：「三月三日天氣新，長安水邊多麗人。態濃意遠淑且真，肌理細膩骨肉匀。繡羅衣裳照暮春，蹙金孔雀銀麒麟。頭上何所有？翠微㔩葉垂鬢脣。背後何所見？珠壓腰衱穩稱身。就中雲幕椒房親，賜名大國虢與秦。紫駝之峯出翠釜，水精之盤行素鱗。犀筋厭飫久未下，鸞刀縷切空紛綸。黃門飛鞚不動塵，御廚絡繹送八珍。簫鼓哀吟感鬼神，賓從雜遝實要津。」詩中提及虢國夫人、秦國夫人，極寫楊氏姐妹生活的奢侈淫逸，蘇軾詩中也化用杜詩的主旨。不僅前半幅是這樣，而且詩的後六句也是如此，杜甫〈哀江頭〉詩云：「憶昔霓旌下南苑，苑中萬物生顏色。昭陽殿裏第一人，同輦隨君侍君側。輦前才人帶弓箭，白馬嚼齧黃金勒。翻身向天仰射雲，一箭正墮雙飛翼。明眸皓齒今何在，血污遊魂歸不得。」詩的後半即是化用杜詩語意，感慨盛衰榮辱，生發議論，唐玄宗因寵愛楊貴妃，以致政治混亂，最終引發安史之亂，使得唐王朝由盛轉衰，走向了滅亡。對唐王朝因此走向衰亡這一層意思，詩中並未明言，卻借用隋煬帝譏諷陳後主寵愛美人而致國亡身滅，慨歎朝代興亡，夢幻人生。因為唐王朝是滅掉隋朝而建立的，想隋煬帝昔日譏諷陳後主因寵愛美人而致國亡身滅，卻不料唐帝王也是因生活放蕩而導致王朝的滅亡，唐玄宗的所作所為就是如此，表面上看是美人禍水的傳統觀念在作祟，實質上是帝王昏庸所致。詩中上下古今，寄寓深刻。

書晁補之❶所藏與可❷畫竹三首（選一首）

與可畫竹時，見竹不見人。豈獨不見人，嗒然遺其身❸。其身與竹化，無窮出清新。莊周世無有，誰知此疑神❹？

【注　釋】❶晁補之　（西元一〇五三—一一一〇年）字無咎，濟州鉅野（今屬山東）人。宋神宗元豐二年進士，又試開封及禮部別院均第一，調國子監教授。哲宗元祐初除祕書省正字，出判揚州，召為著作佐郎，出知齊州。徽宗立，復以著作召，出知河中府，主管鴻慶宮。還家葺歸來園，自號歸來子。❷與可　即文同，詳〈望雲樓〉研析。❸嗒然句　《莊子・齊物論》：「南郭子綦隱機而坐，仰天而噓，荅焉似喪其耦。」嗒然，形容身心俱遺、物我兩忘的神態。❹莊周二句　《莊子・達生》：「孔子顧謂弟子曰：『用志不分，乃凝於神，其痀僂丈人之謂乎？』」疑神，聚精會神。疑，通「凝」。

【語　譯】與可在畫竹子時，心中所見都是竹子以至於忘記了自己的存在。何止是忘記了自己的存在，此時是身心俱遺、物我兩忘，就如同遺忘了自身。他的身心與竹子融化為一，無窮的清爽新穎不斷地湧現出筆端。今世沒有了似莊周的那種人，有誰能明白此時心神聚合的境界呢？

【研　析】詩作於哲宗元祐二年秋，在京城，凡三首，此為第一首。文與可善畫墨竹，為世人所稱歎，學者多傚之，形成墨竹一派。蘇軾畫墨竹，也是師法文與可的。神宗元豐二年（西元一〇七九年）正月文與可去世，蘇軾撰有〈文與可畫篔簹谷偃竹記〉一文，追敘與文與可的交往，重在談說繪竹之事。指出文與可畫墨竹之所以有特色，就在於有獨特的理念，即胸有成竹。文與可認為，心中呈現出竹子的完整形象，就應該「急起從之，振筆直遂，以追其所見，如兔起鶻落，少縱則逝」，也就是要抓住時機，否則稍縱即失，成竹就不存在了。詩中所云「見竹不見人」、「嗒然遺其身」、「其身與竹化」等，意在強調用心專一，如果「內外不一，心手不相應」（〈篔簹谷偃竹記〉），就不可能成功。所以在繪竹時，除了技巧高超外，心神要高度凝聚合一，這是十分必要的。

書鄢陵❶王主簿❷所畫折枝❸二首（選一首）

論畫以形似，見與兒童鄰。賦詩必此詩，定非知詩人。詩畫本一律❹，天工❺與清新。邊鸞❻雀寫生❼，趙昌❽花傳神。何如此兩幅，疎淡❾含精勻❿。誰言一點紅，解⓫寄無邊春。

【注　釋】❶鄢陵　今屬河南許昌。❷王主簿　生平不詳。❸折枝　花卉畫法之一，不畫全株、只畫連枝折下來的部分，故名。宋仲仁《畫梅譜》「取象」：「六枝：其法有偃仰枝、覆枝、從枝、分枝、折枝，凡作枝之際，須是遠近上下相間而發，庶有生意也。故詩曰：『六位須分別，毋令寫處同。有人能識此，何必覓春工。』」❹一律　一個樣子，沒有例外。❺天工　天然形成的工巧，與「人工」相對。❻邊鸞　京兆（今陝西西安）人。唐德宗貞元年間在世。攻丹青，長於花鳥折枝之妙。❼寫生　直接以實物或風景為對象進行描繪的作畫方式。此謂寫出生意，即指把對象寫活。❽趙昌　字昌之，劍南（今屬四川）人。宋大中祥符中在世，性簡傲，多遊巴蜀間。善畫花果，初師滕昌祐。❾疎淡　疏朗有致。❿精勻　調遍地充滿精氣。⓫解　能夠；會。

【語　譯】以形態是否相似評論繪畫，這種見識與兒童的看法相近。創作詩歌必然只就這詩的字面意思來理解，這一定不是通曉詩歌的人。詩歌與繪畫創作的原則本來就是一樣的，要求做到自然天成與清爽新穎。邊鸞的雀描繪得活靈活現，趙昌的花能傳達出精神。哪裡比得上這兩幅畫，疏朗有致中處處充滿著神彩。誰料到就憑藉那一點紅花，卻能寄寓著無邊無際的春意。

【研　析】詩作於哲宗元祐二年（西元一〇八七年），在京城，凡二首，此為第一首。詩中以論說詩畫創作觀而著稱，多為後人所引述與評議。詩畫創作一理，是蘇軾詩中常談及的，除此詩外，又如〈韓幹馬〉云：「少陵翰墨無形畫，韓幹丹青不語詩。此畫此詩今已矣，人間駑驥漫爭馳。」又〈歐陽少師令賦所蓄石屏〉詩云：「古來畫師非俗士，摹寫物像畧與詩人同。」又〈次韻吳傳正枯木歌〉詩云：「古來畫師非俗士，妙想實與詩同出。」其中主要涉及到的是形似與神似的問題。所謂「論畫以形似，見與兒童鄰。賦詩必此詩，定非知詩人」，指出詩畫創作，只追求形似是不可取的，認為這是十分幼稚的看法。宋以來，對蘇軾所云「形似」的理解就有歧義，宋人費袞《梁谿漫志》卷七云：「東坡嘗見石曼卿〈紅梅〉詩云：『認桃無綠葉，辨杏有青枝。』曰此至陋語，蓋村學中體也。故東坡作詩力去此弊，其觀畫詩云：『論畫以形似，見與兒童鄰。賦詩必此詩，定知非詩人。』此言可為論畫作詩之法也。世之淺近者不知此理，做月詩便說明，做雪詩便說白，間有不用此等語，便笑其不著題。」又金人王若虛《滹南集》卷三十九云：「東坡云：『論畫以形似，見與兒童鄰。賦詩必此詩，定非知詩人。』夫所貴於畫者，為其似耳；畫而不似，則如勿畫。命題賦詩，不必此詩，果為何語？然則坡之論非歟？曰：論妙於形似之外而非遺其形似，不窘於題而要不失其題，如是而已耳。世之人不本其實，無得於心，而借此論以為高。畫山水者未能正作一木一石，而託雲烟杳靄，謂之氣象；賦詩者茫昧僻遠，按題而索之，不知所謂，乃曰格律貴爾。一有不然，則必相嗤點，以為淺易，而尋常不求是而求奇，真偽未知，而先論高下，亦自欺而已矣，豈坡公之本意也哉？」又元人湯垕《畫鑑》云：「今之人看畫多取形似，不知古人最以形似為末節，如李伯時畫人物，吳道子後一人而已，猶未免於形似之失。蓋其妙處在於筆法氣韻神彩，形似末也。東坡先生有詩云：『論畫以形似，見與兒童鄰。作詩必此詩，定知非詩人。』僕平生不惟得看畫法於此詩，至於作詩之法亦由此悟。」又明人楊慎《丹鉛總錄》卷二十一云：「東坡先生詩曰：『論畫以形似，見與兒童鄰。作詩必此詩，定知非詩人。』此言畫貴神、詩貴韻也，然其言有偏，非至論也。晁以道和公詩云：『畫寫物外形，要物形不改。詩傳畫外意，貴有畫中態。』其論始為定，蓋欲以補坡公之未備也。」又清人鄒一桂《小山畫譜》卷下：「東坡詩：『論畫以形似，見與兒童鄰。作詩必此詩，定知非詩人。』此論詩則可，論畫則不可。未有形不似而反得其神者，此老不能工畫，故以此自文。……宋郭熙亦曰『詩是無形畫，畫是有形詩』，而東坡乃以形似謂非，直謂之門外人可也。」諸家所言，其爭議的焦點是求「形似」，就繪畫而言，做到「形似」，這是基本要求，否則就不知所畫為何物；就詩歌而言，用詞要準，否則就不知所云何意。這個道理蘇軾不會不明白，所以說詩人並不反對「形似」，而是反對拘泥於「形似」，反對為了「形似」而刻意地追求形似，所應追求的應是神似。就繪畫和詩歌而言，就是畫外之意、言外之旨，即在「形似」基礎上作品能引導觀者或讀者有更豐富、更深入的理解與思考，所謂「詩畫本一律，天工與清新」，即要求能體現出物象自然天成的品質與清爽新穎的精神，而不是僅僅是物象本身形似的完美度。所謂「誰言一點紅，解寄無邊春」，也就是說從王主簿所繪折枝中一點紅花，就能令人感受到了無邊無際的盎然春意，而不僅僅看到的就是一朵紅花而已，否則，這就是一朵沒有生機的死花。元人程文海《雪樓集》卷二十五〈跋姜清叟畫格〉云：「『論畫以形似，見與兒童鄰』，固也，然畫而不似，何以畫為？蓋能以意求之者鮮，而以形索之者多。然則形意兼盡，傑出橫生，畫者以意而形其形，觀者以形而意其意，善之善者也。」「以形索之者」這是形而下的能力，「以意求之者」則是形而上的功夫，可知形似是基本要求，能求索到其形外之旨意或神韻，這才是欣賞作品的較高境界。

次韻米黻❶二王❷書跋尾二首（選一首）

三館曝書防蠹毀❸，得見〈來禽〉與〈青李〉❹。秋蛇春蚓❺久相雜，野鶩家雞❻定誰美？玉函❼金籥❽天上❾來，紫衣❿敕使⓫親臨啟。紛綸⓬過眼未易識，磊落⓭挂壁空雲委⓮。歸來妙意⓯獨追求，坐想蓬山⓰二十秋。怪君何處得此本，上有桓玄寒具油⓱。巧偷豪奪⓲古來有，一笑誰似癡虎⑲頭？君不見長安永寧里，王家破垣誰復修⑳？

【注釋】❶米黻　米芾（西元一〇五一－一一〇七年），初名黻，後改今名，字元章，號無礙居士、海嶽外史，襄陽（今屬湖北）人，世稱米襄陽。遷居潤州（今江蘇鎮江市）。以母侍宣仁后藩邸舊恩補浛洸尉，知無為軍，召為書畫學博士，擢禮部員外郎，出知淮陽軍。妙於翰墨，得王獻之筆意；畫山水人物，自名一家。著有《書史》等。❷二王　指王羲之、王獻之父子。王羲之，字逸少，琅琊（今山東臨沂）人，遷居山陰（今浙江紹興）。少有美譽，東晉時為右軍將軍、會稽內史。以書法名於世，有「書聖」之稱。王獻之（西元三四四－三八六年），字子敬。少有盛名，而高邁不羈，風流為一時之冠。工草隸，善丹青。仕至中書令，謚曰憲。❸三館句　宋李攸《宋朝事實》卷九：「直祕閣校理，自建隆初三館有書萬二千餘卷，乾德元年後平諸國，盡收其圖書，以實三館。先是朱梁都汴，貞明中始以右長慶門東北廬舍十數間列為三館，湫隘卑濕，纔蔽風雨，……太平興國初太宗因幸三館，顧左右曰：『若此之陋，豈可以蓄天下圖籍、延四方之士耶？』詔經度左升龍門東北舊車輅院別建三館，命中使督其役，制度皆上所規畫。二年三月書院成，盡徙舊館之書以實之，凡八萬餘卷。端拱元年詔分三館之書萬餘卷，別為書庫，目曰祕閣。」又：「祕書省監、少監、丞，各一人，監掌古今經籍圖書、國史實錄、天文曆數之事。……歲于仲夏曝書，則給酒食費，……宋初置三館長慶門北，謂之西館。太平興國初于升龍門東北創立三館書院，三年賜名崇文院，遷西館書貯焉。東廊為集賢書庫，西廊分四部，為史館書庫。大中祥符八年創外院于右掖門外，天禧初令以三館為額，置檢討、校勘等員。」三館，唐有弘文（亦稱昭文）、集賢、史館三館，負責藏書、校書、修史等事項。宋因之，三館合一，並在崇文院中。蠹，蛀蟲。❹來禽與青李　唐張彥遠《法書要錄》卷十〈右軍書記〉載羲之諸法書，其中一書帖云：「青李、來禽、櫻桃、日給、藤子，皆囊盛為佳，函封多不生。足下所疏，云此果佳，可為致子，當種之。此種彼胡桃皆生也，吾篤喜種果，今在田里，惟以此為事。故遠及足下，致此子者，大惠也。」青李，李子的一種。來禽，即沙果，也稱花紅、林檎、文林果。或謂此果味甘，果林能招眾禽，故名。按，《宣和書譜》卷十五載王羲之行書有〈青李來禽帖〉。❺秋蛇春蚓　《晉書‧王羲之傳》末總論云：「（蕭）子雲近世擅名江表，然僅得成書，無丈夫之氣。行行若縈春蚓，字字如綰秋蛇。」後人遂以春蚓秋蛇（或作春蛇秋蚓）比喻書法拙劣，婉曲無狀。❻野鶩家雞　《太平御覽》卷九百一十八：「《晉書》：庾征西翼書少時與逸少齊名，右軍後進，庾猶不分。在荊州與都下人書云：『小兒輩賤家雞，愛野雉，皆學逸少之書，須吾下當比之。』」庾翼善書法，初不服王羲之，以家雞比喻自己的書法，以野雉比喻王氏的書法。家雞，喻指家傳的書法技藝。野雉（野雞），又作野鶩（野鴨），喻指不守成法的書法技藝。蘇軾〈跋庾征西帖〉：「庾征西初不服逸少，有家雞野鶩之論，後乃歎其為伯英（東漢張芝字）再生。」❼玉函　玉製的匣子。❽金籥　金鑰匙。❾天上　指皇宮。❿紫衣　紫色衣服，借指貴官。⓫勅使　皇帝的使者。⓬紛綸　雜亂貌；眾多貌。⓭磊落　壯偉貌；俊偉貌。⓮雲委　如雲之委積，極言其多。引申為會合，聚集。⓯妙意　靈妙的意想；靈感。又深奧的意義。⓰蓬山　蓬萊山，相傳為仙人所居。《後漢書‧竇章傳》：「太僕鄧康聞其名，請欲與交，章不肯往，康以此益重焉。是時學者稱東觀為老氏臧室、道家蓬萊山，康遂薦章入東觀為校書郎。」唐李賢於「是時」句注云：「老子為守臧史，復為柱下史，四方所記文書皆歸柱下，事見《史記》，言東觀經籍多也。蓬萊，海中神山，為仙府，幽經祕錄並皆在焉。」按，東觀為東漢洛陽南宮內觀名，明帝詔班固等修撰《漢記》於此，書成，名為《東觀漢記》。章、和二帝時為皇宮藏書之府。又用以稱宮中藏書之所。⓱上有句　唐韋絢《劉賓客嘉話錄》：「《晉書》中有飲食名寒具者，亦無注解處。後於《齊民要術》并《食經》中檢得，是今所謂環餅。桓玄嘗盛陳法書名畫，請客觀之，有客食寒具，不濯手而執書，因有污處，玄不懌，自是命賓不設寒具。」桓玄（西元三六九－四〇四年），字敬道，一名靈寶，譙國（今屬安徽）人。東晉大司馬桓溫之子，年二十三始拜太子洗馬，歷官侍中、丞相、大將軍，晉封楚王。大亨元年，威逼晉安帝禪位，在建康建立桓楚，改元永始，不久遭義軍聲討，兵敗被殺。寒具，一種油炸的麵食。北魏賈思勰《齊民要術》：「細環餅截餅（環餅，一名寒具；截餅，一名蝎子。）皆須以蜜調水溲麵，若無蜜，煮棗取汁，牛羊脂膏亦得。用牛羊乳亦好，令餅美脆。」⑱巧偷豪奪　詐取與強搶，常用以形容不擇手段獲取財物或權力。《晉書・顧愷之傳》：「愷之嘗以一廚畫，糊題其前，寄桓玄，皆其深所珍惜者。玄乃發其廚後，竊取畫，而緘閉如舊，以還之，紿云未開。愷之見封題如初，但失其畫，直云妙畫通靈，變化而去，亦猶人之登仙，了無怪色。」⑲癡虎　《舊五代史・翟璋傳》：「翟璋，未詳何許人也。好勇多力，時目為大蟲，即癡虎之稱也。」《太平御覽》卷三百八十六引《魏志》云：「許褚，字仲康，長八尺餘，大十圍，容貌雄毅，勇力絕人，……褚後事太祖，以力如虎而癡，號曰癡虎。」⑳君不見二句　《新唐書・王涯傳》：「涯居永寧里，乃楊憑故第。財貯鉅萬，取之彌日不盡。家書多與祕府侔，前世名書畫嘗以厚貨鉤致，或私以官鑿垣納之，重複祕固，若不可窺者。至是為人破垣，剔取奩軸金玉而棄其書畫於道，籍田宅入於官。」永寧里，《陝西通志》卷七十三〈古蹟第二・府第〉：「楊憑宅，在永寧坊（馬《志》）。憑入拜京兆尹，治第永寧里，功役叢煩，謗議頗讙，貶臨賀尉（《唐書・楊憑傳》）。白樂天得楊憑宅，竹木池館，有林泉之致，因為〈池上篇〉（《窮幽記》）。」白居易〈池上篇〉詩序：「都城風土水木之勝在東南偏，東南之勝在履道里，里之勝在西北隅。西閈北垣第一第即白氏叟樂天退老之地，地方十七畝，屋室三之一，水五之一，竹九之一，而島樹橋道間之……」垣，矮牆。

【語　譯】三館曝曬圖書以防因蟲蛀而毀壞，因此得看見〈來禽〉與〈青李〉法帖。如秋蛇春蚓般婉曲無狀的拙劣書法長久地相互混雜其中，有自我創新突破的，有傳承自家衣缽的，能斷定法書誰美誰不美嗎？放在玉製的匣子裡，用金鑰匙鎖著，是來自皇宮中，身著紫衣的皇帝使者親自到來開啟。過目了眾多的法書，還是覺得這個不易辨識，掛在牆壁上，卓越壯美，使得眾多的法書視如空無。王氏法書得以回歸，獨自探求其中靈妙的意趣，靜坐思索著藏在宮中圖書館二十年的這些法書作品。奇怪的是您從什麼地方得到這些法書，上面還存有如同昔日桓玄所藏書畫上殘留的油炸餅的油汙。巧取豪奪的事自古以來就有，付之一笑，有誰似您這般癡虎頭？您不見昔日長安永寧里的王涯，富藏書畫，家道敗落，為人偷竊，破壞的圍牆有誰會來復修呢？

【研　析】米芾《書史》云：「余收子敬范新婦唐摹帖，獲于蘇激家，後有倩仲跋余題詩……」子敬即王獻之，《宋史》本傳云米氏：「特妙於翰墨，沈著飛翥，得王獻之筆意。」《書史》載米氏題詩一並自己和唱二，凡三首，又載黃庭堅次韻一詩，又云：「蔣之奇一韻和三首，呂升卿和二首，林希和三首，劉涇和兩首，余章和一首，余後二首又再和者，共成一軸，林子虛借去未還。」蘇軾此二詩，作於宋哲宗元祐二年（西元一〇八七年），在京城，第一首是論王羲之的，第二首為次韻米芾詩，是論王獻之的。此處所選為第一首，詩的前半幅，敘寫在三館曾看到二王法書真跡，據《宣和書譜》卷十五載御府所藏王羲之法帖凡二百四十三，並列諸法帖名目於後，其中草書一百九十、章草一、正書七、行書四十一，另含附件數個。又卷十六載御府所藏王獻之法帖八十九，列諸法帖名目於後，其中草書五十三、章草三、正書二、行書三十一。所藏二王法帖可謂富足，御府祕藏，蘇軾能見到的當然有限，即使能見到的，也是「紛綸過眼」，多屬匆匆過目，而王羲之的〈青李〉、〈來禽〉二帖卻為印象較深者之一，蘇軾詩中多提及，如〈次韻荅舒教授觀余所藏墨〉云：「作書寄君君莫笑，但覓〈來禽〉與〈青李〉。」又〈玉堂栽花周正孺有詩次韻〉云：「只有〈來禽〉、〈青李〉帖，他年留與學書人。」可見對此帖的賞識。之所以如此，就是因王氏法書中體現出的不墨守成規、勇於創新的特點。《宣和書譜》云王羲之「尤善隸草，為今昔之冠。然其得名，乃專以草聖，論者稱其筆勢以為飄若遊雲、矯若驚龍，尤為從伯司徒導所器重。……梁武帝評之曰：勢如龍躍天門，虎臥鳳閣，故歷代寶之，永以為訓」。又云：「（王）獻之所以盡得羲之用筆之妙，論者以謂如丹穴鳳舞，清泉龍躍，精密淵巧，出於神智。」知王羲之富有獨創性，王獻之則受其父的影響。詩中云「野鶩家雞定誰美」，所謂家雞，喻指家傳的書法技藝。野鶩（又野雉），喻指不守成法的書法技藝。蘇軾〈次韻荅舒教授觀余所藏墨〉云：「異時長笑王會稽，野鶩膻腥汙刀几。莫年卻得庾安西，自厭家雞題六紙。二子風流冠當代，顧與兒童爭慍喜。秦王十八已龍飛，嗜好晚將蚍蜉比。」王會稽即王羲之，屬野鶩；庾安西即庾翼，屬家雞。野鶩也罷，家雞也罷，二人均屬「風流冠當代」。不論是墨守家傳，抑或是開拓出新，很難斷定誰美誰不美，但從蘇軾角度來說，是傾向後者的。宋曾季貍《艇齋詩話》云：「東坡之文妙天下，然皆非本色，與其他文人之文、詩人之詩不同。文非歐、曾之文，詩非山谷之詩，四六非荊公之四六，然皆自極其妙。」知蘇軾在創作中反傳統的意識是很強的，其作品能給人以耳目一新的感覺，其魅力也就在此。「玉函」二句，讚美王氏法書為世人所貴重，「秋蛇」二句喻與眾多書家作品比較而言，王氏更具創新意識。詩的後半幅則表達了對米氏能得到王氏法書的豔羨，又對米氏在書畫方面存在的巧取豪奪等怪異行為予以戲謔譏諷。關於此事多見於宋人記載，如葛立方《韻語陽秋》卷十四：「米元章書畫奇絕，從人借古本自臨搨，臨竟，併與臨本真本還其家，令自擇其一，而其家不能辨也，以此得人古書畫甚多，東坡屢有詩譏之。」又周煇《清波雜志》卷五：「老米酷嗜書畫，嘗從人借古畫自臨搨，搨竟，併與真贋本歸之，俾其自擇而莫辨也。巧偷豪奪，故所得為多。東坡二王帖跋云：『錦囊玉軸來無趾，粲然奪真疑聖智。』因借以譏之。舊傳老米在儀真，於中貴人舟中見王右軍帖，求以他畫易之，未允，老米因大呼據舷，欲赴水，其人大驚，亟畀之。好奇喜異，雖性命有所不計，人皆傳以為笑。」又陳鵠《耆舊續聞》卷九：「余觀近代酷收古帖者無如米元章，識畫者無如唐彥猷。元章廣收六朝筆帖，可謂精於書矣，然亦多贋本。」以上諸家書中多引錄了蘇軾、黃庭堅次韻米氏的詩句，其中也均提及了此類事。

余與李廌❶方叔相知久矣，領貢舉❷事而李不得第，愧甚，作詩送之

與君相從❸非一日，筆勢翩翩疑可識❹。平生謾說〈古戰場〉❺，過眼終迷〈日五色〉❻。我慚不出君大笑，行止❼皆天子何責？青袍白紵五

千人❽，知子無怨亦無德❾。買羊酤酒謝玉川❿，為我醉倒春風前。歸家但草凌雲賦，我相夫子非癯仙⓫。

【注釋】❶李廌（西元一〇五九—一一〇九年）字方叔，號濟南先生、太華逸民，華州（今陝西華縣）人，又云陽翟（今河南禹州）人。六歲而孤，少長以學問稱鄉里，謁蘇軾於黃州，贄文求知。後軾知舉，廌乃不第。中年絕進取，定居長社卒。喜論古今治亂，元祐求言上忠諫書、忠厚論並獻兵鑑二萬言，當時韙其言。著有《濟南集》、《德隅齋畫品》、《師友談記》等。❷領貢舉　即知貢舉，唐、宋時期主持進士考試的大臣。貢舉，古時地方向朝廷薦舉人才，指科舉考試。❸相從　相交往。❹筆勢句　《陳書・蕭引傳》：「此字筆勢翩翩，似鳥之欲飛。」翩翩，形容風度或文采的優美。❺平生句　《舊唐書・李華傳》：「李華，字遐叔，趙郡人。開元二十三年進士擢第。天寶中登朝為監察御史，累轉侍御史、禮部吏部二員外郎。華善屬文，與蘭陵蕭穎士友善，華進士時著〈含元殿賦〉萬餘言，穎士見而賞之，曰：『景福之上，靈光之下，華文體溫麗，少宏傑之氣。』穎士詞鋒俊發，華自以所業過之，疑其誣詞，乃為〈祭古戰場文〉，燻汙之，如故物，置於佛書之閣，華與穎士因閱佛書得之，華謂之曰：『此文何如？』穎士曰：『可矣。』華曰：『當代秉筆者，誰及於此？』穎士曰：『君稍精思，便可及此。』華愕然。」此典謂能識文章高下。謾說，猶休說。古戰場，即〈弔古戰場文〉，是李華撰寫的一篇賦，文中描述了古戰場荒涼淒慘的景象，揭示了戰爭給百姓造成的苦難。❻過眼句　五代王定保《唐摭言》卷十三〈惜名〉：「李繆公貞元中試〈日有五色賦〉，及第最中的者。賦頭八字曰：『德動天鑒，祥開日華。』後出鎮大梁，聞浩虛舟應宏詞，復賦此題，頗慮浩賦逾己，專馳一介取本，既至，啟緘，尚有憂色。及覩浩破題，云：『日麗焜煌，中含瑞光。』程喜曰：『李程在裏。』」又卷八〈已落重收〉：「貞元中李繆公先牓落矣，先是出試，楊員外於陵省宿歸第，遇程於省司，詢之所試，程探鞾中得賦藁示之，其破題曰：『德動天鑒，祥開日華。』於陵覽之，謂程曰：『公今年須作狀元。』翌日，雜文無名，於陵深不平，乃於故策子末繕寫而斥其名氏，攜之以詣主文，從容紿之曰：『侍郎今者所試賦，奈何用舊題。』主文辭以非也，於陵曰：『不止題目，向有人賦次韻腳亦同。』主文大驚，於陵乃出程賦示之，主文歎賞不已。於陵曰：『當今場中若有此賦，侍郎何以待之？』主文曰：『無則已，有則非狀元不可也。』於陵曰：『苟如此，侍郎已遺賢矣。』乃李程所作，亟命取程所納面對，不差一字，主文因而致謝於陵，於是請擢為狀元，前牓不復收矣，或曰出牓重收。」此借指蘇軾因被迷惑，以致李廌落選。按，李程（西元七六六－八四二年），字表臣，隴西成紀（今屬甘肅）人，唐宗室，官至宰相，卒諡繆。過眼，經過眼前，喻迅疾短暫。又指過目，略加看視。日五色，即〈日五色賦〉，李程所撰寫。五色，青、赤、白、黑、黃五種顏色，古代以此五者為正色。❼行止　行步止息，猶言動和定，指一舉一動。❽青袍句　宋李燾《續資治通鑑長編》卷四百八載：（哲宗元祐三年正月）「乙丑，命翰林學士蘇軾權知禮部貢舉，吏部侍郎孫覺、中書舍人孔文仲同知貢舉，天下進士凡四千七百三十二人，並即太學試焉。」此云參加應試舉子五千人，是取其整數而言。青袍白紵，指應試舉子。青袍，青色的袍子，學子所穿之服，也借指學子。白紵，白色的苧麻，指白衣，古代士人未得功名時所穿衣服。❾德　感恩；感激。❿買羊句　唐韓愈〈寄盧仝〉：「玉川先生洛城裏，破屋數間而已矣。一奴長鬚不裹頭，一婢赤腳老無齒。辛勤奉養十餘人，上有慈親下妻子。先生結髮憎俗徒，閉門不出動一紀。至令鄰僧乞米送，僕忝縣尹能不恥。……放縱是誰之過歟，效尤戮僕愧前史。買羊沽酒謝不敏，偶逢明月曜桃李。先生有意許降臨，更遣長鬚致雙鯉。」謝，道歉；認錯。玉川，即盧仝（西元七九五－八三五年），字叔倫，范陽（今河北涿州）人，初隱少室山，號玉川子。家甚貧，惟圖書堆積，後卜居洛城，破屋數間而已。⓫歸家二句　《漢書・司馬相如傳》：「相如拜為孝文園令，上既美子虛之事，相如見上好僊，因曰：『上林之事未足美也，尚有靡者。臣嘗為〈大人賦〉未就，請具而奏之。』相如以為列僊之儒居山澤間，形容甚臞，此非帝王之僊意也。乃遂奏〈大人賦〉，其辭曰……相如既奏〈大人賦〉，天子大說，飄飄有凌雲氣、游天地之間意。」凌雲賦即指〈大人賦〉。夫子，古代對男子的敬稱。癯仙，骨姿清瘦的仙人，又指隱居山澤的術士。

【語譯】與您相交往不只一日，文章的意態和氣勢優美，迷惑中覺得還是可以識別的。平生裡不要說〈弔古戰場文〉那般文章難比，匆匆過目，最終還是被迷惑，如同當年李程應試文章〈日五色賦〉。我感到慚愧，不敢出門，您卻大笑，並說一舉一動都是天意，您又為什麼責備自己呢？應試的舉子有五千人，知道您對任何人無怨恨也無感恩。就如同韓愈買來羊肉和酒向玉川子盧仝道個歉一樣向您賠個不是，您就為我醉臥在春風前。返回家裡，只管撰寫能令君主有凌雲之意的賦篇，我觀察您並不屬於隱居山澤的人士。

【研析】宋哲宗元祐三年正月蘇軾知貢舉，作為蘇氏門人，李廌也參加了這次考試，卻落選了。關於其中原委，宋人多有記述，如王稱《東都事略》卷一百十六載云：「又有李廌者，字方叔，陽翟人也。博學溢于詞章，受知于蘇軾。軾知貢舉，有程文瑰異，軾曰此必廌也，既而乃非是，悵然久之。廌竟無成而卒，然文益奇。」又葉夢得《石林詩話》云：「李廌，陽翟人，少以文字見蘇子瞻，子瞻喜之。元祐初知舉，廌適就試，意在必得。廌以魁多士，及攷章援程文，大喜，以為廌無疑，遂以為魁。既拆號，悵然出院，以詩送廌歸曰：『平時謾識〈古戰場〉，過眼終迷〈日五色〉。』蓋道其本意。廌自是學亦不進，家貧，不甚自愛，嘗以書責子瞻不薦己，子瞻後稍薄之，竟不第而死。」又陸游《老學庵筆記》卷十云：「東坡素知李廌方叔，方叔赴省試，東坡知舉，得一卷子，大喜，手批數十字，且語黃魯直曰：『是必吾李廌也。』及拆號，則章持致平，而廌乃見黜。故東坡、山谷皆有詩在集中。初廌試罷，歸語人曰：『蘇公知舉，吾之文必不在三名後。』及被黜，廌有乳母，年七十，大哭曰：『吾兒遇蘇內翰知舉不及第，他日尚奚望？』遂閉門睡，至夕不出，發壁視之，自縊死矣。廌果終身不第以死，亦可哀也。」可知李廌在文章方面是很得蘇軾賞識的，本以為中意的卷子是李廌的，結果大不然，李廌竟然名落孫山。這不僅令蘇軾感到愧疚，也影響了李廌的後半生。此詩就是在這種背景下寫的，首四句是陳述這次李廌意外的落選，令蘇軾迷惑不解。神宗元豐年間，蘇軾謫居黃州，李廌攜文拜見，得到賞識，蘇軾〈答李廌書〉有「惠示古賦近詩，詞氣卓越，意趣不凡，甚可喜也」云云，其中還談及李氏文章需要改進的地方。也就是說蘇軾對李氏的行文風格是了解的，所以才能自信滿滿的。因卷子是糊名的，斷定考生是誰，僅能從文筆氣勢及風格特色等方面入手，可是這次卻出了意外，所謂「筆勢翩翩疑可識」、「過眼終迷〈日五色〉」，一「疑」字，一「迷」字，說明了詩人事後的迷惑不解。「我慚不出君大笑」六句，則是表達了對李氏落選的愧疚之情。末二句，借司馬相如因文章而得到漢武帝的賞識，鼓勵李氏不要氣餒，相信他是屬於濟世之才的。至於李氏自此不振，不再登第，則是後話。詩中「平時謾說〈古戰場〉，過眼終迷〈日五色〉」二句，得到時人的激賞，就在於其用典貼切精工，兩句用的典故均屬李氏本家，而且又都與科舉有關聯。前句用唐代李華事，涉及李華中進士時所撰〈含元殿賦〉及〈弔古戰場文〉，以此說明蘇軾對李廌文章水平的肯定，及其高度的評價。後句用唐代李程參加進士考試，撰寫的〈日五色賦〉一文因初選未中而落選，後得楊於陵極力推讚而被主考官賞識，重新中舉，藉以表達了對李鷹落選一事的迷惑與不安。

故周茂叔❶先生濂溪 溪在廬山❷下

世俗眩❸名實❹，至人❺疑有無❻。怒移水中蠏❼，愛及屋上烏❽。坐令❾此溪水❿，名與先生俱。先生本全德⓫，廉退⓬乃一隅⓭。因抛彭澤米⓮，偶似西山夫⓯。遂即⓰世所知，以為溪之呼。先生豈我輩，造物乃其徒。應同柳州柳⓱，聊使愚溪⓲愚。

【注釋】❶周茂叔　周敦頤（西元一〇一七－一〇七三年），初名惇實，字茂叔，世稱濂溪先生，道州（今屬湖南）人。始以蔭為將作監主簿，調南安軍司理參軍，通判永州，擢廣南東路轉運判官，移提點刑獄，以病求知南康軍，分司南京。酷愛廬阜，買田其旁，築室以居，號曰濂溪。❷廬山　在江西九江南，聳立於鄱陽湖、長江之濱，又名匡山、匡廬。❸眩　迷惑；迷亂，引申為欺騙。❹名實　名稱與實質、實際。❺至人　道家指超凡脫俗，達到無我境界的人。舊指思想或道德修養最高超的人。❻有無　古代哲學範疇。有，指事物的存在，有「有形、有名、實有」等義。無，指事物的不存在，有「無形、無名、虛無」等義。《老子》：「天下皆知美之為美，斯惡已；皆知善之為善，斯不善已。故有無相生，難易相成。」❼怒移句　《晉書・解系傳》：「解系，字少連，濟南著人也……會氐羌叛，與征西將軍趙王倫討之，倫信用佞人孫秀，與系爭軍事，更相表奏，朝廷知系守正不撓，而召倫還。系表殺秀以謝氐羌，不從，倫、秀譖之，系坐免官。以白衣還第闔門自守，及張華、裴頠之被誅也，倫、秀以宿憾收系兄弟，梁王肜救系等，倫怒曰：『我於水中見蟹且惡之，況此人兄弟輕我邪？此而可忍，孰不可忍？』肜苦爭之不得，遂害之，并戮其妻子。」解與蟹同音。❽愛及句　《尚書大傳》卷三：「愛人者，兼其屋上之烏。」後世遂用愛屋及烏謂愛其人而推愛及與之有關的人或物。❾坐令　猶言致使，空使。❿此溪水　即濂溪，在府城南一十五里，自廬山西流合龍開河入江。周敦頤寓此，因取其故里道州營道縣濂溪之號名之。⓫全德　道德上完美無缺。《莊子・天地》：「天下之非譽，無益損焉，是謂全德之人哉。」⓬廉退　猶廉讓，謙讓。⓭一隅　指一個角落，亦泛指事物的一個方面。⓮因拋句　指陶淵明事，詳〈湯村開運鹽河雨中督役〉注❹。彭澤，縣名，漢代始設，在今江西北部。⓯西山夫　即西山餓夫，《史記・伯夷列傳》：「武王已平殷亂，天下宗周，而伯夷、叔齊恥之，義不食周粟，隱於首陽山，采薇而食之，及餓且死，作歌，其辭曰：『登彼西山兮，采其薇矣。以暴易暴兮，不知其非矣。神農虞夏忽焉沒兮，我安適歸矣。于嗟徂兮，命之衰矣。』遂餓死於首陽山。」後因以「西山餓夫」為伯夷、叔齊的代稱。按，伯夷、叔齊，商末孤竹君之二子，相傳其父遺命要立次子叔齊為繼承人。孤竹君死後，叔齊讓位給伯夷，伯夷不受，叔齊也不願登位，先後都逃到周國。周武王伐紂，二人叩馬諫阻，武王滅商後，他們恥食周粟，採薇而食，餓死於首陽山。⓰遂即　隨即；立即。⓱柳州柳　謂唐柳宗元（西元七七三—八一九年），字子厚，河東（今山西永濟）人。唐德宗貞元九年進士，又登博學宏詞科，授集賢殿正字。順宗永貞初，參與王叔文集團政治革新，遷禮部員外郎。永貞革新失敗後，貶為永州司馬，後又為柳州刺史。著有《柳河東集》。《新唐書・柳宗元傳》：「元和十年徙柳州刺史，……南方為進士者走數千里從宗元遊，經指授者，為文辭皆有法，世號柳柳州。」柳宗元〈種柳戲題〉詩：「柳州柳刺史，種柳柳江邊。談笑為故事，推移成昔年。」柳州，今屬廣西。⓲愚溪　在湖南永州西南，本名冉溪，柳宗元謫居於此，改名為愚溪。柳氏有〈愚溪詩序〉、〈愚溪對〉。這裡的愚，是守拙之意，指安於愚拙，不學巧偽，不爭名利。

【語　譯】世俗為名稱與實質所迷惑，超凡脫俗的至人置疑萬物的有或無。激憤時就會遷怒於水中的螃蟹，喜愛時就會連及屋頂上的烏鴉。致使這條濂溪水流，名聲與先生一起流傳。先生追求道德完美為本，清廉遜讓只是一個方面。因而拋棄官職，就如同陶淵明不會為五斗米的俸祿而任彭澤縣令，恰好又像似退隱西山的伯夷、叔齊。立即被世人所認知，並用濂溪水名稱呼他。先生哪裡似我們這些人，創造萬物的神就是他的門徒。應該如同當年的柳柳州，姑且使濂溪似愚溪般守拙裝愚。

【研　析】宋哲宗元祐四年三月蘇軾得命知杭州，到達杭州已是七月。周敦頤有子名燾，字次元，時為兩浙轉運判官，蘇軾應周燾之請，寫下了此詩，時在十二月。首四句意在說明人的喜怒好惡會左右他們對世間萬物的看法、愛恨及取捨，不論是世俗的普通人，還是超凡脫俗的人士，愛屋及烏的現象是常有的，即因愛其人連帶喜愛與之有關的人員或事物。因此引出廬山濂溪之所以為世人所推崇的話題，所謂「坐令此溪水，名與先生俱」和「遂即世所知，以為溪之呼」四句講的就是這個意思。周敦頤被認為是宋代理學的鼻祖，理學即宋代儒學，宋儒致力於闡釋義理，兼談性命，認定「理」先天地而存在。代表人物除周氏外，北宋有邵雍、張載、程顥、程頤，南宋有朱熹、陸九淵等，其哲學思想為宋以後封建統治者所重用。作為宋代理學的開山祖師，周敦頤的人品也是被世人所推崇的。蘇門弟子黃庭堅也有〈濂溪詩〉，其序云：「春陵周茂叔人品甚高，胸中灑落如光風霽月，好讀書，雅意林壑，初不為人窘束世故，權輿仕籍，不卑小官職。……周茂叔，天下士也，薦之於朝，論之於士大夫，終其身。其為使者進退官吏，得罪者自以不冤。中歲乞身，老於湓城，有水發源於蓮花峯下，潔清紺寒，下合於湓江。茂叔濯纓而樂之，築室於其上，用其平生所安樂媲水而成，名曰濂溪。」春陵，古地名，即道州。周氏不熱衷於功名，無論仕官，還是退隱，都注重自身品德的涵養。「先生本全德，廉退乃一隅」，即指此意。至於詩中引用的陶淵明、伯夷和叔齊、柳宗元諸人事典，這些人或不會因追求功名而做違心之事，如陶淵明、伯夷和叔齊，或是在官場不得志時如何能守拙裝愚如柳宗元，其相同點就是在面對大是大非時，如何能保全自己品德的完美。

次韻林子中❶、王彥祖❷唱酬

早知身寄一漚中❸，晚節❹尤驚落木❺風。近聞莘老、公擇❻皆逝，故有此句。昨夢已論三世❼事，歲寒猶喜五人同。軾與子中、彥祖、子敦❽、完夫❾

同試舉人景德寺⑩，今皆健。雨餘北固山⑪圍座，春盡西湖⑫水映空。差勝四明狂監⑬在，更將老眼犯塵紅⑭。

【注釋】❶林子中　林希（西元一〇三五－一一〇一年），字子中，福州人。宋仁宗嘉祐二年進士，為館閣校勘、集賢校理。神宗朝同知太常禮院，通判秀州，以集賢殿修撰知蘇州，更知宣、湖、潤、杭、亳五州，加天章閣待制。紹聖初進寶文閣直學士知成都府，罷知亳州，移杭州，旋以端明殿學士知太原府。徽宗立，知揚州，徙舒州，未幾卒。追贈資政殿學士，諡曰文節。❷王彥祖　王汾，字彥祖，巨野人。皇祐五年擢進士甲科。除諫議大夫，官至工部侍郎。❸早知句　《楞嚴經》卷六：「空生大覺中，如海一漚發。」《三藏法數》卷四：「漚者，水泡也。海本澄湛，因風飄鼓，發起水泡。以譬大覺之性，真淨明妙，因心妄動，生起虛空世界。虛空世界在大覺性中，如大海中之一漚耳。」一漚，一個水泡，佛教用以喻無常生滅。❹晚節　晚年。又晚年的節操。❺落木　落葉。❻莘老公擇　指孫覺和李常，分別詳見〈孫莘老求墨妙亭詩〉注❶和〈次韻劉貢父、李公擇見寄二首〉注❷。❼三世　佛家以過去、現在、未來為三世。北齊顏之推《顏氏家訓・歸心》：「三世之事，信而有徵。」❽子敦　顧臨，字子敦，會稽（今浙江紹興）人。皇祐中舉說書科，為國子監直講，遷館閣校勘同知禮院。熙寧年間為吏部郎中，祕書少監。元祐二年擢給事中，拜天章閣待制、河北都轉運使，以給事中召還，歷刑、兵、吏三部侍郎兼侍讀，為翰林學士，紹聖初以龍圖閣學士知定州，徙應天河南府。奪職知歙州，又以附會黨人斥饒州居住，卒年七十二。❾完夫　胡宗愈，字完夫，常州晉陵人。舉進士，通判真州，神宗熙寧中知和州，除集賢校理，同知諫院。哲宗時官至吏部尚書，卒諡修簡。❿景德寺　明李濂《汴京遺蹟志》卷十〈寺觀〉：「景德寺，在麗景門外迤東。周世宗顯德五年以相國寺僧多居隘，詔就寺之蔬圃別建下院分處之，俗呼東相國寺。顯德六年賜額天壽寺，宋真宗景德二年改名景德寺。」⓫北固山　在今江蘇鎮江市東北，有南、中、北三峰。北峰三面臨江，形勢險要，故稱北固。南朝梁武帝曾登此山，謂可為京口壯觀，改曰北顧。⓬西湖　指浙江杭州西湖，詳〈夜泛西湖五絕〉注❶。⓭四明狂監　指唐人賀知章，詳〈孫莘老求墨妙亭詩〉注㉓。四明，山名，在浙江寧波西南。自天台山發脈，綿亙於奉化、慈溪、餘姚、上虞、嵊縣等縣境。道書以為第九洞天，又名丹山赤水洞天。凡二百八十二峰。相傳群峰之中，上有方石，四面如窗，中通日月星辰之光，故稱四明山。按，此句借指王彥祖，時知明州（浙江寧波）。⓮塵紅　即紅塵，車馬揚起的飛塵，指繁華之地。佛教、道教等用以稱人世間。

【語　譯】早就知道一身就像寄託在大海中的一個水泡，晚年看到風中的落葉更覺得驚懼。過去的歲月如同是一場夢，已經可以推知人生三世的事情，到了寒冷的歲末，唯獨歡喜的是五人還健在。雨中圍座在一起觀賞著北固山景，春天離去，西湖的水映照著天空。還好似當年的四明狂客賀監還健在，又將老年時的眼力冒犯起了紅塵鬧市。

【研　析】感悟浮生若夢，世事滄桑，這是蘇軾詩文中常流露出的一種情感。「早知身寄一漚中，晚節尤驚落木風」，就是有感於人生短促、生死無常而發的。據宋人李燾《續資治通鑑長編》卷四百三十八載：（哲宗元祐五年二月丁酉）「龍圖閣直學士中大夫新知成都府李常卒。」又：「戊戌，龍圖閣直學士左朝散大夫提舉靈仙觀孫覺卒。」李常、孫覺與詩人交往密切，前者享年六十四，後者享年六十三，兩人卒於同一年同一月，卒日前後只差一天。蘇軾這年五十五歲，離六十也不遠了。兩位前輩好友的先後逝去，怎不令人感傷？好在友人如林子中、王彥祖、顧臨、胡宗愈等尚健在，這仍然是令人歡喜的。一悲一喜，世事莫測，這就是人生。逝者已去，生者仍需品味著人生。「雨餘」二句是就林子中而言，「差勝」二句是就王彥祖而言。蘇軾此次知杭州，其前任即林子中，時林氏改知潤州（今江蘇鎮江市），至於一年後蘇軾離開杭州，林氏再次知杭州，則是後話。所以詩中提及西湖、北固山是就林氏知杭州、潤州二地而言的，以能一起賞觀北固山和西湖的山水風光，可見當及時行樂之意。據《續資治通鑑長編》卷四百三十五云：（哲宗元祐四年十一月壬辰）「以左朝請郎祕書少監林旦為直祕閣，太僕卿知明州左中散大夫直龍圖閣王汾為祕書少監。」按，林旦為林希弟。又卷四百五十三云：（哲宗元祐五年十二月戊申）「祕書監王汾為兵部侍郎。」王汾即王彥祖，知王彥祖知明州，後又任祕書監，詩中用四明狂監賀知章典事來作比，暗喻冷眼旁觀紅塵、退隱自在之意。用典精當，風格老健。

贈劉景文❶

荷盡已無擎雨蓋，菊殘猶有傲霜枝。一年好景君須記，最❷是橙黃橘綠時。

【注釋】❶劉景文　劉季孫（西元一〇三三—一〇九二年），字景文，開封人。仁宗時以右班殿直監饒州酒務，知忻州，為杭州鈐轄，以左庫藏使知隰州以歿。有集十卷。❷最　猶正，恰。

【語譯】荷葉完全衰敗，已沒有高舉可遮擋雨水的蓋子，菊花雖然殘落，仍然有著傲視嚴霜的枝條。一年中的美好景致您必須記住，恰巧是橙子變黃、橘子還綠的時候。

【研析】宋人何薳《春渚紀聞》卷七云：「東坡先生稱劉景文博學能詩，凜凜有英氣，如三國陳元龍之流。元祐五年坡守錢塘，景文為東南將領，佐公開治西湖，日由萬松嶺以至新堤。」詩作於哲宗元祐五年（西元一〇九〇年）冬，時知杭州。美好的總是短暫的，所以要珍重美好，不留遺憾，自然萬物是這樣，世間人事更是如此，這便是詩意所在。按，宋人胡仔《苕溪漁隱叢話・後集》卷十：「苕溪漁隱曰：『天街小雨潤如酥，草色遙看近卻無。最是一年春好處，絕勝煙柳滿皇都。』此退之早春詩也。『荷盡已無擎雨蓋，菊殘猶有傲霜枝。一年好景君須記，最是橙黃橘綠時。』此子瞻初冬詩也。二詩意思頗同而詞殊，皆曲盡其妙。」故此詩又題作〈初冬〉詩，見宋蔡正孫《詩林廣記》卷五。

九月十五日觀月聽琴西湖❶示坐客

白露下眾草，碧空卷微雲。孤光為誰來，似為我與君。水天浮四座，河漢❷落酒樽。使我冰雪腸，不受麴蘖❸醺。尚恨琴有絃，出魚亂湖紋。哀彈❹奏舊曲，妙耳非昔聞。良時失俯仰❺，此見寧朝昏。懸知❻一生中，道眼❼無由渾。

【注釋】❶西湖　指穎州西湖，在今安徽阜陽西北。❷河漢　銀河。❸麴蘖　又作「麴孽」，酒麴，指酒。❹哀彈　猶哀絃，指悲淒的絃樂聲。❺俯仰　低頭和抬頭，比喻時間短暫。❻懸知　料想；預知。❼道眼　佛教語，指能洞察一切，辨別真妄的眼力。

【語譯】秋天的露水落在所有的草叢上，碧藍的天空中些許的雲朵在舒捲著。孤獨的月光為誰降臨，像似為了我與您。座位四周水天相映在浮動著，河漢映照在酒杯中。使我純淨潔白的腸子，不會受到酒水的醺醉。還是抱怨琴絃彈奏出動聽的樂音，使得夜中的魚兒出動攪亂了湖面的水波紋。悲淒的樂聲，彈奏的只是老舊的樂曲，美妙的雙耳聽到的卻似不是昔日聽過的。美好的時光轉眼間就會逝去，此時所見到的風光難道僅僅是出現在清晨與黃昏之間。料想一生中，能洞察一切、辨別真假的眼力是沒法變得渾濁的。

【研析】宋神宗元祐六年正月，蘇軾除吏部尚書，改翰林學士承旨。三月離開杭州，回京履新，其間又多次請求調到外地任職，八月，除龍圖閣學士知穎州，閏八月到任。此詩作於九月十五日，是初到任時的作品，蘇軾初到穎州，又有〈西湖秋涸，東池魚窘甚，因會客，呼網師遷之西池，為一笑之樂，夜歸，被酒不能寐，戲作放魚一首〉、〈復次放魚前韻，答趙承議、陳教授〉二詩，均與穎州西湖有關，二詩宋人編年排於此詩之前，則坐客也包括趙承議、陳教授二人。按，趙承議即趙令畤，宋宗室，初字景貺，蘇軾為改字德麟，時以承議郎簽書潁州公事。陳教授即陳師道，字履常，一字無己，彭城（今江蘇徐州）人，蘇門六君子之一，時為潁州教授。詩紀圓月之夜，與人賞玩湖光月色的情景。首二句摹寫時令，碧空少雲，凸顯了秋高氣爽，為圓月的出現作鋪墊與烘托。「孤光為誰來，似為我與君」，以圓月孤傲皎潔的品性取以自譬，滿是自信自傲。所以才有下文「使我冰雪腸，不受麴蘗醺」的說法。前寫觀月，後寫聽曲，「尚恨琴有絃」四句，摹寫琴曲雖然是舊曲，聽後卻有耳目一新之感，意在說明彈者技藝的高超，就連水中的游魚也紛紛冒出，為動人的樂曲所激動，更何況人呢？末四句抒發感慨，俯仰之間，美好的就會消失，能抓住，就不能輕易放棄，保持清醒的頭腦，「道眼無由渾」，便是詩的主旨所在。詩人由杭州回京任職的過程中，就多次上疏乞求到地方任職，又加上遭人彈劾，誣以元豐時所作詩有悖逆之心，雖然得以辨明，還是得旨補外。遠離京城，就是遠離權力鬥爭的漩渦，相對而言，在地方為官，就閒適得多了，所謂道眼不渾，冷眼旁觀世事風雲，於山水風光中消閒自在，未嘗不是好的選擇。詩語平淡，感悟人生，用意深厚。

泛潁❶

我性喜臨水，得潁意甚奇。到官十日來，九日河之湄❷。吏民笑相語，使君❸老而癡。使君實不癡，流水有令姿❹。遶郡十餘里，不馳亦不遲。上流直而清，下流曲而漪❺。畫船俯明鏡，笑問汝為誰？忽然生鱗甲❻，亂我鬚與眉❼。散為百東坡，頃刻復在茲。此豈水薄相❽，與我相娛嬉❾。聲色與臭味❿，顛倒⓫眩小兒⓬。等是兒戲物，水中少磷緇⓭。趙陳⓮兩歐陽⓯，同參⓰天人師⓱。觀妙⓲各有得，共賦泛潁詩。

【注釋】❶潁　即潁水，源出河南登封嵩山西南，東南流經商水縣、納沙河、賈魯河，至安徽壽縣正陽關入淮河。❷湄　岸邊；水和草相接的地方。❸使君　尊稱州郡長官，此詩人自謂。❹令姿　美麗的姿容，此指美好的形態、形象。❺漪　風吹水面形成的波紋。❻忽然句　唐劉禹錫〈晚泊牛渚〉：「蘆葦晚風起，秋江鱗甲生。」又唐白居易〈秋日與張賓客、舒著作同遊龍門，醉中狂歌，凡二百三十八字〉：「秋天高高秋光清，秋風嫋嫋秋蟲鳴。嵩峯餘霞錦綺卷，伊水細浪鱗甲生。」❼亂我句　《莊子・天道》：「萬物無足以鐃心者，故靜也，水靜則明燭鬚眉。……水靜猶明，而況精神？聖人之心靜乎，天地之鑑也，萬物之鏡也。」❽薄相　玩耍；戲弄。❾娛嬉　戲樂。❿臭味　氣味。⓫顛倒　迴旋翻轉；翻來覆去。⓬小兒　對人的蔑稱。〈陶淵明傳〉：「我豈能為五斗米折腰向鄉里小兒？」⓭磷緇　語出《論語・陽貨》：「不曰堅乎？磨而不磷；不曰白乎？涅而不緇。」磷，謂因磨而薄。緇，謂因染而黑。後因以比喻受外界條件的影響而起變化。⓮趙陳　指趙令畤和陳師道。趙令畤，宋宗室，初字景貺，蘇軾為改字德麟，時以承議郎簽書潁州公事。陳師道，字履常，一字無己，彭城（今江蘇徐州）人，蘇門六君子之一，時為潁州教授。⓯兩歐陽　指歐陽棐（字叔弼）、歐陽辯（字季默）兄弟，為歐陽修子，按，宋神宗熙寧四年六月，歐陽修致仕，退居潁州，次年七月去世。⓰同參　佛教語，謂共同參謁一師，亦為同事一師之佛教徒之互稱。又謂共同參悟研究。⑰天人師　釋迦牟尼佛的別號，以其為天與人之師，故名。後又用指皈佛成正果者。⑱觀妙　《老子》：「故常無欲，以觀其妙。」王弼注：「妙者，微之極也。」妙即精微、奧妙之意。

【語　譯】我生性喜歡親近流水，得到潁水心想很是奇異。到任十天來，有九天就在河水邊。官吏和百姓都笑著說，使君年老並且天真。使君我的確是不天真，是潁河流水有美好的形態。環繞著郡城長十餘里，水流既不奔駛也不遲頓。河水的上游筆直而清澈，下游的河流曲折而多波折。在華美的遊船上俯視如明鏡般水中的自己容貌，我笑著問道：「你是誰？」忽然間水面生起如鱗片般的波紋，攪亂了水中我的鬚髮與眉毛。擴散成上百個東坡先生，頃刻間看到我又在這裡。這難道是流水的戲弄，與我相互逗樂。美好的聲樂、女色與芳香的氣味，迴旋翻轉，顛來倒去，令我們這號人眼昏發花。如同是小孩兒戲玩東西，流水中少有變化。趙、陳及兩位歐陽氏，共同參悟佛理禪機。觀察事物的奧妙各有心得，共同賦寫著泛遊潁水的詩篇。

【研　析】宋哲宗元祐六年（西元一〇九一年）閏八月，蘇軾到達潁州，次年正月就改知他地，在潁州任上不滿半年。到任初期，潁州的山水就為詩人所迷戀，多見於詩篇的吟詠中，此詩便是其一。詩的前半幅敘寫潁州河水的迷人之處，一「奇」點明其魅力之所在，而潁水「有令姿」，即姿態美好非凡，表現在：其一、「遶郡十餘里」，潁水是潁州的天然濠溝，也是天然屏障。其二、「不駛亦不遲」，水流不急不慢，以見從容舒緩。其三、「上流直而清，下流曲而漪」，上游的水筆直而清澈，下游的水曲折而多波折，以見多姿多態。詩的後半幅抒寫泛舟江上的感悟。在船上俯視如明鏡般水面中自己的影子，忽而風吹拂過，波紋橫生，自己的影子也隨之變幻成百千個，我是誰？誰是我？哪是真？哪是假？宋釋普濟《五燈會元》卷十三〈雲巖晟禪師法嗣〉云：「後因過水睹影，大悟前旨，有偈曰：『切忌從他覓，迢迢與我疎。我今獨自往，處處得逢渠。渠今正是我，我今不是渠。應須恁麼會，方得契如如。』」「渠」指我的影子，「我」謂自性，即個性，本性。佛家指諸法各自具有的不變不滅之性。詩中「散為百東坡，頃刻復在茲」二句，當是暗用偈中語意，形影可千變萬化，而本性是不變的。真真假假，虛虛實實，能不為迷惑，認清自我。所謂遊戲三昧，以求超脫自在。

聚星堂❶雪 并引

元祐六年十一月一日禱雨張龍公❷，得小雪，與客會飲聚星堂，忽憶歐陽文忠公作守時❸，雪中約客賦詩禁體物語❹，於艱難中特出奇麗。爾來四十餘年❺，莫有繼者。僕以老門生❻繼公後，雖不足追配先生，而賓客之美，殆不減當時。公之二子❼又適在郡，故輒舉前令，各賦一篇❽。

窗前暗響鳴枯葉，龍公試手初行雪。映空先集疑有無，作態斜飛正愁絕。眾賓起舞風竹亂，老守先醉霜松折。恨無翠袖⑨點橫斜⑩，祇有微燈照明滅。歸來尚喜更鼓⑪永，晨起不待鈴索⑫掣。未嫌長夜作衣稜⑬，卻怕初陽生眼纈⑭。欲浮大白⑮追餘賞，幸有回飆⑯驚落屑⑰。模糊檜頂獨多時⑱，歷亂⑲瓦溝裁⑳一瞥㉑。汝南先賢有故事，醉翁《詩話》誰續說㉒。當時號令君聽取，白戰㉓不許持寸鐵㉔。

【注　釋】❶聚星堂　《大清一統志》卷八十九〈潁州府〉：「聚星堂，在府治內。宋歐陽修守潁日，以前守晏殊、蔡齊、曾肇、倅呂公著皆一代名賢，建堂署內，曰聚星，有聚星堂詩。」❷張龍公　宋祝穆《方輿勝覽》卷四十八〈淮西路．廬州．祠廟〉：「張龍公祠，在合肥縣西百三十里龍穴山。」按歐陽公《集古錄》載唐布衣趙耕撰〈張龍公碑〉云：「張公諱路斯，潁上百社人，仕隋為宣城令。罷歸，每夕出，自戌至丑歸，常體濕且冷。其夫人石氏異而詢之，公曰：『吾，龍也，蓼人鄭祥遠亦龍也。吾據池，屢與龍戰，明日取決，可令吾子持弓矢射之。繫鬣以青綃者，鄭也；絳綃者，吾也。』子遂射中青綃者，鄭怒，東北去，投合肥西山死，今龍穴山是也。其後蘇內翰軾作〈張龍公祠記〉亦載此事。山之東南隅有池，傍有一廟，遇旱，鄉人即請水以禱。」❸歐陽文忠公作守時　據《文忠集．年譜》載：「皇祐元年己丑，公年四十三。正月丙午移知潁州，二月丙子至郡，樂西湖之勝，將卜居焉。四月丙戌轉禮部郎中，八月辛未復龍圖閣直學士。」按，歐陽修（西元一〇〇七—一〇七二年），字永叔，吉州永豐人。天聖八年進士，以文章名天下。慶曆初召還知諫院，改右正言知制誥，尋出知滁州，徙揚、潁二州。拜禮部侍郎兼翰林學士，嘉祐五年為樞密副使，明年參知政事。神宗即位，遷尚書左丞，力求退，除觀文學士知亳州、青州，力求致仕。嘗守潁，樂其風土，因卜居焉。自號六一居士。居潁一年而卒，贈太子太師，諡文忠。❹賦詩禁體物語　歐陽修〈雪〉詩題下注云：「時在潁州作，玉、月、梨、梅、練、絮、白、舞、鵞、鶴、銀等事，皆請勿用。」體物，描述事物；摹狀事物。❺四十餘年　自皇祐元年（西元一〇四九年）歐陽修知潁州至元祐六年（西元一〇九一年），凡四十三年。❻門生　科舉考試及第者對主考官自稱門生。按，蘇軾嘉祐二年赴試禮部，歐陽修為主試官，得蘇軾〈刑賞忠厚之至論〉，欲冠多士，疑門下士曾鞏所為，乃置第二，中進士乙科，始見知於歐陽修。❼公之二子　指歐陽棐（字叔弼）、歐陽辯（字季默）兄弟二人。❽各賦一篇　按，引言末或有「以為汝南故事云」一句，汝南，位於河南駐馬店東部，古屬豫州，豫州為九州之中，汝南又居豫州之中，自古以來，汝南一直是郡、州、軍、府治所，所轄為今河南、安徽相連的一部分，為八方輻輳之地。潁州舊曾屬汝南郡。❾翠袖　青綠色衣袖，泛指女子的裝束。此指歌兒舞女。❿橫斜　或橫或斜，多以狀梅竹之類花木枝條及其影子。宋林逋〈山園小梅〉詩：「疏影橫斜水清淺，暗香浮動月黃昏。」此指梅。⓫更鼓　報更的鼓聲。⓬鈴索　繫鈴的繩索。唐制翰林院禁署嚴密，內外不得隨意出入，須掣鈴索打鈴以傳呼或通報。⓭衣稜　衣角。⓮眼纈　眼花。⓯浮大白　詳見〈贈孫莘老七絕〉注❻。⓰回飆　旋風；暴風。⓱落屑　謂飄落的雪花。⓲模糊句　唐白居易〈雪中即事答微之〉詩：「連夜江雲黃慘澹，平明山雪白糢糊。」糢糊，一作「模糊」，不清楚；不分明。⓳歷亂　紛亂；雜亂。⓴裁　通「纔」，剛剛；方才。㉑一瞥　迅速地看一眼，比喻極短的時間。㉒醉翁句　歐陽修《六一詩話》：「當時有進士許洞者善為辭章，俊逸之士也。因會諸詩僧分題，出一紙約曰：『不得犯此一字。』其字乃山、水、風、雲、竹、石、花、草、雪、霜、星、月、禽、鳥之類，於是諸僧皆閣筆。洞，咸平三年進士及第，時無名子嘲曰『張康渾裹馬，許洞鬧裝妻』者是也。」歐陽修撰有〈醉翁亭記〉，自號醉翁，又撰有《詩話》，又名《六一詩話》。㉓白戰　空手作戰，指作「禁體詩」時禁用某些較常用的字。㉔寸鐵 指短小的或極少的兵器。

【語譯】窗前隱隱約約地聽到了如同枯葉凋落時響聲，那是龍神張公顯試身手實施初次的落雪。遮蔽天空，先是集聚，又疑惑似有又無，刻意擺出姿態地斜著飄飛，恰是令人極其愁悶。眾賓客起身手舞足蹈，如同風吹竹葉那般混亂，年高的太守我先是醉倒，就像是霜壓松枝而折斷。可恨沒有歌兒舞女點綴在如或橫出或歪斜梅樹枝的賓客間，只有微弱的油燈光照著忽明忽暗。返回家中，還心喜離報更的鼓聲敲響還有很長的時間，清晨起床，也不需要等待著牽扯繩索打鈴催促。不會埋怨漫長的夜晚因雪寒而衣服起稜角，卻是擔心太陽初生時使眼睛昏花。想舉起大杯酒滿飲，追逐欣賞著雪景的餘興，幸運的是有旋風吹來，驚動起雪片紛紛地落下。落滿雪的檜樹枝頂已是長久的模糊不清，瓦楞間的洩水溝中轉眼間是雪花零亂。汝南先世的賢人就有故事，醉翁《詩話》提出的禁體物詩如今有誰能繼續提倡。當時提出的號令各位要聽從，如同徒手作戰，不許手持任何兵器。

【研析】文人聚會，賦詩唱和，爭奇鬥妍，因難見巧，往往而有之。雖然是多屬文字遊戲，為文造情，然而其中不乏娛樂性、趣味性，禁體物詩便是其一。《王直方詩話》云：「歐陽文忠守潁日，因小雪會飲聚星堂，賦詩，約不得用玉、月、梨、梅、練、絮、白、舞、鵞、鶴等事，歐公一篇云：『脫遺前言笑塵雜，搜索萬家窺冥漠。』自後四十餘年，莫有繼者。元祐六年東坡在潁，因禱雪於張龍公，獲應，遂復舉前篇令，末云：『汝南先賢有故事，醉翁詩話誰能說。當時號令君聽取，白戰不許持寸鐵。』」（見宋人阮閱《詩話總龜》卷二十〈詠物門上〉引錄）又宋佚名《漫叟詩話》「白戰」也有同樣的記載。禁體物詩其要求作詠物詩時，約定不得使用常見的典故，也不能使用常見的相關字詞。此詩首先從聽覺的角度寫雪的降落，描繪了雪落之「聲」；其次從視覺的角度寫雪的降落，描繪了雪落之「態」，「作態」二字極寫雪花飄落，惹人眼目，又以「風竹亂」、「霜松折」、「點橫斜」即以竹、松、梅三種樹枝形態比喻觀賞雪景時賓主的表現，以見情不自禁、手舞足蹈的歡樂之情。按，竹、松、梅，古人有歲寒三友之說，傲霜雪，是文人堅貞不屈品性的寫照，蘇軾詩中或暗用此意。「歸來尚喜更鼓永」八句，敘寫回家後仍然是興猶未盡，「未嫌長夜作衣稜，卻怕初陽生眼纈」，雖然夜已深，也很冷，仍然是睡意全無，只是擔憂清早太陽初生，眼花瞭亂，不見了「作態」的雪花，賞雪的興致也就會受影響。「晨起不待鈴索掣」，清晨不待催促，就趕早起了床，那是因為心裡仍然牽掛著飄飛的雪景。「幸有回飆驚落屑」，本以為日出雪停，難見雪花「作態」，不料狂風突起，雪片紛亂，卻是「模糊檜頂獨多時，歷亂瓦溝裁一瞥」，雖然只是短暫一瞥的變幻，風韻也是不同。「欲浮大白追餘賞」，表達了對「作態」雪花難以釋懷的迷戀與追尋。末四句點明作詩意圖，表達對恩師歐陽修的懷思。歐氏在潁州做過太守，致仕後又退居潁州，直到去世。禁體物語，就是歐氏在潁州時提出的。會聚友朋唱和，是歐氏在潁州時常有的事，宋人呂希哲《呂氏雜記》卷下云：「歐陽公居潁日，與正獻公及劉敞原甫、魏廣晉道、焦千之伯強、王回深甫、徐無逸從道七人會於聚星堂，分題賦詩。」正獻公即呂公著，字晦叔。又宋人朱弁《風月堂詩話》卷上云：「歐公居潁上，申公呂晦叔作太守，聚星堂燕集，賦詩分韻，公得松字，申公得雪字，劉原父得風字，魏廣得春字，焦千之得石字，王回得酒字，徐無逸得寒字。又賦室中物，公得鸚鵡螺盃，申公得瓔壺，劉原父得張越琴，魏廣得澄心堂紙，焦千之得金星研，王回得方竹杖，徐無逸得月硯屏風。又賦席間果，公得橄欖，申公得紅蕉子，劉原父得溫柑，魏廣得鳳棲，焦千之得金橘，王回得荔枝，徐無逸得楊梅。又賦壁間畫像，公得杜甫，申公得李文饒，劉原父得韓退之，魏廣得謝安石，焦千之得諸葛孔明，王回得李白，徐無逸得魏鄭公。詩編成一集，流行於世，當時四方能文之士及館閣諸公，皆以不與此會為恨。」所謂「汝南先賢有故事」當是指這類事。大家就同一題目作詩，或是各自以抓鬮得到的不同題目作詩，約以條規，如《六一詩話》載許洞與諸詩僧相會賦詩分題，約定云：「不得犯此一字，其字乃山、水、風、雲、竹、石、花、草、雪、霜、星、月、禽、鳥之類，於是諸僧皆閣筆。」所謂分題，即文人聚會，分探題目而賦詩，又稱探題。儘管都是遊戲筆墨之作，但禁體物詩的寫作，其困難的程度要高得多。宋人葉夢得《石林詩話》云：「詩禁體物語，此學詩者類能言之也。歐陽文忠公守汝陰，嘗與客賦雪於聚星堂，舉此令，往往皆閣筆不能下，然此亦定法。若能者，則出入縱橫，何可拘礙？」可見這類詩的寫作是有一定難度的。宋人胡仔云：「自二公賦詩之後，未有繼之者，豈非難措筆乎？」(《苕溪漁隱叢話．前集》卷二十九)「二公」即歐陽修、蘇軾，雖然屬文字遊戲，並不是人人都能擅長的，文人雅事，供一時玩樂而已。

送運判朱朝奉入蜀❶

靄靄❷青城❸雲，娟娟❹峨嵋❺月。隨我西北來，照我光不滅。我在塵土❻中，白雲❼呼我歸。我游江湖❽上，明月濕我衣。岷峨❾天一方，雲月在我側。謂是山中人，相望了不隔。夢尋西南路，默數長短亭❿。似聞嘉陵江⓫，跳波⓬吹枕屏⓭。送君無一物，清江飲君馬。路穿慈竹⓮林，父老拜馬下。不用驚走藏⓯，使者⓰我友生⓱。聽訟如家人⓲，細說為汝評。若逢山中友，問我歸何日。為話腰腳輕，猶堪踏泉石⓳。

【注釋】❶送運判朱朝奉入蜀　宋建安本云〈送朱世昌使蜀〉。朱京（?—西元一一〇一年），字世昌，南豐人。登進士甲科，為太學錄。神宗數召見論事，擢監察御史。歷太常博士，湖北、京西、江東轉運判官，提點淮西刑獄、司封員外郎。元符初遷國子司業，固辭不拜。徽宗初立，復命之，逾月而卒。運判，宋代始於轉運使、發運使下設判官，職位略低於副使，稱轉運判官、發運判官，簡稱運判。❷靄靄　雲霧彌漫貌。❸青城　即青城山，在四川都江堰市城西南，山形如城，故名。北接岷山，連峰不絕，以青城為第一峰。山中有八大洞、七十二小洞，風景秀麗。相傳東漢張道陵修道於此，道教稱為第五洞天。

❹娟娟　明媚貌。❺峨嵋　詳〈歐陽少師令賦所蓄石屏〉注❺。❻塵土　指塵世，塵事。❼白雲　喻歸隱。❽江湖　泛指四方各地。❾岷峨　岷山和峨眉山的並稱。或說岷為青城山，峨為峨眉山。❿長短亭　古時於道路每隔十里設長亭，五里設短亭，供行旅停息。近城的十里長亭常為送別之處。⓫嘉陵江　長江主要支流之一，發源於陝西鳳縣嘉陵谷，流經甘肅、四川，在重慶市區注入長江。⓬跳波　翻騰的波浪。⓭枕屏　枕前屏風。⓮慈竹　又稱義竹、慈孝竹、子母竹。叢生，一叢或多至數十百竿，根窠盤結，四時出筍。竹高至二丈許。新竹舊竹密結，高低相倚，若老少相依，故名。⓯走藏　逃走躲藏。⓰使者　奉命出使的人。⓱友生　朋友。⓲聽訟句　《舊唐書‧陽城傳》：「出為道州刺史，太學生王魯卿季償等二百七十人詣闕乞留，經數日，吏遮止之，疏不得上。在道州，以家人法待吏人，宜罰者罰之，宜賞者賞之，不以簿書介意。」聽訟，聽理訴訟；審案。⓳泉石　指山水。

【語　譯】青城山上彌漫的雲霧，峨眉山頭明媚的月亮。雲兒隨著我到西北而來，月亮照耀著我光度沒有減弱。我在塵世中，白雲呼喚我返回。我遊宦於四方各地，明月下潮濕了我的衣服。青城山和峨眉山遠在天一方，雲朵和月亮卻在我身旁。說我是山中人，彼此相望完全不會阻隔。夢中尋找著返回西南的道路，默默地數念著長亭與短亭。像似聽到了嘉陵江的水，翻騰的波浪吹落在枕前的屏風上。為您送行，沒有一物相贈，清澈的江水可供您的馬飲用。行路穿過慈竹林，父老拜迎在馬下。不必驚懼而逃走躲藏，使者是我的朋友。聽理訴訟如同對待家人一樣，詳細地解說並為你們評議。如果遇到退隱山中的朋友，詢問我哪天返回。為我傳話就說腰腳輕便，還是可以爬山涉水的。

【研　析】巴蜀之地，是作者的故鄉。自從離開故鄉，開始了仕宦生涯，詩人幾乎就沒有什麼機會回到故里。尤其是仕宦的後半生，仕途上的坎坷與失意，想從官場中收身，退隱回歸，就成了永久的奢望。不管怎麼說，對故鄉的思戀之情卻難以割斷，見到從故鄉而來的長江之水就感到親切，見到來自巴蜀之地的人就感到熱情，見到要到巴蜀之地任職的人就感到激動，這首詩便是如此。青城山的雲，峨眉山的月，是如此美好，早年的記憶，一直伴隨著自己，「隨我西北來，照我光不滅」，這是刻骨銘心的記憶。「我在塵土中，白雲呼我歸」，塵土即塵世，指紅塵名利場及仕途生涯，白雲喻指歸隱，人在江湖，身不由己，可在詩人身上得到切實的印證。「謂是山中人」，是說自己原本是適合歸隱的料，卻總是難以遂人願，仕途上不得志，歸隱又不能達成，進退兩難，對詩人而言，這未嘗不是一種悲哀。「夢尋西南路，默數長短亭。似聞嘉陵江，跳波吹枕屏」，回歸故鄉的願望，只能在夢中實現了。「默數」二字，道出了心情的迫切。詩的前半幅敘寫自己濃重的思鄉之情，後半幅則是敘寫送友人到巴蜀任職之意，「不用驚走藏」、「聽訟如家人」，意在囑咐朱氏治理百姓要有寬厚仁慈之心，是遊子對故鄉父老關懷之心的體現，也是儒家民本思想的反映，詩人在地方為官時就是如此做的。至於末四句，意在說明自己尚強健，鄉親故友不必牽掛。此詩雖然是送友人，卻處處說自己，借他人酒杯，澆自己塊壘。語言清麗樸實，抒情委婉多態。

軾在潁州與趙德麟❶同治西湖❷未成，改揚州❸。三月十六日湖成，德麟有詩見懷，次其韻

太山秋毫兩無窮❹，鉅細❺本出相形❻中。大千起滅一塵裏❼，未覺杭潁誰雌雄❽。來詩云與杭爭雄。我在錢塘拓湖淥，大堤士女爭昌丰。六橋橫絕天漢上，北山始與南屏通❾。忽驚二十五萬丈，老葑席卷蒼雲空❿。揭來潁尾弄秋色⓫，一水縈帶⓬昭靈宮⓭。坐思⓮吳越⓯不可到，借君月斧修曈曨⓰。二十四橋亦何有，換此十頃玻璃風⓱。雷塘⓲水乾禾黍⓳滿，寶釵耕出餘鸞龍⓴。明年詩客來弔古，伴我霜夜號秋蟲。德麟見約來揚寄居，亦有意求揚倅㉑。

【注釋】❶趙德麟　詳〈泛潁〉注⓮。❷西湖　詳〈九月十五日觀月聽琴西湖示坐客〉注❶。❸揚州　今屬江蘇。❹太山句　《莊子・齊物論》：「天下莫大於秋毫之末，而太山為小。莫壽乎殤子，而彭祖為夭。天地與我並生，而萬物與我為一。」又：「是亦一無窮，非亦一無窮也。」晉郭象注：「天下莫

不自是而莫不相非，故一是一非，兩行無窮。唯涉空得中者，曠然無懷，乘之以遊也。」太山，即泰山，在山東中部，古稱東嶽，為五嶽之一，又稱岱宗、岱山、岱嶽、泰岱。秋毫，又作「秋豪」，鳥獸在秋天新長出來的細毛，比喻細微之物。❺鉅細　大和小。❻相形　相互比較、對照。❼大千句　唐釋道宣《廣弘明集》卷二十四載北齊樊孝謙〈答沙汰釋李詔表〉：「法王自在，變化無窮。置世界於微塵，納須彌於黍米。蓋理本虛無，示諸方便。」大千，即大千世界，詳〈端午遍遊諸寺得禪字〉注❼。起滅，佛教語，指因緣和合而產生、與因緣離散而消滅。塵，即微塵，佛教語，色體的極小者稱為極塵，七倍極塵謂之微塵。常用以指極細小的物質。❽未覺句　謂杭州西湖、潁州西湖難分高下。❾我在四句　宋哲宗元祐年間蘇軾知杭州時，疏浚西湖，堆泥築堤，南起南屏山，北接岳王廟，分西湖為內外兩湖。其間有橋六座，夾道雜植花柳，有六橋煙柳之稱。錢塘，古縣名，古人常用指杭州。淥，清澈。大堤，指蘇公堤，又稱蘇堤，在杭州西湖中。昌丰，《詩・鄭風・丰》：「子之丰兮，俟我乎巷兮……子之昌兮，俟我乎堂兮。」此用昌丰謂丰姿美。六橋，在杭州西湖外湖蘇堤上，即：映波、鎖瀾、望山、壓堤、東浦、跨虹，為蘇軾在時所建。天漢，天河。北山，指杭州西湖北部諸山，如北高峰，宋祝穆《方輿勝覽》卷一〈臨安府・山川〉：「北高峯，在靈隱山後。」南屏，即南屏山，宋潛說友《咸淳臨安志》卷二十三〈山川二・城南諸山〉：「南屏山，在興教寺後，怪石聳秀，中穿一洞，上有石壁若屏障然。」又：「小南屏山，在廣教院後，怪石玲瓏，亦類屏障。」❿忽驚二句　謂西湖葑草叢生，綿延二十五萬餘丈，如風雲席捲，布滿湖中。宋李燾《續資治通鑑長編》卷四百四十二載：（哲宗元祐五年五月壬辰）「賜度僧牒五十，令杭州開西湖。從知州蘇軾請也。杭本江海之地，水泉鹹苦，民居稀少。唐刺史李泌始引西湖作六井，民足水，故井邑日富。及白居易復浚西湖，放水入運河，自河入田，所溉至千頃。然湖水多葑，自唐及錢氏，歲輒開治，故湖水足用。近歲廢而不理，至是湖中葑田積二十五萬餘丈，而水無幾，運河失湖水之利，則取給於潮，潮水渾濁，多淤河，行闤闠中，三年一淘，為市井大患，而六井亦幾廢。軾始至濬茆山、鹽橋二河，以茆山一河專受江潮，以鹽橋一河專受湖水，造堰閘以為潮水蓄洩之限，然後潮不入市，且以餘力復治六井，民稍獲其利。軾間至湖上，周視良久，曰：『今欲去葑田，葑田如雲，將安所置之？湖南北三十里，環湖往來，終日不達，若取葑田積之湖中，而行者便矣。人喜種菱，若種菱，收其利，以備修湖，則湖當不復堙塞。』乃取救荒之餘，得錢糧以貫石數者萬，復請於朝，得度牒半百，以募役者。堤成，植芙蓉楊柳其上，望之如圖畫，杭人名之蘇公堤。」封，菰根，即茭白根。⓫揭來句　謂自己知潁州，到任時為秋季。揭來，猶言來，來到。尾，指江河的下游。⓬縈帶　環繞。⓭昭靈宮　即張龍公祠，蘇軾〈昭靈侯廟碑〉：「昭靈侯，南陽張公，諱路斯，隋之初家於潁上縣仁社村，年十六中明經第，唐景龍中為宣城令。以才能稱。……熙寧中司封郎中張徽奏乞爵號，詔封公昭靈侯。……元祐六年秋，旱甚，郡守龍圖閣學士左朝奉郎蘇軾迎致其骨于西湖之行祠，與吏民禱焉，其應如響，乃益治其廟，作碑而銘之。」又參見〈聚星堂雪〉注❷。⓮坐思　猶言因而想到。⓯吳越　指今江浙一帶，春秋時為吳國、越國故地。⓰借君句　唐段成式《酉陽雜俎》卷一：「太和中，鄭仁本表弟，不記姓名。嘗與一王秀才遊嵩山，捫蘿越澗，境極幽夐，遂迷歸路。將暮，不知所之，徙倚間，忽覺叢中鼾睡聲，披榛窺之，見一人，布衣，甚潔白，枕一襆物，方眠熟，即呼之，曰：『某偶入此徑，迷路，君知向官道否？』其人舉首略視，不應，復寢，又再三呼之，乃起坐，顧曰：『來此。』二人因就之，且問其所自，其人笑曰：『君知月乃七寶合成乎？月勢如丸，其影日爍，其凸處也，常有八萬二千戶修之，予即一數。』因開襆，有斤鑿數事，玉屑飯兩裹，授與二人，曰：『分食此，雖不足長生，可一生無疾耳。』乃起二人，指一支徑，但由此，自合官道矣。言已，不見。」月斧，修月之斧。朣朧，月初出貌；微明貌。⓱二十四橋二句　趙德麟《侯鯖錄》卷一：「歐陽公自維揚移守汝陰，作西湖詩云：『綠芰紅蓮畫舸浮，使君寧復憶揚州。都將二十四橋月，換得西湖十頃秋。』東坡自潁移維揚作詩寄曰：『二十四橋亦何有，換此十頃玻璃風。』使歐公詩也。」宋祝穆《方輿勝覽》卷四十四〈淮東路・揚州・古跡〉：「二十四橋，隋置，並以城門坊市為名。後韓令坤省築州城，分布阡陌，別立橋梁，所謂二十四橋者或存或廢，不可得而考。」宋沈括《夢溪筆談‧補筆談》卷下：「揚州在唐時最為富盛，舊城南北十五里一百一十步，東西七里三十步，可紀者有二十四橋：最西濁河茶園橋，次東大明橋今大明寺前，水入西門有九曲橋今建隆寺前，次當正當帥牙南門有下馬橋，又東作坊橋，橋東河轉向南有洗馬橋，次南橋見在今州城北門外，又南阿師橋，周家橋今此處為城北門，小市橋今存，廣濟橋今存，新橋，開明橋今存，顧家橋，通泗橋今存，太平橋今存，利國橋，出南水門有萬歲橋今存，青園橋，自驛橋北河流東出有參佐橋今開元寺前，次東水門，今有新橋，非古迹也。東出有山光橋，見在，今山光寺前。又自衙門下馬橋直南有北三橋、中三橋、南三橋，號九橋，不通船，不在二十四橋之數，皆在今州城西門之外。」玻璃，比喻平靜澄澈的水面。⑱雷塘　在江蘇揚州城北，隋唐時為風景勝地，隋煬帝葬此。⑲禾黍　禾與黍，泛指黍稷稻麥等糧食作物。⑳寶釵句　謂雷塘被耕作的農作物呈現出如寶釵把美人鬢髮分成的鸞形龍狀。㉑倅　州郡長官的副職。

【語　譯】泰山和秋毫相比，兩者誰大誰小的結論是無限的，大與小本來就是出自相互比較而得出的。大千世界的產生與毀滅也可以在一粒微塵裡完成，沒有感覺到杭州西湖與潁州西湖誰大誰小。我在杭州拓展西湖，使湖水變得清澈，大堤上男男女女爭先恐後地觀賞著西湖的美好豐姿。六橋如同橫跨在天河上，北部諸山才與南屏峰有路相通。突然驚懼湖中的雜草綿延二十五萬餘丈，老朽的葑草被清除如同濃雲被席捲一空。來到潁水的下游觀賞著秋日的風光，一條河流如衣帶縈繞著昭靈宮。因而想到吳越之地的杭州不能去，就仰仗您如同仙人用斧頭修理月兒使之明亮那般治理潁州的湖水。二十四橋有什麼值得提的，還不如替換成這十頃平靜澄澈的湖水。雷塘的水已經乾枯，滿眼生長的都是禾黍，被耕作的農作物呈現出如寶敘把美人鬢髮分成的鸞形龍狀。明年作為詩客的您來憑弔古昔的人事，陪伴我在寒夜中吟詠，就如同秋夜中鳴叫的昆蟲。

【研　析】蘇軾在潁州任上不到半年，就有旨移知鄆州，隨即又改知揚州，哲宗元祐七年（西元一〇九二年）三月，蘇軾到達揚州。在杭州任上，蘇軾率領官民治理西湖，在潁州任上，蘇軾又主導了治理潁州西湖的事務，只是未等西湖治理好，蘇軾就改知揚州，到揚州任上不久，趙德麟寄詩告知潁州西湖已經治理好了，並想與杭州西湖比大小以見高下。蘇軾對此不以為然，所以開篇四句藉用佛道二家之言，表達了自己的看法。莊子認為比較大小是沒有定論的，就如同泰山與秋毫相比，雖然大小分明，可是與比泰山大的相比，泰山就顯得弱小；同樣，與比秋毫更小的相比，秋毫就顯得巨大了。所以所謂誰大誰小，只是相對的。至於佛家有「置世界於微塵，納須彌於黍米」之言，大千世界有生有滅，同理一粒微塵也有生有滅，即大千世界是一宇宙，一粒微塵也是一宇宙，不論大小，人們都能從中體悟生與死的法則。基於此，詩人認為以比較潁州西湖與杭州西湖大小而爭勝是沒有意義的，杭州西湖有其迷人之處，潁州西湖也有令人賞識的地方，這就夠了。「我在錢塘拓湖淥」六句是敘寫在知杭州時，疏浚西湖的事，蘇軾〈杭州乞度牒開西湖狀〉云：「自國初以來稍廢不治，水涸草生，漸成葑田。熙寧中，臣通判本州，則湖之葑合蓋十二三耳，至今纔十六七年之間，遂堙塞其半。父老皆言十年以來水淺葑合，如雲翳空，倏忽便滿，更二十年，無西湖矣。使杭州而無西湖，如人去其眉目，豈復為人乎？臣愚無知，竊謂西湖有不可廢者五……臣以侍從出，膺寵寄日，覩西湖有必廢之漸，有五不可廢之憂，豈得苟安歲月、不任其責？輒已差官打量湖上葑田，計二十五萬餘丈，度用夫二十餘萬工。」按，湖澤中葑茭積聚處，年久腐化，變為泥土，水涸成田，稱作葑田。知湖中葑茭叢生，如濃雲密布，湖水多半被堙塞，已長達十多年，無人治理，以至西湖有行將枯竭廢棄之憂。又蘇轍〈亡兄子瞻端明墓誌銘〉云：「公間至湖上，周視良久，曰：『今欲去葑田，葑田如雲，將安所寘之？湖南北三十里，環湖往來，終日不達，若取葑田積之湖中為長堤，以通南北，則葑田去而行者便矣。吳人種茭，春輒芟除，不遺寸草，葑田若去，募人種茭收其利，以備修湖，則湖當不復堙塞。』」知疏浚西湖，不僅使西湖再度成為名勝，而且有利於民生，蘇軾是有功於杭州的。「揭來潁尾弄秋色」四句敘寫治理潁州西湖的事，只因蘇軾中途改任，善終則有賴於趙德麟，而趙氏不負所託，蘇軾還是感到寬慰的。「二十四橋亦何有」四句則是敘寫揚州湖水之事，揚州也有湖，因在城西，所以叫西湖，據說與杭州西湖相比，以迂迴曲折見長，故稱作瘦西湖。仁宗慶曆三年（西元一〇四三年），新政失敗，歐陽修被貶為滁州太守，後又改知揚州、潁州等。趙德麟《侯鯖錄》卷一：「歐陽公自維揚移守汝陰，作〈西湖〉詩云：『綠芰紅蓮畫舸浮，使君寧復憶揚州。都將二十四橋月，換得西湖十頃秋。』東坡自潁移維揚作詩寄曰：『二十四橋亦何有，換此十頃玻璃風。』使歐公詩也。」汝陰即潁州，其中原詩題作〈西湖戲作示同遊者〉，一作〈初泛西湖〉，歐陽修是蘇軾的恩師，歐氏是自知揚州改知潁州，蘇軾是自知潁州改知揚州，方向相反，地點相同。歐氏詩詞中多有詠潁州西湖之作，曾希望揚州有潁州西湖美景的願望，蘇軾既然有治理杭州西湖和潁州西湖成功經驗，有治理揚州西湖的想法也屬正常，畢竟其中還包含有恩師的夙願，只是到揚州才三四個月，就得旨回京任職了，未能遂願。

雙石 并敘

至揚州，獲二石：其一綠色，岡巒❶迤邐❷，有穴達於背。其一正白可鑑，漬❸以盆水，置几案❹間。忽憶在潁州❺日，夢人請住一官府，榜❻曰仇池❼，覺而誦杜子美詩❽曰：「萬古仇池穴，潛通小有天❾。」乃戲作小詩，為僚友一笑。

夢時良是覺時非，汲水埋盆故自癡❿。但見玉峰橫太白，便從鳥道絕峨眉⓫。秋風與作烟雲意，曉日令涵⓬草木姿。一點空明⓭是何處，老人真欲住仇池。

【注釋】❶岡巒　山巒；連綿的山峰。❷迤邐　曲折連綿貌。❸漬　浸泡。❹几案　桌子；案桌。❺潁州　今安徽阜陽。蘇軾曾為潁州太守。❻榜　匾額。❼仇池　在今甘肅成縣西，山有東西兩門，盤道可登，上有水池，故名。❽杜子美詩　見唐杜甫〈秦州雜詩二十首〉之十四。❾小有天　道家所傳洞府名。在河南濟源西王屋山。《太平御覽》卷四十引《太素真人王君內傳》：「王屋山有小天，號曰小有天，周迴一萬里，三十六洞天之第一焉。」❿汲水句　唐韓愈〈盆池五首〉之一：「老翁真箇似童兒，汲水埋盆作小池。一夜青蛙鳴到曉，恰如方口釣魚時。」按，盆池，即埋盆於地，引水灌注而成的小池，用以種植供觀賞的水生花草。⓫但見二句　唐李白〈蜀道難〉：「西當太白有鳥道，何以橫絕峨眉巔。」玉峰，道家謂仙人所居之山峰，又指積雪的山峰。太白，山名，在陝西眉縣東南。鳥道，險峻狹窄的山路。絕，橫絕；橫越。峨眉，詳〈歐陽少師令賦所蓄石屏〉注❺。⓬涵　浸潤；滋潤。⓭空明　指空曠澄淨的天空，此謂石中小穴自有洞天。

【語　譯】夢中時候全是對的醒來時卻覺得不對，引水灌注埋於地面的盆中想弄成水池的行為本來就屬天真。只見雪白的山峰如同橫亙的太白山峰，就想隨著只有鳥兒才能飛過險峻狹窄的山路橫越至峨眉山。就像似秋風中有欲生騰煙雲的意向，又像似朝陽滋潤著草木的妍態豐姿。有如空曠澄淨洞天的一點洞穴是什麼地方，已是老人的我真想住在這似仇池的地方。

【研　析】蘇軾有〈僕所藏仇池石，希代之寶也，王晉卿以小詩借觀，意在於奪，僕不敢不借，然以此詩先之〉一詩，其中於「慇懃嶠南使，餽餉淮東牧」二句自注云：「僕在揚州，程德孺由嶺南解官，以此石見遺。」程德孺，名之元，眉山人。蘇軾表弟，持節嶺南，為主客郎中。知雙石為程氏餽贈。宋人杜綰《雲林石譜》卷上〈英石〉云：「英州含光、真陽縣之間石產溪水中有數種，一微青色，有白通脈籠絡。一微灰黑，一淺綠，各有峰巒，嵌空穿眼，宛轉相通，其質稍潤，扣之微有聲。又有一種色白，四面峰巒聳拔，多稜角，稍瑩徹，面面有光，可鑒物，扣之無聲，採之人就水中度奇巧處鏨取之。此石處海外遼遠，賈人罕知之。然山谷以謂象州太守費萬金載歸，古亦然耳。頃年東坡獲雙石，一綠一白，目為仇池石。鄉人王郭夫亦嘗攜數塊歸，高尺餘，或大或小，各有可觀。方知有數種，不獨白、綠耳。」

英州，今廣東英德。英石，今稱英德石，本色為白色，又因風化及富含金屬礦物如銅、鐵等，而出現多色澤，有黑、青灰、灰黑、淺綠等色，具嵌空玲瓏之態，可供玩賞，極具觀賞和收藏價值。蘇軾所得，友人王詵（字晉卿）欲奪為己有，多見提及。前詩又於「盛以高麗盆，藉以文登玉」二句自注云：「僕以高麗所鑄大銅盆貯之，又以登州海石如碎玉者附其足。」知作者對雙石也是珍愛有加。詩作於知揚州時，首句「夢時良是覺時非」謂見到雙石，感覺與自己曾經夢遊的仙境相似。蘇軾〈和桃花源詩〉序云：「余在潁州，夢至一官府，人物與俗間無異。而山川清遠，有足樂者，顧視堂上榜曰仇池，覺而念之。仇池，武都氏故地，楊難當所保，余何為居之？明日以問客，客有趙令畤德麟者曰：『公何為問此，此乃福地，小有洞天之附庸也。』杜子美蓋云：『萬古仇池穴，潛通小有天。神魚人不見，福地語真傳。近接西南境，長懷十九泉。何時一茅屋，送老白雲邊。』他日工部侍郎王欽臣仲至謂余曰：『吾嘗奉使過仇池，有九十九泉，萬山環之，可以避世，如桃源也。』」詩人知潁州，半年不到就改知揚州。昔日夢中所見仇池仙境，醒後才知空幻不實，但這次夢給詩人的印象是深刻的，宋人葛立方《韻語陽秋》卷十三云：「東坡在潁州，夢至一官府，顧視堂上牓曰仇池，自後作詩往往自稱仇池。」今存有《仇池筆記》，署名蘇軾撰。如今雙石的形態，卻與昔日夢境類似。「汲水埋盆」是就以高麗鑄大銅盆安放雙石而言，雙石下又用登州海石如碎玉作鋪墊，銅盆中盛滿水，至於幻想盛滿水的銅盆若能變成天然大水池，那樣雙石也彷彿變成真正的山峰，其中白色石就似太白山峰，由此又由李白「西當太白有鳥道，何以橫絕峨眉巔」的詩句，聯想到了故鄉的峨眉山，思鄉的心情也就自然地被引逗了出來。至於「秋風與作烟雲意，曉日令涵草木姿」二句是就綠石而言，英石石質偏枯澀，以略帶清潤者為貴，綠石當屬清潤者，有雲煙蒸騰之意，有草木滋潤之態。尤其是其中一小洞穴，似洞天仙境，又與夢境吻合，夢中仇池仙境空幻不實，眼前的賞石卻小巧玲瓏，靈氣富足，仙味濃厚。詩人藉雙石暗寫歸隱故鄉的情懷，這便是詩中所要表達的旨意，只是手法更委婉曲折些罷了。

書晁說之❶〈考牧❷圖〉後

我昔在田間，但知羊與牛。川平牛背穩，如駕百斛❸舟。舟行無人岸自移，我臥讀書牛不知❹。前有百尾羊，聽我鞭聲如鼓鼙❺。我鞭不妄發，視其後者而鞭之。澤中草木長，草長病牛羊❻。尋山跨坑谷，騰趠❼筋骨強。烟蓑雨笠長林❽下，老去而今空見畫。世間馬耳射東風❾，悔不長作多牛翁。

【注釋】❶晁說之　（西元一〇五九—一一二九年）字以道，濟州鉅野（今屬山東）人。因慕司馬光為人，自號景迂生。神宗元豐五年進士，通判鄜州，知成州。欽宗靖康初召為著作郎，試中書舍人，兼太子詹事。高宗建炎初擢徽猷閣待制。有《景迂集》。❷考牧　謂牧事有成。《詩・小雅・無羊》序云：

「無羊，宣王考牧也。」鄭玄箋：「厲王之時，牧人之職廢，宣王始興而復之，至此而成，謂復先王牛羊之數。」孔穎達疏：「牧事有成，故言考牧也。」❸百斛　泛指多斛。斛，量具名，古以十斗為斛，南宋末改為五斗。❹我臥句　《舊唐書・李密傳》：「密大喜，因謝病，專以讀書為事，時人希見其面。嘗欲尋間愷乘一黃牛，被以蒲韉，仍将《漢書》一帙掛於角上，一手捉牛靷，一手翻卷書讀之。尚書令越國公楊素見於道，從後按轡躡之，既及，問曰：『何處書生耽學若此？』密識越公，乃下牛，再拜。」❺鼓鼙　古代軍中常用的樂器，指大鼓和小鼓。❻澤中二句　蘇軾〈寄子由三法・食芡法〉：「吾在黃岡山中見牧羊者，必驅之瘠土，云草短而有味，羊得細嚼，則肥而無疾。」❼騰趠　跳起；凌空。❽長林　高大的樹林，又比喻隱逸者的居處。❾世間句　唐李白〈答王十二寒夜獨酌有懷〉詩之二：「吟詩作賦北窗裡，萬言不直一杯水。世人聞此皆掉頭，有如東風射馬耳。」東風射馬耳，東風吹過馬耳邊，比喻充耳不聞，無動於衷。

【語　譯】昔日我在鄉村，只知道有羊和牛。原野平緩，騎在牛背上很穩定，就如同駕馭百斛大的船。船在前行，四周無人，兩岸自行地移動著，我臥著讀書，牛兒也不覺得。前面有百頭羊，聽到我的鞭聲如同敲擊著大鼓小鼓聲。我的鞭子不是胡亂揮打，看到落後的羊就鞭打。水澤中草木很長，吃著長長的草會使牛羊生病。沿著山勢跨越溝壑溪谷，騰空跳越，筋骨更加強硬。煙雨中身穿蓑衣，頭戴斗笠，來到高大的樹林下，年已老，此意如今徒見於圖畫中。人世間對此如同東風吹過馬耳邊而充耳不聞，我卻後悔不能長作擁有多頭牛的老翁。

【研　析】哲宗元祐七年（西元一〇九二年）三月蘇軾到揚州任，七月就得旨回京任職，九月至都城汴京。詩作於元祐八年，在京城。題晁說之所藏〈考牧圖〉，據《宣和畫譜》卷十九載，吳元瑜有〈考牧圖〉。按，吳元瑜，字公器，開封人。生活於北宋，師崔白，畫花鳥山水人物，自成一家。官至武功大夫、合州團練使。《宣和畫譜》云晚年求畫者多，日不暇給，乃取他畫或弟子所摹者加以印章，繆為己筆，以塞其責。晁氏所得，或為此圖。蘇軾藉圖中牧羊一事發揮，抒寫退隱的情懷。前半幅以紀實的筆觸描繪自己早年放牧牛羊的生活情態，以如同坐在一隻平穩地行駛在水中的大船作比喻，形容騎在牛背上的極其安穩，也正是如此地安穩，才有臥在牛背上專心看書，而絲毫不受到外界的影響，這就是一種境界。如果說寫牧牛趣事是體現了一「靜」字，那麼接著的牧羊之事就以「動」為特色，鞭聲如敲擊著大鼓小鼓，可見急促與緊張。不同於牧牛是以個體出現，牧羊是以群體展現的，所以才如此鬧騰。至於「我鞭不妄發，視其後者而鞭之」二句，看似平凡，其意可玩味。按，《莊子・達生》云：「田開之見周威公，威公曰：『吾聞祝腎學生，吾子與祝腎遊，亦何聞焉？』田開之曰：『開之操拔篲以侍門庭，亦何聞於夫子？』威公曰：『田子無讓，寡人願聞之。』開之曰：『聞之夫子曰：善養生者，若牧羊，然視其後者而鞭之。』威公曰：『何謂也？』田開之曰：『魯有單豹者，巖居而水飲，不與民共利，行年七十而猶有嬰兒之色，不幸遇餓虎，餓虎殺而食之。有張毅者，高門縣薄無不走也，行年四十而有內熱之病以死。豹養其內而虎食其外，毅養其外而病攻其內，此二子者，皆不鞭其後者也。』」單豹屬於隱者，獨善其身，注重於自身的保護而忽視身外之物；張毅熱衷於對外在功名的追求，因而內心憂慮焦燥。二人都不善於處理自身與身外之物，所以均不得善終。莊子談的養生話題，養生要內外兼顧，要全面考慮，有不足就要彌補，也就是「視其後者而鞭之」的意旨所在。蘇軾為口腹之役，離開故土，走上仕途，其間有追求功名富貴的因素，但官場中的波折，無休止的政治鬥爭，又令他不時萌生退隱之心。就拿這次進京供職，其前其後仍不時上章求補外，不許，八年夏又遭彈劾，六月得旨除知定州。人在江湖，身不由己，想退隱，卻最終也未能遂願。「烟簑雨笠長林下，老去而今空見畫」，那種笑傲山水、自在超脫的退隱生活，只能在圖畫中回味了，對自己而言，現實中是不可能達成的。「世間馬耳射東風，悔不長作多牛翁」，回應前文，悔不當初，世人常有這種心情，遺憾的就是沒有後悔藥。「一蓑煙雨任平生」，對蘇軾而言，隨遇而安，也只能如此。詩中寫牧牛放羊，一靜一動，一冷清，一熱鬧，一少一多，比擬對比，風趣靈動，寄寓深刻。

書丹元子❶所示李太白真❷

天人❸幾何❹同一漚❺，謫仙❻非謫乃其遊，麾斥八極隘九州❼。化為兩鳥鳴相酬，一鳴一止三千秋❽。開元❾有道❿為少留，縻⓫之不可矧⓬肯求？西望太白橫峩岷⓭，眼高四海⓮空無人。大兒汾陽中令君，小兒天台坐忘身⓯。平生不識高將軍⓰，手污吾足乃敢瞋⓱，作詩一笑君應聞⓲。

【注釋】❶丹元子　姚安世，道士，自號丹元子，平江（今江蘇蘇州）人。能詩文。哲宗元祐末往來京師，蘇子瞻一見奇之，以為異人，稱其詩有謫仙風采。❷李太白真　即李白畫像。李白，詳〈百步洪二首〉注⓫。❸天人　指洞悉宇宙人生本原的人。又指仙人，神人。❹幾何　若干；多少。❺一漚　詳〈次韻林子中、王彥祖唱酬〉注❸。❻謫仙　謫居世間的仙人。唐孟棨《本事詩・高逸》：「李太白初自蜀至京師，舍於逆旅。賀監知章聞其名，首訪之。既奇其姿，復請所為文，出〈蜀道難〉以示之，讀未竟，稱歎者數四，號為謫仙。」後又用以專指李白。❼麾斥句　《莊子・田子方》：「夫至人者，上闚青天，下潛黃泉，揮斥八極，神氣不變。」李白〈大鵬賦序〉：「余昔於江陵見天台司馬子微，謂余有仙風道骨，可與神遊八極之表。」麾斥，即揮斥，奔放；縱橫奔放貌。八極，八方極遠之地。九州，詳〈石鼓歌〉注㊷。❽化為二句　唐韓愈〈雙鳥詩〉：「雙鳥海外來，飛飛到中州。一鳥落城市，一鳥集巖幽。不得相伴鳴，爾來三千秋。兩鳥各閉口，萬象銜口頭。春風卷地起，百鳥皆飄浮。兩鳥忽相逢，百日鳴不休。有耳聒皆聾，有口反自羞。百舌舊饒聲，從此恒低頭。得病不呻喚，泯默至死休。雷公告天公，百物須膏油。自從兩鳥鳴，聒亂雷聲收。鬼神怕嘲詠，造化皆停留。草木有微情，挑抉示九州。蟲鼠誠微物，不堪苦誅求。不停兩鳥鳴，百物皆生愁。不停兩鳥鳴，自此無春秋。不停兩鳥鳴，日月難旋輈。不停兩鳥鳴，大法失九疇。周公不為公，孔丘不為丘。天公怪兩鳥，各捉一處囚。百蟲與百鳥，然後鳴啾啾。兩鳥既別處，閉聲省愆尤。朝食千頭龍，暮食千頭牛。朝飲河生塵，暮飲海絕流。還當三千秋，更起鳴相酬。」關於二鳥喻指，宋人說法不一，或云指李白和杜甫，或云指韓愈和孟郊，或云指佛老二教。此詩當指李、杜。❾開元　唐玄宗年號，凡二十九年（西元七一三—七四一年）。❿有道　謂政治清明，也指政治清明之世。按，歷來有開元盛世之稱。⓫縻　拴縛；束縛。⓬矧　況且；而況。⓭西望句　詳〈雙石〉注⓫和〈歐陽少師令賦所蓄石屏〉注❺。⓮四海　古以中國四境有海環繞，各按方位為東海、南海、西海和北海。猶言天下，全國各處。⓯大兒二句　《後漢書・禰衡傳》：「唯善魯國孔融及弘農楊修，常稱曰：大兒孔文舉，小兒楊德祖，餘子碌碌，莫足數也。」汾陽中令君，唐裴敬〈翰林學士李公墓碑〉：「又嘗有知鑑，客并州，識郭汾陽於行伍間，為免脫其刑責而獎重之。後汾陽以功成官爵，請贖翰林，上許之，因免誅，其報也。」郭子儀（西元六九七—七八一年），字子儀，鄭（今陝西華縣）人。以武舉異等累遷振遠軍使，安祿山反，充朔方節度使。肅宗即位靈武，詔同中書門下平章事，平安史之亂，功居第一，加司徒，封代國公，後又封汾陽王。中令，中書令的省稱。天台坐忘身，李白〈大鵬賦〉序云：「余昔於江陵見天台司馬子微，謂余有仙風道骨，可與神遊八極之表，因著〈大鵬遇希有鳥賦〉以自廣。此賦已傳于世，往往人間見之，悔其少作，未窮宏達之旨，中年棄之。及讀《晉書》，覩阮宣子〈大鵬讚〉，鄙心陋之，遂更記憶，多將舊本不同今復存于集，豈敢傳諸作者，庶可示之子弟而已。」司馬承禎（西元六三九—七三五年），字子微，法號道隱，自號白雲子，河內郡溫縣（今屬河南）人。道士，隱於天台山玉霄峰。有服餌之術，唐武則天、中宗朝頻徵不起，睿宗雅尚道教，稍加尊異，承禎赴召，不久辭歸。著有《坐忘論》一卷。天台，即天台山，在浙江天台縣北。山勢從東北向西南延伸，由赤城、瀑布、佛隴、香爐、華頂、桐柏諸山組成。多懸崖、峭壁、飛瀑等名勝。坐忘，道家謂物我兩忘、與道合一的精神境界。⑯平生句　唐范傳正〈唐左拾遺翰林學士李公新墓碑〉：「他日泛白蓮池，公不在宴，皇歡既洽，召公作序，時公已被酒於翰苑中，仍命高將軍扶以登舟，優寵如是。既而上疏請還舊山，玄宗甚愛其才，或慮乘醉出入省中，不能不言溫室樹，恐掇後患，惜而遂之。」高將軍，即高力士（西元六八四—七六二年），本姓馮，名元一，潘州（今廣東高州）人。宦官。年少入宮，內官高延福收為養子，改今名。唐玄宗在藩，力士傾心奉之。開元初，加右監門衛將軍，知內侍，授三品將軍。天寶初加冠軍大將軍、右監門衛大將軍，進封渤海郡公，七載加驃騎大將軍。⑰手污句　唐李肇《唐國史補》卷上：「李白在翰林多沉飲，玄宗令撰樂辭，醉不可待，以水沃之，白稍能動，索筆一揮十數章，文不加點。後對御引足，令高力士脫鞾，上命小閹排出之。」瞋，睜大眼睛。又指生氣，惱火。⑱作詩句　唐李濬《松窗雜錄》：「開元中，禁中初重木芍藥，即今牡丹也。得四本，紅、紫、淺紅、通白者，上因移植興慶池東沉香亭前。會花方繁開，上乘月夜召太真妃以步輦從，詔特選梨園子弟中尤者得樂十六色。李龜年以歌擅開元、天寶，一時之名手捧檀板押眾樂前，欲歌之。上曰：『賞名花，對妃子，焉用舊樂詞？』為遂命龜年持金花牋宣賜翰林學士李白進〈清平調詞〉三章，白欣承詔旨，猶苦宿酲未解，因援筆賦之：『雲想衣裳花想容，春風拂檻露華濃。若非羣玉山頭見，會向瑤臺月下逢。』『一枝紅艷露凝香，雲雨巫山枉斷腸。借問漢宮誰得似，可憐飛燕倚新粧。』『名花傾國兩相歡，長得君王帶笑看。解釋春風無限恨，沉香亭北倚闌杆。』龜年遽以詞進，上命梨園子弟約畧調撫絲竹，遂促龜年以歌。太真妃持玻瓈七寶杯，酌西涼州蒲萄酒，笑領意甚厚，上因調玉笛以倚曲，每曲遍將換，則遲其聲以媚之，太真飲罷，飾繡巾重拜上意。龜年常話於五王，獨憶以歌得自勝者無出於此，抑亦一時之極致耳，上自是顧李翰林尤異於他學士。」

【語　譯】神仙多少也如同是大海中的一個小水泡有生有滅，謫仙李太白並非謫居人間，那是他漫遊來到了人世間，縱橫不羈，遨遊八方，就覺得九州中國狹隘。他與杜甫化作兩隻鳥，彼此鳴叫相酬答，一隻鳴叫，一隻止息，已有三千年了。開元盛世，為此稍作停留，束縛他是不可以，更何況是乞求呢？西望太白峰，可以由此橫越至峨眉山和岷山，眼光高遠，視四海沒有什麼人可瞧得上。視汾陽中書令郭子儀如同大兒子，視天台論坐忘的司馬承禎如同小兒子。平生不把高將軍當回事，以為高將軍的手會玷汙自己的雙足，就敢瞋目相視，作詩能使貴妃開顏一笑，您們應該是聽說過的。

【研　析】清高士奇《江村銷夏錄》卷三載〈宋蘇文忠公書李太白詩卷〉，詩末題云：「元祐八年七月十日，丹元復傳此二詩。」又附金人蔡松年跋（正隆四年）云：「老坡平生多與異人遇，此詩帖云傳於丹元，丹元者，道人姚安世自號也。先生將赴定武前兩月，與姚相會於京師，出南岳典寶、東華李真人像及所作二詩，言近有人於海上見之，蓋太白云，雖事涉荒怪，然法非烟火食肉人所能贋作。」蘇軾哲宗元祐七年（西元一〇九二年）九月至都城汴京，次年六月除知定州，八月續室王潤之卒於京。十月，才離開京城到達定州。知此詩作於元祐八年七月間。全詩讚美了唐代大詩人李白，首四句是說李白是人，但又不平凡。賀知章稱他為謫仙，是就其詩才而言，如同天上的神仙被貶謫到人世間。就如同大海中的一個小水泡，神仙也會有生有死，更何況謫仙李白呢？不過李白不是普通的人，「麾斥八極隘九州」，豪放不羈，遨遊八方，小小的中國九州是不能束縛他的，這是就李白詩的豐富想像力而言的。「化為兩鳥鳴相酬」，藉韓愈詩意，以化為兩隻鳥兒，比喻唐代兩位大詩人李白與杜甫，前者是偉大的浪漫主義詩人，後者是偉大的現實主義詩人，二人秉性不同，所以表現也不同，「一鳴一止」，止有止息退隱的意思，知「鳴」者謂杜甫，「止」者謂李白。李白詩多有高蹈風塵外之意，杜甫詩多悲歌國運與民生，當然這也與二人主要經歷的時代不一樣。李白身歷開元盛世，因詩才曾一度得到唐玄宗的賞識，供奉翰林，「開元有道為少留」說的就是此事。只是李白生性豪放不羈，「眼高四海空無人」，不肯阿諛奉承，高唱著「且放白鹿青崖間，須行即騎訪名山。安能摧眉折腰事權貴，使我不得開心顏」（〈夢遊天姥吟留別〉）。所謂「平生不識高將軍，手污吾足乃敢瞋」，對唐玄宗前的大紅人高力士不以為然，仍是戲弄有加。至於「大兒汾陽中令君」句，讚李白有識人之鑑，所言即郭子儀，其人在平定安史之亂中，功居第一。末句「作詩一笑君應聞」，指李白作〈清平調詞〉三首，博得楊貴妃歡顏笑領，玄宗滿意，又見李白詩才敏捷不凡。詩中讚美了李白的詩才、眼光、品性，圍繞著「仙」字作文章。唐范傳正〈唐左拾遺翰林學士李公新墓碑〉云：「脫屣軒冕，釋羈韁鎖。因肆情性，大放宇宙間。飲酒非嗜其酣樂，取其昏以自富；作詩非事於文律，取其吟以自適。好神仙非慕其輕舉，將不可求之事求之，欲耗壯心遺餘年也。」李白的這種性情與才華，多為後人所仰慕。蘇軾又有詩〈丹元子示詩，飄飄然有謫仙風氣，吳傳正繼作，復次其韻〉，知姚氏為李白的追慕者之一，蘇軾未嘗也不是呢？

雪浪石❶

太行❷西來萬馬屯❸，勢與岱岳❹爭雄尊❺。飛狐上黨天下脊❻，半掩落日先黃昏。削❼成山東❽二百郡，氣壓代北❾三家村❿。千峰右卷矗牙帳⓫，崩崖鑿斷開土門⓬。揭來⓭城下作飛石，一礮⓮驚落天驕⓯魂。承平⓰百年烽燧⓱冷，此物僵臥枯榆根。畫師爭摹雪浪勢，天工⓲不見雷斧⓳痕。離堆⓴四面繞江水，坐無蜀士誰與論。老翁兒戲作飛雨，把酒坐看珠跳盆㉑。此身自幻孰非夢？故國山水聊心存。

【注釋】❶雪浪石　宋杜綰《雲林石譜》卷下〈雪浪石〉：「中山府土中出石，灰黑，燥而無聲，溫然成質。其紋多白脈，籠絡如披麻旋繞委曲之勢。東坡常往山中，採一石，置於燕處，目之為雪浪石。」中山，古國名，春秋末年鮮虞人所建，在今河北定縣、唐縣一帶，後為趙所滅。此指定州。❷太行　即太行山，在山西高原與河北平原間，從東北向西南延伸。北起拒馬河谷，南至晉豫邊境黃河沿岸。西緩東陡，受河流切割，多橫谷，為東西交通通道。❸屯　聚集；積聚；戍守；駐紮。❹岱岳　泰山的別稱。詳〈軾在潁州與趙德麟同治西湖未成，改揚州。三月十六日湖成，德麟有詩見懷，次其韻〉注❹。❺雄尊　雄偉莊嚴。❻飛狐句　《史記・張儀列傳》：「雖無出甲席卷常山之險，必折天下之脊。」《索隱》：「常山於天下在北，有若人之背脊也。」唐鄭亞《會昌一品集》序：「上黨居天下之脊，當河朔之喉。今漳水雄兵，常山勁卒，是為脣齒，實懼因依。」飛狐，要隘名，在今河北淶源北蔚縣南，兩崖峭立，一線微通，迤邐蜿蜒，百有餘里。為古代河北平原與北方邊郡間的交通咽喉。上黨，今山西長治。❼削　分；割裂。❽山東　稱太行山以東地區。❾代北　古地區名，泛指漢、晉代郡和唐以後代州北部或以北地區，相當於今山西北部及河北西北部一帶。❿三家村　偏僻的小鄉村。⓫牙帳　將帥所居的營帳，前建牙旗，故名。⓬土門　即土門口，又名井陘口，唐李吉甫《元和郡縣志》卷二十一〈河北道・恆州・井陘縣〉：「井陘口，今名土門口，縣西南十里即太行八陘之第五陘也，四面高，中央下似井，故名之。」⓭揭來　猶言爾來或爾時以來。⓮礮　即砲，用來發射石彈的機械裝置。又指砲石，亦作礮石，古代用砲拋射的石頭。⓯天驕　即天之驕子，漢時匈奴用以自稱，後亦泛稱強盛的邊地少數民族或其首領。⓰承平　治平相承；太平。⓱烽燧　古代邊防報警的信號，白天放煙叫烽，夜間舉火叫燧。又指戰亂。⑱天工　天然形成的工巧，與「人工」相對。⑲雷斧　傳說中雷神用以發霹靂的工具，其形如斧，故稱。又謂雷劈。⑳離堆　山名，在今四川南部縣東南。㉑老翁二句　詳〈雙石〉注⑩。

【語　譯】如同太行山自西而來似萬馬聚集駐留，情勢上像是要與泰山爭比雄偉莊嚴。又似飛狐關隘，使得上黨成為天下的脊樑，遮蔽了大半落日，使這裡先變成了黃昏。割裂太行山的東部，形成了二百多個州郡，氣勢壓倒了代州以北的偏僻鄉村。千峰右向席捲如同矗立的將帥營帳，又似崩塌的懸崖被鑿斷，打通了土門口。自從那時以來，就在城下形成了欲飛動的石峰，猶如一砲拋射出的石頭，使得天之驕子膽魂驚落。百年的太平，沒有了戰亂，這塊石頭就僵臥在乾枯的榆樹根下。畫師們爭先恐後地摹繪著雪浪的情勢，哪似這塊石紋脈天然工巧，看不見雷神斧劈的痕跡。如同離堆山四面環繞著江水，坐中沒有故鄉蜀地的人士又與誰來討論。老翁我權作兒戲弄作飄飛的雨水，飲著酒，坐著觀看丈八盆池中水珠的歡蹦亂跳。此時自身如在幻境，世事哪有不是夢的呢？故鄉家園的山水姑且留存在心裡。

【研　析】此為〈次韻滕大夫三首〉之第一首，《施註蘇詩》云：「名興公，字希靖，時與李端叔同為定州倅，見《姑溪集》。」檢李之儀（字端叔）《姑溪集》，有〈次韻東坡所和滕希靖雪浪石詩古律各一〉，又〈跋戚氏〉云：「元祐末，東坡老人自禮部尚書以端明殿學士加翰林院侍讀學士為定州安撫使，開府延辟，多取其氣類，故之儀以門生從辟，而蜀人孫子發實相與俱，于是海陵滕興公、溫陵曾仲錫為定倅，五人者每辨色會于公廳，領所事竟，按前所約之地，窮日力盡歡而罷。」知滕氏為海陵（今江蘇泰州）人，時為定州倅。蘇軾於哲宗元祐八年（西元一〇九三年）十月至定州，宋人張邦基《墨莊漫錄》卷八云：「紹聖初元，東坡帥中山，得黑石白脈，如孫知微所畫石間奔流，盡水之變。又作白石大盆以盛之，激水其上，名其室曰雪浪齋。公自銘有云：『玉井芙蓉丈八盆，伏流飛空漱其根。』時四月二十日也。」按，改紹聖年號是在元祐九年。佛家有「一花一世界，一葉一如來」的說法，作為一塊玩賞石，蘇軾對雪浪石也作如是觀，前半幅由雪浪石的形態，彷彿見到了太行山，「太行西來萬馬屯，勢與岱岳爭雄尊」，總寫雪浪石的情勢不凡，如萬馬聚集駐留，可與泰山爭雄。以下六句則是分寫，或是如同通過飛狐隘，或是如同進入土門口（即井陘口），這些地方均是地勢險要處，又屬交通要道。至於「削成山東二百郡，氣壓代北三家村」二句，又涉及到世事人生，意在說明太行山作為屏障的重要性，有助於強化其歷史的滄桑感和厚重感。前半幅由雪浪石形態的不尋常，想像其曾經不平凡的經歷，有點有面，想像奇幻，氣勢奪人。「朅來城下作飛石」四句，則是敘說雪浪石的現狀，不同於其曾經的輝煌，如今的雪浪石是寂寞的，是詩人在後花園中得到的，原本就是一普通的石塊，很是不起眼，「此物僵臥枯榆根」，寫出了雪浪石經歷滄桑後的平靜，雖然如此，也難掩其不平凡的品性，所以得到詩人的青睞與珍賞。況且詩人喜歡這塊石頭，還有更深層次的意義，〈雪浪齋銘〉序云：「予於中山後圃得黑石，白脈，如蜀孫位、孫知微所畫，石間奔流，盡水之變。又得白石曲陽為大盆以盛之，激水其上，名其室曰雪浪齋。」當詩人把雪浪石安置在一個大盆中，設有湍激的水流，水流傾瀉而落，就如雪浪飄飛，別成一種境界。此情此景，又令詩人想到了故鄉的山水，「離堆四面繞江水」句所言，即是此意。唐顏真卿〈鮮于氏離堆記〉：「閬州之東百餘里，有縣曰新政。新政之南數千步，有山曰離堆，斗入嘉陵江，直上數百尺，形勢縮矗，嶔壁峻肅，上崢嶸而下迴洑，不與眾山相連屬，是之謂離堆。」故鄉的一山一水，不時縈繞在詩人心中，「老翁兒戲作飛雨，把酒坐看珠跳盆」，是真是假，亦實亦幻，對故園的深深眷戀之情注入其中，含淚的笑，聊以慰藉遊子久已枯寂的心。

鶴歎

園中有鶴馴可呼，我欲呼之立坐隅。鶴有難色側睨予，豈欲臆對如鵩乎❶？我生如寄❷良❸畸孤❹，三尺長脛閣❺瘦軀。俯啄少許便有餘，何至以身為子娛。驅之上堂立斯須❻，投以餅餌視若無。戛然❼長鳴乃下趨，難進易退我不如❽。

【注釋】❶我欲三句　漢賈誼〈鵩鳥賦〉：「單閼之歲兮，四月孟夏，庚子日斜兮，鵩集予舍，止於坐隅兮，貌甚閑暇。異物來萃兮，私怪其故。發書占之兮，讖言其度，曰：『野鳥入室兮，主人將去。』請問於鵩兮：『予去何之？吉乎告我，凶言其災。淹速之度兮，語予其期。』」鵩乃歎息，舉首奮翼，口不能言，請對以臆。」坐隅，座位旁邊。難色，為難的表情。側睨，斜視。臆對，猶意對，以胸臆為對。鵩，鳥名，似鴞。〈鵩鳥賦〉序：「鵩似鴞，不祥鳥也。」《文選》李善注引《巴蜀異物志》：「有鳥小如雞，體有文色，土俗因形名之曰鵩。不能遠飛，行不出域。」即今俗稱貓頭鷹。❷我生如寄 〈古詩十九首．驅車上東門〉：「人生忽如寄，壽無金石固。」三國魏曹丕〈善哉行〉：「人生如寄，多憂何為。」晉陶潛〈榮木〉詩：「人生若寄，顦顇有時。」謂人生短促，猶如暫時寄寓世間。❸良 確實；果然。❹畸孤 孤獨；孤單。❺閣 架起；支撐。❻斯須 須臾；片刻。❼戛然 象聲詞，唐白居易〈畫雕贊〉：「軒然將飛，戛然欲鳴。」❽難進句 《禮記．表記》：「子曰：事君難進而易退，則位有序；易進而難退，則亂也。故君子三揖而進，一辭而退，以遠亂也。」難進易退，謂慎於進取，勇於退讓。《舊唐書．薛登傳》：「希仕者必修貞確不拔之操，行難進易退之規。」

【語　譯】園中有隻鶴順服可呼喚，我想喚牠立在座位旁邊。鶴有為難的神色，斜著眼看著我，難道想以胸臆對答就如同鵩鳥回應賈誼一樣？我的一生如同暫時寄寓人世間那樣短促而且實在孤單，三尺長的細腿支撐著瘦弱的身軀。俯首啄食少許就覺得綽綽有餘，何至於以自身使您娛樂開心。驅趕著鶴走上廳堂站立片刻，把麵餅之類的食物扔過去，鶴卻好像沒看到。戛然長鳴一聲就往堂下疾行而去，慎於進取，勇於退讓，我不如鶴。

【研　析】詩作於知定州時。託物諷喻，是文人常用的手法，以鳥類為例，如漢代賈誼〈鵩鳥賦〉，以所謂不祥之鳥鵩鳥自喻，抒寫懷才不遇之感。又《列子．黃帝》云：「海上之人有好漚鳥者，每旦之海上從漚鳥游，漚鳥之至者百住而不止。其父曰：『吾聞漚鳥皆從汝游，汝取來吾玩之。』明日之海上，漚鳥舞而不下也。」漚鳥即鷗鳥，後世遂有盟鷗或鷗盟的說法，謂與鷗鳥定盟同住水鄉，喻退隱。詩詞中多用此典，如辛棄疾〈采桑子慢〉：「卻怪白鷗，覷著人、欲下未下，舊盟都在，新來莫是，別有說話。」以示心存忘機。鵩鳥、鷗鳥作為對話體的出現，象徵著文人的思想情感的另一面。此詩中的鶴也是如此，首四句敘寫於花園中遭遇一鶴，鶴表面上似溫順可人，詩人就有隨意使喚的念頭，誰知「鶴有難色側睨予」，即此鶴並非看起來那樣溫順，「側睨」未嘗不有蔑視之意，於是別開生面，引入下文。「我生如寄良畸孤」四句是代言體，代鶴回應詩人，牠本是隻落單的鶴，由「瘦軀」二字可知身體狀況不佳，宋人唐庚《文錄》云：「東坡作病鶴詩，嘗寫『三尺長脛瘦軀』，闕其一字，使任德翁輩下之，凡數字，東坡徐出其藁，蓋『閣』字也，此字既出，儼然如見病鶴矣。」此鶴之所以落單於花園，是生病使之然。「俯啄少許便有餘」說明病因主要是在於長久的飢餓，只需些許食物，便可消除危機。「何至以身為子娛」意思是目前雖然落難，還不至於俯首屈節，取媚於人，成為他人玩物，對詩人趁機打劫之心深致不滿。《世說新語‧言語》：「支公好鶴，住剡東仰山，有人遺其雙鶴，少時翅長欲飛，支意惜之，乃鎩其翮。鶴軒翥不復能飛，乃反顧翅，垂頭視之，如有懊喪意。林曰：『既有凌霄之姿，何肯為人作耳目近玩？』養令翮成，置使飛去。」詩意自此化出。末四句，敘寫鶴的最終選擇，「投以餅餌視若無」，對嗟來之食是不屑一顧的，堅守底線。「戞然長鳴乃下趨」，毅然離開，決然而去。「難進易退我不如」，為詩的主旨所在，表達了對於仕與隱，詩人所面臨的困惑。為了口腹之役，作者走上了仕途，而官場中的鬥爭，致使身心疲憊，讓詩人難以適應，常有退隱的念頭，卻總難遂願，進退兩難，這就是現實。詩中藉病鶴自喻，表達了辭歸超脫的心願。

壺中九華❶詩 并引

湖口❷人李正臣❸蓄異石九峰，玲瓏宛轉，若窗櫺❹然。予欲以百金買之，與仇池石❺為偶，方南遷❻未暇也，名之曰壺中九華❼，且以詩紀之。

清溪電轉失雲峰❽，夢裏猶驚翠掃空❾。五嶺❿莫愁千嶂⓫外，九華今在一壺中。天池水落層層見⓬，玉女⓭窗虛處處通。念我仇池太孤絕⓮，百金歸買碧玲瓏⓯。

【注釋】❶九華　即九華山。宋樂史《太平寰宇記》卷一百五〈江南西道三．池州〉：「九華山，在縣二十里，舊名九子山。李白以有九峯如蓮花削成，改為九華山。因有詩云：『天河溢綠水，秀出九芙蓉。』今山有李白書堂，基址存焉。又費冠卿及第歸後，以不及榮養，遂絕迹不仕，隱此中。長慶中三徵拾遺不起。又按顧野王《輿地志》云：其山面有峯千仞壁立，周迴二百里，高一丈，出碧雞之類。」在今安徽青陽，舊稱九子山，因有九峰如蓮花，故改為今名。主峰天台峰，與峨眉、五臺、普陀等山合稱中國佛教四大名山。❷湖口　縣名，南唐置湖口縣，屬江州，宋元仍舊，今江西九江。❸李正臣　字端彥，湖口人。宦官，官至文思院使。工丹青，寫花竹禽鳥頗有生意。❹窗櫺　即窗格，亦稱窗隔、窗槅，窗上的格子，古時在上面糊紙或紗以擋風，亦指窗扇。❺仇池石　詳〈雙石〉一詩。❻方南遷　指蘇軾貶謫廣東惠州。❼壺中九華　傳說東漢費長房為市掾時，市中有老翁賣藥，懸一壺於肆頭，市罷，跳入壺中。長房於樓上見之，知為非常人。次日復詣翁，翁與俱入壺中，唯見玉堂嚴麗，旨酒甘餚盈衍其中，共飲畢而出。事見《後漢書・方術傳下・費長房》。後即以「壺天」謂仙境，勝境。又唐王懸河《三洞珠囊》：「壺公謝元，歷陽人。賣藥於市，不二價，治病皆愈。」又《雲笈七籤》卷二十八引《雲台治中錄》：「施存，魯人。夫子弟子，學大丹之道……常懸一壺如五升器大，變化為天地，中有日月，如世間，夜宿其內，自號壺天，人謂曰壺公。」❽清溪句　此句一作「我家岷蜀最高峰」。電轉，喻轉動之快。雲峯，高聳入雲的山峰。此指狀如山峰的雲。❾翠掃空　謂山峰橫亙長空中。❿五嶺　大庾嶺、越城嶺、騎田嶺、萌渚嶺、都龐嶺的總稱，位於江西、湖南、廣東、廣西四省之間，是長江與珠江流域的分水嶺。⓫嶂　聳立如屏障的山峰。⓬天池句　此句一作「石泉影落涓涓滴」。天池，天上仙界之池，又指山頂之池。⓭玉女　仙女。⓮孤絕　謂孤零，孤單無伴。⓯玲瓏　精巧貌。

【語　譯】清澈的溪流中轉眼間就失去了如山峰般的雲朵，夢中見到了翠綠的山峰橫亙於天空中，依然感到的是驚異。如今要去五嶺之外的地區，不會因其遠隔千山而憂愁，九華山此時也如處在一壺天仙境中。峰頂天池中的水流層層飄落可見，似明亮窗口的孔穴處處聯通，可想見仙女們從中在探視。想到我的仇池石太孤單，從嶺南返歸後，就用百金買回這塊碧綠玲瓏的賞石。

【研　析】宋人杜綰《雲林石譜》卷上〈湖口石〉：「江州湖口石有數種，或在水中，或產水際，一種色青混然，成峯巒岩壑，或類諸物狀。一種匾薄嵌空，穿眼通透，幾若木板，似利刀剜刻之狀，石理如刷絲，色亦微潤，扣之有聲。土人李正臣蓄此石，大為東坡稱賞，目之為世中九華，有『百金歸買小玲瓏』之語。然石之諸峯間有外來奇巧者相粘綴，以增嶮怪，此種在李氏家頗多，適偶為大賢一顧彰名，今歸尚方久矣。」尚方泛稱為宮廷置辦和掌管飲食器物的官署、部門。宋哲宗紹聖元年四月，蘇軾以所作詩詞多涉譏訕遭人彈劾，改知英州，六月至當塗（今屬安徽），又得知責授寧遠軍節度副使惠州安置，詩作於赴惠州途中。賞玩之石，蘇軾前此收集過一二，如仇池石、雪浪石等，藉以感慨世事，想像奇幻，寄寓了詩人思鄉之情。此詩也是如此，「清溪電轉失雲峰，夢裏猶驚翠掃空」二句一作「我家岷蜀最高峰，夢裏猶驚翠掃空」，一開篇即由九華石想到了故鄉的山水，濃濃的鄉愁油然而生。「五嶺莫愁千嶂外」，惠州地處五嶺之外，此句暗指被流放惠州之事，仕途上的失意，往往會引發對故鄉的思戀，其中又暗喻對退隱的渴望。就詩人而言，當退隱成為奢望，成為不可能時，超脫塵世，擺脫苦悶，往往是詩人作品中所要反映出來的。蘇軾視九華石如同壺天，以壺中自有天地，表達了逃避現實的願望，就如同視仇池石等，未嘗不是如此。宋人方勺《泊宅編》卷中云：「湖口李正臣所蓄石，東坡名以壺中九華者，予不及見之。但嘗詢正臣所刻碑本，雖九峰排列如雁齒，不甚崷崪。而石腰有白脈，若束以絲帶，此石之病。不知坡何酷愛之如此，欲買之百金，豈好事之過乎？予恐詞人筆力有餘，多借假物象以發文思，為後人詭異之觀爾。」依方氏之言，九華石並無十分特別處，蘇軾不過是藉此託物寓情。蘇軾又有詩〈予昔作壺中九華詩，其後八年復過湖口，則石已為好事者取去，乃和前韻以自解云〉，按，蘇門弟子晁補之〈書李正臣怪石詩後〉云：「湖口李正臣世收怪石，至數十百。初正臣蓄一石，高五尺而狀異甚，東坡先生謫惠州，過而題之云壺中九華，謂其一山九峯也。元符己卯九月貶上饒，艤鍾山寺下，寺僧言壺中九華奇怪，而正臣不來，余不暇往。庚辰七月遇赦北歸，至寺下，首問之，則為當塗郭祥正以八十千取去累月矣。然東坡先生將復過此，李氏室中崤崒森聳，殊形詭，觀者尚多，公一題之，皆重於九華矣。」又宋人朱彧《萍洲可談》卷二云：「近年拳石之貴，其直不可數計。太平人郭祥正舊蓄一石，廣尺餘，宛然生九峯下，有如巖谷者，東坡目為壺中九華，因此價重，聞今已在御前。」知此石後為郭祥正所得，最終歸藏宮中。

八月七日初入贛❶過惶恐灘❷

七千里外二毛❸人，十八灘❹頭一葉❺身。山憶喜歡勞遠夢，蜀道有錯喜歡鋪，在大散關❻上。地名惶恐泣孤臣❼。長風❽送客添帆腹❾，積雨浮舟減石鱗❿。便合與官充水手，此生何止畧知津⓫。

【注釋】❶贛　水名，即江西境內的贛江，又稱贛水。東源貢水出武夷山脈，西源章水出大庾嶺，在贛州匯合後稱贛江。曲折北流，縱貫全省，主流入鄱陽湖。❷惶恐灘　贛江十八灘之一，在今江西萬安境內。宋莊綽《雞肋編》卷下：「吉州萬安縣至虔州陸路二百六十里，由贛水經十八灘三百八十里，去虔州六十里，始出贛石。惶恐灘在縣南五里，東坡貶嶺南，有初入贛詩云：『七千里外二毛人，十八灘頭一葉身。山憶喜懽勞遠夢，地名惶恐泣孤臣。』注云蜀道有錯喜懽鋪，入贛有大小惶恐灘，天設此對也。」又明李賢等《明一統志》卷五十六〈吉安府・山川〉：「惶恐灘，在萬安縣治西，舊名黃公灘，後訛為惶恐灘。」❸二毛　斑白的頭髮，常用以指老年人。❹十八灘　指贛江十八處險灘，即贛縣的白澗、天柱、小湖、鱉灘、大湖、銅盆、落瀨、青洲、梁口九灘；萬安縣的昆侖、曉灘、武朔、昂邦、小蓼、大蓼、綿灘、漂神、惶恐九灘。亦指第十八灘，即惶恐灘。❺一葉　一片葉子，比喻小船。❻大散關　在陝西寶雞西南的大散嶺上，也稱散關。當秦嶺咽喉，扼川陝間交通，為古代兵家必爭之地。❼孤臣　孤立無助或不受重用的遠臣。又謂孤臣孽子，指孤立無助的遠臣和賤妾所生的庶子，引申為不容於當政者但心懷忠誠的人。❽長風　暴風；大風。❾帆腹　指船帆受風而鼓起的部分。❿石鱗　河水流經石上激起的波紋。⓫知津　認識渡口，猶言識途。

【語　譯】貶謫到七千里外的惠州我已是白髮老人，十八灘頭感歎自身如同飄泊在水上的一葉扁舟。登山追憶起蜀道上的錯喜歡鋪，增添了夢想遠方親人的愁情，經過地名叫惶恐灘的，使孤臣孽子的我感激泣下。狂風為遠客送行使船帆鼓漲了起來，長久落下的雨水浮動著小船，河水流經石上時激起的波浪在減弱。心想自己理應與官府充當個水手，這輩子何止是略微了解了渡口。

【研　析】詩作於哲宗紹聖元年（西元一〇九四年）八月七日南遷惠州途經江西贛江時，抒寫了遠遷南方的仕宦感慨。貶謫惠州，詩人五十七歲，已是真正步入了老年階段，而此時卻仍然是在宦海漂泊，就如同一葉扁舟，不知何時得以安定下來？「山憶喜歡勞遠夢，地名惶恐泣孤臣」二句，宋人邢凱《坦齋通編》云：「詩人好改易地名以就句法，……東坡入贛詩：

「山憶喜歡勞遠夢，地名惶恐泣孤臣。」自下而上第一灘，在萬安縣前，名黃公灘，坡乃更為「惶恐」以對「喜歡」。《廬陵志》：二十四灘，坡詩乃云「十八灘頭一葉身」，亦非也。」知惶恐灘原名黃公灘，蘇軾為了與「喜歡」相對而改，當然不僅僅是出於對仗的需要，更是為「泣孤臣」之意作鋪墊。政治上遭到打壓，就意味著不得志，在異地他鄉，在孤立無援的情況下，遇到山水，難免就會想起故鄉的山水，以見遊子思戀的情懷。只是離鄉仕宦在外，本意是為國為民，無奈官場黨派鬥爭的不休不止，想退隱不許，想逃避不能，「泣孤臣」，表達了這種悲情。至於「便合與官充水手，此生何止畧知津」二句，用語雙關，《論語・微子》云：「長沮、桀溺耦而耕。孔子過之，使子路問津焉。長沮曰：『夫執輿者為誰？』子路曰：『為孔丘。』曰：『是魯孔丘與？』曰：『是也。』曰：『是知津矣！』」此處暗用這一典故，表面上是說自己一生奔波四方，往來於風雨中，經歷的水道頗多，熟知各地渡口也就不足為奇了。實際上是說自己在仕途宦海中歷練已久，是諳知自己前途與未來的。

過大庾嶺❶

一念❷失垢污，身心洞❸清淨❹。浩然天地間❺，惟我獨也正❻。今日
嶺上行，身世永相忘❼。仙人撫我頂，結髮受長生❽。

【注　釋】❶大庾嶺　五嶺之一，古名塞上、台嶺，相傳漢武帝有庾姓將軍築城於此，因有大庾之名，又名東嶠、梅嶺，在今江西大餘、廣東南雄交界處，為嶺南、嶺北的交通咽喉。❷一念　一動念間；一個念頭。佛家指極短促的時間。❸洞　通曉；明察。❹清淨　心境潔淨，不受外擾。又佛教指遠離惡行與煩惱。❺浩然句　《孟子・公孫丑上》：「我善養吾浩然之氣……其為氣也，至大至剛，以直養而無害，則塞於天地之間。」浩然，正大豪邁貌。浩然之氣，即正氣，正大剛直之氣。❻惟我句　《莊子・德充符》：「受命於地，唯松柏獨也在冬夏青青；受命於天，唯舜獨也正。幸能正生，以正眾生。」正，指正氣。❼身世句　唐白居易〈渭村退居，寄禮部崔侍郎、翰林錢舍人詩一百韻〉：「不動為吾志，無何是我鄉。可憐身與世，從此兩相忘。」身世，自身與世界。❽仙人二句　唐李白〈經亂離後天恩流夜郎，憶舊遊書懷，贈江夏韋太守良宰〉：「天上白玉京，十二樓五城。仙人撫我頂，結髮受長生。誤逐世間樂，頗窮理亂情。九十六聖君，浮雲挂空名。」拊，撫；撫摩。結髮，束髮，古代男子自成童開始束髮，因以指初成年。

【語　譯】轉念之間沒有了汙濁之感，內心洞徹了清純潔淨。秉承的浩然之氣充塞於天地之間，唯有我這人獨含正氣。如今途經大庾嶺，自己與外界彼此永遠被遺棄。仙人撫摩我的頭頂，束紮起髮髻，傳授給長生的法術。

【研　析】此詩作於貶謫惠州途經大庾嶺時，後蘇軾北還有詩〈予昔過嶺而南，題詩龍泉鐘上，今復過而北，次前韻〉，知此詩題於龍泉鐘上，清查慎行《蘇詩補註》云：「龍泉，失考。按志：大庾嶺之支曰南源，飛泉百丈下有龍湫潭，深不可測，有寺曰雲封，唐名庾山院，俗名挂角寺。有六祖大鑑禪師塔，左有卓錫泉，疑即龍泉也。」又《大清一統志》卷三百五十二〈連州・山川〉：「龍湫潭，在州城南十五里。潭內有三穴，甚深而寒，水源出穴中，懸流飛瀑，經久不竭。又龍潭在州城西五里，上下盧水交注于此。」大庾嶺是江西與廣東交界處，過了大庾嶺，就意味著遠離了中原政權統治，進入了所謂的蠻荒之地。所以作為被貶謫的官員，在途經大庾嶺時，就猶如從一個世界進入了另一世界，作為黨爭的犧牲者，在此詩人頗有頓悟的表現，所謂「垢污」，即政敵們往自己身上潑的髒水，主要是指其在詩文中詆訕皇上，有大不敬。這是汙辱，甚至是恥辱，不僅關係到自己的清白，還會連累親人朋友。作為當事人，詩人能不在意嗎？所謂「浩然天地間，惟我獨也正」，詩人堅信自己品性的純正剛直，可是面對著政敵們的深文周納，對此又感到無能為力。忘懷世事，超脫紅塵，企盼虛幻，未嘗不是迫切地希望釋放痛苦的一種表現。

朝雲❶詩 并引

世謂樂天有鬻駱馬、放楊柳枝詞，嘉其主老病，不忍去也❷。然夢得有詩云：「春盡絮飛留不住，隨風好去落誰家。」❸樂天亦云：「病與樂天相伴住，春隨樊子一時歸。」❹則是樊素竟去也。予家有數妾，四五年相繼辭去，獨朝雲者隨予南遷。因讀樂天集，戲作此詩。朝雲姓王氏，錢唐人，嘗有子曰幹兒❺，未期❻而夭云。

不似楊枝別樂天，恰如通德伴伶玄❼。阿奴絡秀不同老❽，天女維摩總解禪❾。經卷藥爐新活計❿，舞衫歌扇舊因緣。丹成逐我三山⓫去，不作巫陽雲雨仙⓬。

【注釋】❶朝雲　即王朝雲（西元一〇六二—一〇九六年），字子霞，錢塘（今浙江杭州）人。歌妓，蘇軾通判杭州時納為妾。蘇軾有〈朝雲墓誌銘〉。❷世謂三句　唐白居易〈不能忘情吟〉詩序云：「樂天既老，又病風，乃錄家事，會經費，去長物。妓有樊素者年二十餘，綽綽有歌舞態，善唱〈楊枝〉，人多以曲名名之，由是名聞洛下。籍在經費中，將放之。馬有駱者，駔壯駿穩，乘之亦有年，籍在經物中，將鬻之。圉人牽馬出門，馬驤首反顧一鳴，聲音間似知去而旋戀者，素聞馬嘶，慘然立且拜，婉孌有辭，辭畢泣下。予聞素言亦愍然，不能對，且命迴勒反袂，飲素酒，自飲一杯，快吟數十聲，聲成文，文無定句，句隨吟之短長也，凡二百五十五言。噫！予非聖達，不能忘情，又不至於不及情者，事來攪情，情動不可柅，因自哂，題其篇曰〈不能忘情吟〉。」白居易（西元七七二—八四六年），字樂天，其先太原人，徙下邽。貞元中舉進士，補校書郎，遷翰林學士。歷左拾遺，貶江州司馬。會昌初以刑部侍郎致仕歸洛，卒贈尚書右僕射。晚節好佛，經月不葷，稱香山居士。鬻，賣。❸然夢得三句　唐劉禹錫〈楊柳枝詞九首〉之九：「輕盈嫋娜占年華，舞榭妝樓處處遮。春盡絮飛留不得，隨風好去落誰家。」按，白居易有〈前有別楊柳枝絕句，夢得繼和云：「春盡絮飛留不得，隨風好去落誰家。」又復戲答〉詩：「柳老春深日又斜，任他飛向別人家。誰能更學孩童戲，尋逐春風捉柳花。」劉禹錫（西元七七二—八四二年），字夢得，中山人。擢進士第，登博學宏詞科。由監察御史擢屯田員外郎，以附王叔文坐貶，為主客郎中。為集賢直學士，出為蘇州刺史，遷太子賓客，加檢校禮部尚書。白居易嘗推為詩豪。❹樂天三句　白居易〈春盡日宴罷感事獨吟〉：「五年三月今朝盡，客散筵空獨掩扉。病共樂天相伴住，春隨樊子一時歸。閒聽鶯語移時立，思逐楊花觸處飛。金帶縋腰衫委地，年年衰瘦不勝衣。」樊子，即樊素。❺幹兒　名蘇遯，乳名幹兒，未滿周歲而夭。❻期　時間周而復始，此指一周年。❼恰如句　伶玄《趙飛燕外傳》自敘云：伶玄，字子于，學無不通，善屬文。歷刺守，為淮南相。出入有風情，買妾樊通德，有才色，知書，頗能言飛燕姊弟故事。子于曰：「斯人俱灰滅矣。方盛時，疲精力馳騖嗜欲蠱惑之事，寧知歸荒田野草乎？」通德拈袖顧燭影，以手擁髻，悽然泣下曰：「夫淫於色，非慧男子不至也。慧則通，通則流，流而不得其防，則百物變態，為溝為壑，無所不往焉。禮義成敗之說不能止其流，惟感之以盛衰奄忽之變，可以防其壞。今婢子所道趙后姊弟事，盛之至也。主君悵然有荒田野草之悲，衰之至也。婢子拊形屬影，識夫盛之不可留，衰之不可推。俄然相緣奄忽，雖婕妤聞此不少遣乎？幸主君著其傳，使婢子執研削道所記。」於是撰《趙后別傳》。❽阿奴句　《晉書・周顗母李氏傳》：「周顗母李氏，字絡秀，汝南人也。少時在室，顗父浚為安東將軍，時嘗出獵遇雨，過止絡秀之家，會其父兄不在，絡秀聞浚至，與一婢於內宰豬羊，具數十人之饌，甚精辦，而不聞人聲。浚怪使覘之，獨見一女子甚美，浚因求為妾，其父兄不許。絡秀曰：『門戶殄瘁，何惜一女？若連姻貴族，將來庶有大益矣。』父兄許之，遂生顗及嵩、謨，而顗等既長，絡秀謂之曰：『我屈節為汝家作妾，門戶計耳。汝不與我家為親親者，吾亦何惜餘年。』顗等從命，由此李氏遂得為方雅之族。中興時顗等並列顯位，嘗冬至置酒，絡秀舉觴賜三子曰：『吾本渡江，託足無所，不謂爾等並貴，列吾目前，吾復何憂？』嵩起曰：『恐不如尊旨，伯仁志大而才短，名重而識闇，好乘人之弊，此非自全之道。嵩性抗直，亦不容於世，唯阿奴碌碌，當在阿母目下耳。』阿奴，謨小字也，後果如其言。」絡秀喻朝雲，阿奴喻蘇遯。❾天女句　《維摩詰經》載：維摩詰室有一天女，聞諸天人說法，即現其身，以天花散諸聽者，以天花是否著身驗證其向道之心。天女，此指朝雲。維摩，即維摩詰，與釋迦佛為同一時代的人，此作者自喻。❿活計　生計；謀生的工作或職業。又指宗教徒修行的功課。⓫三山　傳說中的海上三神山，晉王嘉《拾遺記．高辛》：「三壺，則海中三山也。一曰方壺，則方丈也；二曰蓬壺，則蓬萊也；三曰瀛壺，則瀛洲也。」⓬不作句　宋玉〈高唐賦序〉：「昔者楚襄王與宋玉遊於雲夢之臺，望高唐之觀，其上獨有雲氣……王問玉曰：『此何氣也？』玉對曰：『所謂朝雲者也。』王曰：『何謂朝雲？』玉曰：『昔者先王嘗遊高唐，怠而晝寢，夢見一婦人曰：妾巫山之女也，為高唐之客，聞君遊高唐，願薦枕席。王因幸之。去而辭曰：妾在巫山之陽，高丘之岨，旦為朝雲，暮為行雨。朝朝暮暮，陽臺之下。』」後因用「雲雨」指男女歡會。巫，指巫山，在今重慶市、湖北邊境，北與大巴山相連，形如「巫」字，故名。長江穿流其中，形成三峽。陽，山的南面稱陽。

【語　譯】不同於楊枝離開樂天，恰如通德陪伴著伶玄。如同作為兒子的阿奴與作為母親的絡秀不能同樣老去，而作為天女的你與作為維摩詰的我都是明瞭禪理。誦讀經卷與爐火煉藥成為新的生計，身著舞衣，執扇歌唱，已是舊的緣分。丹藥煉成，追隨我到三神仙山去，不必作如同巫陽雲雨那樣只求男女歡愛的神仙。

【研　析】朝雲原為杭州歌妓，神宗熙寧四年（西元一〇七一年）蘇軾通判杭州，七年納朝雲為妾，朝雲時年十二歲。蘇軾〈悼朝雲〉詩序云：「紹聖元年十一月戲作〈朝雲詩〉，三年七月五日朝雲病亡於惠州，葬之棲禪寺松林中東南直大聖塔。予既銘其墓，且和前詩以自解。朝雲始不識字，晚忽學書，粗有楷法。蓋嘗從泗上比丘尼義沖學佛，亦略聞大義，且死誦《金剛經》四句偈而絕。」知〈朝雲詩〉作於哲宗紹聖元年（西元一〇九四年）十一月，又知朝雲本不識字，隨蘇軾後才開始識字學書。熙寧七年九月，蘇軾移知密州（今屬山東），泗上在今山東，知朝雲學佛是在蘇軾知密州時。蘇軾被貶謫惠州，眾侍妾中只有朝雲願意陪他去千里之外的蠻荒之地，可知情感的不尋常。「不似楊枝別樂天」句意在強調朝雲雖然是侍妾，又曾為歌妓，但詩人並沒低看她，不似侍妾樊素（又名楊枝）對白居易來說可有可無。「恰如通德伴伶玄」句說明詩人視朝雲為知己，如同伶玄視侍妾樊通德一樣。「阿奴絡秀不同老」句是說朝雲所生一子蘇遯早夭，不能為她養老送終。不過作此詩二年後，朝雲就病逝了，也屬於不能終老，這不是詩人所能預料的。「天女維摩總解禪」句，天女喻朝雲，維摩喻詩人自己，此句意在說二人在思想上有共同的追求，已不是「舞衫歌扇舊因緣」，即不同於二人昔日相識僅僅是因為男女相悅，如今已是「經卷藥爐新活計」，如今的朝雲不僅識字能書，而且研習佛道之書，與詩人有著共同的話語，思想境界較以往是大不相同了，再也不是男歡女愛的伴侶了。蘇軾〈朝雲墓誌銘〉云：「東坡先生侍妾曰朝雲，字子霞，姓王氏，錢塘人。敏而好義，事先生二十有三年，忠敬若一。紹聖三年七月壬辰卒于惠州，年三十四。八月庚申葬之豐湖之上棲禪山寺之東南。生子遯，未期而夭。蓋常從比丘尼義沖學佛法，亦粗識大意，且死誦《金剛經》四句偈以絕。銘曰：浮屠是瞻，伽藍是依。如汝宿心，惟佛之歸。」朝雲原本是一歌妓，不通文墨，隨蘇軾後，知書達理，善解人意，被詩人視作知己。詩筆雖略帶戲謔，但對朝雲的賞識溢於言表。另詩中用典，女子多與侍妾歌妓關聯，用以反襯比擬，貼切精緻。

白水山佛迹巖[1] 羅浮[2]之東麓也，在惠州東北二十里

何人守蓬萊[3]，夜半失左股。浮山若鵬蹲，忽展垂天羽[4]。根株互連絡[5]，崖嶠[6]爭吞吐[7]。神工[8]自爐鞲[9]，融液相綴補。至今餘隙罅[10]，流出千斛[11]乳。方其欲合時，天匠[12]麾[13]月斧[14]。帝觴[15]分餘瀝[16]，山骨[17]醉后土[18]。峰巒尚開闔[19]，澗谷猶呼舞。海風吹未凝，古佛來布武[20]。當時汪罔[21]氏，投足不蓋拇。青蓮雖不見，千古落花雨[22]。雙溪匯九折，萬馬騰一鼓。奔雷濺玉雪，潭洞開水府[23]。潛鱗[24]有飢蛟，掉尾[25]取渴虎。我來方醉後，濯足聊戲侮[26]。回風卷飛雹，掠面過強弩[27]。山靈[28]莫惡劇[29]，微命安足賭。此山吾欲老，慎勿厭求取。溪流變春酒[30]，與我相賓主。當連青竹竿，下灌黃精[31]圃。

【注釋】[1]白水山佛迹巖　宋王象之《輿地紀勝》卷九十九〈廣南東路・惠州・景物下〉：「白水山，

去郡二十餘里。有瀑布泉百二十丈，下有湯泉、石壇、佛跡，甚異。」又：「佛迹巖，羅浮之東麓也，在惠州東北二十里。佛跡院有懸水百仞，涯有巨人跡數十，所謂佛跡也。」宋祝穆《方輿勝覽》卷三十六〈惠州・山川〉：「白水山，在羅浮東麓，有寺及懸水，崖有巨人跡，名佛跡。」❷羅浮　山名，在廣東東江北岸，風景優美，為粵中遊覽勝地。晉葛洪曾在此山修道，道教稱為第七洞天。相傳隋趙師雄在此夢遇梅花仙女，後多為詠梅典實。❸蓬萊　蓬萊山，古代傳說中的神山名，亦常泛指仙境。宋祝穆《方輿勝覽》卷三十六〈惠州・山川〉：「羅山，在博羅西北三十里。〈漢志〉：浮山自會稽浮來博於羅山，故又名博羅山。《羅浮記》云蓬萊之一島，堯時洪水所漂浮海而來，與羅山合而為一，今山上猶有東方草木及翡翠五距、越王山雞。《元和志》：山之峯四百三十有二。《南越志》：高三千六百丈，周迴三百二十七里，十五嶺三十二峯九百八十瀑泉。」❹浮山二句　《莊子・逍遙遊》：「北冥有魚，其名曰鯤，鯤之大，不知其幾千里也，化而為鳥，其名為鵬，鵬之背，不知其幾千里也。怒而飛，其翼若垂天之雲。是鳥也，海運則將徙于南冥，南冥者，天池也。」又：「窮發之北有冥海者，天池也，有魚焉，其廣數千里，未有知其修者，其名曰鯤。有鳥焉，其名為鵬，背若泰山，翼若垂天之雲，摶扶搖羊角而上者九萬里，絕雲氣，負青天，然後圖南，且適南冥也。」❺根株句　謂羅山與浮山如樹根與樹幹緊密相連。❻崖嶠　峭壁銳峰。❼吞吐　吞進和吐出，比喻出納、隱現、聚散等變化。❽神工　神奇的造詣。❾爐鞲　火爐用以鼓風的皮囊，亦借指熔爐。❿隙罅　孔隙。⓫斛　量器，古代一斛為十斗。⓬天匠　天工神匠。⓭麾　同「揮」。⓮月斧　詳〈軾在潁州與趙德麟同治西湖未成，改揚州。三月十六日湖成，德麟有詩見懷，次其韻〉注⓰。⓯觴　盛滿酒的杯，又泛指酒器。⓰餘瀝　剩酒。⓱山骨　山中巖石。⓲后土　對大地的尊稱，泛指土地，泥土。又指土神或地神。⓳開闔　開啟與閉合。⓴布武　足跡分散不重疊，謂疾走。又泛指行進，行走。㉑汪罔　即汪芒，古國名，夏禹時，國君名防風，故地在今浙江德清武康鎮。㉒青蓮二句　《楞嚴經》卷十六：「即時天雨百寶蓮花，青、黃、赤、白，間錯紛糅。」

青蓮，青色蓮花，瓣長而廣，青白分明。有大人眼目之相，故取以譬佛之眼。又佛教以為蓮花清淨無染，故常用以指稱和佛教有關的事物，如佛寺、淨土等。花雨，佛教語，諸天為讚歎佛說法之功德而散花如雨。後用為讚頌高僧頌揚佛法之詞。㉓水府　神話傳說中水神或龍王所住的地方。又指水的深處。㉔潛鱗　即魚。㉕掉尾　搖尾。㉖戲侮　戲弄輕侮。㉗強弩　強弓。㉘山靈　山神。㉙惡劇　惡作劇。㉚春酒　冬釀春熟之酒，亦稱春釀秋冬始熟之酒。㉛黃精　藥草名，多年生草本，中醫以根莖入藥。三國魏嵇康〈與山巨源絕交書〉：「又聞道士遺言，餌朮黃精，令人久壽，意甚信之。」

【語　譯】什麼人看守著蓬萊仙山，半夜的時候如同失去了左邊的大腿。漂浮於海面的蓬萊山峰像是蹲伏的大鵬，忽然展開了懸掛在天空中巨大的羽翅。羅山與飄浮而來的蓬萊山如同樹根和樹幹互相連接在了一起，陡峭的崖壁與堅銳的山峰爭相隱現。神奇的造詣來自天地大熔爐，融化出液體來縫合修補。至今還留有縫隙，從中千斛乳白的水流出。當初兩座山峰要合併時，天工神匠就揮舞著修理月球的斧頭。似天帝舉觴飲酒把剩餘的一些分灑落下，山崖巖石飲用後致使山神都醉了。連綿的山峰還是或隱或現，溪澗山谷像似仍然在歡呼舞蹈。海風吹拂，還未凝固，在遠古時期神佛就來到這裡並留下了足跡。當時的汪罔國人，就居住在這區域，也沒人到達神佛來過的地方。青蓮花雖然沒有見到，千古以來因供佛而散花就如同飄灑的雨珠。雙溪匯合，迂迴曲折，水聲似戰鼓擂響，萬馬騰飛。巨雷般聲響的瀑流濺起了如白雪般的水花，深深的水池如龍王居住的王府。潛伏水中的鱗甲中有飢餓的蛟龍，搖動著尾巴獵取因乾渴而飲水的老虎。我來到這正值醉酒後，清洗著雙足姑且戲弄著蛟龍。旋風捲起了如冰雹激飛的水珠，似強勁弓弩射出的箭飛掠過臉面。山神不要玩惡作劇，我這卑微的性命哪夠打賭。我想終老在這座山裡，千萬不要厭棄索取。溪流變成了春酒，與我彼此稱賓作主。應該連接青青的竹竿，引水下流灌溉種有黃精的園圃。

【研　析】羅浮山為遊覽勝地，又是道教第七洞天所在。原名羅山，傳說浮山（即蓬萊山的一部分）隨海水漂浮南來，依羅山而止，二山合而為一，名羅浮山。蓬萊山屬傳說中的海山三仙山之一，這就為羅浮山抹上一層神話色彩。詩的前半幅就是基於這一神話傳說進行敷衍的。蓬萊山原本位於北部大海中，其中的一部分是隨著海水的運動而漂浮南來，就如同《莊子・逍遙遊》中所說的，北海有鵬鳥，「背若泰山，翼若垂天之雲」，隨著風起海動而飛向南方。詩中化用此典，增強了這一傳說的可信度。「根株互連絡」十二句，則是分別敘寫羅浮山與水的奇異處，著意刻劃粉飾，以鬼斧神工的感歎，張揚了羅浮山的神祕與不凡。突顯了其山其水的靈異，為下文引出佛迹巖作鋪墊。自古以來，凡是有靈氣的山水，少不了為釋道人士所青睞，更何況羅浮山有蓬萊仙山的影子呢？其為道家洞天之一自不必說，所謂「古佛來布武」，其地也為佛家所相中。至於「青蓮雖不見，千古落花雨」，說明了千百年來，此地因供佛而香火一直頗盛。詩的後半幅敘寫遊玩佛迹巖，蘇軾〈記遊白水巖〉云：「紹聖元年十二月十二日，與幼子過游白水山佛跡院。浴於湯池，熱甚，其源殆可以熟物。循山而東，少北，有懸水百仞，山八九折，折處輒為潭。深者縋石五丈，不得其所止，雪濺雷怒，可喜可畏。水涯有巨人跡數十，所謂佛跡也。暮歸，倒行，觀山燒壯甚。俛仰度數谷，至江，山月出，擊汰中流，掬弄珠璧。到家，二鼓矣。」又〈答陳季常書〉：「今日遊白水佛跡山，山上布水三十仞，雷輥電散，未易名狀，大畧如項羽破章邯時也。」記遊佛迹巖的情景，可與此後半幅相參看。其中云「潛鱗有飢蛟，掉尾取渴虎。我來方醉後，濯足聊戲侮」，描寫自己醉酒戲水的情態，宋人唐庚《文錄》云：「東坡詩敘事言簡而意盡，惠州有潭，潭有潛蛟，人未之信也。虎飲水其上，蛟尾而食之，俄而浮骨水上，人方知之。東坡以十字道盡云：『潛鱗有飢蛟，掉尾取渴虎。』言渴，則知虎以飲水而召災；言飢，則蛟食其肉矣。」知是紀實，蛟龍連前來飲水的老虎都敢吃掉，詩人卻不怕，還戲弄玩侮，可謂醉者無畏，或是蛟龍剛吃飽，詩人才免於有性命之憂。至於「此山吾欲老」，也是出於厭棄紅塵的反動，《孟子・離婁上》云：「滄浪之水清兮，可以濯我纓；滄浪之水濁兮，可以濯我足。」後世遂以「濯足」比喻清除世塵，保持高潔，蘇軾詩中用此二字，也表明了這般心志。「下灌黃精圃」，黃精為中藥，可助人長生，遠離塵世，超凡入聖，自古以來為文人所嚮往，何況是處於背時的詩人呢？詩前半幅由虛入實，後半幅由實轉虛，行文奇幻靈異，揮灑飄逸。

贈王子直❶秀才

萬里雲山❷一破裘，杖端閑挂百錢游❸。五車書❹已留兒讀，二頃田應為鶴謀❺。水底笙歌蛙兩部❻，山中奴婢橘千頭❼。幅巾❽我欲相隨去，海上❾何人識故侯❿？

【注釋】❶王子直　王原，字子直，號鶴田處士，江西虔州人。❷雲山　雲和山。指遠離塵世的地方，隱者或出家人的居處。❸杖端句　《世說新語・任誕》：「阮宣子常步行，以百錢挂杖頭，至酒店，便獨酣暢，雖當世貴盛不肯詣也。」按，阮宣子名修。❹五車書　《莊子・天下》：「惠施多方，其書五車。」後用以形容讀書多，學問淵博。❺二頃句　《史記・蘇秦列傳》：「蘇秦喟然歎曰：『此一人之身，富貴則親戚畏懼之，貧賤則輕易之，況眾人乎？且使我有雒陽負郭田二頃，吾豈能佩六國相印乎？』於是散千金以賜宗族朋友。」為鶴謀，趙次公注：「子直住鶴田山。」❻水底句　《南齊書・孔稚珪傳》：「不樂世務，居宅盛營山水，憑几獨酌，傍無雜事。門庭之內草萊不剪，中有蛙鳴，或問之曰：『欲為陳蕃乎？』稚珪笑曰：『我以此當兩部鼓吹，何必期效仲舉？』」按，陳蕃，字仲舉。兩部，古代樂隊中坐部樂和立部樂的合稱，兩部俱備的音樂表示隆重盛大。今指不同的兩個聲部，多用於合唱中。❼山中句　《三國志・吳書・孫休傳》裴松之注引《襄陽記》曰：「(李)衡，字叔平，本襄陽卒家子也。……衡每欲治家，妻輒不聽。後密遣客十人於武陵龍陽汎洲上作宅，種甘橘千株，臨死勅兒曰：『汝母惡吾治家，故窮如是。然吾州里有千頭木奴，不責汝衣食，歲上一匹絹，亦可足用耳。』衡亡後二十餘日，兒以白母，母曰：『此當是種甘橘也。汝家失十戶，客來七八年，必汝父遣為宅，汝父恒稱太史公言江陵千樹橘，當封君家。吾答曰且人患無德義，不患不富，若貴而能貧方好耳，用此何為？』吳末，衡甘橘成，歲得絹數千匹，家道殷足，晉咸康中其宅上枯樹猶在。」後以木奴指柑橘。❽幅巾　古代男子以全幅細絹裹頭的頭巾，後裁出腳即稱襆頭。宋李上交《近事會元》「襆頭巾子」：「今宋朝所謂頭巾，乃古之幅巾，賤者之服。」❾海上　海邊；海島。此指惠州。❿故侯　《史記・蕭相國世家》：「召平者，故秦東陵侯。秦破，為布衣，貧，種瓜於長安城東，瓜美，故世俗謂之東陵瓜，從召平以為名也。」東陵瓜後又稱故侯瓜，常用為失意隱居之典。故侯指西漢召平，又泛指曾任長官的人。

【語　譯】萬里之外，遠離塵世，身著一破舊的皮衣，出遊時拐杖的頂端閒掛著一百錢。五車書我已留給孩兒們去閱讀，二頃田你應該為自己在鶴田山來謀劃。水田裡青蛙鳴叫聲如同坐部樂和立部樂的大合唱，山中種植了上千棵柑橘樹。頭戴幅巾，我真想跟隨著先賢們前去，退居海邊，又有誰認識曾經為官的自己呢？

【研　析】蘇軾《東坡志林》卷十云：「紹聖元年十月三日始至惠州，寓於嘉祐寺松風亭。杖屨所及，雞犬相識。明年遷於合江之行館，在江樓豁徹之觀，忘幽谷窈窕之趣。未見其所休戚，嶠南江北，何以異也？虔州鶴田處士王原子直，不遠千里訪予於此，留七十日而去，東坡居士書。」知詩作於貶謫惠州時，抒寫了想退隱閒居的情懷。「萬里雲山一破裘，杖端閒挂百錢游」，惠州遠離中原統治中心，詩人被流放至萬里之外的蠻荒之地，就仕途而言，已如同廢物一樣，是不能起絲毫作用的，「破裘」「閑挂」，極度彰顯了自己的失意。官場上的不得志，退隱就成了一種較理想的選擇，詩的後兩聯表達了這一心思。遨遊於山水，躬耕於田園，避世埋名，也是無奈的選擇。不過對詩人而言，這種選擇也難以達成，只能是空想。詩中用詞用典精巧，除末聯外，其餘三聯中均使用了數字對仗，使得詩句生硬尖新，宋人蔡正孫編《詩林廣記・後集》卷三云：「愚謂東坡『五車書已留兒讀，二頃田應為鶴謀』，此亦前輩所謂折句法也。」所謂折句，即折腰句的省稱，格律詩中的七律，通常是上四下三格，間有上三下四或上五下二，這就是折腰句。又「水底笙歌蛙兩部，山中奴婢橘千頭」，抒寫退隱田園生活的愜意，其間衣食無憂是必須的，不至於似陶淵明退隱躬耕，仍難免有乞食之舉。

連雨江漲二首（選一首）

越井岡❶頭雲出山，牂牁江❷上水如天。牀牀避漏幽人❸屋，浦浦移家蜑子船❹。龍卷魚蝦并雨落❺，人隨雞犬上牆眠❻。只應❼樓下平階水，長記先生過嶺❽年。

【注釋】❶越井岡　宋李昉等《太平御覽》卷一百八十九：「廣州越井岡，一云越王井，云趙佗誤墜酒杯於井，遂浮出石門，故詩云『石門通越井』是也。」又元吳萊《南海古蹟記》：「越井岡，在南海南，一曰趙佗井，一曰鮑姑井。鮑姑，葛稚川妻，嘗行灸南海，善灸贅疣。唐崔偉遇姑，得越井岡艾。南海劉龑號玉龍泉，禁民不得汲。」❷牂牁江　《大清一統志》卷三百三十九〈廣州府・南海縣・山川〉：「牂牁江，亦即鬱水，東支自三水縣南流，經南海縣東入番禺縣界，又東南入海。……《番禺縣志》：牂牁江，一名珠江，即西、北二江下流也。」牂牁，船隻停泊時用以繫纜繩的木樁。❸幽人　隱士；幽居之士。❹浦浦句　唐鄭谷〈淮上漁者〉：「白頭波上白頭翁，家逐船移浦浦風。」浦，水邊；河岸。又指河流入海處。又港汊，可泊船的水灣。蜑子，即蜑人。蜑，舊時南方少數民族之一。又借指蜑船。❺龍卷句　龍為傳說中的一種動物，形如蛇，有鱗爪，能興雲降雨，為水族之長。❻人隨句　唐韓愈〈宿曾江口示姪孫湘二首〉之一：「雲昏水奔流，天水漭相圍。三江滅無口，其誰識涯圻。暮宿投民村，高處水半扉。犬雞俱上屋，不復走與飛。」❼只應　恭敬地伺候，照應。❽嶺　指大庾嶺。詳〈過大庾嶺〉注❶。

【語譯】越井岡頭濃雲如山般湧出，牂牁江上水漫如廣袤的天空。隱居人士挪動著張張床以躲避屋漏的雨水，水邊河岸的蜑人船家也移動至安全的港灣。狂龍捲起了魚蝦連同雨水落下，人們隨著雞犬登上了牆樑並在上睡眠。謹慎地應對著樓下與階沿平行的洪水，長久地回憶著自己經過大庾嶺的那年。

【研析】詩作於謫居惠州時，原為二首，此為第一首。連續的狂風大雨，江河暴漲，洪水氾濫，人畜不安，詩中詳細描述了這種情景。所謂「牀牀避漏幽人屋，浦浦移家蜑子船」，又「人隨雞犬上牆眠」，船居的漁家，紛紛移船至安全的港灣。陸居的人們，因房屋處處滲水，不時挪動著床。但這似乎並不能解決問題，以至於有的人家爬上了牆，躲在橫樑上或屋頂上休息安眠，人是如此，雞犬家禽也是如此。詩中真實地紀錄了雨後的一次水災，及其於水鄉澤國中所見生靈的狼狽艱危情狀，摹繪逼真，刻劃生動。至於「只應」二字，表達了敬畏之心，所謂水火無情，暴雨洪水，老天為主宰，小心謹慎地應對，除此外，又能做什麼呢？

荔支歎

十里一置飛塵灰，五里一堠兵火催❶。顛阬仆谷相枕藉❷，知是荔支龍眼❸來。飛車跨山鶻❹橫海，風枝露葉如新採。宮中美人一破顏❺，驚塵❻濺血流千載。永元❼荔支來交州❽，天寶❾歲貢❿取之涪⓫。至今欲食林甫⓬肉，無人舉觴酹⓭伯游⓮。漢永元中，交州進荔支龍眼，十里一置，五里一堠，奔騰死亡，罹⓯猛獸毒蟲之害者無數。唐羌，字伯游，為臨武長，上書言狀，和帝罷之。唐天寶中，蓋取涪州荔支，自子午谷⓰路進入。我願天公憐赤子⓱，莫生尤物⓲為瘡痏⓳。雨順風調⓴百穀登㉑，民不飢寒為上瑞㉒。君不見武夷㉓溪邊粟粒芽㉔，前丁後蔡㉕相籠加。大小龍茶㉖始於丁晉公，而成於蔡君謨，歐陽永叔聞君謨進小龍團，驚歎曰：「君謨，士人也，何至作此事？」爭新買寵各出意，今年鬪品㉗充官茶㉘。今年閩中㉙監司乞進鬪茶，許之。吾君所乏豈此物？致養口體何陋耶。洛陽相君忠孝家㉚，可憐亦進姚黃㉛花。洛陽貢花自錢惟演始㉜。

【注釋】❶十里二句　《後漢書·和殤帝紀》：「舊南海獻龍眼、荔支，十里一置，五里一堠。奔騰阻險，死者繼路。時臨武長汝南唐羌縣接南海，乃上書陳狀，帝下詔曰：『遠國珍羞，本以薦奉宗廟，苟有傷害，豈愛民之本？』其勅太官勿復受獻，由是遂省焉。」置，驛站。飛塵，飛揚的灰塵。堠，古代瞭望敵情的土堡。此指堠館，猶館驛。❷顛阬句　謂因傳遞荔枝事緊急，一路上因此死去的人員到處都是。顛、仆，均倒下之意。阬，同「坑」。枕藉，物體縱橫相枕而臥，言其多而雜亂。❸龍眼　常綠喬木，為福建、廣東等地的特產。其果實為果中珍品，又稱桂圓。❹鶻　鳥類，翅膀窄而尖，嘴短而寬，上嘴彎曲並有齒狀凸起，飛得很快，善於襲擊其他鳥類，也叫隼。或云指船的一種。❺宮中句　唐杜牧〈過華清宮三首〉之一：「一騎紅塵妃子笑，無人知是荔枝來。」美人，指唐玄宗妃楊玉環（西元七一九－七五六年），號太真。破顏，露出笑容。❻驚塵　車馬疾駛揚起的塵土。❼永元　東漢和帝年號（西元八九－一〇五年），參見注❶。❽交州　即交趾，原為古地區名，泛指五嶺以南。漢武帝時為所置十三刺史部之一，轄境相當今廣東、廣西大部和越南的北部、中部。東漢末改為交州。宋趙汝适《諸蕃志・交趾國》：「交趾，古交州，東南薄海，接占城，西通白衣蠻，北抵欽州，歷代置守不絕。」❾天寶　唐玄宗年號（西元七四二－七五六年）。❿歲貢　古代諸侯或屬國每年向朝廷進獻禮品。⓫涪　古州名，故治所在今重慶市涪陵。⓬林甫　即李林甫（西元六八三－七五三年），小字哥奴，祖籍隴西，唐宗室。歷任太子中允、御史中丞、刑部侍郎、吏部侍郎，封晉國公，官至宰相。在宰相位十九年，蔽塞言路，排斥賢能，以致綱紀紊亂，又建議重用藩將，為日後安史之亂的爆發埋下了隱患。⓭酹　以酒澆地，表示祭奠。⓮伯游　唐羌，字伯游，東漢汝南（今屬河南）人。為臨武縣（今湖南郴州）令。⓯罹　遭受。⓰子午谷　在今陝西秦嶺山中，為川陝交通要道。據《長安志》載，谷長六百六十里，北口曰子，在西安府南百里；南口曰午，在漢中府洋縣東一百六十里。⓱赤子　嬰孩，喻百姓。⓲尤物　珍奇之物。⓳瘡痏　瘡瘍；傷痕。此指禍害。⓴雨順風調　謂風雨來得均勻及時，適合農事。㉑登　成熟；豐收。㉒上瑞　最大的吉兆。㉓武夷　即武夷山，宋祝穆《方輿勝覽》卷十一〈建寧府・山川〉：「武夷山，在建安南三十里，山多獼猴。按《神仙傳》：第十六昇真元化洞天，昔有神仙降此山，曰：予為武夷君，統錄地仙，受館于此，由是得名。《武夷志》云：周迴百二十里，凡峯巒岩石三十有六，此外以名著者復不下十餘所。」㉔粟粒芽　謂建溪茶。宋梅堯臣〈建溪新茗〉：「南國溪陰暖，先春發茗芽。采從青竹籠，蒸自白雲家。粟粒烹甌起，龍文御餅加。過茲安得比，顧渚不須誇。」清查慎行《蘇詩補註》引《武夷山記》云：「山產茶如粟粒者，初春芽茶也，品最貴。」㉕前丁後蔡　指丁謂與蔡襄。丁謂（西元九六六－一〇三七年），字公言，初字謂之，蘇州人。淳化三年登進士第，歷官知制誥、諫議大夫、參知政事，改樞密使，加司空，封晉國公。仁宗即位進司徒兼侍中，坐事罷，貶崖州司戶參軍，徙光州，又徙道州。宋曾鞏《隆平集》卷四：「謂淳化間為福建轉運使，初置龍焙，歲貢團茶數品供御。」蔡襄（西元一〇一二－一〇六七年），字君謨，北宋興化仙遊人。舉天聖八年進士，歷漳州判官、西京留守推官，遷祕書丞。仁宗朝以右正言直史館知福州，為福建路轉運使，拜端明殿學士，遷禮部侍郎，知杭州。性嗜茶，第其品目，撰有《茶錄》。㉖龍茶　即龍團茶，宋代貢茶名，餅狀，上有龍紋，故稱。詳見〈和錢安道寄惠建茶〉注⑩和㉕。㉗鬪品　茶葉之精品。宋徽宗《大觀茶論・采擇》：「凡芽如雀舌穀粒者為鬪品，一鎗一旗為揀芽，一鎗二旗為次之，餘斯為下。」宋黃儒《品茶要錄・二白合盜葉》：「故鬪品之家有昔優而今劣，前負而後勝者，雖人工有至有不至，亦造化推移，不可得而擅也。」㉘官茶　由官府專賣的茶。宋陸游〈建安雪〉詩：「建溪官茶天下絕，香味欲全須小雪。」㉙閩中　古郡名，秦置，治所在治縣（今福州），轄境相當今福建和浙江寧海及其以南的靈江、甌江、飛雲江流域。後以閩中指福建一帶。㉚洛陽句　指錢惟演（西元九七七－一〇三四年），字希聖，杭州人。父吳越王俶歸宋，賜第開封，因家焉。少有俊才，累官兵部尚書、樞密使。天聖中改崇信軍節度使，卒於官，贈侍中，初謚思，改謚文僖。《宋史》本傳云：「天聖七年改武勝軍節度使，明年來朝，上言先壠在洛陽，願守宮鑰。即以判河南府。」河南府即洛陽。又《宋史・吳越錢氏》云吳越王錢俶卒謚忠懿，謚文云：「開國承家，本仁祖義，以忠孝而保社稷，以廉讓而化人民。」㉛姚黃　牡丹花的名種之一，為千葉黃花，出於民姚氏家。詳宋歐陽修《洛陽牡丹記・花釋名第二》。㉜洛陽句　宋人黃徹《䂬溪詩話》卷五：「錢惟演為洛帥留守，始置驛貢花，識者鄙之。蔡君謨加法造小團茶貢之，富彥國歎曰：『君謨乃為此耶？』」坡作〈荔枝歎〉曰：『我願天公憐赤子，莫生尤物為瘡痏。雨順風調百穀登，民不飢寒為上瑞。君不見武夷溪邊粟粒芽，前丁後蔡相籠加。吾君盛德豈在此，致養口體何陋耶？又不見洛陽丞相忠孝家，可憐亦進姚黃花。』補世之語，不復能易也。」

【語　譯】十里一個驛站，馬蹄疾馳而過，灰塵飛揚；五里一個館驛，如同戰火燃燒，馬兒在急促地奔馳。被馬撞而跌倒僵臥於溝壑溪谷中的人屍骸縱橫，由此可知是荔枝和龍眼運往京城。如同乘風而飛行的車子跨越著山峰，又似鶻鳥疾速的船橫行於海上，到達了京城，經風寒的枝葉如同新採摘的一樣。宮中美人看到就破顏一笑，車馬疾駛揚起灑滿血的塵埃的故事就流傳了千載。自漢和帝永元年間交州向朝廷獻貢荔枝，至唐玄宗天寶年間涪州每年進貢的荔枝。直至今天人們還恨不得活吞李林甫的肉，卻沒人舉杯以酒祭奠諫阻進貢的唐伯游。我願天公憐愛百姓，千萬不要生產珍奇的物品禍害人世。風調雨順，穀物豐收，百姓不挨餓受凍就是最大的祥瑞。君不見武夷山溪邊出產的如粟粒般的初春芽茶，前有丁調，後有蔡襄，遞相管控與增飾。爭先出新以邀寵，各自表白著自己的心意，今年鬥品就被增補為由官府專賣的茶。我們的君主缺乏的難道是這種東西嗎？用這來養育身體是多麼的粗劣呀。作為忠孝之家的洛陽相君錢思公，可悲的也是置辦驛站進貢起了牡丹花。

【研　析】詩作於謫居惠州時。藉古諷今，是作者的意圖所在。進獻荔枝於宮中，漢代就有此事，而最為後人熟知的，就是楊貴妃的故事。唐人李肇《唐國史補》卷上云：「楊貴妃生於蜀，好食茘枝。南海所生尤勝蜀者，故每歲飛馳以進。然方暑而熟，經宿則敗，後人皆不知之。」又唐白居易〈茘枝圖序〉謂茘枝：「若離本枝，一日而色變，二日而香變，三日而味變，四五日外色香味盡去矣。」知茘枝的保鮮性是個問題，由南方到中原的京城，快馬加鞭，以至於會有人馬雙亡的事發生。張岱《夜航船》云：「唐天寶中，貴妃嗜鮮茘枝，涪州歲命驛遞，七日夜至長安，人馬俱斃。」又洪昇《長生殿》第十五齣〈進果〉云：「那跑馬的呵，乃是進貢鮮茘枝與楊娘娘的。一路上來，不知踏壞了多少人。」諸如此類的說法，與詩句「顛阬仆谷相枕藉，知是茘支龍眼來」意思是相通的。統治者出於自己的一點嗜欲，勞民傷財，在所不惜，「飛車跨山鶻橫海，風枝露葉如新採」，為了保鮮，快速是第一要求，捷徑是首要的選擇，所以踐踏莊稼，撞死百姓，只要能博得美人一笑就行了。只是對這一事件，人們更多的是欣賞與豔羨，以至有「至今欲食林甫肉，無人舉觴酹伯游」，面對這種事情，沒有像唐伯游那樣敢於諷諫的人，相反埋怨的人倒不少，以為要不是李林甫專權，重用藩將，就不會有安史之亂，那麼唐玄宗與楊貴妃的豔事不知又有多少，至於二人給國家與民生造成的災難，少有在意的。這類事不僅唐代有，宋代也不少，可知二句是過渡，引向目今的現實。其前是弔古，其後是諷今。詩中提及二事，一是貢茶，一是貢牡丹，都是當朝的事，前者涉及到丁謂與蔡襄，其後主使者為錢惟演，這些人都是高官，三人的所作所為，都是為了討得君主的歡心。宋人著述中多有論及，張舜民《畫墁錄》云：「丁晉公為福建轉運使，始制為鳳團，後又為龍團。」又葉夢得《石林燕語》卷八云：「故事，建州歲貢大龍鳳團茶各二斤，以八餅為斤。仁宗時蔡君謨知建州，始別擇茶之精者為小龍團十斤以獻，斤為十餅。仁宗以非故事，命劾之，大臣為請，因留而免劾，然自是遂為歲額。熙寧中賈青為福建轉運使，又取小團之精者為密雲龍，以二十餅為斤而雙袋，謂之雙角團茶，大小團袋皆用緋，通以為賜也。密雲獨用黃，蓋專以奉玉食。其後又有為瑞雲翔龍者，宣和後團茶不復貴，皆以為賜，亦不復如向日之精。」又阮閱《詩話總龜・後集》卷三十引《高齋詩話》云：「鄭可簡以貢茶進用，累官職至觀文殿修撰，福建路轉運使。其姪千里於山谷間得朱草可簡，令其子待問進之，因此得官，好事者作詩云：『父貴因茶白，兒榮為草朱。』」龍團茶的出現，丁謂肇其端，蔡襄極其精致，深得仁宗皇帝的賞愛，至於其後神宗朝賈青、鄭可簡父子之流又有新變，也就是這些官員想著法子精益求精，目的是以此能博得君主的歡心，為自己的仕途陞遷加碼。除貢茶外，又有貢花事，宋人黃徹《䂬溪詩話》卷五云：「錢惟演為洛帥留守，始置驛貢花，識者鄙之。」按，歐陽修《洛陽牡丹記・花品敘第一》云：「余居府中，時嘗謁錢思公，於雙桂樓下見一小屏立坐後，細書字滿其上，思公指之曰：『欲作花品，此是牡丹名，凡九十餘種。』余時不暇讀之，然余所經見而今人多稱者纔三十許種，不知思公何從而得之多也，計其餘雖有名而不著，未必佳也，故今所錄，但取其特著者而次第之。」錢思公即錢惟演，知錢氏退居洛陽，眷注牡丹，品第高下，不僅如此，甚至置驛站，遞貢牡丹於宮中。不論是貢茶，還是貢花，都是為博得君主的歡心，甚至開啟君主獵奇嗜異的心理，所謂「爭新買寵各出意」，地方官員多抱有這種邀寵的心理，置國計民生於不顧，這便是詩人憂慮的地方。所以高喊出「我願天公憐赤子，莫生尤物為瘡痏。雨順風調百穀登，民不飢寒為上瑞」，表達了強烈的民本思想。

章質夫❶送酒六壺，書至而酒不達，戲作小詩問之

白衣送酒舞淵明❷，急掃風軒❸洗破觥❹。豈意青州六從事❺，化為烏有一先生❻。空煩左手持新蟹❼，漫繞東籬嗅落英❽。南海使君今北海❾，定分百榼❿餉⓫春耕。

【注釋】❶章質夫　章楶（西元一〇二七—一一〇二年），字質夫，建州浦城人。英宗治平二年進士及第。擢知陳留縣，提舉陝西常平，提點湖北刑獄。元祐初以直龍圖閣知慶州，召權戶部侍郎。紹聖初知應天府，加集賢殿修撰知廣州，徙江淮發運使。累擢樞密直學士、龍圖閣端明殿學士。徽宗立，拜同知樞密院事，授資政殿學士，中太一宮使。卒贈右銀青光祿大夫，謚曰莊簡。❷白衣句　唐徐堅《初學記》卷四〈歲時部下・賈餌〉：「檀道鸞《續晉陽秋》曰：陶潛九月九日無酒，於宅邊菊叢中摘盈把，坐其側久。望見白衣人，乃王弘送酒，即便就酌而後歸。」淵明，即陶潛，參見〈十二月二十八日蒙恩責授檢校水部員外郎、黃州團練副使復用前韻二首〉注⓭。❸風軒　有窗檻的長廊或小室。❹觥　盛酒或飲酒器，古代用獸角製，後也用木或青銅製，腹橢圓形或方形，底為圈足或四足。❺豈意句　《世說新語・術解》：「桓公有主簿善別酒，有酒輒令先嘗，好者謂青州從事，惡者謂平原督郵。青州有齊郡，平原有鬲縣，從事言到臍，督郵言在鬲上住。」從事、督郵，均官名。意謂好酒的酒氣可直到臍部，後因以「青州從事」為美酒的代稱。青州，漢置青州，魏及晉初因之，南北朝仍置州，隋廢。唐初復置州，後

改平盧軍節度使，五代及宋因之，舊治在今山東青州。從事，參與做（某種事情）；致力於（某種事情）。❻烏有一先生　即烏有先生。漢司馬相如〈子虛賦〉中虛擬的人名，意為無有其人。烏有，虛幻；不存在。❼空煩句　《世說新語・任誕》：「畢茂世云：一手持蟹螯，一手持酒杯，拍浮酒池中，便足了一生。」❽漫繞句　晉陶淵明〈飲酒二十首〉之五：「採菊東籬下，悠然見南山。」後因以東籬指種菊之處，菊圃。漫，姑且。落英，落花。❾南海句　《宋史・章楶傳》云：「紹聖初知應天府，加集賢殿修撰知廣州，徙江淮發運使。哲宗訪以邊事，對合旨，命知渭州。」此句謂章氏由知南方的廣州移官北方。南海，泛指南方的海，又指南中國海。使君，尊稱州郡長官。北海，古代泛指北方最遠僻之地。❿百榼　猶言很多杯酒，喻善飲。榼，古代盛酒或貯水的器具，泛指盒類容器。⓫餉　饋食於人；贈送。

【語　譯】如同白衣人來送酒使陶淵明手舞足蹈，趕緊打掃著室屋，清洗破損的酒觥。哪裡想到如同青州從事的六壺美酒，變成了一個空幻虛無的烏有先生。白白地煩勞左手拿著新鮮的螃蟹，姑且圍繞著菊圃嗅著落花。任職南方廣州太守的您卻是已經移職北方，一定是分好了上百杯酒，正忙著去慰勞春耕的人們。

【研　析】宋哲宗紹聖初，章楶知廣州，蘇軾居惠州。章氏來信，許送六壺美酒，只是蘇軾一直等著美酒的送達，卻是杳無音信。原來章氏得旨北歸，離開了廣州，或是忘了送酒之事，或是來不及。事後蘇軾寫了此詩，筆涉戲謔，如「急掃風軒洗破觥」、「空煩左手持新蟹」，自嘲自娛，形象鮮明。其中最為人賞識的是「豈意青州六從事，化為烏有一先生」一聯，宋人吳曾《能改齋漫錄》卷十〈文貴自然〉云：「文之所以貴對偶者，為出於自然，非假於牽強也。《潘子真詩話》記王禹玉元豐間以錢二萬、酒十壺餉呂夢得，夢得作啟謝之，有所謂『白水真人，青州從事』，禹玉歎賞之為切題。後毛達可有謝人惠酒啟云：『食窮三歲，曾無白水之真人；出錢百壺，安得青州之從事。』此用夢得語，尤為無功，非唯出於剽竊，又且白水真人為虛設也。至若東坡得章質夫書遺酒六瓶，書至而酒亡，因作詩寄之云：『豈意青州六從事，化為烏有一先生。』二句渾然一意，無斧鑿痕，更覺其工。」又宋人陳巖肖《庚溪詩話》卷下云：「古今以體物語形於詩句，或以人事喻物，或以物喻人事，……至東坡因章質夫以書送酒六壺，書至而酒不至，坡答以詩云：『豈意青州六從事，化為烏有一先生。』則上下意相關而語益奇矣。」所謂體物語，指摹狀事物情態，蘇軾詩句是以物喻人，用典精當，窮極工巧，卻又自然貼切，為世人歎服。按，陳師道《後山居士詩話》云：「東坡居惠，廣守月餽酒六壺，吏嘗跌而亡之，坡以詩謝曰：『不謂青州六從事，翻成烏有一先生。』」陳師道為蘇門六君子之一，所云章氏饋酒原委與蘇軾詩題云云有出入，當以蘇氏自云為是。

雨後行菜圃

夢回❶聞雨聲，喜我菜甲❷長。平明❸江路濕，並❹岸飛兩槳。天公真富有，乳膏❺瀉黃壤。霜根一蕃滋，風葉漸俯仰。未任筐筥❻載，已作杯盤❼想。艱難生理窄❽，一味❾敢專饗❿？小摘⓫飯山僧⓬，清安⓭寄真賞⑭。芥藍⑮如菌蕈⑯，脆美牙頰⑰響。白菘⑱類羔豚，冒土出蹯⑲掌。誰能視火候⑳，小竈當自養。

【注釋】❶夢回　從夢中醒來。❷菜甲　菜初生的葉芽。❸平明　猶黎明，天剛亮的時候。❹並　通「傍」，挨著。《史記・秦始皇本紀》：「自榆中並河以東，屬之陰山。」裴駰《集解》引服虔曰：「並音傍。傍，依也。」❺乳膏　比喻甘美的果汁與山泉，此指雨水。❻筐筥　筐與筥的並稱，方形為筐，圓形為筥。泛指竹器。❼杯盤　此借指酒餚。❽艱難句　唐杜甫〈春日江村〉詩之一：「艱難味生理，飄泊到如今。」生理，生計；賴以謀生的產業或職業，亦指維持生活的辦法。❾一味　一種食物；一味菜餚。❿饗　通「享」，泛指享用。⓫小摘　隨意採摘。⓬山僧　住在山寺的僧人。⓭清安　清平安寧。⓮真賞　會心的欣賞，指值得欣賞的景物。⓯芥藍　芥藍菜，葉柄長，葉片短而闊，花白色或黃色，嫩花莖和嫩葉供食用。⓰蕈　菌類植物，生林木中或草地上，種類很多。可食者如香蕈等，有毒者如毒蠅蕈等。⓱牙頰　牙齒和頰輔，亦指嘴巴。⓲白菘　即白菜。⓳蹯　獸足掌。⓴火候　烹飪時火力的強弱和時間的長短。

【語譯】夢中醒來，聽到了落雨聲，心喜的是我家菜圃裡初生的葉芽在生長。天剛亮時江邊的道路潮濕，靠近江岸，小船兩邊的槳在飛快地翻動著。老天真是富有，如甘美果汁的雨水傾瀉在黃色土壤上。經霜的草樹根莖一下子就繁殖增長，風中的葉子緩慢地或豎立或低彎。還沒有等到用筐筥來運載，就已經夢想著用餐咀嚼的情景。生計艱難，謀生手段狹窄，即使是一種味道的菜餚，怎敢獨自享用呢？隨意採摘了些送予山僧下飯，清平安寧的心情寄託這值得欣賞的景物。芥藍味道如菌蕈爽脆甘美，嘴巴在吧嗒作響。白菘味道如羊羔乳豬那般的嫩滑，又似從泥土中冒出的如獸類般的腳掌。誰還顧得上看著火候到否，這小小的爐竈應當可以養活自己。

【研析】作於謫居惠州時，作為被貶謫的官員，就是有罪之人。初到謫居之地，就會面臨著諸種生計問題，如居住問題、衣食問題、安家問題等等，這都要自己解決，官府是不會管的。在黃州是這樣，在惠州也不例外。好在不同於在黃州妻兒子女及僕人一大家人都隨同，到惠州，只有幼子蘇過與侍妾王朝雲陪同，如此面臨的壓力要輕得多。只是惠州遠在南部蠻荒之地，除衣食住行外，水土不服又是一大問題，因此而死在蠻荒之地的官員自古以來就不算少。好在蘇軾心態平和，隨遇而安，少了不少麻煩。安居下來，開墾田地，種植些穀物蔬菜，能自給自足，那也就是幸運的。靠天吃飯，是古代中國農業社會的特點。一場及時雨，使得詩人看到的是滿滿的希望，所謂「霜根一蕃滋，風葉漸俯仰」，作物搖曳多姿，一派生機盎然。至於「艱難生理窄」，即生計方面還存在著種種問題，仍難掩內心的歡喜。「小摘飯山僧」，表現了詩人的熱情好客。「芥藍如菌蕈，脆美牙頰響。白菘類羔豚，冒土出蹯掌」，畢竟是自己辛勤勞作的成果，雖然是最普通的蔬菜，自己吃著，猶如咀嚼著山珍海味，總覺得味道香美，這不僅僅是物質上的享受，更是精神上的滿足。詩中用語樸素自然，刻劃細膩，情感真誠樸實，情趣盎然。

遷居 并引

吾紹聖元年十月二日至惠州，寓居合江樓❶，是月十八日遷於嘉祐寺❷。二年三月十九日復遷於合江樓，三年四月二十日復歸於嘉祐寺。時方卜築白鶴峰❸之上，新居成，庶幾其少安乎？

前年家水東，回首夕陽麗。去年家水西，濕面春雨細。東西兩無
擇，緣盡我輒逝。今年復東徙，舊館聊一憩。已買白鶴峰，規作終老
計。長江❹在北戶，雪浪舞吾砌。青山滿牆頭，鬖髿❺幾雲髻❻。雖慚抱
朴子，金鼎陋蟬蛻❼。猶賢柳柳州❽，廟俎薦丹荔❾。吾生本無待，俯
仰❿了此世。念念⓫自成劫⓬，塵塵各有際⓭。下觀生物息，相吹等蚊
蚋⓮。

【注釋】❶合江樓　宋祝穆《方輿勝覽》卷三十六〈惠州・樓閣〉：「合江樓，在郡東，昔蘇子瞻嘗

居焉。」又明李賢等編《明一統志》卷八十〈惠州府・宮室〉：「合江樓，在府城外東江、西江合流之所。」❷嘉祐寺　《施註蘇詩》於〈正月二十六日偶與數客野步嘉祐僧舍東南，野人家雜花盛開，扣門求觀，主人林氏媼出應，白髮青帬，少寡獨居三十年矣，感歎之餘，作詩記之一首〉注云：「〈白鶴故居圖〉：嘉祐寺，在歸善縣西。」按，歸善縣屬惠州。❸白鶴峰　宋祝穆《方輿勝覽》卷三十六〈惠州・山川〉：「白鶴峯，在江之東，舊稱惠陽為鶴嶺者以此，山下有合江樓，蘇子瞻所居。」明李賢等編《明一統志》卷八十〈惠州府・山川〉：「白鶴峯，在府城東五里。」❹長江　惠州境內有東江、西江，明李賢等編《明一統志》卷八十〈惠州府・山川〉：「東江，出贛州安遠縣南，流過龍川河源，至府東西流過博羅入廣州界，即為龍川。」又：「西江，出府西南，流至淡水場東抵府城，與龍川合。」❺鬖鬌髮髻美好貌。鬖鬌髻，即倭墮髻，古代婦女的一種髮式，髮髻向額前俯偃。❻雲髻　高聳的髮髻。❼雖慚二句　葛洪（西元二八三—三六三年），字稚川，自號抱朴子，丹陽郡句容（今屬江蘇）人，東晉道教人物、煉丹家。著有《抱朴子》，對後世道教煉丹術的發展有很大影響。《晉書・葛洪傳》：「以年老，欲煉丹以祈遐壽。聞交阯出丹，求為句漏令。帝以洪資高不許，洪曰：『非欲為榮，以有丹耳。』帝從之，洪遂將子姪俱行，至廣州，刺史鄧嶽留，不聽去，洪乃止羅浮山煉丹。嶽表補東莞太守，又辭不就。嶽乃以洪兄子望為記室參軍，在山積年，優游閑養，著述不輟。」《抱朴子・內篇・暢玄》：「按僊經云：上士舉形昇虛，謂之天僊；中士遊於名山，謂之地僊；下士先死後蛻，謂之尸解僊。」金鼎，指道士煉丹之鼎爐。陋，差；比不上。蟬蛻，蟬自幼蟲變為成蟲時脫下的殼，多指修道成真或羽化仙去。❽柳柳州　詳〈故周茂叔先生濂溪〉注⓱。❾廟俎句　韓愈〈柳州羅池廟碑〉：「羅池廟者，故刺史柳侯廟也。……余謂柳侯生能澤其民，死能驚動福禍之，以食其土，可謂靈也。已，作迎享送神詩遺柳民，俾歌以祀焉，而并刻之。柳侯，河東人，諱宗元，字子厚。賢而有文章，嘗位於朝，光顯矣，已而擯不用。其辭曰：荔子丹兮蕉黃，雜肴蔬兮進侯堂。……」俎，古代祭祀、燕饗時陳置牲體或其他食物的禮器。

薦，祭祀時獻牲。丹荔，謂荔枝，因色紅，故稱。❿俯仰　詳〈百步洪二首〉注㉜。⓫念念　佛教語，謂極短的時間，猶言剎那。⓬劫　佛教名詞，「劫波」的略稱，意為極久遠的時節。古印度傳說世界經歷若干萬年毀滅一次，重新再開始，這樣一個週期叫做一「劫」。「劫」的時間長短，佛經有各種不同的說法。一「劫」包括「成」、「住」、「壞」、「空」四個時期，叫做「四劫」。到「壞劫」時，有水、火、風三災出現，世界歸於毀滅。後人借指天災人禍。⓭塵塵句　趙次公注：「佛以世界為塵，塵塵有際，言物各有世界也。」又《列仙傳》：「異人丁約隱於卒伍，韋子威師事之。一日辭去，謂子威曰：『郎君得道，尚隔兩塵。』問其故，約曰：『儒謂之世，釋謂之劫，道謂之塵。』」塵塵，佛教語，猶言世界。⓮下觀二句　《莊子・逍遙遊》：「野馬也，塵埃也，生物之以息相吹也。」成玄英疏：「天地之間，生物氣息更相吹動，以舉於鵬者也。」息，指氣息，呼吸時出入的氣。蚊蚋，蚊子。

【語　譯】前年安家在江水的東邊，回首可觀賞夕陽的美麗。去年安家在江水的西邊，細微的春雨打濕了臉面。東邊、西邊兩者都不能選擇時，緣分已盡，我就離開了。今年又遷徙到東邊，舊房子姑且可供休息一下。已經購買了白鶴峰的土地，規劃了在此養老的計策。長長的江水面對著北開的門，江水如雪浪般在我家臺階上飛舞。牆頭滿眼看到的是青山，山峰如同美女的髮髻高聳著。雖然說有愧於抱朴子，金鼎煉丹，比不上蟬蛻成仙。仍然覺得勝過柳柳州，不致於在廟裡被百姓進獻荔枝來祭拜。我這一生本來就沒有什麼可依恃的，轉眼之間就了結這短暫的一生。一念之間自然就形成了一劫，如同一粒塵沙，每粒塵沙都有各自的邊際。俯視世間生物的呼息，相互鼓動著如同蚊子在吹氣。

【研　析】詩作於謫居惠州時。前半幅敘寫初到惠州擇居的狀況，詩人之前曾被貶謫到黃州，這次又被流放至千里之外的蠻荒之地，一北一南，都是謫居，但兩者是有差別的。在黃州至少是有親人在旁，惠州卻只有幼子蘇過與朝雲相伴。作為一名有罪的官員，至貶謫之地，衣食住行都得自行解決。就住而言，最初也只能是借居，或寺觀，或民居，或其他，隨後就是自己買地建房，以便定居下來。蘇軾《東坡志林》卷十云：「紹聖元年十月三日始至惠州，寓於嘉祐寺松風亭，杖屨所及，雞犬相識。明年遷於合江之行館。」行館，為官員在外臨時的居所。所謂「前年家水東」，指寓居合江樓；所謂「去年家水西」，指寓居嘉祐寺。與《東坡志林》所云前後次第略有差別，即蘇軾至惠州，先寓居合江樓，十六天後移居嘉祐寺，五個月後又遷回至合江樓，一年多後再次回到了嘉祐寺。因第一次寓居合江樓時間太短，就忽略不計，而以寓居嘉祐寺為首次。蘇軾〈寓居合江樓〉云：「海上蔥曨氣佳哉，二江合處朱樓開。」二江是指東江和西江。據「已買白鶴峰，規作終老計」，知此詩作於白鶴新居建成前。蘇軾〈與毛澤民推官三首〉其二云：「寓居粗遣，本帶一幼子來。今者長子又授韶州仁化令，冬中當挈家至此。某已買得數畝地，在白鶴峰上，古白鶴觀基也。已令斫木陶瓦，作屋三十許間，今冬成。去七十無幾，矧未必能至耶？更欲何之，以此神氣粗定，他更無足為故人念者。」知白鶴新居是有一定規模的，有屋三十多間。「長江在北戶」四句敘寫白鶴新居環境之美，門前有江水，四周被青翠的山峰環繞，如同美女髮髻高聳入雲。難免有出塵超脫之感，雖然說不上蟬蛻成仙，但比起柳宗元被貶謫而卒於蠻荒受血食要強些。「吾生本無待」以下數句抒寫了人生短促之感，個體的渺小，能力的有限，奢求長生，那是不現實的。〈與毛澤民推官三首〉其二云：「新居在大江上，風雲百變，足娛老人也。有一書齋名思無邪，閑知之。寄示奇茗，極精而豐，南來未始得也。亦時復有山僧逸民可與同賞，此外但緘而藏之耳。」對詩人來說，唯有享受眼前，過好餘生，這也就足夠了。蘇軾〈白鶴新居上梁文〉云：「東坡先生南遷萬里，僑寓三年。不知歸與之心，更作終焉之計。」據宋人施宿《東坡先生年譜》，哲宗紹聖三年（西元一〇九六年）四月，開始營建白鶴新居，次年二月建成，用時十個月。同年閏二月，責授瓊州別駕昌化軍安置，四月，從惠州動身出發，七月到達昌化軍（今屬海南）。可知新居剛建成不久，便再次被貶謫到海南島。那種想在白鶴新居頤養天年的想法又成了泡影。

縱筆

白頭蕭散❶滿霜風，小閣藤牀❷寄病容。報道先生春睡美，道人輕打
五更❸鐘。

【注　釋】❶蕭散　猶蕭灑，形容舉止、神情、風格等自然，不拘束。又閒散舒適。❷藤牀　謂牀面是用白藤（一種藤本植物，莖細長堅韌，可編製器物）編織而成。❸五更　詳〈雪後書北臺壁二首〉注❺。

【語　譯】白髮蕭散，滿是飽經風霜，狹小的樓閣，臥在藤床上，是一張有病的面容。有人告知先生我春日睡覺神情美好，道人輕輕敲打五更時的鐘聲也喚不醒。

【研 析】蘇軾〈白鶴新居上梁文〉云：「抛梁東，喬木參天梵釋宮。盡道先生春睡美，道人輕打五更鐘。」知詩作於寓居惠州時。據宋人施宿《東坡先生年譜》，哲宗紹聖三年（西元一〇九六年）四月，開始營建白鶴新居，次年二月建成，這年閏二月，責授瓊州別駕昌化軍安置，四月，離開了惠州。知此詩作於紹聖四年，在白鶴新居，蘇軾〈遷居〉詩云：「已買白鶴峰，規作終老計。」謫居惠州，詩人已作知天安命之想，隨遇而安。「白頭蕭散滿霜風」二句是說自己已是飽經風霜，身心疲憊。「報道先生春睡美」二句，面對著身心疲憊，只能順應自然，除此外，還有什麼選擇？回顧此前自己走上了仕途生涯，種種是非，種種波折，飽受種種痛楚，之所以如此，不就是熱衷功名所致嗎？「春睡美」說明心已放下，認命了。如此才能熟睡酣暢，以至天亮，即使五更鐘聲響起，仍不能喚醒夢中人。宋人曾季貍《艇齋詩話》云：「東坡海外上梁文口號曰：『為報先生春睡美，道人輕打五更鐘。』章子厚見之，遂再貶儋耳，以為安穩故，再遷也。」又宋人祝穆《方輿勝覽》卷三十六〈惠州・名宦〉云：「蘇子瞻在惠州，有詩云：『為報先生春睡美，道人輕打五更鐘。』傳至京師，章子厚笑曰：『蘇子尚爾快活耶？』故有昌化之命。」章惇（西元一〇三五—一一〇五年），字子厚，建州浦城（今屬福建）人。舉進士甲科。哲宗親政，召拜左僕射兼門下侍郎。據說章惇見此詩「報道先生春睡美」句，以為蘇軾在惠州太輕閒安逸了，於是就把他流放到更遠的海南島了。清紀昀《紀評蘇詩》云：「此詩無所譏諷，竟亦賈禍，蓋失意之人作曠達語，正是極牢騷耳。」雖然是無心之言，卻被政敵盯著了，如何解讀，是詩人自己無法掌控的，這就是命啊。

行瓊❶、儋❷間，肩輿❸坐睡，夢中得句云：「千山動鱗甲，萬谷酣笙鐘。」覺而遇清風急雨，戲作此數句

四州❹環一島，百洞蟠其中。我行西北隅，如度月半弓。登高望中原❺，但見積水❻空。此生當安歸，四顧真途窮❼。眇觀❽大瀛海❾，坐❿詠談天⓫翁。茫茫太倉中，一米誰雌雄⓬。幽懷忽破散，永嘯來天風。千山動鱗甲，萬谷酣笙鐘⓭。安知非羣仙，鈞天⓮宴未終。喜我歸有期，舉酒屬⓯青童⓰。急雨豈無意，催詩走羣龍⓱。夢雲⓲忽變色，笑電⓳亦改容。應怪東坡老，顏衰語徒工。久矣此妙聲，不聞蓬萊宮⓴。

【注釋】❶瓊　即瓊州，今海南海口。❷儋　即儋州，今屬海南。❸肩輿　轎子。又謂乘坐轎子。❹四州　謂瓊州、崖州（今海南三亞）、儋州、萬安州（今屬海南）。❺中原　廣義指整個黃河流域，狹義指今河南一帶。❻積水　積聚的水，指江海、湖泊或池沼。❼途窮　喻走投無路或處境困窘。❽眇觀　遠觀。❾大瀛海　《史記·孟子荀卿列傳》載騶衍云：「所謂中國者，於天下乃八十一分，居其一分耳。中國名曰赤縣神州，赤縣神州內自有九州，禹之序九州是也，不得為州數。中國外如赤縣神州者九，乃

所謂九州也。於是有裨海環之，人民禽獸莫能相通者，如一區中者，乃為一州，如此者九。乃有大瀛海環其外，天地之際焉。」瀛海，大海。⑩坐　因此。⑪談天　戰國齊陰陽家鄒衍（一作騶衍）其語宏大迂怪，故稱談天。後專指以天人感應來解釋自然與人事的關係。又指看相算命。⑫茫茫二句　《莊子・秋水》：「計四海之在天地之間也，不似礨空之在大澤乎？計中國之在海內，不似稊米之在太倉乎？」太倉，古代儲穀的大倉。稊米，小米。⑬幽懷四句　宋人胡仔《苕溪漁隱叢話・前集》卷四十二：「東坡贈梁道人詩云『寒盡山中無曆日』用此事也，又〈行瓊、儋間，肩輿坐睡，夢中得句云『千山動鱗甲，萬谷酣笙鐘』，覺而遇清風急雨，戲作數句〉云：『幽懷忽破散，永嘯來天風。千山動鱗甲，萬谷酣笙鐘。』蓋風來則千山草木皆動，如動鱗甲；萬谷號呼，有聲如酣笙鐘耳。」幽懷，隱藏在內心的情感。永嘯，長嘯。笙鐘，謂陳於東方之鐘樂。《儀禮・大射》：「樂人宿縣於阼階東，笙磬西面，其南笙鐘。」鄭玄注：「笙，猶生也。」胡培翬《正義》引褚寅亮曰：「東為陽中，萬物以生，故東方曰笙鐘、笙磬。」⑭鈞天　「鈞天廣樂」的略語，指天上的音樂。鈞天，天的中央，古代神話傳說中天帝住的地方。⑮屬　斟酒相勸。⑯青童　即青童君，亦稱青童大君，中國神話傳說中的仙人，居東海。⑰急雨二句　唐杜甫〈陪諸貴公子丈八溝攜妓納涼晚際遇雨〉：「片雲頭上黑，應是雨催詩。」⑱夢雲　宋玉〈高唐賦〉：「昔者先王嘗遊高唐，怠而晝寢，夢見一婦人，曰：『妾，巫山之女也，為高唐之客，聞君遊高唐，願薦枕席。』王因幸之。去而辭曰：『妾在巫山之陽，高丘之阻，旦為朝雲，暮為行雨，朝朝暮暮，陽臺之下。』旦朝視之，如言，故為立廟，號曰朝雲。」後因以「夢雲」指美女，亦指幽會之事。⑲笑電　《神異經・東荒經》：「東荒山中有大石室，東王公居焉……恆與一玉女投壺，每投千二百矯，……矯出而脫悞不接者，天為之笑。」張華注：「言笑者，天口流火炤灼，今天不下雨而有電光是天笑也。」後遂以「笑電」指閃電，亦為閃電不雨之典。⑳蓬萊宮　仙人所居的宮殿。

【語　譯】四州環繞著一座海島，百個洞穴遍及其中。我向著西北邊角行進，如同走過了似半個弓型彎月的路程。登上高地，北望中原，只看見了海水空闊。這輩子應當回到哪裡，環顧四方，真是走投無路。極目遠望著大海，因而吟詠起了談天翁。猶如在廣大糧倉中的一粒米，誰弱又誰強。內心的不快忽然破除消散，天風長嘯而來。千山上的草木如鱗甲般振動，萬谷中傳來似鐘樂般酣暢的聲音。哪知不是群仙們聽著鈞天廣樂，宴會還未結束。很高興我的回歸指日可待，舉酒邀請青童君暢飲。疾速的落雨難道就沒有用意，是為了催促寫詩而驅趕著群龍吐水。夢中雲彩忽然變了顏色，閃電不雨的容顏也在改變。應該責怪東坡老人，容顏衰憊，詩語空自工巧。太久了，這神奇美妙詩歌，不能被蓬萊宮仙人們聽到。

【研　析】詩作於哲宗紹聖四年（西元一〇九七年）六月自瓊州赴儋州途中。詩的前半幅紀實，「四州環一島」句點明海南島的行政和地理特點，即狹小和僻遠。「百洞蟠其中」則是寫當地人居住環境，遍地的洞穴，為土族人安身之所。「我行西北隅」二句，敘寫進入海南島後，奔赴謫居之地，其間行程的曲折與艱辛。想到今後要在如此僻遠荒涼的孤島上生活，對詩人而言，初到時的想法肯定是不快的。「登高望中原」，表達了對故鄉親人的思戀；「但見積水空」句又如同遭棒喝，回歸的路，此時此刻感到又是如此的遙遠，由此發出了「此生當安歸，四顧真途窮」的悲歎。宋人朱弁《曲洧舊聞》卷五云：「東坡在儋耳，因試筆，嘗自書云吾始至南海，環視天水無際，悽然傷之曰：『何時得出此島耶？』已而思之，天地在積水中，九州在大瀛海中，中國在少海中，有生孰不在島者？覆盆水于地，芥浮于水，蟻附于芥，茫然不知所濟。少焉水涸，蟻即徑去，見其類，出涕曰：『幾不復與子相見，豈知俯仰之間，有方軌八達之路乎？』念此，可以一笑。戊寅九月十二日，與客飲薄酒小醉，信筆書此紙。」戊寅為哲宗紹聖五年（西元一〇九八年），至此也只能作達觀，多往好處想。詩的後半幅紀幻，即寫夢境。現實帶給詩人更多的是悲傷與失望，甚至是絕望，相反，在夢中，情形大不一樣，所謂「幽懷忽破散」，不好的心情蕩然無存，「千山動鱗甲，萬谷酣笙鐘」，以狂風大作，千山上的草木如鱗甲振動，萬谷中傳來似鐘樂般酣暢的聲音，分別從視覺與聽覺方面描繪了群山舞動、生機盎然的情態，就彷彿置身於仙境中，與群仙聚會暢飲。極寫逃避現實、超脫不羈的情懷。至於突然的雷電交加，風雨大作，詩人也從夢中驚醒，於是縱筆揮毫，寫下了此詩，其中又似覺有神力相助，所謂「久矣此妙聲」，奇妙的聲音，既指風聲，又指所作詩篇。整首詩前實後虛，悲喜交加，筆力矯健，開闔自如。

糴❶米

糴米買束薪❷，百物資❸之市。不緣耕樵❹得，飽食殊少味。再拜❺
請邦君❻，願受一廛❼地。知非❽笑昨夢，食力❾免內愧。春秧幾時花，
夏稗❿忽已穟⓫。悵焉撫耒耜⓬，誰復識此意。

【注　釋】❶糴　買進穀物。❷束薪　捆紮起來的柴木；一捆薪柴。❸資　取用；求取。❹樵　砍伐，打柴。❺再拜　拜了又拜，表示恭敬。舊時用於書信的開頭或末尾。❻邦君　古代指諸侯國君主，此指地方官。❼廛　古代平民一家在城邑中所占的房地。❽知非　《淮南子・原道》：「故蘧伯玉年五十，而有四十九年非。」謂年五十而知前四十九年之過失。後因以「知非」稱五十歲。又省悟以往的錯誤。❾食力　靠勞動生活。❿稗　即稗子，一年生草本植物，葉子像稻，葉鞘無毛，實如黍米，可食，或作飼料。雜生稻田中，有害稻子生長。⓫穟　禾穗成熟下垂貌。又稻、麥等穗上的芒鬚。又通「穗」，穀類結實的頂端部分。⓬耒耜　古代耕地翻土的農具，耒是耒耜的柄，耜是耒耜下端的起土部分。

【語　譯】買了米又買了一捆柴，各種貨物都取用於集市。不是緣自自己耕種或砍伐所得，雖然能飽腹但是很覺得缺少味道。恭敬地請求地方長官，願意接受一塊土地。明白了以往所作所為都錯了，就如同自笑昨日的夢境不真實一樣，還是自食其力以免內心愧疚。春天播種的稻秧何時開花，夏日裡的稗子忽然已經抽穗。悵然撫摸著手中的耒耜，有誰又能明白我此時的心思。

【研　析】詩作於哲宗紹聖四年（西元一〇九七年）貶謫昌化軍時。詩人自二十餘歲中進士，走上仕途，至此時在官場上已經度過了四十餘年。其間的風風雨雨，得志時少，失意時多，常有歸田退隱的打算，但總是不能如願。這次被流放到遙遠的海南島，回歸故里的願望更屬渺茫。除了隨遇而安，又能做什麼呢？基於這種心態，詩人不是消極地對待生活，而是親自耕種，解決生活中的基本需求。自食其力，既無愧於國家百姓，無愧於古代先賢，又可從中獲取充實與自信，體驗勞動帶來的快樂，未嘗不是一件好事。只是自己的這種想法，又有誰能明瞭呢？詩語樸實無華，情感深厚真摯。

聞子由瘦 儋耳至難得肉食

五日一見花豬肉，十日一遇黃雞粥。土人頓頓食藷芋❶，薦以薰鼠燒蝙蝠。舊聞蜜唧❷嘗嘔吐，稍近蝦蟇❸緣習俗。十年京國❹厭肥羜❺，日日烝花壓紅玉❻。從來此腹負將軍，俗諺云：大將軍食飽捫腹而歎曰：「我不負汝。」左右曰：「將軍固不負此腹，此腹負將軍。」未嘗出少智慮也❼。今者固宜安脫粟❽。人言天下無正味，蝍蛆未遽賢麋鹿❾。海康別駕❿復何為？帽寬帶落⓫驚童僕。相看會作兩臞仙⓬，還鄉定可騎黃鵠⓭。

【注釋】❶藷芋　即薯蕷，多年生纏繞藤本，地下具圓柱形肉質塊莖，含澱粉，可供食用，並可入藥，也稱山藥。❷蜜唧　即蜜蝍，以蜜飼的初生鼠，嶺南人以為佳餚。唐張鷟《朝野僉載》卷二：「嶺南獠民好為蜜蝍，即鼠胎未瞬、通身赤蠕者，飼之以蜜，釘之筵上，囁囁而行，以筯挾取啖之，唧唧作聲，故曰蜜唧。」❸蝦蟇　即蝦蟆，青蛙和蟾蜍的統稱。❹京國　京城；國都。❺羜　出生五個月的小羊，又泛指未長大的小羊。❻日日句　《增刊校正王狀元集註分類東坡先生詩》作「日日餻花壓紅玉」，宋邵浩編《坡門酬唱集》卷十三作「日日蒸花壓紅玉」，宋祝穆《古今事文類聚・後集》卷二十引《志林》作「日日餻花壓紅玉」，按，餻，即糕，用米粉、麵粉製成的食品。紅玉，紅色寶玉，常以喻美人肌色。此喻紅色而有光澤的東西。❼從來八句　宋吳坰《五總志》云：「古諺云大將軍食飽捫腹而歎曰：『我不負汝。』左右曰：『將軍固不負此腹，此腹負將軍。』未嘗出少智慮也。學士陶穀侍兒，太尉党公故姬也，陶一日以雪水分茶，謂之曰：『党公解此乎？』對曰：『党公，武人，每遇天寒雪作時，於錦帳中命歌兒度曲，飲羊羔酒爾，安知此樂？』陶悵然自失。党公智識過人，故為癡絕以保身，因知大將軍，未易一槩言也。」党公即党進（西元九二七－九七八年），朔州馬邑（今屬山西）人。開寶中從太祖征太原，以功歷官至中武軍節度，卒贈侍中。進形貌魁岸，不識字，為人樸直。❽脫粟　糙米，只去皮殼、不加精製的米。❾人言二句　《莊子・齊物論》：「民食芻豢，麋鹿食薦，蝍蛆甘帶，鴟鴉耆鼠，四者孰知正味？」正味，純正的滋味。蝍蛆，蟋蟀，一說蜈蚣。遽，通「詎」，豈。❿海康別駕　指蘇轍子由，時為雷州別駕，按，雷州，唐代名海康郡，宋代曰雷州海康郡，今廣東湛江市。別駕，官名，又稱別駕從事，宋代指通判。⓫帽寬帶落　謂消瘦。⓬臞仙　舊時借稱身體清瘦而精神矍鑠的老人。文人學者亦往往以此自稱。⓭黃鵠　鳥名，後人有用黃鵠指離鄉的遊子。又有黃鵠山，即今湖北武漢蛇山，又名黃鶴山，西北二里有黃鵠磯，世傳仙人子安乘黃鵠過此，有黃鶴樓在其上。按，鵠，通「鶴」。

【語　譯】五天可以見到花豬肉，十天可以遇到黃雞粥。當地的土著人頓頓食用藷芋，時而會增添些供食用而薰燒的鼠類與蝙蝠。昔日聽人食用蜜蝍就嘔吐，如今稍微吃些蝦蟆是由於這裡的習俗。十年的京都生活已厭棄了肥嫩的羊肉，日日食用蒸好的有花樣覆蓋在上似紅玉的糕點。以前都說是此腹辜負了將軍這一體形，如今就應安享這些粗食。人們都說天下沒有純正的滋味，蝍蛆難道就比麋鹿肉味好。海康別駕又能做什麼呢？帽子寬鬆，腰帶滑落，就連僮僕見了也驚訝。彼此相顧，你我會變成兩個臞仙，返回故鄉時必定是可以騎著黃鵠。

【研析】哲宗紹聖四年（西元一〇九七年）二月，蘇軾謫瓊州別駕，昌化軍安置。時蘇轍被貶為化州別駕，雷州安置。五月十一日，兄弟二人相遇於藤州（今屬廣西），同行至雷州，六月十一日相別，蘇轍送蘇軾渡海赴海南。元符元年（西元一〇九八年）三月，蘇轍移循州（今屬廣東）安置。此詩作於蘇轍謫居雷州時。雷州今屬廣東湛江市，在雷州半島上，與海南島隔海相望。兄弟二人同時被貶到蠻荒之地，遠離中原，此處的物質條件、生活狀況，較以往要差得多，何況又是有罪之人，能生存下來已屬不易。宋人周紫芝《竹坡詩話》云：「東坡性喜嗜豬，在黃岡時嘗戲作食豬肉詩云：『黃州好豬肉，價錢等糞土。富者不肯喫，貧者不解煮。慢著火，少著水，火候足時他自美。每日起來打一碗，飽得自家君莫管。』此是東坡以文滑稽耳。」檢蘇軾集，有〈豬肉頌〉云：「淨洗鐺，少著水，柴頭罨煙焰不起。待他自熟莫催他，火候足時他自美。黃州好豬肉，價賤如泥土。貴者不肯喫，貧者不解煮。早辰起來打兩椀，飽得自家君莫管。」黃州是詩人仕途中首次被貶謫的地方，當地的豬肉價錢低賤，沒人喜歡吃，而詩人用心烹調，卻成了營養佳餚。「五日一見花豬肉，十日一遇黃雞粥」，是描述蘇軾初到儋州的生活，黃州的烹飪手法再次重演，較在雷州的蘇轍來說要強些。至於當地土著喜歡食用鼠類、蝙蝠、蜜蝍、蝦蟆等以為葷菜，詩人有的難以適應，有的勉為其難，總之是不習慣，只能靠花豬肉、黃雞粥來解饞。宋人陳造〈戲促黃簿雞粥約三首〉之一云：「微吟仰屋耐調飢，腹負將軍竟是誰。側耳鄰翁隔墻喚，黃雞粥熟是何時。」可知黃雞粥也是易得的美味。與昔日在京城、在內地的生活比照，一在天，一在地，不可同日而語。「帽寬帶落」，帽子變得寬鬆，腰帶時常滑落，是消瘦的寫照，老弟蘇轍是這樣，蘇軾未嘗不是如此。其中又引用俗諺關於党進「將軍固不負此腹，此腹負將軍」語意以自嘲，說明想飽餐美食，現實中卻是難以達成。至於「相看會作兩臞仙，還鄉定可騎黃鵠」，所謂臞仙，常藉以稱身體清瘦而精神矍鑠的老人。調侃戲謔，故作曠達語。詩中用俚俗語，淺易樸實，也是民風民俗的反映。

獨覺

瘴霧❶三年恬❷不怪，反畏北風生體疥❸。朝來縮頸似寒鴉，焰火生薪聊一快。紅波❹翻屋春風起，先生默坐春風裏。浮空眼纈❺散雲霞，無數心花❻發桃李。翛然獨覺午窗明，欲覺猶聞醉鼾聲❼。回首向來蕭瑟❽處，也無風雨也無晴。

【注釋】❶瘴霧　猶瘴氣，指南部、西南部地區山林間濕熱蒸發能致病之氣。❷恬　淡漠；安然。❸疥　疥瘡，又稱疥癬，由疥蟲引起的傳染性皮膚病，多發生於手腕、指縫、臀、腹等部位，症狀是局部起丘疹和水皰，非常刺癢。❹紅波　指清晨的陽光。❺眼纈　眼花。❻心花　佛教語，喻慧心，又喻開朗的心情，又喻機巧之心。❼翛然二句 陳後主〈小窗〉：「午醉醒來晚，無人夢自驚。夕陽如有意，偏傍小窗明。」此為化用。翛然，無拘無束貌；超脫貌。❽蕭瑟 寂寞淒涼。

【語 譯】生活在瘴霧之地三年，已泰然自得，不以為怪，反倒是畏懼北風吹來，以致身體生疥瘡。清晨縮著頸項，就像似寒天中的烏鴉，生起薪火，姑且是一件快事。如同朝陽的紅色霞光在屋裡翻飛晃動，似春風吹拂，我就默默地坐在春風裡。屋內飄浮著的雲霞，以致眼睛發花，無數心花就如同桃李花在怒放。無拘無束，獨自醒來，窗戶明亮，已是中午，醒來了還似聽到醉酒後的鼾睡聲。回頭再看先前還寂寞冷落的地方，此時沒有了風雨，也沒有了晴日。

【研 析】謫居儋州已是三年，適應了當地的地理環境、生活習俗等，初到時悲涼無助之感早已消亡，樂天知命，也就是唯一的選擇。唐代詩人孟郊有〈答友人贈炭〉詩云：「青山白屋有仁人，贈炭價重雙烏銀。驅卻坐上千重寒，燒出爐中一片春。吹霞弄日光不定，暖得曲身成直身。」敘寫寒冷天中得到友人贈送的木炭，燃燒的炭火帶來了如同春天般的溫暖，「吹霞弄日光不定，暖得曲身成直身」一句生動形象地摹繪出詩人生活的極度貧寒與辛酸。蘇軾詩「紅波翻屋春風起」四句所云就如同孟郊中所摹寫出的感覺一樣，薪火帶來的暖意，就如同沐浴在溫暖的春光裡，令人倍感愜意。所謂「浮空眼纈散雲霞，無數心花發桃李」，此時此刻，屋中滿是霞光舞動，不僅身體有了暖意，而且是心情愉悅，又得以安眠。想睡就睡，想醒就醒，沒有騷擾，能坦蕩蕩地過著每一天的生活，這是詩人的基本要求。詩人在黃州作〈定風波〉(莫聽穿林打葉聲)一詞,下闋云:「料峭春風吹酒醒,微冷,山頭斜照卻相迎。回首向來蕭瑟處,歸去,也無風雨也無晴。」意境與旨意與此詩有相同處。風雨陰晴,這是自然現象,看似無規律,卻是合乎情理。人生的經歷也應作如是觀,由貶謫黃州,到再貶惠州,至三謫儋州,是經歷了無盡的大是大非、大悲大喜之後,蘇軾〈自題金山畫像〉云:「心似已灰之木,身如不繫之舟。問汝平生功業,黃州惠州儋州。」回過頭來看,所有的是是非非,此時已是不放在心裡,大徹大悟,除了認命,還能奢求什麼呢?心如死灰,波瀾不驚。詩用語平淡樸素,表意超脫漠然。

觀棋 并引

予素不解棋,嘗獨游廬山❶白鶴觀❷,觀中人皆闔戶❸晝寢,獨聞棋聲於古松流水之間,意欣然喜之。自爾欲學,然終不解也。兒子過❹乃粗能者,儋守張中❺日從之戲,予亦隅坐❻,竟日不以為厭也。

五老峰❼前,白鶴遺址。長松蔭庭,風日❽清美。我時獨游,不逢一士。誰歟棋者?戶外屨二❾。不聞人聲,時聞落子❿。紋枰⓫坐對,誰究此味。空鉤意釣，豈在魴鯉⑫？小兒近道⑬，剝啄⑭信指⑮。勝固欣然，敗亦可喜。優哉游哉⑯，聊復爾耳⑰。

【注釋】❶廬山　詳〈題西林壁〉注❷。❷白鶴觀　宋祝穆《方輿勝覽》卷十七〈南康軍・道觀〉：「白鶴觀，在城西北二十里，今名為承天觀。〈觀記〉云：廬山峯巒之奇秀，巖穴之怪邃，林泉之茂美，為江南第一，此觀復為廬山第一。」《大清一統志》卷二百四十三〈南康府・星子縣・寺觀〉：「白鶴觀，在星子縣五老峯下，唐宏道元年建，宋祥符中賜名承天白鶴觀。《輿地紀勝》：在城西北二十里。」❸闔戶　閉門。❹兒子過　即蘇過（西元一〇七二—一一二三年），字叔黨，號斜川居士。蘇軾知杭州時，以詩賦入浙江省試，擢第一。蘇軾謫英州、惠州、儋州等，過皆隨侍。初監太原府稅，改知偃城縣，權判中山府。❺張中　宋開封（今屬河南）人。舉進士，紹聖間知昌化軍。❻隅坐　坐於席角旁，古無椅，布席共坐於地，尊者正席，卑者坐於旁位。❼五老峰　江西廬山東南部名峰。五峰形如五老人並肩聳立，故稱。❽風日　風與日，猶風光。❾戶外屨二　《禮記・曲禮上》：「戶外有二屨，言聞則入，言不聞則不入。」屨，單底鞋，多以麻、葛、皮等製成，後亦泛指鞋。❿不聞二句　唐白居易〈池上二絕〉之一：「山僧對棋坐，局上竹陰清。映竹無人見，時聞下子聲。」⓫紋枰　圍棋棋盤。⓬空鉤二句　宋李昉等《太平御覽》卷九百三十五引《符子》云：「太公涓釣於隱溪，五十有六，而未嘗得一魚。魯連聞而觀焉，太公涓跽而隱崖，不餌而釣，仰詠俯吟，暮則釋竿。其膝所處若背，其跗觸崖若路。魯連曰：『釣本所以在魚，無魚何釣？』太公曰：『不見康王父之釣耶？涉蓬萊，釣巨海，摧岍投綸，五百年矣，未嘗得一魚，方吾猶一朝耳。』」後世有姜太公釣魚，願者上鉤，意不在魚。魴，鯿魚的古稱，體廣而薄肥，細鱗，青白色，味美。鯉，魚名，身體側扁，背部蒼黑色，腹部黃白色，嘴邊有長短鬚各一對，肉味鮮美，生活在淡水中。⑬近道　謂略懂下棋之法。⑭剝啄　象聲詞，敲門或下棋聲。⑮信指　謂伴隨著拈有棋子的手指落下諸動作。⑯優哉游哉　《詩・小雅・采菽》：「優哉游哉，亦是戾矣。」形容從容自得，悠閒無事。⑰聊復爾耳　姑且如此而已。

【語　譯】五老峰的前面，是白鶴觀的遺址。高高的松樹樹蔭遮蔽了庭院，風光清秀美麗。我時常獨自到這遊玩，沒有遇到一位士人。這是誰呢？在下著棋，屋外有二雙鞋。沒有聽到人聲，卻時常聽到棋子落下的聲音。面對面地坐在棋盤邊，誰能明白此時的意味。如同釣鉤空無魚餌，其用意難道是在魴魚和鯉魚？小兒略懂圍棋的下法，落子時的剝啄聲隨著手指而響起。勝了固然歡欣，敗了也是可喜。只是悠閒自得，姑且如此而已。

【研　析】詩作於哲宗紹聖年間貶謫儋州時。神宗元豐七年正月，蘇軾移汝州團練副使本州安置，四月離開黃州，自江西九江抵興國，至高安，訪蘇轍，因而得以遊廬山。蘇軾《東坡志林》卷十云：「司空表聖自論其詩，以為得味外味。『綠樹連村暗，黃花入麥稀』，此句最善。又云『棋聲花院閉，幡影石壇高』。吾嘗獨遊五老峰，入白鶴觀，松陰滿地，不見一人，惟聞棋聲，然後知此句之工也，但恨其寒儉有僧態。」結合詩序，知詩人對圍棋感興趣當是遊廬山時。詩的前半幅即是追述在廬山觀棋的感受，在風和日麗的時候，獨自在廬山五老峰白鶴觀遊玩，「不逢一士」，即室外沒有遇見士人（指士大夫，儒生。也泛稱知識階層。），以見清幽寂寞。「誰歟棋者？戶外屨二」，筆鋒突轉，以聽到棋聲，見有鞋子，可見生氣盎然。「不聞人聲，時聞落子」，可知下棋者專心用神處。「誰究此味」是詩人進入屋內所觸發的感知，「空鉤意鈞，豈在魴鯉」即是對「此味」的回答，俗云姜太公鈞魚，願者上鉤。按，姜子牙，呂氏，名尚，字子牙，號飛熊，商末周初人。傳說垂鈞於渭水之濱（今陝西寶雞境內），時年已逾七十，藉鈞魚的機會求見姬昌（即周文王），後姬昌出獵，果然相遇，一同乘車而歸，尊為太師，輔佐姬昌成就霸業。周武王即位後，尊為師尚父，輔佐武王滅亡商紂，建立周王朝。據載，蘇軾謫居黃州，神宗念之不置，以為人材實難，不忍終棄，四年後放還。詩中暗用此典，或寓用世之心。這次貶謫儋州，詩中用廬山觀弈事，或又寄寓此種心意？雖然詩人年已六十多，較姜太公被重用還要小些。至於蘇過下棋「剝啄信指」，離高手還有差距。宋人彭乘《墨客揮犀》卷四云：「子瞻常自言平生有三不如人，謂著棊、喫酒、唱曲也。然三者亦何用如人，子瞻之詞雖工而多不入腔，正以不能唱曲耳。」詩人不善圍棋，此詩重在寫觀棋的感受，即「勝固欣然，敗亦可喜」，也就是在面對著勝敗，如何保持一種平和的心態。宋人葛立方《韻語陽秋》卷十七云：「東坡白鶴觀四言詩云：『小兒近道，剝啄信指。勝固欣然，敗亦可喜。』夫恣貪欲於指顧，爭勝負於毫釐，業棋者之常情，而坡乃置之膜外，亦可見其胸中脩然者矣。」不以勝負為計較，勝或敗畢竟是一時的，何況彼此是可以轉換的，只是時機早來或遲到罷了。重在端正心態，「優哉游哉」，不以勝負亂了自己的心，以悠閒自得的態度看待，如此這般，不也是妥帖的嗎？蘇軾四言詩不多見，此首古雅高妙，耐人咀嚼。

新居

朝陽入北林❶，竹樹散疏影。短籬尋丈❷間，寄我無窮境。舊居無一席，逐客❸猶遭屏❹。結茅❺得茲地，翳翳❻村巷❼永。數朝風雨涼，畦❽菊發新穎❾。俯仰❿可卒歲，何必謀二頃⓫。

【注釋】❶北林　泛指北邊的樹林。❷尋丈　泛指八尺到一丈之間的長度。❸逐客　指被貶謫遠地的人。❹屏　放逐；擯棄。❺結茅　編茅為屋，謂建造簡陋的屋舍。❻翳翳　晦暗不明貌。❼村巷　村里中的巷道。❽畦　古代土地面積單位，通常為五十畝。此指分畦種植。❾新穎　指新生的其狀細長的花蕾。❿俯仰　比喻時間短暫。⓫頃　土地面積單位之一，或云百畝為頃。或云十二畝半為頃。

【語譯】初生的太陽照進了北邊的樹林，竹樹枝條稀疏的影子散布。矮短的籬笆在尋丈之間，卻可以寄託我無窮的境界。舊居連一張席子都沒有，作為逐客的我依然遭到驅逐。在這塊地上建造了簡陋的房屋，長長的村里巷道晦暗不明。接連幾日的颳風下雨，天也變涼，種植的菊樹新生出了花蕾。轉眼就可度完餘生，何必再費盡心思地圖謀二頃田地。

【研析】詩人謫居儋州，營造新居成，作此詩，時在哲宗元符元年。「朝陽入北林」四句極寫新居環境的清幽寂靜，竹林草樹，在初日照射下，枝影搖曳扶疏。新居不大，雖然短小的籬笆只有尋丈長，但可寄託自己以無窮境界的遐想。蘇軾〈答程天侔三首〉其二云：「僕既病倦不出，然亦無與往還者，闔門面壁而已。新居在軍城南，極湫隘，粗有竹樹，烟雨濛晦，真蜑塢獠洞也。」居住地的荒僻，新居的孤陋，比土著人居住的洞穴也好不了多少。「舊居無一席」四句，點明新居建成的原委，蘇軾〈答程全父推官六首〉其一云：「某與兒子粗無病，但黎蜑雜居，無復人理，資養所急求輒無有。初至，僦官屋數椽，近復遭迫逐，不免買地結茅，僅免露處，而囊為一空，困厄之中，何所不有，置之不足道。」知初至儋州，租用的是官府的房子，「復遭迫逐」，即詩云「逐客猶遭屏」，宋人施宿《東坡先生年譜》云：「（元符元年戊寅）初，朝廷遣呂升卿、董必察訪廣東西，謀盡殺元祐黨人。曾布爭於上，以升卿與二蘇有切骨之怨，不可遣，乃罷升卿，猶遣必使廣西。時先生在儋，僦官舍數椽以居止，必遣人逐出，遂買地城南，為屋五間，士人畚土運甓以助之，屋成，居其下。食芋飲水著書以為樂，處之泰然，無遷謫意。」知被驅趕的原因，仍是政敵在作祟。無奈，只能買塊地，於匆忙中建成新居，僅能庇風雨。「數朝風雨涼」四句，是說新居雖然簡陋，「俯仰可卒歲」，至少可以在此卒其餘年，曠達之懷可知。蘇軾〈與鄭嘉二首〉其一云：「某與過亦幸如昨，初賃官屋數間居之，既不佳，又不欲與官員相交涉。近買地起屋五間一龜頭，在南汙池之側，茂林之下，亦蕭然，可以杜門面壁少休也，但勞費貧窘耳。此中枯寂，殆非人世，然居之甚安。況諸史滿前，甚可與語者也。」知搬遷的原因除了是被驅逐外，還有所租房屋不佳、不想與官員往來等因素。新居雖簡陋，與黎蜑雜居，有諸種不便，「殆非人世」，「然居之甚安」，就在於可以「寄我無窮境」，此時此刻，住房的狹隘，環境的惡劣，也不會影響詩人心胸的開闊，精神的愉悅，就在於不會再有更多的煩擾盯住自己，使自己不得安生。

和陶游斜川❶正月五日，與兒子過❷出游作

謫居澹無事，何異老且休。雖過靖節年❸，未失斜川游。春江淥未波，人臥船自流。我本無所適，泛泛❹隨鳴鷗。中流遇洑洄❺，捨舟步層❻丘。有口可與飲❼，何必逢我儔❽。過子詩似翁，我唱而輒酬。未知陶彭澤❾，頗有此樂不？問點爾何如，不與聖同憂。問翁何所笑，不為由與求❿。

【注釋】❶和陶游斜川　晉陶淵明〈遊斜川〉序：「辛丑正月五日，天氣澄和，風物閑美，與二三鄰曲同遊斜川，臨長流，望曾城。魴鯉躍鱗於將夕，水鷗乘和以翻飛。彼南阜者，名實舊矣，不復乃為嗟歎。若夫曾城傍無依接，獨秀中皋，遙想靈山，有愛嘉名，欣對不足，率爾賦詩，悲日月之遂往，悼吾年之不留，各疏年紀鄉里，以記其時日。」詩云：「開歲倏五日，吾生行歸休。念之動中懷，及辰為茲游。氣和天惟澄，班坐依遠流。弱湍馳文魴，閑谷矯鳴鷗。迥澤散游目，緬然睇曾丘。雖微九重秀，顧瞻無匹儔。提壺接賓侶，引滿更獻酬。未知從今去，當復如此不。中觴縱遙情，忘彼千載憂。且極今朝樂，明日非所求。」陶淵明，詳〈湯村開運鹽河雨中督役〉注❹。斜川，古地名，在江西星子、都昌二

縣縣境。瀕鄱陽湖，風景秀麗，為陶淵明遊歷處。按，蘇過移家潁昌，營湖陰水竹數畝，名為小斜川，其地在河南郟縣境。自號斜川居士，著有《斜川集》。❷兒子過　詳〈觀棋〉注❹。❸靖節年　謂陶淵明遊斜川時的年齡。按，〈遊斜川〉序有「辛丑正月」云云，辛丑為晉安帝隆安五年（西元四〇一年）。❹泛泛　一作「汎汎」，漂浮貌；浮行貌。❺洑洄　盤旋的水。❻層　高。❼有口句　《南齊書・謝瀹傳》：「初兄朏為吳興，瀹於征虜渚送別，朏指瀹口曰：『此中唯宜飲酒。』」❽儔　輩；同類。❾陶彭澤　陶淵明曾做彭澤縣令。❿問點四句　《論語・先進》載子路、曾皙、冉有、公西華侍坐，孔子使各言其志，子路率爾而對曰：「千乘之國，攝乎大國之間，加之以師旅，因之以饑饉。由也為之，比及三年，可使有勇，且知方也。」孔子哂之。又問：「求，爾何如？」對曰：「方六七十，如五六十，求也為之，比及三年，可使足民。如其禮樂，以俟君子。」孔子又問：「赤，爾何如？」對曰：「非曰能之，願學焉。宗廟之事，如會同，端章甫，願為小相焉。」孔子又問：「點，爾何如？」對曰：「異乎三子者之撰。」孔子曰：「何傷乎？亦各言其志也。」曰：「莫春者，春服既成。冠者五六人，童子六七人，浴乎沂，風乎舞雩，詠而歸。」孔子喟然歎曰：「吾與點也！」求，名仲由，字子路，卞（今屬山東平邑）人，孔子的學生。點，曾皙，名點，曾參的父親，孔子的學生。由，冉有，姓冉，名求，字子有，魯國人，孔子的學生。赤，姓公西，名赤，字子華，魯人，孔子的學生。

【語　譯】謫居儋州，內心恬澹，無所事事，這與年老並退休有什麼不同。雖然超過了當年陶靖節的年齡，沒有放棄如同至斜川的遊玩。春天江水清澈但尚未上漲起波瀾，人臥在船上隨著水流自由前行。我本來就不知到什麼地方去，就任漂浮的船兒隨著鳴叫的鷗鳥。江水中遇到了旋渦，就捨棄了船，步行上了高士丘。有口就可以與人們飲酒，何必要遇到我的朋友。兒子過所作的詩似乃翁，我唱和而應酬。不知陶彭澤，頗有這種快樂否？如同孔子詢問曾皙你有什麼感受，曾皙的回答是不與聖人同憂愁。人問我笑什麼，不是為了冉有與子路。

【研　析】宋李之儀〈跋東坡諸公追和淵明「歸去來引」後〉云：「東坡平日自謂淵明後身，且將盡和其詩乃已。自知杭州以後，時時如所約，然此語未嘗載之筆下。予在潁昌，一日從容黃門公，遂出東坡所和。」黃門公即蘇轍。又〈跋東坡與杜子師書〉云：「此東坡自海外歸時所與書，東坡尤喜淵明詩，在揚州因飲酒，遂和淵明〈飲酒二十首〉，序其和詩之因，則曰將盡和其詩而後已。既留海外，卒踐其志，雖〈歸去來〉亦次韻，今別為一集，子由作字。」知蘇軾自通判杭州開始和陶詩，直至去世，盡和陶詩，凡一百多首，均存。其中謫居儋州時，和陶詩最多，有近六十首，這首詩即其中之一。蘇軾〈答程全父推官六首〉其二云：「僕焚毀筆硯已五年，尚寄味此學，隨行有陶淵明集，陶寫伊鬱，正賴此耳。」其三云：「流轉海外，如逃深谷，既無與晤語者，又書籍舉無有，惟陶淵明一集、柳子厚詩文數冊，常置左右，目為二友。」陶詩與詩人有共鳴處，所謂「陶寫伊鬱」，謂讀陶詩可以怡悅情性，開釋憂憤鬱結的情懷。「春江淥未波」六句表達了隨遇而安的心理。「有口可與飲」四句寫父子二人詩酒唱和，自得自娛。「問點爾何如」四句藉孔門弟子各自暢言自己的志願，以表達自己的價值取向。其中曾皙回答說：「到了暮春，春天的衣服已製成。和五六位成年人，六七位兒童，在沂水中洗浴，然後登上舞雩臺，迎著風，歌詠而返回。」孔子長歎一聲說：「我贊同曾點的想法啊！」與其他弟子三人滿是功利心的不同，曾皙的回答表明了其超脫放逸的追求。蘇軾〈答程天侔三首〉其一云：「此間食無肉，病無藥，居無室，出無友，冬無炭，夏無寒泉，然亦未易悉數，大率皆無爾，惟有一幸，無甚瘴也。近與兒子結茅屋數椽居之，僅庇風雨，然勞費已不貲矣。賴十數學生助工作，躬泥水之役，愧之不可言也。尚有此身，付與造物，聽其運轉，流行坎止，無不可者，故人知之。」其中「尚有此身，付與造物，聽其運轉，流行坎止，無不可者」，正與「春江淥未波，人臥船自流。我本無所適，泛泛隨鳴鷗」所流露出的情感是相通的。所謂「流行坎止」，即乘流則行，遇坎而止，比喻依據環境的順逆來確定自己的進退行止。謫居海南島，地處荒遠，放下所有，知天安命，就是詩人此時的心態表現。

贈鄭清叟❶秀才❷

風濤戰扶胥，海賊橫泥子❸。胡為犯二怖❹，博此一笑喜。問君奚❺
所欲，欲談仁義❻耳。我才不逮人，所有聊足已。安能相付與，過聽❼君
誤矣。霜風掃瘴毒❽，冬日稍清美。年來萬事足，所欠惟一死❾。澹欲❿
兩無求，滑淨空棐几⓫。

【注釋】❶鄭清叟　名總，英德（今屬廣東）人。行跡俟考。❷秀才　唐宋間稱應舉者。❸風濤二句　謂鄭清叟不畏海上風浪和海上盜賊來到海南島。扶胥，鎮名。宋王存等《元豐九域志》卷九〈廣南路〉：「番禺五鄉，瑞石、并石、獵德、大水、石門、白田、扶胥七鎮。」《大清一統志》卷三百四十〈廣州

府〉：「扶胥鎮，在番禺縣東南三江口。」海賊，出沒於海洋上或沿海地帶的盜賊。泥子，古地名，即今廣東番禺西南之紫坭。❹二怖　謂風濤、海賊。❺奚　疑問詞，猶何，何事。❻仁義　仁愛和正義。寬惠正直。❼過聽　錯誤地聽取。又用作謙詞。❽瘴毒　瘴氣毒霧。❾年來二句　宋釋惠洪《冷齋夜話》卷一〈詩出本處〉：「東坡作海棠詩曰……作贈舉子詩曰『平生萬事足，所欠惟一死』，事見梁僧史，曰：世祖宴東府，王公畢集，詔跋陀羅至。跋陀羅皤然清瘦，世祖望見，謂謝莊曰：『摩訶衍有機辯，當戲之。』跋陀趨外陛，世祖曰：『摩訶衍不負遠來，惟有一死在。』即應聲曰：『貧道客食陛下三十載，恩德厚矣，無所欠，所欠者，惟一死耳。』」又宋司馬光《資治通鑑》卷八十九〈晉紀十一・孝愍皇帝下〉：「（陳）休、（卞）崇曰：吾輩年踰五十，職位已崇，唯欠一死耳。死於忠義，乃為得所，安能俛首低眉以事閹豎乎?」❿澹欲　原作「澹然」，據《四庫全書》本《東坡全集》改。恬淡和貪欲。恬淡，清靜淡泊，多用以指不熱衷於名利。⓫滑淨句　《晉書・王羲之傳》：「嘗詣門生家，見棐几滑淨，因書之，真草相半。」滑淨，光滑潔淨。棐几，用棐木做的几桌。又泛指几桌。

【語　譯】途經扶胥，與大風大浪較量，路過泥子，海上盜賊橫行。為什麼要冒犯風浪和盜賊，就是為了博得這次一相見的笑談與歡喜。問您想要得到什麼，就是想談論下仁義。我的才華不如人，現今已有的就感到足夠了。怎麼夠資格傳教給與，關於對我的誤聽，您一定是弄錯了啊。刺骨的寒風橫掃了瘴氣毒霧，冬天稍稍覺得清爽秀美。近年以來一切事都感到心滿意足，所欠缺的只有一死。恬淡與欲望兩者都不需要了，光滑潔淨的棐木几案上空無一物。

【研　析】詩作於哲宗元符二年（西元一〇九九年）冬，在儋州。海南島遠離大陸，往來不易。鄭清叟為了向蘇軾求教，不畏艱險，除要與海上的風浪作抗爭外，還要面臨海盜的襲擊，也就是說鄭氏冒著生命危險來儋州，就是為了「博此一笑喜」，即拜見蘇軾，問學求教。「欲談仁義耳」，「仁義」是儒家思想說學中一主要內容，說明鄭氏的思想純正。「我才不逮人」四句，蘇軾感慨自己學識有限，恐怕難以使鄭氏滿意。「年來萬事足，所欠惟一死」，用心如死灰，來表達詩人此時的心情，不為過。仕途的坎坷，人生的磨難，能活下來，已屬不易，何況遠在千里之外的荒島上，能有人來探望，可謂喜出望外，何況是求談學問，對詩人而言這不是什麼難事。只是此時的詩人已是熱情不再，「澹然兩無求」，恬淡與欲望兩者都不再有所奢求，用世之心已然全無。「滑淨空棐几」，書桌上本來是有紙墨的，而詩人如今的處境，不就是導源於所作的詩文嗎？這險些招致了滅頂之災，如今書桌上是空無一物，意在表明不再寫作詩文了，這是飽嘗痛楚後的覺悟。蘇軾〈與循守周文之〉云：「鄭君知其俊敏，篤問學，觀所為詩文，非止科場手段也。人去，忙作書，不及相見，且致此意。李公弼亦再三傳語，承許遠訪，何幸如之。海州窮獨，見人即喜，況君佳士乎？」清王文誥謂鄭君即鄭清叟，時自惠州渡海來海南拜見蘇軾。其所作詩文不純屬於科舉官樣文章，說明有個性。那麼蘇軾詩意，以自己的遭際，是否也在暗示鄭清叟一些什麼呢？

縱筆三首

其一

寂寂❶東坡一病翁，白鬚蕭散❷滿霜風。小兒誤喜朱顏在，一笑那知是酒紅。

其二

父老爭看烏角巾❸，應緣曾現宰官身❹。溪邊古路三叉口，獨立斜陽數過人。

其三

北船不到米如珠❺，醉飽❻蕭條❼半月無。明日東家❽當祭竈❾，隻雞斗酒定膰❿吾。

【注　釋】❶寂寂　寂靜無聲貌。又孤單，冷落。❷蕭散　猶蕭灑，形容舉止、神情、風格等自然，不拘束。閒散舒適。❸烏角巾　古代葛製黑色有折角的頭巾，常為隱士所戴。❹應緣句　《妙法蓮華經・觀世音菩薩普門品》：「無盡意菩薩白佛言：『世尊，觀世音菩薩云何遊此娑婆世界，云何而為眾生說法，方便之力其事云何。』佛告無盡意菩薩：『善男子，若有國土眾生應以佛身得度者，觀世音菩薩即現佛身而為說法，應以辟支佛身得度者即現辟支佛身而為說法，……應以長者身得度者即現長者身而為說法，應以居士身得度者即現居士身而為說法，應以宰官身得度者即現宰官身而為說法。』」謂觀音神通廣大，可針對不同對象而現不同化身說法度人。據《妙法蓮華經・觀世音菩薩普門品》載云，觀音可示現三十三種變化身，其中第十三為宰官身。應緣，猶言大概是。宰官，周代冢宰的屬官，泛指官吏。又特指縣官。❺米如珠　謂米價貴如珠寶。❻醉飽　謂酒食過度。又指醉酒飽德，《詩・大雅・既醉》：「既醉以酒，既飽以德。」又序：「既醉，太平也。醉酒飽德，人有士君子之行焉。」後用為酬謝主人宴飲之辭。❼蕭條　匱乏。❽東家　東鄰。❾祭竈　即祀竈。祭祀竈神，古代五祀之一。上古祀竈在夏日，後改在冬日。舊俗農曆十二月二十三日或二十四日祭祀竈神。❿膰　古代祭祀用的熟肉，又致送祭肉。

【語　譯】其一

孤獨寂寞的東坡先生就是一個病老頭，花白的鬍鬚飄散滿臉如生寒風。小兒子很高興我容顏紅潤，那不過是誤認，哪裡知道這是飲酒臉紅，一笑作罷。

其二

父老爭相觀看我這身著烏角巾的隱者，大概是由於我曾經顯現過宰官的神情。在溪水邊古老道路的三叉口，我獨立在斜陽中數著過路的行人。

其三

北方的船不來，這裡的米價貴如珠寶，醉酒飽食這種情況不再有已半個月了。知道明日東鄰祭祀竈神，一定會送給我一隻雞和一斗酒。

【研　析】作於謫居儋州時，在海南的生活，應該是十分艱難的，何況此時詩人已步入了暮年。「寂寂東坡一病翁，白鬚蕭散滿霜風」，是實錄，之所以如此，在其三可見一斑，「北船不到米如珠，醉飽蕭條半月無」，來自內陸的米糧因故不能按時運達，以致海島上的米價貴如珠寶，詩人也因此十多天不能飽食。「明日東家當祭竈，隻雞斗酒定膰吾」，只能寄希望於鄰居家祭祀之後，能送些祭品，以充飢渴。詩中對這種窘迫生活的如實描寫，令人心酸，就差沒用「乞食」二字了。物質的匱乏，環境的惡劣，角色的轉換，這多屬外物方面的不利。就內在的精神而言，詩人是不能也讓它處於飢餓中，看透世事，達觀自在，就如同其二所云「溪邊古路三叉口，獨立斜陽數過人」，古路，說明地處偏僻，三叉口，謂岔路多，至此就面臨著選擇的問題，所以行人就不會多。「獨立斜陽」，頗有眾人皆醉唯我獨醒的意味。「父老爭看烏角巾，應緣曾現宰官身」，想自己曾經也是官場名流，如今卻成了不起眼的隱者，真可謂世事變幻叵測。宋人許顗《彥周詩話》云：「李太白詩云：『問予何事棲碧山，笑而不答心自閑。桃花流水窅然去，別有天地非人間。』東坡嶺外詩云：『老父爭看烏角巾，應緣曾現宰官身。溪邊古路三叉口，獨立斜陽數過人。』賀知章呼李白為謫仙人，世傳東坡是戒禪師後身，僕竊信之。」又宋人何薳《春渚紀聞》卷一云：「世傳山谷道人前身為女子，所說不一。……

刻石其畧言山谷初與東坡先生同見清老者，清語坡前身為五祖戒和尚，而謂山谷云學士前身一女子，我不能詳語。」謂蘇軾前生為和尚，多見宋人提及，所以許顗認為「應緣曾現宰官身」句用佛典是有所指的。

汲江煎茶

活水❶還須活火❷烹，唐人云：茶須緩火炙，活火煎❸。自臨釣石取深清❹。大瓢貯月歸春甕❺，小杓分江入夜瓶。茶雨已翻煎處腳❻，松風忽作瀉時聲❼。枯腸未易禁三椀❽，坐聽荒城長短更❾。

【注　釋】❶活水　有源頭常流動的水。❷活火　有焰的火；烈火。❸唐人三句　唐趙璘《因話錄・商上》：「茶須緩火炙，活火煎，活火謂炭火之焰者也。」緩火，猶文火，煮東西時所用的小而緩的火。❹深清　謂深處清澈的水。❺大瓢句　謂月映水中，用大瓢連水與月一起舀進甕中。春甕，酒甕，亦指酒。❻茶雨句　宋蔡襄《茶錄》「點茶」：「茶少湯多則雲腳散，湯少茶多則粥面聚。建人謂之雲腳粥面。……建安開試，以水痕先者為負，耐久者為勝，故較勝負之說曰相去一水兩水。」又清陸廷燦《續茶經》卷上之三：「芽擇肥乳則甘香，而粥面著盞而不散。土瘠而芽短，則雲腳渙亂，去盞而易散。」又卷下之一：「候湯眼鱗鱗起沫，餑鼓泛，投茗器中，初入湯少許，俟湯茗相投，即滿注，雲腳漸開，乳花浮面，則味全。」雲腳，為茶的別稱。又粥面，指濃茶或醇酒表面所凝結的薄膜，以其狀如粥膜，故稱粥面。茶雨，一作「雪乳」，謂白色濃厚的漿液。指泉水。❼松風句 蘇軾〈試院煎茶〉詩：「蟹眼已過魚眼生，颼颼欲作松風鳴。蒙茸出磨細珠落，眩轉遶甌飛雪輕。銀瓶瀉湯誇第二，未識古人煎水意。古語云：煎水不煎茶。」松風，喻煎茶水沸聲。❽枯腸句 唐盧仝〈走筆謝孟諫議寄新茶〉：「碧雲引風吹不斷，白花浮光凝椀面。一椀喉吻潤，兩椀破孤悶。三椀搜枯腸，唯有文字五千卷。四椀發輕汗，平生不平事，盡向毛孔散。五椀肌骨清，六椀通仙靈。七椀喫不得，唯覺兩腋習習清風生。」枯腸，飢渴之腸；枵腹。喻枯竭的文思。椀，一種敞口而深的食器，也作「碗」。❾更 指更鼓，報更的鼓聲。蘇軾〈次韻定國見寄〉：「默坐數更鼓，流水夜自逆。」

【語譯】活水還必須用活火煎煮，是親自到釣石邊獲取深處清澈的水。用大椀瓢舀水，連同月光一起送進甕中，用小杓在月夜分撥江流取水倒入瓶中。雲腳在如雨水般煎煮的湯水中翻滾著，傾倒茶水時仍然發出如松風般的鳴聲。飢渴的腸子難於只限三碗的禁令，坐聽偏僻荒涼城中傳來或長或短的更鼓聲。

【研析】宋代鬪茶之風盛行，上自皇帝高官，下及文人士夫。鬪茶，又名鬪茗、茗戰，即比賽茶的優劣。宋人江休復《江鄰幾雜志》云：「蘇才翁嘗與蔡君謨鬪茶，蔡茶精，用惠山泉，蘇茶劣，改用竹瀝水煎，遂能取勝。」鬪茶以「新」為貴，用水以「活」為上。一鬪湯色，二鬪水痕。茶湯色澤以純白者為勝，青白、灰白、黃白為負。茶湯純白，說明茶葉肥嫩。色偏青，則火候不足；色泛灰，則火候已過；色泛黃，說明採製不及時；色泛紅，說明烘焙過了火候。另外鬪茶，又與茶盞有關。蔡襄《茶錄》云：「茶色白，宜黑盞。」黑白相映，易於觀察茶面白色泡沫湯花。蘇軾此詩作於貶謫儋州時，雖然不是在鬬茶，在用水、用火等方面的講究，依然可見對品茶鬬茶的在行。因需「活水」，「自臨釣石取深清。大瓢貯月歸春甕，小杓分江入夜瓶」，要親自去江水潔淨深處汲舀。蘇軾〈錫杖泉〉云：「予昔自汴入淮，泛江泝漢歸蜀，飲江淮水，蓋彌年。既至，覺井水腥澀，百餘日，然後安之，以此知江之甘於井也審矣。予來嶺外，自揚子江始飲江水，及至南康，江益清，駛水益甘，則又知南江賢於北江也。近度嶺入清遠峽，水色如碧玉，味亦益勝。今日遊羅浮，酌景泰禪師錫杖泉，則清遠水又在下矣，嶺外惟惠人喜鬬茶，此水不虛出也。」知詩人在飲茶用水方面是講究的，宋人胡仔《苕溪漁隱叢話．後集》卷十一云：「東坡〈汲江水煎茶〉詩云：『活水還須活火烹，自臨釣石取深清。大瓢貯月歸春甕，小杓分江入夜瓶。』此詩奇甚，道盡烹茶之要。且茶非活水則不能發其鮮馥，東坡深知此理矣。」「茶雨已翻煎處腳」二句摹繪煎茶的情態，與火候有關。出句是從視覺角度寫茶湯之態，對句是從聽覺角度寫煎煮時的水沸聲變化。宋人楊萬里《誠齋詩話》：「東坡〈煎茶〉詩云……『雪乳已翻煎處腳，松風仍作瀉時聲』，此倒語也，尤為詩家妙法，即少陵『紅稻啄餘鸚鵡粒，碧梧棲老鳳皇枝』也。」按，杜詩正常語序為「鸚鵡啄餘紅稻粒，鳳皇棲老碧梧枝」，依此，蘇詩語序為「煎處已翻雪乳腳，瀉時仍作松風聲」，即雲腳在煎煮的湯水中翻滾著，傾倒茶水時仍然發出如松風般的鳴聲，這種理解是有道理的。宋人羅大經《鶴林玉露》卷三云：「瀹茶之法，湯欲嫩而不欲老，蓋湯嫩則茶味甘，老則過苦矣。若聲如松風，澗水而遽瀹之，豈不過於老而苦哉？惟移瓶去火，少待其沸止而瀹之，然後湯適中，而茶味甘。」瀹茶即煮茶。依此，蘇軾此茶或屬老而苦，若「移瓶去火，少待其沸止而瀹之」，可免此苦。而「枯腸未易禁三椀」，說明煎煮的茶湯，飲後十分愜意。「坐聽荒城長短更」句，楊萬里《誠齋詩話》引作「臥聽山城長短更」，字詞略有不同，寂寞超邁之感十分濃重。詩中用語奇雅灑脫，富含情趣。

六月二十日夜渡海❶

參橫❷斗轉❸欲三更❹，苦雨❺終風❻也解晴。雲散月明誰點綴，天容海色本澄清❼。空餘魯叟乘桴意❽，粗識軒轅奏樂聲❾。九死❿南荒⓫吾不恨，茲游奇絕冠平生。

【注　釋】❶六月二十日夜渡海　宋哲宗元符三年（西元一一〇〇年）二月，蘇軾以登極恩移廉州（治今廣西合浦）安置，五月始得命，六月二十日離昌化渡海。❷參橫　參星橫斜，指夜深。參，星名，又稱參宿，二十八宿之一，西方白虎七宿的末一宿，即獵戶座的七顆亮星。❸斗轉　北斗轉向，表示天將明。斗，星宿名，因象斗形，故以為名，此指北斗七星。❹三更　指半夜十一時至次日晨一時。參見〈雪後書北臺壁二首〉注❺。❺苦雨　久下成災的雨。❻終風　《詩・邶風・終風》：「終風且暴，顧我則笑。」毛傳：「終日風為終風。」《韓詩》以終風為西風。後世多以指大風、暴風。❼雲散二句　《世說新語・言語》：「司馬太傅齋中夜坐，於時天月明淨，都無纖翳，太傅歎以為佳。謝景重在坐，答曰：

『意謂乃不如微雲點綴。』太傅因戲謝曰：『卿居心不淨，乃復強欲滓穢太清邪？』」宋蘇軾《東坡志林》卷八：「青天素月，固是人間一快。而或者乃云不如微雲點綴，乃知居心不淨者常欲滓穢太清。」此謂自己原本清白，政敵們潑在自己身上的髒水，如今似雲散月明，還原來面目。天容，天空的景象；天色。海色，海面呈現的景色。又指將曉時的天色。澄清，清澈；明潔。❽空餘句　《論語・公治長》：「道不行，乘桴浮於海。」又《三國志・魏書・管寧傳》：「遂避時難，乘桴越海、羈旅遼東三十餘年。」魯叟，指孔子。乘桴，乘坐竹木小筏。後用以指避世。❾粗識句　謂海浪狂風之聲如聽天樂。《莊子・天運》：「北門成問於黃帝曰：『帝張〈咸池〉之樂於洞庭之野，吾始聞之懼，復聞之怠，卒聞之而惑。蕩蕩默默，乃不自得。』帝曰：『汝殆其然哉！吾奏之以人，徵之以天，行之以禮義，建之以太清。夫至樂者，先應之以人事，順之以天理，行之以五德，應之以自然，然後調理四時，太和萬物。……』」。按，〈咸池〉，古樂曲名，相傳為堯樂，一說為黃帝之樂，堯增修沿用。天樂，猶天籟，自然界的聲響，如風聲、鳥聲、流水聲等。《莊子・齊物論》：「女聞人籟而未聞地籟，女聞地籟而未聞天籟夫！」軒轅，傳說中的古代帝王黃帝的名字，姓公孫，居於軒轅之丘，故名。後人以之為中華民族的始祖。❿九死　猶萬死，屈原〈離騷〉：「亦余心之所善兮，雖九死其猶未悔。」九，數之極，謂多次。

⓫南荒　指南方荒涼遙遠的地方。

【語　譯】參星橫斜，北斗轉向，就要到了午夜三更時，持久的落雨，橫行的狂風，也明白老天會變晴朗。雲塊散去，月兒明亮，哪還有微雲點綴，天空的景象，海水的顏色，本來就是清澈的。只剩有似當年孔子要乘坐竹木筏航行於海上的想法，置身於暴風海濤聲中，大概體會到了昔日黃帝所謂奏響的天樂之音。多次差點就死在荒涼僻遠的南方我不怨恨，這次遊歷奇妙非常，為平生第一次。

【研　析】所謂人逢喜事精神爽，能離開僻遠荒涼的海南島，回到內陸，用死裡逃生形容不為過。詩的前四句交待了離島渡海的時間，半夜三更，本是久雨狂風的天，此時卻忽然雲散月明，雨停風止，海天一色，澄澈清朗，很有天遂人願的意味。其間語意雙關，「苦雨終風」喻指政敵們長期對自己的打壓與迫害，「雲散月明」喻指自己得以離島北還，說明誣陷冤枉得以洗刷，還自己的清白。「天容海色本澄清」，則強調自己的品性原本潔淨。後四句重在抒情，寫自己的心境，「空餘魯叟乘桴意，粗識軒轅奏樂聲」，此時此刻，置身於大海上，原本久雨狂風的天突然雲散月出，上下澄明，體味著大自然的各種聲響，如同聽著天樂般，此時就有了超脫遠逝、逍遙自適的想法。這晚的經歷奇妙非常，令人眷戀，以至有「九死南荒吾不恨」的言論，聯想詩人所作〈赤壁賦〉，於月夜泛舟長江之上，有「哀吾生之須臾，羨長江之無窮，挾飛仙以遨遊，抱明月而長終」云云，有感於人生的短暫而奢求達到永恆，現實中是難以達成的，寄託於超然的仙界，抒寫人生如寄的感慨，此詩也帶有這種意思。行文奇異超拔，從中也可見詩人豪氣難掩，雄風仍在。

雨夜宿淨行院❶

芒鞋❷不踏利名場，一葉輕舟寄淼茫。林下❸對牀❹聽夜雨，靜無燈火照淒涼。

【注　釋】❶淨行院　宋王象之《輿地紀勝》卷一百一十八〈雷州〉：「淨行院，在敬德門外西湖之西北隅，舊號西山寺。」《大清一統志》卷三百四十八〈廉州府・寺觀〉：「淨行院，在合浦縣南，宋蘇軾自雷適廉宿此，有詩。」❷芒鞋　用芒莖外皮編織成的鞋，亦泛指草鞋。❸林下　樹林之下，指幽靜之地。又指山林田野退隱之處。❹對牀　兩人對床而臥，喻相聚的歡樂。參見〈辛丑十一月十九日，既與子由別於鄭州西門之外，馬上賦詩一篇寄之〉注⓯。

【語　譯】雙腳不再踏進追名逐利的場所，就乘著一艘輕快的小船把餘生託付給廣淼的江海上。退隱山林田野，夜雨中兄弟二人對床而臥，促膝暢談，幽靜的夜晚，沒有燈火照見這孤寂冷落。

【研　析】蘇軾《東坡志林》云：「余自海康適合浦，連日大雨，橋樑大壞，水無津涯。自興廉村淨行院下乘小舟，至官寨，聞自此西皆漲水，無復船。或勸乘蜑，並海即白石。是日六月晦，無月，碇宿大海中，天水相接，星河滿天，起坐四顧，太息：吾何數乘此險也，已濟徐聞，復厄於此乎？稚子過在旁鼾睡，呼不應，所撰《書》、《易》、《論語》皆以自隨，而世未有別本撫之，而歎曰：天未欲使從是也，吾輩必濟。已而果然，七月四日合浦記，時元符三年也。」按，蜑，舊時南方少數民族之一，此指蜑船，蜑人用以為家的船。此段文字可作此詩的寫作背景，作於哲宗元符三年（西元一一〇〇年）六七月間。貶官南荒的惠州、儋州，是政敵必欲置之死地而所為，雖然大難不死，就詩人言，已是不幸中的萬幸，何況對於一個六十餘歲的老人，能生還，就別無奢求了，尤其是自己對追名逐利的官場早已死心。「一葉輕舟寄淼茫」，表白心跡，即遠離是非地，泛舟江湖，超脫遠舉。蘇軾被流放到南荒，老弟蘇轍受到牽連，也被貶謫到南荒。元符三年二月以哲宗登極恩，蘇軾得旨移廉州，同時蘇轍得旨移永州。四月又以生皇子恩，詔授蘇軾舒州團練副使永州居住，又詔蘇轍濠州團練副使移岳州。只是五月蘇軾才得到移廉州的旨令，否則在永州兄弟二人就可能相會了。「林下對牀聽夜雨」一句或就此感發，表達了退隱的心意，即與老弟蘇轍瀟灑於山林田野中，終老餘生。「靜無燈火照淒涼」句是就目前處境而感發，與前句中設想兄弟相聚的情景形成反襯，一虛一實，一熱一冷，更覺得淒涼無比。

自題金山❶畫像

心似已灰之木❷，身如不繫之舟❸。問汝平生功業，黃州惠州儋州。

【注釋】❶金山 詳〈大風留金山兩日〉注❶。❷心似句 《莊子·知北遊》：「形若槁骸，心若死灰。」心若死灰，形容不為外物所動的一種精神狀態。現多用以形容灰心失意。❸身如句 《莊子·列禦寇》：「莫覺莫悟，何相孰也？巧者勞而知者憂，無能者無所求，飽食而遨遊，汎若不繫之舟，虛而遨遊者也。」不繫之舟，喻漂泊不定，又喻無拘無束。

【語譯】心似已燒成灰燼的木屑，身如沒有繫絆的船隻。若問你平生的功績事業，請看黃州、惠州、儋州。

【研　析】清查慎行《蘇詩補註》云：「《金山志》：李龍眠畫子瞻照，留金山寺。後東坡過金山，自題云云。周必大《乾道庚寅奏事錄》亦載此詩，諸本皆無，今采錄。」檢宋人周必大〈題孫氏四皓圖〉云：「乾道庚寅二月過京口，遊金山妙高臺，壁間有東坡族伯成都中和院僧表祥繪公像，公自贊云：『目若新生之犢，心如不繫之舟。要問平生功業，黃州惠州崖州。』其為暮年所作無疑，諸集亦不收，乃知平生遊戲翰墨散落何限。」又周必大《乾道庚寅奏事錄》云：「（乾道庚寅閏五月）辛巳，早同鄧子長冒大風雨登浮玉亭，亭在江邊獨山上，或謂此即浮玉山，故創亭焉。……登妙高臺烹茶，壁間有坡公畫像，初公族姪成都中和院僧表祥畫公像求贊，公題云：『目若新生之犢，心如不繫之舟。要問平生功業，黃州惠州崖州。』集中不載，蜀人傳之，今見於此。」乾道庚寅為南宋孝宗乾道六年（西元一一七〇年），浮玉山即金山，周必大於二月、閏五月二次見到蘇軾題贊。周氏所云與《金山志》有不同：其一、《金山志》云畫像是李公麟（西元一〇四九—一一〇六年，字伯時，號龍眠居士）繪的，周必大云是蘇軾族姪（又作族伯）僧表祥所繪。其二、首句《金山志》作「心似已灰之木」，周必大云是「目若新生之犢」，前者寫神，後者繪形。至於其他三句各有異詞。按，宋人楊萬里《誠齋詩話》云：「予過金山，見妙高臺上掛東坡像，有坡親筆自贊云：『目若新生之犢，身如不繫之舟。試問平生功業，黃州惠州崖州。』今集中無之。」文字與周必大也有出入。又宋釋普濟《五燈會元》卷十七〈東林總禪師法嗣〉云：「內翰東坡居士蘇軾字子瞻，因宿東林，與照覺論無情話有省。……後過金山，有寫公照容者，公戲題曰：『心似已灰之木，身如不繫之舟。問汝平生功業，黃州惠州瓊州。』」文字與《金山志》同。或云此為贊，而非詩。周必大認為是晚年所作，據宋人施宿《東坡先生年譜》，蘇軾自海南島渡海北歸，徽宗建中靖國元年（西元一一〇一年）正月過大庾嶺。五月經當塗、金陵、真州，至真州，瘴毒大作，乘船至潤州，昏迷不醒累日，六月至常州定居，病甚，乞致仕，七月十八日卒於常州。真州治今江蘇儀徵，潤州即今江蘇鎮江。知詩贊作於往來於真州、潤州時。「問汝平生功業，黃州惠州儋州」，回顧一生，深感無所建樹，自神宗元豐三年（西元一〇八〇年）正月離京至黃州，至哲宗元符三年（西元一一〇〇年）六月離開儋州北還，詩人在貶謫流放之地前後達二十年的樣子，每次的貶謫流放，用世之心就在不斷地弱化。「心似已灰之木」，謂已全然無意於世事了。至於「身如不繫之舟」，一方面這是對無法主宰自己命運的描述，另一方面表達了對棄世遠舉、逍遙自在的嚮往。只是人在江湖，身不由己，直至去世前，詩人仍未能擺脫羈絆。

古籍今注新譯叢書

書種最齊全
注譯最精當

哲學類

新譯四書讀本	謝冰瑩等編譯
新譯學庸讀本	王澤應注譯
新譯孝經讀本	賴炎元等注譯
新譯論語新編解義	胡楚生編著
新譯易經讀本	郭建勳注譯
新譯周易六十四卦經傳通釋	黃慶萱注譯
新譯乾坤經傳通釋	黃慶萱注譯
新譯易經繫辭傳解義	吳　怡著
新譯禮記讀本	姜義華注譯
新譯儀禮讀本	顧寶田等注譯
新譯孔子家語	羊春秋注譯
新譯老子讀本	余培林注譯
新譯帛書老子	趙　鋒注譯
新譯老子解義	吳　怡著
新譯莊子讀本	黃錦鋐注譯
新譯莊子讀本	張松輝注譯
新譯莊子本義	水渭松注譯
新譯莊子內篇解義	吳　怡著
新譯列子讀本	莊萬壽注譯
新譯管子讀本	湯孝純注譯
新譯墨子讀本	李生龍注譯
新譯公孫龍子	丁成泉注譯
新譯晏子春秋	陶梅生注譯
新譯鄧析子	徐忠良注譯
新譯荀子讀本	王忠林注譯
新譯尹文子	徐忠良注譯
新譯尸子讀本	水渭松注譯
新譯鶡冠子	趙鵬團注譯
新譯鬼谷子	王德華等注譯
新譯韓非子	傅武光等注譯
新譯呂氏春秋	朱永嘉等注譯
新譯韓詩外傳	孫立堯注譯
新譯淮南子	熊禮匯注譯
新譯春秋繁露	朱永嘉等注譯
新譯新書讀本	饒東原注譯
新譯新語讀本	王　毅注譯
新譯潛夫論	彭丙成注譯
新譯論衡讀本	蔡鎮楚注譯
新譯申鑒讀本	林家驪等注譯

新譯人物志	吳家駒注譯
新譯張載文選	張金泉注譯
新譯近思錄	張京華注譯
新譯傳習錄	李生龍注譯
新譯呻吟語摘	鄧子勉注譯
新譯明夷待訪錄	李廣柏注譯

【文學類】

新譯詩經讀本	滕志賢注譯
新譯楚辭讀本	林家驪注譯
新譯楚辭讀本	傅錫壬注譯
新譯文心雕龍	羅立乾注譯
新譯六朝文絜	蔣遠橋注譯
新譯世說新語	劉正浩等注譯
新譯昭明文選	周啟成等注譯
新譯古文觀止	謝冰瑩等注譯
新譯古文辭類纂	黃　鈞等注譯
新譯樂府詩選	溫洪隆注譯
新譯古詩源	馮保善注譯
新譯千家詩	邱燮友等注譯
新譯詩品讀本	成　林等注譯
新譯花間集	朱恒夫注譯
新譯南唐詞	劉慶雲注譯
新譯絕妙好詞	聶安福注譯
新譯唐詩三百首	邱燮友注譯
新譯宋詩三百首	陶文鵬注譯
新譯宋詞三百首	汪　中注譯
新譯宋詞三百首	劉慶雲注譯
新譯元曲三百首	賴橋本等注譯
新譯明詩三百首	趙伯陶注譯
新譯清詩三百首	王英志注譯
新譯清詞三百首	陳水雲等注譯
新譯唐人絕句選	卞孝萱等注譯
新譯唐才子傳	戴揚本注譯
新譯拾遺記	石　磊注譯
新譯搜神記	黃　鈞注譯
新譯唐傳奇選	束　忱等注譯
新譯宋傳奇小說選	束　忱注譯
新譯明傳奇小說選	陳美林等注譯
新譯容齋隨筆選	朱永嘉等注譯
新譯明散文選	周明初注譯
新譯明清小品文選	鄭　婷注譯
新譯人間詞話	馬自毅注譯
新譯白香詞譜	劉慶雲注譯
新譯幽夢影	馮保善注譯
新譯菜根譚	吳家駒注譯
新譯小窗幽記	馬美信注譯
新譯圍爐夜話	馬美信注譯
新譯郁離子	吳家駒注譯
新譯歷代寓言選	黃瑞雲注譯
新譯賈長沙集	林家驪注譯
新譯揚子雲集	葉幼明注譯
新譯曹子建集	曹海東注譯
新譯建安七子詩文集	韓格平注譯
新譯阮籍詩文集	林家驪注譯
新譯嵇中散集	崔富章注譯
新譯陸機詩文集	王德華注譯
新譯陶淵明集	溫洪隆注譯
新譯江淹集	羅立乾等注譯
新譯庾信詩文選	歸　青注譯
新譯初唐四傑詩集	李福標注譯
新譯駱賓王文集	黃清泉注譯
新譯王維詩文集	陳鐵民注譯
新譯孟浩然詩集	楊　軍注譯
新譯李白詩全集	郁賢皓注譯
新譯李白文集	郁賢皓注譯
新譯杜甫詩選	張忠綱等注譯
新譯杜詩菁華	林繼中注譯
新譯高適岑參詩選	孫欽善等注譯

新譯昌黎先生文集　周啟成等注譯
新譯劉禹錫詩文選　閻　琦注譯
新譯柳宗元文選　卞孝萱等注譯
新譯白居易詩文選　陶　敏等注譯
新譯元稹詩文選　郭自虎注譯
新譯李賀詩集　彭國忠注譯
新譯杜牧詩文集　張松輝注譯
新譯李商隱詩選　朱恒夫等注譯
新譯范文正公選集　王興華等注譯
新譯蘇洵文選　羅立剛注譯
新譯蘇軾文選　滕志賢注譯
新譯蘇軾詞選　鄧子勉注譯
新譯蘇轍文選　朱　剛注譯
新譯曾鞏文選　高克勤注譯
新譯王安石文選　沈松勤注譯
新譯唐宋八大家文選　鄧子勉注譯
新譯柳永詞集　侯孝瓊注譯
新譯李清照集　姜漢椿等注譯
新譯陸游詩文集　韓立平注譯
新譯辛棄疾詞選　聶安福注譯
新譯歸有光文選　鄔國平注譯
新譯唐順之詩文選　馬美信注譯
新譯徐渭詩文選　周　群等注譯
新譯薑齋文集　平慧善注譯
新譯顧亭林文集　劉九洲注譯
新譯納蘭性德詞　馮　乾注譯
新譯方苞文選　鄔國平等注譯
新譯鄭板橋集　朱崇才注譯
新譯袁枚詩文選　王英志注譯
新譯李慈銘詩文選　潘靜如注譯
新譯聊齋誌異選　任篤行等注譯
新譯閱微草堂筆記　嚴文儒注譯
新譯浮生六記　馬美信注譯
新譯弘一大師詩詞全編　徐正綸編著

歷史類

新譯史記　韓兆琦注譯
新譯漢書　吳榮曾等注譯
新譯後漢書　魏連科等注譯
新譯三國志　吳樹平等注譯
新譯資治通鑑　張大可等注譯
新譯史記—名篇精選　韓兆琦注譯
新譯尚書讀本　吳　璵注譯
新譯尚書讀本　郭建勳注譯
新譯周禮讀本　賀友齡注譯
新譯逸周書　牛鴻恩注譯
新譯左傳讀本　郁賢皓等注譯
新譯公羊傳　雪　克注譯
新譯穀梁傳　顧寶田注譯
新譯春秋穀梁傳　周　何注譯
新譯戰國策　溫洪隆注譯
新譯國語讀本　易中天注譯
新譯說苑讀本　左松超注譯
新譯說苑讀本　羅少卿注譯
新譯新序讀本　葉幼明注譯
新譯吳越春秋　黃仁生注譯
新譯西京雜記　曹海東注譯
新譯列女傳　黃清泉注譯
新譯越絕書　劉建國注譯
新譯燕丹子　曹海東注譯
新譯東萊博議　李振興等注譯
新譯唐六典　朱永嘉等注譯
新譯唐摭言　姜漢椿注譯

宗教類

新譯金剛經　徐興無注譯
新譯高僧傳　朱恒夫等注譯
新譯碧巖集　吳　平注譯
新譯百喻經　顧寶田注譯

新譯楞嚴經	賴永海等注譯
新譯梵網經	王建光注譯
新譯圓覺經	商海鋒注譯
新譯法句經	劉學軍注譯
新譯六祖壇經	李中華注譯
新譯禪林寶訓	李中華注譯
新譯維摩詰經	陳引馳等注譯
新譯經律異相	顏洽茂注譯
新譯阿彌陀經	蘇樹華注譯
新譯無量壽經	邱高興注譯
新譯無量壽經	蘇樹華注譯
新譯妙法蓮華經	張松輝注譯
新譯景德傳燈錄	顧宏義注譯
新譯大乘起信論	韓廷傑注譯
新譯釋禪波羅蜜	蘇樹華注譯
新譯八識規矩頌	倪梁康注譯
新譯永嘉大師證道歌	蔣九愚注譯
新譯華嚴經入法界品	楊維中注譯
新譯地藏菩薩本願經	李承貴注譯
新譯悟真篇	劉國樑等注譯
新譯无能子	張松輝注譯
新譯坐忘論	張松輝注譯
新譯列仙傳	張金嶺注譯
新譯抱朴子	李中華注譯
新譯神仙傳	周啟成注譯
新譯性命圭旨	傅鳳英注譯
新譯老子想爾注	顧寶田等注譯
新譯周易參同契	劉國樑注譯
新譯道門觀心經	王　卡注譯
新譯養性延命錄	曾召南注譯
新譯樂育堂語錄	戈國龍注譯
新譯沖虛至德真經	張松輝注譯
新譯長春真人西遊記	顧寶田等注譯
新譯黃庭經・陰符經	劉連朋等注譯

軍事類

新譯司馬法	王雲路注譯
新譯尉繚子	張金泉注譯
新譯三略讀本	傅　傑注譯
新譯六韜讀本	鄔錫非注譯
新譯吳子讀本	王雲路注譯
新譯孫子讀本	吳仁傑注譯
新譯李衛公問對	鄔錫非注譯

教育類

新譯爾雅讀本	陳建初等注譯
新譯顏氏家訓	李振興等注譯
新譯聰訓齋語	馮保善注譯
新譯曾文正公家書	湯孝純注譯
新譯三字經	黃沛榮注譯
新譯百家姓	馬自毅等注譯
新譯幼學瓊林	馬自毅注譯
新譯增廣賢文・千字文	馬自毅注譯
新譯格言聯璧	馬自毅注譯

政事類

新譯商君書	貝遠辰注譯
新譯鹽鐵論	盧烈紅注譯
新譯貞觀政要	許道勳注譯

地志類

新譯山海經	楊錫彭注譯
新譯水經注	陳橋驛等注譯
新譯佛國記	楊維中注譯
新譯大唐西域記	陳　飛等注譯
新譯洛陽伽藍記	劉九洲注譯
新譯徐霞客遊記	黃　珅注譯
新譯東京夢華錄	嚴文儒注譯

◎新譯蘇軾詞選

鄧子勉／注譯

蘇軾作為一代文豪，作詞不墨守傳統，他將本屬詩歌範疇的題材引入詞的創作，諸如農忙、悼亡、贈別、言志、詠物、詠史、談禪等。本書精選蘇詞二百餘首，既有婉約豔麗之作，又有清曠豪邁之歌，風格多樣；原文以元代括蒼葉曾南阜書堂校刻的《東坡樂府》為底本，每闋詞均附有詳盡的注釋、語譯、研析。透過本書，讀者不但得以欣賞蘇軾賦予詞的新內涵，亦可窺見蘇軾屢遭貶謫後的人生感慨，以及對仕途的倦怠、對退隱的嚮往，為研究蘇軾其人其詞不可或缺的佳作。

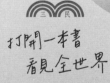

國家圖書館出版品預行編目資料

新譯蘇軾詩選／鄧子勉注譯.——初版一刷.——臺北市：三民，2023
面；　公分.——(古籍今注新譯叢書)

ISBN 978-957-14-7695-7（平裝）

851.4516　　112014476

古籍今注新譯叢書

新譯蘇軾詩選

注譯者　鄧子勉
發行人　劉振強
出版者　三民書局股份有限公司
地　址　臺北市復興北路 386 號 (復北門市)
臺北市重慶南路一段 61 號 (重南門市)
電　話　(02)25006600
網　址　三民網路書店 https://www.sanmin.com.tw

出版日期　初版一刷 2023 年 11 月
書籍編號　S034540
ISBN　978-957-14-7695-7